KNAUR

HERA LIND

MIT DEM MUT ZUR LIEBE

Roman nach einer wahren Geschichte

KNAUR

Besuchen Sie uns im Internet:
www.knaur.de

Aus Verantwortung für die Umwelt hat sich die Verlagsgruppe Droemer Knaur zu einer nachhaltigen Buchproduktion verpflichtet. Der bewusste Umgang mit unseren Ressourcen, der Schutz unseres Klimas und der Natur gehören zu unseren obersten Unternehmenszielen. Gemeinsam mit unseren Partnern und Lieferanten setzen wir uns für eine klimaneutrale Buchproduktion ein, die den Erwerb von Klimazertifikaten zur Kompensation des CO_2-Ausstoßes einschließt. Weitere Informationen finden Sie unter: www.klimaneutralerverlag.de

FSC www.fsc.org MIX Papier aus verantwortungsvollen Quellen FSC® C014496

Originalausgabe Mai 2023
Knaur Taschenbuch
Ein Imprint der Verlagsgruppe
Droemer Knaur GmbH & Co. KG, München

Covergestaltung: buxdesign München | Lisa Höfner
Coverabbildung: buxdesign | Lisa Höfner unter Verwendung von Motiven von GettyImages / Aleksandar Jankovic, Picture Alliance / Dieter Palm und Shutterstock
Porträtfoto Frau Hera Lind/Schneider-Press/Erwin Schneider
Satz: Daniela Schulz, Gilching
Druck und Bindung: GGP Media GmbH, Pößneck
ISBN 978-3-426-52840-2

2 4 5 3

Was kann ich für Frieden und Freiheit tun,
außer immer wieder wahre Geschichten
über Krieg und Diktatur zu schreiben?

Hera Lind

Nach der wahren Geschichte von Dieto Kretzschmar

Gewidmet meiner lieben Frau Johanna,
die leider viel zu früh von mir gegangen ist
Meinen lieben Eltern und Geschwistern

Dieto

Vorbemerkung:

Dieses Buch basiert zwar zum Teil auf wahren Begebenheiten und behandelt typisierte Personen, die es so oder so ähnlich gegeben haben könnte, einen Anspruch auf Faktizität erhebt es aber nicht.

Diese Urbilder wurden jedoch durch künstlerische Gestaltung des Stoffs und dessen Ein- und Unterordnung in den Gesamtorganismus dieses Kunstwerkes gegenüber den im Text beschriebenen Abbildern so stark verselbstständigt, dass das Individuelle, Persönlich-Intime zugunsten des Allgemeinen, Zeichenhaften der Figuren objektiviert ist.

Für alle Leserinnen und Leser erkennbar, erschöpft sich der Text nicht in einer reportagenhaften Schilderung von realen Personen und Ereignissen, sondern besitzt eine zweite Ebene hinter der realistischen Ebene. Es findet ein Spiel der Autorin mit der Verschränkung von Wahrheit und Fiktion statt. Sie lässt bewusst Grenzen verschwimmen.

* Im Text kommen in Dialogen die Wörter »Judensäue«, »Neger«, »Untermensch« vor. Sie sind jeweils am Ende des Wortes mit einem * versehen. Diese Bezeichnungen gelten heute als hochgradig despektierlich und abwertend bzw. stehen für das unmenschliche nationalsozialistische Regime und werden nicht mehr verwendet. In den Dialogen werden sie jedoch wiedergegeben und weder umschrieben noch vermieden oder nur angedeutet, da es ja gerade das Anliegen der Autorin ist, durch die ausdrückliche Benennung und Wiedergabe die Zeit und die Zustände in dem kurz vor dem endgültigen Zusammenbruch stehenden NS-Staat und auch danach darzustellen.

DRESDEN,
Februar 1945

Nebenan arbeiteten viele magere schmutzige Frauen an langen Tischen im Freien.

»Was machen die denn da?« Neugierig lugte ich durch das Loch im Fenster, das ich mit meinem warmen Atem frei gehaucht hatte. »Die frieren doch!«

»Das sind polnische Zwangsarbeiterinnen.« Mein zwölfjähriger Bruder Manfred versuchte, mich an den Hosenträgern von der Fensterbank zu zerren, auf die ich vierjähriger Bub geklettert war. »Lass das nicht die Mama sehen, du kleiner Akrobat!«

»Was ist ein Akrobat?« Energisch schüttelte ich die brüderlichen Hände ab. Viel zu spannend war das gruselig schaurige Geschehen dort hinter dem Stacheldraht. Es schneite in dicken nassen Flocken, der eiskalte Wind bog die wenigen hässlichen kahlen Sträucher unbarmherzig zu Boden und gab den Blick auf ärmlichste der trostlosen Baracken frei. Ab und zu huschte eine der armen, ausgemergelten Frauen an eine Mauer, um auf einem Eimer ihre Notdurft zu verrichten. Ihre Mäntel und Jacken waren zerschlissen, zerrissen und glichen eher Lumpensäcken als Kleidung. Manche wateten sogar barfuß durch den grauschwarzen Schlamm und Schnee. Schon beim Hinsehen erschauderte ich. Zwischen Stacheldraht und den Bahngleisen, die direkt an unserem Hinterhaus vorbeiführten, bewacht von bewaffneten Soldaten, schufteten die armen Frauen erbärmlich frierend und sichtbar unterernährt im Stehen vor sich hin. Die Eisenbahnlinie Dresden–Berlin war das nächtliche Ziel der Bomber, und ich spürte, nicht nur wir waren in Gefahr, sondern auch diese armen Frauen. Aber die hatten nicht mal eine kleine Wohnung im ersten Stock, so wie wir.

»Ein Akrobat ist ein Künstler, der Tricks kann!« Manfred zerwuselte mir das störrische Haar, das schon lange keinen Kamm oder Bürste mehr gesehen hatte. »Und die Frauen da draußen arbeiten für die Fabrik Essig-Kühne. Die müssen Gurken in Gläser füllen und für die Soldaten an der Front verpacken.«

»Aber die dürfen sie nicht essen?!« Schon war ich wieder auf die Fensterbank gekrabbelt und drückte mir die Nase platt. »Die sehen so verhungert aus!«

»Nee, Kleiner. Dürfen die nicht. Das sind Kriegsgefangene aus Polen.« Manfred lugte nun auch durch das Guckloch in der zugefrorenen Scheibe. »Wer denen hilft, kriegt selber Ärger. Manche Leute sagen sogar Polackenpack zu ihnen und spucken vor denen aus.«

»Wir aber nicht, oder?«

»Natürlich nicht. Das sind doch Menschen.«

Mein Herz zog sich vor Mitleid zusammen. »Können wir denen denn nicht heimlich was zu essen reinschmeißen? Wir sind doch keine Feiglinge, oder?«

»Du hast recht, kleiner Mann.« Manfred hob mich energisch von der Fensterbank. »Hör zu, Brüderchen. Wir gehen jetzt raus auf den Hof und spielen mit dem Ball, und wenn die Aufseher nicht hingucken, lasse ich den Ball einfach auf das Gelände rollen. Du schlüpfst dann durch das kleine Loch im Zaun und heulst laut und machst Theater und suchst den Ball, und in der Zeit lasse ich ein halbes Brot ins Gestrüpp fallen.«

»Was habe ich da gerade gehört, Kinder?« Wie aus dem Nichts stand plötzlich unsere Mama in der Tür. Sie rieb sich die eiskalten Hände, die in abgerissenen Strickhandschuhen steckten, und blies hinein. Sie hatte noch ihren Mantel an, war sie doch gerade mit den letzten Essensmarken einkaufen gewesen. Das Netz mit den kümmerlichen Habseligkeiten, die sie ergattert hatte, lag auf dem wackeligen Küchenstuhl.

»Wir wollen den armen polnischen Zwangsarbeiterinnen helfen, Mama!« Manfred blickte sie aus seinen grauen Augen bittend an. »Wir können doch nicht zusehen, wie sie vor unseren Augen verhungern!«

»Nein, das können wir nicht.« Mama machte ein ernstes Gesicht. »Ich überlasse euch die Entscheidung.« Ihr Blick fiel auf das halbe Brot im Einkaufsnetz, das in grobes Papier gepackt war. »Dann haben wir heute Abend eben nichts zu essen.«

»Wir haben nicht so viel Hunger wie die Zwangsarbeiterinnen da draußen.« Das schwierige Wort wollte mir so recht noch nicht über die Lippen. Eifrig griff ich nach dem Brot und roch daran. Es war alt und schwer, die Erwachsenen nannten es Kommissbrot. Mein Magen zog sich vor Hunger zusammen, aber mein Gerechtigkeitssinn war stärker.

»Bitte, Mama, lass es uns zu den armen Frauen bringen.«

»Dann mache ich euch ein paar handliche kleine Päckchen.« Die Mama war schon auf unserer Seite. Während Manfred mir half, die knöchelhohen Schnürschuhe zu binden, schnitt Mutter das Brot in kleine Stücke, packte jedes in altes Zeitungspapier und steckte es Manfred zu. »Dass ihr mir an dem Bahngleis aber aufpasst! Nicht auf die Schienen laufen, klar? Und lasst euch nicht erwischen!«

Mit Tränen in den Augen blickte sie uns hinterher, wie wir durch das Treppenhaus hinunter in den Hof rannten, dort ein paarmal den kaputten alten Lederball hin und her schossen, und dann … mit Wucht … über den Stacheldrahtzaun in hohem Bogen auf das Gelände der Essig-Fabrik, wo die schäbigen Baracken standen. Gerade quietschte und jammerte ein Güterzug schlingernd über die Schienen im Hintergrund, da konnte ich kaum lauter heulen.

»So, Kleiner. Dein Auftritt. Je lauter du schreist, desto mehr sind die Wachposten abgelenkt.«

Ich pumpte meine Lungen voll mit der eiskalten Luft und plärrte los.

»Mein Ball! Mein schöner Ball! Du hast ihn weggeschossen!«

Manfred streckte die Hand nach mir aus und tat so, als wolle er mich trösten. Alle Blicke der Aufseher waren auf uns gerichtet.

»Los!« In Windeseile rannten wir über den Schotter, überkletterten die Hofmauer und standen schon am hohen Stacheldrahtzaun.

»Mein BALL!«, jammerte ich bühnenreif. »Wo ist mein BALL?«

Die Frauen arbeiteten in gebückter Haltung dicht beieinanderstehend weiter. Keine wagte es, sich nach uns umzudrehen. Der Güterzug wand sich wie eine nasskalte Schlange aus unserem Blickfeld.

»Ihr schon wieder!« Einer der Wachposten polterte mit seinen dicken Stiefeln heran. Er sah zum Fürchten aus, mit seinem riesigen Gewehr, das in einem Lederriemen über seine Brust hing, und machte ein finsteres Gesicht.

»Könnt ihr denn nicht aufpassen, ihr blöden Bengels!«

»Der Manfred hat ihn mir weggeschossen«, plärrte ich noch lauter, und zu meinem Erstaunen quollen echte Tränen über meine Wangen. »Die Mama haut mich, wenn ich ohne Ball wiederkomme! Den hat mir der Papa geschenkt, und der ist in Russland an der Front!«

»Na, dann kommt schon rein!«

Der Wachposten schob das rostige Tor zum Arbeitslager ein wenig auf, und während ich ihm dankbare Blicke aus feuchten Kinderaugen zuwarf, ließ Manfred unauffällig die Brotpäckchen ins Gestrüpp fallen. »Hier müsste er sein … ich hab ihn … vielen Dank, Herr Lageroffizier.«

»Ab mit euch, ihr Lausejungen!« Der gebauchpinselte Wachmann schob uns unwillig wieder hinaus. Hinter ihm glitt quietschend das Lagertor ins Schloss. »Und grüßt eure Mama.«

Ich setzte noch ein paar gekonnte Schluchzer ab, während Manfred mir mit einem Taschentuch die Rotznase wischte. »Ja, machen wir, Herr Offizier. Sie lässt Sie auch schön grüßen.« Aus dem

Augenwinkel nahm ich wahr, wie die Frauen sich blitzschnell bückten und die Päckchen unter den Arbeitskitteln verschwanden. Dankbare Blicke glitten zum Küchenfenster unserer Mutter herauf, während Manfred mich an die Hand nahm und zurück über die Hofmauer hievte.

Neben der Wäscheleine und den Mülltonnen angekommen, drückte er mich an sich: »Gut gemacht, Kleiner. Aus dir wird noch mal ein großer Bühnenstar.« Und dann spielten wir, als wenn nichts gewesen wäre, in der Nachbarschaft in den Trümmern.

»Schau mal, Manfred, das hier sieht aus wie Sand! Ich backe einen Kuchen für die Mama!«

Es war festes gelbes Schießpulver, das in der abgerissenen Hälfte einer Bombe steckte, ein rund und spitz zulaufender Trichter. Da wir Kinder kaum noch etwas anderes kannten, war uns die Gefahr auch gar nicht bewusst. Mit den bloßen Händen kratzten wir den vermeintlichen Sand aus dem Stahlmantel des Bombentrichters und formten daraus »Kuchen« und »Plätzchen«.

»Da wird sich die Mama freuen! Jetzt haben wir doch noch was zu essen für heute Abend!«

Wenig später polterte es bei uns oben im ersten Stock an die Tür.

Unsere kleine dunkle Wohnung lag über dem Gemeindesaal der evangelischen Kirche. Zu Friedenszeiten waren hier Seminare und Chorproben abgehalten worden, aber daran konnte ich mich nicht mehr erinnern.

»Auweia!« Ich presste die Hände vor den Mund. »Jetzt haben sie es entdeckt!«

Mutter legte einen Finger auf die Lippen. »Kein Wort, ihr zwei. Ich regele das.«

Mit klopfendem Herzen drückte ich mich hinter ihr herum, und auch Manfred stand die Angst ins Gesicht geschrieben. »Ein Schupo«, wisperte er leichenblass.

»Guten Tag. Sie wünschen?« Mit gefasstem Gesicht öffnete Mutter die Tür. Im spärlich beleuchteten Treppenhaus stand ein Uniformierter mit Hakenkreuzbinde auf dem Arm.

»Heil Hitler. Frau Kretzschmar?«

»Ja?«

Nach dem obligatorischen Hitlergruß, den unsere Mama nur halbherzig erwiderte, zog der dicke ältere Mann einen Schrieb aus seiner Tasche und hielt ihn unserer Mama vor die Nase. »Ich habe hier eine Anzeige gegen Sie. Sie haben gegen das Kriegsrecht verstoßen.« Mein Herz polterte wie der soeben vorbeifahrende Güterzug, der sich lärmend und quietschend über die Gleise hinter dem Arbeitslager schlängelte. Selbst durch den fadenscheinigen Mantel, den unsere Mutter auch in der Wohnung trug, konnte ich ihre Beine zittern fühlen.

»Aber Herr Wachtmeister, es sind doch Kinder …«

»Sie haben gegen die Verdunklungsregeln verstoßen und somit der Anglo-Amerikanischen Luftwaffe während der nächtlichen Bombenangriffe Lichtsignale gegeben! Das ist Kollaboration mit dem Feind und Hochverrat!« Die kleinen Augen des Mannes glänzten machtlüstern. »Mitkommen!«

Rüde packte der Kerl meine Mama am Arm. Was ich begriff, war, dass es nicht um unsere versteckten Brote ging. Sondern dass Mama schon wieder neuen Ärger hatte. Sie war leichenblass geworden.

»Aber Herr Wachtmeister, ich verdunkle pflichtgemäß jeden Abend die Fenster, schauen Sie, wir haben ja nur diese zwei …« Mutter zeigte dem Möchtegern-Kriegshelden der Pantoffelgruppe, wie sie diese Männer heimlich nannte, unsere beiden kleinen Küchenfenster, vor die sie bereits die schwarze Wolldecke gespannt hatte, und auch die beiden Luken, die zum Treppenhaus hinausführten. Sie waren mit schwarzer Pappe abgedeckt.

»Und was ist das da oben?«

Der Kriegsheld zeigte auf die milchglasverkleidete Dachluke oben in der Decke. Dieser schmale Schacht war der einzige Lichtquell, der in diesen trüben Wintertagen noch ein bisschen Tageslicht in unsere Küche warf.

»Aber Herr Wachtmeister, das ist so hoch oben, wie soll ich das verdunkeln, ich komme da ja gar nicht dran, und die Kinder erst recht nicht! Wir haben nicht mal eine Leiter!«

»Sie haben dem Feinde Lichtsignale gegeben!« Der Wichtigtuer beharrte auf seiner kruden Theorie. »Sie sind verhaftet! Mitkommen!« Er zerrte Mutter am Arm aus der Wohnung, und sie stemmte sich mit Händen und Füßen in den Türrahmen. »Nicht ohne meine Kinder!«

Jetzt fing ich wirklich an zu weinen. Meine Panik steigerte sich ins Unermessliche, als in diesem Moment auch noch markerschütternd die Sirenen losheulten: Fliegeralarm! Das hysterische Heulen ging mir durch Mark und Bein. Ich warf mich an Mutters Bauch, und Manfred an ihre Brust. Der Schupo kam ins Taumeln. Schon hörten wir die ersten Tiefflieger über der Stadt herandonnern, und erste Explosionen erleuchteten wie ein Feuerwerk die Nachbarschaft. Fenster klirrten, Türen sprangen aus ihren Angeln. Die Erde erbebte.

»Lassen Sie mich los, die Kinder sind auf mich angewiesen!« Mutter trat dem Kerl einfach ans Bein. Vom Radio dröhnte die ewig gleiche Ansage: »Feindliches Bombengeschwader nähert sich im Tiefflug dem Stadtrand Dresdens! Suchen Sie unverzüglich die Luftschutzkeller auf!« Weiter kam das hysterische Geschrei aus dem schnarrenden Apparat nicht. In diesem Moment fiel der Strom aus, der Radioapparat verstummte, und die Wohnung lag in stockdunkler Finsternis.

»Warum sollte ich dem Feinde Lichtsignale senden, als hätte ich keine anderen Sorgen!«

Mit dem Mut der Verzweiflung riss sich unsere Mutter von diesem Widerling los, packte uns beide am Schlafittchen und drängte uns durch das nunmehr stockdunkle Treppenhaus vorbei am abgeschlossenen Gemeindesaal hinunter auf den Hof, durch krachende Einschüsse hinüber in das Vorderhaus und dort in den Keller, wo sie uns in die hinterste Ecke drängte. Hier lag schon unsere alte Matratze und die kratzige Decke, auf die wir uns immer zusammenkauerten.

Panisch keuchend warf sich unsere Mutter über uns und bedeckte uns mit ihrem Körper.

Der Schupo hatte wohl Reißaus genommen, jedenfalls war er nicht mehr zu sehen.

Unter Geschrei und Geheul strömten nun auch die Bewohner des Vorderhauses in den Luftschutzkeller, und gleichzeitig brummten und dröhnten die Geschwader der Tiefflieger direkt über unseren Köpfen. Jedes Mal, wenn sich die Kellertüre öffnete und eine neue Gruppe panischer Nachbarn sich hereindrängte, sah ich die lodernd brennenden Dächer und Hausfassaden, die den Himmel gespenstisch rot färbten. Wir waren in der Hölle. Mutter breitete schützend ihre Arme über uns und klammerte sich mit beiden Händen an uns fest.

Die Erschütterungen waren so groß, dass der gesamte Keller erzitterte und bebte. Holzbalken der Regale krachten herunter, Gläser mit Eingemachtem klirrten, Fenster sprangen aus ihren Verankerungen. Der beißende Rauch fraß sich schwarz und giftig in unsere Lungen. Alle husteten und röchelten um ihr Leben. Es herrschte ohrenbetäubender Lärm. Panisches Schreien, Wimmern und lautes Beten durchdrang in Fetzen den dunklen Raum, bevor der nächste Granatsplitter in unmittelbarer Nähe einschlug und es krachte.

»Na, Frau Kretzschmar, Sie haben sich ja die sicherste Ecke ausgesucht! Erst nicht verdunkeln und dann die besten Plätze einnehmen!«

In der Schwärze des Kellers, mitten in der giftigen Rauchwolke, stand auf einmal wieder der widerliche Wachmann vor uns. Durch die Finger lugte ich angstvoll aus meiner Deckung hervor. Konnte er uns nicht einmal in dieser grauenvollen Hölle in Ruhe lassen? Manfreds Lippen zitterten. Jeden Moment würde er anfangen zu weinen, und das sollte was heißen bei meinem großen Bruder! Unsere Gesichter waren kohlrabenschwarz.

»Sie haben doch sicher zu tun«, kanzelte Mutter ihn ab. »Wenn Sie frontuntauglich sind, dann haben Sie doch die Aufgabe, die Trümmer am Kellereingang wegzuräumen und Menschenleben zu retten, nicht wahr?« Mutter hielt uns beide Buben fest in ihren Armen und schaute selbstbewusst zu diesem Knilch hinauf, der doch tatsächlich nichts Besseres zu tun hatte, als uns sogar in dieser Situation noch zu drangsalieren!

»Für dieses Mal lasse ich es gut sein!«

Schon krachte der nächste Bombenabwurf in nächster Nähe auf ein Nachbarhaus, sirrend stoben Leuchtkugeln durch die Nacht, und klirrend zerbarsten Scheiben, Menschen schrien und kreischten, Staub wirbelte auf wie ein riesiges schwarzes Gebirge und drang durch unsere eigenen kaputten Fenster, und wieder lagen wir im Keller verzweifelt hustend unter einer Rauchwolke. Ich hatte als Vierjähriger schon viele Bombennächte erlebt, aber so nah wie jetzt waren die Einschläge noch nie gewesen. Der ganze Keller bebte. Es donnerte und krachte wie bei einem entsetzlichen Unwetter. Schwarze Tiere aus Ruß und Staub krochen gefräßig durch den Raum und schnappten mit ihren Riesenzähnen nach uns Kindern. Mutter stülpte die zerrissene Wolldecke über uns.

Jetzt waren die umliegenden Häuser aufgrund der Detonation offensichtlich mit eingestürzt.

»Volltreffer«, murmelte Manfred, der genau wie ich sein Gesicht auf Mutters Schoß vergraben hatte.

»Mama, ich habe Angst!« Zitternd presste ich mir die schmutzigen Hände auf die Ohren.

Mutter hatte sich mit ihrem ganzen Körper über uns geworfen und wiegte uns beide hin und her. »Ich bin bei euch, macht euch keine Sorgen, alles wird gut …«

Woher unsere Mutter diese Zuversicht nahm, diesen Mut, sich auch noch dem Widerling entgegenzustellen, und uns Kindern immer noch das unerschütterliche Vertrauen einflößte, bei ihr in Sicherheit zu sein, war mir nicht bewusst. Sie war da, das reichte mir. Ich konnte mich an Friedenszeiten ja nicht mehr erinnern. Dieses nächtliche Spektakel, der Terror, der Lärm und die Todesangst, so dachte ich, seien normal, gehörten zum Leben.

Als nach stundenlangem Beschuss endlich Entwarnung ertönte, schoben sich die Menschen stöhnend und wehklagend die Kellertreppe wieder hinauf.

Der wichtigtuerische Widerling war mit anderen Wachmännern damit beschäftigt, riesige Steinbrocken und quer liegende Balken vom Kellereingang wegzuhieven. Unter seinem Kommando »Hau ruck, hau ruck und zugleich!« gelang das nach mühevoller Anstrengung. Jemand hielt ihnen eine Lampe. »Da ist eine Hand! Vorsicht!«

Mutter sprang schon auf, um zu helfen. Manfred und ich hockten zitternd mit angezogenen Beinen auf der Bank, die Ärmel vor Mund und Nase gepresst. Das Atmen fiel zusehends schwerer. Immer noch husteten wir und rangen nach Luft. Doch es gab noch kein Entkommen aus der schwarzen Hölle.

Mit bloßen Händen gruben die Erwachsenen den Schutt weg, bis ächzend eine weitere Wand knirschte und der Putz klackernd herunterbröckelte.

»Achtung! Die Fassadenteile stürzen ein! Wir können das nicht riskieren!«

»Aber da liegt ein Mensch!« Unsere Mutter scharrte mit bloßen Händen immer weiter.

»Es ist eine Kinderhand!«

»Frau Kretzschmar, gehen Sie zur Seite! Sie behindern die Bergungsarbeiten!«

»Der liegt im Nachbarkeller, den kriegen wir hier nicht frei.«

»Außerdem ist er tot.« Jemand fühlte am Puls des schlaffen Kinderarmes, der aus dem Staub herausragte wie eine tote Schlange.

»Das ist Niese!« Manfred starrte auf den Arm, und nun erkannte ich ihn auch: Die Hand und der bloßgelegte Kinderarm gehörte zu unserem Spielgefährten, der im Nachbarhaus wohnte. Ich erkannte unter Dreck und Blut seinen zerschlissenen Hemdsärmel.

Heute Nachmittag hatten wir noch gemeinsam »Kuchen gebacken«. Er wollte seinen seiner Mama schenken.

Unter Schockstarre verharrten wir auf der Steinstufe, bis die Erwachsenen schließlich den Kellereingang so weit freigelegt hatten, dass wir schaudernd hindurchkriechen konnten.

Die eisige Morgenluft fraß sich in unsere ausgemergelten zitternden Körper, doch ich sog sie gierig in meine Lungen ein. Wie Skelette ragten die Balken und Verstrebungen der völlig zerstörten Nachbarhäuser in den dämmrigen Morgenhimmel, überall stiegen Rauchsäulen auf, als wollten sie dem trostlosen Schicksal noch hinterherwinken. In vielen nackt dastehenden Zimmern brannte es noch. Es kam mir vor wie bei einer Puppenstube, bei der man hineinsehen kann. Nur dass überall Tote unter dem Schutt herumlagen, und keine lieblichen Puppen, die man mit seinen Kinderhänden beliebig formen konnte.

Das Tor des Arbeitslagers, der Essig-Fabrik hinter den Schienen, war klaffend weit geöffnet und hing neben dem Stacheldrahtzaun, als hätte ein wütendes Monster es herausgerissen.

Aber wo waren die Arbeiterinnen?

»Kommt, Kinder!« Die Mutter fasste uns an den Händen und eilte wieder zurück in das Hinterhaus, durch das Treppenhaus hinauf in unsere kleine dunkle Wohnung über dem Gemeindesaal. Wie durch ein Wunder stand unsere Behausung noch!

Außer dass Teile dünner Putzschichten der Decke in allen Räumen abgeblättert und Gipssplitter heruntergefallen waren, schien sie noch in Ordnung zu sein.

»Kommt rein, schnell!« Wir flüchteten auf das abgewetzte Küchensofa, den Mittelpunkt unserer kleinen Wohnung. Mutter schlief oft darauf und überließ uns Kindern ihr ohnehin verwaistes Ehebett.

Keuchend, zitternd und völlig aufgewühlt ließen wir uns von Mutter die Füße warm reiben.

Geistesgegenwärtig hatte sie sofort einen Kessel mit Wasser auf die Gasflamme gestellt, um uns einen heißen Tee zu kochen. Als der Flötenkessel anfing zu pfeifen, hielt ich mir die Ohren zu und fing selbst gellend an zu schreien.

»Dieter, ganz ruhig, es ist kein Fliegeralarm, es ist nur der Wasserkessel! Ganz ruhig, mein Kleiner, alles ist gut …« Mutter wiegte mich verzweifeltes kleines Kind in den Armen.

»Wie es wohl unserer Inge geht«, versuchte sie, mich taktisch klug abzulenken. »Eure große Schwester hat ja bei ihrer Freundin übernachtet, an der Oschatzer Ecke Leipziger Straße, da ist die Eisenbahnlinie weiter weg, und da sind die Luftangriffe nicht so stark gewesen, da bin ich mir ganz sicher.« Unauffällig wischte sie sich eine Träne aus dem Augenwinkel.

Tatsächlich ließ ich mich auf diese Weise beruhigen. »Die Inge soll wiederkommen!«

»Natürlich kommt die Inge wieder. Sie ist nur im Moment dort besser aufgehoben.« Die Mutter schüttete zwei Tassen voll mit heißem Tee und gab noch etwas Milch und Zucker dazu. »Hier, meine beiden Schätze. Schön vorsichtig, erst pusten. Das wird euch guttun. Für heute Nacht ist der Spuk vorbei.«

So saßen wir drei, in eine Decke gehüllt, kuschelten uns aneinander und pusteten in unsere Tassen. Der heiße, süße Tee füllte allmählich meinen entwöhnten Magen, und eine wohltuende

Wärme strömte in mein Inneres und breitete sich aus wie ein mäandernder Fluss, der sich durch die verdorrte Wüste kämpft. Ich konnte wieder atmen. Mein Kopf sank schwer gegen die Schulter meiner Mutter.

Draußen ertönte noch immer Wehgeschrei, manchmal drang das verhaltene Jubeln der Menschen ganz dicht in eine Wolke des Weinens und Jammerns, dann hatten sie jemanden lebend unter den Trümmern gefunden.

»Was war das?« Mutter war zusammengezuckt und versteifte sich. »Hat es geklopft?«

Wir spitzten die Ohren und lauschten. »Ja. Da klopft jemand!« Flüsternd hob ich den Kopf und starrte meine Mama angsterfüllt an. »Kommt jetzt der böse Schupo und sperrt dich ein?« Schon wieder fing mein kleines Herz panisch an zu hämmern. Was sollten wir nur tun, wenn unsere Mama nicht mehr da war?

»Der klopft anders. Viel lauter. Dieses Klopfen ist zu schüchtern.« Zögerlich stand Mutter auf, legte unsere beiden Kinderköpfe auf das abgewetzte rote Sofa und schlich zur Tür. Sie legte ihr Ohr an das Holz: »Ja, bitte?«

Doch statt eines gebellten Befehls »Sie sind verhaftet« oder »Sie kollaborieren mit dem Feind!« klopfte und scharrte es ganz leise weiter.

»Mir schwant etwas.« Mutter öffnete die Tür einen Spaltbreit und lugte hinaus in die Schwärze des Treppenhauses. Ein angstvolles Augenpaar starrte ihr entgegen.

»Das habe ich mir gedacht. Wie viele seid ihr?« Mutter öffnete die Tür nun vollends und zog eine abgemagerte zerlumpte Frau herein, die eindeutig zu den Zwangsarbeiterinnen drüben gehörte. Ihr gelber Judenstern prangte auf der Brust ihres schäbigen Arbeitskittels.

Bebend vor Angst stand sie da, ihre Lippen formten Unverständliches.

Mutter schnappte sich die brennende Kerze vom Tisch und spähte ins Treppenhaus hinaus.

»Sechs! Ihr seid sechs! Ich kann euch unmöglich hier in der Wohnung verstecken!«, gestikulierte sie der armen Frau, die vor Zittern gar nichts herausbringen konnte.

»Wir werden beobachtet!« Mutter zog mit dem Zeigefinger ihr Augenlid herunter und machte Zeichen nach draußen. »Ein ganz besonderer Schupo hat es auf uns abgesehen!«

»Proszę bardzo!« Die magere Frau warf einen zuckenden Blick auf uns Jungen und schien uns erkannt zu haben. Wir waren die mit dem Brot! Mutter verstand auch ohne polnische Kenntnisse, dass diese armen Seelen ein vorübergehendes Versteck und Schutz suchten. Ob das Tor zum Arbeitslager durch den Bombenhagel zerstört worden war oder ob die Frauen in ihrer Todesnot ein wenig nachgeholfen hatten, blieb wohl immer deren Geheimnis. Die Baracken qualmten und brannten jedenfalls, und keine der Zwangsarbeiterinnen war wohl freiwillig im Lager geblieben.

Mutter legte den Finger auf die Lippen, stellte sich auf einen Stuhl und fischte den Schlüssel zu dem evangelischen Gemeindesaal vom Küchenschrank.

Dann löschte sie die Kerze und machte der Frau Zeichen, ihr lautlos zu folgen. Uns beide ließ sie im Dunkeln sitzen.

Mein Herz polterte schwer und hart während der wenigen Minuten, in denen sie wegblieb.

»Wo geht sie hin?«

»Ich glaube, sie lässt die Frauen in den Gemeindesaal unten!«

»Aber der Schupo? Wenn er sie findet, sperrt er die Mama ein!« Mein klägliches Wimmern durchschnitt die Stille.

»Sei leise, Dieter, halt die Klappe! Die Mama weiß schon, was sie tut!«

In dem Moment schlüpfte die Mama schon wieder herein. Wortlos huschte sie in das hintere Zimmer, das sonst Inge gehörte, und wühlte dort im Schrank herum.

»Das können wir entbehren.« Sie hielt ein Bündel Kleider von sich selbst, von Inge, aber auch alte Sachen von unserem Vater in den Händen. »Das gebe ich ihnen, damit sie ihren verdammten Judenstern ins nächstbeste Feuer werfen können!«

Schon wieder huschte sie hinaus und schlich lautlos durch das dunkle Treppenhaus. Ich biss mir auf die Lippen und zwang mich, nicht vor Angst zu schreien.

Jeden Moment würde dieser Schupo hier wieder auftauchen! Mein Herz hämmerte metallisch in meiner kleinen Brust.

»Wieso hat die Mama den Schlüssel zum Gemeindesaal?«

»Der Pfarrer hat ihn ihr gegeben, als es mit den Bombenangriffen schlimmer wurde.« Manfred legte mir die Decke wieder um die Schultern, weil ich so sehr schlotterte vor Angst.

»Er sagte zu Mama, es finden sowieso keine Seminare und Chorproben mehr statt, und er selbst muss auch weg aus Dresden, weil die Nazis ihn nicht mögen. Er meinte, Mama soll den Schlüssel in Verwahrung halten, für Notfälle.«

»Und das ist ein Notfall«, piepste ich, mit den Zähnen klappernd.

»Du hast es erfasst.«

Ein drittes Mal kam Mutter nun lautlos zurück, machte sich in der Küche an unseren letzten Lebensmittelvorräten zu schaffen und schleppte Brot, Tee, Geschirr und Besteck hinunter.

»Die Mama ist die mutigste Mama der Welt«, befand ich, und Manfred gab mir recht.

»Die Mama lässt niemanden im Stich, so klein sie ist, so mutig ist sie auch.«

Unsere Mutter war nur eins zweiundsechzig groß. Für mich als Vierjährigen war sie trotzdem die Größte.

Vier Tage und Nächte lang folgte weiterer heftiger Beschuss auf Dresden, und immer wenn wir in den Luftschutzkeller flohen, kamen wir an dem abgeschlossenen Gemeinderaum vorbei, hinter dem die sechs Frauen versteckt waren. Mutter brachte ihnen regelmäßig Essbares von unseren eh schon wenigen Rationen, die es gegen Lebensmittelmarken gab, aber natürlich durfte sie die armen Frauen nicht mitnehmen in den Keller. Da war ja der strenge Schupo, der uns sowieso schon mit Argusaugen beobachtete.

Jede Nacht verharrten wir schicksalsergeben auf unserer Matratze in der hinteren Ecke an der Wand, auf der unsere Decke lag, und jede Nacht warf sich unsere Mutter mit ihrem ganzen Körper über uns, wenn die Erde erbebte, die Flieger heulten, die Bomben alles um uns herum in Schutt und Asche legten und die Menschen starben.

Am Morgen des fünften Tages, wir hockten gerade wieder auf dem Küchensofa und pusteten in unseren Tee, reckte Manfred den Kopf und spähte aus dem Fenster:

»Da gehen zwei Reservesoldaten durch das Lager. Sie suchen die Frauen.«

Sofort kletterte ich auf die Fensterbank, pustete ein Guckloch in die Eisschicht und wischte mit dem Ärmel darauf herum. Tatsächlich. Zwei ältere Männer in Uniformen streiften suchend durch das Lager, öffneten Türen zu den zerstörten Baracken, schüttelten Säcke aus und warfen Tische um. Mit Entsetzen erkannte ich den widerlichen Schupo, der es ohnehin schon auf uns abgesehen hatte! Kopfschüttelnd stapften sie weiter, und meine Kopfhaut zog sich plötzlich zusammen wie mit tausend Nadeln angepickt, als ihre Blicke suchend zu unserem Fenster hinauf streiften. Blitzartig zuckte ich zurück, spähte aber neugierig durch das Guckloch. Der Schupo zeigte nach oben und erklärte dem anderen etwas.

»Sie kommen!«

Mutter erstarrte. Ihre Hände krallten sich in die Tischplatte, die Knochen standen unter der weißen Haut hervor. »Wir wissen nichts von den Frauen. Hast du gehört, Dieter?«

Eifrig nickte ich und kletterte ebenso hastig wieder von der Fensterbank. Mein Herz raste wie eine Dampfmaschine, vor meinen Augen tanzten schrille Kringel. Sie durften die Mama nicht mitnehmen. Das war alles, was in meinem verwirrten Kopf hämmerte. Nicht. Die. Mama. Mitnehmen.

Da klopfte es auch schon. Diesmal herrisch und laut, fordernd und militärisch.

»Aufmachen!«

Mutter warf uns noch einen warnenden Blick aus ernsten Augen zu, dann nickte sie unmerklich. Wir waren eine eingeschworene Gemeinschaft.

»Guten Tag. Was kann ich für Sie tun?«

»Heil Hitler heißt das!«

»Ja, natürlich. Wie konnte ich das vergessen.«

»Frau Kretzschmar, wir wissen, dass Sie sechs polnische Judensäue* verstecken.«

Polternd traten die beiden großen schweren Männer in ihren nassen Mänteln ein und stiefelten ungeniert in das kleine hintere Schlafzimmer, das Mutter sich normalerweise mit Inge teilte. Jedenfalls, seit unser Vater nicht mehr da war. Und der war, seit ich mich erinnern konnte, nicht mehr da.

Sie rissen die Schranktüren auf, schoben das Ehebett an die Wand und leuchteten mit ihren Taschenlampen darunter. Dann rissen sie die Decke und das Federbett und die Matratzen herunter und schleuderten alles mitsamt dem Nachthemd unserer lieben Mama auf den Boden und gegen die Wand. Sie rissen die Vorhänge ab, als wenn sechs Frauen dahinter Platz gefunden hätten, und wurden immer wütender. Zuletzt fegten sie Mutters Koffer vom Schrank, der zusammen mit zwei Hutschachteln auf die Erde krachte und sich im Fallen öffnete. Keine sechs Frauen darin! So ein Pech!

»Wo sind die Weiber?«

»Ich weiß nicht, wovon Sie reden, Herr Huber!«

»Für Sie immer noch Herr Reserveoffizier! Los! Was ist da unten?«

Während der eine noch die Küche inspizierte und uns beiden Brüder vom Sofa stieß, hatte der scharfe Schupo bereits seine Fährte in Richtung Gemeindesaal eingeschlagen.

»Das gehört nicht zu unserer Wohnung, Herr Huber.«

»Aufmachen!« Der Schupo donnerte gegen die schwere dunkelbraune Doppelholztür unten, dass es krachte.

Ich bildete mir ein, die Herzen der armen Frauen bis hier oben pochen zu hören.

»Das gehört zur evangelischen Kirche, soviel ich weiß.« Mutter behielt eisern die Nerven und sah ihrem Peiniger direkt in die Augen. »Früher fanden dort Chorproben statt, und Religionsunterricht für die Konfirmanden …« Sie tat, als erginge sie sich in schönen Erinnerungen. »Aber seit Dresden unter so starkem Beschuss steht, ist alles verriegelt und verrammelt. Schauen Sie, Herr Huber, selbst die schweren Klappfenster sind von innen verschlossen, da hat jemand seine Verdunklungspflicht wirklich sehr ernst genommen.« Irrte ich mich, oder zuckten ihre Mundwinkel? »Da habe ich überhaupt keinen Zugang.«

»Das glaube ich Ihnen nicht!«

»Fragen Sie doch den Kirchenvorstand, der hat im Nachbarhaus gewohnt, aber Sie sehen ja selbst, das liegt in Schutt und Asche. Niemand weiß, ob der Mann noch lebt, Sie haben ja selbst die Leichen aus dem Nachbarkeller gezogen, Herr Huber …ich meine natürlich, Herr RESERVEOFFIZIER.«

Mutter sprach so laut und förmlich, direkt vor der Eisentür, dass die sechs polnischen Frauen sie sicher gehört hatten. Ich sah sie vor meinem inneren Auge dahinter hocken und zittern wie Espenlaub.

»Aber Herr OFFIZIER; wenn Sie sichergehen wollen, gehen Sie doch zur Hauptkirche beziehungsweise zur Verwaltung, die werden sicher einen Schlüssel haben, wenn sie nicht selbst Opfer der furchtbaren Angriffe geworden sind … es heißt ja, die Frauenkirche habe es am allerschlimmsten getroffen, nicht wahr, Herr OFFIZIER?! Ist das nicht ein Jammer um das schöne Wahrzeichen unserer Stadt?« Mutter schlug die Hände über dem Kopf zusammen und machte ein solches Theater, dass ihre Warnung ganz sicher bei den Frauen angekommen war. »Aber der Endsieg ist ja nahe, unser FÜHRER hat ja eine Geheimwaffe, und daran glauben wir alle ganz fest, nicht wahr, Herr OFFIZIER!?« Unsere Mutter schien den Kerl zu verspotten wie eine Spottdrossel den Kater.

»Das wird noch ein Nachspiel haben, Frau Kretzschmar! Wer jüdisches Pack versteckt, wird auf der Stelle erschossen. Da machen wir bei Ihnen ganz bestimmt keine Ausnahme.«

Endlich zogen die beiden ab. Ich hatte gar nicht gemerkt, wie ich mir die schweißnassen Hände vor den Mund gepresst hatte, um nicht loszuschreien.

»Mama, was wirst du tun?« Manfred und ich kauerten sprachlos vor Angst auf dem Küchensofa, das wir inzwischen wieder halbwegs aufgeräumt hatten, und starrten in die Verwüstung der Wohnung. Es war, als hätte auch bei uns eine Bombe eingeschlagen.

»Ich muss das Richtige tun.«

Stoisch begann unsere Mama, das Schlafzimmer wieder aufzuräumen, und ich sah eine Träne aus ihren Augen rollen, als sie das Nachthemd vom Boden aufhob, es faltete und ganz ordentlich wieder auf ihr Kopfkissen legte. Vielleicht wurde ihr in diesem Moment klar, welche Konsequenzen ihre Hilfsbereitschaft für uns alle gehabt hätte!

Als wir am selben Abend unter Sirenengeheul und herandonnernden Tieffliegern schlaftrunken in den Luftschutzkeller flohen, klopfte unsere Mutter in einem bestimmten Rhythmus an die schwere Doppelholztür des Gemeindesaales, die sich daraufhin einen Spaltbreit öffnete.

»Geht schon mal vor, Jungs!«

Doch wir gingen keinen Schritt mehr ohne unsere Mama!

»Ihr müsst weg hier«, redete sie mit deutlichen Gebärden auf die sechs armen Frauen ein, die inzwischen ihre und Inges und Vaters Kleider trugen. »Das Versteck ist nicht mehr sicher!« Während draußen die anderen Bewohner der Nachbarhäuser kreischend und schreiend in ihre Luftschutzkeller stürmten, umarmten die Frauen unsere Mutter unter Tränen der Dankbarkeit. Sie hatten verstanden. Mutter drückte den Frauen je noch ein Päckchen mit Brot in die Hände, und diese flatterten daraufhin wie Gespenster lautlos in das lodernde Inferno der von Bomben getroffenen Bürgerstraße.

Mama, Manfred und ich gelangten noch in letzter Sekunde in den Luftschutzkeller, als bereits wieder die Bombeneinschläge und Explosionen auf den nahe gelegenen Schienen ein Horrorszenario gestalteten. »Schnell, in die hinterste Ecke, auf unsere Matratze!«

»Da sitzt schon jemand!« Manfred prallte zurück.

Tatsächlich. Unser *Freund,* der Reserveoffizier, hatte es sich auf unserer Matratze und Decke gemütlich gemacht! Breitbeinig saß er da und stierte uns an.

»Na, Frau Kretzschmar? Hatten Sie noch was Wichtigeres vor? Da sag ich nur: Weggegangen, Platz vergangen!«

»Herr Huber, Sie wollen doch nicht den KINDERN ihren Platz abspenstig machen? Haben Sie nicht mit der Sicherung des Eingangs Ihre Pflicht zu tun?« Unsere Mutter stemmte die Hände in die Hüften. Mit offenem Mund verfolgten nicht nur wir Kinder, sondern auch die anderen Mitbewohner den Dialog, während draußen die Lichtkegel pfiffen und die Tiefflieger dröhnten. »Bitte seien Sie doch so freundlich und lassen Sie die Kinder auf ihr angestammtes Lager.«

Unsere Mutter war nicht größer als der zwölfjährige Manfred, aber sie bot dem Fiesling mutig die Stirn. Ich war fest entschlossen, sie zu heiraten, wenn unser Vater nicht wiederkäme und ich ein bisschen größer war.

Der gemeine Kerl ließ sich tatsächlich von Mutter einschüchtern und rappelte sich mühsam auf. Seine einst so schnieke Uniform stand vor Dreck, seine unrasierten Backen zitterten.

»Einsperren sollte man Sie, ich habe Sie eh schon auf dem Kieker! Frech wie Dreck! Dabei grüßen Sie noch nicht mal mit Heil Hitler!« Widerwillig machte der Alte uns Platz.

»Nein, das tun offensichtlich nur noch in ihrem Nazi-Fanatismus gekränkte alte Männer, die selbst nie an der Front waren!« Mutter murmelte zornig vor sich hin. »Fünfzehnjährige Buben schicken Sie als Kanonenfutter, aber Sie sitzen hier auf der Matratze der Kinder und machen sich wichtig! Schauen Sie sich doch mal um, was Ihr Heil-Hitler seinem Volk angetan hat! Tod, Zerstörung, Angst und Hunger!«

Zum Glück hatte der Widerling nicht den Mumm, darauf etwas zu erwidern. Wenn Blicke töten könnten! Die Mama traute sich was!

In diesem Moment donnerte eine Granate direkt neben der Fabrik in die Bahngleise. Eine Explosion nach der anderen erfolgte, ein widerliches Zischen schlich sich wie ein Raubtier an der Hausmauer entlang, Eisenschienen wurden unter Feuerfunken und züngelnden Flammen hochgeschleudert und krachten direkt in das gegenüberliegende Kellerfenster. Mehrere Menschen verglühten vor unseren Augen. Entsetzlicher Gestank nach verbranntem Fleisch füllte den engen überfüllten Raum, die Menschen schrien und kreischten durcheinander, die Hilferufe übertönten sich gegenseitig und verhallten im Zischen des Feuers.

Die Kampfflieger hatten eindeutig das Ziel, die Zugverbindung zwischen Dresden und Berlin zu zerstören, und sie würden nicht aufgeben, bis sie genau das geschafft hätten!

»Los, Jungs, raus hier!«

Mutter packte uns beide bei der Hand, und im panischen Gewühl der Flüchtenden riss sie uns die Kellertreppe hoch. Die schwere zweiteilige Eichentür, die sonst todsicher – im wahrsten Sinne des Wortes – den Eingang versperrte, hing brennend und glühend in ihren Angeln.

»Nicht hinschauen, schnell darüberspringen, los, rennt!«

So liefen Mutter, Manfred und ich durch die brennende, verwüstete Innenstadt Dresdens. In den Trümmern konnte man Leichen und Leichenteile im gespenstischen Licht der noch züngelnden Feuer und glimmenden Balken sehen.

»Nicht hinschauen, Dieter, nicht meine Hand loslassen! Nur rennen, Schatz!« Mutter hatte keine Hand frei, um sich ein Tuch vor die Nase halten zu können, wie andere das taten bei dem unfassbaren Gestank nach verbranntem Fleisch, denn sie ließ unsere Hände nicht los.

»Mama! Ich habe Angst! Müssen wir auch sterben?«

»Wir sterben nicht! Wir bleiben zusammen, Kinder, los, wir laufen runter zur Elbe!«

Mit meinen Kinderaugen musste ich mit ansehen, wie zahllose Menschen in ihren Blutlachen stöhnend verstarben, manchen fehlten ganze Gliedmaßen, verdreht lagen sie da, ihre Arme und Beine lagen ganz woanders, so weit weg waren sie geschleudert worden. Manche Leichen lagen auch ohne Kopf da, und aus ihren Rümpfen sickerte das Blut, so viel Blut. Kinder lagen bäuchlings auf Schuttbergen, zwischen kaputten Möbeln, herausgerissenen Fensterbalken, unter Scherben, unter Verstrebungen und Mauerresten. Bei einem Fahrrad drehte sich noch das Hinterrad, als wollte es weiterfahren. Ein Korbkinderwagen brannte lichterloh, eine Frau hatte das Bündel darin direkt vor unseren Augen noch herausgerissen und war damit weggerannt. Manche Leichen schienen auch unversehrt, ihnen fehlte rein äußerlich nichts. Aber ihre Lungen waren geplatzt, durch den Luftdruck der Bomben.

Schwarze Asche peitschte uns mit dem eisigen Nachtwind entgegen.

»Nicht hinschauen, Dieter, lass meine Hand nicht los und renn!«

Der süßliche widerliche Geruch verbrannten Fleisches waberte über dem grauenvollen Inferno und nahm mir die Luft zum Atmen.

»Hier ist die Straße versperrt, Jungs, wir müssen über die Trümmer klettern!«

Mutter hatte nichts dabei als ihre Handtasche mit unseren Dokumenten, und auf allen vieren krabbelten wir immer wieder über Schuttberge, auch über Leichen und Sterbende.

In der Morgendämmerung schälten sich die Bilder des Grauens noch viel drastischer aus dem Dunkel. Stundenlang liefen und krabbelten wir, rannten verzweifelt um brennende Häuserblocks herum und schlugen Haken um herabstürzende Brocken oder Fassadenteile, die nach wie vor von den rauchenden Trümmern fielen. Mutter ließ unsere Hände nicht los.

In der Abenddämmerung schlossen wir uns einem Flüchtlingszug von Hunderten Menschen an, die alle am Ufer der halb zugefrorenen, halb bedrohlich rauschenden Elbe entlangzogen.

Im Fluss türmten sich Trümmer, Wrackteile, Holz und unheimliche Figuren, die oft an Eisschollen zerbarsten oder sich festkrallten wie lebendige Wesen. Es klapperte und knirschte, es wehte und schaukelte, es stürmte und heulte. Ich war in der Hölle.

Ein nicht enden wollender Elendszug abgerissener Gestalten, denen der Schock und die Verzweiflung ins Gesicht geschrieben standen, schob sich flussaufwärts. Die Frauen schoben überladene Kinderwagen vor sich her, andere zogen ihre Kinder oder auch ihre alten Eltern auf Schlitten durch den Schnee. Manche trugen einen Koffer, die meisten hatten nur einen kleinen Rucksack auf dem Rücken, andere schoben oder zogen kleine Handwagen mit letzten Habseligkeiten. Aus allen Gesichtern schaute die nackte Angst, die

Hoffnungslosigkeit und die Resignation heraus. Tausende und Abertausende traumatisierte Augen starrten ins Nichts.

Unsere starke kleine Mama hingegen verströmte immer noch Lebenskraft und Zuversicht.

»Schaut, Kinder. Sie alle versuchen, möglichst weit weg vom Inferno der Dresdener Innenstadt zu gelangen. Lasst uns mitgehen.« Mutter zog uns beide schon stoisch vor sich hin taumelnden Jungs hinter sich her. »Wir müssen unbedingt versuchen, bei Anbruch der Dunkelheit unter der Augustusbrücke Schutz zu suchen. Also beeilt euch. Es bleibt uns nichts anderes übrig.«

Wie in Trance ließ ich mich von meiner Mama mitziehen. Was meine unschuldigen Kinderaugen mit ansehen mussten, ist unbeschreiblich. Es galt nur das pure Überleben.

Im Schutze der Augustusbrücke warteten wir schließlich mit Hunderten von ebenso verzweifelten und verstörten Menschen die völlige Dunkelheit ab. Wir waren einen ganzen Tag gelaufen, durch dieses eiskalte Elend! Erschöpft ließen sich viele einfach auf dem zugefrorenen harten Boden nieder. Manche kramten letzte Essensvorräte aus ihren Rucksäcken, Babys wurden gestillt. Viele Kinder hatten vor Angst in die Hose gemacht und wurden notdürftig von ihren Müttern gesäubert und umgezogen. Alte Menschen hockten zitternd und fassungslos auf ihren Schlitten. Wir hatten noch nicht mal eine Decke mit.

»Warum gehen wir nicht weiter, Mama? Hier ist es so eng, und alle schreien und weinen!« Ich war so nahe an einen Brückenpfeiler gezwängt, dass ich Angst hatte, erdrückt zu werden.

Längst heulten wieder die Sirenen los. Nun waren wir seit vierundzwanzig Stunden auf den Beinen, ohne etwas zu essen oder zu trinken, bei klirrender Kälte und beißendem Sturm.

»Warum ist Inge nicht bei uns?« Heulend vor Hunger und Kälte wischte ich mir den Rotz von der Nase. Mir klapperten die Milchzähnchen aufeinander.

»Sie wollte unbedingt bei ihrer Freundin bleiben.« Mama kramte in ihrer Handtasche nach einem Taschentuch. »Komm, mein Herz. Einmal feste reinschnäuzen. Wir müssen jetzt ganz tapfer sein.« Schon näherten sich wieder die nächsten brummenden Tiefflieger, und die Stadt Dresden wurde erneut beschossen. Bei jedem Einschlag heulten und schrien die Menschen auf. In nächster Nähe zerbarsten Brückenpfosten, die schwere Brücke ächzte und knackte. Das schwarze Wasser schäumte; Eisplatten krachten, waren es Steine oder Menschen, die von der Brücke hineingefallen waren? Ich hielt mir verzweifelt die Ohren zu. »Mama, ich will hier weg!«

Panisch rannten die Menschen nun in die Dunkelheit hinein. »Kommt, Jungs, sie beschießen die Brücke! Lauft!« Wieder packte uns Mama an den Händen und riss uns mit sich.

Mit letzter Kraft rannten wir um unser nacktes Leben. Die Bomben sausten uns nur so um die Ohren.

Dresden stand in lodernden Flammen! Sie züngelten unter dem Pfeifen und Dröhnen der Flieger in den schwarzen schaurigen Himmel hinein. Die Frauenkirche, das Wahrzeichen der Stadt, stand wie händeringend als ausgebranntes Skelett da. Immer wenn die Flieger phosphoreszierende Leuchtraketen abwarfen, um neue Ziele zu entdecken, ragten die Pfeiler wie anklagende Hände und magere Finger gegen ihre Peiniger. Doch die Angreifer gaben noch lange nicht auf. Noch immer krachten neue Granaten in die ohnehin schon zertrümmerte Stadt hinein.

»Da vorne ist die Carolabrücke! Sie steht noch! Kinder, wir haben es gleich geschafft!«

Mutter spornte uns zu noch mehr Eile an. Mir brannten die Kniekehlen und die Füße vor Kälte und Schmerzen. Meine Strümpfe waren heruntergerutscht und verursachten in den eiskalten nassen Schnürschuhen Blasen. Wir hatten nun schon viele Flüchtende überholt und waren ganz vorne am Zug angelangt. Keuchend retteten wir uns unter die Brücke, als auch schon der nächste Einschlag mitten in die Menschenmenge krachte, die es noch nicht geschafft hatte. Es war eine Leuchtrakete, die mit giftigem Phosphor angereichert war.

»Schaut nicht hin, Jungs, schaut nicht hin!« Mutter warf sich über uns und zog unsere Gesichter an ihren Körper, aber meine Augen sahen es doch, was Kinderaugen niemals im Leben sehen sollten: Mehrere Menschen hatten Feuer gefangen! Wie Fackeln rannten sie lichterloh brennend durch den Schnee. Gellende Schreie zerschnitten diese grauenvolle Szene.

»Hinwerfen«, brüllte jemand, »nicht weiterlaufen!«, und andere eilten helfend hinzu.

Zwischen meinen Fingern spähte ich hindurch und sah, wie diese armen Kreaturen sich vor Schmerzen brüllend im Schnee wälzten, während andere versuchten, ihre Mäntel über sie zu werfen und die Flammen damit zu ersticken. Manche Menschen überlebten diese Torturen, andere nicht. Manche taumelten noch einige Meter weiter, mit verbrannten Haaren und entstellten Gesichtern, um dann zusammenzubrechen. Mütter, Großmütter und Kinder schrien vor Entsetzen, Mitleid und Panik, konnten aber nichts mehr ausrichten.

»Kinder, schaut nicht hin!«, flehte unsere Mutter, die ja selbst noch eine junge Frau war und genauso traumatisiert wie wir. Sie hielt uns die Hände vor die Augen.

Doch wenn ich zwischen ihren Fingern in die andere Richtung spähte, sah ich die brennenden Christbäume wie ein schauriges Feuerwerk auf die Trümmer der Stadt niedersinken. Und die Flieger, die aus der Schwärze der Nacht herausschossen wie nimmersatte Raubtiere, die sich heulend und kreischend noch auf die letzten Ziele warfen, verstärkten Angst und Panik.

»Mama, sind wir in der Hölle?«

»Ja, das sind wir. Aber wir müssen weiter, Kinder! Sie beschießen auch diese Brücke!« Wieder trieb uns Mutter zur Eile an. »Los, lauft, weiter an der Elbe entlang!«

Auf meinen schon so müden schmerzenden Beinchen rannte ich weiter. Das Grauen und der Schreck trieben mich. Längst spürte ich die Blasen an meinen Füßen nicht mehr, die Kälte, den Hunger, die Angst. Wie ferngesteuert rannte ich an der Hand meiner Mutter, am rutschigen Ufer des Flusses entlang. Von dem schwarzen Fluss stiegen schaurige Geräusche auf, es trieben Gegenstände und Menschen darin, wenn sie nicht schon tot waren, so trieben sie zwischen den Eisschollen einem sicheren Tod entgegen.

»Mama, was bewegt sich da drüben, am anderen Ufer?« Manfred rannte keuchend neben ihr. »Das sieht aus wie Elefanten!« Geschockt blieben wir stehen. »Ja, und da sind Pferde!«

Unsägliche Schreie durchbrachen das Chaos und wehten mit dem eiskalten Nachtwind über die brodelnde Elbe. Manche hatten es über die Brücken geschafft und rannten uns mit letzter Kraft entgegen. Verendende Tiere, Hufe, die sich gegen den roten Himmel reckten, aufgerissene Mäuler, strampelnde und zuckende Gliedmaßen.

»Wir müssen da vorbei, Kinder, schaut nicht hin!«

Aber natürlich schaute ich hin. »Das sind die Tiere vom Zirkus Sarrasani!« Manfred schlug sich entsetzt die Hände vor den Mund. »Schaut mal, die Pferde haben sogar noch den Kopfputz von der Zirkusvorstellung auf!«

»Aber die werden doch in diesen Kriegstagen keine Vorstellung mehr geben?« Mama zog uns um einen von Granatsplittern zerrissenen Pferdeleib herum. Das Maul stand weit offen, es war, als würde dieses Pferd mit seinen riesigen gelben Zähnen in den Himmel grinsen. War es eben noch in einer Manege herumgerannt, unter dem Beifall des Publikums? Das konnte doch gar nicht sein! In der Hölle gab es keinen Zirkus!

»Doch, ich weiß es!« Manfred blieb erschüttert stehen. »Ich habe doch im Zirkus als Limonadenboy gearbeitet!« Tatsächlich hatte sich mein großer Bruder noch bis vor Kurzem ein paar Pfennige dazuverdient, indem er während der Zirkusvorstellungen in Pappbechern Limonade in die hintersten Ränge trug. »Die Direktorin Frau Stosch-Sarrasani hat gesagt, sie spielen weiter bis zum bitteren Ende!«

»Die Tiere müssen mitten in der Vorstellung von einem Bombenangriff überrascht worden sein!« Mutter schüttelte fassungslos den Kopf. »Sie werden sich instinktiv vor den brennenden Häusern runter zur Elbe geflüchtet haben.«

Ich unterdrückte einen Würgereiz und presste mir die Fäuste vor den Mund.

»Bitte, Kinder, schaut nicht hin!«

Doch beim Weiterlaufen stolperten wir regelrecht über weitere tote Tiere. »Das hier sind Affen! Und Zebras! Und da liegt eine Giraffe!«

»Diese hier müssen aus dem Zoo entlaufen sein!«

»Wahrscheinlich hat irgendein barmherziger Mensch in letzter Sekunde noch die Käfige geöffnet«, sinnierte Mutter, während wir versuchten, die Kadaver großräumig zu umrunden.

»Welche Schande, dass diese unschuldigen Wesen jetzt so grausam entstellt hier am Ufer der Elbe ihr sinnloses Ende finden.«

Inzwischen heulten wir alle drei vor Entsetzen. Auch Mutter, die die ganze Zeit über versucht hatte, so tapfer zu sein, brach bei dem Anblick der toten Tiere fast zusammen und schlug sich die Hände vor den Mund. Aber nur kurz, dann hatte sie ihre Fassung wieder. Die kleine Frau entwickelte ungeahnte Kräfte.

»Wir müssen weiter, Kinder.« Tapfer nahm sie uns bei den Händen und zerrte uns fort.

Vor meinem inneren Auge sah ich immer wieder verendete Tierleiber mit aufgerissenen Mäulern, auch wenn es nasse Steine oder kahle Sträucher waren, an denen wir in der gespenstischen Dunkelheit vorbeirannten. Nie würden Manfred und ich diese Nacht vergessen, sie brannte sich unauslöschlich in unsere Erinnerungen ein.

Oft, wenn wir viele Jahre später noch darüber sprachen, deckten sich unsere visuellen Erinnerungen im Detail, und nichts davon entsprang unserer kindlichen Fantasie.

Im Morgengrauen erreichten wir das Blaue Wunder, die berühmte Stahlbrücke, die graziös die Stadtteile Blasewitz und Loschwitz verbindet und die Elbe überspannt. Wir waren über zehn Kilometer über Trümmer, Tote, vorbei an verendenden Menschen und Tieren, durch den harschen kniehohen Schnee und durch splitternde Eispfützen gelaufen. Wir waren am Ende. Ich hätte kein Beinchen mehr vor das andere setzen können. Lieber wollte ich sterben.

»Kinder, da vorne sind Schwestern vom Roten Kreuz!« Mutter stolperte die letzten Meter, bevor sie erschöpft gegen einen Brückenpfeiler sank. »Sie haben etwas zu essen und zu trinken für uns!«

Fassungslos betrachtete ich die Frauen mit den dunkelblauen Uniformen und den weißen Häubchen auf dem Kopf, die durch die Reihen der hilflosen Flüchtlinge huschten wie Engel und für jeden ein gutes Wort, eine Aufmunterung oder sogar einen Becher heißen Tee übrig hatten. Sie sahen nicht so aus, als wären sie seit sechsunddreißig Stunden durch Eis und Schnee, durch Trümmer und Tote gewatet. Sie kamen wie überirdische Wesen aus einem benachbarten Krankenhaus, für mich war es deshalb, als erlebte ich ein »blaues Wunder«.

»Sie sortieren die Mütter mit Kindern aus dem Flüchtlingszug aus«, wusste Manfred zu berichten. »Wir sollen uns dahinten in der Schlange anstellen.«

Mutter nahm mich auf den Arm und schleppte mich ans Ende der Schlange. Ich lag wie ein Häufchen Elend an ihrer Schulter und klammerte mich daran wie ein sterbendes Kätzchen.

Tatsächlich wurden Kranke und Gebrechliche weggeführt. »Da oben ist eine Schule. Bitte, kommen Sie.« Es musste ein Engel sein, der mit uns sprach! Die sanfte Stimme der Schwester, die mitleidig auf Mutter und uns beiden völlig verdreckten und verstörten Kinder einsprach, erschien mir nicht von dieser Welt. »Bitte folgen Sie meiner Kollegin. Es sind nur noch wenige Meter, dann können Sie sich ausruhen. Es gibt Suppe und für die Kinder je einen Becher heiße Milch.«

Mit letzter Kraft schleppten wir uns noch die rutschige Böschung hinauf. Als sich die Tore dieser Schule für uns öffneten, trauten wir unseren Augen nicht. In einem großen Saal, der sich Aula nannte, waren Strohlager aufgeschüttet worden. Und es gab für jeden eine Decke.

Eine Decke! Warmes Wasser, Tee, Handtücher! Und warme Milch! Jemand reichte mir einen Becher, und ich trank in durstigen Zügen.

Augenblicklich schlief ich an der Schulter meiner Mama ein.

IM ZERBOMBTEN DRESDEN,
1. März 1945

Wir verbrachten drei Tage und Nächte in dieser Schule, dicht gedrängt lagerten wir neben den anderen total erschöpften Familien, die hauptsächlich aus Frauen und kleinen Kindern bestanden. Mutter half, so gut sie konnte, und kümmerte sich noch um andere Kleinkinder, half, Decken und Lebensmittel zu verteilen, und tröstete, wo sie konnte. Von hinten sah sie selbst aus wie ein Kind. Doch sie war stark und zäh wie eine Löwin.

Aber auch dieser Stadtteil wurde inzwischen heftig beschossen.

»Sie haben es natürlich auf das Blaue Wunder abgesehen.« Mutter hatte uns Jungs wieder in ihre Arme genommen, in dieser dritten Nacht. »Wir dürfen leider nicht davon ausgehen, dass wir hier von den Luftangriffen verschont bleiben.«

Kaum hatte sie das gesagt, als auch schon die Wände der Schule erzitterten und der Putz von den Wänden rieselte. Das inzwischen bekannte Dröhnen der Tiefflieger, das Krachen und Bersten der Bomben in unmittelbar benachbarte Häuser ließ uns wieder um unser Leben fürchten. »Sie beschießen das Blaue Wunder!«

Natürlich wusste ich als echter Dresdner Junge, dass die kunstvoll geschwungene hellblaue Brücke, die sich hier am Ende der Stadt über die Elbe erstreckte, als »Blaues Wunder« galt. Es war die älteste Brücke Dresdens, und ein Meisterwerk der Ingenieurskunst und Architektur.

In Friedenszeiten, so hatte Mama erzählt, saß man hier in Weinlokalen und Ausflugsgaststätten und bestaunte das Monumentalwerk, das neben der Frauenkirche als Wahrzeichen der Stadt galt.

Mit den anderen Flüchtlingen rannten wir in den Keller unter der Turnhalle, wo wir unter dicken Röhren, Wasserleitungen und Heizungsrohren auf dem kalten Steinfußboden kauerten und unsere Köpfe mit den bloßen Händen schützten. Das Grauen in den Gesichtern all der Kinder und der Mütter spiegelte sich wohl in meinem eigenen Gesicht.

»Kinder, wir müssen morgen früh weiter. Es hilft nichts. Diese Schule wird es nicht mehr lange geben.«

Mutter drückte uns ganz fest an sich. »Wir müssen versuchen, nach Clausnitz zu kommen.«

»Was ist Clausnitz?« Schluchzend presste ich mich an sie. Hier wieder wegzumüssen, brach mir das Herz. »Ich will hier sterben, Mama, ich kann keinen Schritt mehr gehen!«

Wimmernd zeigte ich ihr meine blutigen Blasen an den Füßen, den Schorf an den Knien und meine vor Dreck und Urin starrende Hose.

»Aber Dieterchen, wir dürfen doch jetzt nicht aufgeben.« Die Mutter wiegte mich tröstend in ihren Armen. »Clausnitz ist unsere Zuflucht, glaube mir. Deine Schwester Inge wurde dort 1926 geboren, und dein Bruder Manfred 1933. Ich habe deinen Papa dort kennengelernt, und wir haben dort geheiratet.«

»Aber das ist doch alles schon so lange her!« Ich selbst war 1940 in Dresden geboren, das wusste ich, und was davor passiert war, war außerhalb meines Fassungsvermögens.

»In diesem Dorf haben wir möglicherweise noch Menschen, die sich an uns erinnern und die uns aufnehmen könnten.« Mutter rappelte sich schließlich auf und klopfte sich und uns den Mantel ab. Wir hatten tagelang im Mörtel und Schutt gesessen. »Es ist vierzig Kilometer von hier entfernt. Wir haben uns doch jetzt ausgeruht und gestärkt. Wir müssen es wagen!«

Und so stapften wir im Morgengrauen des 1. März 1945, versehen mit allen guten Wünschen der lieben Schwestern vom Roten Kreuz, die so rührend für uns gesorgt hatten, wieder weiter am

Ufer der Elbe entlang. Diesmal allein, ohne Schutz und Begleitung der Gruppe.

»Erzähl uns von deiner Zeit mit Papa in Clausnitz!«, bat Manfred. »Dann wird uns die Zeit nicht so lang!«

Immer wieder nahm Mama mich auf den Arm, wo ich mein Gesicht in ihre Halsbeuge drückte, aber dann musste sie mich doch wieder absetzen, und ich musste laufen.

»Ja, Mama, bitte erzähl uns von Papa!«

»Also.« Die Mama wischte sich mit dem Handrücken eine Haarsträhne aus dem Gesicht und lächelte zu mir herunter. »Eure Großeltern, die ihr noch gar nicht kennt, Papas Eltern, hatten ein Restaurant in Clausnitz, und ich bin als junges Mädchen dorthin gegangen, um für meinen Papa Bier im Krug zu holen. Euer Papa stand als junger Mann am Ausschank, und da hat es Klick gemacht.«

»Wie Klick?« Staunend sah ich zu ihr auf und stolperte neben ihr her.

»Also, vor vielen Jahren, da war ich selbst noch jung und schön …« Sofort wurden meine Schritte leichter. Vor meinem inneren Auge sah ich meine wunderhübsche Mama, nicht in ihrem abgerissenen Mantel und den derben Schnürschuhen, sondern in einem bunt geblümten Frühlingskleid. Ihre wunderschönen langen dunklen Haare steckten nicht unter einem Kopftuch, sondern fielen ihr glänzend auf die Schultern.

»Ich war ja immer die Kleinste, und als ich euren Papa sah …« Ihre Augen waren plötzlich von Lachfältchen umgeben.

»Euer Papa war auch ein verhältnismäßig kleiner Mann. Es war, als hätte eine Märchenfee uns zusammengebracht. Wir schauten uns an und mussten erst mal herzlich lachen!«

»Und da hat es Klick gemacht?« Manfred kickte einen Stein vor sich her.

»Da hat es Klick gemacht. So wie zwei Teile einer Eisenkette ineinanderpassen, wenn man sie zusammenschließt. Klick.« Mama ließ kurz meine Hand los, um ihre Finger ineinander zu verschlingen. Meine Augen leuchteten, und ich stellte mir zwei liebe Menschen vor, die füreinander gemacht waren. Für einen Moment waren wir nicht mehr in der Hölle, sondern irgendwo in einem Märchenland, zwischen Feen, Zwergen und fröhlichen Gestalten mit Musik.

»Als er mich zum Tanzen aufforderte, mussten wir beide lachen: Wir sind beide eher mittelgroß! So hat er sich ausgedrückt. Es war, als hätte der liebe Gott uns füreinander gemacht. Wir tanzten, und es war sofort um mich geschehen. Auf dem Tanzboden spielte eine Blaskapelle, und wir schwebten im Walzertakt im Kreis herum … Die anderen Leute haben gelacht und sich an uns gefreut, aber wir hatten nur Augen füreinander.« Sie stellte kurz entschlossen ihr Bündel ab, umschlang Manfred, der ja jetzt schon so groß wie sie war, mit den Armen und deutete ein paar Tanzschritte an, mitten auf den Eispfützen am schlammigen Ufer der Elbe. So entführte uns die Mama mit ihren wundervollen Erinnerungen an eine Zeit vor dem Krieg, die ich nie gekannt hatte. Vor meinem inneren Auge gingen Manfred, Mama und Bilder aus einer vergangenen Zeit ineinander über.

Ich sah meinen Papa in der Gestalt von Manfred, und ich wusste, ich würde ihn lieben.

»Der Papa war der lustigste Mann von allen, und ich wusste, den werde ich einmal heiraten.«

»Und wie habt ihr euch wiedergesehen?«

»Ganz einfach! Mein Vater hatte Gefallen am Bier gefunden und ich an Hans. Ja, wir heißen tatsächlich Hans und Grete, wie bei Hänsel und Gretel … Also ließ ich mich von meinem Vater jeden Abend um einen Krug Bier dorthin schicken. Alle waren glücklich, dachte ich zumindest. Aber dann wurde mein Vater plötzlich böse.«

»Wieso denn das?« Manfred löste sich etwas verlegen aus der Tanzpose und zog sich die Hosenbeine gerade.

Mama nahm ihr Bündel wieder auf. »Ich erzähle nur weiter, wenn wir weitergehen.«

Also setzten wir uns wieder in Trab. Sofort sicherte ich mir wieder die Hand von Mama.

»Mein Papa Wilhelm war ein sehr strenger Mann. Er trank eigentlich niemals Bier, und nachdem ich das dritte Mal gebettelt hatte, ihm einen Krug Bier bringen zu dürfen, gab er mir plötzlich eine Ohrfeige.«

»Oh, das war aber nicht nett von ihm!«

»Nein, er war noch Kanonier im Ersten Weltkrieg gewesen, und er kam sehr schwerhörig aus dem Krieg zurück. Irgendwann hat er gemerkt, dass ich nicht ihm, sondern mir selbst eine Freude machen will mit dem Bier. Solche Späße hat er nicht verstanden. Er hat immer geglaubt, wir machen uns über seine Schwerhörigkeit lustig. In Wirklichkeit ist mein Vater zwar sehr streng, aber auch ein gerechter Mann. Aber er lacht nicht so gerne wie euer Papa. Das stimmt.«

»Und wie hast du unseren Papa dann doch noch wiedergesehen?«

»Er arbeitete in einem Sägewerk. Und sein Chef war ein sehr netter Mann, er hieß Edmund Hunger.«

»Der hieß Hunger?« Plötzlich fühlte ich wieder dieses ziehende Nagen im Bauch, das ich über Mamas Geschichte fast ein wenig vergessen hatte.

»Ja, das ist ein seltsamer Name in diesen Zeiten, nicht wahr? Aber damals fanden wir den Namen nur lustig …«

Staunend folgten wir ihr mit großen Augen, und auf diese Weise brachten wir es wieder ein paar Kilometer weiter. Die Stadt Dresden lag nun, am fünften Tag unserer Flucht, in einer armseligen Silhouette aus rauchenden Trümmern und nackten schwarzen Balken hinter uns. Wie eine verlassene Theaterkulisse, bei der jemand vergessen hatte, den Vorhang darüber fallen zu lassen.

»Ja, und zu diesem Herrn Hunger gehen wir jetzt«, sagte Mama. »Der hat ein Sägewerk, und da gibt es bestimmt was zu essen.«

»Schaut mal, da kommen uns Leute entgegen!« Manfred zeigte auf den grauen Horizont, aus dem sich in Nebelschwaden ein paar Gestalten formierten.

Brüsk wurde ich aus meiner blühenden Fantasie gerissen, und aus dem lustigen Tanzboden und der fröhlichen Musik vor meinem inneren Auge schälten sich fünf lumpige Gestalten, die sich uns aus dem trostlosen nassen Grau der Winterwolken und dem Schneeregen entgegenschleppten.

»Das sind deutsche Soldaten!« Mutter blieb stehen und starrte der Gruppe Männer entgegen. »Die gehen eindeutig in die falsche Richtung, das sollte ihnen mal jemand sagen.«

»Kriegsverletzte.« Manfred legte die Hand über die Augen. Ich selbst drückte mich schüchtern hinter den Mantelzipfel meiner Mutter. Der Elendszug, der uns da entgegenschwankte, machte einen jämmerlichen Eindruck. Zwei schleppten sich an Krücken voran. Bei näherem Hinsehen hatten beide je nur noch ein Bein. Die verbliebenen Beinstummel waren jeweils in schmutzige Lumpen gewickelt. Ein anderer trug einen blutverschmierten Kopfverband, aus dem nur noch ein Auge herauslugte. Der Vierte hatte schwere Granatsplitterverletzungen am rechten Arm, und den Letzten, den ich erst gar nicht als Menschen hatte erkennen können, zogen sie in einem Handwagen. Ich hatte gedacht, es sei ihr Gepäck, aber es war ein Bündel blutverschmierter Mensch, das nur noch ganz schwach unter einer dünnen Decke atmete. Das übliche »Kinder, guckt nicht hin!« verhallte ungehört im Schnee. Natürlich guckten wir hin! Wie magnetisch angezogen, sogen sich unsere kindlichen Blicke in diesem Grauen fest.

»Du meine Güte, wo wollt ihr denn hin?« Mutter verstellte den Elendsgestalten den Weg.

»Nach Dresden! Wir wollen nach Hause! Der Krieg ist eh verloren!«

»Halt die Klappe, das darf man doch nicht laut sagen!«

»Ist doch wahr! Schaut uns an! Wir können nicht mehr kämpfen!« Der mit dem Kopfverband nuschelte sehr undeutlich. So, als hätte er keine Zähne mehr im Mund.

»Du kannst froh sein, dass deine Söhne noch zu klein sind, sonst wären sie schon eingezogen. Wir durften gehen.« Zynisch lachend schwenkte der andere seine Krücke. »Wir sind noch nicht mal mehr Kanonenfutter.«

»Aber es gibt kein Dresden mehr!« Mutter wies auf die starre schwarze Kulisse der im Nebel versunkenen Trümmer. »Tut euch das nicht an! Jeder, der noch in der Stadt ist, versucht, rauszukommen!«

»Aber wir wollen zu unseren Familien!«

»Ja, ich habe eine Frau und zwei kleine Kinder! Das eine davon habe ich noch nie gesehen!«

Mutter schüttelte immer wieder den Kopf.

»Wisst ihr denn nicht, dass Dresden seit Wochen jede Nacht bombardiert wird? Da steht kein Stein mehr auf dem anderen!«

Genauso mitleidig schauten nun auch die fünf Soldaten auf uns. »Wirklich? Ist es so schlimm? Kommt, wir haben noch ein paar Kekse dabei. Lasst uns Informationen austauschen.«

Sie zogen uns an den Wegesrand, wo wir auf einem umgekippten Planwagen Platz nahmen. Dass davor zwei tote Pferde lagen, die gelbzahnig in den wolkenverhangenen Himmel grinsten, kümmerte uns schon gar nicht mehr.

»Wie alt bist du denn, Kleiner?« Der mit dem blutigen Kopfverband streichelte mir aus zerrissenen Handschuhen zitternd über den Kopf. Es fühlte sich schaurig an, als wenn eine kalte Mumie mich streicheln würde.

»Ich bin vier. Im Mai werde ich fünf.« Ich straffte mich. »Und ich heiße Dieter.« Ich fand, dass Kinder, die so etwas Grauenvolles erlebt und überstanden hatten, nicht mit »Kleiner« angeredet werden sollten.

»Und was ist mit dem armen Teufel da?«, fragte Mutter und warf einen Blick auf die Decke, die sich kaum noch bewegte. Manfred lugte schüchtern auf den Karren, den sie einfach mitten auf dem Weg stehen ließen.

»Der Kamerad ist nach mehreren Schussverletzungen und einer Notoperation so geschwächt, dass er es nicht mehr allein geschafft hätte. Wir haben ihn einfach mitgenommen. Wir wissen nicht, wer er ist, aber er stammt auch aus Dresden.«

Immer wieder starrte ich wie hypnotisiert auf die beiden Beinstummel, die in abgenähten Militärhosen steckten. »Tut das weh?«

»Das nennt man Phantomschmerz, Dieter. Man hat ganz tierische Schmerzen im Knie, obwohl das Bein irgendwo in Russland im Eis liegt.«

Mir blieben die trockenen Kekse im Halse stecken.

»Aber jetzt erzählen Sie doch, gute Frau. Steht mein Stadtteil noch?«

Die fünf Männer nannten alle ihre Stadtteile, aus denen sie stammten, und Mutter musste kopfschüttelnd Auskunft geben. »Die Stadtteile, durch die wir geflüchtet sind, sind dem Erdboden gleichgemacht. Von den anderen Stadtteilen weiß ich nur vom Hörensagen.«

»Wir müssen unsere Angehörigen suchen! Und wenn es das Letzte ist, was wir noch tun.«

»Meiden Sie doch Dresden um Gottes willen!« Mutter warf die Hände in die Luft. »Der größte Teil liegt in Schutt und Asche, überall brennt und schwelt es, und unter den Trümmern liegen Tausende von Toten …« Sie hielt mir die Ohren zu, weil ich gerade dabei war, den Keks wieder auszukotzen. »Ich kann Ihnen das alles vor den Kindern gar nicht schildern. Gehen Sie nicht in die Stadt. Es gibt keine Stadt mehr. Tun Sie sich das nicht an.«

»Doch, wir wollen unbedingt nach Hause!«

»Ich muss meine Mutter finden.«

»Und ich meine Frau. Und meine zwei kleinen Kinder. Das Neugeborene habe ich noch nie gesehen. Ich weiß noch nicht mal, ob es ein Mädchen oder ein Junge ist. Meine Familie braucht mich.«

Entschlossen rappelten sich die Soldaten wieder auf, stöhnten vor Schmerzen und drückten mir noch die Packung mit den restlichen Keksen in die Hand. »Musst du ja nicht sofort aufessen, Kleiner.«

»Ich heiße Dieter.«

»Nichts für ungut, du bist jedenfalls ein tapferer kleiner Junge. Passt auf eure Mama auf. Wir wünschen euch viel Glück.«

Dann zogen sie mit dem Wagen weiter. Der blutige Klumpen, der darin lag, atmete schon seit einer ganzen Weile nicht mehr.

»Was wollen Sie?« Unwirsch öffnete eine beleibte Bauersfrau irgendwo auf dem Lande die Tür, nachdem Mutter beherzt geklopft hatte. Längst hatte die Dämmerung eingesetzt, und gespenstische Nebelschwaden krochen über die kahlen Hügel und dunklen Wälder und fraßen sich in unsere Haut. Unsere Kleidung war kalt und nass und zerrissen und schmutzig.

»Bitte, wir suchen eine Unterkunft für eine Nacht.«

»Ach, da sind Sie nicht die Erste. Dauernd klopfen hier Flüchtlinge an. Das ist ja eine Plage. Ungeziefer. Sie sind wie Ungeziefer.«

Die Frau wollte die Tür schon wieder zuschieben, doch Mutter setzte einen Fuß dazwischen.

»Bitte. Sie sehen doch. Die Kinder können nicht mehr. Wir sind seit über einer Woche bei der Eiseskälte unterwegs.«

Betreten sahen Manfred und ich uns an.

Hatte sie »Ungeziefer« gesagt? Waren wir jetzt genauso wenig wert wie das »Polackenpack«, von dem immer die Rede gewesen war?

»Meine Scheune ist schon voll! Da liegen ein Dutzend kriegsuntaugliche Soldaten und abgerissene Flüchtlinge drin rum, aber meinetwegen, dann kommen Sie schon rein! Aber macht mir hier keinen Dreck, klar?«

Widerwillig ließ die Bauersfrau uns in ihre gute Stube. Ein unvorstellbar köstlicher Geruch schlug uns entgegen: Irgendetwas köchelte dort auf dem Herd in einem großen Topf!

Mir wurde schlecht vor Hunger, und meine Beine knickten mir ein. Ich sah nur noch bunte Kringel vor meinen Augen tanzen.

»Bitte, Sie sehen doch, wie elend mein kleiner Sohn dran ist! Bitte, nur für eine Nacht!«

»Ach was, hier machen alle so ein Theater!« Klirrend und scheppernd knallte sie uns drei Blechschüsseln auf den grob gehobelten Holztisch. »Meinetwegen kriegt ihr was von meinem Eintopf, aber der ist für die gesamte Belegschaft gedacht!«

»Vielen Dank, das ist so gütig von Ihnen …« Mutter hatte Tränen in den Augen. Dass sie jemals würde betteln müssen, überstieg wohl ihren Stolz. Sie war so eine selbstbewusste, starke und mutige Frau! Aber für uns Kinder tat sie alles.

»Ihr könnt dann meinetwegen für heute Nacht auf dem Dachboden schlafen.« Die Bäuerin klatschte uns allen dreien einen Kochlöffel voll mit Kartoffeln und mehliger Soße hin.

»Aber morgen früh um fünf, wenn ich zum Melken runterkomme, müsst ihr wieder weg sein.«

Dankbar nahmen wir dieses Notquartier in Anspruch. Ich hatte mir angewöhnt, nur noch auf die Erde zu schauen und nichts mehr zu sagen. Aus dem quirligen, fröhlichen und frechen Rotzbuben, der ich einmal gewesen war, war ein stilles, in sich gekehrtes blasses und verstörtes Kind geworden.

»So schlimm kann es in Dresden doch gar nicht sein, wie alle immer tun.« Die Bauersfrau riss uns die Teller weg, kaum dass wir den letzten Bissen heißhungrig in uns hineingeschaufelt hatten, und warf sie in eine Schüssel mit Spülwasser. Nicht, dass wir noch auf die Idee kämen, einen Nachschlag zu erbitten!

»Doch, gute Frau, es ist noch viel schlimmer, als Sie es sich vorstellen können.« Mutter pickte noch mit dem Finger die Krümel auf, die auf der Tischplatte gelandet waren, und steckte sie mir in den Mund wie einem Spatzenjungen. Und dann erzählte sie der Bäuerin, was wir bisher alles gesehen und erlebt hatten. Dabei hielt sie mir wieder die Ohren zu. Aber ich konnte doch alles hören, und außerdem hatte ich ja alles mit eigenen Augen gesehen!

»Das kann ich gar nicht glauben … hier auf dem Lande haben wir nur eine vage Vorstellung von dem, was die Leute erzählen. Es hat schon wieder geklopft.« Fast erleichtert wandte sie sich ab und eilte in den Flur, aber ich konnte sehen, dass sie sich mit dem Schürzenzipfel die Augen wischte. Und dann kanzelte sie die nächsten Flüchtlinge, die um Einlass baten, genauso rüde ab wie uns. Um sie schließlich doch hereinzulassen. Unsere drei gespülten Teller knallte sie wieder auf den Tisch: »Aber das ist eigentlich für die ganze Belegschaft gedacht!«

Müde und zerschlagen schleppten Mutter, Manfred und ich uns über die Hühnerleiter nach oben auf den Dachboden über der Scheune. Hier lagen schon zwei oder drei Familien im Stroh, die unwillig im Schlaf noch ein wenig zusammenrückten. Ein unbeschreiblicher Gestank schlug uns entgegen, aber den waren wir schon gewohnt. Menschen, die sich seit Wochen nicht mehr gewaschen hatten, in nassen Kleidern, die sie seit Wochen auf dem Leibe trugen. Urin und andere Ausscheidungen, die sie aus Angst von sich gegeben hatten, genau wie ich. Schmutzverschmierte Gesichter, Frostbeulen, getrocknetes Blut und Schrammen.

Wer fragte noch danach? Wir waren alle »Dreck«. Und zu weinen hatten wir längst aufgehört.

So vergingen ungefähr vier bis fünf Tage. Frühmorgens um fünf trollten wir uns noch vor Sonnenaufgang aus unseren Unterkünften in den eiskalten dunklen Märzmorgen hinaus. Manchmal bekamen wir von einer Bäuerin noch einen Becher Milch oder ein

Brot zugesteckt, manchmal auch nicht. Dann liefen wir einfach weiter, auf Landstraßen oder Feldwegen, soweit die Füße trugen. Das Ausmaß der Zerstörung ließ kaum merklich nach: Hier und da standen noch ganze Dörfer unversehrt da, und die Bewohner starrten uns kopfschüttelnd nach, während sie mit vollen Milchkannen oder ihren heilen Ochsenkarren ihren Alltag verrichteten, als hätten sie das Wort »Krieg« noch nie gehört.

»Da kommen schon wieder welche. Flüchtlinge. Rucksackpack. Schließt die Türen und Fenster!«

So erreichten wir in der zweiten Märzhälfte schließlich das gelobte Land: Mutters und Vaters Dorf Clausnitz im Erzgebirge. Völlig verwahrlost, abgerissen, verdreckt und steif vor Kälte taumelten wir am Ortsschild vorbei. Es roch verheißungsvoll nach Kuhmist und frisch gedüngten Wiesen. Irgendwo zog einer mit einem Ochsenkarren über die Felder, und die Kirchenglocken schlugen zwölf.

»Kinder, hier sind wir in Sicherheit! Schaut euch das an, hier steht noch jedes Haus! Hier hat euer Vater gearbeitet, es ist alles noch intakt!«

Die Hoffnung schien Mutter Flügel zu verleihen. Mit beschleunigtem Schritt eilte sie auf das Sägewerk zu, das deutlich sichtbar an der rechten Seite der Dorfstraße stand.

Ich konnte ja noch nicht lesen, aber Manfred versicherte mir, dass »Sägewerk« neben den Hakenkreuzflaggen zu beiden Seiten des Tores stand. Auch auf dem hohen Schornstein wehte schon von Weitem sichtbar die Hakenkreuzfahne. Irgendwie hatten die hier noch nicht verstanden, dass die Spielregeln jetzt andere waren.

»Kommt, Kinder, wir suchen Herrn Hunger, den Besitzer!«

Abgesehen von diesem merkwürdigen Namen, war mir das Ganze hier nicht geheuer. Dieser seltsame Name des Besitzers, »Hunger«! Und warum waren manche der Arbeiter denn pechschwarz im Gesicht? Und nicht nur im Gesicht! Sie hatten eine schwarze Hautfarbe! Beim Anblick meiner jämmerlichen Wenigkeit grinsten sie, sodass das Weiße in ihren Augen leuchtete. Und ihre Zähne. Unheimlich! Aber faszinierend! Ich starrte sie an.

»Manfred, ich habe Angst vor den Männern, die da arbeiten!«

»Komm, Dieter, die tun dir nichts!« Manfred wollte mich schon auf das Betriebsgelände ziehen, wo unsere Mutter bereits in ein lebhaftes Gespräch mit einem groß gewachsenen Mann vertieft war.

»Aber die werden bewacht! Bestimmt sind das böse schwarze Männer, die gefährlich sind! Sieh nur, da laufen Soldaten mit Gewehren herum und schlagen sie!«

»Kleiner. Bei uns in Dresden waren es polnische Kriegsgefangene, und hier sind es Amis.«

Doch selbst Manfred konnte seine Ehrfurcht und latente Angst vor diesen fremdartigen Menschen nicht verbergen.

»Manfred! Dieter! Kommt her, ich möchte euch Papas ehemaligen Chef Edmund Hunger vorstellen!«

Mutter stand aufgeregt an der Tür des dazugehörigen Wohnhauses und winkte quer über den Hof. »Was ist los? Wo bleibt ihr denn?«

»Dieter hat Angst!«

Manfred ließ mich einfach stehen und lief hinüber zu Mutter. Ich stand unschlüssig am Zaun und traute mich nicht hinein. Zu sehr hatten mich die Kriegserlebnisse in den letzten Tagen und Wochen traumatisiert. Das hier war wieder anders unheimlich als alles andere. Aber eben unheimlich. Wenn auch faszinierend. Die waren freundlich, das spürte ich.

»Hello Boy! How are you? Do you like chewing gum?«

Ein Riese von einem dunkelhäutigen Kerl kam grinsend an den Zaun geschlendert und steckte mir etwas in einem hellgrünen Päckchen zu. Überwältigt starrte ich ihm ins Gesicht.

Seine Augäpfel waren ganz weiß, seine Zähne auch, und der Rest lächelte mich freundlich aus weichen roten Lippen an.

»Don't be afraid! It's sweet, try it!«

Natürlich verstand ich kein Wort von dem, was er auf Amerikanisch von sich gab. Aber schüchtern ergriff ich das Päckchen. Es roch süß!

»*What's your name, sweethart?!*«

»Bitte? Ich versteh nicht …?«

»*Your name.* Wie heißt du?«

»Dieter«, antwortete ich höflich in meinem tiefen sächsischen Akzent.

»Diedo«, rief der Schwarze amüsiert seinen Kameraden zu. »*His name is Diedo! Such a cute little boy!*«

»*Hi Diedo, nice meeting you!*« Unter amüsiertem Gelächter dirigierten die amerikanischen Arbeiter mich hinein. Nicht alle von ihnen waren schwarz, die meisten waren weiß. Ein hellbrauner Kamerad war auch dabei. »*You have to chew this. Not eat. Just chew. Chewing gum, you understand?*« Lachend demonstrierten mir die netten Männer, wie ich diesen Kaugummi genießen sollte. Nicht essen, nur kauen! Also so ähnlich wie die Kühe, die wir hier inzwischen reichlich gesehen hatten. Die kauten, ohne runterzuschlucken. Die mahlten stoisch mit den Kiefern und glotzten dabei gleichmütig vor sich hin. Ich tat es ihnen nach, und die Männer lachten schallend.

In meinem Gaümen fand eine Geschmacksexplosion statt! GOTT! Schmeckte das wundervoll!

»Dieter, wo bleibst du denn?« Mutter kam in energischen Schritten in ihrem wadenlangen Mantel über das Arbeitsgelände gelaufen. »Du sollst doch Herrn Hunger Guten Tag sagen!«

»*Oh what a cude little lady*«, riefen die Arbeiter fröhlich lachend hinter ihr her. »Klain, aba oho!«

»Du sollst nicht mit den Negern* sprechen!«, tadelte Mutter mich im Weglaufen. »Herr Hunger möchte das nicht!« (Damals war das eine gängige Bezeichnung, die heute niemals mehr verwendet werden sollte.)

Eingeschüchtert reichte ich dem Besitzer des Sägewerks mein schlappes Händchen.

»Du kannst mich Onkel Edmund nennen.« Der groß gewachsene Mann lachte über meinen verzückten Gesichtsausdruck. Mir lief buchstäblich die Spucke vom Kinn. »Haben die Amis dir ein Kaugummi angeboten? Dann bist du jetzt sicher im siebten Himmel. – Kommt rein, ich habe zwar schon andere Bekannte und Freunde aufgenommen, aber für euch drei findet sich auch noch ein Plätzchen.« Staunend folgten wir den Erwachsenen in das völlig intakte, großzügige Anwesen. Überall fanden sich bereits Spuren von anderen Flüchtlingen. In allen Zimmern kauerten Familien eng zusammen auf den Betten, auf dem Fußboden und auf Treppenstufen. Rucksäcke lagen auf Decken, Socken und Hemden hingen zum Trocknen über Stuhllehnen, Matratzen lagen überall im Raum, Schränke und Tische waren beiseitegeschoben. Irgendwie wirkte alles auf mich wie ein gemütliches Ferienlager, und in meinem Herzen breiteten sich Ruhe und Freude aus. Noch immer kaute ich glücklich auf meinem Chewinggum herum und wusste, dass ich sehr wohl mit den netten Männern hinter dem Zaun sprechen würde, wenn ich erst einmal ausgeschlafen wäre.

»Wir sind natürlich die erste Anlaufstelle.« Onkel Edmund schob ein paar Wolldecken und Matratzen mit dem Fuß zur Seite. »Aber für meine ehemaligen Angestellten ist immer noch ein Plätzchen frei. – Na los, Kinder, setzt euch auf das Sofa! Meine Frau macht euch einen Kakao.«

Wieder erschien es mir, als seien ein paar Engel vom Himmel gefallen! Die Erwachsenen waren in ihr Gespräch vertieft, und ich schluckte aus Versehen den Kaugummi mit dem Kakao herunter. Aber alles fühlte sich wunderbar an. Satt, warm, angekommen. Noch dazu waren wir alle drei noch am Leben, was mir wie ein blaues Wunder vorkam.

»Wo ist Hans, hast du etwas von ihm gehört?« Mitfühlend blickte Onkel Edmund, der so gar nicht nach Hunger aussah, auf unsere Mama herunter. Die schüttelte nur den Kopf.

»Seit Jahren kein Lebenszeichen. Manfred war acht, als Hans eingezogen wurde. Und unser kleiner Dieter hat gar keine Erinnerung mehr an ihn.«

Bei uns in Dresden hatte ein gerahmtes Foto von Vater in der Küche gehangen. Er trug einen Helm auf dem Kopf und hielt ein Gewehr vor der Brust. Ernst schaute er in die Kamera. Aber sein Gesicht war mir vertraut, als hätte ich ihn schon immer gekannt. Er sah aus wie Manfred in erwachsen.

»Und was ist mit eurer Tochter? Warum habt ihr Inge nicht mitgebracht?«

Mutters Gesicht verfinsterte sich. Mit schmalen Lippen rührte sie in ihrem Kaffee.

»Sie wollte unbedingt bei ihrer Freundin Edit bleiben. Sie arbeitet ja mit ihr zusammen bei der Motorenfabrik Heiland auf der Leipziger Straße, im Hofe des Kinos Faun-Palast. Das fand unsere Inge natürlich spannender als unsere bescheidene Bude an den Bahnschienen bei der Gewürzfabrik. Die waren ja auch das gefährlichste Ziel, inzwischen alles zerbombt! Aber ich mache mir trotzdem schreckliche Sorgen um mein Mädel …« Sie wischte sich hastig über die Augen. »Die Motorenfabrik hat es bestimmt längst auch erwischt, und ich sehe mein armes Kind schon verletzt irgendwo herumirren …« Jetzt war es vorbei mit ihrer Tapferkeit. Gerade in Sicherheit gebracht, brach sie in heftiges Weinen aus. »Was, wenn meine Inge nicht mehr lebt, und ich erfahre nie wieder von ihr?«

Onkel Edmund zog sie an seine breite Schulter. »Du musst unbedingt Kontakt mit der Familie der Freundin aufnehmen. Wie heißen die?«

»Scharschuh!«

»Wir haben einen Fernsprecher in der Firma. Es kann dauern,

bis sie eine Verbindung hergestellt haben, aber … Inge ist schon achtzehn, nicht wahr? Sie wird das Richtige getan haben!«

Plötzlich ertönte draußen bei den amerikanischen Zwangsarbeitern lautes Geschrei. Es schien eine schreckliche Schlägerei ausgebrochen zu sein! Panisch hielt ich mir die Hände auf die Ohren, und auch Manfred verzog sich reflexartig hinter das Sofa.

»Was ist los? Die schlagen sich!« Mutter spähte erschrocken aus dem Fenster. »Sie gehen mit Fäusten aufeinander los!«

»Ach, die machen mal wieder Theater.« Onkel Edmund steckte die Hände in die Hosentaschen und zog die Schultern hoch. »Das sind die begnadetsten Schauspieler! Sie haben keine Lust zu arbeiten und boykottieren auf diese Weise meine Autorität! Schaut, Jungs, die Kinder aus dem Dorf stehen am Zaun und schauen zu!«

Ich spähte zwischen meinen Fingern hindurch und schob mich zentimeterweise weiter an das Fenster. Die kindliche Neugier war stärker als die Angst. Vielleicht waren wir Kriegskinder auch einfach schon so abgebrüht. Tatsächlich! Hinter zwei Faustkämpfern, die sogar mit roten Boxhandschuhen ausgestattet waren, hatten sich jeweils zwei Gruppen von Männern gebildet, die die Kämpfer laut anfeuerten. Als der eine den anderen zu Boden geworfen hatte, fingen die Zuschauer theatralisch an zu heulen, während die Siegergruppe die Hände in die Luft warf und triumphierend in die Luft sprang.

»Die sollen arbeiten, die faulen Hunde!« Onkel Edmund klopfte halb amüsiert, halb entrüstet an die Scheibe. »Los, lasst den Quatsch, die Show ist vorbei! Dalli, dalli, zupacken, sonst mach ich euch Beine …« Damit eilte er hinaus.

»Ist Onkel Edmund ein böser Mann?« Ängstlich schauten wir unsere Mama an.

»Nein, aber er ist ein überzeugter Nazi.« Mutter wies mit dem Kinn auf ein Hitler-Bild, das über dem Kamin hing. »Er tut, was er für richtig hält. Und wir können froh sein, dass er uns aufgenommen hat. Er ist im Grunde seines Herzens ein netter Kerl, aber er glaubt wohl immer noch an den Endsieg.« Ungläubig schüttelte sie den Kopf. »Er tut seine Pflicht, wie er sagt, und wartet auf weitere Befehle.«

Ja, solche Menschen gab es zuhauf, besonders auf dem Lande. Die Schrecken des Krieges waren noch nicht hierher gedrungen, man hörte im Radio immer noch Sieges- und Durchhalteparolen, und jeder, der es wagte, Zweifel zu äußern, wurde kurzerhand an die Wand gestellt. Das alles hörte ich natürlich mit, während ich auf der Matratze lag und vorgab zu schlafen. War Herr Hunger ein Feigling, ein Mitläufer, ein Heuchler oder vielleicht nur ein guter Schauspieler? Jeder rettete seine eigene Haut. Das begriff ich bereits mit knapp fünf, ohne dass es mir jemand erklärte. Aber Kinder begreifen mehr, als Erwachsene glauben.

Vielleicht tat Herr Hunger auch so, um die Möglichkeit zu haben, anderen zu helfen? Hätte er seine Meinung klar geäußert, wäre er ja »an die Wand gestellt« worden. Und was wäre dann aus uns und den anderen Flüchtlingen geworden?

Wie sich später herausstellte, waren die amerikanischen Zwangsarbeiter von überaus freundlichem, lässigem Gemüt. Sie wurden zwar von deutschen Wehrmachtssoldaten bewacht, teilten mit ihnen aber die Inhalte ihrer Rot-Kreuz-Pakete, sodass sie zum Kummer von Herrn Hunger oft gemeinsam am Zaun standen und rauchten, den Dorfkindern Schokolade zusteckten und eben zur allgemeinen Erheiterung ihre Showkämpfe vorführten, mit echten roten Boxhandschuhen! Dies war wohl ein kleiner Einstand zu unserer Ankunft gewesen, denn unsere Mutter war nicht nur klein und kess, sondern auch sehr hübsch.

Hahnenkämpfe zur Balz also. Als wenn unsere Mama darauf reingefallen wäre. Sie liebte doch Papa!

Nachdem wir uns eingelebt hatten, freundeten Manfred und ich uns schnell mit den Dorfkindern an.

»Manfred, Dieto, kommt raus zum Spielen, wir bauen einen Schneemann«, hieß es schon am nächsten Morgen. Nachdem unsere amerikanischen Freunde meinen Bruder »Männi« riefen und mich »Diedo«, waren unsere Spitznamen in Stein gemeißelt. Die kindlichen Spiele im Schnee, die Schneeballschlachten, das Schliddern auf dem Eis und das Schlittenfahren waren unsere täglichen Kinderbeschäftigungen, während unsere Mama sich bei Hungers im Haushalt nützlich machte. Die glitzernde weiße Winterpracht, die das schmucke Dörfchen noch immer einhüllte, die Stille und die Unberührtheit des landschaftlich so schönen Erzgebirges ließen uns Kinder das Inferno des grauenvollen Krieges im zerstörten Dresden kurzfristig vergessen. Die Hölle, der wir knapp entkommen waren, lag zwar nur vierzig Kilometer hinter uns, aber für uns lagen Welten dazwischen. Schnell und sanft wurde sie aus unseren noch ängstlichen und verstörten Gemütern verdrängt.

Unser Leben in Clausnitz erhellte und bereicherte sich für Manfred und mich durch die wunderbare Freundschaft, die sich zwischen uns und den amerikanischen Kriegsgefangenen täglich vertiefte. Wir lebten ja quasi Tür an Tür mit den freundlichen Männern, die uns nicht nur immer wieder eine Süßigkeit zusteckten, sondern sich für uns auch alle möglichen Streiche ausdachten. Mit offenem Mund schauten wir ihnen vom Stacheldrahtzaun aus zu.

»Kinder, ihr sollt doch nicht zu den Moorappln gehen!«, zeterten zwar einige Frauen aus dem Dorf, aber wir beachteten sie gar nicht. Die Vorurteile der Erwachsenen interessierten uns nicht. Dazu fanden wir diese exotisch aussehenden Männer, die bei unserem Anblick so breit grinsten, viel zu spannend und interessant. Wie dumm doch diese Worte waren! (Inzwischen habe ich weltweit so großartige Menschen unterschiedlichster Hautfarbe kennengelernt, dass ich mich der damaligen Kleingeistigkeit noch heute schäme.)

»Meine Mama sagt, das sind unsere Feinde und Kriegsgefangene, und wir dürfen nicht mit ihnen sprechen.« Einer der Jungen lugte zum Fenster seines Hauses hin, wo seine Mutter gerade einen Staubwedel aus dem Fenster schüttelte.

»Meine Mama sagt das auch!« Ein anderer Junge zuckte mit den Schultern. »Aber sie geben uns doch Schokolade!«

»Und sie sind lustig!«, lispelte ich begeistert. »Manchmal schmeißen sie mich ganz hoch in die Luft und fangen mich wieder auf!«

Unsere Mutter stand dann immer lachend am Fenster und klatschte in die Hände. Mein jauchzendes Lachen ertönte auf dem ganzen Sägewerk-Gelände.

Doch es gab auch schreckliche Szenen in diesem Dorf Clausnitz, und da lachte unsere Mutter nicht mehr.

Regelmäßig wurden von schwarz gekleideten Soldaten in Ledermänteln, der sogenannten SS, die einen Totenkopf auf ihren Uniformen und Ledermützen hatten, ganz arme ausgemergelte Menschen durch das Dorf getrieben. Sie erinnerten mich an die armen Frauen in der Gewürzfabrik, nur dass hier auch viele Männer dabei waren. Alte und junge.

»Kinder, kommt sofort rein!«, riefen die Mütter dann. »Das ist nichts für euch. Das geht uns nichts an.«

Mit Grauen standen wir am Fenster und mussten mit ansehen, wie diese armen, zum Skelett abgemagerten Gestalten von den Soldaten angeschrien und sogar geschlagen wurden. Viele von ihnen hatten auf ihren grau-weiß gemusterten Sträflingsanzügen einen gelben Judenstern. Ich erinnerte mich an die sechs armen polnischen Frauen, die Mutter kurzzeitig im Gemeindesaal versteckt hatte! Die hatten ihren Stern hoffentlich ins Feuer geworfen! Ob sie wohl je dem flammenden Inferno entkommen waren, in das sie schutzlos in jener Bombennacht hineingerannt waren? Wir haben es nie erfahren, sprachen aber noch oft über sie.

Diese Menschen hier hingegen hatten keine Chance. Wie Vieh trotteten sie ergeben über die Dorfstraße.

»Mama, was machen die da?« Angstvoll starrte ich meine Mutter an. Sofort wurden meine grauenhaften Erinnerungen mit neuem Horror wieder wachgerüttelt.

»Das sind Menschen, die von einem Konzentrationslager in ein anderes überführt werden, nahe der tschechischen Grenze.« Mutters Augen hatten sich mit Tränen gefüllt. »Sie sind unschuldig, nur weil sie Juden sind oder Kommunisten, oder weil sie Menschen lieben, die sie nicht lieben dürfen, werden sie so furchtbar bestraft!«

Im Gegensatz zu den anderen Müttern, die ihre Kinder anherrschten: »Das geht euch nichts an!«, konnte unsere Mama das nicht tatenlos mit ansehen.

»Wen lieben die denn?«

»Jeder Mensch darf lieben, wen er will. – Kommt, Kinder, wir stecken den armen Männern unauffällig etwas zu essen zu.«

»So wie in der Essig-Fabrik?«

»Genau so. Aber ihr müsst vorsichtig sein. Lasst euch von den schwarz gekleideten SS-Männern nicht erwischen! Die sind wie Wespen! Greifen schnell und aus dem Hinterhalt an, und ihre Stachel sind tödlich.«

Ohne das Einverständnis von Herrn Hunger trieben wir in der Speisekammer ein paar Brocken Brot und Speck auf und rannten hinaus auf die Dorfstraße, wo die armen ausgemergelten Gestalten sich in ihren viel zu dünnen Schlafanzügen barfuß oder in Holzpantinen weiterschleppten.

Ihre Gesichter waren schon vom Tod gezeichnet, ihre Knochen standen spitz hervor, ihre Augen lagen in tiefen schwarzen Höhlen. Allein der Anblick dieser zu Skeletten abgemagerten Menschen, die aussahen wie der wandelnde Tod, ließ mich erstarren. Trauer und Hoffnungslosigkeit lag in ihren bleichen Gesichtern. Manche, die selbst nicht mehr weitergehen konnten, wurden von zwei Männern in die Mitte genommen und buchstäblich mitgeschleift.

»Los, vorwärts, ihr dreckigen Schweine! Hier gibt es nichts zu erbetteln!«

Einer der bösen schwarzen Männer knallte mit einer Peitsche und traf dabei einen alten mageren Mann, der unauffällig die Hand nach den gaffenden Dorfbewohnern ausgestreckt hatte. »Untersteht euch, dem jüdischen Dreckspack* etwas zuzustecken!«

»Nehmt Augenkontakt auf!«, flüsterte Mutter. »Jetzt!« Und blitzschnell steckte sie einer der schlurfenden Jammergestalten ihr Stück Brot zu. Manfred und ich taten es ihr gleich. Magere Hände streckten sich nach uns aus. Schmutzige, zu Knochen abgemagerte Arme mit eintätowierten Buchstaben und Zahlen über dicken blauen Adern.

»Was ist da los! Hey, du Drecksweib! Untersteh dich, diesem Ungeziefer auch noch was zu fressen zu geben!« Der schreckliche schwarze Mann mit der Peitsche kam direkt auf uns zugelaufen! »Bist du wahnsinnig, du dummes Stück? Bist du etwa eine Volksverräterin?« Der SS-Mann knallte mit seiner Peitsche direkt neben uns auf die Straße. Schmutziger Schnee spritzte uns um die Füße.

Die Gefangenen wateten stoisch weiter durch das Eiswasser.

»Wem hast du was zu fressen zugesteckt, hä? Wem?« Der SS-Mann riss einen nach dem anderen zu Boden und trat mit seinen Stiefeln auf die armen Menschen ein.

»Spuck es wieder aus, los! Spuck es wieder aus!«

»Lassen Sie die armen Menschen doch ein Stück Brot essen«, flehte Mutter unter Tränen. »Sie können doch kaum noch weiter! Und das bei minus zehn Grad!«

Der Winter war in diesem schrecklichen März noch einmal mit Wucht zurückgekommen. Hier im Gebirge hatte sich der Frost wieder festgebissen wie ein gefräßiges Tier.

Die Fenster der umliegenden Häuser schlossen sich hastig, Gardinen wurden vorgezogen.

»Die sind hier keinen Krümel deutschen Brotes wert! Hast du das noch nicht begriffen, du dämliches Weib? Das sind Untermenschen* !«

»Das sind Menschen!«, schrie Mutter ihn an. »SIE sind ein Unmensch!«

Fensterläden schlossen sich, Kinder wurden von ihren Müttern in die Häuser gezerrt.

»Nein, das sind Mistviecher«, brüllte der SS-Mann zurück. »Die verrecken sowieso, aber du kleine Ratte bist eine Vaterlandsverräterin!« Er packte Mutter rüde am Arm. »Das wird noch Konsequenzen für dich haben! Und jetzt schau genau hin!«

Und dann nahm er sein Gewehr und schoss die armen Kerle einfach tot, die vor Entkräftung in den Schnee gefallen waren und nicht mehr aufstehen konnten. Und das vor unseren Kinderaugen.

Zitternd vor Angst, rannte ich über das Gelände des Sägewerkes davon. Selten hatte ich meine Mama weinen sehen, aber jetzt weinte sie laut. Vor Wut, vor Scham, vor Mitgefühl?

Einer unserer amerikanischen Zwangsarbeiter fing mich auf und nahm mich in den Arm. *»Be quiet, sweetheart, they won't beat your mum …«* Doch ich konnte mich nicht beruhigen.

In mir bildete sich instinktiv eine Abscheu und Hass gegen die schwarzen Uniformen der SS, diese widerlichen Wespen, ja, gegen Uniformen im Allgemeinen. Dass Menschen plötzlich die Macht haben sollten, andere zu Tode zu demütigen, zu quälen und schließlich zu töten, nur weil sie eine Uniform anhatten, das wollte mir nicht in den Kopf. Da hatte ich bei unseren kindlichen Spielen auf der Straße und im Schnee schon mehr Fairness gelernt und gespürt als hier bei den wichtigtuerischen Soldaten.

Am nächsten Morgen, als der Elendszug vorbeigezogen war und

ihre Fußspuren im Schnee zugeschneit waren, kam ein von Pferden gezogener Schlitten aus der Gegenrichtung heran.

Zwei Soldaten sprangen mit Schaufeln und Seilen herab und sammelten die Toten ein, die inzwischen schon festgefroren waren. Mit einem ganz grässlich grausigen Geräusch wurden die steif gefrorenen Leichen auf den Schlitten geworfen. Der SS-Mann, der sie erschossen hatte, stieg zu meinem grenzenlosen Entsetzen von dem Schlitten und polterte mit seinem Gewehrkolben energisch an unsere Tür. Wollten sie unsere Mama abholen?

Wir Kinder waren gerade von unserem Matratzenlager aufgestanden und standen zitternd vor Schreck in Unterwäsche mit unseren mageren Beinchen auf der Treppe.

Mir blieb vor Angst das Herz stehen. Manfred presste mir die Hand vor den Mund.

»Versteckt euch! Keinen Laut!« Unsere Mama schob uns hastig zur Hintertüre hinaus in den Hof. Panisch wimmernd rannten Manfred und ich barfuß durch den Schnee ins Klohäuschen und schmissen die Tür hinter uns zu. Manfred schob den hölzernen Riegel vor.

»Nehmen sie die Mama jetzt mit?« Vor Verzweiflung und Kälte trat ich von einem nackten Fuß auf den anderen, in die festgefrorenen Hinterlassenschaften der Arbeiter hinein. »Hoffentlich erschießt er sie nicht! O lieber Gott, bitte mach, dass er sie nicht erschießt!« Manfred stand auf dem Klodeckel und lugte durch das Loch. »Sie stehen vor der Tür!«

Drinnen wurden Stimmen laut, der SS-Mann verlangte brüllend Einlass.

Weiterhin wimmernd, hielten wir uns die Ohren zu, und doch versuchten wir zu lauschen.

Herr Hunger musste schließlich die Türe öffnen, ob er wollte oder nicht! Wie gut, dass er die Hakenkreuzfahnen und das große Hitler-Bild da hängen hatte, oder nicht?

Die amerikanischen Kriegsgefangenen standen alle mit großen Augen am Stacheldraht und beobachteten die Szene, die wir vom Klofensterchen aus miterlebten.

»Unsere Freunde haben Sägen und Äxte in den Händen«, berichtete Manfred mir. »Die lassen das nicht zu, dass sie unsere Mama erschießen! Vorher walzen die den Zaun nieder!«

Mir schlugen die Zähne aufeinander, und an meinem nackten Bein lief es lauwarm herunter.

»Der Schlitten mit den Leichen steht direkt vor unserer Tür«, meldete Manfred. Sein ganzer Körper schlotterte. »Die anderen Soldaten-Wespen kommen jetzt auch herangestapft.«

Meine Angst und mein Herzklopfen ließen mich fast den Verstand verlieren. »Was passiert?«

»Der SS-Mann fragt nach der Mama. Hör doch!«

Ich presste mein Ohr an die Holztür des Klohäuschens. Ganz klar konnte ich nun ihre Stimmen hören.

»Wo ist die Vaterlandsverräterin, dieses freche kleine Weibsstück?«

»Hier. Ich bin hier. Wenn Sie mich erschießen, tun Sie es bitte nicht vor den Augen meiner Kinder.«

»Ach, halten Sie schon Ihr dummes Maul. Hier hängt ein Hitler-Bild, draußen unsere Fahnen, und der Mann ist ein zuverlässiger Parteigenosse. Ich verlange für mich und meine Kameraden nur ein ordentliches Frühstück! Und zwar mit Eiern und Speck, wie es sich gehört!«

Und dann verschlangen die Mörder, die am Abend vorher noch die wehrlosen Gefangenen erschossen hatten, ein »ordentliches Frühstück«. Meine Mama musste es für sie zubereiten.

Bestimmt hatte sie heimlich zu viel Salz reingetan.

CLAUSNITZ,
April 1945

Der Winter wich ganz langsam einem zögerlichen Frühling, der sich durch eine starke Schneeschmelze ankündigte. Der Winterzauber war es gewesen, der unsere Kinderseelen ein wenig abzulenken vermocht hatte. Mein kleiner Spielgefährte Louis Döllner hatte sich beim Herumtollen im Schnee erkältet und war schon tagelang nicht mehr zum Spielen herausgekommen. Umso schlimmer traf mich die Nachricht, dass er an einer Lungenentzündung gestorben war!

»Kommt der Louis nun nie mehr zum Spielen heraus?«

»Nein, mein Schatz. Nie wieder.« Die Mama reihte sich mit Manfred und mir an den Händen langsam in den langen Trauerzug ein, der durch das uns entgegenfließende Schmelzwasser über die Dorfstraße zog, bis ganz oben hin zur Kirche und zum angrenzenden Friedhof. Von den Hügeln her zogen schwarze Regenwolken über uns her, und der Wind zerrte an den nackten Ästen der Bäume. Alles war so düster und trist! Wo war der Schnee, wo war das Kinderlachen, wo war unser kleines ländliches Paradies geblieben? Ich konnte das überhaupt nicht begreifen! Er war doch mein bester Freund gewesen, der lustige schwarzhaarige und übermütige Louis! So wie der kleine Junge in Dresden mein bester Freund gewesen war, dessen schlaffe Hand Mama unter den Trümmern hervorgegraben hatte. Starben sie denn alle der Reihe nach weg, meine Spielkameraden? Meine Füße in den inzwischen zu kleinen kaputten Schuhen waren eiskalt und nass, aber ich biss die Zähne zusammen und schritt bemüht im Gleichschritt mit der traurigen Musik bergauf. Immerhin gab es Mama noch. Und Manfred. Und vielleicht auch Inge. An Papa wagte ich gar nicht zu denken.

Der kleine Kindersarg lag auf einem Pferdeschlitten, welcher mit schwarzen und roten Tüchern geschmückt war. Blumen gab es keine, dazu war es zu kalt.

Direkt hinter dem Sarg ging die Mutter vom Louis, und seine beiden älteren Brüder. Der Vater und die beiden älteren Brüder waren im Krieg geblieben. Was musste die arme Frau erleiden? Schluchzend wankte sie hinter dem Sarg her. Die Mutter schob uns hinter ihnen her. Wir waren doch unzertrennlich gewesen, fast seit dem Tag unserer Ankunft in Clausnitz! Der Louis war es gewesen, der uns am ersten Morgen zum Spielen und Schneemannbauen herausgerufen hatte.

Er hatte einen starken russischen oder polnischen Akzent gehabt, niemand wusste das so genau. Die Familie war schon lange vor uns in diesem Dorf gestrandet, wo der Vater vom Louis sich als Pferdekutscher verdingte. Dann wurden er und die ältesten beiden Söhne in den Krieg abkommandiert, wie Louis uns erzählt hatte, und von ihnen dreien hatte der Rest der Familie nie wieder etwas gehört.

So wie wir nie wieder von Vater und Inge gehört hatten! Auch die mehrmaligen Versuche unserer Mutter, Inge telefonisch in Dresden bei ihrer Freundin Edit Scharschuh zu erreichen, waren gescheitert. War das der Grund, warum unsere liebe Mama in diesem Trauerzug so bitterlich weinte? Das ganze Elend der letzten Wochen, die Angst vor der Zukunft brach sich Bahn. Ach, es gab doch gar keine Hoffnung mehr …

Als der Trauerzug am Stacheldraht des Sägewerkes kurz anhielt, standen ausnahmslos alle gefangenen Amerikaner an den Zaun gedrückt, mit gefalteten Händen und Tränen in den Augen.

Louis war einer ihrer besten kleinen Freunde gewesen, immer für einen Streich zu begeistern, immer für ein Kaugummi oder ein Stück Schokolade zu haben.

Ihre weichen Stimmen hatten ihn oft gerufen: »*Where is little Louis? We have some sweets for you, boy!*«

Die Mutter von Louis hatte den Trauerzug anhalten lassen. Sie verbeugte sich dankend vor den Amerikanern, und diese Hünen von weißen, braunen und schwarzen Männern verbeugten sich unter Tränen vor dem Kindersarg.

CLAUSNITZ,
Ende April 1945

Schaut nur, Kinder, die ersten Krokusse! Ist das nicht eine Pracht?«

Unsere Mama stand im Hinterhof und hängte Wäsche auf. Dazu musste sie sich auf die Zehenspitzen stellen und immer noch arg recken. »Bitte macht euch nicht wieder schmutzig, ich habe keine Ersatzkleidung mehr für euch!« Sie stellte den Wäschekorb auf die noch bräunliche Wiese und wischte sich über die Stirn. »Ihr wachst mir zu schnell, was mach ich nur mit euch?« Sie hatte bereits mit dem Küchenmesser unsere Schuhe aufgeschnitten und von den Hosen den Saum herausgelassen. Immer wenn sie unsere Kleider im Waschkeller im Zuber wusch, saßen wir halb nackt unter einem Handtuchfetzen und warteten stundenlang, bis die Wäsche wieder trocken war. Oft schliefen wir in dieser ungemütlichen Position ein. Hauptsache, wir waren bei unserer Mama. Alles andere war nebensächlich.

Inzwischen lebten wir mit über dreißig Personen im Haus von Edmund Hunger, und wir teilten unser Zimmer mit insgesamt sieben Personen. Alle lagen auf Matratzen oder auf dem blanken Fußboden, mit ihren Lumpen. Lange würden wir nicht mehr bleiben können, das war Mutter klar. Ich war nun fast fünf Jahre alt und machte mir um diese Dinge natürlich noch keine Gedanken. Wichtig war, dass Mutter, Manfred und ich zusammen waren und dass unser Dorfleben weiterging. Das Bächlein rauschte mit klarem kaltem Wasser am Waldrand entlang, und es gab so viel zu entdecken. Mit Stöcken bewaffnet, versuchten wir Jungen, im Bach zu angeln.

»Good morning little Diedo, what's up?« Meine Freunde standen am Zaun und winkten mich zu sich heran. Ich stromerte mit dem

Stock am Stacheldrahtzaun entlang und machte damit ein klapperndes Geräusch. »*Tell your sweet little mother we want to talk to her!*«

Mit Gesten machten sie mir verständlich, dass ich Mutter herbeiholen sollte, aber unauffällig! Sie legten die Finger auf ihre weichen Lippen und flüsterten etwas, das sich anhörte wie »Hitler kaputt!«.

Sofort machte ich auf dem Absatz kehrt und trabte zurück zu meiner Mama, doch sie war gar nicht mehr allein! Abrupt blieb ich stehen. Wer war denn das? Mutter umarmte weinend eine magere junge Frau mit dunklen kurzen Haaren, die mir den Rücken zudrehte. Beide wiegten sich in enger Umarmung unter der wehenden Wäsche im Frühlingswind. Wer war denn das?

»Mama?«

»Dieterle!« Die dünne Frau in dem zerschlissenen Mantel wirbelte herum, ging in die Knie und breitete die Arme aus. Ihre Haut war ganz blau, und sie klapperte mit den Zähnen.

»Inge! Du siehst so anders aus! Du bist aber dünn geworden!«

»Du aber auch, kleiner Bruder!«

Sie umarmte mich und ich spürte jeden Knochen und sah ihre Schlüsselbeine weit hervorstehen.

»Was bist du gewachsen, mein Kleiner!« Sie lächelte unter Tränen und betrachtete mich aus großen ernsten Augen, die in tiefen Höhlen lagen. »Und eine Zahnlücke hast du!«

Die zeigte ich ihr ausgiebig und stolz. »Selbst herausgezogen, den Zahn! Mit einer Schnur an der Türklinke!«

Doch meine große Schwester hatte kaum einen Sinn für meine Heldentaten.

Mutter zog sie erschüttert weinend auf die Bank an der Hausmauer. »So erzähl doch, Inge! Wie bist du hergekommen? Hast du unsere Wohnung gesehen? Steht sie noch? Was ist in Dresden passiert? Leben die Nachbarn noch? Was ist mit deiner Freundin?«

Ihre Fragen prasselten nur so auf Inge ein. Sie war so abgemagert und verfroren, dass Mutter Manfred bereits in die Küche geschickt hatte, um heißen Tee und etwas Brot zu holen. Neugierig gesellte der inzwischen Zwölfjährige sich schließlich zu uns. Lang und aufgeschossen, dürr und blass. Die Sonne beschien die Hausmauer, vor der wir saßen, und so konnte meine große Schwester Inge schließlich erzählen, ohne mit den Zähnen zu klappern.

»Ich habe mich einer kleinen Gruppe von Flüchtlingen angeschlossen, und wir haben uns über Wochen hierher durch das Gebirge durchgeschlagen. Du hattest ja mehrere Telegramme und Briefe geschrieben, sodass ich wusste, wo ihr seid.« Dankbar biss sie in das Brot und kaute gierig. Ihre weit hervorstehenden Kieferknochen mahlten.

»Der Telefonanschluss war kaputt, und meine Antwortbriefe hast du wohl auch nicht bekommen?«

»Nein!«

»Weißt du was vom Vater?«

»Nicht das Geringste!« Mutter schluckte. »Steht unser Hinterhaus noch?«

Inge schüttelte traurig den Kopf. »Leider muss ich euch eine sehr traurige Nachricht überbringen.« Ihre Augen füllten sich erneut mit Tränen. »Unser Häuschen im Hinterhof ist total ausgebrannt. Unsere Wohnung und der Gemeindesaal. Dem Erdboden gleich. Stellt euch vor, noch in derselben Nacht, als ihr geflohen seid, ist ein Volltreffer in das Vorderhaus eingeschlagen, und keiner der Leute im Keller hat überlebt.«

Meine Augen weiteten sich vor Schreck. So ganz konnte ich das Ausmaß der Katastrophe noch nicht begreifen, aber Manfred entfuhr ein langer Entsetzensschrei. Seine Augen wurden groß wie Untertassen. »Du meinst, wir sind in letzter Sekunde abgehauen?«

»Ja, so hat es mir eine Nachbarin erzählt. Sie hat euch noch weglaufen sehen, und keine Minute später krachte eine Granate direkt in das Vorderhaus. Durch die Explosion war eine brennende Matratze hochgeschleudert worden, direkt auf unser Flachdach, das sofort Feuer fing.«

»Das war UNSERE Matratze! Die wir so hart erkämpft haben!« Ich schlug mir die Hände vor den Mund. Vor meinem inneren Auge sah ich uns alle drei mitsamt der brennenden Matratze durch die schwarze Luft fliegen wie ein Geschoss. Woher hatte Mama nur die Eingebung gehabt, genau in dieser Sekunde loszurennen?

»Das Hinterhaus ist komplett von innen ausgebrannt. Niemand konnte etwas bergen oder gar löschen, da rundum alles in Trümmern lag und lichterloh brannte! So hat es die Nachbarin mir geschildert, als ich von den Einschlägen gehört hatte und sofort zu unserer Straße hingelaufen kam!« Inge schluchzte auf und fiel Mutter erneut in die Arme.

Mutter weinte: »Alles weg, sagst du? Alles zerstört? Wir können nicht zurück?«

»Alles weg. Auf den Trümmern habe ich noch dein Schaukelpferd gesehen, Dieterle.«

»Die brave Lotte?« Mir quollen die Tränen aus den Augen. »Und mein Dreirad?«

Inge schüttelte nur noch schluchzend den Kopf. »Alles kaputt, Süßer. Es sind nur noch brennende Ruinen übrig geblieben. Nicht ein Stück aus unserer Wohnung konnte ich retten!«

Vor meinem inneren Auge sah ich noch schemenhaft unsere winzige, aber gemütliche Wohnküche mit dem abgewetzten Sofa, das Schlafzimmer, in dem Mama immer ganz ordentlich die Betten gemacht hatte, sogar die Nachthemden und unsere Schlafanzüge hatte sie jeden Morgen ordentlich gefaltet und auf die Kopfkissen drapiert, so als würde sie erwarten, dass unser Vater jeden Moment zurückkäme, die selbst genähten roten Vorhänge, die Bilder an den Wänden, besonders das Bild von unserem Vater, an den ich mich nicht erinnern konnte, dessen Gesicht ich aber liebte, weil er so aussah wie Manfred in Erwachsen.

All das war explodiert, zerfetzt, verbrannt? Meine brave Lotte kaputt auf Trümmern? Mein heiß geliebtes Dreirad, mit dem ich über den Hof gebraust war, als gäbe es kein Morgen?

Es gab ja auch kein Morgen. Plötzlich hatte ich es begriffen. Unser Leben war Vergangenheit.

Jetzt weinten wir alle vier bitterlich. Wir klammerten uns an unsere Mama, in verzweifelter Umarmung, und heulten laut.

»Wo sollen wir denn hin, was soll denn aus uns werden?«

»Jetzt haben wir gar kein Zuhause mehr! Alles war umsonst! Wir können nirgendwohin!«

Aus dem Augenwinkel sah ich die Amerikaner immer noch betroffen am Zaun stehen. Sie hatten voller Teilnahme und Mitleid diese Szene beobachtet und machten mir immer noch Zeichen, ich solle die Mama zu ihnen schicken, sie müssten ihr etwas sagen!

Doch unsere Mama war viel zu schockiert und verstört, um darauf zu reagieren. Und Inge fremdelte beim Anblick der vielen fremden Männer, von denen einige schwarz waren. Sie wusste ja noch nicht, dass es unsere Freunde waren!

»Jetzt haben wir alles verloren, wofür wir jemals gearbeitet haben!« Die Verzweiflung ließ Mama völlig versteinern. »Wir haben nichts mehr! Nur die Kleider, die wir am Leibe tragen, und die sind völlig zerschlissen und viel zu klein!« Sie ließ die Arme fallen und den Kopf hängen. »Wie soll ich euch durchbringen, ich kann doch nicht immer nur betteln? Und wo soll unser lieber Papa uns finden?«

»Aber Mama, wir haben doch UNS!« Mit blanken Augen sah ich meine geliebte Mama an.

»Das ist doch ein blaues Wunder!«

Die Brücke, unter die wir uns gerettet hatten, hieß so, und ich dachte, dass ein Wunder grundsätzlich blau sei. Und es waren uns dort ja schon ein paar Engel begegnet!

»Er hat recht, Mama.« Manfred schüttelte ihren Arm. »Weißt du, was es für ein Wunder ist, dass wir alle vier leben? Und uns gefunden haben?«

»Das stimmt.« Inge wischte sich die Augen und lächelte mich an. »Es gibt wohl keine einzige Familie in Dresden mehr, die nicht mindestens einen Toten zu beklagen hat. Das Elend, das ich gesehen habe, ist unbeschreiblich. Wir leben, wir sind zusammen, wir haben DICH!«

»Fehlt nur noch unser Papa.«

»Lieber Gott, mach, dass er noch am Leben ist! Und mach, dass er uns hier findet!«

So saßen wir wohl stundenlang zusammen, weinten um unsere Wohnung und die Schrecken, die wir hinter uns gelassen hatten, aber weinten vor allen Dingen aus Dankbarkeit, dass wir uns wiederhatten.

CLAUSNITZ,
4. Mai 1945, mein fünfter Geburtstag

Der seelische Stress für unsere Mutter war enorm; lebten wir doch nun zu viert von der Gnade der Familie Hunger und nun zu acht auf der Erde in einem Zimmer. Noch immer hing Hitler mit stechendem Blick und Schnurrbart groß über dem Kamin an der Wand, und die Hakenkreuzfahnen knatterten im Wind. Mutter weinte oft, wenn sie sich unbeobachtet fühlte. Alles hing in der Luft! Wohin sollte sie mit uns Kindern, wenn sie nicht mehr bei der Familie Hunger bleiben durfte? Das Essen wurde immer knapper, das Elend immer größer. Herr Hunger schien nun auch langsam an seinem Führer zu zweifeln. Einzig der Frühling schien sich gegen all das Elend und die Trauer durchzusetzen, die Bäume kleideten sich in zarthelles Grün, bunte Blumen wiegten sich im lauen Wind, die Vögel zwitscherten und taten so, als sei nie etwas Schlimmes passiert. Ich selbst wollte auch nur weiterleben und feierte so im Kreis meiner Familie stolz meinen fünften Geburtstag. Das Einzige, was ich zu bieten hatte, war meine Zahnlücke. Und die fand keiner toll. Woher meine Mama einen kleinen Kuchen mitsamt fünf Kerzen aufgetrieben hatte, blieb mir ein Rätsel. Aber alle lieben Menschen sangen im Garten für mich und ließen mich hochleben.

»Frau Kretzschmar, beim Bäcker habe ich gehört, dass das Kriegsende kurz bevorstehen soll«, wisperte eine Nachbarin meiner Mutter hinter vorgehaltener Hand zu.

»Aber behalten Sie das für sich, man darf darüber nicht reden, das gilt als Wehrkraftzersetzung. Herr Hunger schmeißt Sie sofort raus!«

Mutter nickte unauffällig. Sie glaubte vielleicht, ich hätte das nicht gehört, aber fünfjährige Jungen haben überaus gute Ohren.

»Die Russen sollen ja hier und da schon eingedrungen sein, und Berlin wird auch bald fallen!«, wisperte die Frau weiter. »Was wird dann aus Ihnen und Ihrer Tochter? Sie sollten sehen, dass Sie denen nicht in die Hände fallen! Man hört die schlimmsten Dinge, was sie mit den jungen Frauen machen!«

»Bitte, nicht vor dem Kind!«

Mutter bemühte sich, Heiterkeit und Geburtstagsstimmung auszustrahlen, aber all die Erwachsenen, die im Hof herumstanden, tuschelten und steckten die Köpfe zusammen.

»Geh spielen, Dieterchen. Das hier ist nichts für dich. Zeig deinen Freunden doch, was Manfred dir geschnitzt hat!«

Gehorsam trabte ich davon. Meine amerikanischen Freunde winkten mich an den Zaun: *»Happy Birthday, little Diedo! We have some chocolate for you and some good news for your mom!«*

»Weiterarbeiten«, brüllte Herr Hunger, der wohl selbst nicht mehr so richtig daran glaubte, was er tat. »Faules Pack, ich werde euch Beine machen!« Immer wenn Leute aus dem Dorf bei ihm im Hof waren, kehrte er besonders laut den gewissenhaften Nazi raus.

»Dieterle, du sollst doch nicht so nahe an den Zaun gehen, lass diese Männer arbeiten …« Mutter kam mit fliegender Kittelschürze angerannt und nahm mich bei der Schulter.

»Wirklich sehr nett von Ihnen, ihm Schokolade zu geben, aber er soll Ihnen keinen Ärger machen …« Sie schob mich vom Zaun weg.

»Mom! Listen!« Mein inzwischen bester Freund Leo, ein großer, rothaariger, sommersprossiger Mann, drückte sein Gesicht ganz nah an den Zaun, während weiter hinten der wichtigtuerische Wachmann mit dem Gummiknüppel hysterisch herumschrie und für sogenannte Ordnung sorgte. *»I tell you a secret!* Hitler kaputt!« Er machte eine Geste vor seiner Kehle, als wolle er sie durchschneiden. *»The Russians will come soon!«*

Mutter tat so, als müsse sie mir den Schnürsenkel binden, und lauschte. Sie verstand sicher nicht alles, konnte sich aber das Wichtigste zusammenreimen.

»We'll be free, we have order to go West!«

Und nur wenige Tage später öffnete sich tatsächlich das große Tor zum Sägewerk, und Edmund Hunger musste seine amerikanischen Zwangsarbeiter wohl oder übel freilassen.

Sie quollen in Scharen fröhlich feixend aus ihrem Barackenlager heraus wie ein Hochwasser führender Bach, in dem so einiges an Treibgut mitschwamm, und winkten uns Kindern zu. Natürlich schossen wir sofort herbei, um uns von unseren lieb gewordenen Freunden zu verabschieden. Die Männer zogen mit Sack und Pack von dannen. Sie hatten ihre Bündel geschultert, und einige von ihnen zogen einen Handkarren mit ihren Habseligkeiten hinter sich her.

»Mom!« Mein rothaariger Freund Leo nahm mich an die Hand und ließ sich von mir mitziehen, in den Hof, wo Mutter an der Wäscheleine stand. *»Mom! Listen!«* Und dann redete Leo auf Mutter ein, was ich auch verstand: Sie solle doch mitkommen mit uns drei Kindern!

»Take yourself and your daughter away from fucking Russian invasion! You have no idea what they will do to women!«

Mutter stand wie versteinert da, ein triefendes Wäschestück in den Händen.

»Ich kann nicht, Sie verstehen das nicht, wir können doch nicht einfach …«

»Listen to me, you are in danger, don't wait any longer!«

»Aber wir können nicht so weit laufen, wir haben doch gerade erst eine Flucht hinter uns, schauen Sie auf den Kleinen, er ist doch gerade erst fünf, und seine Füße sind noch nicht verheilt …«

»Bitte, Mama, lass uns mitgehen!« Aufgeregt zerrte ich an ihrer Hand.

»Ich nehme euch alle in den Handwagen«, gestikulierte mein Freund mit Händen und Füßen und seiner weichen warmen Stimme. »Wir ziehen euch, wenn ihr nicht mehr laufen könnt! Wir tragen den Kleinen!« Dieser amerikanische Singsang war Musik in meinen Ohren. Wie oft hatten wir von den Deutschen gebellte Befehle gehört, schnarrende Kommandos und diese hysterische schrille Stimme mit dem schnarrenden r von Hitler im Radio. Als würde er auf Stein beißen! Die Amerikaner hier sprachen weich wie Butter.

»Ja, bitte, Mama, lass uns doch mit ihnen gehen!«, bettelte ich.

»Aber wo sollen wir denn hin, im Westen kennen wir niemanden?!«

»Wir auch nicht! Aber wir kennen euch! Und ihr kennt uns! *Trust me, little mom!*«

Mutter wrang die Wäsche aus bis zum letzten Tropfen. So wirr und verdreht muss es wohl auch in ihrem Kopf ausgesehen haben: Sosehr sie die Situation auch hin und her wendete, so wenig konnte sie sich entschließen.

»Inge, gut, dass du kommst!« Sie winkte meiner großen Schwester erleichtert zu, als diese mit ihrer Freundin aus Kindertagen um die Ecke kam. Inge war bei deren Familie untergekommen, sodass wieder ein Meter mehr Platz in unserem Raum war. Arm in Arm schlenderten sie daher.

»Grüß dich, Else.« Mutter wischte ihre Hände an ihrer Kittelschürze ab. »Inge, dieser freundliche Mann hier möchte, dass wir mit ihm gehen!«

Sofort traten die beiden jungen Frauen einen Schritt zurück, ihre Gesichter versteinerten.

»Aber Mutter, das ist nicht dein Ernst! Wir sollen mit den Amis …?« Inge biss sich auf die Lippen. »Das sind unsere Feinde«, zischte sie errötend. »Bis gestern waren sie unsere Kriegsgefangenen!«

»Nein, stimmt nicht! Das sind unsere Freunde!« Ich stampfte mit dem Fuß auf. »Du kennst sie noch nicht, aber wir! Sie sind nett, sie geben uns Kaugummi und machen Scherze mit uns!«

Else und Inge steckten die Köpfe zusammen und tuschelten. Ich verstand Brocken wie »Schickt sich nicht« und »Rassenschande«. Die ganze verquere Gehirnwäsche ihrer Jugend wand sich genauso wirr in ihren Gehirnen wie die Wäsche in Mamas Händen.

»Mama, du willst nicht im Ernst mit diesen fremden Männern ins Ungewisse gehen! Wir haben hier eine Unterkunft und echte Freunde, die unsere Sprache sprechen!«

Mama rang sichtlich mit sich. Ich trat vor Spannung von einem Fuß auf den anderen. Nichts hätte ich lieber getan, als mit meinen starken netten lustigen Freunden zu gehen! Und Manfred auch. Wir waren fest entschlossen, uns ihnen anzuvertrauen.

Doch Inge presste die Lippen zusammen und nahm Mama energisch beiseite.

»Mama, denk doch an Vater! Wo soll er uns denn suchen, wenn nicht hier?« Inge schüttelte heftig den Kopf und stemmte die Hände in die schmale Taille. »Also ich gehe auf keinen Fall mit.«

Mama nickte und wandte sich wieder den netten Amerikanern zu.

»Nein. Es geht nicht. Mein Mann würde das nie verstehen. Wenn er uns hier nicht mehr antrifft, wird er uns nie mehr finden.«

»You don't know your husband is still alive!« Der Amerikaner rang die Hände. *»But YOU are still alive! We will protect you!«* Flehentlich sah er Mutter an. Seine Stimme war so weich und liebevoll, dass sich mir das Herz zusammenzog. Bis jetzt hatten diese großen starken Hände hinter dem Stacheldrahtzaun immer nur gegeben, nie geschlagen. Und seine Augen hatten immer nur geleuchtet, nie hasserfüllt geschaut. Obwohl wir seine FEINDE waren!

Sie hatten uns gern, so viel war klar! Und zwar ungeachtet der Tatsache, dass WIR DEUTSCHEN den Krieg angezettelt hatten!

Das begriff ich als Dreikäsehoch inzwischen auch! WIR hatten furchtbares Leid über viele Millionen Menschen gebracht, unser wahnsinniger »Führer« hatte unsere Männer dazu gebracht, ganze Völker und Andersgläubige auszurotten. Das alles konnte ich noch nicht SAGEN, aber in meinem Kopf hatte sich bereits ein ähnliches Bild geformt. Ein Bild, das mich prägte für mein ganzes weiteres Leben. Und das mich später tun ließ, was ich tat.

»Mama, bitte lass uns mit ihnen gehen«, bettelte Manfred, der das ganze Gespräch auf der Teppichstange sitzend mitverfolgt hatte. Er sprang ihr direkt vor die Füße.

Die Verlockung war groß, das sah ich an ihren blanken Augen. Aber sie empfand es als Betrug an unserem Vater, einfach mit fremden Männern mitzugehen, das las ich auch darin.

Unauffällig löste ich meine Hand aus der großen Hand meines Freundes.

»*Thank you for this generously offer*«, rang Mutter sich schließlich von den Lippen. Sie wischte sich die Hand an ihrer Kittelschürze ab und reichte sie meinen Freunden:

»Danke von ganzem Herzen. Aber es geht nicht. Wir bleiben. Ich wünsche Ihnen Glück.«

Damit bückte sie sich, schnappte sich den Wäschekorb und verschwand im Haus.

»So, Männi, Diedo, *it's time to say goodbye …*« Tränen standen in den Augen des rothaarigen Riesen, als er sich zu uns herunterbückte. Wir fielen ihm beide weinend um den Hals.

»Ich habe hier noch was für euch …«

Leo kramte in seinem Reisesack und schenkte uns die zwei Paar knallrote Boxerhandschuhe, mit denen er uns am ersten Tag seine Begrüßungsshow bereitet hatte. Dazu ein feines Steckschachspiel, ein Springseil und seine Bestände an Kaugummi und Schokolade.

Schließlich zog er noch ein paar Päckchen Zigaretten hervor: »*For your mom.*«

»But she doesn't smoke!« Manfred konnte schon ein paar Brocken Englisch.

Unser Freund schüttelte lachend den Kopf. »Tauschhandel!«, machte er uns klar. *»Cigarettes are the best currency!«*

Schließlich machte er sich im Eilschritt auf den Weg und lief hinter seinen Kameraden her, die schon am Dorfausgang waren.

In dem kleinen Handwagen zogen sie nun ihre restlichen persönlichen Dinge hinter sich her, die Hügel zum Friedhof hinauf. Dort machten sie noch einmal halt und verabschiedeten sich in würdevoller Verbeugung von ihrem kleinen toten Freund Louis.

Manfred und ich rannten den ganzen Weg mit, auch als sie das Dorf verließen und Richtung Waldrand stapften. Es war ein köstliches Gefühl, meine kleine Hand in der großen weichen Hand meines Beschützers und Freundes zu wissen. Ich sehe jetzt noch die vielen kleinen rotblonden Haare auf seinem Unterarm.

An einer Biegung kurz vor dem Wald machten sie einen kurzen Halt, drückten uns beide ganz fest und befahlen uns in bestimmtem Ton: *»Go back now. Go home. Go to your Mom.«*

Wir wagten nicht, uns ihnen zu widersetzen. Dennoch blieben Manfred und ich stehen, bis sie gänzlich oben verschwunden waren. Weitab vom Dorf sahen wir ihnen mit Tränen in den Augen nach: unseren Amis, unseren Freunden, die wir so lieb gewonnen hatten, bis der kleine Handwagen als Letztes rumpelnd hinter einer Anhöhe unseren Blicken entschwand.

CLAUSNITZ,
wenige Tage später, Mai 1945

Was macht der denn da?« Wir Kleineren reckten die Hälse und schauten gegen den stahlblauen Himmel, vor dem etwas Weißes flatterte. Ein älterer Junge war die vielen Sprossen des riesigen Schornsteins hinaufgeklettert und balancierte nun in schwindelerregender Höhe mit mehreren großen Stoffbahnen herum.

»Das ist der Bruder vom Louis. Er hisst eine weiße Fahne auf dem höchsten Punkt des Dorfes!«

»Und hat er etwa die Hakenkreuzfahnen heruntergeworfen? Der traut sich was!«

»Wenn das Herr Hunger sieht, auweia!«

»Und was soll das bedeuten?« Ich starrte in den Himmel hinein, der inzwischen blitzblau war und an dem keine Wolke trieb.

»Dass wir uns kampflos ergeben, Dummerchen!«

Einer der größeren Jungen zog mir meine Mütze ins Gesicht und gab mir eine Kopfnuss.

»Der Bengel soll da runterkommen!« Herr Hunger kam aus der Halle gerannt und wedelte panisch mit den Armen. »Was soll das! Das ist Wehrkraftzersetzung!« Noch schien Herr Hunger, wie auch einige andere Dorfbewohner, an den großen Endsieg zu glauben, oder sie gaben es wenigstens vor. Doch ich kleiner Kerl spürte, dass sich die Spielregeln geändert hatten. Dass der Wind sich gedreht hatte. Wie bei Mensch ärgere dich nicht, wo die Spielsteine neu verteilt werden und man neu würfelt. Und wir waren die Verlierer. Mama sagte heimlich, wir sollten jetzt mal ganz kleine Brötchen backen.

»Und jetzt hängt er noch eine rote dazu?!« Herr Hunger rang die

Hände. »Ist der Bengel denn wahnsinnig? Wir sind doch keine Kommunisten!«

»Das ist das Zeichen für die Russen, dass hier jemand Russisch spricht!«

»Ja, kommen denn die Russen jetzt wirklich?« Ich hatte mir meine Kappe wieder richtig herum aufgesetzt und rieb mir den schmerzenden Hinterkopf.

»Ja. Allerdings. Die Russen kommen!«

»Die Spatzen pfeifen es doch schon von den Dächern, Herr Hunger! Kapieren Sie es endlich!«

»Das sind doch dumme Gerüchte! Der Krieg ist noch lange nicht verloren! Und hier wird weitergearbeitet wie bisher!« Herr Hunger scheuchte seine verbliebenen Arbeiter wieder an ihre Plätze. Diese folgten nur kopfschüttelnd und höchst unwillig. Die Gerüchteküche brodelte.

»Die Russen sind schon in Freiberg und in den Nachbardörfern! Sie plündern und rauben und vergewaltigen alles, was nicht bei drei auf den Bäumen ist!« Ein alter Mann mit Pfeife im Mundwinkel schlurfte vorbei. »Und auf solche alten Nazis wie dich, Edmund, sind sie besonders gut zu sprechen!«

Mutter und Inge waren auch herbeigeeilt, als sie diesen Tumult vor der Haustür bemerkten.

»Wir hätten doch mit den Amis gehen sollen!« Mutter warf verzweifelt die Hände in die Luft.

»Jetzt ist es zu spät!« Wütend trat ich mit dem Fuß auf. »Die sind über alle Berge!«

»Was machen wir denn nur?« Inge fing an zu weinen. »Mutter, ich habe solche Angst!«

Inzwischen war der große Bruder vom Louis wieder heruntergeklettert und sprang Herrn Hunger vor die Füße. »Ich laufe ihnen entgegen und verhandle mit ihnen!«

»Du Dreikäsehoch? Was willst du denn schon erreichen?«

»Ich kann ein wenig Russisch. Ist ähnlich wie Polnisch. Werde ihnen erklären, dass wir keine Nazis sind!« Er band sich ein weiteres rotes Stück Stoff an einen Stock und marschierte los.

»Na, der traut sich was!« Kopfschüttelnd schauten die Frauen hinter ihm her.

»Und wenn er unseren Soldaten in die Arme läuft?«

»Auf ein kleines polnisches Balg kommt es auch nicht mehr an.«

»Na, ihr werdet sehen! Wer zuletzt lacht, lacht am besten!«

Wenig später tauchte das »polnische Balg« wieder auf; auf einem russischen Jeep sitzend, die rote Fahne schwenkend. Er diskutierte lange mit dem Obersten, der darin saß und aufgrund der roten Fahne tatsächlich angehalten hatte.

Hinter ihm kamen Russen in allen möglichen Fahrzeugen über den Hügel gefahren! Panzer, Pferdegeschirre, Jeeps, Lastwagen oder beschlagnahmte Pkws.

»Die Russen kommen!«, schrien die Frauen hysterisch, schnappten ihre Töchter und rannten mit ihnen in ihre Häuser. Doch das schien die russischen Soldaten nicht zu stören.

Alle waren bewaffnet und nicht im Mindesten bereit, eines der Häuser zu verschonen. Überall drangen sie ein, brachen mit ihren Gewehrkolben Türen auf, zerschlugen Fenster und prügelten auf die Menschen ein, die versuchten, sich ihnen zu widersetzen.

Mit Panik und Schrecken beobachteten Manfred und ich aus dem Toilettenhäuschen, in das wir uns geflüchtet hatten, dieses grauenvolle Szenario. In jeden Hof waren Panzer und Jeeps eingefahren, Soldaten verlangten laut nach Alkohol, schrien und pöbelten herum und rissen als Erstes jedem Erwachsenen die Armbanduhr vom Arm, um sie sich selber überzustreifen.

»*Ura, Ura!*«

»Du, die haben alle drei, vier Uhren am Handgelenk!« Manfred spähte durch das herzförmige Loch. »Egal ob Damen- oder Herrenuhren!« Er duckte sich. »Und sie stopfen sich alles unter die

Uniformen, was sie ergattern können! Der dahinten hat mehrere Flaschen Cognac in seinen Mantel gesteckt!«

Niemand im Dorf wurde verschont, nur die Familie vom Louis Döllner. In dieses Haus drangen sie nicht ein. Doch in allen anderen Häusern ertönten Schläge, Drohungen, Geschrei und schließlich lautes Weinen.

»Schau mal, sie holen den Herrn Hunger heraus!«

Ich stand auf dem hölzernen Brett hinter Manfred, stütze mich auf seinen Rücken und spähte angstvoll zum Loch hinaus. Unter groben Schlägen hatten sie ihn gepackt, prügelten immer wieder auf ihn ein und brüllten ihn an: »Nazi! Du Nazi! Dein Hitler kaputt!«

»Ob jemand ihn verraten hat?«

»Na, wer wohl! Schau, er muss seine Taschen ausleeren!« Sie halfen mit Fußtritten und Gewehrkolbenschlägen nach! »Er muss alles aus seinem Arbeitszimmer holen, auweia, jetzt finden sie sicher das Hitler-Bild!«

»Die Mama hat ihm gesagt, er soll es abnehmen, ich glaube, er wollte es im Hof vergraben!«

»Jetzt ist es zu spät!«

Stundenlang hockten wir beiden Jungen in dem Klohäuschen und beobachteten, was um uns herum vor sich ging. Auch aus den anderen Häusern wurden die alten Männer und die Frauen getrieben, und so manche wohlgehüteten Schätze aus Truhen und Schränken, vom Dachboden und aus den Kellern wanderten in den Besitz der Russen über. Sie warfen Möbel aus dem Fenster, ließen sich Lebensmittel herausbringen oder forderten lautstark, dass man ihnen ein Essen machte. Vor jedem Haus standen inzwischen russische Panzer und Jeeps, und die Soldaten hielten mithilfe von viel Alkohol ihre Siegesfeier ab. Aus Heuhaufen in Scheunen wurden versteckte Autos ausgegraben! Und Kisten mit Lebensmitteln, Hausrat und Schmuck! Schüsse knallten, Scheunen brannten. Mein kleines Herz pochte wieder einmal lautstark vor Angst. Für mich war das hier genauso schlimm und unverständlich wie die Hölle von Dresden, und mein kleines ländliches Kinderparadies stürzte vor meinen Augen ein.

Schon wieder böse Menschen, die einander schlugen, anschrien, zerstörten und quälten!

»Manfred! Dieter! Seid ihr da drin?« Panisch kam die Mutter über den Hof gelaufen. »Kommt da raus, wir müssen Inge verstecken!«

Eilig folgten wir ihr ins Haus. Hier sah es vollkommen chaotisch aus! Akten, Papiere und Porzellan waren aus den Schränken gerissen und lagen überall auf dem Fußboden herum. Vorhänge waren heruntergerissen, Bilder von den Wänden, Scherben, Fetzen, Chaos.

Edmund Hunger war in den Hof gezerrt worden, wo die Russen ihn umringten und auf ihn einschlugen. Er hatte schon ein blaues Auge, und aus seinem Mund hing ein dünner Blutsfaden.

»Schau nicht hin, Dieter!«

»Mama, was tun sie denn mit Inge?« Zitternd trat ich von einem Bein aufs andere, verzweifelt bemüht, mir jetzt nicht wieder vor Angst in die Hose zu machen.

»Frag jetzt nicht, Dieter, lauft in unser Zimmer und tut, was die Frauen euch sagen!« Mutter scheuchte uns die Treppe hinauf, selbst am ganzen Leibe schlotternd.

Inge war in den Kleiderschrank gekrochen, zusammen mit zwei anderen jungen Frauen. Eine lag oben auf der Hutablage, die anderen hatten sich hinter den Koffern verschanzt. Die Älteren schoben eine Kommode davor und setzten uns Kinder darauf. »Bleibt da sitzen, sagt nichts, wenn sie euch sehen, ziehen sie vielleicht wieder ab!«

»Oh Gott, ich habe solche Angst!«, wimmerte Inge im Inneren. »Wären wir doch mit den Amis gegangen!«

Ja, dachte ich. Wären wir doch. Jetzt haben wir niemanden mehr, der uns beschützt.

Leo, Jimmy, John-Boy, Charly-Bär, James und Chris hätten denen Beine gemacht.

Mit den anderen Frauen saßen wir schlotternd vor Angst auf dem Fußboden, draußen war es langsam dunkel geworden, doch das Plündern, Schreien und Schlagen hörte immer noch nicht auf.

Die Russen hatten Herrn Hungers Teppiche herausgerissen, weil sie einen verdeckten Eingang in den Keller gefunden hatten, und machten sich nun im Keller über die versteckten Vorräte her. Andere hatten nur so aus Spaß die Bilder von den Wänden geschossen und saßen inzwischen laut grölend am großen Esstisch, wo Frau Hunger und unsere Mama sie bedienen mussten.

»*Dawai, dawai*«, hörten wir sie schreien. »Los, macht schon! Schneller!«

Einige von ihnen schliefen betrunken am Tisch ein, doch die anderen polterten schließlich die Treppe hinauf.

»Sie kommen«, wisperte eine alte Frau. »Kein Laut da drinnen!«

Wir hörten sie randalierend mit ihren Gewehrkolben gegen die Türen krachen und in die anderen Zimmer poltern. »Wo Frau? Wo junge Frau?«

»Hier nix Frau!« Die alte Dame, mit der wir das Zimmer teilten, stellte sich den vier oder fünf massigen Soldaten mutig entgegen.

»Kinder weg!« Starke Arme zerrten uns einfach beiseite und schleuderten uns gegen die Wand. Die Kommode wurde vom Schrank gezerrt, die Türen aufgerissen, die Mädchen an den Haaren herausgezerrt.

»Hier junge Frau! Auf Bett!«

»Bitte, nein! Mamaaaaa!« Inge lag schon da, die Männer hielten sie fest, und einer machte sich an seinem Gürtel zu schaffen, während die anderen uns mit vorgehaltener Waffe in Schach hielten. Was hätte ich tun können, um meine Schwester zu beschützen?

Ihnen in die Hand beißen? Sie traten mich weg wie einen kleinen Hund!

Mir wollte das Herz stehen bleiben, als ich Mutter ins Zimmer stürmen sah!

»Lassen Sie mein Kind, bitte, nehmen Sie statt ihrer mich!« Mutter warf sich schützend auf Inge, so wie sie sich im Luftschutzkeller immer schützend über Manfred und mich geworfen hatte.

Grauenvolle Szenen spielten sich ab! Die Mutter flehte unter Tränen, dass man Inge nichts tun möge, aber die Russen rissen sie hoch, einer packte sie an den Haaren und schlug sie schallend ins Gesicht. Mutter hielt sich verstört die Hände vor das Gesicht und wimmerte: »Bitte, nicht vor den Kindern!«

Die Russen schleuderten Manfred und mich und zwei alte Frauen aus dem Zimmer und knallten mit dem Fuß die Tür hinter uns zu.

Wir wimmerten vor Panik und konnten nichts anderes tun, als uns auf die Treppe zu setzen, denn unten wüteten die anderen!

Völlig geschockt mussten wir mit anhören, was sich da drinnen Grauenvolles abspielte.

Auf Betteln und Winseln folgten klatschende Schläge, Schmerzensschreie und Poltern.

Nie würde ich diese fürchterlichen Stunden vergessen! Immer wieder sah ich die gutmütigen Gesichter unserer amerikanischen Freunde, wie sie uns mit ihren weißen Zähnen anlachten, Grimassen schnitten und uns zum Lachen brachten. Sie hätten uns diese Hölle hier erspart!

Irgendwann kamen die russischen Kerle einer nach dem anderen wieder heraus, knöpften sich die Hosen zu und schnalzten mit den Hosenträgern.

Wir waren wie versteinert.

»Mama? Inge?«

Inge lag apathisch mit weit aufgerissenen Augen auf dem Bett und starrte ins Leere. Mama lag auf dem Fußboden. Neben Inge war eine dicke Blutlache. Mama kroch mit letzter Kraft an die Wand und setzte sich auf. Ihre Haare fielen ihr wirr vor das Gesicht. Sie hatte einen Schuh verloren.

»Nicht. Kinder. Geht raus.«

»Mama?«

»Manfred. Nimm Dieter hier raus.«

»Aber wo sollen wir denn hin?«

»Ich weiß es nicht. Bitte. Geht. Ich muss mich um Inge kümmern.« Mutter kroch auf allen vieren zum Spülstein. Ihr Rock und ihre Bluse waren zerrissen, ihr Gesicht voller blauer Flecken, an Armen und Beinen hatte sie Schürfwunden. Ihr Haar hing ihr wirr über die nackten Schultern, ein BH-Träger war gerissen und fiel ihr über die entblößte Brust.

So elend und zerstört hatte ich meine Mama noch nie gesehen. Noch nicht mal unter der Brücke in Dresden. Immer hatte sie ihre Würde bewahrt. Mein Herz setzte aus, ich wollte tot sein.

So schlichen wir völlig verstört zurück auf die Treppe, von wo aus wir weitere Vergewaltigungen und Schläge, Tritte und Gewalttätigkeiten mit ansehen und hören mussten. Die anderen beiden jungen Frauen, die sich im Schrank versteckt hatten, kreischten hysterisch und schluchzten laut. Die Soldaten hatten sie an den Haaren in ein anderes Zimmer geschleift, wo sie sich gewaltsam und geräuschvoll über sie hermachten.

Mama und Inge wurden im Laufe der nächsten Tage noch mehrfach von den russischen Siegersoldaten vergewaltigt. So ging es Tag für Tag. Am nächsten Morgen fuhren die Täter wieder weiter, aber es kamen bereits neue Trupps, und das Plündern, Schlagen und Vergewaltigen ging von vorne los. Ich wusste damals nicht, was »Vergewaltigen« war, aber es war das Schlimmste, was ich je mit ansehen und anhören musste, mit meinen fünf Jahren.

Nach und nach waren alle Häuser komplett ausgeplündert, es gab keinen Alkohol mehr und keine Uhren, keinen Hausrat und kein Essen!

Die Soldaten, die zuletzt kamen, waren am wütendsten! Sie ließen ihren Frust an den Frauen aus, denn das war das Einzige, was sie sich noch nehmen konnten.

»Kinder! Wacht auf! Wir müssen hier weg!«

Es war der vierte Morgen seit dem Einmarsch der Russen, und erschöpft von all dem Schrecklichen, was wir mit ansehen und hören mussten, waren Manfred und ich in unserem Zimmer auf dem Fußboden eingeschlafen. »Steht auf, die Russen sind weg, und wir warten nicht mehr auf den nächsten Trupp!« Mutter rüttelte uns energisch. Inge humpelte leichenblass und stoisch vor sich hin starrend herum. Sie hatte sich nicht überwinden können, sich noch einmal auf dieses Bett zu legen, und wirkte wie ein totes Gespenst.

»Wo gehen wir denn hin?« Schlaftrunken rieb ich mir die Augen. All das Geschehene, glaubte ich, sei ein Albtraum gewesen, doch jetzt begriff ich, dass es die Wirklichkeit war!

»Wir gehen auf den Schienen entlang zum Dorf hinaus. Es gibt nach etwa fünf Kilometern ein einsames Bahnwärterhäuschen. Das liegt so versteckt mitten auf freier Strecke, dass die Russen dort hoffentlich nicht hingelangen werden. Schnell, Dieter, zieh deine Schuhe an.« Mutter bückte sich, um mir die Schleife zu binden. Ich sah auf ihren Kopf herunter und entdeckte kahle Stellen. Man hatte ihr die Haare büschelweise ausgerissen. An den Schläfen war sie bereits ergraut. Mit zweiundvierzig Jahren.

»Ich kenne die Familie des Bahnwärters von früher. Die Töchter waren mit Inge in einer Klasse. Es sind sehr nette, liebe Leute, die uns sicher für ein paar Tage aufnehmen werden!«

Nur mit Mutters Handtasche ausgestattet, machten wir vier uns auf den Weg. Das Dorf lag noch in trügerischer Ruhe, es schien, dass alle Häuschen sich vor dem nächsten Überfall duckten. Manche Fenster waren mit Holzbrettern zugenagelt, andere waren eingeschlagen. Weit und breit war kein Mensch zu sehen.

»Hier, durch die Büsche! Die Strecke ist schon lange nicht mehr befahren!«

Wir huschten hinter Mutter her, die steile Böschung hinunter über spitze Steine. Zwischen den Gleisen wuchs bereits Gras und Unkraut, und wilde Feldblumen steckten keck ihre Köpfe aus den verrosteten Schwellen heraus, um den Frühling zu begrüßen.

»Hier sind wir weit weg von der Straße, und hier werden uns die Russen nicht finden!«

Mutter versuchte, uns so weit wie möglich zu motivieren, während Inge seit Tagen kein Wort mehr sprach und nur vor sich hin stolperte. Da ich hinter ihr hertrippelte, konnte ich sehen, dass sie beim Gehen starke Schmerzen hatte.

So marschierten wir im Gänsemarsch über Stunden auf den Schienen dahin, nur die wilden Blumen am Wegesrand wiegten sich im Wind, und die Vögel zwitscherten, als hätte es nie etwas Schlimmes auf dieser Welt gegeben, als wir plötzlich von hinten ein Geräusch hörten.

»Kommt da doch ein Zug?«

»Und wenn. Dann soll er uns alle überrollen.« Das war Inge.

»Still! Es ist ein Auto!«

»Ein russischer Jeep rumpelt über die Schwellen!« Manfred hielt die Luft an.

»Mama, ich habe Angst!« Zitternd klammerte ich mich an ihren Rockzipfel.

Jetzt schälte sich das Gefährt aus dem Dunst des schon warmen Frühlingstages, das ich wohl gerne für eine Fata Morgana gehalten hätte. Auf dem Trittbrett stehend, mit wehendem Mantel und schmutzigen Stiefeln, ein russischer Offizier, der ein Fernglas in der Hand hielt. Am Steuer saß ein anderer und auf der Rückbank weitere zwei Soldaten. Hatten sie uns von der Straße aus entdeckt und waren uns gefolgt?

»*Stoi!*«

Mir gefror das Blut in den Adern. Rechts und links war die steile Böschung, aufgeschüttet mit spitzen Steinen, zugewuchert mit Dornen, Disteln und Brennnesseln. Wir konnten nicht weg!

Mutter hatte einfach ihren Schritt beschleunigt und ignorierte den Ruf.

»*Stoi!*«

Die Soldaten sprangen heraus, holten uns ein und rissen Mutter die Handtasche weg. Dabei betrachteten sie uns vier eingehend. Besonders Inge war ihren lüsternen Blicken ausgesetzt. Meine arme Schwester starrte mit zitternden Mundwinkeln zu Boden. Das Wasser lief ihr am Bein herunter.

Mutter musste ihre Handtasche öffnen, und einer kippte den gesamten Inhalt auf die Schienen. Mit den Füßen sortierten sie unser Hab und Gut. Ausweise, Papiere, ein Foto von Vater, auf das sie genüsslich traten, ein Taschentuch. Viel mehr war es nicht, was da im Unkraut zwischen den Schienen lag.

Die Russen unterhielten sich in kurzen, abgehackten Sätzen miteinander.

Einer zeigte in die Richtung, in die wir gingen, der Offizier nickte.

»Uhr?!«

»Nein. Keine Uhr.« Mutter und Inge entblößten ihre Handgelenke.

»Schmuck? Kette?«

»Nichts dergleichen.« Sie mussten ihre Hälse freilegen. Wir Jungs waren in unseren löchrigen Fetzen so verdreckt und zerschlissen, dass sie bei uns keine versteckten Schätze vermuteten.

»Treten Sie zur Seite«, deutete der Offizier. »*Dawai.* Lassen Sie uns passieren.«

Mit rasendem Herzklopfen krochen wir ein Stück die Böschung

hinauf, klammerten uns an Brennnesseln fest, ohne den Schmerz zu spüren, der Jeep rumpelte weiter.

Minutenlang, so schien es mir, hatte ich die Luft angehalten. Manfred sank in seinen kurzen Hosen auf die Steine und betrachtete seine dünnen Beine, die wie Espenlaub zitterten. Endlich setzte das widerlich nachhaltige Stechen der Disteln und Brennnesseln ein, und ich spürte unter Qualen, dass ich noch lebte. Wie auf Feuer, sprang ich auf und ab.

»Ist ja gut, Junge. Sie haben uns ja nichts getan. Komm, geht es wieder? Das Bahnwärterhäuschen ist nicht mehr weit!«

Mutter zog meinen großen Bruder hoch und tröstete ihn. Es war ihm peinlich, auch er hatte vor Angst in die Hose gemacht! »Ist ja gut, mein Großer. Sie haben uns ja nichts getan.«

»Sie haben uns nichts getan? Sie haben Papas Bild zertreten!«

»Wir können in Frieden weiterziehen«, munterte Mama uns mit dem Mut der Verzweiflung auf. Woher sie nur die Kraft nahm? Mutter hatte die Fetzen des Fotos wieder an sich gerafft und in ihren Ausschnitt gesteckt, sie drückte unseren Papa buchstäblich an ihr Herz.

»Im Bahnwärterhäuschen gibt es bestimmt was zu essen!« Auf diese Weise lockte sie uns weiter.

So trippelten wir im Gänsemarsch weiter, und jeder ging seinen Gedanken nach. Ich stellte mir eine große Tasse warmer Milch vor, mit einem goldenen Löffel Honig, und eine kräftige Schnitte Brot mit guter Butter darauf … und vielleicht ein weiches, warmes Bett. Noch immer peinigte mich der Schmerz der Brennnesseln an meinen Händen und nackten Beinen, bis hinauf zum Gesäß, und brannte wie ein giftiger Schlangenbiss auf der Haut, aber das war das kleinste Übel.

Nach einer Weile erreichten wir das Bahnwärterhäuschen, das einsam in der Sonne blinkte.

»Da steht ein Mercedes V 170 davor«, erkannte Manfred fachmännisch.

»Und der Jeep, der uns überholt hat!« Hörbar blies ich die Luft aus. »Die sind da drinnen!«

Die Türen des Jeeps standen beide weit offen, als hätten die Soldaten ihren Wagen in großer Eile verlassen. Weil sie solchen Hunger hatten? Worauf denn wohl …? Mir zog sich die Kehle zusammen, und ich schluckte an einem riesigen Kloß herum.

»Mama, lass uns weitergehen …«

»Es gibt kein Weiter. Kommt, Kinder. Sie haben uns doch nichts getan!«

Bevor Mutter klopfen konnte, öffnete eine Frau in ihrem Alter und fiel ihr um den Hals.

»Gretel! Seid willkommen! Inge! Und ihr seid die kleinen Brüder?«

Was für eine herzliche Begrüßung! Doch irgendwas war doch hier faul!

»Wir haben allerdings schon Besuch!« Die Frau deutete auf die beiden Autos. »Der Mercedes ist sicher irgendwo von den Russen bei einem Bauern im Heu gefunden worden. Beschlagnahmt.« Sie machte ein Zeichen nach oben, von wo wir inzwischen männliche Stimmen vernahmen. »Sechs Russen sind hier. Sie wollen was zu essen. Unsere Töchter und meine Schwester bedienen sie bereits.«

Mir zog sich der Magen zusammen. Einerseits vor Hunger, andererseits aber in einer sehr üblen Vorahnung. Die Frau schien jedoch keine Angst oder Misstrauen zu haben.

Sie zog uns in den engen Flur, von dem eine Treppe nach oben führte. »Wir hatten noch keine Russen hier! Sie waren eigentlich ganz freundlich, und ich hoffe, wenn sie gut gegessen und getrunken haben, ziehen sie wieder ab!«

Mutter verzog fragend das Gesicht. »Ihr hattet noch keine hier? Und ihr lasst eure Töchter sie bedienen?«

»Mama, lass uns wieder gehen, bitte!« Nervös trippelte ich mit meinen immer noch brennenden Beinchen auf der Stelle.

»Ach Kleiner, hab doch keine Angst.« Die nette Frau strich mir über die verschwitzten Haare.

»Wir sind so gastfreundlich und höflich wie möglich, das wissen sie bestimmt zu schätzen. Mein Mann spielt ihnen etwas auf der Ziehharmonika vor, das hält sie bei Laune. Unsere russischen Befreier tun doch auch nur ihre Pflicht.«

»Russische Befreier«, murmelte Manfred, der seine Fassung wiedergewonnen hatte. »Sie befreien uns von allem, was uns gehört!«

»Manfred!« Mutter sah ihn streng an. »Benimm dich bitte.«

Oben ertönten tatsächlich inzwischen die Klänge der Ziehharmonika, und der Mann sang mit belegter Stimme dazu. »Hab mein Wagen vollgeladen, voll mit jungen Mädchen …«

Die Russen fingen an, im Takt zu klatschen und zu lachen, offensichtlich hatte die Bahnwärterfrau mit ihrer Taktik recht.

»Setzt euch so lange hier unten in den Arbeitsraum meines Mannes.« Sie bugsierte uns in den kleinen dunklen Raum, in dessen Mitte ein Schreibtisch stand. An der Wand waren hinter Glas mehrere bunte Knöpfe, die man ziehen oder drehen konnte. Mein Kinderherz vibrierte. Ob ich wohl mal eine Weiche stellen durfte?

Inzwischen mischten sich die Sopranstimmen der Töchter dazu, und sie sangen dreistimmig.

»Am Brunnen vor dem Tore, da steht ein Lindenbaum …«

»Das gefällt unseren Gästen sicher. Wir haben keine Angst vor denen. Die brauchen doch auch Kultur!« Die nette Frau lauschte nach oben. »Dieses Lied haben mein Mann und die Töchter vor dem Krieg sogar mal auf einem Wettbewerb für Volksmusik aufgeführt und einen Preis dafür gewonnen!«

Das klang wirklich schön, aber mein Magenknurren übertönte den lieblichen Gesang.

»Gleich kriegt ihr was zu essen. Die sind sicher gleich fertig. Dann kriegt ihr die Reste.«

Die Frau führte uns in eine Art kleiner Schalterhalle.

»Schaut her, Jungs, hier hat mein Mann seinen Dienst gemacht, vor dem Krieg. Hier kann man die Schranken rauf- und runterfahren lassen, und damit kann man die Weiche stellen, die weiter hinten auf der Strecke ist. Aber es fährt ja schon lange kein Zug mehr … ihr könnt es ruhig mal probieren!«

Während die freundliche Frau uns noch alles erklärte, wurden die Stimmen oben plötzlich lauter.

In den eben noch friedlichen Gesang mischte sich plötzlich die Stimme des Vaters: »NEIN! Das geht zu weit! Lassen Sie das!«

Das Singen der Mädchen mündete in entsetztes Aufkreischen. Fußstampfen, der Tisch knarzte über den Boden, Geschirr fiel um, Besteck klirrte zu Boden. Oh, wie gut kannte ich diese Geräusche!

»Nehmen Sie Ihre verdammten Hände weg!«

Ein Poltern, ein Klirren, das Fallen von Stühlen und Zerbersten von Porzellan. Ich ahnte schon genau, was kommen würde, und presste mir die Hände auf die Ohren.

»Ihr habt alles gekriegt, Wein, Weib und Gesang, aber das geht zu weit!«

Plötzlich fiel ein Schuss, eine Tür wurde aufgerissen, und jemand – oder etwas – wurde laut rumpelnd die Treppe hinuntergestoßen. Mit entsetzt aufgerissenen Augen musste ich es mit ansehen, was meine Mama mir so gerne erspart hätte: Sie hatten den Bahnwärter vor den Augen der Töchter erschossen! Seine Leiche polterte uns direkt vor die Füße. Wir konnten gerade noch zur Seite springen! Die Beine lagen noch oben, der Kopf knallte vor uns auf den Holzboden.

Der Mann hatte die Augen weit aufgerissen und starrte ins Leere. Ich hatte schon genug Leichen gesehen, um zu wissen, dass er tot war! Neben seinem Kopf sickerte nun eine immer größere Blutlache aus seinem Mund.

Oben kreischten und jammerten die Töchter, begleitet von den üblichen klatschenden Schlägen und dem Gebrüll der sechs Männer, die nun abwechselnd über sie herfielen.

Unten kreischte und jammerte die Bahnwärterfrau, die sich nun über ihren toten Mann warf.

Und wir vier standen hilflos und geschockt dabei. Inge verkroch sich winselnd unter dem Schreibtisch in der Schalterhalle, Mutter schob ächzend noch eine Truhe davor. Manfred und ich bissen uns auf die Fäuste und starrten einfach nur auf das grässliche Gemetzel.

Ich weiß nicht, wie lange diese grauenvolle Szene dauerte. Irgendwann polterten die sechs Russen die enge Treppe herunter, stiegen über den toten Mann und seine weinende Frau, hatten zum Glück keine Zeit oder Lust mehr, um Inge oder Mama in der Schalterhalle zu suchen, sprangen in ihre Autos und brausten davon.

Hätten sie sie gesehen, wären sie wohl auch noch über Mutter und Inge hergefallen. Vor unsren Augen, das war denen ganz egal.

Mutter versuchte nun mit all ihrer Liebe und Güte, die Frau des toten Bahnwärters zu trösten, und Inge versuchte das Gleiche mit den beiden furchtbar weinenden Töchtern.

Sie hatten es ja schon am eigenen Leibe erlebt, und nicht nur einmal!

Aber was half es den armen Frauen, die nun auch noch die Leiche ihres Vaters im Hause liegen hatten.

Alles, was Mutter nach einer Weile tun konnte, war, ihr zu versprechen, dass der Vater im Dorf eine würdige Beerdigung bekommen würde. Sie würde dafür sorgen, dass der Leichnam abgeholt würde.

Und so zogen wir am Ende dieses schrecklichen Tages ins Dorf zurück. Wo hätten wir sonst hingekonnt?

Wir gingen bei stockfinsterer Nacht die ganze Strecke über die Schienen zurück, um nicht erneut den Russen in die Hände zu fallen, und verkrochen uns für den Rest der Nacht im Sägewerk.

VON CLAUSNITZ NACH CHEMNITZ,

Ende Mai 1945

Im Hause Hunger war es leer geworden. Alle Frauen, die so Schreckliches durchgemacht hatten, waren nach und nach geflüchtet – wohin auch immer. Herr Hunger selbst war enteignet worden und musste nun in seinem eigenen Sägewerk als Arbeiter hart schuften. Die Spuren der Schläge und Tritte waren ihm deutlich anzusehen; aus dem ehemals autoritären Chef und bis zum Schluss überzeugten Nazi war ein Häufchen Elend geworden. Dennoch schaffte es unsere Mutter, dass er den Totengräber zum Bahnwärterhäuschen schickte, mit einem anständigen Sarg, und dass der Bahnwärter ein würdiges Begräbnis im Dorf bekam.

Wir Jungen ließen uns am nächsten Abend völlig entkräftet in eines der zerwühlten Betten fallen, die noch mit Spuren der Gewalt übersät waren: Es war uns egal.

Am nächsten Morgen – es muss schon gegen Mittag gewesen sein, ich hatte geschlafen wie ein Stein – fand ich Mutter und Inge in der Küche vor, wo sie sich einen heftigen Wortwechsel lieferten. Instinktiv blieb ich auf der untersten Treppenstufe sitzen.

»Das kannst du von mir nicht verlangen, Mutter! Keine zehn Pferde halten mich hier!«

»Ach Inge, wären wir doch nur mit den Amerikanern gegangen!«

»Das ist nicht fair, Mutter! Denk doch an Vater! Wenn er noch lebt, wo soll er uns denn suchen?«

»Deswegen sollten wir hierbleiben!«

»Um weiteren russischen Trupps in die Hände zu fallen? Du

konntest mich auch nicht schützen! Nein, Mutter, eher bringe ich mich um.« Heftiges Weinen war zu hören.

»Inge, versündige dich nicht!« Mutter nahm die ausgemergelte, zitternde Gestalt in den Arm.

Plötzlich klopfte jemand von außen an das Küchenfenster. Ich zuckte zusammen. Neue Russen? Es war nicht anders zu erwarten. Ich lugte schüchtern um die Ecke.

Da stand ein Mann in Uniform. Aber es war weder eine russische noch eine deutsche Uniform. Es war ein Briefträger!

»Depesche für eine Frau Kretzschmar!«

Mutter stand auf und nahm das Telegramm entgegen. Mit zusammengezogenen Brauen las sie es, dann ließ sie es sinken. Ihre Hände flatterten wie ein Insekt, das irgendwo festklebt.

»Mutter! Was hast du? Ist es von Vater?«

»Es ist von meinem Vater! Eurem Großvater! Meine Mutter ist tot.«

Mein Herz setzte auf einen Schlag aus. Mutter saß doch da! Und wieso von Vater? Meine Gehirnwindungen brauchten ein paar Minuten, bis ich aus Mutters weinend herausgestammelten Worten herausfiltern konnte, wer da gestorben war: Mutters Mutter! Meine Großmutter!

Schüchtern drückte ich mich in die Küche und presste mich an meine liebe Mutter, die so bitterlich weinte. Konnte es denn noch mehr Elend geben als sowieso schon?

»Sie hat bei einem Bombenangriff in Chemnitz einen Herzinfarkt erlitten! Sie hat das einfach nicht verkraftet!«

Inzwischen war auch Manfred die Treppe heruntergekommen, und so standen wir da, alle vier, in verzweifelter Umarmung weinend aneinandergeklammert.

»Wir müssen zur Beerdigung!«

Gerade hatten wir den Bahnwärter beerdigt, und mein kleines Hirn kam gar nicht mehr mit.

Meine Großmutter mütterlicherseits hatte ich nicht mehr in Erinnerung. Der Kontakt meiner Mutter zu ihren Eltern war durch den Krieg so gut wie abgebrochen.

»Wir müssen nach Chemnitz. Vater erwartet uns.«

War das nicht der schwerhörige humorlose Mann mit dem Hörrohr, der meiner lieben Mama eine Ohrfeige verpasst hatte, als sie ihn zum Bierholen überreden wollte, nur um meinem Papa wieder zu begegnen? Nein, den wollte ich nicht besuchen.

»Aber es fahren keine Züge mehr!«

»Dann gehen wir eben zu Fuß.« Mutter legte das Telegramm auf den Tisch und wischte es immer wieder glatt, als könne sie die schrecklichen Geschehnisse damit wegbügeln.

»Mutter, nein, das kannst du mir nicht antun!« Verzweifelt brach es aus Inge heraus. »Ich will zurück nach Dresden!«

»Aber liebes Kind, das ist doch der Wahnsinn! Wo willst du denn in Dresden hin? Das Haus steht nicht mehr, die ganze Stadt ist ein Trümmerhaufen.«

»Ich will zurück zu meiner Freundin Edit!« Inge war nicht umzustimmen. »Ihr Haus steht noch, hat sie mir geschrieben. Und ich kann wieder bei ihr wohnen! Sie sagt, sie kann mir Arbeit als Stenotypistin vermitteln! Das ist doch ein Strohhalm! Wenn ich erst eine Arbeit habe, werde ich auch für euch eine Bleibe finden.«

Unsere Augen wanderten immer zwischen Mutter und Inge hin und her.

»Aber das ist ein aussichtsloses Unterfangen, Mädchen, sieh das doch ein!«

»Mutter, ich gehe nach Dresden zurück. Du kannst mich nicht davon abhalten.«

Und so endete diese Diskussion mit der Entscheidung, dass Inge nach Dresden und wir drei nach Chemnitz zur Beerdigung gehen würden. Und mit gehen meine ich gehen.

Ein zweites Mal verabschiedeten wir uns von Herrn Hunger, der hier nun nichts mehr zu sagen hatte, und dessen Haus komplett von den Russen vereinnahmt worden war. Dankbar waren wir ihm trotzdem: von Herzen dankbar sogar! Ich hatte einen Frühling auf dem Lande erleben dürfen, meine kleine Seele hatte sich ein wenig von dem Grauen der Dresdener Bombennächte erholen dürfen, bevor die nächste Katastrophe kam.

Mutter packte ihr Bündel, und zu Fuß machten wir uns auf nach Chemnitz. Dafür mussten wir immer an dem Fluss Chemnitz entlangwandern, über schmale Pfade und teilweise auch auf Landstraßen. Ab und zu nahm uns jemand mit einem Pferdewagen ein Stück mit. Die knapp dreißig Kilometer laugten uns in unserem unterernährten Zustand völlig aus. Aber immerhin war es jetzt Ende Mai, und die Tage wurden länger, unterwegs ließen wir uns einfach auf satt blühenden Wiesen nieder und kauten an Blättern oder Blüten, die uns ungiftig schienen. Wir tranken direkt aus klaren kalten Bächen und bettelten wie gehabt bei Bauersfrauen um einen Viertelliter Milch.

Total zerlumpt, abgerissen, schmutzig, übermüdet und halb verhungert taumelte ich nur noch hinter meiner Mama her. Abends, wenn ich nicht mehr laufen konnte, nahm sie mich huckepack und schleppte mich über die Feldwege und einsamen Landstraßen. Um eine Bleibe für die Nacht zu finden, klopfte Mutter wieder bei Bauernhöfen an die Tür.

»Wir haben selbst nichts, geht weiter! Hier waren schon genug von eurer Sorte!«

Immer wieder wurden ihr die Türen vor der Nase zugeschlagen. Doch in Anbetracht ihrer Höflichkeit und unseres jämmerlichen Anblicks schaffte sie es doch letztlich, dass wir in der Scheune oder im Stall für eine Nacht unterkamen und auch ein Stück Brot oder ein Glas Milch bekamen.

Letztlich erreichten wir Chemnitz mit Blasen an den Füßen und standen vor dem Haus in der Dorotheenstraße 13.

»Zum Glück ist Chemnitz nicht so zerstört wie Dresden.« Erleichtert seufzte meine Mama auf, als sie vor ihrem Elternhaus stand. »So konnte ich es immerhin noch finden.«

Nervös klopfte sie uns den Dreck von den Kleidern und versuchte, mit Spucke unser verfilztes Haar ein wenig in Ordnung zu bringen. Mit dem Daumen wischte sie uns die Flecken aus dem Gesicht. »Seid höflich und bescheiden, zeigt, wie gut ihr erzogen seid!«

Das waren wir natürlich. Instinktiv spürte ich, dass Mutter großen Respekt vor ihrem Vater hatte!

Eine schwarz gekleidete Frau mit streng nach hinten gekämmten Haaren und einem Knoten im Nacken öffnete und musterte uns ein wenig von oben herab. Ihre Augen waren verweint.

»Ach du liebe Zeit. Wo kommt ihr denn her!«

»Grüß dich, Trude!« Mutter sank ihrer Schwester in die Arme, doch die Tante hielt sie auf Armeslänge von sich ab. »Pass auf mein Kostüm auf. Auf Schwarz sieht man jeden Fleck.«

»Kinder, das ist meine älteste Schwester! Sagt Tante Trude Guten Tag.«

»Guten Tag, Tante Trude.« Ich schaffte sogar so etwas wie einen Diener.

»Ach du liebe Zeit. Wie seht ihr denn aus.«

Tante Trude war nicht wirklich begeistert, uns zu sehen. Wer war das schon zu dieser Zeit?

»Na, dann kommt mal rein. Aber zieht diese dreckigen Schuhe aus, oder das, was davon übrig ist! Lasst sie draußen stehen, die klaut schon niemand!«

Auf zerlöcherten Socken, aus denen die blutigen Zehen herausschauten, schlichen wir ins Wohnzimmer. In einem Sessel an der vergilbten Wand saß ein alter Mann mit einem weißen Haarkranz und einem Schmiss an der Backe und starrte ins Leere. Auch er war schwarz gekleidet. Auf dem Tisch lag ein Hörrohr. Daneben stand ein Foto mit einem schwarzen Band am Rahmen. Die Frau, die mir daraus entgegenblickte, sah unserer Mutter ähnlich, aber sie war grauhaarig und alt.

»Vater, Gretel ist hier!«

»Was?«

Der alte Mann griff nach einem Hörrohr und hielt es sich ans Ohr. »Was sagst du, Trude?«

»Gretel ist hier! Deine andere Tochter!«

»Das Begräbnis ist längst vorbei. Da hätte sie früher kommen müssen.«

Der alte Mann schaute unsere Mutter kaum an. Zitternd griff er nach seinem Gehstock und versuchte aufzustehen. Er flößte mir Angst ein. Würde er unserer Mama jetzt wieder eine Ohrfeige geben? Auch Manfred drückte sich schüchtern an der Wand herum. Ich sah seinen Adamsapfel zucken. Am liebsten wären wir wohl wieder gegangen.

»Ach Vater, wir sind so schnell gekommen, wie wir konnten …« Unsere arme Mutter weinte schon wieder bitterlich. »Es ging einfach nicht schneller, der Kleine ist doch erst fünf!«

»Welcher Kleine?«

»Dieter, sag deinem Großvater Guten Tag.«

Verschüchtert ließ ich mich von meiner Mama vor den alten Mann hinschieben und reichte ihm meine magere kleine Hand. »Guten Tag, Großvater.«

»Ich kann euch hier wirklich nicht gebrauchen.« Er rümpfte die Nase.

»Aber Vater, so sieh doch nur, wie ausgehungert und elend deine beiden Enkel sind!«

»Das sind hier alle.«

Die zitternde alte Hand des Großvaters tastete sich zu dem Aschenbecher, der auf dem Tisch stand. Eine angefangene Zigarette, die schon verglimmt war, wurde mühsam noch einmal angezündet.

Großvater hüllte sich in eine Rauchwolke und in eine Wolke des Schweigens.

»Kommt erst mal mit in die Küche, da könnt ihr euch wenigstens die Hände waschen.« Tante Trude zog uns aus dem Wohnzimmer in die gemütliche Wohnküche und machte sich an dem altmodischen Herd zu schaffen. »Nehmt es ihm nicht übel, er ist vom Tod unserer Mutter völlig überwältigt und hat das alles noch gar nicht begriffen.« Als der Wasserkessel pfiff, rührte sie einen grauen Brei an, der widerlich roch. »Wir haben hier nur zwei Essensmarken von den Russen. Jeden Tag gibt es pro Person einen Kanten Brot und einen Löffel Kascha, das ist dieses Gebräu hier.«

Sie stellte uns das dampfende Gemisch auf den Tisch. »Los, probiert es. Hunger ist der beste Koch!«

Tatsächlich füllte es unsere leeren Mägen, und das nagende schmerzende Hungergefühl, von dem mir immer so schwindelig wurde und von dem ich Kopfschmerzen bekam, war gestillt.

»Wir haben hier keine Betten mehr, das Schlafzimmer wurde beschlagnahmt. Sie haben uns die Möbel rausgetragen. Stellt euch vor, sie haben das Ehebett unserer Eltern auseinandergenommen und zum Fenster herausgeworfen, samt Decken, Kissen und Matratzen. Wir schlafen alle auf dem Fußboden. Mehr können wir euch nicht anbieten.«

»Ach liebe Schwester, wir sind dir und Vater so dankbar, wenn wir überhaupt eine Weile bleiben dürfen.« Zitternd befreite Mama mich von meinen verschmierten, vor Dreck strotzenden Hosen und warf sie in eine bereitstehende Schüssel. »Wir wollen dir auf keinen Fall Umstände machen und werden uns nützlich machen, wo es nur geht. Nur bitte schick uns nicht wieder in die Hölle da draußen.«

»Ist ja schon gut, Gretel. Wir sind doch eine Familie.« Tante Trude zog ihre kleine Schwester an sich und klopfte Mama beruhigend auf den Rücken. »Natürlich könnt ihr bleiben, wenn du nur darauf achtest, dass deine Jungen hier keinen Dreck machen.«

Wir standen inzwischen nackt in der Küche und zitterten vor Scham. Wir machten keinen Dreck, wir waren Dreck. Das hatte man uns nun lange genug spüren lassen.

Und so blieben wir einige Wochen bei Großvater und Tante Trude in Chemnitz, auch wenn wir spürten, dass wir nicht besonders willkommen waren. Das pure Elend herrschte auch in dieser Stadt, die von Hunger, Armut, Trauer und Zerstörung geprägt war.

Mutter stellte sich täglich in der Schlange für Brot und Kascha an. Doch sie wurde von den Bewohnern des Viertels böse beschimpft:

»Sie wohnen doch nicht hier! Verschwinden Sie! Unverschämtheit, sich hier reinzudrängeln!«

So mussten der Großvater, der noch aus dem Ersten Weltkrieg seine Blessuren hatte, und Tante Trude ihre ohnehin schon knappe Ration weiterhin mit uns teilen. Der Hunger nagte an uns allen und mergelte uns aus, und das Zusammenleben ohne Möbel auf engem Raum erwies sich als weiteres Desaster. Manchmal rutschte dem Großvater wirklich die Hand aus, obwohl er es bestimmt nicht so meinte. Was musste in dem armen alten Mann vorgegangen sein, nach zwei Kriegen und dem Verlust seiner geliebten Frau? Da konnten zwei dreckige Lausebengels, wie er uns nannte, sein Weltbild auch nicht mehr geraderücken.

Mama bemühte sich unentwegt um Ruhe, Rücksichtnahme und Sauberkeit.

So warteten wir sehnlichst auf ein Zeichen von Inge, um endlich wieder nach Dresden gehen zu können.

Eines Tages war es dann so weit. Ein fremder Herr klingelte an Großvaters Wohnungstür und übergab Tante Trude einen Brief von Inge an Mutter.

»Kinder, kommt schnell herein, es gibt Neuigkeiten!«

Wir hatten im Hinterhof mit den Nachbarskindern an den Teppichstangen Klimmzüge versucht und uns wegen des Lärms den Groll des Großvaters zugezogen, obwohl er doch schwerhörig war.

»Inge schreibt, dass sie ihre Freundin Edit tatsächlich wiedergefunden hat!« Mutters Augen leuchteten vor Erleichterung. »Sie hat eine ganz neue Arbeit als Stenotypistin bei der Ortspolizei!«

»Was sagt sie?« Der Großvater hielt sich das trichterähnliche Hörrohr an sein fleischiges Ohr, aus dem auch noch büschelweise Haare sprossen.

»Polizei?«

»Alles gut, Vater. Unsere Inge hat Arbeit gefunden!«

»Welche Inge?«

»Meine Tochter, Vater. Ingelein.«

»Das nette hübsche saubere Ding? Warum hast du die nicht mitgebracht?«

Mama überhörte geflissentlich seine versteckte Kritik an uns, die wir keine netten hübschen sauberen Dinger waren.

»Inges neue Kollegin heißt Annemie Sternkopf«, sprach sie mehr mit Tante Trude und ihren Söhnen als mit ihm. »Deren Mutter, eine Offizierswitwe, hat in der Rehefelder Straße eine große Wohnung, in welcher wir ein Zimmer und die Mitbenutzung der Küche zur Untermiete bekommen können!«

Ich hörte nur Wohnung und Küche. Mein Herz schlug Purzelbäume vor Freude. Denn hier bei dem missmutigen Großvater und der etwas harschen Tante Trude in der engen Wohnung fast ohne Möbel war einfach kein Auskommen mehr. Dauernd hatten sie etwas an uns auszusetzen. Mutter fühlte sich ständig schuldig, dass wir ihnen den letzten Krümel wegaßen. Sie war einfach eine selbstständige, stolze Frau und wollte wieder auf eigenen Beinen stehen!

»Rehefelder Straße«, freute sich Manfred. »Das ist doch fast um die Ecke von unserer alten Wohnung! Da treffe ich meine Spielkameraden wieder!«

»Wenn sie noch leben«, seufzte Mutter. »Aber wir müssen es versuchen.«

»Wie wollt ihr denn in das fünfundsiebzig Kilometer entfernte Dresden kommen?« Der Großvater bemühte wieder sein Hörrohr. »Soviel ich weiß, ist die Bahnlinie noch unterbrochen!«

»Wir werden es versuchen, Vater!«

»Bitte?«

»Wir schaffen das schon!«

»Na dann; geht mit Gott, aber geht.«

Mutter sprang auf. »Ich laufe jetzt zum Chemnitzer Bahnhof, um ausfindig zu machen, ob es irgendeine Möglichkeit gibt! Vielleicht fahren ja die Züge schon wieder? Und außerdem werfe ich meinen Antwortbrief an Inge in den Briefkasten.«

»Und ihr Bengels geht wieder spielen!« Der Großvater zeigte mit seinem Hörrohr auf uns. »Aber wehe, ihr macht wieder so einen Lärm!«

Nach Stunden kam Mutter zurück mit der Nachricht, dass es noch eine Weile dauern würde, bis die Züge wieder fahren könnten. »Aber sie probieren Teilstrecken probeweise aus.«

»Ach du liebe Zeit. Wie lange wollt ihr denn noch bleiben?« Der Großvater schüttelte unwillig den Kopf. »Das hier geht wirklich nicht mehr. Ich brauche meine Ruhe.«

»Vater, wir gehen morgen früh!«, schrie die Mutter ihm ins Ohr. »Wir haben euch lange genug belastet!«

»Das will ich meinen.«

CHEMNITZ,
Juni 1945

Ach du Schreck. Was wollen denn die ganzen Leute hier?« Vor dem Bahnhof in aller Herrgottsfrühe angekommen, quollen uns Menschenmassen aus allen Richtungen entgegen.

»Die wollen genauso in Richtung Dresden zurück wie wir.«

»Mama, ich habe Angst!« Schon wogten wir mitten im Gedränge und ließen uns mitziehen in Richtung Bahnsteig.

»Festhalten, Dieter, lass meine Hand nicht los!«

Tapfer kämpfte sich Mutter mit uns beiden Buben durch das rücksichtslose Geschiebe. Wir kamen nur zentimeterweise durch die Unterführung voran, die wegen der Zerstörung nur einen ganz schmalen Schlauch für Fußgänger frei hatte. Es herrschte nicht nur bedrückende Enge und Hitze, sondern auch Geschrei. Mein Blickfeld waren magere Hintern, unendlich viele Hintern, von denen Hosen und Röcke schlackerten. Niemand füllte mehr seine Sachen aus. Und es stank mehr denn je nach Schweiß und Elend.

»Nicht vordrängeln, wir waren als Erste hier!«

»Weitergehen, was soll denn das!«

»Hier liegt jemand im Weg!«

»Ist hier ein Arzt, wir brauchen einen Arzt!«

»Hat jemand einen Schluck Wasser?«

Ich sah nur Beine und schlecht genähte Bügelfalten und wurde von einem zum anderen gedrängt. Mutters Hand krallte sich in meine. Nach einer Ewigkeit erreichten wir endlich den Aufgang zum Gleis, aber auch auf der Treppe drängten sich Hunderte von Menschen. Kinder schrien, jammerten und kreischten, und dann hörte ich mich selber brüllen.

»Au, jemand hat mir seinen Koffer an den Kopf gestoßen!« Ein brennender Schmerz fuhr mir zwischen die Augen.

»Nicht heulen, Dieter, nicht heulen. Wir können jetzt nicht stehen bleiben. Bleib dicht hinter mir.«

Ich presste meinen schmerzenden Kopf an Mutters Hüfte und wischte mir daran die Nase ab. Rotz, Tränen und Blutstropfen blieben an ihrem eh schon fleckigen Kleid kleben.

An ihrer anderen Seite kämpfte Manfred tapfer um das Weiterkommen. Es dauerte einen ganzen Tag, bis wir schließlich mit den anderen Menschen, Koffern, Karren, Kinderwagen, Handkarren und Rucksäcken irgendwo auf dem Bahnsteig zum Stehen kamen.

»Weit und breit kein Zug.«

»Aber es soll irgendwann einer kommen.«

»Und was machen wir jetzt?«

»Setz dich auf meinen Rucksack, Dieter. Manfred, pass auf deinen Bruder auf. Schlaft ein wenig, wenn's irgend geht. Ich versuche, etwas Wasser zu bekommen.«

»Nein! Mamaaaa! Geh nicht weg!« In panischer Angst, meine geliebte Mama zu verlieren, krallte ich meine schmutzigen Finger in ihren zerfaserten Rocksaum.

»Aber wir brauchen einen Schluck Wasser!«

»Hier, junge Frau. Nehmen Sie meine Trinkflasche.« Eine hilfsbereite Stimme aus der Menge, irgendwo reichte ein Arm eine Flasche herüber. Mutter boxte sich einen halben Meter Platz, um mir die rettende Flasche herunterzureichen. Dankbar trank ich einen Schluck abgestandenes lauwarmes Wasser, bevor mir die Sinne schwanden. »Nicht zu viel, Dieter. Das gehört uns nicht. Lass noch etwas für Manfred übrig.«

Zwei Tage und drei Nächte verbrachten wir auf dem Bahnsteig mitten im Gedränge, das immer schlimmer wurde. Aber Mutter wollte auf keinen Fall zurück zu Großvater und Tante Trude. Wir hatten nichts mehr zu essen, mein Magen zog sich immer öfter unter krampfartigen Schmerzen zusammen, und so verbrachte ich mit meinem Bruder auf einem Pappdeckel, den Mutter irgendwo aufgetrieben hatte, die über achtundvierzig Stunden auf dem überfüllten Bahnsteig, der zwischendurch wie Feuer in der prallen Sonne glühte.

»Wenigstens müssen wir nicht frieren.« Manfred sah in all dem Elend noch etwas Positives. »Weißt du noch, wie wir auf der Flucht aus Dresden durch Eis und Schnee gewatet sind?«

»Am schlimmsten war es unter der Brücke am Fluss.«

»Da wurde auch noch zusätzlich auf uns geschossen.«

»Und die Leute fielen von der Brücke ins eiskalte Wasser …«

»Wisst ihr noch die toten Pferde?«

»Und die Elefanten, die Giraffen und die Zebras …«

»Am allerschlimmsten waren doch die Menschen, erinnert ihr euch noch an die vier zerlumpten Gestalten, die um jeden Preis wieder zurück nach Dresden wollten?«

»Was aus denen wohl geworden ist.«

»Und die polnischen Arbeiterinnen, die im Gebetsraum versteckt waren. Mama, glaubst du, die leben noch?«

»Kinder, lasst uns nicht mehr darüber reden.« Mutter sank kraftlos neben uns auf die Erde. »Wir müssen immer nach vorne schauen, nie zurück. Wer zurückschaut, den bestraft das Leben.«

»Achtung, Achtung! Der Zug nach Dresden fährt ein. Bitte Vorsicht am Bahnsteig drei!«

Wir mussten wohl eingeschlafen sein, als uns die knarrende Stimme aus dem Lautsprecher weckte. Nein, es war kein Lautsprecher, sondern jemand krächzte durch ein altmodisches Megafon! Die technische Anlage des Bahnhofs war zur Gänze zerstört.

»Der Zug fährt über Flöha, Oederan und Freiberg …« Der Rest wurde vom Schreien und Rufen der Leute verschluckt. Sofort setzte panische Hektik ein, alle sprangen auf und drängten sich so dicht am Gleis, dass mehrere Kinder und Gegenstände herunterfielen. Ein Kreischen und Jammern ging durch die Menge, und besonders Mutige sprangen herunter, um die Kinder und Gegenstände wieder in Sicherheit zu bringen. Mütter weinten laut, andere beteten, die Kinder brüllten und heulten vor Panik und Schreck. Doch es tat sich nichts! Die ganze Aufregung war umsonst gewesen.

»Achtung, bitte behalten Sie Ruhe! Der Zug kann nicht einfahren, wenn Sie nicht Ruhe bewahren! Treten Sie vom Bahnsteig zurück! Der Zug in Richtung Dresden ...«

Endlich schob sich am Mittag des dritten Tages schwerfällig quietschend und unter Zischen und Fauchen des Dampfes eine schwarze Lok ein, die einen Brikettwagen und drei kleine Personenwaggons hinter sich herzog. Das stählerne Ungetüm löste grenzenlosen Jubel aus. Diesmal versuchten die Menschen, nicht noch einmal zwischen die Gleise zu geraten! Doch es waren nur drei jämmerliche Personenwagen, die von der Lok stoisch bis ans hinterste Ende des Bahnsteiges gezogen wurden! Vor uns war wieder gähnende Leere. Gellendes Geschrei ging durch die Menge, alle sprangen gleichzeitig auf, rafften ihre Kinder und Koffer und Karren zusammen und begannen zu rennen.

»Kommt, Kinder! Lasst meine Hand nicht los!«

Es begann ein fürchterlicher Ansturm auf den inzwischen zum Stehen gekommenen kurzen Zug.

»Für die Anzahl der Wartenden ist die Kapazität lächerlich«, schimpfte ein älterer Mann neben uns, der Mutter das Wasser gereicht hatte. »Das können Sie vergessen, junge Frau!«

Doch Mutter kämpfte sich mit uns an den Händen voran, ihre Tasche an einem Gurt über der Schulter. Sie wurde von der stürmenden Menge immer wieder abgedrängt und zu Boden gerissen.

»Mamaaaa!«

»Weiter, Kinder, weiter. Dieter, lass meine Hand nicht los! Wir müssen es unbedingt schaffen!«

»Achtung, Achtung, der Zug in Richtung Dresden fährt los! Bitte nicht mehr einsteigen …«

»Mamaaa!«

Wir hatten den letzten Waggon gerade erreicht, als sich die Räder des Ungetüms bereits zischend in Bewegung setzten. Feuchter Dampf sonderte sich ab und hüllte uns ein. Die Leute standen in Trauben dicht gedrängt auf den Trittbrettern. Es stank nach Kohle und Ruß und brennenden Briketts. Der Asphalt unter unseren dünnen Sohlen glühte.

»Da geht noch was!«

Noch im Rennen wurde ich von irgendwelchen Armen hochgehoben und durch das Fenster in den Zug gehoben. Es war so eng und stickig, dass mir die Luft wegblieb. Wie durch ein Wunder landete Manfred kurz darauf direkt neben mir. Wir klebten förmlich an fremden Menschenleibern. Es stank zum Erbrechen.

»Mamaaa!«

Der Zug ratterte inzwischen unerbittlich vor sich hin.

»Mamaaa!«, kreischte ich um mein Leben. Jemand hob mich hoch und hielt mich mit der Wange an das verschmierte Fenster. Meine arme Mama, ich sah sie auf dem Bahnsteig stolpern und fallen, ihre Tasche auf den Boden klatschen, und fremde Leute über sie hinwegstolpern und rennen, ohne Rücksicht auf Verluste. Manfred, an dessen Brust ich gedrückt war, weinte ebenfalls laut.

»Mamaaaa!«

»Beruhigt euch, Jungs. Eure Mama ist hier draußen und fährt mit euch!«

Es war eine fremde Stimme von irgendwo aus dem Gewühl, die uns zum Schweigen bringen wollte. In unserer Panik schrien wir weiter nach unserer lieben Mutter!

»Hier bin ich«, kam es schließlich von weit her. »Ich steh auf dem Trittbrett und halte mich ganz fest!«

»Mamaaaa!«

»Hört jetzt auf zu plärren, sonst schmeißen wir euch raus!«

Es waren mit die furchtbarsten Stunden in meinem fünfjährigen Leben! Die Angst um unsere geliebte Mutter ließ mich fast ersticken.

Unsere arme Mama hing an ihren dünnen Ärmchen mit letzter Kraft draußen in einer Traube von Menschen, die immer noch schubsten und drängten, und klammerte sich mit einer Hand an einen Haltegriff. Sie wog nach all dem Erlebten nur noch knapp vierzig Kilo und war körperlich und seelisch komplett erschöpft. Die Ungewissheit um ihren Mann, die Schuldgefühle, dass sie Inge nicht hatte schützen können, die Ablehnung durch ihren Vater, die Demütigung, im eigenen Elternhaus nicht länger geduldet zu sein, der Hunger und die mehrfachen Vergewaltigungen hatten ihre Seele und ihren Körper komplett zerstört.

»Oederan, hier Oederan. Lassen Sie die Leute aussteigen!«

Die ersten Menschen drängelten sich aus dem Zug, und endlich sahen wir unsere liebe Mama! Sie hatte sich über Stunden draußen an der Stange festgehalten. Zitternd am ganzen Leibe, kreidebleich und mit völlig zerzausten Haaren taumelte sie in das Innere des Waggons, wo ihr jemand einen Notsitz frei machte. Sie war gar nicht mehr ansprechbar!

Ihre schweißnassen Hände waren immer wieder von der glutheißen Haltestange abgerutscht, und jetzt übersät von Striemen und blauen Flecken.

»Mamaaa!« Wir sanken ihr auf den Schoß und vergruben unsere Gesichter an ihrem geliebten Körper, der noch lange schlotterte und klapperte wie ein lebendes Skelett.

»Ich wollte mich fallen lassen«, stammelte sie schließlich. »Als der Zug über eine Brücke fuhr! Da unten war eine Schlucht, da wollte ich mich hineinfallen lassen …«

»Mama!«

»Einfach loslassen, und allem ein Ende setzen …« Ihr liefen die Tränen über das graue, ausgezehrte Gesicht, ihre Haare waren nun gänzlich ergraut und ihre Augen völlig leer.

»Aber Mama, du kannst uns doch nicht alleine lassen!« Manfred schüttelte ihr dünnes Handgelenk, das er mit seiner Kinderhand umschließen konnte.

»Nein. Das konnte ich nicht. Ich habe ja euch und Inge in Dresden …«

Ihre Zähne klapperten aufeinander, während sie vor sich hin stammelte und gar nicht richtig bei sich war. »Wer zurückschaut, den bestraft das Leben …«

Wie lange die Fahrt insgesamt dauerte, vermag ich nicht mehr zu sagen. Sicher waren es drei bis vier Stunden, denn der Zug fuhr ja oft nur im Schritttempo. Aber letztlich kamen wir doch in Dresden-Freital an, wo die Fahrt nicht mehr weiterging.

»Alles aussteigen, ab hier ist wegen zerstörter Gleise keine Weiterfahrt mehr möglich!«

Ein Schaffner bahnte sich einen Weg durch den immer noch völlig überfüllten Waggon.

»Alles aussteigen, vergessen Sie Ihre Gepäckstücke nicht, der Zug fährt zurück nach Chemnitz, um weitere wartende Passagiere zu holen … alles aussteigen!«

Mutter zitterte immer noch am ganzen Leibe, als sie uns aus der schubsenden, eilenden und drängelnden Menge fischte und sich aus dem Rauch speienden glühenden Eisenwurm fallen ließ.

Sie taumelte nur noch an den Rand des mit Unkraut überwucherten Bahnsteiges und sank in den Schutt. Weinend fielen wir ihr rechts und links in die Arme und pressten unsere staubigen Gesichter an ihres. Ihr Tränenfluss schien nie mehr versiegen zu wollen. Vielleicht waren es ja Freudentränen über ihren Sieg über sich selbst, nicht losgelassen zu haben?

»Ich habe nicht aufgegeben«, flüsterte sie tonlos in unsere Haarschöpfe hinein. »Ich wollte loslassen, es wäre so einfach gewesen … einfach loslassen und zu Mutter in den Himmel fliegen … aber ich habe nicht aufgegeben. Das darfst du nicht, habe ich mir bei jedem Zentimeter gesagt, den meine Finger von der Stange gerutscht sind … ich schaffe es noch ein paar Augenblicke … und ich habe es geschafft.«

DRESDEN,
Sommer 1945

Ja, bitte? Wer klopft so spät noch an?« Eine schwarz gekleidete Dame mit Hochsteckfrisur öffnete uns, eine Kerze in der Hand. Sie musterte uns drei kleine Gestalten von Lumpengesindel von oben bis unten und wollte wohl schon die Türe wieder zuwerfen, als Mutter unsere Namen nannte. »Wir sind die Familie von Inge! Margarethe Kretzschmar mein Name, und das sind Manfred und Dieter.«

»Ach je.« Sie schlug sich die Hand vor den Mund und trat einen Schritt zurück. »Ich bin Frau Sternkopf. Inge und Annemie arbeiten ja zusammen bei der neu gegründeten Stadtpolizei, aber ich hatte ja keine Ahnung …« Ihr mitleidiger, aber auch leicht hochmütiger Blick sprach Bände. »Annemie hat mich wochenlang bearbeitet, dass ich Inge aufnehme, und jetzt auch noch Sie, aber nachdem mein Mann im Krieg geblieben ist, steht ja sein ehemaliges Arbeitszimmer leer, und man ist ja kein Unmensch.« Unwirsch stapfte sie eine Treppe hinauf und öffnete uns eine Zimmertür.

»Hier. Bitte.«

Das Einzige, was ich sah, waren zwei eiserne Bettgestelle. Je rechts und links an einer Wand. Sonst war nichts weiter in dem Raum, aber: ZWEI! BETTEN! Die hatten die Russen noch nicht gefunden und abtransportiert! Was für ein Wunder! Wie betäubt fielen Manfred und ich auf das eine, und Mutter auf das andere Bett.

Der lange Marsch durch die völlig zerstörte, zerbombte Stadt hatte alte Traumata wiederbelebt. Die nackten Trümmerberge waren zwar inzwischen von Leichen und Schwerverletzten befreit, aber sie wirkten wie eine Geisterstadt. In langen Reihen standen Frauen mit Kopftüchern und Stiefeln in den Schuttbergen und reichten einander Steine weiter, die am Ende von anderen Frauen mit Hammer und Meißel von Mörtel abgeklopft wurden. Auf provisorischen Schienen fuhren Loren, auf die die so gereinigten Steine geworfen wurden, und rollten, wie es schien, irgendwo ins Nirgendwo.

Wie in aller Welt sollte nur ein einzelnes Haus, geschweige denn eine Straße, geschweige denn diese riesige Stadt auf diese Weise jemals wieder aufgebaut werden?

Das erschien uns völlig unmöglich, und Mutter erlag einer schweren Depression.

»Wie sollen wir in dieser Trümmerwüste nur überleben?« Sie sah auf Manfred, der jetzt mit seinen auf die dreizehn zugehenden Jahren in die Höhe schoss und immer Hunger hatte. »Wo soll ich für dich etwas zu essen hernehmen, Junge?«

Während wir durch die Schuttberge gestiefelt waren, hatte Mutter wieder laut zu weinen begonnen: »Du warst ein Sieben-Monats-Kind, Manfred, ich habe dich damals im Erzgebirge mitten im kalten Winter als winziges Frühchen zur Welt gebracht! In einer mit Watte gefüllten Zigarrenkiste habe ich dich auf dem Zimmerofen aufgepäppelt, dir tropfenweise Milch mit einer Pipette eingeflößt, und nun bist du so ein klapperdürres langes Ende, das mir über den Kopf wächst und nun doch verhungern muss!«

»Mama, weine doch nicht, wir schaffen das! Schau, die Russen stehen hier mit ihren Militär-Gulaschkanonen, und wenn wir uns in die Schlange stellen, dann geben sie uns vielleicht was …«

Und tatsächlich hatten wir nach zwei Tagen des Herumirrens ohne Essen endlich ein wenig Glück: Eine kompakte Russin in Uniform klatschte uns allen dreien je einen Löffel dicker grauer Graupen in einen Blechnapf, und dazu bekamen wir einen harten Kanten dunkles, nasses Brot.

So waren wir wenigstens halbwegs satt, als wir bei der Witwe Sternkopf ankamen.

»Ihre Inge ist noch auf der Arbeit. Aber sie bekommt immerhin Lebensmittelmarken – wenn auch nur für sich selbst«, hatte Frau Sternkopf uns noch mitgeteilt, bevor wir Jungen in einen tiefen Schlaf gefallen waren.

Mutter blieb natürlich noch wach, um ihre Tochter zu begrüßen. Unter Tränen schilderte sie ihr die Strapazen unserer Reise, das abweisende Verhalten ihres Vaters und ihrer Schwester, die in diesen Höllenzeiten nicht zu ihr und uns gehalten hatten, weil sie ihre Ruhe wollten, und ihren Schock, das in Trümmern liegende Dresden so schrecklich und zerstört vorzufinden. Ein Trauma reihte sich an das nächste, und Mutter konnte einfach nicht mehr.

»Mama, bitte weine doch nicht, es war die richtige Entscheidung, wieder nach Dresden zu kommen!« Die knochendürre Inge hatte unsere ebenso magere und entkräftete Mama in die Arme genommen und sie getröstet. »Ich bekomme bei der Polizei ab und zu eine Extraration Brot, und Frau Sternkopf hat im Keller nicht nur Kartoffeln, sondern wunderbare Äpfel! Stellt euch gut mit ihr, dann wird sie euch auch welche abgeben!«

Nie werde ich den Moment vergessen, an dem Frau Sternkopf Manfred und mir je einen so herrlichen Apfel schenkte. Die Geschmacksexplosion auf meiner entwöhnten Zunge löste ein wahres Glücksgefühl aus! Die Dankbarkeit für diese ansonsten eher mürrische Frau, die ja ihren Mann und ihr früheres Leben betrauerte, spüre ich noch heute, als bald dreiundachtzigjähriger Mann, der ich nun in meinem kleinen Häuschen über dem Luganersee sitze und auf den dunklen See blicke. Wenn ich die Augen schließe, kann ich die nächtlichen Wellen unten gegen das Ufer plätschern hören. Der Mond hat sich hinter den Bergen verzogen, aber ich weiß, dass morgen in der strahlenden Sonne wieder die kleinen italienischen Örtchen hier am Ufer des Sees leuchten werden wie hingeworfene Spielzeughäuser. Vereinzelte Fischerboote werden wieder ihre Bahnen ziehen und ihre Spuren im glasklaren Wasser hinterlassen, und der Flieder unterhalb meines Balkons wird wieder duften und die Bienen anziehen. Die Dankbarkeit allem gegenüber, was mir das Leben im Laufe der Jahre schenkte, und die damit verbundene Dankbarkeit meinem Schicksal gegenüber formten tief in mir einen zufriedenen und glücklichen Menschen, der sich noch heute über jede Kleinigkeit, über alles Schöne, jede freundliche Geste und jedes Lächeln eines lieben Menschen zutiefst erfreuen kann.

»Manfred, lass die Finger von dem Brotkanten. Der ist für Inge.«

Mutter hatte uns aus Kartoffelschalen, die Frau Sternkopf in den Küchenabfall geworfen hatte, heimlich noch ein Gericht in der Bratpfanne gezaubert, das sie mit einem Tropfen Öl angeröstet hatte. »Junge, das muss für heute reichen! Ich weiß, dass du immer Hunger hast, aber Inge arbeitet schließlich für uns, und das Brot kommt jetzt für sie in dieses Kästchen.«

Vor unseren hungrigen Augen packte Mutter den trockenen Brotrest in ein kleines Holzkästchen und verschloss es mit einem Vorhängeschloss. »Ja, das ist bitter, mein Sohn, meine einzige Passion!« Sie strich ihrem ehemaligen Frühchen liebevoll über die Wange. »Du wirst dich beherrschen lernen müssen.«

Sie steckte den kleinen Schlüssel in ihre Küchenschürze und schickte sich an, noch einmal wegzugehen. »Ich stelle mich noch mal bei den Russen in die Schlange. Aber das kann ein paar Stunden dauern. Bis dahin müsst ihr hungern, meine armen Schätze!«

Kaum war sie weg, ergriff sich Manfred das Kästchen. »Das müsste doch aufzukriegen sein!«

»Manfred! Du hast gehört, was sie gesagt hat! Das ist für Inge!«

»Ich weiß, Dieter. Aber ich habe sooo einen Hunger! Nur ein ganz kleines Stück!«

»Du kriegst es eh nicht auf!«

»Wetten doch?«

Manfred kramte in der Besteckschublade und förderte ein Messer zutage. »Verpetz mich aber nicht, Kleiner!«

»Nein, das ist Ehrensache.« Ich lehnte mich auf meine Ellbogen und stierte ebenso hungrig auf das Kästchen wie Manfred. »Aber du kriegst es sowieso nicht auf.«

»Krieg ich wohl.« Mit eifrig hervorstehender Zungenspitze schraubte Manfred die hinteren Deckelscharniere an dem Kästchen ab, ohne das Schloss zu verletzen. »Siehst du: Es geht auf.«

Da lag das Brot. Eine kleine Portion, schwarz und trocken, für Inge gedacht. Wir hielten unsere Nase darüber und saugten den schwachen säuerlichen Geruch ein. Mein Magen rebellierte.

»Nur ein winziges Stück!«

Manfred schnitt mit dem Messer einen halben Zentimeter ab und teilte diesen Fitzen Brot noch durch zwei. »Hier. Dein Anteil.«

»Ich habe nichts damit zu tun.« Trotzig verschränkte ich die Hände vor der Brust. Dabei lachte dieser Fitzen mich so an! Meine Finger zuckten. Das Wasser lief mir im Munde zusammen, und die Spucke sammelte sich zu einer feuchten Lache unter meiner Zunge.

»Na, dann eben nicht.« Blitzschnell verschwand erst das erste, dann das zweite Stückchen im brüderlichen Munde. Während er noch kaute, verschraubte er die winzigen Scharniere des Kistchens flink wieder und drehte geschickt die Schrauben ganz fest. Das Messer wischte er an seiner Hose ab und legte es leise wieder in die Schublade.

»Siehst du? Nichts passiert.«

»Du wirst Ärger kriegen, Manni!«

»Nicht, wenn du mich nicht verpfeifst.«

»Ehrensache.«

So passierte der Mundraub nun jeden Abend, wenn Mutter in der Schlange stand.

Inge gab sich stets mit dem noch kleineren Stück Brot zufrieden, als es ohnehin schon war, aber Mutter merkte den Betrug.

»Wer war an dem Kästchen?«

»Niemand.« Vier Bubenhände verschwanden auf dem Rücken.

»Da ist etwas abgeschnitten worden.« Mutter prüfte mit Adlerblicken das Brot. Als sie auch noch das dazugehörige Messer fand, schoss Manfred die Röte ins Gesicht. Ich selbst biss mir auf die Zunge und presste die Lippen zusammen.

»Wer war an dem Kästchen?« Mutters Augen bohrten sich in Manfreds sommersprossiges Gesicht.

»Der Wind, der Wind, das himmlische Kind«, improvisierte ich, um meinen großen Bruder zu schützen.

»Weil ich doch immer so einen Hunger hab«, brach es aus ihm heraus. »Ich wollte der Inge nichts wegessen!«

Patsch, hatte er schon eine Ohrfeige im Gesicht. Nun hatte sie genau das Gleiche getan wie ihr Vater! Sie war bestimmt nicht heftig, und es tat der Mutter im gleichen Moment schon leid, denn auch ihr schossen die Tränen in die Augen.

»Die Inge ist es, die für unser Überleben sorgt!« Jetzt folgte eine waschechte Moralpredigt. »Ohne die Inge wären wir vielleicht schon nicht mehr am Leben!«

Oder in Amerika, dachte ich, wagte es aber nicht auszusprechen.

Manfred bereute seine kriminelle Energie auf das Bitterlichste. Weinend fiel er unserer Mutter um den Hals und beteuerte, dass er seiner großen Schwester nie wieder einen Krümel Brot stehlen würde.

»So, und jetzt kannst du dich nützlich machen.« Die Mutter holte eine große Pappe, die sie irgendwo in den Trümmern gefunden hatte, und ein Stück Kohle aus ihrer Kitteltasche.

»Kannst du noch schreiben, Manfred?«

»Ich glaube schon …« Schluchzend rieb er sich den Rotz von der Nase.

»Dann schreib: Familie Kretzschmar lebt bei Familie Sternkopf in der Rehefelder Straße 19!«

Eifrig und mit herausschauender Zungenspitze machte sich mein großer Bruder ans Werk.

»Das ist für Vater, falls er nach Hause kommt, nicht wahr?«

»Wie klug du bist.«

Es war so rührend und liebevoll von Mama, nicht weiter auf ihm rumzuhacken, sondern ihn sofort mit einer Aufgabe zu betrauen, die sein Selbstwertgefühl wieder stärkte.

»Und jetzt lauft ihr beiden zu unserer früheren Adresse und bringt das Pappschild dort an der Ruine unseres ausgebrannten Hinterhauses an. Du bist doch so geschickt, mein Sohn. Hier hast du zwei Nägel und einen Hammer.«

DRESDEN,
Winter 1945/46

»Frau Kretzschmar, wie lange soll denn das noch gehen?« Frau Sternkopf stand in ihrem langen schwarzen Mantel in der Küche und beobachtete Mutter, die aus Kartoffelschalen, die sie aus dem Abfall gefischt hatte, wieder ein Mahl für uns zu bereiten versuchte. »Das kann ich ja gar nicht mehr mit ansehen!«

Mutter stützte eine Hand am Rücken ab. Sie wog inzwischen noch weniger als bei unserer Ankunft, und die schwere Arbeit bei eisigen Temperaturen als Trümmerfrau, wo sie sich ein paar Pfennige verdiente, um die Miete für das Zimmer zu zahlen, gab ihr den Rest. Damit die Ziegelsteine wiederverwendet werden konnten, musste der Mörtel mit dem Hammer abgeklopft oder mit Messern abgekratzt werden. Die schweren Steine und Mauerreste, ja sogar die vereisten Stahlträger, die sie oft genug ohne Handschuhe mithilfe mehrerer Frauen anheben und auf die Loren wuchten musste, hatten ihren ohnehin stark angegriffenen Körper extrem geschwächt. Es war Sklavenarbeit, die unsere Mutter mit den vielen anderen Frauen verrichtete.

»Hören Sie, Frau Kretzschmar, ich will Sie ja nicht rausschmeißen, aber meine Annemie hat jetzt einen Freund.« Frau Sternkopf räusperte sich verlegen. »Und natürlich wird geheiratet, bevor sie zusammenwohnen können. Also, mit anderen Worten: Wir brauchen das Zimmer.«

Wie vom Donner gerührt stand Mutter da, den Kochlöffel in der Hand. Wir Buben saßen am Küchentisch und baumelten mit den Beinen, jedenfalls ich. Manfred, inzwischen einen Kopf größer als Mama, sprang jedoch auf: »Mama, ich habe eine Idee!«

Völlig fahl im Gesicht, starrte die Mutter ihn an, oder wahrscheinlich durch ihn hindurch. Ganz automatisch steckte sie die Kartoffelschalen in den Topf und ein paar Holzscheite in den Ofen, und tat ihre Handgriffe, als wäre sie ein Gespenst oder eine Mumie.

»Wir spielen doch immer in den Trümmern, Mama, ja, du hast das verboten, aber ganz in der Nähe unserer ehemaligen Wohnung, da steht noch ein Haus mit drei Etagen!«

Mir gefror das Nasse unter der Zunge. Meinte er etwa DIE RUINE?

»Mama, da ist direkt unter dem Dach eine kleine Mansarde, da wohnt niemand mehr, und die Fenster sind kaputt, und der Mörtel bröckelt von den Wänden, aber Mama, ich schwöre dir, da können wir einziehen!«

Seine Stimme überschlug sich fast vor Eifer, außerdem kam er gerade in den Stimmbruch.

»Mein Freund, der Siegfried Auerbach, der wohnt da unten, seine Eltern haben die Pferdemetzgerei, und wenn wir mit denen reden … die mögen dich, Mama! Die haben dich schon immer gemocht!«

Sein Redeschwall ergoss sich über uns wie eine erfrischende Meereswelle. Zwar fühlten wir uns davon auch weggespült und eiskalt von hinten erwischt, aber wir landeten doch irgendwie wieder auf dem Hintern.

»Dann haben Sie ja eine Lösung.« Frau Sternkopf lächelte uns an, stocherte beiläufig in der Ofenglut und verließ die Küche.

Zwei Tage später rumpelten wir mit einem Handkarren und einem Koffer, den Mama bei den Aufräumarbeiten in den Trümmern gefunden hatte, die zehn Minuten Fußweg durch den Schnee in unser altes Wohngebiet.

»Es ist sogar dieselbe Straße, Mama!« Manfred hüpfte aufgeregt vor uns her und blies sich in die rot gefrorenen Hände. »Und die

Auerbachs sind so nett! Die helfen uns, wir müssen fürs Erste noch nicht mal Miete bezahlen!«

Ich war so stolz auf meinen großen Bruder, dass ich am liebsten laut gejuchzt hätte. Endlich konnte auch er mal für unser Familienglück sorgen. Und ich würde es auch noch tun!

»Hier ist es! Leisniger Straße!« Wir ließen unseren Blick schweifen. In diesem unteren Teil der Leisniger Straße, zwischen Wurzener und Rehefelder Straße, waren nicht so viele Häuser zerstört, allerdings drei Häuser gegenüber jenem, in das wir nun einziehen sollten, waren total zerbombt. Nur Mauerreste und Fassaden standen teilweise noch, und schwarz verkohlte Holzbalken reckten sich wie händeringend gegen den schon wieder schneeverhangenen Himmel.

»Das sind unsere Lieblingsspielplätze, Mama, und hier habe ich auch schon tolle Freunde!«

Siegfried, der besagte Sohn des Pferdemetzgers, kam uns auch schon mit roten Wangen und roter Zipfelmütze auf seinen glatten Schuhen auf einer Eisbahn stolz entgegengeschliddert.

»Willkommen im neuen Zuhause!« Er nahm Mama sofort ihre Lumpenbündel ab und nahm immer zwei Stufen auf einmal, in den dritten Stock der Ruine.

Die Wohnung selbst bot einen recht erbärmlichen Eindruck. Keine Wand stand mehr vollständig da, die Fenster waren mit verrußter Pappe verdunkelt, wenn sie nicht ganz kaputt waren. Scherben lagen noch herum. Es war bitterkalt und roch grauenvoll nach nassem Eisen, verrottetem Holz und Rattenpipi.

In der Küche kam Tageslicht nur durch einen Lichtschacht in der Decke.

»Immerhin müssen wir den nicht mehr verdunkeln!« Manfred strahlte Mutter eifrig an. »Du sollst sehen, Mama, jetzt wird alles nur noch besser.«

»Schlechter kann es ja auch nicht mehr werden«, murmelte ich in meine klamm gefrorenen Hände hinein, die in abgerissenen Handschuhen steckten, sah mich aber gleichzeitig neugierig um.

Im Schlafzimmer hingen noch Putzstückchen an Strohhalmen von der Decke, die Dielen knarrten und ächzten unter unseren Schritten, und die Fenster, die auch hier noch notdürftig mit Pappe abgedeckt waren, ließen die eisige Kälte fast ungehindert herein. Es gab weder einen Tisch noch einen Stuhl, geschweige denn ein Bett.

»Meine Eltern haben Decken für euch!« Siegfried knuffte Manfred in die Seite. »Die kannst du mir gleich rauftragen helfen!« Die beiden langen Lulatsche platzten vor Tatendrang.

In der Wohnstube stand glücklicherweise noch ein alter hoher Kachelofen, der zwar einige Risse hatte, aber ansonsten intakt zu sein schien.

»Buben, könnt ihr mir Holz besorgen? Sonst muss ich die Pappe hier nehmen!«

»Nein, nein, Frau Kretzschmar, wir besorgen Feuerholz, das ist in den Ruinen leicht zu finden!« Siegfried und Manfred trabten schon wie junge Hengste die Treppe hinunter. »Deine Mutter ist ja vielleicht hübsch«, hörte ich Siegfried wiehern. Er war auch gerade im Stimmbruch.

»Du hättest sie mal vor dem Krieg sehen sollen«, japste Manfred, und mehr konnte ich nicht mehr verstehen.

»Und du, mein Süßer, hilfst du mir, die Pappe an die Fenster besser anzubringen, ja?«

Voller Eifer stemmte ich meinen kleinen Körper dagegen, und Mutter zauberte den Hammer und ein paar Nägel aus ihrem improvisierten Gepäck. »Später werden wir die Abdichtung der Fenster noch schrittweise mit neuen Pappen, die ihr aber erst auftreiben müsst, weiter verbessern.« Mutter hatte einen Nagel im Mundwinkel. »Aber fürs Erste muss das gehen. Willkommen im neuen Zuhause, mein Kleiner.« Sie nahm den Nagel aus dem Mund und küsste mich auf die eiskalte Wange. Ich liebte meine Mama in diesem Moment so sehr, dass es schon wehtat.

Schon bald prasselte ein herrliches Feuerchen in unserem neuen, eigenen Reich.

»Da wird Inge staunen, wenn sie heute Abend von der Arbeit kommt!« Mutters Augen hatten endlich wieder ein wenig Glanz. Sie hatte so darunter gelitten, von der Gnade anderer abhängig zu sein, seit fast einem Jahr!

»Nun geh spielen, Dieterchen, die anderen Jungs warten schon auf dich!«

Sie drückte mir meine Pudelmütze fest auf den Kopf und einen Kuss hinterher.

Strahlend rannte ich die Treppe hinunter. »Sie haben schon eine Eisbahn glatt geschliddert!«

Unten auf dem festen Schnee wurden Manfred und ich mit lautem Hallo begrüßt und sofort in die Straßenbande aufgenommen. Siegfried hatte wohl schon die sozialen Netzwerke informiert und klargemacht, dass wir in Ordnung seien.

»Kommt mit, wir müssen euch was zeigen!« Udo und Siegfried rissen uns mit sich.

»Was denn?« Ich kam kaum über die glatten Eisbahnen hinter ihnen her und trippelte, so schnell es auf der eisglatten Fläche möglich war. Mehrmals fiel ich auf den Hintern und rappelte mich wieder auf, Manfred half mir. »Wartet auf mich!«

»Willst du es sehen oder nicht?!«

»Was denn sehen?«

Sie rannten mit Anlauf los und glitten über zehn Meter weit: »Echtes Herzblut!«

Mitten im Schnee war eine dicke Blutlache eingesickert. Die Tropfensprenkel reichten bis zur Wand einer Ruine.

»Da haben die Russen gestern einen erschossen.«

Mit offenem Mund starrte ich die Burschen an.

»Also da ist gestern ein russisches Militärauto vorgefahren, und im Laufschritt sind dann drei uniformierte Russen ausgestiegen und raufgelaufen in den ersten Stock. Da wohnt der Herr Herold nämlich!«

Mir gefror das Blut in den Adern. Würde es jetzt auf das hinauslaufen, was ich bereits ahnte?

»Kurz darauf haben sie den Herrn Herold herausgezerrt. An den Haaren gepackt und richtig runtergeschleift!« Die beiden Burschen genossen sichtlich ihre blutrünstige Geschichte.

»Der hatte nämlich ein Hitler-Bild in seiner Wohnung, das hat den Russen wohl jemand gesteckt!«

»Dabei war der gar kein großer Nazi, sagt meine Mutter …«

»Aber er hatte eine WAFFE!«

Sie übertrumpften sich gegenseitig mit Sensationslüsternheit.

»Er hat sich heftig gewehrt, und da haben sie ihn mitten auf der Straße hingerichtet! Einfach PÄNG!, ins Herz geschossen. Hier. Siehst du ja. Und das Blut hat gespritzt bis in den ersten Stock. Direkt unter das Fenster, wo seine Frau und seine Töchter standen. Die haben alles mit angesehen.«

Mir wurde übel. Vor meinem inneren Auge wurde sofort die Erinnerung wach an den KZ-Zug der armen Häftlinge in Clausnitz, wo auf offener Straße Häftlinge erschossen worden waren, die nicht mehr weitergehen konnten. Und das Geräusch der festgefrorenen Leichen, wie sie am nächsten Morgen auf den Schlitten geworfen wurden. Ich unterdrückte einen Würgereiz.

»Wir haben auch schon einen Erschossenen gesehen«, trumpfte Manfred auf. »Der Bahnwärter, weißt du noch, Dieter? Päng, haben sie ihn oben erschossen, und der rutschte die Treppe runter mit dem Kopf direkt vor unsere Füße!«

»Also los, dann gehen wir jetzt schliddern!«

Die Vorstellungsrunde war beendet.

Trotz der blutigen Begrüßung tollten wir für den Rest des Tages im Schnee, wussten bald schon die Namen der Nachbarsjungen und wer von ihnen in welchem mehr oder weniger zerstörten Haus wohnte und wer schon wie viele Tote gesehen hatte. Insgesamt war das ein prima Tag.

Als wir an diesem Abend am Boden vor dem Ofen auf unseren Decken saßen, die Siegfried gebracht hatte, waren wir – trotz der Gesamtmisere – sehr glücklich, wieder in den eigenen vier Wänden zu sein.

Im Ofen brannte ein Feuer, das Wärme für Seele und Körper gleichermaßen spendete. Inge hatte von der erleichterten Frau Sternkopf Brot und Kartoffeln mitgebracht, und sogar noch drei Äpfel zum Abschied. Das Beste waren Mutters leuchtende Augen im Feuerschein, und ihre liebe Hand auf meiner Schulter. Wir hatten wieder ein Zuhause.

»Ihr glaubt es nicht! Jungs! Kommt mal schauen, was ich hier gefunden habe!«

Mutter machte sich laut polternd in der Abstellkammer auf dem Dachboden zu schaffen.

»Ich denke, wir dürfen nicht rauf, wegen der Einsturzgefahr!« Ein bisschen beleidigt stand ich schmollend im kalten Treppenhaus und verschränkte die Arme vor der Brust. Der Atem stand mir in dichten Wölkchen vor dem Mund.

»Doch, ich habe es geprüft, ihr dürft raufkommen!«

Das ließen wir uns nicht zweimal sagen! Ein neues Abenteuer wartete da oben!

»Hier sind tatsächlich völlig intakte Doppelfenster!« Mutter kramte zwischen Spinnweben und Gerümpel herum. »Manfred, pack mal mit an! Aber vorsichtig, nicht dass die jetzt noch kaputtgehen, wo sie den Krieg überlebt haben!«

»Ich will auch mit anpacken!«

»Natürlich, Dieter. Du darfst uns die Türen aufhalten, während wir sie nach unten transportieren! Und schau nur, diese alte Kommode, die nehmen wir auch noch mit!«

Begeistert halfen wir unserer lieben Mama und schleppten vorsichtig – natürlich unter meinem Kommando – die ungeahnten Kostbarkeiten in unsere Wohnung.

»Jetzt können wir die eisigen Pappen abnehmen, schau nur, Dieterchen, auf der Fensterscheibe sind wunderschöne Eisblumen!«

Staunend betrachteten wir das ganz neue Panorama. Als ich das letzte Mal ein Guckloch durch Eisblumen gehaucht hatte, hatte ich den Ausblick auf die polnischen Zwangsarbeiterinnen in der Essig-Fabrik. Was aus denen wohl geworden war? Mama wurde nicht müde, sich und uns das zu fragen. Die Antwort wusste nur der Wind.

»Hallo? Klopf, klopf! Ist hier jemand?« Eine fremde Männerstimme ließ uns in unserer eifrigen Tätigkeit innehalten.

Im ersten Moment schoss mir durch den Kopf: »Das ist der Papa.« Mein Herz setzte aus.

Mutter stieß sich den Kopf und fuhr herum. Aber es war ein fremder Mann in Zivil.

»Guten Tag, ich bin eingeteilter Sozialhelfer von der Volksfürsorge, mein Name ist Herr Bese.«

Er schüttelte Mutter und Manfred die Hand, mir wuschelte er über den Kopf.

»Na, Kleiner, machst du dich nützlich?«

»Ich heiße Dieter.«

»Man hat mir berichtet, dass Sie hier eingezogen sind, und da wollte ich mich mal nach dem Stand Ihrer Bedürftigkeit erkundigen.« In Ermangelung eines Stuhles oder Tisches hockte er sich mit einer Pobacke auf die knarzende Fensterbank. »Wir ermitteln in Umfragen in diesem Stadtviertel den Status der Ausbombung, den Status als VVN …«

»Was ist VVN?« Manfred stand mit den Händen in den Hosentaschen unserer Mutter als sachlicher Berater zur Seite. Nicht dass der Herr Bese ihr einen Bären aufbinden oder sie sogar wieder vertreiben wollte.

»Junger Mann, berechtigte Frage. VVN sind Verfolgte des Naziregimes. Zum Beispiel Juden, Kommunisten, und ähm … wir wollen nicht ins Detail gehen. Die werden im Moment bevorzugt behandelt.«

»Wir haben alles verloren. Wir wurden völlig ausgebombt.« Mutter machte eine weitreichende Handbewegung über dieses leere kalte Loch. »Wir leben seit einem Jahr in Hunger und Not.« Plötzlich kamen ihr die Tränen. »Manchmal möchte ich einfach nur verzweifeln …«

»Gute Frau, das sehe ich. Sie sind nicht die Einzige mit diesem Schicksal, wie Sie wissen.«

Er räusperte sich verlegen. »Aber ich sehe Ihre Bedürftigkeit und trage Sie bei Stufe eins ein.« Er machte einen Haken in seine Liste. »So bald wie möglich versuche ich, Ihnen Tisch, Stühle und noch mehr Decken zu beschaffen.«

»Ja, bitte«, schniefte Mutter kläglich. »Es tut so gut, dass sich endlich mal jemand um uns kümmert!« Sie suchte in ihren Manteltaschen nach einem Taschentuch.

»Ihr Mann gilt als vermisst?«

»Ja. Seit vier Jahren.« Ihre Stimme schwankte bedenklich, als sie die zerknitterten Reste des Fotos mitsamt dem ebenso zerknitterten Taschentuch zutage förderte. Herr Bese warf einen betroffenen Blick auf beides.

Mit seinem Bleistiftstummel hakte er das Thema ebenfalls ab.

»Haben Sie noch mehr Kinder?« Etwas verlegen kritzelte er auf seinem Klemmbrett in seiner Liste herum.

»Ja, unsere zwanzigjährige Tochter Inge hält uns mit ihrer Arbeit bei der Polizei über Wasser. Sie bekommt Lebensmittelmarken für eine Person und teilt sie mit uns.«

»Ich versuche, Ihnen mehr Lebensmittelmarken zur Verfügung zu stellen.« Herr Bese klappte seine abgewetzte Ledertasche zu und schickte sich zum Gehen an. »Bleiben Sie weiter zuversichtlich, wir haben Sie jetzt in den Akten und kümmern uns um Sie. Danke, ich finde selbst hinaus.«

Als er weg war, brach Mutter in Tränen aus: »Das ist alles so beschämend, dass ich schon wieder betteln muss!«

»Aber Mama, es gibt doch ein Licht am Ende des Tunnels!« Manfred legte seinen Arm um ihren mageren Körper, den es vor Schluchzern schüttelte. »Bald ist wieder Frühling, und ich kann doch auch was beitragen! Wir schaffen das, Mama!«

Und so verging der Winter 1945/46 mit ständigem Hunger im Magen und nicht immer genügend Holz zum Heizen, sodass wir uns auf dem Boden schlafend nachts aneinanderkuschelten. Mutter und Inge waren nur noch ein Schatten ihrer selbst, in dürftiger und stark verschlissener Kleidung.

Trotz alledem: Es war kein Krieg mehr, wir hatten einander, und jetzt fehlte uns nur noch der Vater, um glücklich zu sein. Noch immer glaubte ich fest an das nächste blaue Wunder.

DRESDEN,
September 1946

Hahaha, da kommt ein Briefkasten auf Beinen!«
Die anderen Schulkinder vor dem alten Backsteinbau, dessen zwei untere Stockwerke wieder funktionstüchtig waren, lachten mich aus. »Ein gelber Schulranzen, wie komisch!«

»Lass sie ruhig lachen.« Inge, die sich extra für meinen heutigen ersten Schultag freigenommen hatte, legte ihren Arm um mich. »Wer zuletzt lacht, lacht am besten! Und du wirst deinen Weg machen, Dieter, da bin ich sicher.«

Inge hatte mir aus gelbem Wachstuch und einem Pappkarton einen Schulranzen gebastelt. »Und außerdem hast du die größte Zuckertüte.«

Das stimmte! Sie war mit Pferdekeksen gefüllt, deren Geschmack ich nie vergessen werde.

Durch Herrn Bese von der Volksfürsorge hatten wir nicht nur weitere Lebensmittelmarken, sondern auch Trümmermöbel bekommen, und Manfred organisierte täglich weitere Gebrauchsgegenstände aus den Trümmern.

»So, Dieterchen. Du gehst jetzt da ganz artig rein. Jetzt beginnt der Ernst des Lebens.«

Mama kniete sich vor mich hin und spuckte in ein Taschentuch. »Wo hast du denn schon wieder die Flecken her!« Mit gespreizten Fingern versuchte sie, meinen eben noch mit Wasser gezogenen Scheitel wieder zu kämmen. »Du lässt dich ja kaum bändigen, mein kleiner Wildfang!«

»Mama, ich fürchte mich vor dem Lehrer! Der hat einen Stock!«

»Wenn du immer artig bist und gut lernst, wird er den bei dir nicht gebrauchen müssen.« Sie patschte mir aufmunternd auf die Wange und entließ mich in das Klassenzimmer.

Mit weit über fünfzig anderen I-Männchen hockten wir fortan auf hölzernen Bänken und ließen uns von Herrn Neumann, der einen milchkakaograuen Kittel und eine Brille mit Goldrand trug, das Abc und das Einmaleins einbläuen. Zackig standen wir stramm, wenn er unseren Namen aufrief: in meinem Fall »Kräte« von Kretzschmar. »Kräte: fünf mal fünf!«

»Fünfundzwanzig, Herr Lehrer!«

»Brav, Kräte. Wenn doch nur dein großer Bruder so fleißig lernen würde!«

Manfred, inzwischen voll in der Pubertät, hatte mit seiner Clique den Anschluss verloren. Jahrelang waren diese Jahrgänge nicht in der Schule gewesen, hatten gelernt, dass nur der Stärkere überlebt, und so trieb er sich mit seinem Trupp lieber in den Ruinen und Trümmern Dresdens herum, als im Klassenzimmer still zu sitzen.

»Sag deiner Mutter, sie soll in die Sprechstunde kommen.« Herr Neumann ließ seinen Stock zischend in seine Hand gleiten. »Mit deinem Bruder habe ich ein Hühnchen zu rupfen!«

Und so fanden wir uns – in gewohnter Dreisamkeit – kurz darauf im Lehrerzimmer ein.

»Was muss ich hören?« Herr Neumann hielt einen Beschwerdebrief in den Händen und funkelte Manfred über seinen Brillenrand hinweg böse an. »Ihr beschießt einen gewissen Herrn Stölzner mit Konservendosendeckeln in seinem Schrebergarten?«

Mir schoss die Röte ins Gesicht. Das war in den Sommerferien unsere Lieblingsbeschäftigung gewesen: in den Schrebergärten am Bahngleis auf diese Weise nach Essbarem zu suchen.

Wir Kleinen von der Straßengang beschossen die Schrebergärtner, besonders den Bahnteufel, wie wir ihn nannten, obwohl er uns nie etwas getan hatte und harmlos war, mit Konservendosendeckeln, die so herrlich dahinsegelten, und wenn sie die Köpfe einzogen und das Weite suchten, plünderten wir ihre Gärten, hoben Fallobst auf oder buddelten auch schon mal einen Salatkopf oder ein paar Kartoffeln aus. Die Mutigsten hatten auch schon mal ein Karnickel aus dem Stall oder eine Taube aus dem Taubenschlag mitgehen lassen. Das war ein Festmahl geworden! (Kinder können grausam sein!)

»Manfred, was hast du getan?« Mutter, die ihre Handtasche auf dem Schoß umklammerte, sandte ihrem Großen entsetzte Blicke. »Herr Lehrer, ich hatte keine Ahnung von diesen Streichen! Ich dachte, mein Sohn geht täglich in die Schule und lernt fürs Leben!«

Manfred senkte beschämt den Kopf. Aus den Augenwinkeln konnte ich sehen, dass er mit den Tränen kämpfte. Seine Mundwinkel zitterten.

»Hast du überhaupt eine Ahnung, was ihr dem armen alten Mann angetan habt? Der lebt mit seiner Tochter in diesem Schrebergarten und hält sich als Selbstversorger über Wasser, und ihr beschießt ihn mit segelnden Messern? Ihr hättet ihn schwer verletzen, wenn nicht sogar töten können!«

»Herr Lehrer, das war mir nicht bewusst!«

»Weißt du, was für einen seelischen Schaden ihr da angerichtet habt? Der Mann hat den Krieg überlebt, und jetzt kommen die lebensgefährlichen Geschosse von euch Rotzlöffeln aus der Nachbarschaft? Ganz zu schweigen von dem Diebstahl der kargen Lebensmittel!«

»Es tut mir leid, Herr Lehrer!« Manfreds Stimme kiekste über vor Reue und Scham.

»Manfred, du wirst dich bei dem Herrn persönlich entschuldigen. Darauf bestehe ich.« Mutter ließ den Verschluss ihrer Handtasche auf- und zuschnappen. »Andererseits, Herr Lehrer, was soll er denn machen, wenn der Hunger größer ist als sein Lerneifer?«

»Sie sollten sich schämen für Ihren Sohn!«

»Nein. Ich schäme mich nicht für ihn. Ich bin stolz auf ihn, und auch auf meine anderen Kinder, das können Sie mir glauben.« Mutter sah dem Lehrer geradewegs in die Augen.

Manfred, der es ja nur gut gemeint hatte mit seiner Beschaffungstaktik, wischte sich verstohlen Tränen und Rotz aus dem Gesicht. Er war so stolz darauf, zu unserer Ernährung beizutragen!

»Es machen doch alle!«

»Das ist kein Argument.« Mutter schaute ihn streng von der Seite an. »Im Krieg haben sich auch alle Feiglinge darauf berufen, wenn sie andere Menschen drangsaliert und ausgebombt haben, dass das alle machen!«

Manfred schwieg verstört und starrte auf seine abgewetzte, viel zu kurze Hose.

»Und nicht genug dieser Beschwerde!« Herr Neumann ließ den Brief fallen und fischte einen zweiten hervor. »Das ist von der Stadtverwaltung. Hier steht, dass ihr in den Trümmern eigenmächtig einen Stahlträger freigelegt habt! Ja, seid ihr denn des Wahnsinns?«

»Es war uns nicht bewusst, wie gefährlich das ist!«

»Die noch stehenden Fassadenmauern können doch ganz plötzlich einstürzen! Was glaubst du denn, wofür die Räumkommandos da sind?«

»Es tut mir leid, Herr Lehrer!« Manfreds Stimme kiekste zwischen zwei Oktaven hin und her.

Mein Herz polterte. Ich war schließlich auch dabei gewesen. Nichts war interessanter, als die Arbeit des Räumkommandos, wenn es abends in den Feierabend gegangen war, auf eigene Faust fortzusetzen!

Waren die Männer abends weg, befestigten wir das Stahlseil irgendwo in den Ruinen und balancierten wagemutig darüber, in luftiger Höhe. Das gab uns den letzten Kick. Die Mutproben gehörten zum Alltag, und wer dabei sein wollte in der Bande, wagte immer noch ein bisschen mehr. Auch versuchten wir, durch Kurbeln an der Seilwinde selbst Mauerteile zum Einsturz zu bringen. Wenn eine Fassade dann zusammenkrachte, war der Jubel groß. Wir fühlten uns wie kleine Baumeister und große Ingenieure. Das Trümmerfeld war unser Spielplatz, zumal wir immer mal wieder etwas Brauchbares darin fanden.

»Ja, Frau Kretzschmar, zieht denn diesem Lausebengel niemand zu Hause den Hosenboden stramm?«

»Nein.« Mutter hielt seinem Blick stand. »Mein Mann ist seit fünf Jahren vermisst.«

»Dann werde ich das in seinem Sinne erledigen müssen!« Herr Neumann stand bereits auf und griff nach seinem Stock. »Bück dich …«

»Oh nein, Herr Neumann.« Mutter stellte sich dazwischen. »Meine Söhne haben so viel Grauen und Gewalt erlebt, so viel Hunger und Not, da braucht es nicht noch Schläge mit dem Stock. Manfred wird sich bei dem Herrn und seiner Tochter entschuldigen, und ich werde mit ihm reden.« Meine kleine tapfere Mutter nahm dem Lehrer einfach den Stock weg!

»Er wird nicht mehr die Schule schwänzen, und nun wünsche ich Ihnen einen guten Tag.«

Meine mutige kleine starke Mutter packte uns beide am Kragen und schob uns aus dem Lehrerzimmer. Den Stock warf sie in die Ecke.

DRESDEN,
Drei-Zimmer-Mansarde,
4. Februar 1947

»Wer klopft da in aller Herrgottsfrühe? Kinder, es ist SONNTAG!« Mutter stopfte sich ihre kratzige Decke fröstelnd um die Schulter. Von Inge schaute nur der dunkle Haarschopf heraus. Sie und Inge lagen noch dick vermummt unter Kleidern, Mänteln und Wolldecke in dem einen Bett, während Manfred und ich das andere teilten. Durch Herrn Bese hatten wir nun die nötigsten Möbel und verfügten jeder über eine eigene alte Militär-Wolldecke.

»Das werden unsere Freunde sein!« Manfred warf schon unternehmungslustig seine Decke zurück. »Schließlich habe ich heute Geburtstag!«

»Manfred, wir hatten das besprochen!« Mutters Stimme klang unwillig. »Die können doch nicht einfach am Sonntag früh vor sechs hier klopfen! Auch wenn du heute vierzehn wirst, meine einzige Passion, mein kleines Frühchen, du ellenlanges Ende, du.«

»Na gut.« Manfred plumpste zurück auf unser gemeinsames Bett, was ich allerdings als Gelegenheit nahm, mich bei meiner liebsten Mama einzukuscheln. »Dann nicht. Dann gratuliert mir eben keiner.« Er verschränkte die Arme und warf sich gespielt beleidigt auf dem Lattenrost quietschend gegen die Wand, von der immer noch der Putz bröckelte.

»Doch, wir gratulieren dir nachher. Aber jetzt gib einfach Ruhe, du Nervensäge.«

»Es klopft immer noch!«

»Das ist doch eine Unverschämtheit!« Inge sprang auf und griff zum Besenstiel. »Das ist mein einziger freier Tag, und diese Bande lässt mich nicht ausschlafen!«

»Vielleicht ist es der Papa?« Ich kitzelte Mama an der Nase.

»Ach Dieter, du kleiner Träumer! Wie wäre es, wenn wir noch ein bisschen weiterträumen?«

Es klopfte immer noch!

»Na warte, ich werde euch Beine machen …« Wütend riss Inge die Tür auf. Neugierig hatte ich mich aufgesetzt und lugte über die noch warme Bettdecke. Vielleicht hatten die Jungs von der Bande einen Streich ausgeheckt und sich verkleidet als … Lumpenmann.

Da stand ein Mann. Ein schmutziger, unrasierter, ausgemergelter Mann. Aber es war keiner von Manfreds Freunden. Ein Lumpenmann. Eher mittelgroß.

Inge knallte die Tür wieder zu und stampfte zurück ins Bett.

»Frechheit, so früh am Sonntagmorgen zu hausieren. Es ist noch nicht mal sechs und noch völlig dunkel draußen!«

»Betteln und hausieren verboten«, krähte Manfred angriffslustig.

»Mama, ich glaube, das ist der Papa!«, rief ich im Brustton der Überzeugung. »Ich habe heute Nacht geträumt, dass er kommt. Er ist es! Bestimmt!«

»Aber du kennst ihn doch gar nicht mehr!« Mama streichelte mir immer noch schlaftrunken über den Kopf. »Du hast ihn das letzte Mal gesehen, da warst du ein Baby. Und jetzt seid ihr alle wieder ruhig und lasst mich noch ein Stündchen schlafen.«

Es klopfte jedoch immer noch! Und jetzt kam es mit leiser, rauer Stimme: »Lasst mich doch rein, ich bin's doch, euer Papa!«

»Er ist es! Ich habe es doch gewusst!« Stolz flitzte ich aus dem Bett und trippelte ihm entgegen.

Wie der Blitz waren wir alle vier an der Tür. Und rissen sie ein zweites Mal auf.

Und da stand er. Der Lumpenmann. Eher mittelgroß.

Abgemagert bis auf die Knochen, in verschlissener nasser, dreckiger deutscher Wehrmachtsuniform, von der ein unbeschreiblicher Geruch nach Krankheit und Tod ausging. Die Schläfenknochen standen hervor wie bei einem Skelett, und sein Gesicht hatte eine graue Farbe, nur unterbrochen von Kälte-Schürfwunden und blauen Lippen. Eine Elendsgestalt, wie ich sie nur bei den KZ-Häftlingen in Clausnitz gesehen hatte. Aber er war es. Unser Papa. Mein Papa. Kein Fremder.

Aufschluchzend fiel Mama dem Mann um den Hals. Inge warf sich hinterher, und auch Manfred, der ihn als Achtjähriger zuletzt gesehen hatte, drückte sich an den stinkenden nassen Mantel, in dem unser Vater steckte. Ich presste mich ebenfalls in dieses Menschenknäuel aus warmen Nachthemden und eiskalter stinkender Kriegskluft.

Mutter war fast gelähmt vor Fassungslosigkeit und Freude. Geschüttelt von Schluchzern und fassungslosem Weinen, wischte sie sich die Freudentränen mit dem Handrücken ab.

»Du bist es wirklich? Du lebst? Du bist es? Das kann nicht sein, ich träume, der Dieter hat es geträumt, du bist es«, stammelte sie zusammenhanglos unter Tränen des Glücks.

»Nun lasst ihn doch erst mal reinkommen!« Inge zog ihn herein und warf die Tür zu. »Vati, du bist es wirklich! Ich hätte dich nie und nimmer erkannt!«

Der Mann hatte kaum noch Zähne im Mund und sah aus, als wäre er sehr alt.

»Wie groß du geworden bist!« Der Vater hielt Manfred auf Armeslänge von sich ab. Die beiden ähnelten sich wirklich stark. »Ich bin drei Wochen im Güterwagen mit der Eisenbahn von Sibirien hierhergefahren, und ich habe die Tage gezählt und bin vom Güterbahnhof bis hierher die ganze Nacht durchgelaufen, und ich habe es geschafft: An deinem vierzehnten Geburtstag bin ich hier! Ein Geschenk habe ich heute nicht für dich, aber das holen wir nach.«

»Aber du bist doch mein bestes Geschenk, Vati!« Die beiden umarmten sich lange und fest.

Und dann beugte sich der Vater zu mir herunter. »Und du bist also mein kleines Dieterle?«

»Dieter. Meine Freunde nennen mich Kräte. Und ich bin fast sieben.«

»Aber das weiß ich doch, mein Großer!« Der Vater versuchte, mich hochzuheben, und wollte mich wohl in die Luft werfen, aber dazu war er zu schwach. Außerdem stank er so fürchterlich, dass er sich mir selber wohl nicht zumuten wollte. Er war von Sibirien im Güterwaggon mit vielen anderen Gefangenen über drei Wochen unterwegs gewesen, ohne sanitäre Anlagen, ohne Wäschewechsel, ohne jede Hygiene. Hauptsache, schnell zu seiner Familie. Er hatte einen Trick angewendet, wie er uns kurz darauf erzählte: Er hat sich von einem Küchengehilfen Schweineblut geben lassen, davon einen Schluck in den Mund genommen, und bevor er untersucht wurde, das Blut unter Husten und Würgen ihnen vor die Füße gespuckt. Dadurch hatte er die Entlassung erwirkt. Trick siebzehn, wie er mir später mit schelmisch heruntergezogenem Auge verriet.

Komischerweise hatte ich überhaupt keine Berührungsängste. Das Bild von unserem Vati hatte bis zu jener Bombennacht in unserer Küche gehangen, die Fetzen von dem Foto trug Mama noch immer in ihrer Manteltasche, und sein liebes gütiges Gesicht war mir vertraut. Da Mutter immer nur gut und liebevoll von ihm gesprochen hatte, liebte ich ihn auch. So einfach war das.

»Inge und Manfred, helft mir, in Töpfen und Krügen Wasser heraufzuholen, der Vater muss sich erst mal gründlich waschen!«

Geschäftige Hektik brach aus, als Mutter versuchte, Vater von seinen schweren nassen Lumpen, die einmal eine Uniform gewesen waren, zu befreien. »Kinder, guckt besser nicht hin.«

Aber natürlich guckten wir hin.

Unter Schmerzenslauten schälte der arme Vater seine erfrorenen, mit Blasen und Wunden übersäten Füße aus den zerlöcherten Lappen, die vereitert und blutverkrustet waren. Die Zehen waren blau und schwarz gefroren. Der Gestank war unbeschreiblich. Dennoch waren wir alle vor Liebe und Eifer überwältigt, und keine Sekunde länger sollte unser Vater leiden.

»Ich kann auch helfen!«

»Natürlich, Dieter. Du rührst mir hier am Herd eine Haferflockensuppe an, mit Sirup. Stell dich hier auf den Stuhl und lass es nicht anbrennen!«

Als der arme Vater sich auszog, konnte ich doch nicht umhin, seinen ausgemergelten, mageren und mit Schrunden und Furunkeln übersäten Körper anzustarren. Sein ganzer magerer Hintern war eine einzige Vulkanlandschaft aus eiternden Wunden.

Mutter, Manfred und Inge füllten einen Eimer mit lauwarmem Wasser, und unter Zischen und Stöhnen wusch sich der arme Vater von oben bis unten ab, bis die Brühe pechschwarz war.

»Ich habe auch was zum Rasieren!« Manfred kramte in seiner unter dem Bett versteckten Holzkiste und zauberte ein Rasiermesser heraus. »Weil ich doch jetzt vierzehn bin!«

»Das ist toll, mein Junge.« Gerührt lächelnd tätschelte der Vater ihm die noch immer glatte Kinderwange. »Genau das ist es, was ich mir die ganze Zeit im Güterwaggon erträumt habe.«

Während er vor unserem kleinen milchigen Spiegel in der Küche das Rasiermesser an seinem großen Adamsapfel vorbeigleiten ließ und mit dem Pinsel immer wieder in das lauwarme Wasser tauchte, drehte er sich plötzlich zu uns um.

»Ein unglaubliches Wunder, dass die ganze Familie lebt und sich wiederhat!«

»Es sind an die fünfundzwanzigtausend Menschen in Dresden gestorben, Hunderttausende Soldaten sind im Krieg geblieben, und es gibt wohl kaum eine Familie, die nicht mindestens einen Toten zu beklagen hat. Und wir sind alle fünf am Leben!«

»Dieter würde sagen, das ist ein blaues Wunder!«

»Auch wenn wir arm wie Kirchenmäuse sind, wir haben uns wieder. Der Rest wird sich irgendwann ergeben.«

Immer wieder brachen die Eltern und Inge in Tränen aus, und auch Manfred und ich schluckten einen dicken Kloß nach dem anderen von der Kehle. Wir hatten gelernt, dass tapfere Jungen nicht weinen, aber dies hier war wohl eine Ausnahme.

Endlich saß der Vater, eingewickelt in Mutters Pferdedecke, mit nassen Haaren und geröteten Wangen am Holztisch und löffelte den warmen Haferbrei mit Sirup, den wir zur Feier von Manfreds Geburtstag als Festessen vorgesehen hatten.

»Bitte. Esst ihr alle. Ich kann gar nicht mehr.«

»Nein, Vater, das ist alles für dich!«

»Mein Magen schafft das gar nicht. Mir wird nach drei Löffeln schlecht.«

Und so bekamen wir alle auch noch eine halbe Tasse ab.

»Nun erzähl doch, Vater, wo bist du gewesen?«

»Ich wurde bei Kriegsende mit Tausenden von Kriegsgefangenen nach Sibirien in ein Arbeitslager verschleppt.« Der Vater hatte Mühe zu sprechen, und seine Finger, die mit dem Löffel spielten, zitterten. »Dort hausten wir bei minus vierzig Grad in eiskalten Baracken, zu zwölf Mann je in sechs Holzkojen. Wir hatten keine Decken, nur unsere Uniformen, die wir jedoch nie ausziehen konnten. Keine Wäsche zum Wechseln. Deswegen ist die Unterwäsche auch buchstäblich an meinen Körper angewachsen, oder besser angefroren. Tagsüber mussten wir in jeweils zwei Schichten in ein Kohlegrubenwerk einfahren, dort zwölf Stunden arbeiten, dann zogen sie uns wieder hoch, dann wechselten wir mit der anderen Schicht die benutzten Kojen. Natürlich hatten wir weder Zahnbürsten noch Seife, noch fließendes Wasser. Wir waren einfach ein riesiger Klumpen Arbeitsmasse. So haben sie uns auch behandelt, die Russen. Wir mussten für das büßen, was Hitler und seine Truppen ihnen angetan haben. Und das ist so grauenhaft, das kann man sich gar nicht vorstellen.«

Mit schreckgeweiteten Augen starrten wir ihn an. Tränen liefen ihm unablässig über die ausgemergelten eingefallenen Wangen.

»Wir Deutschen sind schuld an dem schrecklichen Krieg, Kinder. Und jetzt müssen wir das alles ausbaden. Sie halten sogar junge Frauen in anderen Lagern gefangen, und die müssen genauso in die Grube hinunter wie die Männer. Ich habe unendliches Elend gesehen, auch Säuglinge in Schuhkartons, die auf den Fensterbänken bei minus 40 Grad erfroren sind …«

»Ach Vati, sag doch das alles nicht vor den Kindern!«

Mutter weinte auch, herzzerreißend. Diese beiden kleinen großen Menschen, die einander so liebten und so unendlich viel durchgemacht hatten, fühlten körperlich den Schmerz des anderen.

»Aber dann passierte auch etwas Gutes.« Der Vater versuchte ein Lächeln, und seine schmalen Lippen zitterten. Er griff nach dem Küchenhandtuch, mit dem wir uns abwechselnd die Tränen abwischten, und das schon ganz nass geweint war mit unseren Familientränen.

»Eines Tages fragten die russischen Aufseher im Lager, ob es Musiker unter uns gibt. Sänger. Oder Tänzer. Oder ob einer zaubern könnte. Oder Kartentricks. Irgendwas halt.«

»Wieso denn das?« Neugierig legte ich mein Kinn auf meine gefalteten Hände.

»Na, die haben sich gelangweilt, und die wollten auch mal etwas Abwechslung haben.«

»Und? Was konntest du?«

»Eigentlich nichts. Ich kann Witze erzählen, aber die verstanden die Russen ja nicht. Aber mein Kojen-Nachbar, der Walter Hauenstein, der hat sich gemeldet. ›Ich bin Allround-Artist‹, hat der gesagt. Und der brauchte einen Assistenten. Na, und was glaubt ihr, wen er sich ausgesucht hat?«

»DICH!« Vier Augenpaare strahlten ihn unter Tränen an.

»Genau. Und ab da musste ich nicht mehr ins Kohlebergwerk hinunter. Der Walter Hauenstein und ich, wir waren freigestellt und mussten ein abendfüllendes Unterhaltungsprogramm einstudieren. Der Walter hatte das schon zu Wehrmachtszeiten gemacht, und jetzt in der russischen Gefangenschaft brauchte er einen neuen Assistenten.«

»Und weil du so klein und leicht bist …?«

»Und weil ich mit ihm eine Holzkoje geteilt hatte …«

»Und was habt ihr da gemacht?« Ich stellte die Ellbogen auf die Tischplatte, obwohl Mama immer sagte, das täten gut erzogene Leute nicht, und legte erneut mein Kinn darauf.

»Wir haben mit Keulen jongliert, die wir selber gebaut haben. Und Ringe, Reifen, alle Requisiten haben wir selber zusammengebastelt. Die Russen haben das aber gerne zur Verfügung gestellt, die wollten ja Unterhaltung haben. Also ich habe die Keulen und Ringe dem Walter zugeworfen, und er hat erst mit drei, dann mit vier und am Schluss sogar mit fünf Keulen jongliert. Außerdem habe ich auf einer Leiter, die sich der Hauenstein mit Schlaufen an der Hüfte befestigt hat, einen Handstand gemacht. Auf der obersten Sprosse.«

»Und das fanden die Russen gut?«

»Die waren total begeistert! Und dann hat der Walter auf einem Drahtseil balanciert, erst einen Meter über dem Boden, dann zwei, dann drei, das hat vielleicht gewackelt, und die Russen haben gejohlt und gelacht und dabei eine Menge Wodka getrunken.«

»Und du, Papa, was war deine Aufgabe?«

»Ich habe ihm die Keulen zugeworfen. Und er hat sie zu mir zurückgeworfen, erst im einfachen Überschlag, dann im doppelten, dann im dreifachen, das haben wir so lange geübt, bis gleichzeitig alle Keulen in der Luft waren …«

Der Vater nahm die fünf Löffel und machte es uns vor, aber die Löffel fielen klirrend auf den Küchentisch, und Mama brachte den Teller mit dem Brei in Sicherheit.

»Die Überlebenschancen wurden auf einmal viel besser für Walter und mich. Wir wussten, wenn einmal eine Nummer schiefgeht, müssen wir wieder in die Grube. Also hat der Walter mich gedrillt wie verrückt, all seine Tricks zu erlernen.«

»Erzähl noch mehr Tricks, Papa!« Mein Herz polterte vor Aufregung. Dies hier war genau meine Welt, und ich sah die Männer im Straflager vor meinen Augen, die meinen Papa bewunderten und applaudierten. Der Papa kniff mich in die Wange und schüttelte mich wie einen jungen Hund. »Das interessiert dich, was, Kleiner?«

»Hm-hm!«

»Beispielsweise musste ich mit dem linken Fuß auf einer stehenden Flasche balancieren, das andere Bein in der Luft, und gleichzeitig mit Walter Hauenstein Ringe und Keulen hin und her jonglieren, während Walter auf dem Drahtseil stand und auch mit einem Bein balancierte. Auf dem anderen Bein drehte er noch einen Ring. Am Ende habe ich ihm einen Hut auf den Kopf geworfen, und der saß wie eine Eins. Und dann bin ich ihm auf die Schultern gesprungen, habe mir selbst den Hut aufgesetzt und in einem Salto rückwärts wieder runtergesprungen.«

Ich staunte mit offenem Mund.

»Und was noch?« Längst hatte ich beschlossen, das alles selber zu probieren, mit Manfred und den anderen Jungs von der Straßengang.

Mein Vater war neunundvierzig Jahre alt, als er zurückkehrte. Mit fünfundvierzig Jahren hat er noch gelernt, einen Handstand auf einer Leiter zu machen. Er wog ja kaum noch vierzig Kilo.

»Und am Ende sind wir für die russischen Bewachungstrupps in Abendveranstaltungen aufgetreten und durften sogar die Lager wechseln. Aus allem Möglichen wurden Requisiten und Kostüme erstellt, alle haben uns geholfen. – Und immer wenn wir dachten, jetzt fällt uns nichts mehr ein, die kennen alle unsere Nummern schon, habe ich zum Walter gesagt: Da geht noch was. Da muss noch was gehen. Dann haben wir uns gegenseitig Hüte auf die Köpfe geworfen und mit dem Kinn auf der Kante aufgefangen und zurückgeworfen, und gleichzeitig eine Zigarre von der Fußspitze in den Mund, solche Sachen. Es war sogar lustig, und die Russen haben gelacht. – Und so konnten wir das Lager in Sibirien überleben und ich letztlich mit dem Schweineblut-Trick auch verlassen. Not macht erfinderisch. Aber das wisst ihr ja selbst.« Vater nahm Mutters Hand und blickte sie zärtlich an.

»Und der Hauenstein?«

»Der HERR Hauenstein heißt das, Dieter.«

»Ob Walter jemals entlassen wurde und ob er das Lager überlebt hat, kann ich euch nicht sagen.«

DRESDEN,
Frühling 1947

Es dauerte einige Zeit, bis es Mutter gelungen war, unseren Vater wieder aufzupäppeln, meist mit Mehlsuppe, denn anderes konnte er noch gar nicht bei sich behalten.

Aber ein paar Wochen später ging er bereits wieder auf Arbeitssuche.

»Mein ehemaliger Chef, der Herr Kranich, hat gesagt, in Freiberg am Bahnhof suchen sie noch Leute, die Schieberware sortieren und verpacken!« Vater schälte sich in ein altes Hemd, das Mutter für ihn aufgetrieben hatte. Es war ihm so viel zu groß, dass der Hals herausschaute wie bei einem Schwan.

»Wie willst du denn nach Freiberg kommen, das sind dreißig Kilometer!« Mutter schüttelte ebenso skeptisch wie besorgt den Kopf und zupfte an ihm herum.

»Ich muss mir irgendwo ein Fahrrad leihen.«

»Der Pferdemetzger hat eins! Der Vater von meinem Freund Siegfried!« Eifrig wedelte ich mit den Händen. »Ich durfte auch schon mal darauf fahren, auch wenn ich noch nicht auf den Sattel passe!« Tatsächlich hatte ich mein rechtes Bein unter der Stange hergeschoben auf das Pedal, und es war mir gelungen zu fahren, wenn auch arg wackelig.

»Braucht der Auerbach das denn nicht selber?«

»Es kommt auf die Bezahlung an!« Manfred rieb Daumen und Zeigefinger aneinander. »Die Währung sind Zigaretten!«

»Das war sie schon im Lager.« Der Vater zog seine graue Anzugjacke glatt, die er irgendwo ergattert hatte. »Dann werde ich mal mit dem Pferdemetzger verhandeln.«

Die Auerbachs waren ja unsere Vermieter, und nachdem unser

Vater genauso freundlich und nett war wie unsere Mutter, hatte er sich in der Nachbarschaft schnell Freunde gemacht. Gegen drei Päckchen Zigaretten sollte er das Fahrrad wohl geliehen bekommen.

So radelte mein ebenfalls eher klein gewachsener Vater mit dem alten Herrenrad, auf dessen Sattel er gar nicht sitzen konnte, die dreißig Kilometer nach Freiberg, und zwar über die damals noch völlig unbefahrene Autobahn, die Hitler in seinem Wahn hatte bauen lassen. Am Güterbahnhof verpackte unser Vater dann die Schieberware, und am Ende des Tages durfte er sich drei Päckchen Zigaretten einstecken. Bis jetzt war das nichts als die Leihgebühr für das Rad, aber sein Arbeitseinsatz sollte sich ja wiederholen.

Zur Feier des Tages und des Wiedersehens nach so vielen Jahren spendierte Herr Kranich dann auch noch eine Flasche Korn.

Unser Vater hatte jahrelang keinen Alkohol getrunken und machte sich ahnungslos über dessen Wirkung in der Abenddämmerung mit dem Pferdemetzger-Fahrrad wieder auf den Heimweg über die Autobahn. Irgendwann wurde es natürlich stockdunkel. Etwa drei Kilometer von seinem Ziel entfernt kam er ins Schlingern, stürzte über die Leitplanke und kullerte mitsamt Fahrrad und Rucksack über die Böschung hinunter, wo er leicht verletzt, aber sehr betrunken liegen blieb.

»Wo bleibt denn nur der Vater?« Sorgenvoll stand die Mutter an diesem seinem ersten Arbeitstag abends gegen zehn am Fenster und rieb sich fröstelnd die Arme.

»Es ist ja schon stockdunkel, und am Rad ist kein Licht!«

Stunden um Stunden wartete sie auf den Vater, und ihre Sorgen wuchsen ins Unermessliche.

»Das kann doch nicht wahr sein, dass er nach sieben Jahren aus dem Krieg zurückkommt und am ersten Arbeitstag verschollen bleibt!«

Ich stand neben ihr auf einem Stuhl und starrte ebenfalls auf die dunkle verwaiste Straße. Meinen Papa wollte ich nie wieder hergeben. Schreckliche Bilder von Gewalt an Menschen geisterten durch mein sechsjähriges Gehirn. Trotzdem gingen wir gegen Mitternacht ins Bett, todmüde fielen wir in einen unruhigen Schlaf.

Gegen drei Uhr nachts klopfte es zaghaft an die Tür.

Mutter sprang auf und riss sie auf, aber es war nicht Papa, der Einlass begehrte. Ein fremder Mann war es, der sich heraufbemüht hatte in unsere Dachkammer im dritten Stock. Mit einer gelben Armbinde. Und einem Blindenhund, der sich artig setzte.

»Sind Sie die Familie Kretzschmar?«

»Ja, mein Gott, was ist denn passiert?«

»Nun, ich hörte von meinem Fenster aus die ganze Nacht ein Wimmern und Stöhnen, ich wohne unterhalb der Autobahn, die ja so gut wie nicht befahren ist. Da bin ich mit meinem Hasso in die Böschung rausgegangen und fand einen Mann mit Fahrrad vor, der eine wahnsinnige Fahne hatte. Der Hasso hatte ihn erschnüffelt. Der Mann jammerte, dass er sich verletzt hätte und nicht mehr aufstehen könnte, er sagte, er heißt Kretzschmar, und nannte mir Ihre Adresse.«

»Und da sind Sie mitten in der Nacht im Stockdunklen hierhergekommen?«

»Tag oder Nacht, das macht für mich keinen Unterschied.«

»Oh ja, natürlich, Entschuldigung, wie taktlos von mir.« Mutter trat automatisch einen Schritt zurück. »Wollen Sie nicht hereinkommen, ich mache Ihnen einen Kaffee.«

»Nein, ich denke, Ihr Mann braucht wirklich Hilfe, es geht ihm nicht gut.«

»Wo liegt er?«

»Ich führe Sie hin.«

Mutter bedankte sich überschwänglich bei dem Blinden und steckte sowohl ihm als auch Hasso ein Stück Brot zu, was beide sehr erfreute.

»Dieterchen, du kommst mit.« Schon schlüpfte ich in meine Hosen und Schuhe, die ich schon selbst binden konnte.

Und so liefen wir durch die stockfinstere Nacht die drei Kilometer bis zur Autobahnausfahrt Dresden/Kaditz, wo Hasso unseren Vater tief schlafend in der Böschung erschnüffelte.

Er lag mit leicht verdrehten Armen im hohen Gestrüpp, hatte aber das Fahrrad noch fest umklammert. Jeder andere hätte es ihm wohl gestohlen, nur der Blinde nicht.

»Danke, vielen Dank, mein Mann hätte ohne Sie erfrieren können!«

»Och, da nicht für. Na komm, Hasso, wir gehen noch eine Runde schlafen.«

Der Blinde machte sich mitsamt dem Hund, der ihn zog, über die Böschung davon. »War nett, Sie kennenzulernen, Sie und Ihren netten Kleinen. Und passen Sie demnächst besser auf Ihren Mann auf!«

Mutter und ich bekamen den sturzbetrunkenen Vater nur mühsam auf die Beine.

»Schämst du dich nicht, Vatel? Am ersten Arbeitstag dich gleich so zu betrinken? Und das vor dem Kind?!«

»Ich habe mich ja nicht vor dem Kind betrunken …« Stammelnd und taumelnd ließ Vatel sich von uns hochziehen und die Böschung hinaufschieben, bis er auf der leeren Autobahn wieder halbwegs auf den Beinen stand. Er legte einen Arm um Mutter und den anderen um mich, der ich mit heiligem Eifer sein kostbares Fahrrad schob. Es war leicht verbeult und hatte einen Platten.

»Auweia. Das können wir dem Auerbach so nicht wiederbringen.«

So gelangten wir in den Morgenstunden wieder nach Hause. Die Leute, die zur Arbeit gingen, schüttelten angewidert die Köpfe: »Der Krieg ist noch nicht lange vorbei, es gibt nichts zu fressen, aber saufen muss er schon wieder. Und das vor dem Kind.«

»Er hat sich nicht vor mir besoffen«, brüllte ich ihnen hinterher. »Und außerdem kann er Handstand auf einer Leiter!«

Mit Manfreds Hilfe reparierte der wieder nüchterne Vater das Fahrrad so, dass es keine Spuren seines nächtlichen Abenteuers mehr aufwies. Er schämte sich schrecklich seiner Entgleisung und entschuldigte sich immer wieder bei uns.

»Ich war doch keinen Alkohol mehr gewohnt, und es waren wirklich nur zwei, drei Gläschen!«

Aber auf Mutters Anraten war der Job mit der Verschiebeware vorbei. Vatel hatte bald darauf einen neuen Job, und zwar als Gerüstbauarbeiter. Diese Jobs waren heiß begehrt: Dresden wurde ja Stein um Stein wiederaufgebaut, und jedes zweite Haus hatte bald so ein Gerüst. Wenn ich morgens zur Schule ging, sah ich meinen Papa in schwindelerregender Höhe auf seinem Baugerüst herumturnen. Von hier aus hatte er den Überblick über unser gesamtes zerbombtes Viertel, auch auf unser zerstörtes Hinterhaus über dem ehemaligen Gemeindesaal, wo nun alle seine Träume begraben lagen. Sein Motorrad und das Auto, einen Hanomag, hatten die Wehrmacht und die SA schon, kurz bevor er selbst in den Krieg eingezogen wurde, beschlagnahmt und abgeholt. Sein Haus, sein Hof, seine Fahrzeuge, alles weg, kaputt, verbrannt oder Schrott.

Was muss er alles empfunden und durchlebt haben, als er nun von dort oben all das sehen musste. Und ich selbst dachte an mein Schaukelpferd, die »Brave Lotte«, die dort in den Trümmern ein klägliches Grab gefunden hatte, und an mein geliebtes Dreirad. Andererseits, das hielt ich mir immer wieder tapfer vor Augen, war ich inzwischen viel zu groß für so ein Babyspielzeug, und redete mir ein, dass ich nichts von beidem mehr vermisste. Ich war jetzt ein großer Junge, durch den Krieg und seine Folgen viel zu schnell erwachsen geworden.

Inzwischen hatte unser Nachbar, der Pferdefleischer Auerbach, eine kleine Gaststube eröffnet.

»Sag mal, Junge, willst du dir ein paar Mark dazuverdienen?« Der Vater von Siegfried, der sein Fahrrad unbeschädigt samt drei Packungen Zigaretten zurückbekommen hatte, hielt mich eines Tages nach der Schule auf der Straße an. Ich studierte gerade die Ermahnungsplakate an den Hauswänden:

Nie wieder Krieg!

Jedem, der wieder ein Gewehr in die Hand nimmt, dem sollen die Hände abfaulen!

»Oh ja, natürlich, was kann ich tun?!«

»Wo du doch gerade Reklameschilder schon lesen kannst. Wir brauchen eine lebendige Werbetafel. Hier!« Der Nachbar griff in das Ladeninnere und holte eine beschriftete bunte Pappe an einer Stange heraus.

»Die beste Pferdefleischbrühe der Stadt! Nicht nur für Tuberkulose-Kranke! Auf Lebensmittelmarken für jeden Bürger zu beziehen!«

»Damit wanderst du durch das ganze Viertel, jeden Nachmittag drei, vier Stunden lang. Und immer schön drehen, hörst du, damit die Leute auch beide Seiten lesen können!«

Das tat ich mit Begeisterung und Stolz, denn erstens bekam ich dafür abends noch ein warmes (Pferdefleisch-)Resteessen, und zweitens konnte ich mit den täglich verdienten drei Mark meine lieben Eltern unterstützen. Muttel und Vatel, wie wir sie liebevoll nannten, und sie sich selbst gegenseitig auch, ließen mich gewähren und waren sogar riesig stolz auf mich wonnigen pfiffigen Dreikäsehoch.

Der Pferdefleisch-Bub mit den dunklen Locken und dem gewinnenden Lächeln brachte reichlich Kundschaft in Auerbachs Keller!

So trugen wir inzwischen alle zum familiären Lebensunterhalt bei.

Langsam normalisierte sich das Leben wieder ein wenig.

In den Sommerferien gingen wir in der Elbe baden, und im Winter liefen wir auf der zugefrorenen Elbe Schlittschuh, beides kein ungefährliches Unterfangen.

Die Schlittschuhe hatten wir ausschließlich aus den Trümmern geborgen, geölt, untergeschraubt, und los ging es! Niemand hatte die Dicke des Eises auf dem Fluss gemessen, und unsere Eltern hatten keine Zeit, uns an solchen Freizeitbeschäftigungen zu hindern oder uns zu beaufsichtigen.

Im Sommer kletterten wir unbemerkt auf die Fähre »Jakop« und hechteten dann in der Mitte des zähen Stromes mit einem Kopfsprung ins kühle Nass. Wenn der Fährmann uns dabei erwischte, warf er uns »verfluchten Bengels« gerne mal eine Schüppe Kohlen nach. Dass die Strömung der Elbe dort sehr stark war, war uns anfänglich gar nicht bewusst.

Bald hatten wir begriffen, dass flussaufwärts träge Schlepper fuhren, die ein kleines Ruderboot als Tender hinter sich herzogen. Ein Schlepplift für kleine Schwimmer also! So galt es, ein solches Ruderboot zu erwischen und zu entern, pitschnass darauf die Sonne zu genießen und dann schließlich, wenn der Schlepper weit genug stromaufwärts gezogen war, wieder in das kühle Nass zu springen und gemütlich mit der Strömung zurückzupaddeln. Wie junge Hunde strampelten wir stolz und glücklich durch die Wellen. Wem das mehrmals am Tag gelungen war, der galt als Sieger und wurde dementsprechend von der Jungs-Gang gefeiert.

Wir stählten auf diese Weise unsere vom Hunger und Krieg geschwächten Körper, gewannen wieder Selbstbewusstsein und testeten immer aufs Neue unsere Furchtlosigkeit und unseren Mut.

So vergingen die Jahre einer armen, aber dennoch glücklichen Kindheit in der direkten Nachkriegszeit, in einer der am meisten zerbombten Städte Deutschlands.

Sommer 1948

Kinder, Herr Kranich hat mir eine ganz tolle Arbeit angeboten.«

Unser Vatel saß mit ausgestreckten Beinen am Küchentisch, hatte den Hemdkragen geöffnet und betrachtete die vielen Holzschiefer in seinen Fingern. »Kannst du den rausziehen, Dieterchen, du hast die besseren Augen.«

Eifrig begann ich, meinem armen Vatel die Holzsplitter aus den Fingern zu quetschen, mit meinen kleinen kräftigen Fingernägeln.

»Papa, gleich hab ich ihn, halt mal kurz die Luft an.«

»Herr Kranich hat dir nicht wirklich Glück gebracht«, bemerkte Mama vom Spülbecken aus. Sie wrang den nassen Lappen bis zum letzten Tropfen aus und knallte ihn etwas heftiger als nötig auf den Rand. »Oder hast du deinen Fahrradunfall auf der Autobahn schon vergessen?«

»Autsch!« Ich kniff die Lippen zusammen. »Armer Papa! Jeden Tag fängst du dir Splitter ein!«

»Der Knochenjob auf dem Baugerüst könnte Vergangenheit sein, aber ich brauche eure Zustimmung.« Der Vatel, der seit dem Vorkommnis mit dem Fahrrad und der Autobahnböschung keinen Tropfen Alkohol mehr getrunken hatte, lächelte uns gewinnend an. »Er hat nämlich was mit meiner längeren Abwesenheit zu tun.«

»Aber Vatel …« Mutter setzte sich mit einem Berg Flickwäsche zu ihm an den Tisch.

»Wir haben dich wahrlich lange genug entbehrt! Bitte geh nicht schon wieder weg!«

»Muttel, hör mal, es ist ein Traumangebot. Sozusagen ein Sechser im Lotto.« Vater zog geheimnisvoll die Augenbrauen hoch und vergaß ganz seine Splitter im Finger.

»Hat es was mit Zigaretten und Alkohol zu tun?« Mutter musterte ihn immer noch skeptisch.

»Eben nicht. Herr Kranich will mich zum Verwalter des Ritterguts in Naundorf ernennen. – Lass gut sein, Dieterchen, dank dir schön.«

Mutter ließ die Stopfnadel sinken. »Das hat eine riesige landwirtschaftliche Produktion!«

»Du sagst es, Muttel.« Er grinste begeistert. »Ich soll mit einem Tempo, du weißt schon, das ist ein Dreirad-Kleintransporter, in der Gegend herumfahren und alle anfallenden Deputationslieferungen erledigen.«

»Und damit fällst du dann wieder von der Autobahn in die Böschung.«

»Ach Mama, nun lass den Papa doch in Ruhe«, ergriff ich für ihn Partei.

»Das ist ein Traumjob an der Quelle von Lebensmitteln!«

»Ja, das hört sich wirklich gut an.« Mutter ließ die Stopfnadel wieder geschickt durch ein Riesenloch in meinem Strumpf gleiten. »Aber die Kinder und ich sind dann hier allein?!«

Papa nickte. »Das seid ihr doch gewohnt, ihr schafft das. – In den Ferien könnt ihr natürlich auf das Rittergut kommen! Das käme noch als Pluspunkt dazu! Da kommen die Kinder mal raus aus der Stadt und können mit den Tieren und in der freien Natur ihre Zeit verbringen.«

Ich dachte an Clausnitz und meine wunderschönen Monate dort zwischen dem Grauen.

»Oh Vatel, ich möchte unbedingt dahin!« Mit leuchtenden Augen strahlte ich ihn an. »Bitte nimm die Arbeit an, schlag ein!«

»Das hat eure Muttel zu entscheiden.«

Wir alle beschworen unsere Mutter, ihm dabei nicht im Wege zu stehen. »Bitte, Muttel, sag Ja, das wollen wir alle!«

»Dann soll es so sein.« Seufzend stand sie auf und kramte das

Köfferchen vom Schrank, das sie damals in den Trümmern gefunden und mit dem wir unseren Umzug hierher bewältigt hatten.

»Ich freue mich doch für dich, Vatel. Alles ist besser und ungefährlicher als das Baugerüst, und als Verwalter hast du Verantwortung und wirst keine Dummheiten mehr machen.«

Und so übernahm Vater den Posten auf dem Rittergut. Bereits vier Wochen später tauchte er mit seinem grünen Tempo vor unserem Haus auf und löste damit einen mittleren Volksauflauf aus. Unter der Plane seiner kleinen Ladefläche lagerten nämlich ungeahnte Schätze! Herrliche Blut- und Leberwurst, Schinken, frisches Landbrot und gute Butter zog er hervor und verschenkte selbstverständlich sofort etwas davon in die Nachbarschaft.

»Hier, ihr Stromer, für euch soll es auch etwas sein. Siegfried, dies ist für deine Eltern. Sag ihnen liebe Grüße und danke für das Fahrrad. Und hier, Peter und Udo, das ist für euch. Lasst es euch schmecken und grüßt eure Eltern.«

»Du hast wirklich einen prima Vater«, ließen mich die anderen Jungs von der Straßengang bei nächster Gelegenheit wissen. »Deine Mutter ist ja schon so hübsch und freundlich, und dein Vater großzügig und nett.«

»UND er kann jonglieren!«

»Sogar mit fünf Keulen!« Mir schwoll vor Stolz die Brust. Längst hatte der Vater mir seine Tricks vorgeführt, und ich selbst hatte schon mit drei alten gestopften Lederbällen mein Glück versucht.

»Der ist wirklich 'ne tolle Marke, dein Vater.«

»Und die hübsche Schwester ist auch nicht von schlechten Eltern!«

So sonnten wir Brüder uns in zunehmender Beliebtheit, die Manfred und ich uns aber über die Jahre hinweg ohnehin hart erarbeitet hatten.

Herrliche Sommerferien folgten auf dem Rittergut. Wir Stadtkinder durften reiten, mit den Hunden an der Leine durch das Dorf spazieren, beim Melken zusehen, bei Deckungen und Schlachtungen dabei sein und alles aus erster Hand erleben, und sogar auf dem Jauchewagen durfte ich mitfahren. Nach vielen Jahren in grauen tristen Trümmern waren das unvergessliche Naturerlebnisse, die in mir wieder eine tiefe Dankbarkeit hervorriefen.

So spielte sich unser Familienleben auf das Herrlichste ein: Wir hatten immer satt zu essen, vom Frischen und Feinen; unser Vater besuchte uns regelmäßig und verteilte noch Lebensmittel in der Nachbarschaft, was uns wieder Tauschobjekte wie Haushaltsgeräte, gebrauchte Kleidung oder Gebrauchsgegenstände einbrachte, und der Krieg verblasste mit seiner grässlichen Fratze der Erinnerung jeden Tag ein bisschen mehr.

Vorbei waren die Zeiten, dass wir von Kartoffelschalen gelebt hatten, und vorbei waren die Zeiten, als die einzelnen Brotscheiben noch mit der Briefwaage abgewogen wurden.

»Kinder, das ist doch alles ein Wunder!«, rief Mutter ein über das andere Mal aus, und die ganze Familie echote in meiner ehemaligen Kinderstimme, auf mich gerichtet: »Ein blaues Wunder!«

DRESDEN,
1953

Die Besitzer des Rittergutes sind enteignet worden«, meldete der Vater frustriert. »Aus Enttäuschung und Protest sind sie in den Westen abgehauen. Daraufhin hat der Staat einen neuen Verwalter an meine Stelle gesetzt, und irgendwelche Anzugträger mit Parteiabzeichen, die von Tuten und Blasen keine Ahnung haben, betreiben jetzt die Landwirtschaft. Eine LPG«, regte er sich auf. »Landwirtschaftliche Produktionsgenossenschaft! Alles soll dem Staate zugutekommen, aber das ist völliger Schwachsinn!«

»Hans, bitte. Das wird nicht gern gehört!«

»Aber es ist doch wahr! Das wunderschöne große Gut ist in winzige Parzellen aufgeteilt worden, aber im Kaputtorganisieren produktiver mittelständischer Betriebe sind die DDR-Bonzen ja gut!«

»Komm, Lieber, reg dich nicht auf. Hol besser das Akkordeon raus und bring dem Jungen wieder ein paar neue Griffe bei.«

Zu meinem zwölften Geburtstag hatten die Eltern und Inge mir ein 32-bässiges Akkordeon geschenkt, weil ich immer davon geschwärmt hatte, wie schön es sein müsste, selbst Musik zu machen und damit andere Leute zu beglücken.

So hockten wir in unserer inzwischen gemütlichen warmen Mansarde und brachten uns selbst die nötigen Akkorde und Klänge bei. Vater hatte in der Kriegsgefangenschaft in seiner Künstlergruppe auch einen Musiker kennengelernt, der ihm und den Kameraden die schönen und traurigen Melodien immer vorgespielt hatte. Mein absolutes Lieblingslied war:

»An der Saale hellem Strande,
stehen Burgen stolz und kühn
Ihre Dächer sind verfallen,
und der Wind streicht durch die Hallen
Wolken ziehen drüber hin.«

Mutter hatte Tränen in den Augen, während sie mit glockenheller Stimme mitsang. Sie trocknete sich die Hände am Geschirrtuch ab und legte den Arm auf Vaters Schulter, während ich weiter eifrig die neuen Akkorde und Griffe übte. Es klang zwischenzeitlich eher nach sterbender Katze, aber niemand störte sich daran.

»Du wirst einen neuen Job finden, Hans. Hier, lies mal die Anzeigen in der Zeitung: Waffelbäckerei in Radebeul sucht einen Lagerverwalter und Versandchef!«

Waffelbäckerei hörte sich verdammt gut an. Den Geruch habe ich heute noch in der Nase.

Und noch am selben Abend schrieb Vater eine Bewerbung, und ich trug sie am nächsten Morgen auf dem Weg zur Schule wie ein Heiligtum zur Post. Heimlich spuckte ich dreimal darauf, natürlich nur andeutungsweise. »Du kriegst die Arbeit, Vatel! Ich weiß es! Du bist der Beste, du hast sie verdient!«

Auf dem Rückweg kam ich am Nachmittag am Kino Faun-Palast vorbei, wo früher meine Schwester Inge mit ihrer Freundin gearbeitet hatte.

»Oh, es ist ja schon wieder in Betrieb!« Mit den Händen in den Hosentaschen drückte ich mir am Fenster die Nase platt. Auf einem Filmplakat waren drei scharfkonturig gezeichnete, schwarz gekleidete Männer mit Hut zu sehen, die einander verfolgten. Der Mann im Vordergrund war nur ein schwarzer Schatten. *»Der dritte Mann!«*

»Oh, den muss ich unbedingt sehen!« Mit den Fingern klimperte ich in den Münzen herum, die ich in der Hosentasche hatte.

»Und Manfred muss auch mit!« Schon wollte ich nach Hause laufen, um meinen großen Bruder zum Kinogang zu überreden, als ich einen Namen las. Mein Kopf schnellte herum, irgendetwas klingelte in meinen Gehirnzellen.

Plötzlich machte ich einen Schritt zurück zum Kinofenster und starrte auf das Plakat.

»Vorprogramm: Live-Bühnenshow mit der bekannten Artisten-Familie Hauenstein.«

»Hauenstein? Das ist aber jetzt nicht DER Walter Hauenstein, der Vatel das Jonglieren beigebracht hat?«, überlegte ich laut. »Und Vatel weiß gar nicht, ob der noch lebt! Wenn er das jetzt ist …« Mein Herz machte einen Purzelbaum. »Das wäre doch ein Ding, wenn das DER Hauenstein wäre …« Vergessen war der Film »Der dritte Mann«.

Eilig setzte ich mich in Bewegung und trabte nach Hause. Die Familie saß schon um den Küchentisch herum und wartete mit dem Essen auf mich.

»Wo warst du denn wieder, du Stromer?«

»Vatel, Muttel, Inge, Manfred! Familie Hauenstein! Heute Abend im Faun-Palast!«

»Meinst du, es sind DIE Hauensteins?«

»Ja, wie viele Artistenfamilien mit dem Namen gibt es denn wohl noch?«

Wir diskutierten hin und her, während wir uns die Butterbrote schmecken ließen, die Muttel vorbereitet hatte.

»Anziehen, los geht's!« Vater fackelte nicht lange. »Wir gehen einfach hin und sehen, ob sie es wirklich sind.«

So trabte die ganze Familie geschlossen zum Kino. Wie durch ein Wunder bekamen wir die letzten Karten, das Stück für 60 Pfennig, obwohl der Film ein Mega-Klassiker war und eine lange Schlange um den ganzen Häuserblock sich gebildet hatte. Ganz gegen seine Gewohnheit drängelte unser Papa sich einfach vor; klein und oho, wie er war, zauberte er sich selbst an den Anfang der Schlange und zerrte uns hinter sich her.

»Hallo, Sie! Stellen Sie sich gefälligst hinten an!«

»Oh, wir standen hier schon die ganze Zeit, Sie haben uns sicher nur übersehen!«

Notlügen waren zu dieser Zeit erlaubt, und in diesem besonderen Fall erst recht.

»Was ist nun?« Der Kartenverkäufer musste aufstehen und sich aus seinem Häuschen beugen. »Wollen Sie die Karten oder nicht? Das sind die letzten zwei, und eine Stehplatzkarte wurde zurückgegeben.«

Im Nachhinein war das wieder mal ein »blaues Wunder«. Es änderte mein Leben.

Manfred nahm den Stehplatz ein, und ich saß mit klopfendem Herzen auf dem Schoß meiner Mutter, während mein Vater seinen ergaunerten Sitzplatz noch für eine ältere Dame frei machte. Er stand eng gedrängt im Gang, ich sah seine Kieferknochen mahlen. Wie gebannt starrte er auf die Bühne.

Und dann ging der Vorhang auf, und vor meinen Augen tat sich eine Welt der Wunder auf:

Die Familie Hauenstein, bestehend aus Vater, Mutter, dem sechzehnjährigen Sohn Horst und der vierzehnjährigen Tochter Johanna in einem hellblauen zarten Kostüm, dessen Pailletten im Scheinwerferlicht glitzerten wie tausend Sterne, vollführte einen rasanten Trick nach dem anderen. Die zauberhafte junge Frau balancierte auf der Stirn eine Art Billardstab, auf dem ein großer bunter Ball lag. Dabei jonglierte sie fünf Ringe oder Reife und ging damit in einen Spagat. Mutter Hauenstein hieß Anna, und diese wurde sogar von ihrem Mann wie ein Brett auf seinen Füßen herumgeschleudert, während er rücklings auf der Erde lag. Mein zwölfjähriges Hirn konnte das alles gar nicht schnell genug einordnen. Meine Augen quollen mir förmlich aus dem Kopf, während ich auf das wilde Geschehen dort vorne starrte. Ich fuhr mir mit den Händen über die Augen und versuchte verzweifelt, an meinem wuchtigen Vordermann vorbeizulugen, der auch noch einen Hut aufhatte!

Aber der Reihe nach. Zuerst waren nur der Vater und der Sohn auf der Bühne.

Sie jonglierten mit verschiedenen glänzenden Keulen und Bällen, warfen sie sich gegenseitig zu, gingen in die Hocke, und der Sohn nahm dem Vater wie selbstverständlich im Flug die Keulen und Bälle ab, um sie dann mit offensichtlicher Leichtigkeit selbst weiter zu jonglieren. Immer wieder bewarfen sie sich gegenseitig, drehten sich um ihre eigene Achse, wirbelten die Bälle unter den Beinen und hinter dem Rücken hervor, und in der Luft sirrte es förmlich vor Tempo und Spannung. Die beiden waren ein derart eingespieltes Team, dass es federleicht aussah.

»Was der Sohn macht, habe ich damals auch gemacht!« Vaters Hände arbeiteten instinktiv mit, er machte jede Bewegung und Drehung angedeutet vor seiner Brust.

»Dann ist er es also?« Mutter verrenkte den Hals, um ihm diese Frage zuzuflüstern.

»Ja. Das ist der Hauenstein, dem ich mein Leben verdanke.« Vaters Kieferknochen mahlten.

Ich sprang auf, um über den Vordermann zu spähen, während die Leute um uns herum »Psst« und »Setz dich hin, Junge!« zischten. Unwillkürlich schnaufte ich vor Spannung.

Inzwischen lag der Vater rücklings mit den Schultern auf einem Hocker, genannt Piedestal, wie Vater mir zuflüsterte, und jonglierte mit beiden Beinen einen riesigen Bilderrahmen, den er immer wieder in die Luft warf und drehte, und zum Schluss sogar noch einen Garderobenständer, längs auf den Kanten, und ließ beides durch die Luft wirbeln. Ein Pianist heizte dem Saal mit Boogie-Woogie-Klängen ein.

Ich biss mir vor Spannung auf die Fäuste, und das Herz meiner Mutter, an die ich gepresst war, schlug laut und heftig. Tosender Beifall belohnte den halsbrecherischen Akt.

Dann erschienen Frau und Tochter, beide schlank, bildhübsch und in knappen Kostümen, die ihre ellenlangen Beine perfekt zur Geltung brachten, und warfen sich mit Walter gegenseitig Keulen zu, die sich nun auch noch überschlugen. Das Ganze wurde immer schneller, sie wechselten mehrfach die Richtung, dadurch gestalteten sich viele verschiedene Figuren, mal flach und schnell, mal in hohem Bogen, sodass ein verwirrender Wirbel vor den Augen der Zuschauer entstand. Ich hielt die Luft an. Ich starrte auf das blonde Mädchen, mit klopfendem Herzen, und rieb mir die schweißnassen Hände an Mutters Mantelzipfel ab, ohne es zu merken. Der Sohn Horst lief wieselschnell auf einer glitzernden großen Kugel auf die Bühne und jonglierte dabei mit drei Bällen, während er noch einen Hut auf der Kante zusätzlich auf der Stirn balancierte. Am Ende warf er sich den Hut selbst auf den Kopf.

Tosender Beifall brandete auf. Die Leute waren so entwöhnt und verrückt nach solchen Darbietungen, dass minutenlang geklatscht und gepfiffen wurde. Meine kleinen Hände machten automatisch die Bewegungen des großen Burschen nach: drei Bälle, das übte ich doch schon immer selber auf dem Hof.

Am Schluss lag Walter, der Vater, wieder rücklings auf dem langbeinigen Hocker und warf abwechselnd Frau und Tochter mit den Beinen in die Höhe, während diese sich im Rückwärtssalto drehten. Mir verschlug es den Atem. Johanna, die Tochter, ging am Schluss mit einem Stab, den sie senkrecht auf der Stirn balancierte, anmutig in den Spagat.

Stürmischer, nicht enden wollender Applaus belohnte die großartige Leistung der ganzen Familie. Ich spürte den Boden unter den Füßen nicht mehr und glaubte, selbst zu schweben.

Wie leicht das alles aussah! Wie harmonisch, wie selbstverständlich! Was für eine Familie! Meine Blicke saugten sich an dem grazilen Mädchen fest, das in seinem blitzenden himmelblauen Ballerina-Kostüm für mich der Stern am Bühnenhimmel war. Biegsam wie eine Feder schnellte ihr Oberkörper wieder nach oben, sie sprang zurück auf die Beine und verbeugte sich lächelnd, wobei ihr blonder Pferdeschwanz wippte. Hatte sie mich angeschaut? Ganz sicher, sie hatte mich angeschaut! Mein Herz machte einen Salto rückwärts, und mir wurde ganz trocken im Mund. Widersprüchliche Gedanken flogen wie Pfeile in meinem Knabenhirn hin und her: Nein, sie hatte doch nicht MICH angeschaut! Und doch, unsere Blicke hatten sich getroffen! Urplötzlich erwachte ich aus meiner Trance.

Ich klatschte mir die Hände wund und sprang von meinem Kinosessel auf. Dabei schoss mir die Röte ins Gesicht. Wenn sie das jetzt merkte! Ich zwölfjähriger Junge war schockverliebt!

Als die Bühnenshow vorbei war, verlosch das Licht im Saal, und der Film begann. Verheißungsvoll schneite es zuerst auf der Leinwand, Fusseln und Punkte zuckten, und dann erschien zitternd und wackelnd die tanzende Schrift: Dabei schwoll die Musik auf.

»*Der dritte Mann.*« Die Filmmelodie ging mir durch Mark und Bein. Aber ich konnte mich überhaupt nicht auf den Film konzentrieren. Dieses fliegende, anmutige, strahlend schöne und doch so bescheiden wirkende Mädchen ging mir nicht aus dem Kopf! Johanna!

»Er war es!« Vater hatte ganz rote Flecken am Hals, seine Halsschlagader pochte. Er raunte Mutter ins Ohr:

»Ich gehe jetzt in die Artistengarderobe! Schau du dir den Film an, wir sehen uns zu Hause!«

Doch mich hielt nichts mehr auf ihrem Schoß. Hallo? Ich war zwölf! Und außerdem: ICH hatte sie gefunden! Das ließ ich mir doch nicht entgehen!

»Ich komme mit!«

Zum allgemeinen ärgerlichen Raunen »Was ist denn da schon

wieder los?« und »Ruhe dahinten auf den billigen Plätzen!« drängelten wir uns durch die eng stehenden Leute durch die Reihen dem Ausgang zu.

»Wieso willst du nicht den Film sehen? So kenne ich dich ja gar nicht!« Mama setzte sich ihr keckes Hütchen wieder auf, das sie aus Rücksicht auf die Hintermänner abgenommen hatte. »Jetzt haben wir schon mal einen Sitzplatz ergattert …« Aber längst drängten sich zwei Jungen darauf, die dünn genug waren, um beide darauf Platz zu haben.

»Weggegangen, Platz vergangen!«

»Ich will …« Ein trockenes Schlucken unterbrach meinen Redefluss. »Ich will lieber mit Vatel gehen, wenn du nichts dagegen hast!« Dabei tanzten kleine bunte Kringel in meinem Kopf.

Ich hatte den Hauenstein gefunden! Den HERRN Hauenstein, natürlich. Und diese Tochter … die anmutigste Prinzessin unter der Sonne … ich sah mich schon in meiner Karl-May-Fantasie mit ihr in den Sonnenuntergang reiten.

»Na gut, wie du willst.« Vater klopfte mir ein paar Fussel vom Hemd und legte meinen auf dem Rücken verdrehten Hosenträger gerade. »Aber sei höflich und bescheiden.«

Aufgeregt trabte ich neben ihm her durch die hinteren dunklen Gemächer des Kinos. Jetzt sahen wir die Leinwand und die sich darauf schemenhaft bewegenden Gestalten in Schwarz-Weiß von hinten, und in jeder anderen Situation hätte ich mit offenem Mund dagestanden und das beobachtet. Aber jetzt zog es mich nur … zu dem wunderschönen Mädchen.

An der Artistengarderobe klopfte Vatel zaghaft an.

Die Tür wurde von innen aufgerissen, und da stand, noch in voller Bühnenmontur, aber schon halb abgeschminkt im Gesicht, mit einem lachenden und einem weinenden Auge, so wie ich es in dem Moment empfand …

»Walter!«

»Hans!«

Die beiden Männer fielen einander fassungslos und gerührt um den Hals. »Du bist es wirklich!«

»Das ist doch nicht zu glauben! Ihr in Dresden! Mein Sohn hat euch gefunden, so ein Zufall!«

»Kommt rein, habt ihr die Show gesehen? Wie hat sie euch gefallen?«

»Großartig, das war erhebend, mit richtigen Kostümen, Musik und deiner zauberhaften Familie! So kann das also aussehen, wenn man nicht in Gefangenschaft ist!«

Blitzschnell suchten meine Augen in dem Gewirr der bunten Garderobe das hellblaue Mädchen. Überall stand Schminke in Tiegeln und Tuben herum, lagen Kostüme über Stuhllehnen, standen die Requisiten in Kisten und Körben. Ein Garderobenständer und ein Paravent verdeckten die hintere Wand. Sie wurde wie durch Zauberhand beiseitegeschoben, und da stand … das Mädchen. Es hatte noch immer das hellblaue Kostüm mit den vielen Pailletten an, die im Licht so unfassbar schön geschimmert hatten.

»Das ist Anna, meine Frau, das ist Horst, mein Sohn, und das ist Johanna, unser Küken.«

Ich schluckte trocken. Meinen Namen brachte ich nur krächzend heraus. »Dieter!«

»Johanna.« Das zauberhafte Mädchen reichte mir seine filigrane Hand und lächelte mich an. Es war vollends um mich geschehen! Dieses zarte Handgelenk, dieses wunderhübsche Gesicht, dieses liebe, warme und weichherzige Lächeln!

Ich merkte kaum, dass sich nun auch Muttel, Inge und Manfred in die Garderobe schoben, um die Hauensteins zu begrüßen.

Während die Erwachsenen in dieser hell erleuchteten Garderobe, zwischen grellen Lichtern und bunten Kostümen, zwischen ihren Requisiten und dem Duft der großen weiten Welt von ihren Kriegserlebnissen erzählten und einander immer wieder unter

Tränen um den Hals fielen, sah ich das hinreißende Geschöpf mit dem blonden Pferdeschwanz, den langen Wimpern und den noch viel längeren Beinen einfach nur stumm an. Das blaue Wunder. Ich war verliebt bis über beide Ohren. Dieses Mädchen würde ich heiraten. Da war ich sicher.

»Mensch, Vatel! Es ist mir unbegreiflich, wie du das mit fünfundvierzig Jahren noch gelernt hast!«

Völlig entbrannt von der Idee, nun selbst ein Artist zu werden, übte ich wie besessen mit sämtlichen Gegenständen, die mir in die Hände kamen, das Jonglieren. Ein Drahtseil, das wir im Hinterhof in dreißig Zentimetern Höhe zwischen den Mauern gespannt hatten, hatte ich noch aus den Ruinen mitgehen lassen. Immer und immer wieder purzelte ich auf den staubigen Hof, zwischen Mülltonnen, einem kaputten Moped, Wäscheleinen und der rostigen Teppichstange.

»Wie hast du es geschafft, minutenlang einbeinig auf dem Drahtseil zu balancieren und auch noch vier Sperrholzringe dabei in die Luft zu werfen?«

Schon wieder war ich auf dem Hosenboden gelandet und rappelte mich auf, die Schmerzen im Steiß und an den Händen ignorierend. Längst war mein sehniger dünner Körper mit blauen Flecken und Schürfwunden übersät.

Vater lachte. »Das Drahtseil war manchmal fünf Meter hoch gespannt! Ohne Netz und doppelten Boden! Die Russen wollten ja schon ihren Nervenkitzel haben!«

»Oh Gott, wie oft bist du runtergeflogen?«

»Oft. Sehr oft sogar. Natürlich nur bei den Proben. Wir hatten Heu und Stroh dahin gelegt. Aber alles war besser, als fünfhundert Meter unter Tage Steine zu klopfen!« Vater half mir kopfschüttelnd auf die Beine und klopfte mir den Staub vom Hintern. »Talent hast du ja, Junge, das muss man dir lassen.«

Ich dachte immer nur an das hellblaue Mädchen namens Johanna und meinen einzigen Wunsch, sie wiederzusehen.

»Soll ich dir zeigen, was unsere zweite Nummer war?« Vater holte mich von der rosaroten Wolke sieben. Ich versuchte, Haltung zu bewahren. »Na klar!«

Er machte einen Satz zu dem alten Schuppen und schnappte sich eine alte Holzleiter, die an der verwitterten Garage lehnte.

»Walter hielt eine drei Meter hohe Leiter, sie war mit einem Gurt an seinem Bauch gesichert, schau, so …« Er stemmte sich das Gerät vor den nicht vorhandenen Bauch auf die Hüftknochen. »Jetzt bin ich draufgestiegen, ich war ja der deutlich Leichtere von uns beiden, und bin bis zur letzten Sprosse raufgeklettert. Los, probiere es mal, ich halte dich!«

»Der arme Walter!« Ich verzog schmerzvoll das Gesicht. Aber inzwischen war mir auch klar, warum Walter Hauenstein unter all den eh schon ausgemergelten, leichtgewichtigen Gestalten in der Kriegsgefangenschaft meinen Vater ausgewählt hatte: Er war von allen der Kleinste. Emsig kletterte ich hinauf, während Vater zitternd vor Anstrengung die Leiter auf seiner Hüfte stemmte. »Los, nun mach schon!«

Oben angelangt, klammerte ich mich mit den Händen an die oberste Sprosse.

»Und jetzt?«

»Machst du einen Handstand.«

Bei dem Versuch purzelte ich von der Leiter und rieb mir den schmerzenden Hosenboden und die Handgelenke.

»Das kriege ich nie hin.«

Vater ließ sich jedoch nicht aus der Ruhe bringen. »Wenn du die Wahl gehabt hättest: verhungern oder Handstand, dann hättest du Letzteres gewählt.«

Mir blieb die Spucke weg. Was hatte mein Papa alles um des puren Überlebens willen geschafft!

»So. Und jetzt, Junge, schau …« Vater erklomm die Leiter, die er an die Garage gelehnt hatte, »… habe ich einen Handstand gemacht, so …« Tatsächlich! Mein inzwischen über fünfzigjähriger alter Herr vollführte auf der obersten Sprosse, die in den wolkigen Himmel hineinragte, einen tadellosen Handstand. Die Muskeln an seinen Oberarmen wölbten sich, und die Adern traten blau hervor, die Sehnen an seinem Hals spannten sich, und der ganze Körper zitterte vor Anspannung. »Trotz permanenter Unterernährung und eisiger Kälte«, kam es gepresst von kopfüber. »Der Wille zu überleben verlieh uns unheimliche Kräfte!«

Ich liebte und bewunderte ihn in diesem Moment mit stürmischer Leidenschaft.

»Vatel, bitte, bring es mir bei!« Und wieder war da meine Karl-May-Fantasie, ich ritt in akrobatischer Pose auf einem wilden Pferd, hielt mich an seiner Mähne fest, während es pfeilschnell über die Hügel galoppierte, in den Sonnenuntergang, und am Horizont stand Johanna im hellblauen Kostüm, die mit einem Topf Bohnen über dem Feuer auf mich wartete …

Plumps.

»Hans! Muss das sein!« Mutter schüttelte oben ihr Staubtuch aus dem Fenster. »Setz dem Jungen keine Flausen in den Kopf! Der soll was Anständiges lernen!«

»Doch! Schau nur, Mutter, was ich schon kann!«

Wie besessen vor Eifer sprang ich meinerseits nun wieder auf das Drahtseil und jonglierte mit immerhin schon drei Bällen, während ich ein Bein von mir streckte. Es wackelte bedenklich, und kurz darauf verlor ich schon wieder das Gleichgewicht und kollerte in den Staub.

»Wer muss denn die Dreckshosen wieder waschen? Ich habe erst Dienstag Waschtag! Aber jetzt ist es ja eh schon egal!«

In gespielter Entrüstung schüttete Mutter ihren Putzeimer knapp neben mir aus und musste selbst lachen, als ich nun rückwärts auszuweichen versuchte und dabei über das Drahtseil fiel.

»Ach Muttel! Ich will Artist werden! Das ist mein einziger Lebenstraum!«

»Ach, nur wegen diesem Mädel!« Mutter knallte den Eimer auf das Fenstersims. Dabei bemerkte ich aber, wie ihre Mundwinkel zuckten. »Hat unserem Kleinen komplett den Kopf verdreht, die blonde Gazelle in Himmelblau!«

Beim Gedanken an »dieses Mädel« wurde mir heiß und kalt. In den letzten Wochen hatte ich mich fast ein Dutzend Mal heimlich in die Bühnenshow der Familie Hauenstein gestohlen, durch den Artisteneingang, den ich ja nun kannte, war ich in letzter Sekunde geschlüpft und hatte mir im Dunkeln noch einen Stehplatz erkämpft. Von jedem Winkel des Kinos aus hatte ich meinen heimlichen Star angeschmachtet: Johanna. Das biegsame Mädchen mit dem blonden Pferdeschwanz und den langen Beinen, im hellblauen Glitzerkostüm, das so grazil herumwirbelte, in den Spagat glitt wie flüssiges Gold und dabei einen Stab senkrecht auf der Stirn balancierte. Dass sie zwei Jahre älter war als ich und einen Kopf größer, störte mich nicht.

»Hans, der Junge soll was Anständiges lernen.« Damit klappte Muttel das Fenster wieder zu.

»Artisterie IST was Anständiges«, kiekste ich trotzig, während ich mich aus der Pfütze wieder aufrappelte, in die ich gefallen war. Inzwischen war ich auch im Stimmbruch. »Bitte, Vatel, bring es mir bei!«

Und so übten Vater und Sohn stundenlang im Hinterhof. Jedenfalls nach seinem Feierabend. Denn, und da hatte meine Spucke auf der Bewerbung offenbar geholfen: Er hatte die Stelle als Lager- und Versandchef in der Waffelbäckerei in Radebeul bekommen. Er blieb Waffelausfahrer über die Grenzen Dresdens hinaus, bis ans Ende seiner beruflichen Laufbahn.

»Hör zu, Dieter. Muttel hat recht. Die Tingelei ist in diesen Zeiten kein sicheres Einkommen.«

Vater saß nach dem Training im Hinterhof neben mir auf unserem Mäuerchen und gönnte sich eine Feierabendzigarette. »Das sicherste Einkommen hast du als Steinmetz.«

»Steinmetz!« Misstrauisch wiederholte ich das Wort. »Soll ich Grabsteine hauen oder was?« Ich versuchte, Haltung zu bewahren, und wedelte mit einer Hand den Rauch weg.

»Nein, Junge. Überleg doch mal. Dresden muss wieder aufgebaut werden, und da fast alle kulturhistorischen Gebäude aus Sandstein sind, hat dieser Beruf die besten Zukunftschancen.« Verdammt. Ich hätte wissen müssen, dass er davon anfing. Leiser Regen wehte in den Hof und gegen die Mauer, und ich schlang fröstelnd die Arme um mich.

Nachdenklich nickte ich. Mit dem Fuß kickte ich einen Stein zur Seite und prüfte instinktiv, ob er sich zum Jonglieren eignete. Nein. Zu spitz. Wie Donnergrollen gruben sich die Gedanken an eine stinklangweilige bürgerliche Berufszukunft in meine Stirnfalten.

Mechanisch warf ich meine alten geflickten Lederbälle in die Luft und jonglierte mit ihnen die Figuren, die ich mit Vater trainiert hatte. So fühlte sich das also an, wenn Träume für immer zerplatzten.

Vatel fing den Stein mit der freien Hand auf und hielt ihn fest. Er fuhr zu mir herum, schwer atmend. »Versprich mir, dass du eine Ausbildung in der sächsischen Sandsteinindustrie zum Steinmetz machst.«

Ich zögerte, wusste nicht, was ich sagen sollte. Ich war so aufgewühlt! Ich biss die Zähne zusammen und starrte ins Leere. Innerlich krümmte ich mich, als mir klar wurde, dass es keine Alternative gab. Vater legte seine Hand auf meine Schulter:

»In drei Jahren, wenn du deinen Abschluss hast und immer noch so begeistert bist von der Jongliererei, dann überlegen wir neu.«

DRESDEN,
1957

»Vatel, hier ist mein Gesellenbrief. Ich habe meine Lehrzeit mit Auszeichnung abgeschlossen. Und ich will immer noch Artist werden.«

Inzwischen war ich schlaksige siebzehn Jahre alt, und immer noch unsterblich verliebt in Johanna, meinen Schwarm, meinen Traum, meine Zirkusprinzessin.

An jedem Wochenende hatte ich ihre Auftritte verfolgt, soweit das im Rahmen meiner Möglichkeiten war, und war der Familie Hauenstein mit dem inzwischen selbst verdienten gebrauchten Fahrrad in die Provinz gefolgt.

Längst beherrschte ich selbst viele Tricks und hatte mir eine vorzeigbare Solonummer zusammengestellt. Vater hatte mich mit all seiner Erfahrung und auch seiner Liebe unterstützt, motiviert und trainiert. Es machte ihm ja selber sichtlich Spaß, und oft genug hingen Muttel und Inge, manchmal auch Manfred, oben halb lästernd, halb anerkennend aus den zwei kleinen Butzenfenstern und feuerten mich an.

»Junge, du hast wirklich Talent. Wer hätte das gedacht.« Vater boxte mir spielerisch an die Schulter. Nun war ich fast schon einen Kopf größer als er.

»Aber er hat auch musikalisches Talent«, wandte Mutter von oben ein. »Er spielt nicht nur hervorragend Akkordeon, sondern inzwischen auch noch Trompete und Klavier! Der Junge hat so viele Talente, da muss er doch nicht Bälle werfen!«

»Na ja, nur die dritte Trompete. Da bin ich eingesprungen«, wandte ich halb bescheiden, halb geschmeichelt ein. Nachdem ich auf ein paar Festen im Freundes- und Familienkreis aufgespielt hatte, waren nämlich ein paar Musikstudenten vom Konservatorium auf mich zugekommen, und wir hatten eine Band gegründet.

Als wir mit dem Training fertig waren, erwartete mich Mutter in der Küche bereits mit einer neuen Idee und einer Tasse Muckefuck.

»Du kannst doch mit deinem Studententanzorchester Atlantis Geld verdienen!«

»Ja, das tue ich auch, Mutter. Sie buchen uns inzwischen zu jedem Dorf- und Gemeindefest!«

»Na, nun stell mal dein Licht nicht unter den Scheffel, Junge.« Vater schob die Zeitung beiseite, in die er gerade vertieft war, und nahm die Lesebrille ab. »Hier steht: Eine Gruppe intellektueller Amateure brachte mit großem Enthusiasmus musikalische Highlights zum Besten, und der großartige Pianist Dieter Kretzschmar, als Einziger übrigens kein studierter Musiker, riss das Publikum noch zusätzlich mit unerwarteten Jonglier-Einlagen von den Sitzen!«

»Na ja …« Errötend senkte ich den Kopf. Unter dem Küchentisch jonglierte ich ganz automatisch vier Zuckerstückchen zwischen den Händen hin und her, die viel zu kostbar zum Verzehr waren. »Das war allerdings eine ziemlich große Mucke. In Halle an der Saale.«

»Wo ja auch gerade mein Freund Walter mit seiner Familie im Zirkus gastiert.« Vater grinste Mutter an. »Es ist ja nicht so, dass ich nicht wüsste, wo der Barthel seinen Most holt.«

»Vater! Mutter!« Ich sprang auf und legte die klebrigen Zuckerstückchen verlegen auf den Tisch. Die waren nämlich ausschließlich für unerwarteten Besuch gedacht.

»Ich will nur eines, nämlich mit der Familie Hauenstein gemeinsam auftreten!« Mein Herz raste. So. Jetzt war es heraus. Ich schluckte trocken und starrte meine Eltern abwechselnd an. Meine Halsschlagader pochte, und in meinen Ohren rauschte das Blut.

»Aber du trittst doch schon mit so einem fabelhaften Orchester auf … ich meine, das Atlantis-Tanzorchester, das ist doch schon …« Etwas betreten ließ sie den Satz unbeendet.

»Muttel. Merkst du es denn nicht. Der Junge will …« Voller Mitleid schüttelte er den Kopf.

»Natürlich weiß ich das.« Muttel warf einen sorgenvollen Blick auf mich. »Aber ist diese Jo nicht zu alt für unseren Dieter? Und außerdem … soll der Junge in einem Zirkuswagen herumtingeln?« Sie schlug mir spielerisch auf die Fingerknöchel: »Lass die Zuckerstückchen liegen!«

Erschrocken zuckte ich zusammen und spähte auf meine geliebten Eltern, Hans und Grete, die es ja nur gut mit mir meinten. »Muttel! Vatel! Bitte!« Flehentlich sah ich sie an und knetete meine Hände, um sie irgendwie zu beschäftigen. »Ich habe mein Versprechen gehalten und bin Steinmetz geworden. Drei Jahre lang habe ich in der privaten Steinmetzhütte in Dresden-Leubnitz Grabsteine mit Schriften und Ornamenten verziert!« Ihr Lächeln war ganz starr geworden, und selbst durch meine Tränen hindurch konnte ich sehen, dass ihre Augen schimmerten.

»Es reizt mich aber nicht, Grabsteine zu kloppen! Ich muss mich bewegen! Ich brauche Bühnenluft! Musik! Lampenfieber! Die große weite Welt! Und ein Publikum, das ich verzaubern kann! Und …«

»… die große weite Welt kannst du von der DDR aus nicht bereisen.«

Peng. Das saß. Inzwischen waren wir mehr oder weniger gefangen in unserem eigenen Land.

Zwar konnte man noch herüber auf die andere Seite von Berlin, aber die Ausreise wurde immer schwieriger, und man wurde beobachtet. Darüber hatte ich mir noch gar keine Gedanken gemacht. Meine Gedanken kreisten ja immer nur um …

»Aber ich will doch nur …«

»Die hellblaue Gazelle.« Mutter hob ein Zuckerstückchen vom Boden auf und wischte es an ihrer Kittelschürze ab. Dann steckte sie es in den Mund. »Das kann ich keinem mehr anbieten.«

»Mama …«

»Der Junge will bei diesem Mädchen sein.«

»Sie heißt Johanna.«

Vater sah mich lange nachdenklich an.

»In Ordnung, mein Junge.« Er griff zu seiner Lesebrille, die er neben die Zeitung gelegt hatte, und setzte sie sich umständlich auf die Nase. »Ich schreibe Walter einen Brief und frage ihn, ob sie dich in ihrer Familienshow gebrauchen können …«

Der Rest ging in meiner stürmischen Umarmung unter, und ich spätpubertäres Kalb warf ihn vor Freude fast vom Stuhl.

VON DRESDEN NACH HALLE AN DER SAALE,
drei Monate später, Sommer 1957

»Junge, fall mir nicht gleich in Ohnmacht. Aber die Hauensteins laden dich ins Trainingscamp zu sich nach Hause ein. Nach Halle an der Saale.«

Ich war gerade von einer Probe mit meiner Alhambra-Band zurück, wo ich Schlagzeug spielte, und warf meine leichte Sommerjacke über einen der drei Küchenstühle. Am liebsten hätte ich Vater den Brief aus der Hand gerissen und ihn geküsst. Stattdessen küsste ich Mutter, die am Herd stand, herzhaft auf die Wange und jonglierte mit den drei Eiern, die sie gerade in die Pfanne schlagen wollte. Spielerisch schlug sie mit dem Rührbesen nach mir, während ich die Eier mitsamt Schale im großen Bogen in die Pfanne warf vor lauter Glück.

»Vorsicht, Junge, das gute Fett!« Es spritzte bis an die Wand.

»Das Mädel hat dir völlig den Kopf verdreht. Dabei kennst du sie doch gar nicht näher … oder etwa doch, Junge?« Missbilligend klaubte Mutter die Schalen aus der Pfanne.

»Sie heißt Johanna.« Ich riss einen Küchenstuhl heran und setzte mich rittlings darauf. Am liebsten wäre ich sofort damit weggeflogen, wie der Baron von Münchhausen.

»Ja, das wissen wir.« Kopfschüttelnd sah Vater mich an. Mein Adamsapfel vollführte wahre Sprünge vor Glück, als er die folgenden Worte sagte:

»Johanna wünscht sich das wohl auch. Sie möchte mit dir trainieren.«

Mein Herz fuhr einmal mit dem Fahrstuhl ins Gehirn, dann in

meine Füße und dann zurück irgendwo in die Magengegend, wo es einen dreifachen Rückwärtssalto vollführte. Im Kopf war nur noch heißes rauschendes Blut übrig, das sich wasserfallartig in sämtliche meiner Körperzellen ergoss. Mir wurde heiß und kalt. Ich sprang vom Stuhl auf und konnte ihn gerade noch auffangen, bevor er kippte.

»Das ist …« Ich wusste nicht, wohin mit meinen Armen und Beinen … »das ist ja knorke!«

»Das ist eine Chance.« Vater schob seinen Suppenteller von sich, verschränkte die Arme und lehnte sich auf seinem Küchenstuhl so weit zurück, dass sein Kopf an die Deckenschräge stieß. Wir wohnten immer noch in der engen Mansarde über der Pferdemetzgerei, aber Inge und Manfred waren inzwischen ausgezogen, sodass es sich fast geräumig anfühlte.

»Sie wollen dich trainieren sehen und …«

Ich schluckte trocken. »Und …?«

»Na ja, sie bieten dir keinen Job an oder so …« Vater reichte Mutter den Teller, und sie balancierte ein Spiegelei darauf. »Aber ich glaube, aus alter Freundschaft tun sie mir den Gefallen.« Mit steifen Fingern klaubte er weitere Schalen aus dem Ei. »Horst, der Sohn, ist nämlich mit seiner Solo-Nummer unterwegs mit dem Zirkus Busch, und Johanna braucht jemanden zum Trainieren.«

Ich wusste nicht, ob ich lachen oder weinen sollte. War ich ein Schulkind, das man bei Freunden in den Ferien unterbrachte? Ich wollte es ihnen beweisen, wie gut ich war, wie eisern ich trainieren konnte, ich wollte bei Johanna sein, ich wollte mit ihr etwas ganz Großes aufbauen. Etwas, das Zukunft hatte und die Leute zum Träumen bringen würde! Wir beide gehörten zusammen, das spürte ich mit jeder Faser meines Körpers!

»Junge, jetzt iss erst mal.« Mutter stellte auch mir einen Teller mit Spiegelei und Kartoffelbrei hin. »Auf nüchternen Magen solltest du keine Entscheidungen treffen.«

Fassungslos stocherte ich auf meinem Teller herum. Meine Entscheidung war getroffen! Worauf wartete ich denn noch! Meine Alhambra-Band musste ohne mich auskommen!

So hatte ich nichts Eiligeres zu tun, als meinen Jungs von der Band meinen sofortigen Austritt mitzuteilen. »Ihr findet ganz sicher Ersatz für mich!«

Natürlich verstanden sie es, die wunderbaren Kumpels, denn die Liebe geht immer vor.

Wenige Tage später saß ich auf meinem Fahrrad und radelte pfeifend von Dresden nach Halle an der Saale, vorbei an sprudelnden Bächen und blühenden Alleen, erst an der Elbe, dann an der lieblichen Saale. Es war verheißungsvoller Sommer, die Luft war lau, und im Takt zu meinen Pedalen sang mein Herz: »Johanna, ich komme, ich komme, Johanna!«

Pfeifend radelte ich durch die blühende Natur.

Kannst Du pfeifen, Johanna
Gewiss kann ich das …
Pfeife weiter, Johanna,
Dein Pfeifen macht Spaß,
Deine Lippen sind purpurn und Deine Wangen rund,
Mädel, was hast Du für einen wunderschönen Mund.
Kannst Du pfeifen, Johanna,
Gewiss kann ich das …

Alles malte ich mir mit ihr aus während meiner Radtour durch das Rauschen der Natur.

Und da stand sie. An der Häuserwand ihres kleinen Häuschens, neben dem ein großer Wohnwagen stand. »*Artistenfamilie Hauenstein auf Tour!*« stand in leuchtenden Farben darauf. Mein Herz hämmerte, nicht nur von der wilden Fahrt, sondern auch beim

Anblick dieses Namens und des Mädchens, oder besser gesagt der jungen Frau, die diesen Namen trug. Sie war einfach umwerfend.

In der Abenddämmerung leuchteten Johannas blonde lange Haare wie ein Heiligenschein gegen die graue Hausmauer. Sie trug ein rotes Sommerkleid und weiße Turnschuhe. Ihre Haut war leicht gebräunt, und an ihren Schlüsselbeinen tanzte mit jedem Atemzug ein schmales Kettchen im Sonnenlicht. Auch ihr Herz schlug bei meinem Anblick, so war ich mir sicher. Sie sah zum Anbeißen aus.

»Hallo.« Ich sprang vom Rad und ließ es einfach in die Wiese weiterrollen, bis es umfiel. Die Klingel machte noch einmal kurz »ping«. Mein Herz machte auch ping. Meine Beine fühlten sich an wie Pudding, so taumelte ich ihr entgegen und wusste nicht, ob ich sie umarmen durfte.

»Johanna! Stehst du schon lange hier? Ich meine, hast du auf mich gewartet?«

Ein perlendes Lachen kullerte von ihren weichen roten Lippen.

»Hallo erst mal. Hattest du eine gute Fahrt?«

Ein etwas ungelenker Handschlag tat es auch, fürs Erste. Sie warf ihre Haare nach hinten und band sie mit einem Gummiband zusammen, das sie zwischen den Zähnen gehalten hatte.

»Ja. Sie war … wundervoll, die Fahrt meine ich, ich meine, es ist Sommer, nicht?«

Oder war das jetzt eine angedeutete Umarmung? Sie roch so vielversprechend, nach Maiglöckchen oder so etwas.

»Wir haben für den Sommer ein hartes Training geplant.«

»Ah, das klingt toll.« Ich rieb mir den schweißnassen Nacken.

»Und es ist kein Krieg mehr.«

»Ja. Es geht aufwärts. Wie war … wie ist … wie geht es … ich meine, seid ihr ausgebucht?«

»Wir haben Sommerpause.« Sie trat einen Schritt zurück und verschränkte die Arme.

»Ach so. Natürlich. Das schrieb ja dein Vater. Dein Bruder ist im Zirkus Busch?«

»Genau. Mit seiner Die-Rollende-Kugel-Nummer. Der Original-Horst.«

»Schrieb dein Vater.« Ich wiederholte mich wie ein Blödmann. Wie peinlich. Mir fehlten einfach die Worte.

Ihr hingegen offensichtlich nicht. Und … rümpfte sie etwa die Nase? Meinte sie … mich?

»Du stinkst übrigens wie ein Waschbär.«

»Oh.« Entsetzt schnupperte ich an mir selbst. Mein Hemd hing mir verschwitzt und zerknittert am mageren Körper herunter, und meine kurzen Hosen bedurften dringend einer Wäsche. Meine Knie waren verschorft und verschmutzt von den zahlreichen Stürzen, und unter den Achseln hatten sich tellergroße schwarze Ränder gebildet. Dass sie mich überhaupt ansah!

»Da vorne ist ein Brunnen. Da kannst du dich waschen.« Sie wirbelte auf dem Absatz herum und streifte mein verdutztes Gesicht mit dem Pferdeschwanz, als wollte sie mir eine runterhauen. »Wenn du fertig bist, komm in den Garten. Das Essen ist fertig.«

Und ich liebte sie in diesem Moment mit einer solchen Intensität, dass ich den Kopf minutenlang unter eiskaltes Wasser aus dem Pumpenschwengel halten musste.

Drei Wochen verbrachte ich bei der ausgesprochen freundlichen Familie Hauenstein, die mich wie einen Sohn bei sich aufnahm. Ich durfte im Zimmer des abwesenden Sohnes Horst schlafen. Auch wenn ich mich nicht wie ihr Bruder fühlte; das war doch schon mal ein Anfang. Mit Johanna trainierte ich jeden Tag mehrere Stunden. Sie stand einbeinig auf einem Drahtseil, das wir im Garten gespannt hatten. Währenddessen warf ich ihr drei, später vier Keulen und Bälle zu, und sie fing sie geschickt auf, hielt beispielsweise einen Ball sekundenlang auf dem Fuß, katapultierte sich ihn dann auf die Schultern, ließ ihn von dem Oberarm abprallen auf ihren Kopf, von wo aus sie ihn mir zuköpfte. Ich baute ihn dann in die Routine mit meinen fünf Keulen ein. In einer anderen Nummer fing sie geschickt und wendig die Bälle und Keulen auf, die ich ihr wiederum vom gespannten Drahtseil aus zuwarf, und ging danach in einen Spagat mit Stirnbalance, während sie gleichzeitig fünf Ringe am Boden jonglierte. Am Ende der Nummer warf ich ihr einen Zylinder zu, den sie auf die Stirn und von dort in doppelter Umdrehung auf ihren Kopf warf. Er saß perfekt auf ihrem Blondschopf. Sie nahm ihn ab, verbeugte sich vor einem imaginären Publikum, warf ihn zu mir zurück, ich fing ihn mit dem Kinn auf der Kante auf, balancierte ihn sekundenlang, bis ich das totale Gleichgewicht gefunden hatte, und katapultierte ihn auf meinen Kopf. Verbeugte mich ebenfalls vor der Hecke, in der die Bienen summten.

Plötzlich klatschte jemand Beifall. Ich erstarrte augenblicklich.

»Das müsst ihr mit zwei Zylindern gleichzeitig machen! Synchron, versteht ihr? Ich besorge euch noch einen zweiten!« Ich biss mir fest auf die Lippe, um nicht vor Stolz und Glück loszuschreien.

Beeindruckt stand Walter Hauenstein plötzlich auf der Terrasse. Er hatte mithilfe seiner Frau den Wohnwagen von innen und außen auf Hochglanz gebracht. Ob ich jemals darin würde mitfahren dürfen?

»Ihr probt ja schon sieben Stunden, jetzt macht mal eine Pause!«

Ich presste meine Fäuste ganz fest aneinander. Das schiefe Grinsen des Patriarchen signalisierte mir, dass ihm meine gute Leistung vollends bewusst war. Meine Hände fühlten sich feucht an, meine Augen auch. Ich schien am Ziel meiner Träume zu sein!

Verschwitzt ließ sich meine angebetete Johanna in den Spagat fallen und riss mir dabei spielerisch den Zylinder vom Kopf, um ihn sich selber aufzusetzen.

»Ja, Vater, der Dieter macht sich ganz ausgezeichnet.« Sie sprang auf die Füße und strahlte mich an. Mittlerweile war ich richtig aufgedreht! Ich fühlte mich leicht und gespannt wie eine Feder, voller

Energie! Ich fühlte mich bereit, ab sofort mit der Familie Hauenstein aufzutreten, schnell und leichtfüßig und ungeheuer kreativ.

»Soso.« Walter zog die Augenbrauen hoch und ließ seine Hosenträger schnappen. Seine Blicke wanderten prüfend zwischen uns hin und her. »Und wer hatte die Ideen für diese Nummer?«

»Der Dieter, Vater! Er ist so brillant und witzig!«

Mein Herz schwoll auf die Größe eines Fußballs an und schwebte mir irgendwo zwischen den Rippen und meiner Zunge. Ich konnte nicht sprechen vor Glück, aber er würde es selber sagen. Es würde klappen, jetzt hatte ich ihn, jetzt durfte ich mitmachen!

Aus dem Augenwinkel sah ich den Wohnwagen, in dem Johanna und ich nachts heimliche Küsse tauschten. Hoffentlich hatten sie keinerlei Spuren von unserem innigen Geschmuse entdeckt.

»Der ist unglaublich erfinderisch, Vater, wir könnten das Ganze noch mit Musik bereichern; während wir uns die Hüte zuwerfen, könnte er … er hat mir schon vorgespielt, welches Motiv … du weißt schon! Er spielt gleichzeitig auf der Trompete! Das ist wahnsinnig witzig, und seine Idee ist, dass der Hut am Ende auf die Trompete fliegt und der Ton erstirbt …«

Walter fiel ihr ins Wort, indem er laut seufzte, und schüttelte den Kopf. »Johanna. Du weißt doch, dass du die Nummer nicht mit Dieter machst. Wir brauchen keine alberne Trompete.«

Mein Herz presste sich schmerzhaft zwischen den Rippen hinaus aus dem Körper. Wie ein Stein. Es schlug heftig auf und blieb pumpend liegen. Wie ein junger Vogel, den man vom Baum geschossen hat.

»Nein? Sie macht die Nummer nicht mit mir?« Meine Halsschlagader pochte, mein Mund schmeckte wie ausgedörrt, vor meinen Augen tanzten grelle Punkte, und der bunte Wohnwagen im Hintergrund schien zu verschwimmen.

»Ach Dieter …« Johanna fasste nach meiner Hand. »Bitte reg dich nicht gleich auf …«

Walter bückte sich nach der Heckenschere, die auf dem Rasen herumlag, und schnitt heftig klappernd einige Rosen ab. Es war, als schnitte er mir sämtliche Finger ab, so taub fühlten sie sich plötzlich an.

»Ja hast du ihn etwa in dem Glauben gelassen, dass ER …?«

»Nein, Vater, wir haben darüber nicht gesprochen!« Schuldbewusst sah Johanna auf den Rasen. Ihr Lächeln war ganz starr geworden, und ich konnte sehen, dass ihre Augen schimmerten.

Nein, das hatten wir nicht. Wir hatten uns nur innig geküsst und noch andere wundervolle Dinge getan, bei denen Sprechen überflüssig ist.

Ich schluckte. Der selige Rausch dieser drei verträumten Sommerwochen war dahin. »Ich meine, das ist doch UNSERE Nummer, die haben wir gemeinsam entwickelt, und die geht ja auch nur mit uns beiden als … Paar. Also Künstlerpaar. Wir können die Trompete ja auch weglassen, das war nur so ein Gedanke …«

Schnipp. Schnapp. Ratsch. Die Rosen plumpsten mit einem hässlichen Geräusch in eine blecherne Schüssel.

»Johanna brauchte nur während der Sommerferien einen Trainingspartner. Nichts anderes haben wir deinem Vater geschrieben.« Walter Hauenstein zog die Schultern hoch. »Wir hatten niemals vor, dich in unsere Artistenfamilie aufzunehmen.« Geschäftig drehte er mir den Rücken zu und hackte weiter an der Rosenhecke herum.

Ich taumelte rückwärts einige Schritte, als hätte ich keine Macht mehr über meine Muskeln, und sank auf einen Plastik-Gartenstuhl. Mein Leben löste sich gerade auf!

Blechern fiel die Schüssel mit den abgeschnittenen Blüten auf die Terrassensteine.

»Aber Junge!« Walter wischte sich mit dem Hemdsärmel den Schweiß von der Stirn. »Wir könnten dich doch nie bezahlen! Weißt du, was alleine die Reisen kosten, die Unterkünfte, du kannst ja schlecht bei uns im Wohnwagen schlafen, und dann brauchst du ja auch was zu essen und wenigstens eine kleine Gage! Wir funktionieren nur als Familienbetrieb!« Er bückte sich nach der Blechschüssel und knallte sie mit Nachdruck auf den Gartentisch. »Was hast du dir denn die ganze Zeit eingebildet? Was?« Er stemmte die Hände in die Hüften.

»Das ist …« Ich rieb mir die tauben Handgelenke und starrte ins Leere. »Das ist …«

»Das ist nichts anderes als ein Sommertrainingscamp. Für Johanna.« Walter zog die Schultern hoch. »Unser Horst ist mit seiner Solonummer im Zirkus Busch unter Vertrag. Er ist als Solist ein brillanter Reifen- und Keulenjongleur und führt sein Können auf einer großen glitzernden Kugel auf.«

Er legte mir die Hände auf die Schultern, ohne die Gartenschere aus der Hand zu legen. Die scharfe Klinge war direkt neben meiner Kehle.

»Auf das Geld konnten wir nicht verzichten.«

»Ja, das habt ihr geschrieben.« Mein Hals fühlte sich an wie Sandpapier, und ich spähte wie elektrisiert auf die spitze Schere. Und genau in diesem Moment tauchte in meinem Blickfeld so ziemlich das Gegenteil einer Heckenschere auf: der sanfteste, gütigste und liebste Mensch der Welt. Johanna.

»Vater, könnten wir nicht darüber nachdenken …«

Er wischte ihren Einwand mit einer Handbewegung weg.

»Und damit unsere Johanna nicht einrostet, haben wir dich zum Training eingeladen. Du hast dich sehr wacker geschlagen, Junge. Und danke für deine Ideen.«

Der Vater würdigte weder Johanna noch mich, noch die abgeschnittenen Rosen eines Blickes mehr. Achselzuckend drehte er sich um und ging ins Haus.

Johanna und ich fielen uns tränenüberströmt in die Arme und schluchzten uns die Augen aus. Eine Stunde später saß ich schon wieder auf meinem Fahrrad.

SALZBURG,
drei Wochen später, Sommer 1957

Ja geh, Bua, hast denn kaan Appetit ned?«

Tante Regina schob mir den Frühstücksteller mit den herrlichen knusprigen Brötchen und dem Butterkäse vor die Brust. »Du bist doch den ganzen weiten Weg mit dem Rad bis nach Salzburg gekommen, du musst ja umkommen vor Hunger!«

Ich kam um vor Liebeskummer! In meiner grenzenlosen Enttäuschung, meiner Scham und meiner Wut hatte ich mich noch am selben Abend auf mein Rad geschwungen und war innerhalb der nächsten zwei Wochen über Erfurt, Würzburg und Passau bis nach Salzburg geradelt, wo meine Patentante Regina mit ihrem Mann Otto und ihrem Sohn Werner in einem kleinen Häuschen auf dem Mönchsberg lebte. Natürlich war ich erst zu Hause bei meinen Eltern gewesen, wo ich auf großes Verständnis, Mitgefühl und Unterstützung gestoßen war.

»Junge, fahr zu Tante Regina nach Salzburg, da kommst du auf andere Gedanken!«

Es war gar nicht so einfach gewesen, eine Ausreisegenehmigung für den kapitalistischen Westen zu bekommen. Die westdeutsche Regierung sponserte aber den Westaufenthalt für Jugendliche aus dem Osten durch Coupons für Essen in Jugendherbergen und auf Campingplätzen, das galt auch für Österreich. Ich war über Würzburg geradelt, sodass ich in Westdeutschland das ostdeutsche Reisedokument in ein westdeutsches Reisedokument umgetauscht hatte, das musste bei der Rückreise wieder genauso gemacht werden. Die DDR-Behörden durften ja nicht wissen, dass man von Westdeutschland aus sogar ins kapitalistische Ausland gefahren war! Man musste jedoch vorher eine Hin- und Rückfahrkarte mit dem Zug kaufen. Obwohl wir jungen Leute in den Schulen und Ausbildungsplätzen durch unsere Kaderführer eindringlich gewarnt wurden, uns nicht auf solche verblendenden Verlockungen und leere Versprechen des kapitalistischen Auslandes einzulassen, taten es doch viele. Manche Mutige reisten auf diese Weise per Anhalter sogar bis nach Sizilien. Unter Angabe einer Adresse von Verwandten konnte man die DDR-Vorschriften auf diese Weise umgehen. Und meine liebe Mutter hatte sich dermaßen für mich armen liebeskranken jungen Mann eingesetzt, dass sie es geschafft hatte, für mich eine Einladung von meiner Patentante und damit eine beschränkte Aufenthaltsgenehmigung zu bekommen. Tante Regina war eine Jugendfreundin von ihr, die glücklicherweise schon vor dem Krieg nach Österreich ausgewandert war.

»Für so was ist eine Patentante da! Außerdem ist Werner in deinem Alter. Der wird dich auf andere Gedanken bringen.«

Das tat er auch, der gute Freund, der er in kürzester Zeit wurde. Nachdem ich mir alle Wut, Enttäuschung und den schlimmsten Liebeskummer aus dem Körper geradelt hatte, verbrachte ich eine herrliche Woche mit dieser gastfreundlichen Familie in der zauberhaften Mozartstadt. Nichts ist so tröstlich wie Musik. Der Geist Mozarts wehte durch die sommerlichen Gassen, und es fanden gerade wieder die Festspiele statt. Wie durch ein Wunder war diese italienisch anmutende Barockstadt nicht zerstört. Helle Häuser, gemütliche Cafés und Pferdekutschen umgaben den staunenden Besucher. Zum Theater musste man nur die steile Stiege vom Mönchsberg im Nonnthal hinuntersteigen, und im Volksgarten gastierte ebenfalls ein Zirkus. Die Artisten hatten Seile zwischen die Bäume gespannt und übten tagsüber direkt vor unseren Augen. Davon wollte ich aber im Moment nichts wissen, zu sehr schmerzten mich die Erinnerungen an Johanna und die törichten Hoffnungen, die ich mir gemacht hatte.

»Wisst's ihr was, Buam, radelt's omoi Richtung der schönen

blauen Donau und dann bis nach Wien! Da schaut's euch die Stadt an und geht's in den Prater, Riesenrad fahren!«

Meine Tante Regina steckte uns beiden je hundert Schillinge zu. »Ihr seid's jung, ihr müsst's die Welt genießen, und du, Dieter, sollst wissen: Auch andere Mütter haben schöne Töchter!«

Meine Mutter hatte ihrer Jugendfreundin wohl einen ausführlichen Brief geschrieben.

Davon wollte ich aber nichts wissen! Johanna oder keine!

Doch die Radtour ließ meine offenen Wunden zumindest unter Watte verschwinden. Radelnd ließ ich die Berge und die Seen des Salzkammergutes an mir vorbeiziehen und den Sommerwind die trüben Gedanken aus dem Kopf pusten. Erst strampelten wir an den Mondsee, in den wir natürlich in einer Badebucht von schroffen Klippen springen mussten. Über den schmalen Grat der Scharflinger Höhe kämpften wir uns weiter nach St. Gilgen, wo plötzlich wie aus dem Nichts heraus der herrliche blaue Wolfgangsee unter uns lag wie ein fast übertrieben kitschiges Gemälde. Mir kamen fast die Tränen vor Überwältigung. So etwas Schönes hatte ich in meinem ganzen Leben noch nicht gesehen. Ich kannte doch nur die Trümmer Dresdens, das selbst nach jahrzehntelangem mühsamem Wiederaufbau immer noch grau und hässlich dalag, mit der zerstörten Frauenkirche als mahnende Ruine.

»Hier hat dem Mozart seine Schwester gelebt, das Nannerl!« Werner zog mich durch die engen Gassen des malerischen Örtchens am Wolfgangsee, und für einen Schilling leisteten wir uns ein verdientes Eis, bevor wir kopfüber ins blaue Wasser sprangen.

Mein Gott, dieses Freiheitsgefühl! Kurz schlich sich in meine Gedanken der innige Wunsch, für immer hierzubleiben, denn noch war die Mauer nicht zu. Aber meine Sehnsucht nach Johanna und meine Liebe zu meinen Eltern und Geschwistern ließen diesen Wunsch keine Wurzeln schlagen.

Am Ende des Wolfgangsees in Strobl angekommen, endete die heutige Tagesetappe.

»Mein Oasch, Dieter, ich kann nicht mehr!« Lachend ließ Werner sein Rad ins Gras rollen.

»Na, da bist du ja gar nichts gewohnt.« Ich ließ mich an das seichte Ufer fallen, das noch wunderschön in der Abendsonne leuchtete, und streckte meine Zehen in das sich mild kräuselnde Wasser. Unter Gelächter und Gekreisch landete gerade ein Boot, voll mit jungen Leuten, das einen Wasserskifahrer hinter sich herzog, am Steg an. Die Gischt spritzte hoch gegen den stahlblauen Augusthimmel. In den Wasserperlen sah ich immer nur Johannas Gesicht. Aber es waren fremde Mädchen, die kreischend und kichernd aus dem Wasser kletterten. Ihre kurzen knappen Bikinis konnten mich nicht beeindrucken.

»Dieter! Hörst du mir zu?« Werners Hand wedelte vor meinem Gesicht.

»Was?«

»Ich habe gerade gesagt, wie toll es sein müsste, Wasserski zu fahren! Du kannst das bestimmt, bei deinem Gleichgewichtssinn!«

»Das können wir uns nicht leisten.«

»Nein. Wir können uns noch nicht mal eine Nacht auf dem Campingplatz leisten. Also gehe ich fragen, ob wir irgendwo in einer Scheune pennen können.«

Werner zog mich hoch und schubste mich rückwärts ins Wasser: »Hör jetzt auf, Trübsal zu blasen, Mensch! Das Leben ist doch schön!«

»Magst omoi an Runde drehen?« Der Bootsmann machte mir einladende Zeichen.

»Proberunde ist gratis!«

Das ließ ich mir nicht zweimal sagen! Nach kurzem wackeligem Anfang stand ich in voller Körperspannung auf den Wasserskiern und ließ mich durch die Wellen ziehen! Es war magisch! Die

Mädels feuerten mich vom Steg aus an. Wenn nur Johanna darunter gewesen wäre! Ich sah sie schon auf meinen Schultern stehen, leicht wie eine Feder.

Das Leben hätte wirklich schön sein können.

Stattdessen hatte uns der Hauenstein jeglichen weiteren Kontakt verboten.

So ließ ich mich nach der Proberunde ins Wasser fallen und paddelte wie ein junger Hund an Land.

Kichernd stoben die Wassernixen über den Steg davon.

Auf der Weiterfahrt Richtung Bad Ischl fanden wir einen Bauern, der, umringt von seinen Katzen, zu später Stunde noch nach seinen Salatbeeten schaute.

»Seid's miad! Kimmt's eina!«

»Was sagt er?«

»Wir sehen müde aus und sollen reinkommen.«

Nach Werners erleichtertem Gesicht zu schließen, hatte der Mann uns für eine Nacht in seine Scheune eingeladen. Mit schmerzenden Gliedern, aber voll von satten bunten Eindrücken und intensiven Wohlgerüchen des Tages nach frischer Luft, klarem Wasser und satten Kuhweiden, sanken wir ins Stroh und schliefen auch sofort ein.

Mein Traum muss wohl sehr erotisch gewesen sein, denn als ich aufwachte, lag etwas Warmes, Schweres, Weiches auf mir und gab so wohlige Laute von sich, dass ich glaubte, wieder mit Johanna vereint zu sein. Sie leckte mir sogar die Hände, und über das Gesicht … »He, das kitzelt!« Selbstvergessen streichelte ich das warme lebendige Wesen, das auf mir lag, bis ich aufschreckte: Es waren die Katzen, die es sich auf unseren Körpern gemütlich gemacht hatten!

Am nächsten Tag radelten wir an der wild sprudelnden Traun entlang von Bad Goisern bis zum Pötschn-Pass, der noch mal alles von unseren Waden und Lungen forderte. Durch traumhafte Aussichten hinab auf den Hallstätter See, der fast schwarzblau unter schroffen Felswänden lag, kämpften wir uns bis zum Pass hinauf, um dann jauchzend durch liebliche Wälder und herrliche Kurven hinunter zum Grundlsee zu sausen! Jedes Gewässer lud unsere gestählten verschwitzten Körper zu einem erfrischenden Kopfsprung vom Steg ein, und ein nie gekanntes Glücksgefühl von Freiheit, Kraft und Jugend vermischte sich mit der Wehmut und der Sehnsucht nach Johanna. Diese Luft hier war so klar und rein, die Seen ebenfalls, sodass man auf den Grund blicken konnte, ganz anders als in Dresden, wo immer nur Staub in den Straßen lag und die Autos nach Benzin und Öl stanken. Hier bin ich Mensch, hier darf ich's sein, ging es mir durch den Kopf. Warum wollte sich denn nur keine Seligkeit einstellen? All diese entzückenden Mädchen in ihren Bikinis, die sich an den Salzkammergutseen sonnten, konnten meinen Augen keinen Glanz entlocken.

Das sah Werner gar nicht ein. »Sag omoi, bist deppert? Aan fescha Haas nach dem ondan, und du tust Trübsal blosn?« Er boxte mich entnervt an die Schulter.

Ich wollte ihm mit meinem Liebeskummer ja auch nicht auf die Nerven gehen, und so bemühte ich mich zu einem schmallippigen Lächeln, als eine Gruppe junger Leute unter einem rot-weißen Sonnenschirm mit der Aufschrift »Langnese Eiscreme« in romantischer Runde zusammensaß und zur Gitarre sang. Einer von ihnen jonglierte mit drei Keulen, drei weitere lagen im Gras. Es herrschte entspannte Stimmung, Lachen perlte durch die Luft, und hier und da stiegen Rauchwolken von Selbstgedrehten in den dunkelblauen Himmel.

»He, mein Freund hier kann jonglieren!«

Na toll, dachte ich. Danke, Werner. Genau das wollte ich in meinem ganzen Leben nicht mehr! Immer sah ich die blitzenden Augen von Johanna vor mir, ihren durch die Luft schwirrenden Pferdeschwanz, ihren sehnigen Körper, der wie eine Feder durch die Luft flog, wenn sie Räder schlug, ihre langen Beine und ihr keckes

Gesicht, wenn sie meinen Zylinder auf einer Kante mit dem Kinn auffing, ihn dann auf ihren Kopf katapultierte, um dann in den Spagat zu gleiten … und dieses Lächeln … dieses unfassbar süße … Manchmal weiß man solche Sachen erst zu schätzen, wenn sie vorbei sind. Unwirsch rieb ich mir über die Augen.

»Hallo? Dieter! Nun mach schon, zier dich nicht, dafür springt auch ein Bier für uns raus!«

Lache, Bajazzo, dachte ich ergeben, als ich unbeholfen meine Balancier- und Jonglierkünste vorführte. Ohne Freude, ohne Glanz in den Augen. Und mit innerem Blick auf die unerreichbare Johanna. Die jetzt mit ihrem Bruder Horst vor ausverkauften Hallen unsere gemeinsame Nummer vorführte. Die MEINE Idee war. Sie hatten mich einfach ausrangiert!

»Ups!« Klackernd fielen die Keulen ins Gras, neben die Bierflaschen.

»Ja, Wahnsinn! Du bist ja a richtiger Meister!«

»Wo hast des g'lernt?«

»Wie? Ich verstehe euch so schlecht!«

»Hahaha«, lachten die jungen Leute. »Das muss der Nuschler aus Dräsdn gerade sagen!«

»Wer hat dir des g'lernt?«

»Er fragt, wer dich das gelehrt hat«, vermittelte Werner.

»Mein Vater!« Und dann erzählte ich die Geschichte von meinem Vater, der in sibirischer Kriegsgefangenschaft von seinem Mitgefangenen Walter Hauenstein zum Assistenten ausgewählt wurde und dadurch wahrscheinlich das Lager überlebt hatte. Und wie ich Walter Hauenstein durch Zufall in der Vorschau des Dresdner Faun-Palastes gesehen und sofort gewusst hatte: Das ist er! Und seine Tochter Johanna, die zarte Prinzessin im hellblauen Glitzerkostüm …

Die Augen meiner Zuhörer, besonders der weiblichen, füllten sich mit Tränen.

»Wirst du sie wiedersehen?«

»Wahrscheinlich nicht.«

»Dann bleib doch um Himmels willen im Westen, Mann! Hier gibt es auch schöne Töchter!«

Die netten jungen Leute nahmen mich in ihre Runde und bearbeiteten mich, hier im schönen Österreich zu bleiben.

Doch mein unruhiges Herz war nicht bereit. Dann würde ich Johanna und auch meine lieben Eltern tatsächlich nie wiedersehen. Ich musste mich an meine vorübergehende Aufenthaltsgenehmigung halten und hatte eh schon gemogelt mit Salzburg und Wien.

Und so radelten Werner und ich weiter durch das Steirische Salzkammergut und später an der Donau entlang. Jeden Abend steuerten wir ein Gratis-Quartier an, entweder auf einem Campingplatz oder in einer Scheune, einem Strandbad oder sogar in einem freien Zimmer. Die schöne blaue Donau schlängelte sich verheißungsvoll dem warmen Süden entgegen, und wir strampelten jeden Tag bis zur Müdigkeit. Meine Gedanken waren mit jedem Tritt bei Johanna. Immer hoffte ich, sie von mir abstrampeln zu können, aber mein Herz hielt sich an ihr fest und konnte sie einfach nicht loslassen.

Und dann radelten wir in Wien ein! Das blau-weiße Straßenschild umklammernd, ließen wir uns auf unserem Drahtesel fotografieren. Wir fanden sofort die Donauinsel und den Prater.

Die romantischen Lichter des Riesenrades verschwammen mit dem Sternenhimmel, und ich kam nicht umhin, mir auszumalen, wie romantisch es wäre, jetzt mit Johanna in einer dieser Gondeln zu sitzen und hoch über der Stadt zu schweben. Ich würde mich vor sie hinknien und ihr einen Heiratsantrag machen … aber plötzlich sah ich vor meinem inneren Auge, wie sie den Kopf hob und schallend lachte: »Du hast nichts, du bist nichts, und außerdem bist du zwei Jahre jünger als ich! Hör auf zu träumen, Dieter, und werde erst mal erwachsen!«

Oh Gott. Ich wollte im Boden versinken und vor Scham vergehen.

Plötzlich blieb das Riesenrad stehen, und die Lichter erloschen. Wir standen in völliger Finsternis.

»Mist, wo schlafen wir denn heute Nacht?« Werner hatte seine Hosentaschen auf links gedreht, doch außer ein paar Schillingen fiel nichts heraus. »Dieter! Ich rede mit dir!«, er wedelte mit der Hand vor meinem Gesicht. »Träumst du schon wieder? Hast du noch einen Gutschein?«

»Wie? Was? Entschuldige. Ich war in Gedanken … was für ein Gutschein?«

»Na, von der westdeutschen Einreisepolizei! Wir haben kein Bett unter'm Oasch.«

»Da sind zwei berittene Polizisten. Fragen wir sie.«

»Du meinst die Gendarmen auf die Pfertaln? Bist deppat?«

In meiner braven, naiven, vielleicht auch einfach zu anständigen Art lief ich auf die beiden berittenen Ordnungshüter zu und sächselte neben dem schnaubenden Pferdemaul: »Gudn Oobnd, mir ham gain Guardier heude Nacht, gennense uns nich' hälfn, wissense nüscht zum Bänn? Isch bin aus dar DDÄR und hab geene Underkunft.«

Die beiden sahen einander kurz an und grinsten. »In'Häfn könnt's.«

Das Pferd wieherte und nickte, dass ihm der Schaum vom Maul tropfte.

»Werner«, winkte ich meinen Freund stolz heran. »Sie sagen, wir können in den Hafen!«

Schallendes Gelächter aus rauen Männerkehlen war die Antwort. »Häf'n hammer g'meint! Ned Hafen!« Und als ich immer noch deppert schaute: »Das Ge-fäng-nis!«

Beschämt starrte ich vor mich hin. Ich weiß gar nicht, was ich mir erhofft hatte! Doch Werner war begeistert.

»Das ist doch gar keine schlechte Idee! Im Gefängnis gibt es doch eine Liege, eine Decke und ein Klo, oder nicht? Und sogar ein Frühstück?!«

Nachdem die Berittenen uns diese Örtlichkeit ernsthaft angeboten hatten, radelten wir hinter den trabenden Pferdeärschen her durch eine stockdunkle Parkallee, über nächtliches Kopfsteinpflaster und ihre Hinterlassenschaften bis zum »Häfn«.

»Aber nur für diese Nacht. Morgen früh müsst ihr raus, da kommen die Richtigen.«

Sprachen es, tippten grüßend an ihre Mützen und übergaben uns den Kollegen von der Nachtwache.

»Na, dann kimmt's halt eina.«

Irgendwie mochte ich die österreichische Mentalität. Ihr Lieblingsspruch war »Passt scho«.

So ruhig und sicher hatten wir lange nicht geschlafen. Wir mussten noch nicht mal auf unsere Räder aufpassen! Die standen nämlich im Gang vor der Zelle, bewacht von echten Polizisten. Am zeitigen Morgen erhielten wir jeder einen heißen Kaffee, bedankten uns und radelten auf Empfehlung der netten Gendarmen in die Jugendherberge Pötzleinsdorf, für die ich wieder einen Gutschein vom kapitalistischen Feindesland eintauschen konnte.

So verbrachten wir noch herrliche Tage in Wien, besichtigten den Stephansdom, das Schloss Schönbrunn, das Belvedere, die Oper, die bereits wieder in großen Teilen aufgebaut worden war, schoben unsere Räder durch die Kärntner Straße, bestaunten das noble Hotel Sacher, vor dem die mondänsten Schlitten vorfuhren und die elegantesten Damen ausstiegen. Wir flanierten an all den fabelhaften Cafés und Parks vorbei, sahen den goldenen geigenden Johann Strauss und lauschten den Schrammelmusik-Klängen, die aus jedem Buschenschank klangen. Aus jedem federleichten Sommerlachen heraus hörte ich Johannas Stimme, und sah hinter jedem Strauch und Baum ihr liebes Gesicht. Ich würde sie nie vergessen können.

DRESDEN,
Ende 1959

R. I. P. Das hatte ich nun so oft in Grabsteine eingemeißelt, dass ich es mit verbundenen Augen hätte tun können. Requiescat in pace. Ruhe in Frieden.

Auch wenn ich die Namen der oder des armen Verstorbenen kunstvoll darunter meißelte, so sah ich doch vor meinem inneren Auge meine Karriere als Jongleur und Artist, die ich jedes Mal wieder beerdigte. In meinem grauen Kittel hockte ich täglich acht Stunden in der Werkstatt, in der ich auch meine Ausbildung absolviert hatte, in einem Hinterhof in Dresden und hatte mich mit meinem Schicksal inzwischen abgefunden. Keine Johanna, keine Artistenkarriere, aus mit der Träumerei. Meine Eltern und Geschwister hatten mir geraten, endlich der Realität in die Augen zu schauen und mit der jugendlich naiven Schwärmerei für einen unerreichbaren Schwan aufzuhören.

An den Wochenenden tingelte ich mit meiner Band, den Alhambras, die mich sofort mit offenen Armen wieder aufgenommen hatte, von Dorffest zu Dorffest, und die Mädchen flogen uns zu wie die Bienen. Bei Jung und Alt spielten wir nah und fern unserer Heimatstadt Dresden auf Tanzveranstaltungen, Kulturfesten, Schlagerparaden für junge Talente und gelegentlich sogar für Varieté-Veranstaltungen. Manchmal saß ich an meinem Schlagzeug und beobachtete mit blutendem Herzen die glücklichen Artisten, die vorne auf der Bühne ihre Kunststücke vorführten. Einmal hatte ich mitten in der Nummer fast einen Herzstillstand, als eine Artistenfamilie angekündigt wurde, die eine legendäre Nummer mit Keulen und Bällen machte! Es waren aber nicht die Hauensteins, sondern die Wallstons, und mein Herz beruhigte sich wieder.

In den Pausen bandelten die Mädchen von der Tanzfläche mit uns an, und wir spendierten ihnen eine Waldmeister-Limonade aufs Haus. Tanzen konnten wir ja nicht, wir mussten ja spielen beziehungsweise trommeln. Aber flirten konnten wir. Und das taten wir reichlich. Zwischendurch warf ich zur allgemeinen Begeisterung meine Trommelstöcke in die Luft und jonglierte mit ihnen.

Wir fünf Jungs waren reichlich gebucht, aber von der Tingelei leben, davon hatten mir meine Eltern nachdrücklich abgeraten.

»Junge, das Leben ist ernst, und du solltest auch an die Zukunft denken.«

An welche Zukunft denn? Ohne Johanna konnte ich mir einfach keine vorstellen.

Nach außen hin gab ich mich lustig und unkompliziert und hörte natürlich auf den Rat meiner lieben Eltern, die es ja schließlich immer nur gut mit mir meinten.

Inge war inzwischen verheiratet mit einem führenden Parteimitglied der SED und glühenden Kommunisten, der an die Werte der neu gegründeten DDR glaubte, und Manfred lebte mit seiner Waltraud, genannt Traudel, zusammen. Alle hatten ihre Zukunft bereits in Angriff genommen und hatten bürgerliche, bodenständige Handwerksberufe ergriffen.

So hatte ich mich mit meinen inzwischen fast zwanzig Jahren damit abgefunden, alltags meine Grabsteine zu beschriften und am Wochenende als schönen Ausgleich dazu rhythmisch mitreißende Tanzmusik zu machen. Die Proben für unsere Auftritte fanden immer noch nach der Arbeit in einer Garage statt, sodass es oft spät wurde. Aber so war ich wenigstens ausgefüllt und kam auf keine trüben Gedanken.

Als ich an diesem Abend im Dezember 1959 müde, verstaubt und hungrig durch den frisch gefallenen Schnee mit dem Fahrrad vor dem Haus meiner Eltern ankam, stand ein großer Wohnwagen in der völligen Dunkelheit davor. Die Schriftzüge darauf waren schon zugeschneit. Und dennoch ahnte ich, wessen Wohnwagen es sein könnte. Mein Herz machte einen dumpfen Satz.

Ich schwang mein Bein über das Rad und ließ es weiterrollen, in die Gosse. Es fiel in den pulvrigen Schnee, staubte wie in Zeitlupe Tausende von leuchtenden Eispartikeln auf und machte »ping«. Mein Herz machte auch »ping!«. Meine Knie wurden weich und mein Mund staubtrocken. Mit dem Ärmel rieb ich hastig den Schnee von dem Fahrzeug. *»Familie Hauenstein auf Tour!«* Unverkennbar mit seiner bunten Aufschrift! Schüchtern spähte ich durch die Scheibe, in die ich erst ein Loch hauchen musste, um einen Blick in das Innere zu erhaschen, aber die Vorhänge waren zugezogen. Entweder war niemand darin, oder sie schliefen schon. Und doch spürte ich die körperliche Nähe meiner geliebten Johanna! Sie war da drin! Immer zwei Stufen auf einmal nehmend, federte ich die Treppen hinauf.

In der Küche fand ich meine lieben Eltern vor, vertieft in ein Gespräch mit Walter Hauenstein. Eine Flasche russischer Krimsekt Sowjetskoje Champagnskoje stand auf dem Tisch, was ein äußerst seltener Anblick war. Und ein Dresdner Stollen, offenbar ein mitgebrachtes Geschenk des Patriarchen. Das Luxusgebäck stand ungewohnt prachtvoll mitten auf dem Tisch, über und über bedeckt mit Staubzucker.

Pulverschnee und Staubzucker, beides wirbelte vor meinen Augen.

»Was is'n nuu los?«

»Ah, da ist er ja endlich. Meine Güte, wo warst du denn so lange!« Walter sprang auf und schüttelte mir die Hand mit einer Heftigkeit, dass ich fürchtete, sie würde abfallen wie bei einer Schaufensterpuppe. So fühlte ich mich auch: wächsern und steif und nicht fähig, mich zu bewegen. Bestimmt träumte ich das alles nur.

Mein Herz hämmerte, und das nicht nur von den drei Treppenhäusern, die ich in Sekundenschnelle überwunden hatte.

»Ja, Junge, das ist jetzt eine Überraschung, nicht wahr?« Das matte Licht der Küchenfunzel über dem Tisch erhellte sein Gesicht und hob seine Wangenknochen hervor. Warum musste er so verdammt autoritär wirken, der alte Patriarch?

Ich war perplex. Im Spiegel, der immer noch über der Spüle in der Küche hing, sah ich mein aschfahles Gesicht mit ratlos zuckenden Augen und meinen Adamsapfel, der tollkühne Sprünge über meinem Rollkragen vollzog.

»Wir haben ein Attentat auf dich vor.« Seine Stimme klang jovial, amüsiert und tief.

»Ein … auf mich?« Unauffällig ließ ich meine Blicke hin und her schweifen, radarartig suchten sie den Raum ab, in der panischen Angst und gleichzeitig heißen Hoffnung, Johanna könne gleich aus meinem Zimmer kommen, verschlafen, in einem Pyjama von mir, und sich die Augen reiben.

»Nu, ich musste es erst mit deinen Eltern besprechen, aber ich denke, ich laufe offene Türen ein …« Herr Hauenstein hörte immer noch nicht auf, mit der einen Hand meinen Arm zu schütteln und mit der anderen Hand auf meiner Schulter herumzuklopfen.

»Was für offene Türen …?« Meine Zimmertür blieb nämlich weiterhin geschlossen.

»Junge, aber nur, wenn du immer noch willst.« Meine geliebte Muttel stand verlegen auf und stellte mir einen Teller hin. »Und jetzt isste erst mal 'ne Bemme. Hier liescht se auf'm Dellor. Mit leerem Mogn gann man keine Entscheidungen dreffen.«

Vor lauter Aufregung sächselte sie viel stärker als sonst. Offensichtlich ging es hier um eine wirklich große, lebenswichtige Entscheidung.

»Junge, könntest du dir vorstellen, mit uns auf Tournee zu gehen?« Herr Hauenstein hörte endlich mit dem Handschütteln auf.

»In sechs Wochen haben wir einen Zwei-Monats-Vertrag im berühmten Friedrichstadtpalast in Berlin, den wir mit vier Personen, so wie unsere Nummer international bekannt ist, erfüllen müssen. Nun ist uns aber der Horst abgesprungen … mit seiner Solo-Nummer auf der Flimmerkugel geht der durch die Decke, da kann er im Zirkus Busch viel mehr Geld verdienen, und das verstehen wir auch … sodass jetzt doch der Partner für die Johanna fehlt. Um es kurz zu machen, Dieter, wir brauchen dich. Meinetwegen auch mit deiner unvermeidlichen Trompete.«

Der Patriarch nahm einen großen Schluck von seinem russischen Champagner, und nachdem er mir ein Glas gereicht hatte, nippte ich auch daran. Er war köstlich und schoss mir in alle Sinne! Freude! Johanna! Sie! Bei mir! In Zukunft und in alle Ewigkeit! Ich nahm einen großen Schluck und gab mir alle Mühe, die Ruhe zu bewahren. Ich hatte mir so manches vorgestellt, wieder und immer wieder. Aber das hier hatte ich in meinen kühnsten Träumen nicht erwartet.

Walter Hauenstein erhob sein Glas. »Darauf, dass das Leben weitergeht.«

Ich starrte ihn mit offenem Mund an und versuchte, das Rauschen und Sirren in meinem Kopf zu überhören. Herr Hauenstein redete weiter, doch ich nahm keine Silbe mehr auf.

Er breitete einen Eleven-Vertrag vor meinen Eltern aus. »Würden Sie unterschreiben?«

Ich war ja noch nicht volljährig, noch keine einundzwanzig.

Ich sollte nun doch …? Mit Johanna? Mit meiner geliebten Freundin und meiner einzigen großen Liebe … arbeiten und auf Tour gehen dürfen? Ein surrender hoher Ton machte sich zwischen meinen Schläfen breit, und in meinen Ohren rauschte das Blut wie unter einem Wasserfall. Das war doch alles nicht wahr, das träumte ich doch nur?

Ich sah die Münder der Erwachsenen auf und zu gehen, ein

Zeichen dafür, dass sie wohl eifrig miteinander verhandelten, und dann klappten alle Münder endlich zu, und alle Augen waren auf mich gerichtet.

»Nu sag schon was, Junge.«

»Ja, was wohl! Ich will!«

Halb lachend, halb weinend, fiel ich nicht nur meinen Eltern, sondern auch Herrn Hauenstein um den Hals.

Keine halbe Stunde später hatte ich mich von meinen Eltern verabschiedet, mein Köfferchen gepackt, meine Keulen und Bälle in meiner Sporttasche verstaut, meinen Zylinder entstaubt, ein Stollenstück in den Mund geschoben und ein Glas Korn auf den Schreck hinterhergekippt.

Das Geräusch, als Herr Hauenstein den eisigen Wohnwagen aufschloss, war kratzig und schroff, aber für mich die pure Seligkeit.

Das leise Atmen der darin schlafenden Geliebten tönte mir vertraut entgegen. Der süße Duft nach Johanna durchströmte mich, als wäre mitten im kalten Winter der dornige schwarze Nadelwald mit Rosen erblüht. Fassungslos stand ich auf dem Trittbrett und winkte meinen verblüfften Eltern, die oben am Fenster hinter der Gardine standen. Sie machten mir Zeichen: »Mach zu, Junge, es zieht. Lass das Mädel schlafen!«

Gehorsam glitt ich neben meinen zukünftigen Schwiegervater auf den Beifahrersitz. Verwirrt umklammerte ich meine Trompete auf dem Schoß und starrte in die Dunkelheit.

Wir donnerten blechern über die verkommenen Straßen durch tiefe Schlaglöcher in die verheißungsvoll hell verschneite Nacht hinaus.

OST-BERLIN,
Friedrichstadtpalast, Probebühne, Ende 1959

So, Junge. Jetzt stell ich dich mal den Kollegen vor.«

Nach heimlich geworfenen schmachtenden Blicken in Richtung Johanna, die noch viel schöner und erwachsener geworden war, aber nur leicht errötend weggeschaut hatte, trabte ich mit Herzklopfen und feuchten Händen neben Herrn Hauenstein her, durch dunkle Gänge und Feuertüren, bis wir auf der Probebühne angekommen waren, auf der die Staubflocken im Scheinwerferlicht tanzten wie meine Gefühle.

»Wir sind jetzt hier zwischen hochkarätigen Entertainern, Komikern, Artisten, Tänzern und Musikern aus der ganzen Welt mit höchstem Niveau, ich hoffe, das ist dir bewusst.«

Mir war gar nichts bewusst. Nur, dass ich Johanna mehr denn je liebte und begehrte, und dass sie auf meine Blicke eben beim Aussteigen und Ausladen der Requisiten kaum bis gar nicht reagiert hatte! Was war los? Hatte sie längst einen anderen? Hatte der Vater sie instruiert, mich links liegen zu lassen? Oder fand sie mich enttäuschend schmächtig und zu jugendlich für sie? Schließlich war ich nach wie vor zwei Jahre jünger als sie, und das würde sich auch nie ändern. Ich schluckte trocken, als wir die Probebühne betraten, wo schon zwei Dutzend Menschen damit beschäftigt waren, sich aufzuwärmen, ihre Kunststücke zu proben und ihre Requisiten herzurichten. Ein Mann mit einem Megafon versuchte, Ordnung in das Chaos zu bringen. Er saß in der Schwärze des ansonsten leeren Publikumsraumes und ließ seine mächtige Stimme schnarren.

»Also los, wie lange dauert das denn noch, für zehn Uhr war Probe angesagt! Sind die Hauensteins jetzt da?«

»Ja, hier sind wir!«

»Hallo Walter. Na endlich. Habt ihr Ersatz gefunden?«

»Hier.«

Walter schob mich am Arm vor sich her wie ein Polizist einen Verhafteten. Ich grüßte verhalten in die Schwärze des Raumes und hielt mir gegen den blendenden Scheinwerfer die Hand über die Augen.

»Wo habt ihr den Knaben denn aufgegabelt?« Allgemeines Hüsteln und verhaltenes Gelächter stob zu mir herauf. »Der hat ja noch 'ne Hühnerbrust! Und ging's nicht 'ne Nummer kleiner?«

»Wartet nur. Der hat es voll drauf. Den müssen wir nur noch in die Kriminalstory integrieren! Aber er lernt schnell.«

Ich bockte wie ein Pferd. »Kriminalstory? Wie jetzt? Ich dachte, ich soll mit Johanna jonglieren?«

»Das Ganze hier ist eine abendfüllende Revue. Darf ich vorstellen, Peppi Zahl, den kennst du sicher aus dem Fernsehen ...«

Ich schluckte. »Natürlich.« Mir wurde abwechselnd heiß und kalt.

Peppi Zahl war in der DDR ein beliebter Conferencier, der die ganze DDR zu Lachstürmen hinriss.

»Oh. Welche Ehre.« Mein Herz schlug mir bis zum Halse. »Man kennt Sie von Ihrer berühmten Solo-Nummer ›Der Schnapsvertreter‹.«

Wie oft hatten Manfred, die Eltern und ich früher abends vor dem Radio gesessen und aus vollem Halse gelacht, wenn dieser geniale Alleinunterhalter seinen Sketch aufführte, in dem er sich selbst der beste Kunde war. Wie es ihm gelang, von Mal zu Mal etwas betrunkener zu klingen, bis er vor lauter Lallen kein einziges Wort mehr herausbrachte! Dabei kamen völlig neue Wortschöpfungen hervor, die sogar die kleinen und mittleren Missstände der DDR aufs »Korn« nahmen, ohne dass der begnadete Komiker die

Grenzen des Gefährlichen überschritt. Die Leute klebten förmlich mit dem Ohr am Radio, wenn er diese Nummer spielte. In den Kantinen der Fabriken und Werkshallen wurde er am Tag darauf imitiert, wo man nur konnte. Er war Kult!

»Dies ist der Hamburger Komiker Harald Nielsen. Den muss ich dir wohl auch nicht mehr vorstellen.«

»Nein. Ich, ähm …« Meine Hände waren so feucht, dass ich sie mir an meiner Hose abwischen musste, bevor ich dem nächsten großartigen Künstler die Hand drückte.

»So, genug gegafft, Junge. Das hier ist Kurt Rackelmann, der berühmte Schauspieler, der in dieser Kriminalrevue den Sherlock Holmes spielen wird. Er wird dich jeden Abend verhaften.«

»Oh ja. Natürlich.« Ich spürte eine Hitze in mir aufsteigen, bis hinauf in meine Haarspitzen.

»Du kennst mich nicht, Junge, aber du wirst mich kennenlernen.« Mit smartem Grinsen schüttelte der grau melierte Star mir die Hand. »Für dich haben wir eine Nebenrolle vorgesehen. Du bist einer der Verdächtigen.«

»Was? Ich? Aber …« Ich spürte so gar keine kriminelle Energie in mir! Ich schlug mir mit der Hand vor den Mund. »Natürlich, ich mache alles.«

»Du spielst den Tölpel, der sich durch lauter Fehltritte und Reingrätschen verdächtig macht.«

»Ja, natürlich. Das versuche ich.«

In dem Moment bemerkte ich Johanna, die mit ihrer Mutter und anderen Artisten am Bühnenrand stand. Sie umschlang mit den Armen ihren zarten Körper, als wolle sie sich schützen. Ihre Mundwinkel zuckten. Lachte sie mich etwa aus?

»So, nun genug herumgestanden. Der Neue muss sich so schnell wie möglich einfügen, damit wir hier zu Potte kommen.«

Der Mann mit dem Megafon rief: »Ruhe bitte für eine Probe!«

Und dann ging das Licht aus.

Sechs Wochen lang probten wir von morgens bis abends diese witzige, temporeiche und mit allen möglichen Stolpertricks versehene Revue durch. Alle hatten schon ihre perfekte Nummer drauf, nur ich musste mich noch in den gleitenden Ablauf einfügen. Als »Geselle« des Schnapsvertreters musste ich mit »Whiskeyflaschen« hantieren. Die Keulen waren als Whiskeyflaschen »verkleidet«. Es ergab sich ein immer temporeicheres Wirrwarr aus Verfolgung, Verwechslung, Verstecken und Wiederauftauchen. Am Schluss musste ich Mutter Hauenstein das Kleid vom Leib reißen, was mir anfangs schrecklich peinlich war. Es gehörte aber zur Nummer, und ich wollte nicht unprofessionell sein. Meine arme Schwiegermutter in spe stand schließlich in der Unterwäsche da, ich mit dem Kleid von Frau Hauenstein in der Hand, wurde verhaftet, und mir wurden Handschellen angelegt. Die nun noch größere Kunst und meine Rolle war es, meinen »Chef« trotz meiner Handschellen daran zu hindern, den Whiskey selbst zu trinken, weshalb ich ihm spielerisch die Flaschen immer wegriss und mangels Möglichkeit, sie irgendwo abzustellen, durch die Luft schleuderte.

»Du machst das doch schon super«, munterte mich Johanna auf und zwinkerte mir übermütig zu. Natürlich war sie es, die in der Nummer meine Handschellen wieder löste und verschwinden ließ.

Die Flaschen glitten an meinem Körper hinauf und hinunter, ich fischte sie im letzten Moment, bevor sie zerschellen konnten, zwischen den Beinen hervor, wirbelte sie dann wieder auf meine Schulter, schleuderte sie in die Luft, wobei ich einen schnellen Purzelbaum machte und sie schließlich, wieder auf den Füßen stehend, zwei davon mit den Schuhspitzen auffing. Die dritte fiel schließlich doch dem »Schnapsvertreter« zum Opfer. Der gab währenddessen lallend und torkelnd seinen Text zum Besten, und die Leute kugelten sich später in den Vorstellungen vor Lachen.

Als der Schnapsvertreter schließlich ausgeknockt in der Ecke lag, bemächtigte ich mich seines Hutes und seiner Zigarre sowie des Regenschirmes von Sherlock Holmes. Mit dem Hut und der Zigarre jonglierte ich weiter, wobei der Hut mehrmals nach gezielten Würfen in perfekter Balance auf der Zigarrenspitze landete. Von dort ließ ich ihn auf meine Stirn hüpfen, warf den Hut auf die Schirmspitze, und beides hüpfte zurück auf die Zigarre. Am Schluss raffte ich die Flaschen, den Schirm und auch den betrunkenen Kollegen, der wieder zu sich gekommen war, an mich und stürmte unter tosendem Applaus von der Bühne.

Nach dieser akrobatischen Einlage ging die Kriminalstory in ihrer sehr klug durchdachten Handlung weiter, und währenddessen rannte ich in den Wohnwagen, um mich umzuziehen. Hier fand ich Johanna vor, die in einem knappen Bikini und einem Hauch von Strass besetztem Nichts darüber bereits auf unseren gemeinsamen Einsatz wartete.

»Die Leute trampeln vor Begeisterung!« Sie zog sich die Netzstrümpfe hoch und befestigte ihren Hüftgurt, an dem sie sich später in schwindelnder Höhe einhaken würde. »Hilf mir mal, die Ösen gehen so schwer zu.«

Noch nass geschwitzt und ganz unter Adrenalin, schaffte ich es kaum, mich an ihrem verführerisch schönen Körper zu schaffen zu machen. Blitzschnell drehte sie sich um und drückte mir einen Kuss auf die Lippen. »Und jetzt los!«

Während unserer Pause trat der berühmte Tenor Rolly Brandt aus Aschaffenburg mit seiner unglaublichen Nummer auf. Er sang mit seiner perfekt ausgebildeten Stimme das berühmte Lied »Granada«, stemmte aber die letzten hohen Töne im Kopfstand! Dabei tanzten auf jedem Bein von ihm noch zwei Ringe. Die Leute sprangen johlend von ihren Sitzen! Das war das Zeichen für unseren zweiten Auftritt, der im gigantischen Finale aller Beteiligten mündete. Während des begeisterten Beifalls rannten Johanna und ich Hand in Hand zum Bühneneingang, schlichen uns lachend durch das Gewirr der Hinterbühne, der Kulissen und der Scheinwerfer, um dann gemeinsam unsere Doppeljonglage vorzuführen. Die hatten wir in Anfängen schon vor zwei Jahren im Garten in Halle an der Saale geübt, und sie beruhte immer noch auf meinen Ideen.

Sechs Keulen und Ringe flogen in rasendem Tempo zwischen Jo und mir hin und her, dann kamen noch die Hüte ins Spiel, und am Ende zauberte ich meine Trompete hervor und fing an, den Torero aus »Carmen« zu blasen, während Johanna mir immer wieder einen der Hüte auf den Trichter warf, woraufhin ich die Töne ersterben ließ.

Das Publikum johlte, schrie, lachte und trampelte mit den Füßen.

Das große Finale bestand daraus, dass wir ganz feierlich zur DDR-Hymne und mit weit ausgebreiteten DDR-Flaggen noch einmal über die Bühne schritten, Johanna frei stehend auf meiner Schulter, und Mutter Hauenstein auf der Schulter ihres Mannes.

Nach solchen Vorstellungen waren wir trunken vor Glück, die Anspannung fiel von uns ab, und Johanna und ich verdrückten uns, wann immer das möglich war, in den Wohnwagen, um stürmische, leidenschaftliche und gar nicht mehr so heimliche Küsse zu tauschen.

Natürlich blieb unsere Liebe bei der Enge des Zusammenlebens nicht lange geheim.

Johannas Vater war hin- und hergerissen zwischen Toleranz, Vaterpflichten und Verantwortung. Und zwar sowohl im moralischen Sinne als auch für seinen eigentlichen Star, nämlich Johanna. Sie war der Blickfang und Leuchtturm der ganzen Familien-Nummer, und mit ihren zweiundzwanzig Jahren nun auf dem Höhepunkt ihrer körperlichen und mentalen Stärke.

Nach einigen wunderbaren Monaten, in denen ich mit der Familie auf Tournee war, riss der Patriarch eines Abends die Tür des Wohnwagens auf und stand, noch in voller Schminke, verschwitzt und stinksauer, vor unserem kleinen Liebesnest.

»Was glaubst du, wer du bist! Lass sofort die Hände von meiner Tochter!«

»Aber Vater, tu doch nicht so, als wüsstest du es nicht …«

»Du hältst dich da raus, Mädchen!« Patsch, hatte meine geliebte Johanna eine schallende Ohrfeige im Gesicht.

Sofort stellte ich mich schützend vor sie, aber gleichzeitig versuchte ich, meine Hände vor meine ersterbende männliche Pracht zu halten.

»Ich habe dich aus deinem kleinbürgerlichen Leben geholt, all mein Können und meine Erfahrung in dich investiert, ich schleppe dich seit Monaten in meinem engsten Privatumfeld mit, vertraue dir, und du machst dich an meiner Tochter zu schaffen?« Er riss mich von ihr weg und zerrte mich aus dem Wohnwagen, wo schon die anderen Kollegen, von dem Gebrüll aus ihren Wohnwagen gelockt, mit verschränkten Armen im Regen standen.

»Herr Hauenstein, es ist so, wir lieben uns und wollen gemeinsam eine Zukunft aufbauen …«

»Das könnte dir so passen, du Grünschnabel!« Mit voller Wucht stieß er mich gegen die Schulter. Ich prallte gegen die Seitenwand des Wohnwagens, genau gegen die schöne bunte Inschrift *»Familie Hauenstein auf Tour!«*.

»Am Ende schwängerst du mir das Mädel, und dann ist unsere ganze Existenz ruiniert!«

»Aber ich habe sie nicht angerührt, also nicht so, wie Sie denken, ich schwöre, wir haben nur … wir passen doch auf!«

Er stieß mich mit beiden Händen in den nächsten Graben.

»Du glaubst wohl, du kannst mich für blöd verkaufen? Noch heute verlässt du meinen Wohnwagen und unsere Show! Raus mit dir, ich will dich nie wieder sehen!«

Da stand ich nackt in der Kälte, und die Tür des Wohnwagens wurde von innen verschlossen.

DRESDEN,
Sommer 1960

Der Junge von Sankt Pauli, der hat die Welt gesehn …«

Mit nacktem Oberkörper stand ich auf dem Friedhof und sang laut, während ich Grabsteine klopfte. Freddy Quinn war der absolute Inbegriff meiner Sehnsüchte. Nach Freiheit, nach Reisen, nach Liebe. Nach Johanna. Dresden war zwar in dem Sendeloch, wo man kein Westfernsehen empfangen konnte, aber über das Radio hörten wir wie auch Radio Luxembourg verbotenerweise Freddy Quinn, und das wurden die Sehnsuchtslieder, die in mir enormes Fernweh weckten.

»Jimmy Brown, das war ein Seemann, und das Herz war ihm schwer, doch es blieben ihm zwei Freunde: die Gitarre und das Meer …«

Während ich die schweren Grabsteine auf einem massiven, zweirädrigen Holzkarren mit überlanger Deichsel den steilen Friedhofsweg hinaufschob, hatte ich bei der Hitze mein Hemd ausgezogen. Es war ein Friedhof am Hang, und ich konnte nicht sehen, wenn ein Trauerzug von unten heraufschwankte. So hatte ich nicht bemerkt, dass eine lange Reihe schwarz gekleideter Gestalten hinter einem Sarg den Hügel heraufgekommen war!

Und ich schmetterte halb nackt Freddy Quinn!

Die Leute erstarrten. Besonders die Damen. Ihnen fielen fast die Augen aus dem Kopf.

»Oh. Gott zum Gruße. Herzliches Beileid.«

Hastig warf ich mir das Hemd über, das ich über einen Grabstein geworfen hatte.

Kopfschüttelnd ging die Trauergemeinschaft weiter. Der Friedhofsgärtner lief ja sonst auch mit nacktem Oberkörper herum, aber bei Trauerzügen warf er sich schnell einen schwarzen Anzug über und trug das Kreuz mit pathetischem, ernstem Gesicht. Na, das würde noch Folgen haben!

In mir brannte das Fernweh, das seit den vergangenen Zirkuszeiten loderte. Freddys Seemannslieder, mit denen ich mir die schwere Arbeit versüßte, ließen mich von Reisen in ferne Länder träumen. Meine Arbeitsstelle als Steinmetz hatte ich glücklicherweise sofort wieder antreten können. Mein alter, inzwischen gebrechlicher Chef ließ mich direkt vor Ort auf dem Friedhof arbeiten, und so ertönte meine sehnsuchtsvoll schluchzende Stimme weit über die hügelige Stätte der himmlischen Ruhe hinaus.

Zum zweiten Mal war mein Traum vor der Artistenkarriere geplatzt, zum zweiten Mal durch Walter Hauenstein. Der hatte zwar meinem Vater das Leben gerettet und sowohl ihn als auch mich mit der Kunst des Jonglierens und Balancierens vertraut gemacht, aber er hatte mir auch zum zweiten Mal meine einzige große Liebe Johanna aus dem Herzen gerissen.

So wie mir von den Kollegen vom Friedrichstadtpalast zugetragen worden war, musste Horst, ihr Bruder, auf der Stelle vom Zirkus Busch zurückkehren und meinen Part in der Show wieder übernehmen, was Herrn Hauenstein sogar Strafgeld in nicht unerheblichem Maße gekostet hatte. Und mich meinen großen Traum von der Karriere als Bühnenstar!

Manfred, mein lieber großer Bruder, hatte inzwischen seine Waltraud geheiratet und lebte ganz in der Nähe des Friedhofs. Bei den beiden fand ich abends Trost, eine warme Mahlzeit und liebe Worte.

»Du wirst schon noch die Richtige finden, Bruderherz.«

»Ich habe die Richtige schon gefunden!«

»Aber du musst den Alten auch verstehen, Dieter.« Wir saßen nach Feierabend im Hinterhof der kleinen Wohnung, welche die beiden in Erwartung ihres ersten Babys bezogen hatten, und schnitzten Keulen. All meine Requisiten, meine Ausstattung, sogar meine Kostüme waren im Hauensteinschen Wohnwagen verblieben, als Walter mich regelrecht hinausgeprügelt hatte. Nur meine Kleider hatte er schließlich noch herausgeworfen.

»Schau, Dieter. Das Mädchen ist der ganze Schatz der Familie, du weißt schon, der Diamant.«

»Ich weiß.«

»Und den darfst du halt nicht schwängern.«

»Ach halt die Klappe, Manfred. Ich hab sie nicht geschwängert.«

»Jetzt sei mal nicht eingeschnappt, Kleiner. Sieh den Tatsachen ins Auge. Sie ist der Star und die Attraktivität der Hauensteins, und schwanger wäre sie eben nichts mehr wert gewesen.«

»Sie ist mir mehr wert als die ganze Welt!« Wütend sprang ich auf und kickte eine Bierflasche mit dem Fuß gegen die Mülltonne. »Wie kannst du so über sie sprechen! Sie hat Herz und Hirn und ist witzig und lieb und ist ein Mensch und kein DING.« Mir versagte die Stimme.

»Du meinst, du würdest sie auch lieben, wenn sie keine Zirkusprinzessin mehr wäre, kein schöner graziler Schwan?«

»Ich würde sie lieben, wenn sie hundert Kilo wiegen würde und einen Klumpfuß hätte!«

»Ach Dieter, du bist noch so jung. Du wirst eine andere finden.«

Manfred öffnete zischend eine Bierflasche und hielt sie mir unter die Nase, aber ich winkte ab: »Alkohol ist auch keine Lösung!«

»Aber KEIN Alkohol ist auch keine Lösung!« Manfred nahm die Flasche, zwinkerte mir tröstend zu und nahm einen kräftigen Schluck. Er arbeitete inzwischen als Fahrer für einen hohen DDR-Bonzen, aber heute Abend hatte er frei.

»Wie ist das eigentlich mit einem Arbeitszeugnis? Hat er dir eines gegeben?«

»Wie? Der Totengräber?«

»Nein, Knalltüte. Der Hauenstein.«

»Ich habe kein Zeugnis.«

»Und Geld hat er dir auch nicht nachgeworfen, wie ich vermute?«

»Manfred! Er hat mich aus seinem Wohnwagen geprügelt! Meine Klamotten hat er mir noch nachgeworfen, sodass ich nicht nackt nach Dresden zurückfahren musste.«

»Lass dir das nicht gefallen, Bruderherz. Dir steht eine Abfindung zu! Ich habe mich schon bei der Gewerkschaft erkundigt!« Manfred leerte die Flasche in einem Zug und pfefferte sie gezielt in die Mülltonne.

»Du hast dich bei der Gewerkschaft …?«

»Na klar. Meinst du, ich lasse zu, dass mein Bruder mit Schimpf und Schande rausgeworfen wird? Der Alte hat unserem Vater das Leben gerettet, ja. Dafür sind wir ihm auch ewig dankbar. Aber das gibt ihm nicht das Recht, erst deine Choreografie zu stehlen, dich dann bei Nacht und Nebel in seine Show einzubauen, weil er gerade in Not ist, und dich dann zum zweiten Mal davonzujagen.« Manfred widmete sich wieder der Keule, an der er mit kräftigen Händen herumschnitzte.

»Ich habe dich schriftlich in Berlin für die Prüfung als Berufsartist angemeldet.«

»Du hast was …?«

»Bevor du dein Leben lang Grabsteine kloppst.« Manfred bearbeitete die Keulen mit Hingabe. Er hatte die Bäuche der Keulen aus Sperrholz zusammengenagelt. Wir hatten sie selbst mit der Laubsäge ausgesägt, sodass sie Flaschenform erhielten. »Du bist einer der Größten, Dieter. Das musst du jetzt nur noch der staatlichen Jury für die Lizenz von Berufsartisten beweisen. Und dann kannst du auf den Hauenstein pfeifen.« Er fummelte sich eine Zigarette aus der zerknitterten Packung, die in seiner Hemdtasche steckte, und blies den Rauch in Kringeln in den warmen Sommerabend.

»Das Kapitel Artistenkarriere ist noch nicht beendet. Verlass dich drauf.«

OST-BERLIN,
Bühne des Friedrichstadtpalastes, einige Wochen später, Sommer 1960

Und dann stand ich tatsächlich wieder auf der Bühne des Friedrichstadtpalastes, diesmal als Anwärter für den Artisten-Fachbrief!

Unten im ansonsten leeren, dunklen Zuschauerraum saß die Fachjury aus ehemaligen Artisten, die nun selbst an der DDR-Artistenschule junge Nachwuchsartisten ausbildete, mit strengen Blicken. Außerdem sah ich Vertreter der DDR-Artistengewerkschaft, der Internationalen Künstler-Agentur Ost-Berlin sowie Vertreter des DDR-Kulturministeriums. Das, was ich heute hier abliefern sollte, musste zu hundert Prozent perfekt sein, denn sonst hätte ich nie einen DDR-Berufsausweis erhalten. Die DDR war bekannt dafür, dass ihre Sportler, Musiker und Artisten ähnlich wie in Russland ein Weltspitzen-Niveau hatten. Eine Auswahl von Experten des jeweiligen Genres sowie die Vertreter der Artistengewerkschaft, der internationalen Künstleragentur Berlins und der Artistenschule saßen abwartend im dunklen Raum. Mein Herz bollerte.

Wieder stand ich auf den Brettern, die die Welt bedeuten. Und wieder saß jemand mit einem Megafon im Publikumsraum. Da es ein vorstellungsfreier Tag war, hatte gerade eine Putztruppe die Bühne geschrubbt und die Stühle im Zuschauerraum mit grauen Plastikhüllen bedeckt. Alles wirkte etwas schmucklos, ohne Bühnenlicht, das Orchester und die vertrauten Kollegen! Mir zog sich das Herz zusammen, weil ich plötzlich wieder das liebe Gesicht von Johanna vor mir sah.

»Herr Kretzschmar, haben Sie die DDR-Artistenschule in Berlin besucht?«

»Nein. Ich war mit der renommierten Artistenfamilie Hauenstein auf Tour.« Ich räusperte mich. »Und auch auf dieser Bühne.«

»Ah, ja, wir kennen Sie.« Sie steckten ihre Köpfe zusammen und nickten. »Na, dann fangen Sie mal an.«

Für diese Lizenzprüfung hatte ich mir eine Solo-Nummer zusammengestellt, die all mein Können unter Beweis stellte. Eine zwölfminütige Jonglage mit fünf Keulen. Die Keulen hatten Manfred und ich nach Feierabend gemeinsam genau für meine Körpermaße und meine Hände geschnitzt und gebastelt.

»Na los, worauf warten Sie noch!«

Ich räusperte mich. Natürlich. Weder würde jetzt das zwanzigköpfige Orchester einsetzen, noch würde Sherlock Holmes mit seinem Assistenten Watson im Watschelschritt um die Ecke kommen, noch würde meine geliebte Johanna auf meinen Schultern stehen. Ich war auf mich allein gestellt.

»In Ordnung, dann fange ich jetzt mal an.«

»Wenn Sie die Güte hätten.«

Selbst die Putzfrauen hatten sich an die Wand gestellt und verschränkten erwartungsvoll die Arme vor dem Kittel.

Ich versuchte, mich zu konzentrieren. Ohne Trommelwirbel fiel es mir schwer, die innere Spannung herzustellen. Ich atmete tief ein, fischte die Bälle aus meinem Hut und fing an zu jonglieren. Zuerst mit drei, dann mit vier, schließlich mit allen fünf Keulen, mit einem melonenähnlichen Hut und mit drei Bällen. Jetzt ging es um meine Existenz!

War das Johanna, die da am Bühnenrand stand? Meine Armmuskeln zuckten, meine Augenlider auch. Ach, Blödsinn, Dieter. Reiß dich zusammen. Johanna ist weit weg, und du musst das jetzt alleine schaffen. Ich fischte mit dem Fuß nach den Ringen, die ich nun unter die Keulen und Bälle mischen wollte, machte einen etwas zu großen Schritt nach vorn, spürte nur noch Schmierseife und … fiel der Länge nach in den dunklen Orchestergraben.

Das Poltern meines Körpers auf dem blanken Bühnenboden hallte lange in der leeren Halle nach. Einigen entwich ein zischendes Raunen.

»Herr Kretzschmar?«

»Ja?« Mühsam rappelte ich mich auf und zog mich per Klimmzug am Bühnenrand hoch. Meine Ringe, Bälle und Keulen hatten sich auf der ganzen leeren Bühne verteilt. Mir wurde schwarz vor Augen. Sollte es das nun endgültig gewesen sein?

Verschwommen nahm ich wahr, dass mehrere Mitglieder der Jury die Köpfe zusammengesteckt hatten und mit dem Vorsitzenden tuschelten.

»Bühne war ja glatt, frisch gebohnert …«

Plötzlich donnerte die Stimme des Vorsitzenden durch das Megafon.

»Was stehen Sie hier herum, sorgen Sie dafür, dass Herr Kretzschmar ungestört seine Nummer vorführen kann! Das hier ist eine Staats-Prüfung!«

Sofort eilten die Putzfrauen herbei, halfen mir, meine Utensilien einzusammeln, und wischten den Boden trocken. Ich rieb mir den schmerzenden Rücken und ließ jeden Wirbel einzeln krachen. Bei einem selbst verschuldeten Fehler hätte ich nie den DDR-Berufsausweis bekommen!

Ich hatte schon schreckliche Angst gehabt, die Jury würde mich wieder wegschicken mit den Worten: »Kommen Sie in einem Jahr noch mal wieder!«

Doch eine milde Stimme kam aus der Dunkelheit:

»Wollen Sie es noch einmal probieren?«

»Ja, bitte, wenn ich darf.«

Der Herr mit dem Megafon wies die umstehenden Personen zur

Ruhe an. »Gehen Sie raus oder stehen Sie still. Der junge Mann arbeitet hier auf höchstem Niveau.«

Ich versuchte es noch einmal. Inzwischen waren die Bälle in der Luft, jetzt kamen die fünf Keulen dazu, sechs Ringe. Ein halbes Dutzend Gegenstände flogen in rasendem Tempo von einer Hand in die andere. Langsam bog ich meinen Rücken nach hinten, bis mein Kopf fast die Erde berührte. Ich richtete mich wieder auf und machte, während ich weiterjonglierte, einen Purzelbaum, warf eine Keule in die Luft und jonglierte weiter. Die Keulen überschlugen sich gleichmäßig, man hörte nur das Klacken und leise Aufploppen, wenn sie wieder meine Hände berührten. In der Luft surrten sie wie zuverlässige kleine Düsenjäger. Jetzt auf ein Bein stellen, ganz langsam, das Gleichgewicht nicht verlieren, und mit dem Fuß in den bereitstehenden Behälter angeln, um den Zylinder noch auf meinen Kopf zu werfen … und jetzt noch die Zigarre in meinen Mund … die ich mir bereits vorher unauffällig angezündet hatte … sodass Rauch den Effekt verstärkte.

»Bravo.« Mehrere Hände klatschten anerkennend im Zuschauersaal. »Großartige Leistung, Herr Kretzschmar. Sie gehören zur Artisten-Elite der Deutschen Demokratischen Republik.«

Ich atmete tief ein und aus und fühlte, wie meine Rippen sich anspannten und wieder entspannten. Geschafft, Dieter, du hast es geschafft! Vor meinen Augen tanzten bunte Sterne.

»Sie werden die DDR in Zukunft auch im sozialistischen Ausland würdig vertreten. Herzlichen Glückwunsch, Herr Kretzschmar! Sie können stolz auf sich sein.«

Hermann Lortz von der Dresdner Künstleragentur sprang auf und arbeitete sich durch die leeren Zuschauerreihen auf die Bühne hinauf. »Sie wissen ja, dass die Deutsche Demokratische Republik die meisten Weltmeister und Medaillen hervorbringt.« Er klopfte mir auf die Schulter. »Durch hartes Training und fabelhafte staatliche Förderung.« Damit überreichte er mir im Namen des

Direktors die heiß ersehnte Urkunde mit Stempel, dem Emblem Hammer und Meißel, die mich nun als professionellen Artisten und Jongleur auswies, und schüttelte mir lange und ausführlich die Hand. »Sie mache ich mal international bekannt. Sie werden ein Star, Sie haben das Zeug dazu.«

DRESDEN,
Weihnachtszeit 1960

»Dieter, Junge, jetzt brauchst du aber einen internationalen Künstlernamen!«

Meine kleine Muttel hatte Tränen in den Augen, als ich den Eltern stolz meinen DDR- Berufsausweis »Professioneller Artist und Jongleur« präsentierte. »Du hast es ganz allein geschafft, ganz ohne die Protektion vom alten Hauenstein.«

»Gretel, ohne den Hauenstein wäre ich nicht lebend aus dem Krieg wiedergekommen.«

Mir gab es einen Stich ins Herz.

Wie oft hatte ich mit meinen lieben Eltern darüber gesprochen, was gewesen wäre, wenn …

»Ach was. Der Junge hat ja der Familie die Choreografie entworfen, und sie profitieren heute noch davon.« Vater war immer noch gekränkt, dass sein alter Kriegskamerad mich so rüde entsorgt hatte.

Mutter dagegen litt mit mir, dass er mir das Herz gebrochen hatte. Schnell wechselte sie das Thema. »International muss er sein, der Künstlername, aber doch leicht auszusprechen.« Ein verschmitztes Lächeln huschte über ihr liebes Gesicht. »Was hältst du von Dieto?«

»So nannten mich unsere amerikanischen Freunde damals in Clausnitz!« Jetzt grinste ich auch über das ganze Gesicht. »Vatel, du warst ja nicht dabei. Ich hatte mich als kleiner Bub vorgestellt und dabei so gesächselt, dass sie statt Dieter Dieto verstanden haben. Und so haben sie mich auch immer genannt.«

»Sehr international«, schmunzelte Vater. »Kann man sich auf jeden Fall leicht merken.«

Und so übernahm es auch meine Künstleragentur in ihrem Management-Portfolio: »Dieto, Artist und Jongleur.« Kretzschmar konnte ohnehin niemand im östlichen Freundesland so richtig aussprechen.

Endlich hatte meine Steinmetz-Karriere ihr gnadenreiches Ende gefunden, und ich war dank der Konzert- und Gastspieldirektion Ost-Berlin, die mich ab sofort exklusiv vertrat, als Solo-Jongleur mit neuen international bekannten Spitzen-Kollegen auf Tournee.

Ein Traum wurde Wirklichkeit! Wenn auch ohne Johanna.

Wir gastierten in unterschiedlicher Besetzung im Café Prag Dresden, Steintor Varieté Halle, Kristallpalast Magdeburg, Tivoli und Eden in Leipzig, Trocaderos in Rostock und Stralsund.

Aber mühsam nährt sich das Eichhörnchen! In der Vorweihnachtszeit spielten wir Gastkünstler auch in Kindergärten, Krankenhäusern und Altersheimen. Mit von der Partie war die unglaublich entzückende, sympathische Kinderstimmenimitatorin Elfriede Hanke.

Sie riss das Publikum zu Begeisterungsstürmen hin, wenn sie neben einer Leinwand, die mehrere Puppen in Bewegung zeigte, diesen ihre Stimme lieh und eine turbulente lustige Handlung zum Leben erweckte.

Uns verband sofort eine tiefe Freundschaft; sie war so alt wie meine ältere Schwester Inge und verheiratet mit Fred, einem lustigen Wiener mit viel Schmäh. Der konnte in sein geliebtes Österreich aus- und einreisen, wann er wollte, für uns DDR-Bürger galt das längst nicht mehr. Wir Künstler durften nach den Vorstellungen oft in ihrer Villa in Leipzig-Markkleeberg feiern und übernachten, und oft sprachen wir im vertrauten Kreise über unsere eingeschränkten Reisemöglichkeiten und das ungute Gefühl, im eigenen Land eingesperrt zu sein. Immer stärker reifte in mir der Plan, dieses Land eines Tages zu verlassen, auf welchem Wege auch immer!

Im Altersheim wurde ich von dem Ansager etwas sehr schwülstig vorgestellt! Der Tonfall war überaus dramatisch und sensationslüstern: »So wie der russische Astronaut Titow, so hat auch unser Nachwuchsjongleur Dieto einen Senkrechtstart am Bühnenhimmel vollzogen! Erleben Sie selbst, heben Sie mit ihm ab ins Weltall! Legen Sie den Kopf in den Nacken und schauen Sie seinen Raketen nach, denn die sind schneller als der Schall! Hier ist er, der sagenhafte … Trommelwirbel … Dietooooooo!«

Während dieser Ansage hatte ich mir meine Bälle bereits am Bühnenrand zurechtgelegt, und als der Vorhang aufging, verbeugte ich mich galant und flirtete mit dem betagten Publikum, besonders mit den alten Damen. Die hatten es jedoch faustdick hinter den Ohren! Ohne dass ich es gemerkt hatte, hatten einige der witzigen Alten nämlich meine Bälle gegen Kartoffeln ausgetauscht. Natürlich lachte das gesamte Altersheim wie irre, als meine Kartoffeln nicht springen wollten und ich meinen Schrecken zu überwinden versuchte. Ein Profi unterbricht seine Nummer nicht, komme, was da wolle! Also stellte ich mich der Herausforderung und baute nun die Erdknollen in meine Nummer mit ein, wobei ich die Spring-Effekte natürlich weglassen musste. Umso lauter lachte die ganze Bagage, als ich am Ende planmäßig in die Hocke ging, um unter dem Jonglieren einen Spagat zu machen. Das war meine letzte Erinnerung an Johanna, den hatte sie mir noch beigebracht. Irgendein alter Scherzkeks – vermutlich eine Scherzkeksin! – musste wohl in letzter Sekunde meine Bühnenhose manipuliert haben. Der Schlitz stand jedenfalls offen, und meine rote Unterhose lugte während des Spagats als kommunistisches Bekenntnis hervor. Selten hatte ich derart ein begeistertes Publikum, das so schrill Tränen lachte und so begeistert applaudierte.

Vielleicht war es aber meine letzte Feuertaufe vor der großen Weltpremiere, und der Künstleragent selbst hatte diese kleinen Hoppalas eingebaut, um mich zu testen?

»Junge, du hast dich nicht ins Bockshorn jagen lassen und die Pannen dermaßen professionell gemeistert, ich kann dich jetzt auch ins Ausland schicken.« Der Künstlermanager schlug mir lachend auf die Schulter. »Du bist vom DDR-Kulturministerium dafür ausgewählt worden, auf eine Albanientournee mitzufahren!«

ALBANIEN,
Sommer 1961

»Oh mein Gott, will der etwa auf dem Fußballplatz da unten landen?« Ich klammerte mich erschrocken an meinen Nebenmann, der sich als Dolmetscher vorgestellt hatte und Professor Filai hieß. Ein älterer Herr mit Halbglatze, Brille und schlecht sitzendem Nylonanzug, von dem ein merkwürdiger Geruch ausging.

»Das ist der Flugplatz von Tirana!«

»Herr Professor, es ist mein erster Flug, und ich hatte es mir nicht so turbulent vorgestellt …« Hektisch nestelte ich an meinem Plastiksitz herum.

In diesem Moment krachte die Maschine stampfend und schlitternd mehrmals auf, säbelte sämtliche Maulwurfshügel nieder, fegte einmal über den schlecht gemähten Rasen, wirbelte so viel Staub auf, wie ich zuletzt in den Trümmern von Dresden gesehen hatte, und stoppte dann hoppelnd mit einem geradezu frenetischen Bremsmanöver irgendwo auf freiem Feld.

Unsere Köpfe schnellten erst nach vorn, dann prallten sie wie Marionetten, die alle am gleichen Faden hingen, nach hinten. Es knackte regelrecht in der Wirbelsäule.

»Puh. Ich dachte einen Moment lang, das überleben wir nicht.« Unauffällig wischte ich mir die schweißnassen Hände an den Hosenbeinen ab.

»Keine Sorge, Dieto. Das war noch einer der sanfteren Flüge.« Der Professor stand schon vergnügt auf, um sein übersichtliches Handgepäck aus der Klappe über unseren Köpfen zu angeln. Viel hatten wir ja alle nicht dabei.

»Dann mal los. Ich freu mich schon darauf, dir die anderen Künstler vorzustellen.«

Mit wackeligen Beinen taumelte ich hinter ihm her. Als sich die Klappe des Fliegers öffnete, schlug mir eine warme verheißungsvolle Brise entgegen. Ich schloss die Augen und sog die flirrend heiße Balkanluft in vollen Zügen in meine Lungen.

»Oh Himmel, ist das wunderbar.«

»Du kennst nur die steife Brise rund um die Elbe, was?«

»Ja. Kaum je habe ich etwas Exotischeres erlebt als das Baggerloch in Radebeul.«

Dabei verschwieg ich ganz bewusst das wunderschöne Salzkammergut, denn meine Reise dorthin war ja keineswegs legal gewesen.

»Na, dann komm mal mit. Als Erstes solltest du wissen, dass ein Großteil der Bevölkerung muslimischen Glaubens ist …«

Mit großen Blumensträußen standen sie Spalier: die albanischen Gastgeber und Gastgeberinnen. Mindestens dreißig Personen in einer feierlichen Parade, gekleidet in traditionelle bunte Gewänder, die Frauen mit bunten Kopftüchern, die sie wie selten schöne Blumen auf dieser staubigen Piste aussehen ließen. Eine Musikkapelle spielte eine Fanfare, und die Volkstanzgruppe in den bunten Kostümen tanzte einen bunten anmutigen Reigen dazu. Eine nie gekannte Willkommens-Herzlichkeit überströmte mich wie der warme Wind, der mir über den Kopf strich wie eine liebevolle Mutter.

»Das ist ja unglaublich! Und alles wegen uns?«

»Ja, wegen der hochrangigen DDR-Künstler-Elite, zu der Sie nun gehören, Dieto!«

Nach nicht enden wollenden Willkommens-Reden vonseiten der Würdenträger, die der Professor mit hörbarer Rührung in der Stimme übersetzte, überreichte jede der bildschönen Damen einem von uns einen Blumenstrauß. Die junge Frau mit leicht olivgrün-bräunlichem Teint, die nun strahlend auf mich zutrat, bedachte mich mit einem funkelnden Blick aus fast schwarzen

Augen. »Mein Name ist Donika«, gurrte sie, bevor sie die langen Wimpern niederschlug.

»Dieto«, sächselte ich etwas hilflos zurück. Der bohrende Redeschwall, der danach folgte, machte mich vollends verlegen. »Was sagt sie?«

»Sie sagt, sie ist für deine Betreuung zuständig und fragt gleichzeitig, ob du ledig bist oder eine Freundin hast.« Der Professor merkte wohl gar nicht, dass er mich inzwischen duzte.

Das war der Moment.

Eigentlich war ich frei. So frei wie der blecherne Vogel, aus dem ich gerade gestiegen war.

Und dennoch brachte ich es nicht übers Herz, meine Johanna zu verraten.

»Ich bin in festen Händen.«

Der Professor übersetzte. Donika jedoch schien in ihrem Ehrgeiz angestachelt zu sein.

Ein feuriger Redeschwall ging auf mich über, begleitet von temperamentvollen Handbewegungen und Augenblitzen. Hätte ich damals die Oper »Carmen« schon in voller Länge gekannt, wäre ich mir wohl vorgekommen wie der naive Soldat Don José.

»Was sagt sie?«

»Das kann ich dir nicht übersetzen.«

Etwas irritiert stieg ich in den klapprigen Bus, der sich durch den Staub zu uns hervorgequält hatte. Die feurige Donika glitt wie selbstverständlich neben mich auf den Plastiksitz. Während wir losholperten, berührte ihre zarte Hand scheinbar versehentlich mein Gesicht und meinen Hals, als sie hier und da aus dem Fenster zeigte, um mich auf Sehenswürdigkeiten hinzuweisen. Sie roch geheimnisvoll nach wilden Blüten.

Wir rumpelten durch unbefestigte Straßen und an sehr einfachen Häusern vorbei. Überall standen Palmen, was mich verzückte! Und fremdartige Gerüche, Olivenöl, Knoblauch und viele unbekannte Kräuter, die uns durch die offen stehenden Fensterschlitze entgegenwaberten! Wie köstlich, wie wundervoll, wie exotisch! Ach Johanna, schoss es mir durch den Kopf. Wenn du das jetzt mit mir erleben könntest. Wir beide wären die glücklichsten Menschen unter der Sonne. Das Gefühl, hier in der Fremde unter fremdartigen, aber sehr liebenswerten Gastgebern zu sein, faszinierte mich genauso wie der tiefblaue Himmel, das Flirren der heißen Luft, das Sirren der Zikaden und der völlig ungewohnte, ja mittelalterliche Straßenverkehr. Autos gab es fast keine, dennoch stand auf jeder unbefestigten Straßenkreuzung ein Polizist mit Trillerpfeife im Staub, der den nicht vorhandenen Verkehr regelte. Selbst wenn für lange Zeit nur Fußgänger, Radfahrer, Maultiere oder Eselskarren sich der Kreuzung näherten, wies er jedes Lebewesen mit schrillem Pfeifen und übermäßigem Winken in seine nicht vorhandenen Schranken. Wenn jemand die Schotterfahrbahn unter Staubwolken passierte, ertönte in nervtötend schrillem Stakkato ohrenbetäubend die Trillerpfeife, begleitet von wilden Gesten und Gebärden.

»Das ist ein bisschen übertrieben, finden Sie nicht?«

Meine auf mich angesetzte Begleiterin gurrte nur etwas, das ich nicht verstand.

Professor Filai übersetzte aus der Reihe hinter uns, dass das auch eine Arbeitsbeschaffungsmaßnahme des sozialistischen Bruderlandes sei: Arbeitslosigkeit solle so weit wie möglich vermieden werden. Dieser Ansatz sei doch sehr lobenswert und stärke auch das Selbstbewusstsein des Verkehrspolizisten ungemein. Eine solche Machtposition sei sehr begehrt, und der Mann könne damit seine Familie ernähren.

Beim Aussteigen vor unserem Hotel »Dajiti« stürzten sofort Dutzende von Händlern auf uns zu, die uns ihre feinen filigranen Handarbeiten zum Kauf anboten. Im gleichen Moment begann der Muezzin, von einem Minarett aus zu singen, und alle Männer auf der Straße wandten sich in ein und dieselbe Richtung, warfen sich auf kleine Teppiche und beugten den Kopf und die Schultern bis zur Erde. In dem Moment ließ auch schon meine Begleiterin von mir ab und verdrückte sich mit den anderen Frauen in eine Seitengasse.

Überwältigt von diesen ersten Eindrücken, schlief ich in dieser ersten Nacht im Ausland tief und fest. Im Traum erlebte ich dies alles mit Johanna, die ich, wie jeden Morgen beim Aufwachen, schmerzlich vermisste.

Am nächsten Tag fand bereits die erste Aufführung im Stadttheater von Tirana statt. Die Darbietungen der männlichen jungen Artisten aus Albanien überwältigten sogar die alten Füchse aus der Elite-Riege der DDR. Die Tänzer waren in Partisanen-Anzüge gekleidet und tanzten zu lauter kämpferischer Musik. Zwei von ihnen sprangen aus der Riege auf die ausgestreckten Hände eines stehenden Partners und machten darauf in rasender Geschwindigkeit Flickflacks. Der untere Mann war ein Bär von Mensch. Das hatte ich noch nie gesehen, dass der obere Mann abwechselnd auf seine Hände und dann wieder Füße sprang, einem Rückwärtssalto ähnlich, aber auf den ausgestreckten Pranken des Untermannes! Dann sprangen sie in Sekundenbruchteilen wieder herunter und reihten sich wieder in die Riege der Partisanenkrieger ein. Der Untermann hielt nun ein Gewehr mit ausgestreckten Händen über seinem Kopf. Auf dem Gewehr war eine Rose, die täuschend echt aussah. Ausgerechnet Donika kletterte in Windeseile auf seine Schultern, streifte ihre langen Haare nach hinten, warf mir einen undefinierbaren Blick zu und biss in die Rose – die offensichtlich aus Stahl war! Sie schien alle Knochen und ihr Rückgrat an der Abendkasse abgegeben zu haben und verbog ihren Körper so stark nach hinten, dass ihr Kopf zwischen den Beinen wieder hervorkam. Mit beiden Händen strich sie ihre Haarflut nach vorn und bedeckte den Rest ihres Körpers damit wie mit einem schwarzen Samtvorhang. Nur ihre gefletschten weißen Zähne, die an der stählernen Rose auf dem Gewehr festgebissen waren, schauten hervor und hielten ihr gesamtes Gewicht von höchstens fünfundvierzig Kilo. Ich starrte sie an wie eine Erscheinung von einem anderen Stern. Und diese Frau fand Gefallen an mir?

Jeden Abend hatten wir zwei Aufführungen, und tagsüber wurden unsere Gastgeber nicht müde, uns ihr herrliches Land zu zeigen. Eine völlig ungewohnte Art, Kaffee zu bereiten, bestand darin, dass die grünen Kaffeebohnen vor Ort geröstet, zermörsert und mit kochendem Wasser übergossen wurden. Das Ganze wurde mir von Donika in einem Kupferkännchen serviert und mit reichlich Zucker versüßt. Er roch gut, war tiefschwarz und mit einem schimmernden Schaumkrönchen verziert. Genauso wie ihre Augen, schoss es mir durch den Kopf.

Auch die albanische Küche war total fremd für meinen entwöhnten Gaumen. Deftiger Hammelbraten mit Knoblauch, mit frischem, warmem Weißbrot, dazu mir bisher unbekannte, sehr schmackhafte Gemüsesorten, knackige Gurken, frische rote Paprika, kinderkopfgroße Tomaten, die mit Schafskäse und Oliven serviert himmlisch schmeckten und mich im Schlaraffenland wähnen ließen. Ach, wenn doch nur Johanna dies alles mit mir erleben könnte! Gedanklich schrieb ich ihr die ganze Zeit Briefe, die ich nie abschicken würde.

Unser Tourneebus brachte uns bis zur griechischen Grenze hoch oben in den Bergen und bis zum Seeresort Durres an der Adria. Noch immer saß die feurige Donika verführerisch duftend neben mir auf dem klappernden Plastiksitz und gurrte glutäugig Unverständliches, was mir der Professor nur teilweise übersetzte. Ob im Bus oder wie jetzt, auf einem Felsvorsprung hoch über dem dunkelblauen Wasser. Es war magisch!

»Was sagt sie?«

»Sie will immer noch wissen, ob du ledig bist oder eine Freundin hast!«

Statt einer Antwort sprang ich von dem Felsen kopfüber in die schäumenden Wellen der blauen Adria. Begleitet von dem Entsetzensschrei meiner Begleiterin, die dies wohl für einen geplanten Selbstmord hielt! Sie lugte unter ihren Fingern hindurch, als ich spritzend und prustend wieder auftauchte, und warf sich dann schreiend auf ihre Knie, um Allah für meine Lebensrettung zu danken! Ich lachte und tauchte wieder ab, warf mich auf den Rücken und kraulte in diesem Stückchen Paradies und Freiheit, das ich bis dahin noch nicht gekannt hatte. Der Himmel erschien mir ebenso blau wie das Wasser, und ein süßes Ziehen überkam mich. Donikas Leidenschaft, wäre sie zur Entfaltung gekommen, hätte mich wohl eher verschlungen als die Wellen des Meeres. Es war die bisher traumhafteste Zeit meines Lebens, wenn ich sämtliche Momente mit Johanna ausblendete.

Der Tag unserer Abreise rückte immer näher, und Donika litt sichtlich unter dieser Tatsache. Auf unserer letzten gemeinsamen Busfahrt zum Flughafen drückte sie stark meine Hand, ihre Augen tränenverschleiert. Die Wartezeit, bis wir aufgerufen wurden, über das Rollfeld zur Maschine zu gehen, dehnte sich unendlich. Donika konnte ihre Tränen nicht mehr zurückhalten. Endlich, fast erlösend für mich, knarrte die Durchsage durch den Lautsprecher, dass unsere Maschine startklar sei. Nun gab es kein Halten mehr. Donika warf sich bebend und schluchzend in meine Arme und stieß Laute aus, die mich fast in die Knie gehen ließen. Liebte sie mich denn so sehr? Ich hatte mich während der ganzen dreiwöchigen Tournee nicht erweichen lassen. Liebte ich doch Johanna, selbst wenn ich sie niemals wiedersehen sollte! Aber genau das schien Donikas Leidenschaft nur noch mehr angeheizt zu haben.

So gab ich Donika nur einen Abschiedskuss auf die Stirn und flüchtete in den stählernen Vogel, der uns zurück in die graue DDR bringen sollte. Die Gangway wankte wie ein Boot im Sturm unter meinen Füßen. Von der kleinen Plattform oben drehte ich mich noch einmal um.

Donika hing laut schluchzend in den Armen ihrer Partisanen-Kampfgruppe. Die weiße Rose, die ich ihr zum Abschied geschenkt hatte, hielt sie zwischen den Zähnen.

DRESDEN,
12. August 1961

»Muttel, Vatel, da bin ich wieder!«

Von meiner Gage hatte ich mir sogar ein Taxi geleistet, sicher das erste, das jemals vor unserer kleinen Mansardenwohnung in Dresden hielt. »Es war unglaublich toll in Albanien, ich habe euch auch was mitgebracht!«

Immer zwei Stufen auf einmal nehmend, stürmte ich die Treppen hinauf und stellte erfreut fest, dass die Beleuchtung in unserem alten Mietshaus für alle drei Etagen funktionierte. Der Fortschritt hatte auch unsere DDR inzwischen ereilt! Schon von unten hatte ich gesehen, dass sie in der Wohnung extra die Festbeleuchtung für mich angemacht hatten. In allen Fenstern brannte Licht.

Atemlos stürzte ich durch die Wohnungstür, die nur angelehnt war. Hatten sie mich also schon erwartet! So ein Taxi auf der Straße war ja auch eine kleine Sensation.

»Es war eine traumhafte Reise, ich muss euch alles erzäh–«

Wie vom Donner gerührt blieb ich stehen. Oh. Badetag.

In der Küche stand auf zwei Stühlen der Badezuber. Natürlich. Heute war ja Samstag.

Aber der zarte Frauenkörper, der mit dem Rücken zu mir gewandt darin saß, war nicht der von Muttel. Und auch nicht der von Inge. Denn die beiden waren ja dunkelhaarig. Sie standen neben der Wanne, hielten heißes Wasser und Waschlappen bereit und erschraken sichtlich, als ich zur Tür hereinstürmte.

»Dieto!«

Der Kopf der zierlichen blonden Frau, die in der Wanne saß, schnellte herum. Mir wurde schwarz vor Augen. Das war doch jetzt ein irrer Traum! Zugegeben, ich hatte oft feuchte Träume, und die letzten drei Wochen hatten mich auch sehr durcheinandergewirbelt, aber es war …

»Johanna!«

Ich prallte rückwärts gegen die Wand, ließ mein Köfferchen fallen und starrte sie mit offenem Mund an. »Um Gottes willen, was ist mit dir passiert?«

Johanna war über und über mit blauen Flecken bedeckt. Ihr Gesicht war voller Schrammen, ihr Auge zierte ein Veilchen, als hätte jemand sie geschlagen, und ihr mir so vertrauter zarter Körper war eine schaurig schöne Landschaft aus Prellungen und Zerrungen.

»Johanna! Wer hat dir das angetan?!«

»Vorsicht! Nicht anfassen!«

Mutter und Inge halfen Johanna vorsichtig aus der Wanne, ich drehte mich geschockt und gleichzeitig artig zur Wand, und an den platschenden Geräuschen konnte ich vernehmen, dass meine Angebetete vorsichtig unter Stöhnen der Wanne entstieg. In meinem Kopf ratterten tausend albanische Düsenmaschinen. Johanna. Hier. In der Küche meiner Eltern. Und heute Morgen noch Donika. Weinend in meinen Armen.

»Du kannst dich wieder umdrehen.«

Ich schluckte trocken. Johanna, eingewickelt in ein Handtuch, ein zweites als Turban um den Kopf gewickelt, stand verlegen an der Wand, die Hände vor der Brust verschränkt. Ihre Schultern standen hervor, auch hier nur rote und blaue Flecke, Spuren eines schrecklichen Unfalls?

»Setz dich, Kind. Vorsichtig. Geht es so?«

Mutter und Inge geleiteten sie vorsichtig auf den Stuhl. Dann wuchteten sie die schwere Kupferwanne von den Stühlen und kippten das Wasser in den Ausguss der Spüle.

»Könnt ihr mir das erklären?« Ich ging vor Johanna auf die Knie und ließ meine Fingerkuppen über ihre verletzte Haut gleiten.

»Au!«

»Du brauchst einen Arzt!«

»Ja, den wollten wir gerade rufen. Vater ist schon unterwegs.«

»Ich hatte so Sehnsucht nach dir.« Johanna sah mich aus ihren hellblauen Augen an.

Schüchtern knetete sie mit ihren langen Fingern die Handtuchzipfel.

»Wie ist das passiert? Wissen deine Eltern davon?« Endlich war ich in der Lage, einen klaren Gedanken zu fassen. Wenn Johanna so schwer verletzt war, konnte sie nicht mehr auftreten! Der Star der Familie Hauenstein!

Ich brannte vor Sehnsucht danach, Johanna zu liebkosen, doch ich wollte ihr nicht wehtun.

Vor Inge und meiner Mutter traute ich mich jedoch nicht, Johanna mit einem Kuss zu begrüßen. Zumal sie halb nackt mit rosig warmer Haut, die allerdings von Prellungen übersät war, nur in ein Handtuch gewickelt, vor mir saß.

»Es ist im Faun-Palast passiert, während unserer Familien-Show.«

»Ihr wart wieder im Faun-Palast?«

»Ja, gleich hier bei euch nur ein paar Straßen weiter.«

Johanna verbiss sich ein paar Tränen. Sie presste tapfer die Lippen aufeinander.

»Tut es sehr weh?«

»Ja. Überall. Am meisten aber am Fuß.«

Vorsichtig besah ich mir ihren linken Fuß. Er war dick geschwollen und schon ganz blau.

»Der sieht verstaucht aus. Vielleicht sogar gebrochen. Wie bist du hergekommen?«

»Mit dem Taxi.«

»Zwei Taxis an einem Tag … das ist in unserer Straße seit dem Krieg nicht mehr passiert!«

»Zwei Dumme, ein Gedanke«, lächelte Johanna gequält. »Ich wollte zu dir!«

Mutter nahm einen Schluck Tee und schob mir die Zuckerdose hin. »Johanna sah ziemlich derangiert aus, ihr Bühnenkostüm war zerrissen, und sie hatte überall blaue Flecke. Ihr Fuß war dermaßen ramponiert, dass sie rückwärts auf dem Popo die drei Etagen raufgekrochen ist.«

»Johanna!« Ich strich ihr über das verletzte Bein und spürte, wie meine Finger zitterten.

»Liebes, und da kriechst du auf allen vieren zu uns nach Hause?«

»Ich wollte zu dir«, stammelte meine arme Johanna nun schon zum dritten Mal. Sie stand sichtlich unter Schock.

»Sie hat sich ernsthaft wehgetan!« Inge stemmte die Arme in die Hüften und schüttelte den Kopf. »Ihr Vater hat es wirklich zu sehr auf die Spitze getrieben!«

Und dann platzte es aus Johanna heraus: »Mein Vater war immer ehrgeiziger und wollte immer mehr erreichen. Die Konkurrenz ist groß, und er hatte Angst, mit unserer Familiennummer aus dem Programm zu fliegen. Also hat er mit Mutter und mir eine Schleudernummer einstudiert.«

»Eine Schleudernummer.«

»Na ja, sie heißt im Fachjargon Antipoden-Jonglage-Nummer.«

Mir schwante Schreckliches. »Du meinst nicht etwa …«

»Der Vater lag im Pedestal mit dem Oberkörper, die Beine nach oben. Mit diesen jonglierte er ja bis jetzt immer ein großes Gemälde, das er auf seinen Füßen tanzen ließ.«

»Ja. Das kenne ich noch.«

»Dann kam die Nummer mit dem Tisch, den er auf den Füßen balancierte, bis er nur noch ein Tischbein mit einem Fuß in Balance hielt …«

»Ist bekannt.«

»Dann der große Würfel, die fünf großen Bälle … und als letzten

Haupttrick den schweren verchromten Kleiderständer.« Sie nahm dankbar einen Schluck Tee, den Mutter ihr reichte.

Inge stand mit verschränkten Armen an der Wand und schüttelte immer wieder fassungslos den Kopf.

»Die großen geschwungenen Haken daran waren etwas lose, damit sie, wenn der Ständer auf seinen Füßen rotierte, ein furchterregendes Geräusch von sich gaben.«

»Mir schwant Fürchterliches.«

»Er hat die Ikarus-Nummer mit mir durchgeführt, mit mir als Oberfrau. Er jonglierte mich, ich musste mich ganz steif machen, er schleuderte mich genauso durch die Luft wie einen toten Gegenstand. Das nennt man die Ikarischen Spiele.«

»Als wenn ich das nicht wüsste. Aber er hat es mir doch immer streng verboten, es war ihm ja schon ein Dorn im Auge, dass du nur auf meinen Schultern standest!«

»Na ja, und schließlich warf er auch mich mit den Füßen durch die Luft. Mutter ist ihm inzwischen zu schwer geworden.« Sie verzog das Gesicht. »Letztlich bin ich beim Absturz mit dem rechten Fuß am Pedestal hängen geblieben und habe mich schwer verletzt. Daher die vielen Prellungen.«

»Wie konnte dein Vater nur!« Ich spürte meine Halsschlagader wummern. »Das ist unverantwortlich, und ich hätte gute Lust, ihm …« Ich biss mir auf die Zunge. Jetzt hatte der alte Hauenstein seinen geliebten Augenstern selbst kaputt gemacht.

In dem Moment polterte es im Treppenhaus, die Tür flog auf, und mein Vater kam in Begleitung eines Arztes herbeigestürmt. »Dieto! Dich schickt der Himmel! Schau dir das arme Mädchen an …«

»Das tue ich, seit ich hier bin!« Ich umarmte Vater fest und innig. »Danke, dass du den Arzt geholt hast!«

Mutter und Inge halfen Johanna in mein ehemaliges Zimmer auf das Bett, wo der Arzt sie eingehend untersuchte. Die Tür blieb angelehnt, und ich konnte zumindest akustisch mitverfolgen, was sich dort drinnen abspielte.

»Tut das weh?«

»Ja!«

»Und das?«

»AUUUU!«

»Und das?«

»AAAAUUUUUAAAAA!«

»Sie muss ins Krankenhaus. Das sieht mir nach einer komplizierten doppelten Fraktur des linken Unterschenkels aus. Wo kann ich hier mal telefonieren?«

Schon ging die Tür wieder auf.

»In der Pferdemetzgerei. Warten Sie, ich begleite Sie.« Aufgeregt wie ein Schuljunge zeigte ich dem Arzt den Weg. Als ich zurückkam, lag Johanna immer noch auf dem Bett, und alle Farbe war aus ihrem Gesicht gewichen. Das war mehr als nur eine Fraktur! Das war der Schock ihres Lebens! Der Vertrauensverlust zu ihrem Vater! Sie würde nie mehr auftreten können!

»Wir müssen deine Eltern davon unterrichten! Sie werden stinksauer sein, dass du bei mir bist.«

»Ja. Und weißt du was? Das ist mir egal. Ich weiß jetzt, wo ich hingehöre.«

Endlich konnten Johanna und ich uns für einen Moment ungestört in die Arme nehmen.

»Ich liebe dich, weißt du das?«

»Ja. Ich dich auch. Schon lange. Und ich werde immer bei dir bleiben.«

Wir küssten uns inniglich, wobei ich versuchte, ihr nicht wehzutun. Mein Herz polterte schwer vor Liebe und Glück. Das Bild von der weinenden Donika, noch heute Morgen, vor wenigen Stunden, in meinen Armen, zerrann wie Butter in der Sonne.

Kurz darauf erschienen zwei Sanitäter, die meine arme Johanna auf einer Liege die drei Treppen hinuntertrugen. Sie wimmerte vor Schmerzen und Angst. Ich half so tatkräftig, wie ich konnte, aber Johanna wollte nur meine Hand halten.

So gelangten wir gegen Mitternacht endlich in das Unfall-Krankenhaus, wo Johanna nach ein paar schmerzvollen Stunden auf dem Gang endlich operiert wurde. In dem Moment, als ich dort wartete, wurde mir klar, dass es irgendwie schon die ganze Nacht brodelte; überall liefen Radios und Fernseher, Leute mit ernsten Gesichtern liefen über die Flure und Gänge. Was war denn nur los hier?

Zwei Stunden lang tigerte ich im Vorraum des Operationssaales auf und ab, und meine Gedanken überschlugen sich. War das wirklich erst heute, dass ich mich von Donika verabschiedet hatte?

Kurz sah ich ihr tränenüberströmtes Gesicht vor mir und hörte ihr theatralisches Weinen.

Wie anders war doch Johanna, so still und tapfer! Wie würde ich mich jetzt fühlen, wenn etwas zwischen Donika und mir gelaufen wäre? Ich könnte Johanna nie wieder in die Augen blicken können! Johanna, die nichts wollte, als bei mir zu sein! Die buchstäblich auf allen vieren zu mir gekrochen war! Die ich liebte, seit ich sie zum ersten Mal gesehen hatte! Nervös fuhr ich mir durch die Haare. Wie sollte das jetzt weitergehen? Zu ihren Eltern wollte und konnte sie erst mal nicht mehr. Sie hatte Vertrauen zu meinen Eltern gefasst! Wie der berühmte Panther zog ich in dem engen Warteraum, dessen Fenster auch noch vergittert waren, meine Bahnen. Einerseits war ich der glücklichste junge Mann der Welt. Meine große Liebe war endlich bei mir. Andererseits litt meine geliebte Johanna schreckliche Schmerzen. Und würde sie jemals auf die Bühne zurückkehren können? Und was, wenn nicht? Würde ich dann alleine weiterhin Artist sein? Hatte sich das Schicksal umgekehrt?

Die Uhr an der Wand zeigte Mitternacht. Warum ging denn die Zeit nicht um?

Ich fühlte mich gefangen, nicht nur in diesem engen Krankenhaus, sondern auch in meinem Staat. Die wenigen Stunden, die ich zurück war in diesem trostlosen Grau, hatten mich mein Fernweh noch heftiger spüren lassen.

Wir würden die DDR verlassen, auf welchem Wege auch immer. Es musste doch einen Weg geben!

Vor meinem inneren Auge sah ich mich mit Jo wieder gemeinsam auftreten, gemeinsam die Welt bereisen. Nur schnell aus der DDR raus, schoss es mir durch den Kopf. Ein wundervoller köstlicher Traum einer gemeinsamen unbeschwerten Zukunft formte sich zu einem Farbfilm.

Draußen war der Himmel viel blauer, und das Gras viel grüner! Wir könnten es noch schaffen, in die Freiheit. Wenn sie nur bald wieder würde laufen können … Wir würden meine Eltern mitnehmen, wir würden es schaffen … Jetzt sollte das Glück endlich auf unserer Seite sein. Grübelnd wanderte ich in dem grauen, schlecht beleuchteten Flur herum und lauschte auf das Klackern meiner eigenen Absätze, die von den Wänden widerhallten.

Plötzlich kam Leben in den stillen Warteraum. Die Flügeltüren öffneten sich, und gleißend helles Licht aus dem OP fiel in den schwach beleuchteten Flur. Grün vermummte Personen schoben die scheinbar leblose Johanna aus dem Saal. Mein Herz schien stillzustehen. Sie war doch nicht …

»Wie geht es ihr?«

»Den Umständen entsprechend. Es wird dauern.«

»Wann wird sie wieder laufen können?«

»Laufen vermutlich irgendwann, aber nicht mehr als Artistin arbeiten. Ihr linker Fuß wird verkürzt bleiben. Wir mussten Gewebe entfernen.«

»Um Gottes willen …« Mein Herz setzte aus, mein Mund war trocken, und mir wich alles Blut aus dem Gesicht. »Hauptsache, mein Herz, du wirst wieder gesund …« Ich beugte mich über das leblose blasse Wesen und hielt ihre Hand. Dann müssen wir eben noch warten, bis wir es in den Westen versuchen, schoss es mir durch den Kopf. Erst mal muss sie wieder laufen üben, und ich werde für sie da sein, und wenn ich wieder Grabsteine klopfen muss!

Und während ich noch neben der fahrbaren Liege herlief, um einen Blick auf Johannas fahles Gesicht zu erhaschen, wurden weitere Türen aufgerissen, und mehrere Ärzte, Schwestern und Pfleger rannten aufgeregt durcheinander.

»Sie haben in Berlin die Mauer zugemacht! Die DDR ist abgeriegelt! Es gibt kein Rauskommen mehr!«

BRATISLAVA,
eineinhalb Jahre später, Silvester 1962/1963

»Schaffst du es, mein Herz? Vorsicht, hier draußen ist es glatt!« Fürsorglich reichte ich Johanna meinen Arm, und meine Verlobte schmiegte sich an mich. Von meinen letzten Auftritten in Prag am Wenzelsplatz hatte ich uns einen achttägigen Winterurlaub in der Hohen Tatra in der Tatranská Lomnica leisten können. Wir feierten nicht nur unsere Verlobung, sondern auch die Genesung ihrer langwierigen Verletzung. Und in der frischen Winterluft bei der vorsichtigen täglichen Bewegung ging es ihr immer besser.

»Liebster, ich habe zwar ein kürzeres Bein, aber ich bin kein altes Weib.« Vorsichtig trippelte sie neben mir her, durch den hohen Schnee dieser atemberaubenden Winterlandschaft. Ihr Atem stand ihr in kleinen Wölkchen vor dem Gesicht und zeichnete sich vor dem dunkelblauen Himmel ab.

»Natürlich bist du das nicht, Johanna. Auch wenn du zwei Jahre älter bist als ich.«

Das war unsere Lieblings-Neckerei, die wir oft und gern bemühten. Immer wenn es um vernünftige Entscheidungen ging, bezog sich Jo, wie ich sie inzwischen nannte, auf ihre geistige Reife, und wenn es um verrückte spontane Einfälle ging, bezog ich mich auf meine Jugend.

»Das versendet sich.« Spitzbübisch zwinkerte sie mir zu, und ich genoss den Anblick ihrer apfelroten Wangen über dem wunderschönen Pelzmantel, der sie elegant und damenhaft aussehen ließ. Seit sie eine Ausbildung als Kürschnerin angefangen hatte, bekam sie die Pelzmäntel zum Einkaufspreis, und ich war stolz und glücklich, ihr eines der schönsten Modelle mitfinanziert zu haben. Sie war eine elegante, bildschöne Dame geworden. Der Pferdeschwanz war einer modernen Bobfrisur gewichen.

»Wo gehen wir hin, Dieto?«

»Nun, ich würde gern mal ein bisschen in Richtung der österreichischen Grenze spazieren, wenn du es schaffst. Einfach nur so, um mal zu schauen, wie es hier um die Bewachung steht.«

Das war wieder einmal ein spontaner, unvernünftiger Dieto-Einfall, aber zu meiner Überraschung weigerte sie sich nicht. Wir beide hatten nur noch eine Passion: Weg aus der DDR, in die Freiheit.

»Natürlich schaffe ich das.« Johanna biss die Zähne zusammen und straffte sich. Nach wie vor hatte sie einen sehnigen Körper und verfügte über so viel Ehrgeiz und Energie, dass sie niemals schwächelte. Seit ihrem Unfall hatte sie den Kontakt zu ihren Eltern abgebrochen und lebte nun in meinem ehemaligen Zimmer bei meinen Eltern. So hatte ich meine Geliebte auf diese Weise in meiner Nähe, wann immer ich zu Hause war. Meine Eltern hatten sie aufgenommen wie eine Tochter.

»Meinst du nicht, wir könnten hier im Wald auf Minen treten?« Johanna war wie immer die Vernünftigere von uns beiden. Skeptisch sah sie mich von der Seite an.

»Ach was, bei dem vielen Schnee und dem starken Frost kann uns gar nichts passieren!« Wie naiv ich doch war, und wie jugendlich dumm! Der Gedanke an Flucht aus der DDR saß tief in mir, und ich hatte nichts unversucht gelassen, unsere Chancen auszuloten. Aber nicht ohne meine Verlobte. Ich würde keinen Schritt mehr ohne Johanna gehen.

Arm in Arm stapften wir weiter durch den unberührten glitzernden Schnee, weiße Atemwölkchen bildeten sich stoßweise vor unseren Mündern. »Das ist sicher total gefährlich, was wir hier machen!« Johanna wurde immer zögerlicher und hing schwer in meinem Arm.

»Dieto, bei aller Liebe … ich lasse mir ungern auch noch mein zweites Bein zerfetzen!«

Doch meine fixe Idee ließ mich nicht mehr los.

»Ich muss einfach die Grenzen ausloten. Möglicherweise kann man nachts durch den Wald …«

»Du dummer Dieto, du.« Nun blieb sie stehen. »Du warst schon in einem Flugzeug nach Wien und bist wieder ausgestiegen!« Johanna blickte mich gespielt vorwurfsvoll an, löste sich von mir und strich sich die blonden Haare aus dem Gesicht. Trotz der Kälte war sie ins Schwitzen geraten. »Ich kann es immer noch nicht glauben, dass du diese Wahnsinns-Chance nicht genutzt hast, in den Westen abzuhauen!«

»Ich gehe keinen Schritt ohne dich.« Nachdrücklich blickte ich sie an.

»Aber du hättest mich doch nachholen können … möglicherweise.« Sie blies sich in die eiskalten Hände. »Es gibt doch Anträge auf Familienzusammenführung. Ich hätte als deine Verlobte bestimmt irgendwann die Ausreisegenehmigung bekommen.«

Ich strich ihr über die erhitzten Wangen.

»Und wenn nicht? Das alles ging mir ja in Sekundenschnelle durch den Kopf. Ich wäre abgehauen, und damit ein Staatsverräter! Sie hätten es doch an dir und den Eltern ausgelassen, Jo. Ich durfte auf Staatskosten meine Ausbildung als Artist machen, durfte ins kommunistische Ausland reisen, war ein Vorzeigeobjekt der DDR. Was für ein Verrat! Du hättest möglicherweise deine Arbeit in der Pelzfabrik verloren, Vater seinen in der Waffelfabrik, sie hätten womöglich Manfred als Fahrer eines SED-Bonzen drangsaliert! Und Inge, meine Schwester, ist ja genau mit einem solchen verheiratet! Ihre Ehe wäre in Gefahr geraten! Und mein Muttel! Was hat sie alles für mich getan, um mir das Leben zu retten. Nein, ich konnte doch nicht einfach abhauen und euch alle eurem Schicksal überlassen! Das ging mir ja alles durch den Kopf, als die Türen im Flieger bereits geschlossen waren. Ja, ich, ich wäre frei gewesen, aber ihr …?« Ich ertrug es kaum, wie Johanna mich mit offenem Mund anstarrte.

»Wie bist du denn nur an ein Flugticket nach Wien gekommen, Dieto? Das habe ich immer noch nicht verstanden!«

Hier, im Wald, ohne lauschende Stasi-Beamte oder Wanzen im Hotelzimmer, konnte ich ihr endlich die ganze verrückte Geschichte in aller Ausführlichkeit erzählen.

»Eine nette Reisebürodame von der tschechischen Luftfahrtlinie CSA in Prag verkaufte mir augenzwinkernd ein Flugticket zurück nach Ost-Berlin mit den Worten: ›Man kann doch mal vergessen, den Pass eines so sympathischen Künstlers einzusehen, nicht wahr?‹ Und damit überreichte sie mir das Ticket, das über Wien ging! Wien, Jo! Die Stadt, in der ich schon als junger Mann mit Liebeskummer eine Nacht im sogenannten Häfn verbrachte!«

Johanna schlug mit ihrem Handschuh nach mir. »Du hättest diese Chance unbedingt annehmen müssen. Dann würden wir jetzt hier nicht durch den meterhohen Schnee stapfen und wieder bei null anfangen! Und möglicherweise auf Minen treten.« Kopfschüttelnd hakte sie sich wieder unter, und ich zog sie weiter durch den Tiefschnee, in den dichten Wald hinein. Immer mehr Schilder mit schwarzen Totenköpfen und zwei Knochen hingen an den Bäumen. Die Botschaft war klar. Wer hier weitergeht, begibt sich in Lebensgefahr und ist selbst schuld.

Um sie abzulenken, plauderte ich ganz harmlos weiter.

»Ich bestieg also am Morgen des Heiligen Abends mit unfassbarem Herzklopfen das Flugzeug von Prag nach Ostberlin via Wien. Das Ticket hatte ich unerlaubterweise in den Händen, und den Pass wollte irgendwie niemand sehen. Ich fühlte mich wie Ikarus, der plötzlich Flügel hat. Ohne Beanstandung kam ich durch die Bodenkontrolle im Terminal und schritt mit den anderen

Passagieren, die alle Weihnachten noch nach Hause wollten, über das Rollfeld zur Gangway. Es war ein eiskalter grauer verschneiter Morgen, und ich hatte nur das Nötigste an Gepäck dabei.«

»Du warst bereit für ein Leben im Westen!«

»Einerseits und andererseits. Ich wähnte mich sicher und sah mich schon in einer Stunde in Wien aus dem Flieger steigen, in Freiheit! Meine Patentante in Salzburg, du weißt doch, Tante Regina, mit deren Sohn Werner ich damals die Radtour gemacht habe, hätte mich sicher sofort bei sich aufgenommen!«

»Du hast oft von ihr erzählt. – Dieto, ich will hier nicht weitergehen, es wird immer unheimlicher! Schau doch nur die entsetzlichen Totenköpfe auf den Warnschildern!«

»Nur noch ein kleines Stück. Wir müssen unsere Chancen ausloten, vielleicht kann man hier ganz ungestört über die grüne Grenze wandern. Das Glück scheint doch immer auf meiner Seite zu sein. – Hör zu, ich lenke dich ab. – Am Eingang des Fliegers standen zwei Uniformierte mit diesen typischen russischen Winterfellmützen, wie ich sie noch aus meiner Kindheit nach deren Einmarsch in Clausnitz in Erinnerung hatte …«

»Hast du dir nicht vor Angst in die Hose gemacht?«

»Doch. Plötzlich wurden mir die Knie weich, und ich fühlte mich wieder wie der Fünfjährige, der mit seiner Mutter und seinem Bruder auf der Flucht ist. Aber es war so einfach, sie ließen mich passieren, und ich ließ mich auf meinen Platz plumpsen … die Propeller wurden schon angeworfen, die Stewardess kam und fragte, ob ich einen Drink möchte, und prüfte meine Anschnallgurte, und ich dachte, jetzt bin ich frei, jetzt habe ich es geschafft! Da kam ich mir plötzlich wie der letzte Verräter vor. Da sah ich dein liebes Gesicht vor mir. Wie du bei meinen Eltern in Dresden unter dem Weihnachtsbaum sitzt und vergeblich auf mich wartest. ›Ich wollte zu dir.‹ Ganz deutlich hörte ich in meinem hämmernden Kopf deine liebe Stimme und sah deine großen ehrlichen Augen. ›Ich wollte zu dir.‹ Wie konnte ich da sitzen bleiben? Da bin ich plötzlich aufgestanden, die Türen waren schon geschlossen. ›Entschuldigung, ich muss noch mal raus!‹

›Das geht nicht, die Türen sind schon geschlossen.‹

›Ich muss raus, sonst kriege ich in der Luft eine Panikattacke!‹

›Aber dann fliegen wir ohne Sie.‹

›Ja. Das ist mir bewusst. Machen Sie auf. Schnell!‹

Die Stewardessen haben ganz schön erstaunt geschaut, aber sie haben die Tür noch einmal aufgestemmt. Die Gangway hatten sie schon weggerollt, die musste noch mal herangefahren werden. Das bemerkten die beiden Russen in Uniform, die gerade wieder in das warme Flughafengebäude zurückgeschlendert waren. Als ich über das Rollfeld rannte, lief ich ihnen direkt in die Arme.

›Pass‹, bellten sie mich an. ›Ticket und Pass!‹«

Meine Erzählung wurde unterbrochen, denn nun standen wir im dunklen Fichtenwald, um uns herum nur metertiefer Schnee. Es ging nicht weiter. Dichtes Geäst umgab uns, schneebedeckte tief hängende Zweige streiften unsere Beine. Was mutete ich meiner armen Johanna nur zu?

Mein Herz raste, während ich diese Bilder von vor einer Woche wieder vor mir sah. Ich wäre frei gewesen! Aber ohne meine Jo!

»Und dann, Dieto? Was passierte dann?« Jo schüttelte meinen Arm, während ich einen sperrigen Ast aus unseren Gesichtern fernzuhalten versuchte. Er schnellte zurück und peitschte uns fast ins Gesicht. Krachend brach er ab, nachdem ich mich mit aller Gewalt dagegengestemmt hatte.

»Die beiden fellbemützten Russen versperrten mir den Weg zurück ins Flughafengebäude. Sie waren sichtlich sauer, dass ich sie am Weihnachtsabend vom Wodkatrinken abhielt!« Ich zertrat den sperrigen Ast, der berstend zerkrachte, und ließ Johanna darübersteigen.

»Weiter, Dieto.«

»Jetzt saß ich in der Falle! Sie kontrollierten lange und ausgiebig meine Dokumente.

›Sie wissen doch genau, dass Sie als DDR-Bürger diesen Flug nach Berlin via Wien nicht nehmen dürfen‹, schnarrte der eine in recht gutem Deutsch. ›Wer hat Ihnen überhaupt das Ticket verkauft?‹

›Ja, das muss im Eifer des Gefechts passiert sein‹, stammelte ich, fest entschlossen, die nette junge Tschechin von CSA in Prag nicht zu verraten, die mir das Ticket, ohne mit der Wimper zu zucken, verkauft hatte. ›Aber gerade habe ich es selber bemerkt!‹, täuschte ich Erkenntnis vor. ›Du lieber Himmel, Dieto, habe ich mir gedacht, ich kann doch nicht über Wien fliegen, ich bin doch ein unbescholtener DDR-Bürger! Ich vertrete doch als internationaler Artist mein sozialistisches Land! Da mache ich mich ja strafbar!‹«

»DAS hast du denen gesagt?« Jo starrte mich immer noch fassungslos an, soweit ich das in der Dunkelheit erkennen konnte. »Bitte, Dieto, lass uns zurückgehen, ich habe solche Angst!« Es knackte unheimlich hinter den Bäumen, und ich sah schon die Grenzer mit angelegten Gewehren auf uns zielen.

Ich legte meinen Arm um Johannas schmale Taille und führte sie zurück. Vorsichtig hielt ich ihr die kalten starren Zweige aus dem Gesicht, die immer zurückschnellen wollten. Inzwischen war es ganz dunkel, und der finstere Wald um uns herum verdichtete sich. Waren wir hier noch auf dem richtigen Weg? Unsere Spuren waren schon zugeschneit. Um Johanna und auch mich selbst abzulenken, erzählte ich weiter von meinem verbotenen Flug-Abenteuer. »Die beiden führten mich einige Treppen hinunter in einen verqualmten Raum, wo ein tschechischer Beamter unwillig ein Protokoll mit zwei Fingern in eine alte Schreibmaschine tippte. Das dauerte qualvolle zwei Stunden. Der sprach allerdings viel schlechter Deutsch als die beiden Russen, und meine Beteuerungen, dass ich erst im Flugzeug gemerkt hatte, dass ich diesen Flieger ja gar nicht hätte besteigen dürfen, prallten an ihm ab. Er rief einen Vierten zu Hilfe, einen dicken Alten mit ganz viel Goldlametta auf den Schultern. Alle vier wollten wohl selbst Weihnachten abends zu Hause sein und konnten nicht glauben, dass ein ostdeutscher junger Trottel ihnen solch eine Schmierenkomödie vorspielte. Ich sah es in ihren grauen Gesichtern arbeiten: Warum ist der Idiot denn nicht einfach in die Freiheit geflogen? Er saß doch schon drin!«

Mein Herz polterte jetzt laut. Ja, in diesem Moment war mir die Tiefe meiner Liebe zu Jo bewusst. Nichts und niemand würde uns jemals auseinanderbringen, keine Staatsmacht, keine dunkle Gefahr, keine Mauer, kein noch so tiefes Meer. Wenn wir gehen würden, würden wir es gemeinsam tun.

Arm in Arm stapften wir vorsichtig weiter, wobei wir bei manchen Schritten leise knirschend bis zu den Hüften versanken. Unverantwortlich, was ich meiner Johanna da zumutete. Schließlich trug sie Seidenstrümpfe und Schnürschuhe unter ihrem eleganten Pelzmantel. Wir hatten uns ja offiziell nur ein bisschen die Beine vertreten wollen, als wir vor Stunden das Hotel verließen.

»Weil du bei mir sein wolltest.« Johannas Stimme durchbrach hell und klar die einbrechende Silvesternacht. »Ich liebe dich so sehr, du alter Trottel!«

»Ja, ich liebe dich auch, ich Trottel.« Ich unterdrückte ein Lachen. »Mit der einen Arschbacke war ich schon in Wien, aber die andere wollte zu dir.«

»Dabei sind sie beide bei den wahren Arschlöchern gelandet – Vorsicht, da ist ein Stacheldraht.«

»Ich habe denen vorgejammert, dass ich Weihnachten unbedingt zu meiner Familie wollte, wie sie doch sicher auch, und dass wir diese ganze Prozedur jetzt auch vergessen könnten, ich hätte ja meinen Irrtum bemerkt und wäre freiwillig wieder ausgestiegen, und eigentlich hatte ich erwartet, dass sie mir jetzt eine Medaille umhängen …«

»Aber sie haben sich in dich verbissen.«

»Sie haben gesagt, ich solle mich doch beim Außenministerium der DDR beschweren!« Ich stieß ein spöttisches Lachen aus. »Und gleichzeitig haben sie ganz wichtig meine Passdaten und meine Ticketnummer an die Zentrale in Prag per Telex gesendet.«

»Hoffentlich hat die nette Ticketverkäuferin wegen dir keinen Ärger bekommen.« Johanna blieb wieder stehen. »War die verknallt in dich, Dieto?«

Ich überhörte diese Frage und antwortete mit einer Gegenfrage. »Tut dir das Bein wieder weh?«

»Mein Bein ist nicht mehr wichtig. Aber deine Beine und Arme sind wichtig! Sie sind unser Lebenskapital!«

»Was meinst du?«

»Siehst du denn nicht die Warnschilder mit dem Totenkopf? ›*Pozor*‹ heißt Vorsicht! Nicht weitergehen! Stell dir vor, eine Mine reißt dir jetzt einen Arm oder ein Bein ab und du kannst auch nicht mehr auftreten! Das ist es doch nicht wert, Dieto!«

»Aber wir hatten doch gesagt, wir versuchen es …« Schon wollte ich sie weiterziehen. »Heute ist Silvester, da sitzen die Posten alle mit Wodka zusammen und saufen sich die Hucke voll, und vielleicht sind wir schon bald drüben. Komm, Jo, nur noch ein paar Schritte in diese Richtung!«

»Ja, aber nicht so kopflos und ungestüm.« Johanna fing an zu weinen. »Willst du für Jahre in den Knast? Du hast doch gerade selber erzählt, was sie deiner Familie antun würden! Und am Ende bringen sie dich doch zurück in die DDR, und alles war umsonst. Du hättest sicher lebenslanges Auftrittsverbot!«

»Du hast recht, meine Liebste, wir gehen zurück.«

»Aber jetzt ist es stockdunkel, und wir sehen nicht, wo wir hintreten …«

»Entschuldige, Johanna, das war eine saudumme Idee von mir.«

»Ja. Allerdings.« Wir umarmten uns innig. »Tu das nie wieder!«

Hand in Hand tasteten wir uns vorsichtig zurück und versuchten, nicht allzu tief im eisigen knackenden Schnee zu versinken. Aber irgendwann sahen wir die Hand vor Augen nicht mehr.

»Dieto, ich habe solche Angst!«

»Da vorne ist ein Licht!«

»Wo?«

»Da! Hinter den Bäumen, schau doch nur, da flimmert was!«

»Aber da sind wir nicht hergekommen!«

»Egal, das sieht aus wie eine kleine Schenke, so gedämpftes Licht!«

Ich zog Johanna mit mir. »Hier sind bestimmt keine Minen, wenn da eine Kneipe ist!«

Völlig verfroren, durchnässt und verängstigt betraten wir eine halbe Stunde später die Spelunke und sahen uns in der schummrigen Hütte um. An einem Holztisch saßen einige Männer in Grenzer-Uniformen. Mir gefror der Atem. Das war keine Kneipe, das war ein Aufenthaltsraum für die Grenzer. Wir waren ihnen direkt in die Arme gelaufen!

Showtime, Dieto. Ich setzte mein verbindliches Lächeln auf.

»Guten Abend, wir haben uns wohl verlaufen und brauchen etwas Heißes zu trinken«, gestikulierte ich, wobei ich meinen letzten Rest Charme und jugendliche Naivität zusammenkratzte.

Die Männer musterten uns argwöhnisch und diskutierten auf Slowakisch über uns. Ganz offensichtlich hatte sich noch nie ein Ausländer in ihre Blockhütte verirrt, erst recht nicht mit einer weinenden Dame im Pelzmantel, und schon gar nicht in der Silvesternacht. Aus ihren Blicken und Wortfetzen konnte ich durchaus entnehmen, dass sie dies hier für einen Fluchtversuch hielten. Einer von ihnen griff bereits zum Gewehr, das neben ihm auf der Bank lag, ein Zweiter nahm seines zögerlich von der Wand. Offensichtlich hatten sie sich schon dem Alkohol hingegeben, denn ein bitterscharfer Geruch nach Schnaps hing in der abgestandenen Rauchwolke, die sie umgab.

Ein Älterer erhob sich mühsam von der kargen Holzbank. »Wo kommen Sie her und wo wollen Sie hin?« Sein Deutsch war stark akzentuiert. »Dies hier ist strikt verbotenes Grenzgebiet!«

»Oh, das wussten wir nicht.« Ich sah ihn erschrocken an. »Bei dem herrlichen Winterwetter wollten wir nur einen Spaziergang machen, aber dann wurde es plötzlich dunkel, wir sanken immer tiefer in den Schnee, und meine Verlobte hat sich wohl den Fuß vertreten …«

»Ja, ich bin umgeknickt und habe mir wehgetan …«

Johanna hob ihren Pelzmantel und gönnte den Grenzern den Anblick ihrer schlanken Fesseln in durchnässten Nylonstrümpfen. Den Waldschraten fielen fast die Augen aus dem Kopf.

»Könnten Sie uns ein Glas von Ihrem Punsch verkaufen?« Johanna blickte sie aus blanken Augen scheinbar arglos an. »Dürfen wir Sie vielleicht auch noch auf ein Gläschen einladen? Es ist doch Silvester!«

»Das hier ist keine Wirtschaft!«

»Nein, das sehen wir jetzt auch. Entschuldigen Sie die Störung …« Ich wollte Johanna schon aus der Spelunke ziehen.

»Aber Sie sind unsere Gäste!« Der Alte verstellte uns den Eingang. »So eine schöne Frau kommt selten hier vorbei!«

Und so rückten die Grenzer zusammen und ließen Johanna und mich mit auf ihre Holzbank.

»Wer da langgeht, geht direkt in die Hölle!« Einer der Männer wies mit dem Kinn aus dem kleinen Fenster in die Dunkelheit hinein. »Da habt ihr noch mal Glück gehabt, dass ihr uns gefunden habt. Ihr wäret nicht lebend aus diesem Wald gekommen!«

AUF TOUR VON DRESDEN AUS,

etwa anderthalb Jahre später,

1964

Die Stimmung unter den Artisten war nach dem Bau der Mauer gedrückt. In den Bussen, die uns zu unseren Einsatzorten brachten, redeten wir uns oft die Köpfe heiß über geradezu geniale Fluchtideen, die aber immer so aufgetischt wurden, dass sie sich wie abstruse Witze anhörten. Denn nie konnte man wissen, welcher Kollege nicht doch heimlich für die Stasi arbeitete. Inzwischen waren all die bekannten Künstler und Künstlerinnen enge Freunde für mich geworden, wir waren wie eine Familie. Und doch wurde ich das Gefühl nicht los, dass die Partei unser Vertrauen unterwanderte.

Immer wenn ich irgendwo in der DDR auf Tournee war, tauchten von Zeit zu Zeit SED-Funktionäre auf, deren einzige berufliche Tätigkeit darin bestand, uns junge Artisten von der Notwendigkeit überzeugen zu wollen, in die Reihen der DDR-Volksarmee einzutreten. Man merkte es ihnen schon auf große Entfernung an, dass sie nur das eine von uns wollten. Bis zum Bau der Mauer 1961 konnte ich das, aufgrund der furchtbaren Kriegserlebnisse, etwa der Ausbombung und der Flucht, noch immer erfolgreich und gut begründet abweisen. Doch dann wurde der Dienst in der Nationalen Volksarmee gesetzliche Pflicht. Wehrdienstverweigerung gab es nicht, und wer es dennoch versuchte, mit dem befassten sich die Genossen der Stasi so intensiv, dass er sich anschließend gern für drei Jahre freiwillig verpflichtete. Denn in den DDR-Zuchthäusern wurde man, wie hinter vorgehaltener Hand berichtet wurde, »umerzogen«, um dann im Anschluss an eine jahrelange Haft doch zur Wehrpflicht genötigt zu werden.

Noch tingelte ich relativ unbeschwert in der DDR und ČSSR umher, traf aber immer öfter mit jungen Kollegen zusammen, die bereits ihren Stellungsbefehl in der Tasche hatten. Ab und zu traf ich aber auch Kollegen aus westlichen Ländern, die von Traumengagements in den entferntesten Ländern der Erde berichteten. Also nahm der Gedanke an Flucht den größten Platz in meinem Gedankengut ein. Mit Johanna, die nach wie vor bei meinen Eltern wohnte, sprach ich immer wieder heimlich darüber, doch sie mahnte mich zur Vernunft und Vorsicht. Meine letzten Fluchtversuche waren wirklich kopflos, ungeplant und verantwortungslos gewesen, das schrieb sie meinem jugendlichen Leichtsinn zu.

Johanna arbeitete inzwischen in einer führenden Position im Pelzgeschäft, fertigte selber die wunderbarsten Pelzmäntel an und durfte sie auch auf der Leipziger Messe als Model selbst vorführen.

»Du hast ein Vertragsangebot für drei Monate Jugoslawien in der Post!« Strahlend empfing sie mich, als ich von mehreren Wochen Sommerengagement in Kühlungsborn zurückkam.

Nie wieder war meine Johanna eifersüchtig und stellte bohrende Fragen, wen ich kennengelernt hätte oder mit welcher Kollegin ich zusammen aufgetreten sei. Sie war so klug, und ihre Liebe zu mir war so tief, dass sie nie unsere kostbare Zeit auf diese Weise vergiftete. Und ich gab ihr auch keinen Anlass dazu! Sie war mein Ein und Alles, meine große Liebe, meine zweite Hälfte. So etwas findet man nur einmal im Leben. Wir vertrauten einander blind.

»Jugoslawien! Aber da brauche ich ein Visum!« Halb begeistert, halb hoffnungslos ließ ich mich auf den Stuhl in der elterlichen Mansardenwohnung fallen. »Die werden mich nicht ausreisen lassen!«

»Denk nur, Dieto, Jugoslawien!« Johanna schmierte mir ein Brot und legte es liebevoll mit ein paar Gürkchen auf meinen Teller. »Und sogar die Riviera ist dabei! Da kannst du doch bestimmt ein bisschen Umschau halten!« Sie zwinkerte mir zu. »Natürlich werden sie dich ausreisen lassen, denn du bist ja auch von Albanien brav wieder nach Hause gekommen! Und das Wichtigste: Du hast keine Verwandten im Westen!«

Heißhungrig biss ich in das Brot. »Ich würde es für mein Leben gern machen, Johanna!«

»Vergiss nicht, Dieto: Du hast hier in der DDR das RECHT AUF ARBEIT!« Johanna hob eine Augenbraue und sah mich mit gespielter Strenge an. »Du fliegst zur Künstleragentur, mit der du auch die anderen Tourneen gemacht hast, und lässt dir ein jugoslawisches Arbeitsvisum ausstellen. Ich habe mich schon erkundigt. Bevor du mehrere Monate ohne Arbeit bist, müssen sie dir das genehmigen.«

»Wie schlau du doch bist …« Ich hielt beim Kauen inne und schüttelte bewundernd den Kopf.

»Wie schlau DU doch bist!« Johanna schenkte mir ein Glas Milch ein. »Wenn du nämlich erst mal in Jugoslawien bist, wirst du das auch nutzen und alles erkunden. Diesmal möglichst ohne Minen im tiefen Schnee. Und denk dran, ich will auch mit rüber!« Sie grinste mich verschwörerisch an. »Jugoslawien ist sehr international, wie man mir auf meinen geschäftlichen Terminen erzählt hat. Aus aller Herren Länder kommen Geschäftsleute wie Touristen, weil der Umtauschkurs so günstig ist. Du wirst Automarken aus aller Herren Länder sehen. Es wirkt fast wie der freie Westen, doch vergiss nicht, dass Marschall Tito das Land regiert. Ein kommunistisches Land mit westlichem Gesicht.«

In den letzten zwei Jahren war unsere Liebe immer mehr gewachsen, und Johanna lebte wie eine Tochter bei meinen Eltern und sorgte für sie. Indem meine liebsten Menschen einander so mochten und gegenseitig auf sich aufpassten, fiel es mir auch leichter, für Wochen und Monate auf Tournee zu gehen. Die Show war längst super erfolgreich und Abend für Abend ausgebucht. Nur eine eifersüchtige, besitzergreifende Frau hätte darauf bestanden, dass ich stattdessen auf dem Friedhof Steine klopfte. Ich konnte mich glücklich schätzen, Johanna zu haben, und ich würde nie ihr Vertrauen missbrauchen.

So fand ich mich bald im Zug wieder auf der langen Fahrt via Prag und Budapest nach Zagreb. Das Hotel Esplanade befand sich in unmittelbarer Nähe des Bahnhofs, sodass ich noch nicht mal ein Taxi brauchte.

Der Job in Zagreb war wunderbar. Wir hatten samstags und sonntagnachmittags eine Matinee-Show, alltags jedoch nur eine Show um 23 Uhr. So konnte ich neben meinen täglichen Proben in Ruhe die Stadt erkunden. Mit in der Show war ein polnisches Tanzpaar aus der Warschauer Oper, ein singender und tanzender Akkordeon-Virtuose und ein jugoslawischer Zauberkünstler. Als absoluter Stargast beglückte eine jugoslawische Sängerin namens Dunja Rajter das Publikum, die mit warmer, wunderbar rauchiger Stimme und ihrem temperamentvollen Auftreten die Zuhörer begeisterte. Sie erinnerte mich an Donika.

Mit diesem Ensemble wechselten wir nach einigen Wochen ins Sommerengagement nach Opatija in die Villa Rosalia, direkt an der Adria. In der Villa Rosalia war ein Spielcasino angeschlossen, und vorwiegend reiche Italiener kamen dorthin, um hier ihr Glück zu versuchen. Was für eine bunte, mondäne, andere Welt als im grauen Dresden! Im Hotel verkehrten viele Westdeutsche, Österreicher, Schweizer, Engländer und Skandinavier. Es war eine Art Rivieraleben, wie ich es bis dahin noch nie erlebt oder gesehen hatte. Tagsüber sonderte ich mich von den Kollegen ab und fuhr mit dem Bus an die italienische Grenze, um zu sehen, wie dort die Grenzabfertigung gehandhabt wurde. Auch hier gab es Schlagbäume und reichlich bewaffnete Grenzsoldaten auf der jugoslawischen Seite, sodass mir bewusst wurde, dass der Eiserne Vorhang irgendwie doch den gesamten Ostblock hermetisch abriegelte. Verdammt. Es musste doch irgendetwas zu machen sein! Diese einmalige

Chance muss ich irgendwie nutzen! Es war schließlich bei Weitem nicht so schlimm wie an der DDR-Grenze zur BRD, oder an der Berliner Mauer!

Besessen von dem Gedanken, einen Schlupfwinkel zur Flucht zu finden, ließ ich mich hinunter an den Strand treiben. Sorglose Menschen lagen hier auf ihren Handtüchern im Sand, sonnten sich, schlenderten in kurzen Shorts Eis essend herum oder flitzten mit ihren imposanten West-Limousinen auf der Straße hin und her. Und ich armer kleiner Künstlerwurm stand da, die Hände in den Hosentaschen, mit meinen vierundzwanzig Jahren, zog die Schultern hoch und ließ die glitzernden Wellen der warmen Adria vor meinen sehnsuchtsvollen Augen tanzen.

Freiheit, du bist so nahe, und doch so fern ... Hier müsste ich Johanna rüberbringen, und wenn es in einem Paddelboot wäre! Aufseufzend ließ ich mich in den heißen Sand fallen und nestelte meine Sonnenbrille hervor. Mitten zwischen den lärmenden Menschen, den quietschenden Kindern und den lachenden Sportlern, die Federball oder Strandtennis spielten, verlor ich mich in meinen Beobachtungen, und blendete das bunte Gewimmel um mich herum aus. Hinter den spritzenden und strampelnden Sommerfrischlern dümpelten einige kleine bunte Schlauchboote herum. »Und wenn man einfach mit dem Paddelboot ...?« Der Gedanke verfestigte sich. Wir waren beide sportlich und durchtrainiert. Wie viele Kilometer mochten es wohl sein über die engste Stelle zwischen Istrien und Italien? Wer würde mir wohl den Blick in eine internationale Landkarte gestatten, ohne gleich Argwohn zu schöpfen?

Am Horizont zogen Küstenwachboote in regelmäßigen Abständen ihre Bahnen. Ich kniff die Augen zusammen. Sie waren doch tatsächlich mit Maschinengewehren ausgerüstet! Welch ein irrsinniger Kontrast zu den Badegästen, die sich sorglos tummelten wie Ameisen auf einem Ameisenhaufen, der von gefährlichen Wespen und Hornissen umkreist wird.

»Wenn, dann muss es hier gelingen«, murmelte ich wie besessen vor mich hin. Stundenlang beobachtete ich die Szene. Eines der Küstenwachboote kam alle fünfzig Minuten wieder zurück, das andere schraubte sich erst nach zweieinhalb Stunden wieder vom Horizont auftauchend in die lebendige Kulisse.

»Wenn, dann muss es hier gelingen«, wiederholte ich gebetsmühlenartig. »Und zwar mit meiner geliebten Jo. Für sie ist mir kein Meer zu tief.«

DRESDEN,
einige Wochen später

»Und dann hast du was getan?«

Jo starrte mich an und knetete ihre Hände. Wir lagen nebeneinander im Bett in der elterlichen Mansardenwohnung und hatten gerade leidenschaftlich unser Wiedersehen gefeiert.

»Ich habe meine Rückreise in Brünn unterbrochen, um mir dort ein Paddelboot zu kaufen.«

»Ein Paddelboot.« Sie warf sich auf die Seite und stützte den Ellbogen auf.

»Na ja, so ein Gummiboot zum selber aufpusten, es ist winzig, aber wir beide passen hintereinander rein. Schau, so.« Ich kuschelte mich rückwärts an sie und umgriff von hinten ihre Handgelenke, um im Bett zu paddeln. »Der kleine Häwelmann ist auch mit seinem Bett davongerudert, bis zum Mond.«

»Dieto, wann wirst du endlich erwachsen?«

»Bin ich das nicht? Habe ich es dir nicht gerade erst bewiesen?«

Wie immer waren meine Eltern ins Kino gegangen, um meiner geliebten Jo und mir die ersten Stunden meiner Rückkehr privat zu überlassen. Sie lauschten zwar immer höchst interessiert meinen lebhaften Erzählungen, aber so viel Taktgefühl und Anstand hatten sie, dass sie erst mal den Faun-Palast beglückten. Und außerdem erinnerten sie sich an die Zeiten, in denen sie selbst voneinander getrennt gewesen waren, durch den schrecklichen Krieg.

Nachher würde ich eben alles noch einmal erzählen. Nachher!

»Also noch mal von vorn …« Jo löste sich aus meiner Umarmung und stützte wieder den Ellbogen auf. »Wo hast du denn das Paddelboot gelassen? Das ist doch höchst verdächtig! Du reist doch sowieso schon mit deinem ganzen Requisiten-Gepäck?«

Das stimmte! Mein gesamtes Equipment, mein Bühnenoutfit, meine Kulissen, meine Requisiten und meine Keulen, Bälle, Hüte und Whiskeyflaschen, mit denen ich jonglierte, schleppte ich ja stets auf meinen komplizierten Zugreisen in mehreren großen Koffern mit. Bei den überfüllten Zügen in der DDR und in den kommunistischen Bruderländern konnte es besonders im Sommer vorkommen, dass ich sechs bis acht Stunden im Gang stand, wenn ich es überhaupt in den Zug schaffte. Denn meine kostbaren Utensilien konnte ich keine Sekunde aus den Augen lassen. Wenn nur ein kleines Detail fehlte, konnte ich meine gesamte Show vergessen.

»Liebste Jo, ich habe in Zagreb im Hotel Esplanade ein ganz entzückendes Pärchen kennengelernt: Ivo und Hella.« Ich wickelte die Decke um ihren schlanken Körper, weil sich eine Gänsehaut auf ihren Armen gebildet hatte. »Ivo arbeitet als Kellner dort, und er spricht ein österreichisch gefärbtes Deutsch, ebenso seine Frau Hella. Ich habe mich mit ihnen angefreundet, und die beiden haben nicht nur mein Erspartes in mehreren Westwährungen für mich aufbewahrt, sondern auch das Schlauchboot in einem Koffer.«

»Bist du sicher, dass du ihnen vertrauen kannst?« Johanna fröstelte trotz Decke in meinen Armen. »Dieto, du bist immer so vertrauensselig und naiv!«

»Ich habe tausendzweihundert Deutsche Mark West in allen erdenklichen Westwährungen, Lira, Schilling, englisches Pfund und Deutsche Mark gespart, die ich alle illegalerweise von ausländischen Touristen gegen jugoslawische Dinar gekauft habe. Auch Ivo hat für mich Devisen besorgt.«

»Aber das ist doch für Privatpersonen strengstens verboten!«

»Jo, glaube mir! Das fällt in einem so großen Hotel mit Spielcasino gar nicht auf!«

Ungläubig schüttelte Jo den Kopf. »Du lässt dein gesamtes Erspartes bei fremden Menschen?«

»Sie sind meine Freunde, Jo.«

»Und wenn sich dein Ivo und seine Hella deine Kohle unter den Nagel reißen?«

»Tun sie nicht. Sie sind die Guten. Bestimmt. Glaube mir. Ich sage dir, da geht noch was.«

»Ach Dieto. Du bist immer so gutgläubig … viel zu gut für diese Welt.« Jo stupste mir auf die Nase und gab mir einen Kuss. »Komm du erst mal in mein Alter, dann wirst du von gesundem Misstrauen geprägt sein.«

»Niemals!«

»Kommst du in mein Alter oder wirst du von Misstrauen …«

»Werde mir nicht übermütig, sonst …« Schon artete unser Gespräch in eine Kissenschlacht aus.

»Still! Ich glaube, da kommen deine Eltern zurück!«

Tatsächlich. Mein dritter zärtlich stürmischer Überfall wurde im Keim erstickt. Der Schlüssel drehte sich im Schloss. »Mist. Kurzer Film.«

»Sei nicht unfair, Dieto. Sie haben uns über drei Stunden die Wohnung überlassen!«

Hastig stieg ich in meine Hosen, wobei ich auf einem Bein über die knarrenden Dielen hüpfte wie ein einbeiniges Känguru, und stülpte mir das Hemd über, das auf dem Stuhl lag wie ein zur Strecke gebrachter Boxer.

Stürmisch riss ich die Tür auf, wie ein kleiner Junge. »Hallo Mama und Papa, da bin ich wieder!«

Ein großes Hallo und Umarmen brachte Leben in die kleine Küche, umrundet vom Ah und Oh beim Auspacken meiner vielen West-Geschenke.

»Junge, das musste doch nicht sein!« Mutter strich mit der Hand über eine glänzende Packung mit Seidenstrumpfhosen, Vater roch begeistert an teuren Zigarren. Meine Jo, die inzwischen in Jeans und Bluse auch aus dem kleinen Zimmer gekommen war, drückte einen kostbaren Mohairpulli an sich.

»Oh doch, das musste alles sein. Und hier habe ich noch viel mehr für euch …«

Nach großem Auspacken und wiederholtem Umarmen kam Vater zum Ernst des Lebens zurück.

»Junge, du hast zweifach wichtige Post.«

Vater klaubte nach dem obligatorischen Begrüßungs-Schluck schließlich mit wichtiger Miene zwei Umschläge aus seiner Aktentasche.

»Das eine ist auf jeden Fall wieder ein tolles Engagement …« Vater wies auf den Absender meiner Berliner Künstleragentur, mit der ich schon in Albanien und Jugoslawien gewesen war.

»Zeig her …« Hastig riss ich den Umschlag auf. Meine Finger zitterten vor Spannung.

»Eine Einladung nach Nordvietnam!« Ich strahlte in die Runde. »Das ist glatt ASIEN, Leute!«

»Du scheinst bahnbrechenden Erfolg zu haben, Junge! Wir sind so stolz auf dich!« Beide Eltern hatten feuchte Augen. »Deine Keulen katapultieren dich um die Welt!«

»Schön wär's … aber leider nur in die kommunistischen Länder.«

Jo hielt meine Hand. Ihr Blick ruhte warm und liebevoll auf mir. Es war unfassbar, wie sehr sie mir meinen Erfolg und die Reisen gönnte, nachdem sie selber nicht mehr auftreten konnte. Mit ihren Eltern und ihrem Bruder pflegte sie keinen Kontakt mehr. Sie hatte sich voll und ganz in meine Familie versenkt. Was für ein Vertrauen, was für eine Hingabe und Liebe!

»Der andere Umschlag …« Vater räusperte sich einen Kloß von der Kehle und kramte umständlich in der Aktentasche. »Der ist leider von der NVA.« Er kratzte sich im Nacken.

Mir fuhr der Schock wie ein kaltes Beil in die Magengrube. »Das ist ein Stellungsbefehl von der Nationalen Volksarmee! Ich muss zum Militär!« Ich ließ das Blatt sinken. Meine Finger zitterten. »Jetzt ist alles aus.« Vor meinem inneren Auge zerrannen alle wagemutigen Pläne von Flucht und Freiheit, von einem Leben mit Jo im Westen. »Selbst Nordvietnam kann ich mir jetzt abschminken.« Ich knallte den Wisch auf den Küchentisch. »Scheiße!«, entfuhr es mir.

Drei Augenpaare drückten tiefstes Mitgefühl aus. »Ach Dieto, Lieber … da kommt wohl kein junger Mann in der DDR drum herum …« Vater schüttelte mitfühlend den Kopf. »Und das alles so kurz nach dem Zweiten Weltkrieg! Von wegen, jeder, der wieder eine Waffe anrührt, dem sollen die Hände abfaulen! – Sie lernen auch nichts dazu!«

»Verdammte Scheiße! Ich will nie in meinem Leben eine Waffe in die Hand nehmen!« Wütend wie ein angeschossenes Tier brüllte ich meinen Frust heraus, sprang auf, riss das Fenster auf und hämmerte mit beiden Fäusten gegen die Wände. »Nie wieder Krieg! Das stand doch hier an den Wänden der Trümmer in fetten Buchstaben!«

»Die Zeiten ändern sich …«

»Bevor ich mich von denen für ihre Zwecke instrumentalisieren lasse, will ich nicht mehr weiterleben!« Schon war ich wie eine Katze auf die Fensterbank gesprungen. Vor meinem inneren Auge sah ich meinen großen Bruder Manfred, wie er mich damals, als ich einen Blick auf die Zwangsarbeiterinnen in der Essig-Fabrik werfen wollte, wieder heruntergezogen hatte.

»Du kleiner Akrobat!«

»Was ist ein Akrobat?«, hörte ich meine eigene helle Stimme piepsen.

Einer, der es wissen will. Einer, der bis an seine Grenzen geht, und darüber hinaus.

»Dieto, bitte, bleib doch ruhig und besonnen …« Jos Hand lag auf meiner Schulter. Sanft zog sie mich wieder vom Fensterbrett. »Wir überlegen uns was!«

»Was gibt es da zu überlegen? Wer sich weigert, kommt in den

Knast!« Mit einer wütenden Geste strich ich mir die Haare aus dem Gesicht. »Zuchthaus nennen sie das! Unter Folter und Einzelhaft gibt es so lange Gehirnwäsche und politische Umerziehung, bis ich mich freiwillig zu drei Jahren melde«, heulte ich auf. »Dann ist es vorbei mit meiner Karriere als Artist. Dann kann ich für den Rest meines Lebens Steine kloppen, und zwar hinter den Mauern dieses Arbeiter-und-Bauern-Staates …«

»Warte. Warte, Dieto.« In Jos Augen blitzte es. »Du musst sie mit ihren eigenen Waffen schlagen.«

»Waffen. Habe ich gerade das Wort Waffen gehört?« Ich schlug mir an die Stirn.

»Ja, Junge. Jo hat recht.« Vater legte seine Hand auf meine Schulter und wies mich zurück auf meinen Küchenstuhl.

»Pass auf, Junge. Du gehst ganz brav zur Musterung …«

»Niemals! Nur über meine Leiche!« Wütend wischte ich mir eine Träne aus den Augen.

»Junge, nun hör doch erst mal an, was Vater sagt!« Mutter rührte Zucker in ihre Kaffeetasse.

»Du gehst freudestrahlend da rein, begrüßt jeden einzelnen Uniformierten in der Musterungskommission mit Handschlag …«

»Lieber hacke ich sie mir ab!«

»… und beantwortest erst mal ganz freundlich deren Fragen.«

»Die können mich mal!«

»Wenn sie dich nach einem speziellen Interessengebiet fragen, dann sagst du …« Jo presste die Lippen zusammen und sah Vater fragend an. »Was dauert so richtig lange …?«

»Habt ihr sie noch alle?«

»Die Fliegerei!« Vater tippte sich an die Stirn. »Das ist die Idee! Du sagst, du willst Kampfpilot werden! Bei deiner Statur und deiner Fitness liegt das auf der Hand. Das ist eine große Sache. Du tust völlig begeistert und bettelst sie geradezu an, eine Pilotenausbildung machen zu dürfen! Dann hast du sie im Sack!«

»Aber mit welchem Zweck …?« Ratlos schaute ich von einem zum anderen. Mutter ließ schon das vierte Zuckerstück in ihrem Westkaffee versinken und lächelte wissend.

»Dann zeigst du ihnen den Künstlervertrag mit Nordvietnam und sagst, dass du natürlich alles tun wirst, um die DDR würdig als Artist im sozialistischen Ausland zu vertreten …«

»Die DDR fördert und unterstützt doch besonders begabte Künstler ganz vorbildlich!«

»Von deinem Anschlussengagement in Jugoslawien nächsten Sommer sagst du denen natürlich nichts.«

Die Argumente flogen über den Küchentisch wie Pingpongbälle, und mein Kopf ging hin und her wie bei einem Tennismatch.

»So gewinnst du Zeit, und in einem Jahr kratzt du die Kurve.« Jo nickte mir verschwörerisch zu.

»WIR! Kratzen die Kurve!«

»Natürlich. Die Nummer mit dem Paddelboot! Die lassen wir ganz in Ruhe reifen.«

»Was für ein Paddelboot?« Die Eltern sahen besorgt von einem zum anderen.

»Och, nichts. Wir haben gerade im Bett Häwelmann gespielt.«

»Kindsköpfe«, sagte Vater. »Aber wir waren auch mal jung.«

DRESDEN,
Musterungskommission, drei Wochen später, 1964

Dann machen Sie mal den Oberkörper frei, Herr Kretzschmar.«

»Sehr gerne doch.«

Wie ein Flummiball sprang ich auf und riss mir das Hemd vom Leib. Die anderen jungen Männer, die zur Musterung einbestellt worden waren, blickten mit hasserfüllten und frustrierten Gesichtern auf ihren Turnbänken vor sich hin. Sie wollten den Wehrdienst verweigern, mussten aber erkennen, dass das hier in der DDR nie akzeptiert werden würde.

»Na, Sie sind ja durchtrainiert bis zur letzten Faser! Sie sind für sämtliche Waffengattungen und Dienste innerhalb der NVA diensttauglich.« Bei dieser schnarrenden Mitteilung raste ein Kugelschreiber über ein Klemmbrett und hakte sämtliche Punkte ab.

»Das ist doch herrlich, Herr Doktor. Ich freue mich auch sehr, bei bester Gesundheit zu sein!«

Ich strahlte den Militärarzt an, als hätte ich im Lotto gewonnen. Irgendwie schien es mir gelungen zu sein, jeden ironischen Unterton zu vermeiden, denn ich durfte mich wieder anziehen und vor die Kommission treten.

»Soso. Endlich mal einer, der den nötigen Eifer und Nationalstolz mitbringt!«

»Selbstverständlich, Herr Kommandant. Ich durfte in diesem Staat eine Artistenausbildung absolvieren und vertrete den sozialdemokratischen Staat im sozialistischen Ausland mit Stolz.«

»Oh, dann erzählen Sie mal.«

Dem Streber, als den ich mich ausgab, hätte ich in jeder anderen

Situation gern eins in die Fresse gehauen. Aber das war jetzt meine Spezialshow. Eifrig und freudestrahlend berichtete ich den sechs Uniformierten in der Turnhalle von meinen Jonglier-Künsten und bisherigen Erfolgen im Ausland. »Albanien, Jugoslawien, Ungarn, Tschechoslowakei, und demnächst auch noch Nordvietnam!«

»Dann zeigen Sie mal her, was Sie können!«

»Darf ich?« Ich klaubte einige Bälle und Keulen aus dem Gymnastik-Equipment und führte ein paar Tricks vor.

Die anderen Zwangsbeglückten auf den Bänken kämpften sichtbar mit Brechreiz, aber diese Show war meine einzige Chance.

»Und es ist mir eine Ehre und Freude, die Deutsche Demokratische Republik im Ausland würdig zu vertreten …«, spulte ich mein auswendig gelerntes Verslein ab.

»Und Sie haben also eine Einladung nach Nordvietnam?!« Eine fleischige Hand mit Siegelring wedelte fordernd vor meinen Augen. »Zeigen Sie mal her.«

»Ja, hier, wenn Sie einen Blick darauf werfen wollen …« Keuchend vor Spannung stand ich vor den sechs stiernackigen Männern in ihren Uniformen, die über Leben und Tod entschieden.

»Wie Sie aus dem Schreiben ersehen können, handelt es sich um ein wichtiges Kulturgeschenk der DDR-Regierung an unser Freundesvolk in Nordvietnam. Ich empfinde es als große Auszeichnung und Ehre, dorthin delegiert zu werden, und werde meinem Staat alle Ehre machen …« Fast hätte ich meine eigene Zunge verschluckt, so gespalten fühlte sie sich an. »Wenn Sie mich für ein Jahr zurückstellen könnten, würde ich danach umso begeisterter meine Fliegerausbildung …«

Selbst den bulligen Uniformierten wurde wohl gerade schlecht.

»Warten Sie draußen.«

Ich fühlte mich wie ein mieser Verräter, den anderen gegenüber, die auf ihren Holzbänken im Flur saßen und mich von unten hervor verächtlich anschauten. Sie alle wollten kein bisschen dem

Staate dienen, und ich hätte am liebsten gebrüllt: Leute, ich bin einer von euch! – Aber das durfte ich mir nicht anmerken lassen.

Die Zeit, bis ich wieder hereingerufen wurde, dauerte eine Ewigkeit. Mein Gehirn arbeitete auf Hochtouren. Im Geiste ging ich alles noch mal durch, was ich mit Jo einstudiert hatte, bis auf den Wortlaut, die Tonlage und das schleimige Lächeln genau. Hatte ich auch nicht übertrieben? Waren sie mir auch nicht auf die Schliche gekommen? Glaubten sie mir mein übereifriges Gehabe? Was, wenn sie mich durchschauten? Dann wären alle meine Karrierechancen und alle Fluchtpläne mit einem Schlag zerstört und ich säße schon morgen in irgendeiner Kaserne zur Grundausbildung.

Die Tür flog auf.

»Kretzschmar!«

»Ja, HIER!«

»Also, junger Sportkamerad. Die Kommission hat lange über Sie beraten. Da Sie sich ja für die Fliegerei interessieren, gehen wir davon aus, dass Sie sich für drei Jahre freiwillig verpflichten werden.«

Ich schluckte trocken. Drei. Jahre. Militär. Freiwillig.

»Selbstverständlich, Herr Oberstleutnant.« Ich stand stramm wie eine aufgezogene Feder, dabei wollte ich innerlich einknicken, mich wie ein Kind auf den Boden werfen und zu weinen anfangen.

»Dann unterschreiben Sie hier …« Wurstige Finger schoben mir das Klemmbrett hin. »… dass Sie das Kriegshandwerk zu Ihrem Beruf machen werden, wenn Sie von Ihrer …«

Der Rest schallte in meinem Innenohr, als säße ich unter Wasser. »Gastspieltournee nach Nordvietnam wieder da sind … nun wünschen wir Ihnen viel Erfolg, vertreten Sie unseren Staat würdig und … blubb, blubb, blubb … wir sehen uns in einem Jahr in alter Frische wieder.«

Fleischige Pranken schoben sich mir entgegen. Goldabzeichen schepperten, Schulterklappen glänzten im staubigen Sonnenlicht, starre Gesichter verzogen sich zu einem kalten Lächeln.

»Viel Glück.« Jemand schlug mir auf die Schulter.

»Gute Reise.«

»Hals- und Beinbruch, oder wie sagt man in Ihren Kreisen …«

»Toi, toi, toi«, gluckste ich, mein Zwerchfell kaum unter Kontrolle kriegend. »Aber man darf dafür nicht Danke sagen! Das bringt Unglück.«

NORDVIETNAM,
drei Monate später, Winter 1964

Geliebte Jo!

Auch wenn dieser Brief wahrscheinlich viel später bei dir ankommt als ich selbst, so drängt es mich, dir alles zu erzählen! Es war ein grauer Morgen in Ost-Berlin, so wie du ihn kennst, als wir uns alle am Treffpunkt einfanden, wo der Reisebus der Konzert-Direktion mit einem Anhänger für die umfangreichen Requisiten der Truppe bereitstand …

Ich saß bei feuchtschwülen tropischen 35 Grad unter dem Vordach meines Zeltes irgendwo in der nordvietnamesischen Prärie und ließ den Kugelschreiber über den Schreibblock sausen.

Von Berlin-Schönefeld flogen wir nach Moskau. Es war ja Anfang Oktober, und schon empfindlich kalt. Bei der Landung hatten wir alle die Hosen voll: enorme Turbulenzen sowie dichter Nebel. Draußen vor den Bullaugen konnte man außer eisiger grauer Milch nichts erkennen …

Ich schüttelte mein Handgelenk aus und starrte einen Moment vor mich hin.

Wir stiegen in einem Hotel der sowjetischen Fluggesellschaft AEROFLOT ab. Die Fenster lagen ganz hoch oben und waren vergittert … auf jedem Flur des Hotels saß eine alte Frau im Kittel, die beobachtete und notierte, wer wann kam oder ging, aber in meinem Fall war so ein Wachhund überflüssig. Ich

liebe nur dich und denke jede Sekunde an dich, meine Süße. Danke, dass du mir auch diese Reise gönnst und ermöglicht hast.
Beeindruckend waren die palastähnlichen U-Bahn-Stationen, alle blitzsauber, mit wertvollen Leuchtern und Lampen verschönt, führten lange Rolltreppen in scheinbar endlose Tiefen. Der Stolz der Moskauer wird im Falle eines dritten Weltkrieges auch als Luftschutzkeller benutzt, wie uns berichtet wurde. Gebe Gott, dass es nie so weit kommen wird! Welcher hirnrissige Idiot könnte nach all dem Grauen noch einen weiteren Krieg anzetteln … aber ich schweife ab.
Wegen eines Kongresses in Peking wurde unser Weiterflug Tag um Tag verschoben, es gab wichtige Kongressteilnehmer, die unsere Plätze im Flieger einnahmen. Schließlich schaltete sich die DDR-Botschaft ein und verkündete, dass unsere geplante Premiere in Hanoi nun schon um zwei Wochen verschoben werden musste. So lange lungerten wir mehr oder weniger entspannt in Moskau in diesem Hotel herum. Alleingänge waren unerwünscht.
Endlich erhielten wir grünes Licht für unseren Abflug und erklommen die steile Gangway zu unserem TU 104 nach Omsk und weiter nach Irkutsk in Sibirien. Nach knapp fünf Stunden landeten wir auf völlig vereister Landebahn. Leute vom Land mit wettergegerbten Gesichtern stiegen zu; Jo, du glaubst es nicht. Sie waren in dicke Winterpelze gehüllt – aber nicht so feine, wie deine Firma sie herstellt! Und brachten Körbe mit lebendigen Hühnern, Gänsen und anderem Kleinvieh an Bord. Der Mensch vor mir auf seinem Sitz fing dann an, mit einem scharfen Messer Speck und Brot abzuschneiden, und genehmigte sich reichlich Wodka aus der Flasche. Im ganzen Flugzeug roch es deftig nach Knoblauch. Später brachte uns eine IL 18 sicher nach Peking. Wir überflogen das imposante

Bauwerk der Chinesischen Mauer. Was für ein Anblick! Da die Premiere in Hanoi bereits verlegt war und es wieder keinen Weiterflug gab, habe ich mich selbstständig gemacht und mir Peking auf eigene Faust angesehen. Ich sage dir, Jo: Noch nie habe ich solche Massen von blau uniformierten Radfahrern gesehen, in ihren wattierten Einheitsjacken. Ich sah sie morgens in aller Frühe in der eisigen trockenen Luft auf dem Fabrikgelände stehen, in Reih und Glied, und synchron ihre Morgengymnastik machen. Ob das lebensgroße Puppen sind oder Menschen mit individuellen Bedürfnissen, vermag ich nicht mehr zu beurteilen.
Was soll ich dir sagen, Jo: als endlich eine Anschlussmaschine nach Hanoi bereitstand, hieß es: Es fehlt ein Platz, einer muss freiwillig mit dem Zug fahren, über Nanking und Wuhang. Und welcher Trottel hat sich gemeldet? Ich! Weil ich so gut darin bin, mich freiwillig zu melden, mein Schatz! Wenn ich schon mal hier bin, dann will ich auch was sehen. Wer weiß denn, wann und ob ich jemals wieder eine solche Reise machen darf? Also verbrachte ich vier Tage und Nächte in einem Zug, quer durch China. Die Reise hatte es in sich, aber sie war von atemberaubenden Eindrücken geprägt! Ich bereue es nicht!
Das armselige Leben der Landbevölkerung, die mit primitivsten landwirtschaftlichen Geräten in gebückter Haltung emsig und fleißig sich abrackert, um dem Boden ein jedes Hälmchen und Körnchen abzugewinnen; das hat mich schon demütig und dankbar gemacht und mich auch sehr an die Hungerzeiten unserer Kriegs- und Nachkriegserlebnisse erinnert!
Einheitlichkeit, Unterwürfigkeit und Gehorsam dem großen Führer – damals wie heute –, hier Mao Tse Tung, gegenüber treibt jeden Anflug von Individualität aus den Köpfen und

Körpern der Menschen. Der Zug schlängelte sich unaufhaltsam immer weiter durch den grünen Dschungel, üppiges dichtes Grün, heißfeuchte Luft, hier und da ein Affe oder eine ganze Affenherde, die uns kreischend begleitete, Bananenstauden, Palmen, sogar eine riesige Schlange habe ich gesehen, die sich zischend an einem Palmenstamm herabschlängelte. Ihre gespaltene Zunge erinnerte mich an ein kürzlich zurückliegendes Erlebnis in einer Ost-Berliner Turnhalle … Wenn ich an alle unsere bisherigen Versuche diesbezüglich denke, geliebte Jo, und du weißt, von welchem abgebrochenen Flug und welchem interessanten Winterspaziergang ich spreche, bleibt mir glatt die Luft zum Aufblasen eines Paddelbootes weg! Sind wir vom Affen gebissen? Nein, meine geliebte, zwei Jahre ältere, vernünftige Lebensgefährtin. Du natürlich nicht. Nur ich, ich Trottel. Denn rate mal, was mir passiert ist auf der Zugreise: Natürlich habe ich alles gegessen, was mir andere Passagiere und die fliegenden Händler an den Bahnhöfen so anboten, auch wenn ich oft nicht wusste, was es war. Affenhirn? Schlangenfilet? Büffelgulasch? Elefantengedärm? Jedenfalls erlitt ich wohl eine Fleischvergiftung, und jetzt kommt der unappetitliche Teil, den du gern überlesen kannst: Ich fühlte mich elend, musste mich häufig übergeben und hielt auch das stinkende Loch, unter dem die Schienen hinwegglitten, dauerbesetzt.

So, nun kannst du schon weiterlesen, liebste Jo: Mit viel Schniefen und Schnaufen, Quietschen und Rattern dampfte unser überladener Zug schließlich im Bahnhof von Hanoi ein, wo mir eine Delegation junger vietnamesischer Künstler einen herzlichen Empfang bereitete. Während ich, ganz grün im Gesicht und mit tauben Muskeln, kaum fähig war, auf dem Bahnsteig zu stehen, geschweige denn zu jonglieren, tanzten grazile Schönheiten in herrlichen farbenprächtigen langen

Gewändern zu meinem Empfang, unter dem Beifall der Kollegen, die bereits vorgeflogen und seit vier Tagen hier waren. Der »Freiwillige Held der sozialistischen Kameradschaft« wurde gefeiert, konnte aber kaum sein Gepäck aus dem Zug heben. Hundeelend, und dennoch tapfer lächelnd, schleppte ich mich am Abend zum Empfangsdinner, wo man mir den Rest gab!

Bitte lies nicht weiter, wenn du gerade gegessen hast, denn jetzt wird es wirklich heftig!

Als besondere Ehre für uns ostdeutsche Künstler gab es Affengehirn. Und zwar von noch lebenden Affen. Bereits im Vorhof sah ich die angeketteten Tiere und ahnte noch nichts Böses.

Eine lange Tafel mit acht bis zwölf Löchern in Affenschädel-Größe und ebensolchen passend zugeschnittenen Tischdecken ließ mich dann in den Knien weich werden. Sie würden uns doch nicht … sie wollten doch nicht, dass … Bei aller Liebe zum sozialistischen Bruderland … Es sei eine ganz besondere Ehre, die nur Regierungs-Delegationen und Staatsoberhäuptern vorbehalten war, hallte die helle Stimme des Übersetzers durch den Raum, während erwartungsvoll Stühle scharrten und uns mandeläugige Schönheiten von den Seiten her mit Wasser zum Nachspülen bedienten. Die Affen wurden unter der Tafelplatte verschraubt, mit eisernen Ketten an Armen und Beinen gefesselt. Das Geschrei der armen Kreaturen ließ weitere Festreden im Keim ersticken. Die Köpfe der Affen schauten nun zur Tischplatte heraus, mit riesigen Scheren wurden von findigen Kellnern die Schädeldecken abgehoben, ähnlich wie bei uns ein Fisch tranchiert wird, mit rasiermesserscharfen Klingen, sodass es den Eindruck machte, als seien die Gehirne ähnlich wie leckere Tortenstücke der Tafel aufgetragen. Danach wurden uns die noch zuckenden Gehirne als besondere Spezialität gereicht. Spätestens hier stürzte ich, grün und gelb im Gesicht, aus dem Saal, würgte beinahe meine eigenen Organe heraus und spuckte grüne Galle. Dabei wollte ich doch ein Mann von Welt sein! Plötzlich kauerte neben mir eine junge Frau, die sich als Dr. Phung vorstellte. Sie lächelte ganz lieb und murmelte auf Englisch etwas von: »Das haben wir öfter, wenn Langnasen und Bleichgesichter hier speisen.« Sie ließ mich sofort zum Hotel bringen und folgte mir auf dem Fuße. »Lebensmittelvergiftung, Gelbsucht, geschwollene Leber«, wie der eilig nachgekommene Übersetzer mir mitteilte, das volle Programm. Ich war sicher, ich müsste sterben, Jo!

Dabei wollte ich doch meinem sozialistischen Staate alle Ehre machen! Das war bestimmt die Strafe für meine fette Lüge vor dem Komitee der Nationalen Volksarmee.

Ich erhielt sofort ein Einzelzimmer, in dem ich unter einem Moskitonetz schlafen musste.

Fliegende Kakerlaken, maikäfergroße Viecher flogen in permanentem Sturmangriff auf mich los, prallten am Netz ab und klatschten auf den Kachelboden, wo sie noch lange summend und surrend mit dem Tode kämpften. An der Decke quirlte ein riesiger Ventilator, der mich nicht zur Ruhe kommen ließ. Schließlich erschien die rührend um mich bemühte Dr. Phung wieder und brachte mir verschiedene flüssige Medikamente, die alle fabelhaft schmeckten.

Ich hatte doch nur einen Wunsch, Jo: in vier Tagen für die Premiere fit zu sein!

Im großen Volkstheater in Hanoi, vor zwölftausend Zuschauern, unter denen auch der Regierungschef Ho Chi Minh sein würde!

Am Tag vor der Premiere stand ich heimlich auf und übte im Hotelzimmer meine Routinen durch, was Frau Dr. Phung kopfschüttelnd zur Kenntnis nahm. »Sie sind wohl nicht totzukriegen«, übersetzte man mir später, und ich schüttelte unter dem Jonglieren den Kopf:

»Nein. Ich muss meiner sozialistischen Verantwortung nachkommen, mein Staat zählt auf mich.«

Und dann kam der große Augenblick der Premiere.

Die Bühne war überdacht, die Zuschauer saßen jedoch voll im Freien. Und dann kam, was kommen musste: Ein sintflutartiger Tropenschauer donnerte über die zwölftausend Menschen, und keiner, Jo, nicht ein Einziger, sprang auf, um sich in Sicherheit zu bringen! Alle blieben stoisch in den immer größer werdenden Schlammpfützen sitzen, um nicht einen Augenblick unserer großen Show zu verpassen. Sie waren oft tagelang zu Fuß hergekommen, oder auf dem Fahrrad, zu zweit oder zu dritt mit Kind, und hatten auf freiem Felde geschlafen, von einer Hand Reis gelebt, um die Künstler aus der DDR zu sehen! Ein Kollege von der Ostberliner Artistenschule führte verwegene Kunststücke auf verschiedenen hohen Einrädern vor, ein junges Pärchen, das mich an uns beide erinnerte, einen tollkühnen Drahtseilakt. Das hätten wir sein können, Jo! Weißt du noch, wie eisern wir damals im Hof bei deinen Eltern geübt haben? Nun, das Schicksal wollte es anders, und ich bin dir unendlich dankbar für dein Vertrauen, deine Liebe und deine Vernunft. Dass du mit deinem bürgerlichen Beruf, den du inzwischen erlernt hast, unsere finanzielle Zukunft sicherst, das werde ich dir nie vergessen. Nur durch dein Netz und doppelten Boden falle ich hoffentlich nie ins Bodenlose. Welcher Mann auf dieser Welt hat so eine fantastische Frau an seiner Seite? Auch wenn du es oft monatelang nur in meinem Herzen bist; ich denke jede Sekunde in Dankbarkeit und Liebe an dich.

Unsere Tournee ging nach sechs ausverkauften Vorstellungen in Hanoi dann weiter ins Hinterland hinein. Oft mussten wir im Bus an flachen Stellen Flüsse überqueren oder über militärische Schwimmpontons über reißende Gewässer gelangen. Wir reisten im Konvoi, zwei Jeeps, zwei Lastwagen für die Bühnenaufbauten, Beleuchtung und die Arbeiter, die praktisch technisch immer alles vorbereiten mussten, damit überhaupt in den abgelegenen Gegenden gespielt werden konnte. Bei einer dieser Vorstellungen brach eine Panik aus.

Die Leute in den vorderen Reihen waren aufgestanden, weil sie über dem hohen Bühnenrand nichts sehen konnten. Sofort standen auch die hinteren Reihen auf und drängelten sich nach vorn, und bald wurden die Schwächeren niedergetrampelt, Frauen und Kleinkinder, Ältere einfach überrannt! Die Leute waren so ausgehungert und geschwächt, dass sie ohnmächtig liegen blieben. Manche hatten Rippenbrüche, andere waren wirklich schwer verletzt, Jo! Die Ärztin, Dr. Phung, schaffte es trotz der Panik und dem Geschrei, mit unglaublicher Geschwindigkeit den armen Menschen, die von Sanitätern hinter die Bühne geschleift wurden, an den richtigen Stellen Silbernadeln einzusetzen. Unter den Augenlidern, oberhalb der Finger- und Fußnägel setzte sie Akupunktur-Nadeln, sodass die Patienten aus ihrer Ohnmacht zu sich kamen und keine Schmerzen mehr spürten. Ich gab ihr heimlich den Spitznamen »Die Eidechse« und bewundere grenzenlos ihr Wissen und Können aus tausendjähriger Überlieferung der Naturheilkunde.

Einen letzten überwältigenden Eindruck hinterließ unser Gastspiel in Hainan am Golf von Tonkin. Bizarre Felsinseln ragten in allen erdenklichen Grüntönen aus dem tiefblauen Meer in den ebenso tiefblauen Himmel! Es war märchenhaft und unfassbar farbenfroh und intensiv im Gegensatz zu unserem gewohnten Einheitsgrau. Wir tollkühnen jungen Athleten stürzten uns mutig im Kopfsprung in die türkisblaue

Gischt, bis die Ärztin wild gestikulierte: Hier gibt es Haie, und wer von euch an einen Felsbrocken knallt, den kann ich noch nicht mal mehr mit meinen Akupunkturnadeln retten! Da kam ich dann schließlich auch zur Vernunft. Ach Jo, du würdest wieder den Kopf schütteln über meinen jugendlichen Leichtsinn, oder mir wahrscheinlich eine runterhauen.
Aber eine Spur von Glück, Jo, der unfassbar starke Sog nach dem, was wir beide uns für die Zukunft wünschen, du weißt schon, was ich meine, diese Sehnsucht nach dem einen Wort Freiheit, die schicke ich dir mit diesem Brief, verbunden mit vielen heißen Küssen und dem sicheren Bewusstsein: Wir werden es schaffen.

In Liebe
Dein Dieto, der für immer mit dir leben will

ZAGREB,
Jugoslawien, 4. Mai 1965

Alles Gute zum fünfundzwanzigsten Geburtstag, Dieto!« Meine Freunde Ivo und Hella klopften am frühen Morgen an meine Hotelzimmertür. Ich war im Folgevertrag die zweite Saison wieder bei ihnen untergekommen. Unter meinem Bett lag immer noch der Koffer mit meinem zusammengefalteten Paddelboot, den ich letztes Jahr hier deponiert hatte.

»He, du Schlafmütze! Komm mal mit runter, wir haben eine Überraschung für dich!«

»Woher wisst ihr überhaupt, dass ich Geburtstag habe?« Schlaftrunken taumelte ich im Pyjama hinter ihnen die hölzerne Treppe hinunter, in Erwartung eines liebevoll zubereiteten Frühstücks. Hella beherrschte die österreichische Küche, während Ivo als Kellner hier seinen ganzen Charme verbreitete und auf diese Weise West- und Ost-Touristen diskret zusammenbrachte.

»Hat uns ein Vögelchen aus Dresden gezwitschert!« Mit geheimnisvoller Miene drückte Ivo die Hintertür zum Parkplatz auf, und da stand …

»Eine Badewanne!«

»Ja, damit hat er wirklich Ähnlichkeit, der Ford Taunus 17 M.«

Eine riesige rote Schleife zierte das ausladende Gefährt.

Beeindruckt pirschte ich mich barfuß, wie ich war, an das wunderschöne Objekt meiner unerfüllten Begierde. »Welchem Glücklichen gehört denn diese Luxuskarosse?« Ich hauchte auf die blau-weiße Kühlerhaube und polierte sie mit meinem Schlafanzugärmel, bis ich mich drin spiegeln konnte.

»Einem großartigen Künstler und wunderbaren Freund.«

Mein Gesicht spiegelte sich in der Politur, und ich sah nur zwei weit aufgerissene Augen, in denen die pure Fassungslosigkeit stand. Nach ein paar Schrecksekunden wirbelte ich herum.

»Das kann gar nicht sein, ich könnte mir nie so ein protziges Westauto leisten, und außerdem habe ich gar keinen Führerschein!«

Ivo und Hella standen Arm in Arm da und genossen die gelungene Überraschung.

»Erstens hast du ordentlich Geld gespart und bei uns deponiert.« Ivo verschränkte die Arme vor der Brust und grinste. »Zweitens weiß ich durch zuverlässige Quellen, dass man sehr preiswerte Jahreswagen von den westlichen Botschaften und Konsulaten erwerben kann.«

»Bist du wahnsinnig? Woher weißt du von meinen heimlichen Träumen?«

»Drittens, mein Lieber …« Ivo zog sein unteres Augenlid mit dem Zeigefinger herunter, »… werden diese gut erhaltenen Autos, die von Botschaftern gefahren werden, ausschließlich an Ausländer mit vorübergehender Arbeitserlaubnis weiterverkauft, die über die nötigen Visa verfügen.«

»Ihr seid bekloppt.«

»Bist du ja auch. Deswegen mögen wir dich ja so. Herzlichen Glückwunsch zum eigenen Pkw.«

»Das begreife ich nicht, wie habt ihr …?« Ich wirbelte zu Hella herum, die gerade strahlend eine selbst gebackene Torte aus einem geöffneten Küchenfenster hervorzauberte.

Ich fasste mir an den Kopf, wirbelte herum, riss die Fahrertür auf und ließ mich auf den breiten kühlen Ledersitz fallen, der daraufhin ein zufriedenes sattes Geräusch von sich gab.

Dann schoss ich wieder heraus, rannte auf die beiden zu, umarmte sie so stürmisch, dass Hella die Torte schnellstens auf einer Mauer abstellte, und ließ mich erneut auf den Fahrersitz plumpsen und meinen Kopf auf das lederüberzogene Lenkrad sinken.

»Ein Auto! Ich habe ein Auto!«

»Ja, mein Lieber, und zwar keinen stinkenden Trabanten, auf den Otto Normalverbraucher zwölf Jahre warten muss.«

»Es riecht … nach Freiheit!« Mir schossen die Tränen ein, und ich ließ sie über meine noch unrasierten Wangen rollen.

»Ein japanischer Diplomat hat es gefahren.« Ivo ließ sich auf den Beifahrersitz gleiten, riss das Handschuhfach auf und hielt mir die Fahrzeugpapiere unter die Nase. »Ein gewisser Mister Tanaki. Er hat seinen Chauffeur heute Nacht hierhergeschickt, damit du pünktlich an deinem Geburtstag deine Karre hast.«

»Karre!« Ich schnaubte und schluchzte unter Tränen. »Damit kann ich ja jetzt nach Opatija fahren, in die Villa Rosaria, wo mein nächstes Engagement in Folge ist!«

»Das war der Plan.« Ivo zog eine Papierserviette aus seiner Kellner-Weste und hielt sie mir hin. »Hier. Wisch dir mal die Tränen ab, Junge. Das kann man ja nicht mit ansehen.«

»Ich habe ein Auto, ein eigenes Auto! Ich bin frei, jedenfalls so frei, wie ich heute sein kann …«

Inzwischen heulte ich vor Freude Rotz und Wasser. Ich konnte es kaum fassen, dass mein Traum vom eigenen und komfortablen Auto nun endlich wahr geworden war! Nun musste ich nicht mehr mit meinen vielen schweren Koffern in überfüllten Zügen reisen und sie beim Umsteigen von einem Bahnsteig zum anderen schleppen, immer auf der Hut vor Gelegenheitsdieben! Hätte ein einziges Teil gefehlt, wäre meine Show im Eimer gewesen! Schluchzend ließ ich meine Hände über die schicke Innenausstattung gleiten, streichelte die Armaturen und Ledersitze und drehte mich zur Rückbank um.

»In dieser Badewanne kann man sogar schlafen!«

»Ja, und wie wir deiner Jo versprochen haben, auch ausschließlich allein.«

Endlich hatte ich es begriffen und umarmte meine Freunde noch einmal innig. Barfuß tanzte ich mit ihnen auf dem Parkplatz herum.

»Schau mal, das jugoslawische Nummernschild. Der Fahrer, der den Wagen gebracht hat, hat vergessen, das CD-Schild abzuschrauben.«

»Was bedeutet CD?« Hella fummelte die Kerzen wieder auf die Torte, die recht wackelig auf der Mauer stand.

»Corps Diplomatique. Mit einem solchen Nummernschild wirst du überall durchgewinkt.«

»Das kann doch nicht wahr sein.«

»Das ist nicht nur wahr, das könnte dir doch noch von Nutzen sein, Dieto.«

Ich nickte überwältigt. Fassungslos, sprachlos, einfach nur beglückt und berauscht.

Nach dem Frühstück, bei dem ich gleich drei Stücke der köstlichen österreichischen Mehlspeise verdrückt hatte, stob ich wie ein kleiner Junge wieder auf den Parkplatz.

»Ich sollte ein bisschen fahren üben, bevor ich meine Reise nach Opatija antrete.«

»Nur zu.« Lächelnd standen meine Freunde am Fenster und beobachteten meine ersten Fahrversuche.

»Pass auf, Junge! Vom Parkplatz geht es steil bergauf, und die Einfahrt mündet an der Hauptstraße!«

»Ja, das weiß ich. Das kriege ich hin!«

»Üb mal lieber Anfahren am Berg!«

»Alles klar!«

In den Gesichtern der beiden spiegelte sich zuerst Heiterkeit, dann aber blankes Entsetzen, wie ich im Rückspiegel meines neuen Gefährts erkennen konnte. Kupplung, Handbremse lösen, Rückwärtsgang, Gas … bei meinen ersten Versuchen, rückwärts aus der Parklücke den Hügel hinaufzukommen, entrang sich meinem Auto nichts als ein hysterisches Heulen.

Dann, als ich schließlich den Rückwärtsgang gefunden, aber gleichzeitig die Handbremse gezogen hatte, ein Ruckeln und Knirschen, ein zweideutiges Schaukeln der Badewanne – hier lachten die beiden am Fenster schallend –, öffnete sich versehentlich der Kofferraum und versperrte mir die Sicht nach hinten. In meiner Verwirrung ließ ich den Wagen quasi blind die Böschung hinaufschwappen, bis er knirschend an der Hecke landete. Blüten und Blätter spritzten auf die Scheibe, und mein suchender Blick auf die beiden Zuschauer mündete in hastig zugezogenen Gardinen.

»Verdammt. Das muss ich noch üben.«

Jo hätte mich an den Ohren aus dem Auto gezogen! Erst mal Führerschein machen, Junge!

Aber dazu hatte ich weder Zeit noch Geld.

Nachts, nach der Vorstellung, versuchte ich es weiter. Im Dunkeln, während alle Hotelgäste schliefen, übte ich wieder und wieder das Kuppeln, Bremsen, Anfahren am Berg und rückwärts Ausparken, bis die ersten Gäste wütend über die nächtliche Ruhestörung Gegenstände aus dem Fenster warfen und mich mit allerlei serbokroatischen Flüchen bedachten.

Kurz bevor jemand die Polizei holen konnte, hatte ich es begriffen. Mein schweres Schlachtschiff war gewendet und unter Heulen des Motors schließlich die steile Auffahrt heraufmanövriert. Mein Abenteuer konnte beginnen.

GRENZKONTROLLPUNKT ZWISCHEN ČSSR UND DDR,

bei Bad Schandau, zwei Monate später, 15. Juli 1965

»Pass, Fahrzeugpapiere, Reisegenehmigung!« Mit barschem Ton schnauzte der DDR-Grenzer, mein eigener Landsmann, der zudem in meinem Alter war, mich an. »Fahren Sie da an den Rand.«

Das kalte Morgengrauen draußen vermischte sich mit meiner Angst, je näher ich der Grenze gekommen war. Wie verrückt konnte ich nur sein? Brennend vor Sehnsucht nach meiner Jo, die ich seit Monaten nicht gesehen hatte, war ich zwei Tage und die ganze letzte Nacht durchgefahren. Von Opatija bis nach Dresden! Ich musste sie unbedingt sehen und mit ihr die geplante Flucht besprechen! Was ein Wahnsinn war, denn nie hätte man uns gleichzeitig gemeinsam nach Jugoslawien reisen lassen! Sie durften uns einfach nicht in Zusammenhang bringen. In ihrem Ausweis stand ja noch ihr Geburtsname: Hauenstein, und in meinem Kretzschmar. Es müsste schon jemand von der Stasi uns seit Monaten beobachten, um sich zusammenzureimen, dass wir ein Paar waren. Natürlich würden wir niemals zusammen oder auch nur zeitgleich nach Jugoslawien einreisen dürfen. Ausgeschlossen.

Aber sie hatte eine winzige Chance, indem sie in Dresden im Reisebüro einen Urlaubs-Reiseantrag nach dem anderen stellte, ohne dass man eine Verbindung zwischen uns herstellte. Jo hatte inzwischen Finanzwirtschaft studiert und war in ihrem Betrieb in die Führungsetage aufgestiegen.

Da ihr Betrieb unterdessen ein preisgekrönter Meisterbetrieb geworden und dem Finanzministerium für Preisbildung in der

DDR angegliedert worden war, standen die Chancen auf eine Urlaubsreise nicht gar so schlecht. Ihr Vorgesetzter musste das natürlich noch schriftlich befürworten, und sie durfte keine Verwandtschaft irgendwo in der freien Welt haben. Alles passte gerade! Nur musste sie unbedingt noch in diesem Sommer die Reise antreten! Denn nach meinem Engagement würde ich die schriftlich versprochenen drei Jahre zum Militär eingezogen werden. Wir mussten uns einfach sehen! Am Telefon waren diese Dinge unmöglich zu besprechen.

Mein Engagement auf der *Barbarude,* einem Restaurantschiff, das fest im Hafen von Umag, einer Stadt an der Adria, lag, hatte ich schlichtweg »wegen Sehnenscheidenentzündung« unterbrochen. Der Künstleragent, Herr Francol, hatte nur entsetzt die Hände über dem Kopf zusammengeschlagen: »Sie können doch jetzt in der Hochsaison nicht krankfeiern, Herr Kretzschmar! Wir haben jeden Tag zwei ausverkaufte Vorstellungen! Und am 13., 14. und 15. Juli haben wir ein großes Fest!«

Doch zur besseren Demonstration der Dringlichkeit hatte ich meinen Arm in eine Schlinge gesteckt und ein leidendes Gesicht aufgesetzt.

»Ich verspreche Ihnen, zu diesem Fest zurück zu sein, wenn Sie mir nur eine Woche freigeben«, hatte ich ihn angefleht. »Wenn ich weiter jongliere, riskiere ich langfristig einen Totalausfall!«

Kopfschüttelnd hatte er wohl oder übel zugestimmt: »Aber lassen Sie sich unbedingt ein erneutes Arbeits-Ausreisevisum aus der DDR in der DDR-Botschaft in Belgrad ausstellen!«

Wie unglaublich idiotisch von mir, dies alles zu wagen, schoss es mir jetzt durch den Kopf.

Da gurke ich ohne Führerschein mit dieser Wahnsinns-Karosse über Postojna, Ljubljana und Zagreb über die Grenze nach Ungarn, lasse auch Budapest, Brünn und Prag bald hinter mir und stehe jetzt hier vor der Höhle des Löwen! An der Grenze zur DDR, meinem eigenen Land! Mir brach der Schweiß aus, und ich wischte mir unauffällig eine Schweißperle von der Oberlippe.

»Na, wird's bald!« Der junge Grenzer schnippte übellaunig mit den Fingern und dirigierte mein auffälliges Schlachtschiff an den Rand neben der trostlosen grauen Kontrollbaracke. Andere Autos, meist Skodas, Trabis, Wartburgs und Lieferwagen, standen bereits geduldig hinter mir in der Schlange. Es pufftte und tuckerte und stank diese Mischung aus Abgasen, Angstschweiß und Blechlawinen-Verpestung vor sich hin.

Mir war speiübel. Was, wenn er jetzt den Pass kontrollierte und einen Einberufungsbefehl unter meinem Namen fand? Ich stand doch bei denen längst auf der Liste! Was, wenn meine früheren Fluchtversuche wie der Flug in der Wien-Maschine und mein Spaziergang mit Jo im Wald bei Bratislava längst in ihren Akten stand? Warum musste ich auch mit einem dermaßen auffälligen Luxuswagen hier auftauchen? Wohlgemerkt ohne Führerschein? War es jugendlicher Übermut, sträfliche Naivität oder das Brennen in meinen Lenden? Nein, es war meine Sehnsucht nach Jo! Mein Drang, unseren Fluchtplan mit ihr unter vier Augen zu schmieden.

»Haben Sie Tomaten auf den Ohren? Sie sollen aussteigen!«

»Entschuldigung, ich bin ganz steif nach der langen Fahrt!« Demonstrativ reckte ich mich und setzte zu einem Handstand an, was den Grenzer zu noch größerem Zorn antrieb. »Lassen Sie diese Mätzchen! Wir können auch anders! Hier rein!«

Mit seinem Gewehrkolben scheuchte er mich in die Kontrollbaracke, wo schon mein Pass aufgeschlagen vor mehreren uniformierten Kollegen lag.

»Wohin wollen Sie überhaupt mit diesem Wagen?«

»Nach Hause. Nach Dresden. Zu meinen Eltern.« Natürlich sagte ich kein Wort von Jo.

»Wem gehört das Fahrzeug?«

»Mir.«

»Bitte, was?« Drei Köpfe schnellten nach oben.

»Ich habe eine internationale Zulassung für ein Jahr, denn ich arbeite in Jugoslawien und reise auch in vier Tagen wieder dort ein. Hier ist die jugoslawische Zulassung auf meinen Namen.« Verdammt, warum zitterten meine Hände denn nur so? Bei keinem meiner Auftritte hatten sie je so ihren Dienst versagt! Ich sah schon schrille Punkte vor meinen Augen tanzen, und zwischen meinen Schläfen zuckte ein scharfer Schmerz.

Wie konnte ich nur, wie konnte ich nur? Jetzt gab es kein Zurück mehr! Ich fühlte mich wie ein Kind, das seinen Kopf nicht nur durch das Gitter eines Raubtierkäfigs, sondern gleich in das aufgerissene Maul eines Panthers gesteckt hatte. Sie mussten nur noch zubeißen.

»Schauen Sie, hier ist auch noch der Kaufvertrag mit der japanischen Botschaft.«

»Das ist ja völlig unleserlich. Wollen Sie uns auf den Arm nehmen?«

»Nun, es ist in drei Sprachen abgefasst: Japanisch, Englisch und Serbokroatisch. Aber mein Name steht ja hier, sehen Sie: DIETO KRETZSCHMAR, und meine PASSNUMMER. Schauen Sie; identisch mit meinem Reisepass.«

»Nehmen Sie Ihre Pfoten weg von den Dokumenten!«

»Entschuldigung, ich wollte Ihnen nur auf die Sprünge helfen.«

»Wir helfen IHNEN gleich auf die Sprünge!«

Mein Herz flatterte wie nie zuvor. Auf keinem Drahtseilakt der Welt, hinter keiner Bühne und vor keinem Ho Chi Minh hatte es je so erbärmlich gezuckt und geflimmert. Wie konnte ich nur, hämmerte es unentwegt in meiner Brust. Wie konnte ich nur freiwillig in die DDR zurückfahren, bei allem, was ich mühsam vorbereitet habe. Wie DUMM kann man sein!

»Für wie blöd halten Sie uns?« Böse Blicke aus wächsernen Gesichtern trafen mich wie Keulenschläge.

»Ich halte Sie keineswegs für blöd.« Mein Hals kratzte, als hätte ich einen Stacheldraht verschluckt. »Schauen Sie, mein NAME und meine PASSNUMMER und mein GEBURTSDATUM. Das steht alles im Kaufvertrag und gleichzeitig im Reisepass. Wenn Sie es bitte vergleichen würden …«

»Wir können kein Japanisch.«

»Aber da steht es ja auch in lateinischen Buchstaben. Und die ZAHLEN sind ja international.«

»Halten Sie gefälligst Ihren Mund.«

Ich verstand ja, dass sie mit einem dreisprachig verfassten Kaufdokument überfordert waren, aber dass sie meinen Namen und das Geburtsdatum nicht lesen können WOLLTEN, das verstand ich nicht. Die Autoschlange draußen hatte sich auf mehrere Kilometer aufgestaut, ohne dass auch nur einer der verängstigten Untertanen des kommunistischen Großreiches gewagt hätte zu hupen oder sich auch nur zu räuspern.

Die drei Grenzer holten inzwischen einen hochdekorierten älteren Uniformierten aus einem Hinterzimmer, sicher der Kommandant dieser Grenzstation.

»Verschließen Sie Ihr Auto!«, herrschte er mich an. »Der Wagen wird versiegelt!«

Bitte nicht, schoss es mir wie ein Pfeil zwischen die Augen und von dort mitten durch das Herz in die Knie. Ich sah schon meinen mit liebevollen Geschenken vollgestopften Wagen beschlagnahmt und auf Nimmerwiedersehen verschwinden. Unten im Kofferraum, unter meinen Requisiten und Kostümen lag versteckt der Koffer mit dem aufblasbaren Paddelboot. Wie hirnrissig! Dieto, wie unglaublich blöd bist du!

Innerlich schlug ich mir pausenlos mit der flachen Hand vor die Stirn, äußerlich setzte ich wie eine Marionette einen Fuß vor den anderen und schloss mein Auto ab. Neidische, hämische, schadenfrohe und mitleidige Blicke aus geduldig wartenden Fahrzeugen begleiteten mich wie einen zum Tode verurteilten Schwerverbrecher, der seine Henkersmahlzeit entgegennimmt.

»Warten Sie draußen!« Der mit vielen Kordeln und blinkenden Abzeichen ausgestattete Kommandeur griff zum Telefonhörer und knallte mir die Tür vor der Nase zu. Vor seiner aufgeblähten Brust lag mein aufgeschlagener Pass mit den vielen Einreisevisa. ČSSR, Albanien, Jugoslawien, Ungarn, Sowjetunion, China und Vietnam. Und nun stand ich da mit einem japanischen Auto, das auch noch ein jugoslawisches Diplomatenschild hatte. Und mit dem ich ohne Führerschein durch die Gegend tuckerte. Wie dreist, wie blöd, wie sträflich dumm, hämmerte es in meinen noch mühsam arbeitenden Gehirnwindungen innerlich gegen meine Schläfen. In vier Tagen musst du deine nächsten Shows abhalten, doch stattdessen landest du noch heute in Untersuchungshaft und siehst weder Jo noch deine Eltern, noch die Freiheit, von der du seit so Langem träumst … geschweige denn die Adria je wieder.

»In Ordnung. Sie können weiterfahren.« Plötzlich stand der Hochdekorierte vor mir und drückte mir meine Papiere in die Hand. »Gute Reise.«

»Und dann hat er dich einfach fahren lassen?« Jo lag in meinen Armen und starrte mich mit offenem Mund an. »Einfach so?«

»Ja, ich kann es selber noch gar nicht fassen.« Mein Finger glitt über ihre Schulterblätter hinunter zu den Schlüsselbeinen, zwischen denen ein zartes Kettchen baumelte. Das Kettchen mit unseren beiden Anfangsbuchstaben: JD.

»Sie sind ja ständig um das Auto herumscharwenzelt und haben das Diplomatenschild gesehen. Statt mir zu befehlen, es sofort abzuschrauben, haben sie wahrscheinlich gedacht: Der ist in geheimer Mission unterwegs. Den müssen wir weiterwinken. Sie haben mich aber nicht nach meinem Diplomatenpass gefragt.«

Jo kicherte. »Sie hatten bestimmt Angst, dass sie den auch nicht lesen können! Vielleicht dachten sie, dass du im Auftrag der DDR die japanische Botschaft ausspionierst und nur zum Schein diesen Wagen dort gekauft hast.«

»Vielleicht hat sich der Grenzkommandeur über mich erkundigt und erfahren, was für ein genialer Artist ich bin.« Ich nickte bedeutungsvoll. »So. Das ist nämlich auch eine Möglichkeit.«

»Bestimmt«, unkte Jo. »Was steht denn in deinem Reisepass als Beruf?«

»Artist.«

»Vielleicht halten sie dich für einen als Artisten getarnten DDR-Spion.« Jo küsste mich auf den Mund. »Auf alle Fälle bist du für DDR-Gehirne ein chaotischer verrückter bunter Vogel, den man einfach nicht am Wegfliegen hindern kann.«

Ich warf mich auf den Rücken und holte tief Luft. »Apropos Wegfliegen.« Ich stützte mich auf den Ellbogen und sah auf meine wunderschöne tapfere und kluge Geliebte herab. »Willst du es immer noch?«

»Was? Wegfliegen?« Jo kicherte und wurde augenblicklich rot. »Gern noch mal, solange deine Eltern im Kino sind.«

»Ich rede jetzt nicht von sehr kurzfristigen Projekten, sondern von unserem … du weißt schon.«

»Plan.«

»Ja. Genau. Wie sieht es aus mit deinen Chancen, eine Urlaubsreise nach Jugoslawien bewilligt zu bekommen?«

Nun kam Leben in Jo. Mit Schwung warf sie die Bettdecke zurück und saß in ihrer vollen Pracht vor mir. »Du glaubst es nicht, Dieto. Nicht nur du vollbringst Wunder. Ich war unzählige Male im Reisebüro und stand stundenlang geduldig in der Schlange. Die Dame am Schalter sagte immer, nichts zu machen, die Chancen auf eine solche Reise sind gegen null, die Warteliste ist voll. Doch ich gab nicht auf, und eines Tages …« Sie bemerkte meine begehrlichen Blicke und zog die Decke wieder über ihre wippenden Brüste.

»Eines Tages …?« Ich zupfte an der Bettdecke.

»Konzentrier dich jetzt, Dieto, jeden Augenblick kommen deine Eltern zurück!«

»Also … eines Tages …?«

»Hier bin ich. Hier oben.« Sie hob mein Kinn an. »Also, eines Tages winkt sie mich heran und wispert mir zu, eine Ärztin, die die Reise schon lange gebucht hat, hat einen Rückzieher gemacht, und jetzt ist der Platz zu vergeben. Eigentlich darf sie ihn mir nicht geben, weil ich nicht die Erste auf der Warteliste bin, aber sie gibt ihn mir trotzdem.«

»Pelzmantel?«

»Dreiviertellange Lammfelljacke.«

»Das heißt, du fährst nach Jugoslawien?« Ich rüttelte sie bei den Schultern. »Wann?«

»Na, diesen Sommer noch!«

»Das ist ja großartig!« Ich riss sie an mich und überhäufte sie mit Küssen. »Es darf nur absolut kein Zusammenhang zwischen uns hergestellt werden! Sonst darf ICH nicht wieder ausreisen!«

»Das wird sowieso noch ein Drahtseilakt. Dieto, lass mich, ich glaube, deine Eltern kommen …«

»Hallo? Jo? Wem gehört denn diese Wahnsinns-Luxuskarosse unten vor dem Haus?« Der Wohnungsschlüssel wurde klirrend auf den Küchentisch geworfen, ein ach so vertrautes Geräusch, dann das Scharren der geliebten Schritte. »Bist du etwa im Bett, um diese Uhrzeit?«

Diesmal nahm ich mir nicht mal mehr die Zeit, in meine achtlos auf den Boden geworfenen Klamotten zu steigen. Nackt, wie Gott mich schuf, preschte ich aus dem Zimmer und umarmte meine völlig überraschten Eltern.

»Da staunt ihr, was? Das ist mein Wagen, und ich bedanke mich noch mal ganz herzlich bei euch für die Finanzspritze! Ich konnte Ivo und Hella längst die fälligen Raten zurückzahlen, also …« Ich wirbelte meine entzückt quietschende Mutter im Kreis herum: »Es ist meiner!«

Vater stand am Fenster und begutachtete den Traum in Blau-Weiß. »Jedenfalls hat er einen Platten.«

»Nein! Diese Schweine!« Voller Adrenalin riss ich die Wohnungstüre auf, um die drei Treppen hinunterzupreschen. »Die können was erleben! Jetzt bin ich schon heile angekommen, und dann lassen mir irgendwelche kommunistischen Neidhammel die Luft raus.«

»Junge, zieh dir wenigstens vorher was an!«

»Ach so.« In all meiner Euphorie hatte ich ganz vergessen, dass ich immer noch im Adamskostüm war. Ein wissendes Lächeln glitt über das Gesicht meiner Mutter.

»Junge, du glaubst nicht, was ich heute Nacht geträumt habe.«

»Na, was?« Ich tanzte auf einem Bein herum, während das andere den Eintritt in das Hosenbein suchte.

»Eine weiße Wolke kam in das Schlafzimmer gesegelt, blieb eine Weile im Raum und flog dann zum Fenster wieder hinaus.«

»Ja. Das war ich. Guck mal auf das weiße Autodach.«

Inzwischen war auch mein Bruder Manfred über mein Kommen informiert worden und stand breit grinsend in der Tür. »Unser Lebenskünstler ist wieder da! Du hast übrigens einen Platten.«

»Ja. Alle gönnen mir mein Glück.«

»Na los, das reparieren wir. Wo hast du deinen Werkzeugkasten?« Schon war mein hilfsbereiter Bruder, der immer noch als Chauffeur eines hoch dotierten Parteibonzen arbeitete, in seinem Element.

»Werkzeugkasten? Habe ich nicht.«

»Warndreieck? Verbandszeug?«

»Fehlanzeige.«

»Sag bloß, du hast auch keinen Führerschein.«

Verschämt senkte ich den Blick zu Boden. »Du kennst mich allzu gut, Bruderherz.«

Die Blicke meiner Familienmitglieder samt Jo prallten entsetzt von einem zum anderen. Hinter jeder Stirn stand in riesigen Lettern: Der ist wahnsinnig. Aber wir lieben ihn.

Während der knappen vier Tage, die mir noch blieben, schmiedeten nicht nur Jo und ich im Flüsterton heimlich weiter unseren Fluchtplan, sondern erledigten wir noch viele wichtige Dinge. »Dass du dich bloß nicht ans Steuer setzt, du Knalltüte.« Alle hatten einen Führerschein, nur ich nicht. Vater und Mutter verzichteten jedoch auf das Fahren meiner Riesen-Karosse, sie kamen mit den Füßen gar nicht an die Pedale.

So kutschierte Jo mit fliegenden Haaren bei weit geöffneten Fenstern unter den bewundernden Blicken der Passanten meinen Wagen noch einmal zu ihren Eltern, um sich von ihnen »für die Urlaubsreise« zu verabschieden. Inzwischen hatten sie sich ausgesöhnt, und der Vater hatte sich für den schrecklichen Unfall bei ihr unter Tränen entschuldigt.

Er hatte es sich selbst nie verziehen, seinen Sonnenschein und Herzensstern nicht nur verletzt, sondern dauerhaft sichtbar leicht entstellt zu haben. An manchen Tagen zog meine Jo immer noch den Fuß etwas nach, was nur das geübte Auge sehen konnte. Aber ich wusste, dass sie wetterfühlig war und an solchen Tagen auch Schmerzen hatte.

Es war uns beiden ein großes Anliegen, uns vor unserer Flucht, von der ja niemand etwas ahnte, mit der Familie von Jo noch auszusöhnen.

Meine Eltern hingegen ahnten nicht nur, sie wussten, dass wir diese letzte und einzige Chance zur Flucht in den Westen nutzen wollten. »Geht nur, Kinder, ihr seid jung und habt noch Pläne. Wir werden euch niemals im Wege stehen, und eines Tages, wenn alles zur Ruhe gekommen ist, können wir euch ja besuchen. Wir drücken euch die Daumen und beten zu Gott, dass ihr es schaffen werdet, und wünschen euch alles Glück der Welt.«

Das waren die Worte meiner Eltern, die damals so selbstlos waren und die weiter in diesem Arbeiter-und-Bauern-Staat bleiben mussten!

Jos Eltern bereiteten uns einen herzlichen Empfang, wie sie meinten, und Abschied, wie wir wussten. Sie schüttelten immer wieder den Kopf über meinen Erfolg, den ich auch ohne die Familie Hauenstein auf internationalem Parkett errungen hatte, über das imposante Auto, das ich mir hatte leisten können, über die vielen Geschenke, und am meisten über unsere unverbrüchliche Liebe. Das hatten sie uns wohl am allerwenigsten zugetraut, damals, als sie uns im Wohnwagen beim Knutschen erwischten und mich auf die Straße setzten!

Als wir aus dem mir bekannten Haus in Halle an der Saale wieder zurück zum Auto gingen, war es umringt von Menschen. Verschwörerisch blinzelte ich meiner Jo zu, die sich selbstverständlich hinters Steuer setzte und mit schlafwandlerischer Sicherheit aus der Parklücke ausparkte.

»Alles Liebe! Viel Spaß! Schreib uns mal eine Karte!«, waren die ahnungslosen Worte, die uns Jos Eltern zuletzt zuriefen.

Zwei Tage später fuhr mich meine geliebte Jo an die DDR-Grenze zurück, weil ich zu meinem Engagement auf das Restaurantschiff nach Dubrovnik musste. Ich hatte es dem Künstleragenten in die Hand versprochen! Auf der Rückbank saßen gefasst und traurig zugleich meine lieben Eltern, die mir auf meinen hoffentlich letzten Metern in der DDR das letzte Geleit gaben. Wie liebevoll, wie großartig, wie wenig egoistisch sie doch waren! Nie würde ich diesen beiden wundervollen Menschen das vergessen!

»Ach du Schande. Schaut euch die Autoschlange an!«

»Das hätten wir uns denken können! Es sind doch Sommerferien!«

»Die wollen alle nach Ungarn, in die ČSSR oder nach Jugoslawien!«

»Es geht ja gar nichts weiter!« Die Eltern reckten von hinten besorgt die Hälse. »Nun stehen wir schon über zwei Stunden auf einem Fleck!«

»Die sprichwörtliche Geduld der DDR-Bürger.« Jo kurbelte die Scheibe hoch. »Diese Abgase stinken so erbärmlich, mir wird ganz schlecht.«

»Du bist doch nicht schwanger, Kindchen?« Mutters Hand tätschelte von hinten Jos Schulter.

»Versucht haben wir es.« Ich drückte beides: Jos Schulter und Mutters Hand.

»Kinder, über so was spricht man nicht.« Vater kramte in seiner Aktentasche und reichte eine Flasche Sprudelwasser nach vorn. »Der Storch kommt, wenn er will.«

»Er soll bitte in den Westen kommen.«

»Psst! Wir sind am Grenzposten!«

»Fenster ist ja oben!«

»Die hören hier alles.«

»Also das macht mich jetzt nervös …« Unruhig trommelte ich mit den Fingern auf das Armaturenbrett. »Ich muss in zwei Tagen in Dubrovnik sein, ich habe es dem Herrn Francol versprochen! Und was ein Dieto verspricht, das hält er auch!« Einer plötzlichen Eingebung folgend, sprang ich aus dem Auto und marschierte zu Fuß mindestens einen Kilometer an der Schlange entlang. In den Skodas, Wartburgs und Trabis saßen eng gedrängt wie in Konservendosen ganze Familien und warteten ergeben, dass es wieder ein paar Meter weiter ginge. So wie es aussah, dauerte das hier noch die ganze Nacht.

Am Kontrollpunkt angekommen, erspähte ich einen Uniformierten in meinem Alter, der gerade mit wichtiger Miene an die umliegenden Autos Zollformulare verteilte.

»Entschuldigen Sie, ich habe in zwei Tagen in Istrien zwei Shows … und stehe für die DDR unter Vertrag. Wäre es ausnahmsweise möglich, mich vorzulassen? Ich habe das Arbeitsvisum hier …«

»Sind Sie wahnsinnig, Mann?« Der Uniformierte warf nicht mal einen Blick darauf. »Hier hat jeder zu warten! Scheren Sie sich gefälligst zurück zu Ihrem Auto und warten Sie, bis Sie an der Reihe sind!«

»Ja, Sie haben ja recht. Vordrängeln ist blöd. Es ist nur … ach was, Entschuldigung.«

Reumütig trabte ich zurück zu meinem Wagen, der schon von der Breite und Farbe her deutlich hervorstach zwischen all dem abgasverpufften Knattergrau.

»Lass mich jetzt ans Steuer«, bat ich Jo, die sofort rüberrutschte. »Der Typ hat mich schon auf dem Kieker.«

Und tatsächlich. Nach zwanzig Minuten reichte dieser Mensch mit giftigem Blick die Zollblätter rein. »Wer sind diese Leute?«

»Oh, das sind nur meine Eltern und meine ähm … die kommen alle nicht mit. Ich bin beruflich unterwegs.«

»Dann sollnse aussteigen, aber 'n bisschen plötzlich!« Er riss die überzähligen Zollformulare wieder an sich und ging weiter zum nächsten Wagen. Dabei fiel sein Blick natürlich auf die Rückseite meines Autos. Und auf das Nummernschild. Und die Diplomaten-CD.

Plötzlich rannte er zurück, sprang förmlich an meine Wagentür und grüßte zackig mit der Hand an der Mütze.

»Entschuldigung, der Herr, das konnte ich ja nicht wissen …«

»Wie bitte?«

Ich war noch in der allzu flüchtigen Umarmung mit Jo und meinen Eltern, die ja fluchtartig den Wagen verließen. »Habt ihr alles? Nichts vergessen? Wir sehen uns bald …« Das stimmte ja nur zum Teil, wenn überhaupt! Vielleicht war es ein Abschied für immer?

Meine Augen suchten die von Jo, in denen es klar und unmissverständlich stand: Ja. Ich komme.

Die Augen meiner Eltern hingegen drückten Liebe und Wärme aus. Junge, geh in die Freiheit.

»Kommse, Kommse!« Der Uniformierte lotste mich aus der Schlange und geleitete mich auf die Gegenfahrbahn, wo er alle frisch eingereisten Pkws mit ausladender Geste auf den Standstreifen winkte. Es sah furchtbar komisch aus, wie der schwer beladene Kerl mit seinen Formularen da vor mir herrannte mit seinen Stiefeln und seinem hin und her fliegenden Stempelkissen vor dem Bauch. »Platz machen, machense Platz, hier gömmt 'n Diblömaaaht!«

So rannte er noch den ganzen Kilometer bis zu dem Schlagbaum, gebot noch einem Fahrzeug Einhalt, das gerade erleichtert losfahren wollte, damit ich vorbeikonnte, nahm meinen Pass und drückte im Rennen den Ausreisestempel darauf.

»Gute Fahrt, und nüscht für ungut, konnte ich ja nicht wissen …«

Schon war ich am ČSSR-Grenzposten, wo man mich ebenfalls weiterwinkte, wahrscheinlich telefonisch auf mein wichtiges Durchrauschen bereits vorbereitet.

Ich grinste in mich hinein. In meinem Pass stand: »Artist«. Weiter nichts. Und als ich schließlich auf Prag zurauschte, den Duft von Jo noch in der Nase und ihre liebe Stimme noch im Ohr, fing ich einfach nur laut an zu lachen.

Die Scheinwerfer bohrten sich in die Dunkelheit der schlecht präparierten Straßen. Von Dresden bis Budapest waren es siebenhundert mühselige Kilometer, vorbei an Traktoren, unübersehbaren Kurven auf engen Straßen, Schlaglöchern, ja sogar Tierherden, die gemächlich über die Straße trotteten. Das erste Mal in meinem Leben so eine weite Fahrt, ganz allein, und ohne Führerschein.

Dennoch hatte sich der Kurztrip in meine alte Heimat gelohnt; ich hätte es mir nie verzeihen können, mich nicht mehr von meinen lieben Eltern verabschiedet zu haben. Auch die Einzelheiten bezüglich unseres möglichen Treffpunktes in Jugoslawien mit Jo konnten wir ja nur unter vier Augen besprechen. Sie würde in einer geschlossenen Reisegruppe kommen, und zwar ganz an das andere Ende von Jugoslawien, und wir dürften uns auf keinen Fall als Liebespaar zu erkennen geben. Ich würde sie irgendwie nachts heimlich entführen müssen.

An der nächsten Grenze reihte ich mich wieder in die endlose Schlange ein. Nervös trommelte ich mit den Fingern aufs Lenkrad, wie ein Pianist, der sich vor einem Konzert einspielt, prallten meine Fingerkuppen im immer heftiger werdenden Stakkato auf das Leder. Verdammt, warum wollte denn hier gar nichts weitergehen?

Ob ich die Nummer mit der Nummer noch mal probieren sollte? In meinem jugendlichen Übermut machte ich einem Grenzer Zeichen, er möge doch einmal herankommen. Der bewaffnete Typ kam unwillig näher, staunend, dass ein Normalbürger sich so etwas traute.

Ich wies mit dem Kopf auf mein Nummernschild. Sofort nahm der Uniformierte Haltung an, winkte mich aus der Schlange und geleitete mich, ähnlich wie bereits am Vortag der DDR-Grenzer, zum Schlagbaum, wo man mich unter zackigem Grüßen durchwinkte. Ich hielt beim Weiterfahren die Luft an, bis ich fast platzte. Doch auf der ungarischen Seite hatte mein wagemutiges Spiel ein Ende. Die beiden Beamten ließen mich aussteigen, ich musste ihnen in ihr Zollhäuschen folgen. Dort vertieften sie sich ausgiebig in meinen Pass.

»Artist?«

»Ja. Also *igen.*« Das bisschen Höflichkeits-Ungarisch war selbstverständlich.

»Also nicht Diplomat?«

Mist. Verdammt. Scheiße. »Nein. *Nem.* Habe ich ja auch nie behauptet.«

Die beiden murmelten sich auf Ungarisch etwas in den Bart, und einer von beiden musste sich ein Grinsen verbeißen.

»Sie haben aber ein Diplomaten-Schild am Heck.«

»Igen. Nem. Nem tudom.« Ja, nein, ich weiß nicht. Bitte ankreuzen.

»Sind Sie Fahrer eines Diplomaten?«

»*Nem* – Ich habe das Fahrzeug von einem Diplomaten erworben, und das Schild war schon dran.«

»Dann müssen Sie es sofort abschrauben.«

»Natürlich. Es ist nur so … ich habe es sehr eilig, wissen Sie. Ich bin ARTIST. Und mein Auftritt ist in wenigen Stunden.«

»Sie montieren das Schild ab.«

»Ja, versprochen.«

»Jetzt.«

»Also … ja, gern. Natürlich. Ähm … wo darf ich …? Es könnte nämlich sein, dass ich nicht das passende Werkzeug …« Lieber Gott, lass sie nicht meinen Kofferraum öffnen. Lass sie nicht das Schlauchboot finden. Lass sie nicht auf die Idee kommen, nach meinem Führerschein zu fragen. Lass sie sich einfach in Luft auflösen.

»Da drüben ist eine Tankstelle.«

»Oh. Ja. Bestens. Natürlich. Danke sehr. Nagyon szépen köszönöm.«

Mein Mund schmeckte nach alter Schuhsohle, als ich nach dieser Konversation wieder ins Auto stieg, um die zwanzig Meter hinüber zur Tankstelle zu fahren. Ein kurzer Blick in den Rückspiegel: Da standen sie vor ihrer Bude und beobachteten mich sehr genau.

Mist, Mist, Mist. Das CD-Schild war mein Joker, mein Ass im Ärmel, meine Eintrittskarte ins Glück.

Zögerlich öffnete ich den Kofferraum und machte mich am nicht vorhandenen Werkzeugkasten zu schaffen, indem ich ein bisschen meine Keulen neu sortierte. Dann bückte ich mich und schraubte mit dem Finger ein bisschen an dem CD-Schild herum.

Mist. Sie guckten immer noch! Auf zwanzig Meter Entfernung konnten die sehen, dass ich keinen Schraubenzieher hatte!

Ich machte ihnen ein Zeichen, dass ich jetzt hineinginge in die Tankstelle, um mir einen Schraubenzieher auszuleihen! Ich drehte mit der Faust in der Luft und hielt den Daumen der anderen Hand hoch. Marke eifriger Untertan führt Befehl aus. Die beiden standen bullig vor ihrer Bude.

In dem Moment fuhr ein dicker Laster auf die Tankstelle. Lieber Gott, lass ihn sich direkt zwischen die beiden und mein Auto stellen. Lieber Gott, lass ihn noch einen Meter vorrollen.

Noch einen. Noch einen halben. Lass ihn jetzt nicht weiterrollen. Lass ihn genau HIER stehen bleiben.

Der Laster hielt genau da, wo ich ihn haben wollte. Hatte der liebe Gott heute Spätdienst? Der Lastwagenfahrer tat mir auch noch den Riesengefallen, seine Anhängerklappe seitwärts zu öffnen und den Grenzern den Blick auf zwei Dutzend Schweinehintern zu gönnen, sodass meine Karosse selbst beim tiefen Bücken nicht mehr zu sehen gewesen wäre!

Halleluja. Im Laufschritt stürzte ich zu meinem Wagen, warf mich auf den Sitz und fuhr mit quietschenden Reifen davon, während ich die Fahrertür noch nicht ganz zugezogen hatte. Ich gab Gas und zog die Gänge rauf, bis sie heulten, in der panischen Angst, einer von den beiden oder womöglich eine ganze Kompanie schwer bewaffneter Ungarn würde jetzt hinter mir herrasen. Ich überholte in wildem Manöver Trecker, Laster und Bäuerlein mit Strohballen auf ihren Fahrrädern, Eselsgruppen und klapprige kleine Autos. Wieder und wieder reckte ich den Hals, um in den Rückspiegel zu schauen, aber weit und breit folgte mir kein verdächtiges Fahrzeug.

Endlich ging mein Puls wieder langsamer, endlich hörte mein Herz auf zu pochen, endlich konnte ich wieder Luft holen.

»*YES!*« Ich reckte die Faust und schrie mir meine ganze innere Anspannung von der Seele: »JA! Wer sagt's denn! Glück muss man haben!«

Nach einigen Stunden endlich kam ich zur letzten Grenze, nämlich der ungarisch-jugoslawischen. Mein Blick zuckte nervös auf die Uhr am Armaturenbrett: noch zwei Stunden und vierzig Minuten bis zu meinem Auftritt. Dubrovnik, ich komme.

Ach, Mist, schon wieder eine schier endlose Schlange! Diesmal würde ich nicht den Mut haben, mich auf mein heißes Schildchen zu verlassen. Nein, Dieto, diesmal nicht. Wenn sie telefoniert hatten, ging ich ihnen in die Falle. Geduldig reihte ich mich ein und vertrödelte meine kostbare Zeit durch ein endloses Stop-and-go. Meine Finger tanzten unruhig auf dem Lenkrad.

Da wurde ich auf den Feldweg aufmerksam, vor dem ich zum Stehen gekommen war. Mein Herz polterte wie ein Stein, der durch ein trockenes Flussbett kollerte. Waren das etwa … kam da etwa … nein, das konnte doch nicht wahr sein!

Von dem Feldweg näherte sich holpernd und schlingernd ein Militärjeep, der nun direkt hinter mir Richtung Grenze einbog und … vier bewaffnete Grenzer an Bord hatte. Sie hatten einen Schleichweg genommen! Natürlich! Sie wussten ja, dass ich nach Jugoslawien wollte, und dies war die einzige Straße, die über die Grenze führte! Oh, verdammt, sie hatten mich ausgetrickst … Ich wollte schon mit erhobenen Händen aus dem Auto steigen, mein Herz war mir in die Kniekehlen gerutscht. Alles aus. Dieto, alles aus. Vergiss alle deine dreisten Pläne, du wirst noch heute Abend eingebuchtet.

Sollte ich mich tot stellen? Plötzlich fing der Fahrer wild an zu hupen und begab sich auf die linke Gegenfahrbahn, die momentan frei war. Der Beifahrer kurbelte das Fenster runter und deutete mir wild winkend an, direkt hinter dem Jeep herzufahren und ihnen dicht auf der Gegenfahrbahn zu folgen.

Ja, jetzt hatten sie die fette Beute im Schlepp. Was für eine Genugtuung für die vier!

In meiner Not tat ich, was sie verlangten, mein Herz raste schneller, als ich fahren konnte. Meine Hände umklammerten das Lenkrad, dass meine Fingerknöchel weiß wurden. Mein Atem ging stoßweise, und alles Blut war aus meinem Gesicht gewichen. Meine Halsschlagader wummerte. Ade, Jo, Geliebte. Das war wohl ein Abschied für immer.

Aus, Dieto. Alles aus. Sie haben dich im Sack. So flog ich schneller, als mir lieb war, an den Hunderten von wartenden Autos vorbei, aber in welcher Zelle würde ich landen? Dies hier waren meine letzten Meter. In der Freiheit, als Artist mit einer Karriere, am Steuer meines über alles geliebten Autos. Gleich würden die Handschellen klicken. Zwischen meinen Schläfen rauschte ein ganzes Meer von Verzweiflung. Frechheit siegt eben doch nicht.

Das war's. Wie hatte ich nur noch mal in die DDR fahren können. Wie konnte ich nur … Ich wäre jetzt an der blauen Adria und stünde gleich auf der Bühne, umrauscht von tosendem Applaus!

Direkt vor dem Kontrollpunkt jedoch geschah ein weiteres Wunder: Der Beifahrer gab mir das Daumen-nach-oben-Zeichen, kurbelte seine Scheibe hoch, und der Fahrer tat etwas ganz Unerwartetes: Er bog links ab. In einen anderen Feldweg. Sie hatten mich nicht abgeführt, sondern mir rein zufällig den Weg frei gemacht!

Wegen des Schildchens am Heck! Das ich NICHT abgeschraubt hatte! Hatte mich niemand daran gehindert!

Meine Hände hinterließen feuchte Schweißspuren am Lenkrad, und es gelang mir kaum, das Fenster herunterzukurbeln.

In dem Moment trat schon der nächste Grenzer heran: »Wo wollen Sie hin?«

»Ähm … ich … Jugoslawien, ich habe einen Auftritt in Dubrovnik …«

Mit zitternder Hand zeigte ich meinen Pass. »Artist.«

Der Grenzer schritt um mein Auto herum, erspähte das Schildchen und öffnete den Schlagbaum. »Gute Reise.« Er tippte sich an die Mütze und … lächelte!

Eine Stunde und achtundzwanzig Minuten später stand ich auf der Tanzfläche des Restaurantschiffs in Dubrovnik und brachte meine Requisiten in die Umlaufbahn.

DUBROVNIK, JUGOSLAWIEN,
6. August 1965

Und da geht gar nichts mehr?«

»Nein, Herr Doktor, sehen Sie doch nur, ich kann den Arm kaum noch bewegen!«

»Dann haben Sie Ihre Sehnenscheidenentzündung von letztens gar nicht richtig auskuriert?« Der Arzt, zu dem mein Agent mich höchst besorgt geschickt hatte, schüttelte ratlos den Kopf.

»Wohl zu schnell wieder angefangen mit dem Jonglieren, was?«

»Tja. Ich wollte den Direktor der Show nicht enttäuschen, ich hatte es ihm ja versprochen, zu seinem Restaurantschiff-Event wieder da zu sein, aber wissen Sie, die Decke dort war so niedrig, dass ich in gebückter Haltung …« Ich machte es dem Arzt vor, wie ich ohne Platz nach oben jetzt drei Wochen jeden Abend die Keulen hatte schleudern müssen … »und da hat es wieder angefangen mit dem Schmerz.«

»Na, dann hilft es ja alles nichts. Dann legen wir Ihren Arm in Gips.«

Der Arzt machte sich schon an seiner Maschine zu schaffen. Eine Lage aus Krepppapier wurde aufgewickelt, eine hilfreiche Krankenschwester kam dazu, und eifrig machte man sich ans Werk. Währenddessen hätte ich meine eigene Notlüge schon wieder rückgängig machen wollen.

»Ach, wissen Sie, ich glaube, ich trete doch auf.«

»Nein, damit ist nicht zu spaßen. Stellen Sie den Arm ruhig!«

Mist! Nichts ging mehr, wie der Croupier im Spielcasino immer behauptete. Unterzug und Watte wurden komprimiert, was verhinderte, dass der Gips mit der Haut in Kontakt kam. Trotzdem schüttelte es mich schon jetzt. Meinen eigenen Arm lahmzulegen, kam direkt auf Platz zwei der blödesten Ideen, die ich in letzter Zeit gehabt hatte! Eifrig matschten die Mediziner da herum und klatschten mir die kalten nassen Gipsbinden um Schulter und Arm. Dann umwickelte der Arzt den Arm von körperfern nach körpernah, bis ich mich wie eine Mumie fühlte. Verdammt. Verdammt. Verdammt. Ich wollte nicht unbeweglich sein und kein Auto mehr fahren können! Ich wollte nur die nächsten zwei Vorstellungen schwänzen!

Jo war angekommen!

Jo war in Jugoslawien!

Leider am anderen Ende, nämlich in einem Ort namens Ulcinj, ganz im Süden, an der albanischen Grenze. Und da war an eine Überfahrt in die Freiheit mit dem Paddelboot nicht zu denken, denn Italien war von dort aus nicht zu erreichen. Nach Albanien zu »fliehen« hätte nichts gebracht.

Noch mal verdammt!

Aber auch so ein Glück!

Wir waren beide in Jugoslawien! Jo hatte es geschafft, mit einer Reisegruppe ganz unerkannt und ohne einen Zusammenhang zwischen uns beiden herzustellen, in dieses Land zu kommen! Das glich einem Wunder!

Nur blöd, dass ich, zugeschnürt und unbeweglich, wie ich jetzt war, gar nicht ins Auto steigen und zu ihr fahren konnte!

Doch ich hatte wahrlich schon andere Probleme gelöst. Auch der nächste Streich würde mir gelingen! So bedankte ich mich bei dem Arzt, indem ich ihm beherzt die linke Hand zum Schütteln reichte, brachte artig mein ärztliches Attest der Krankschreibung zum Direktor der Show und … verschwand in einer Seitengasse. Hier musste doch irgendwo jemand eine Säge haben.

Schon in der dritten schmalen Gasse wurde ich fündig. Eine Werkstatt für alte Autos, Fahrräder und sonstige Karossen flirrte in der Mittagshitze vor sich hin.

Ein Zwanziger in Westmark wechselte den Besitzer, und nach einigem Angstschweiß meinerseits hatte der Mechaniker meinen noch feuchten Gips wieder abgesägt.

»Wollen Sie ihn zur Erinnerung?«

»Ich? Nein. Aber Sie ...?«

»Ja, gern!« Der alte faltige Mann grinste zahnlos und befestigte den Gipsarm gleich als nette Erinnerung an den großzügigen Deutschen über dem Eingang. Dort hängt er womöglich heute noch.

Jetzt aber nichts wie weg! Hoffentlich begegnete ich weder dem Arzt noch dem Direktor, noch einem Kollegen! Eilig schlug ich mich zu meinem Wagen durch, der auf einem Hinterhof parkte, mitsamt Schlauchboot.

Eine beschwerliche Fahrt über schlechte Straßen, mit sehr wenig Beschilderung und keiner erkennbaren Straßenseitenbegrenzung folgte. Die ganze Nacht über holperte ich mit zusammengekniffenen Augen durch die Finsternis, vorbei an Herzegowina, Budva und Sveti Stefan. Ich hatte schon gehört, dass besonders Letzterer ein wunderschöner Ort sein sollte, doch jetzt hatte ich keine Zeit für Besichtigungstouren. Mein Herz schlug vor Liebe und heißer Sehnsucht zu meiner Jo, die ich endlich, endlich da hatte, wo wir gemeinsam unsere Flucht beginnen wollten: in Jugoslawien! Es musste gelingen, wir würden keine zweite Chance mehr haben! Über hundertzwanzig Kilometer auf schmaler, schlecht befahrbarer, nicht beleuchteter Küstenstraße lagen vor mir.

Am frühen Morgen erreichte ich Ulcinj, den Ort an der albanischen Grenze, wo meine geliebte Jo mit ihrer Reisegruppe gestern eingetroffen war, wie sie mir per Telegramm mitgeteilt hatte. »Fahre in die Ferien wie geplant.« Ich war die ganze Nacht durchgebrettert, mit flatterndem Herzen und einer fast schmerzhaften Sehnsucht in der Brust.

Vor der Stadteinfahrt gewahrte ich aus müden Augen eine Tankstelle in der Straßenmitte. Mir kam sie allerdings vor wie ein als Tankstelle getarnter Kontrollposten.

Damit lag ich genau richtig, denn hier saß rund um die Uhr ein Mensch in grauer Hose und weißem kurzärmligen Hemd, dem typischen Outfit der vom Staate bezahlten zivilen Aufpasser und Informanten. Dieser Mann hatte nur eine Aufgabe, nämlich sämtliche Autonummern zu notieren, die nach Ulcinj reinfuhren, und zu melden, ob sie allein oder mit Touristen aus dem Ort wieder hinausfuhren. Wieder hoffte ich auf die Macht meines Diplomaten-Schildchens. Tanken musste ich sowieso.

Betont gelassen schlenderte ich, vor mich hin pfeifend, in das Innere der Tankstelle, wo Brötchen und Kaffee angeboten wurden. Mein Jugoslawisch war dank meiner zwei längeren Aufenthalte in diesem Land inzwischen so flüssig, dass es für einen Small Talk an der Theke reichte.

»*Dobro Jutro*«, grüßte ich den Menschen hinter der Theke. »Wie geht's?« Mit den Händen in den Hosentaschen, begutachtete ich das karge Angebot an Waren und Postkarten.

»Einmal voll, bitte.«

»Wird gemacht.« Der Tankwart stürzte zu meinem Wagen und betankte ihn so liebevoll wie eine Mutter ihr Baby. Ich folgte ihm auf dem Fuße.

»Netter Ort hier. Sind hübsche Mädels vor Ort?« Grinsend kaute ich auf einem Zahnstocher.

Der Tankwart freute sich über meine Brocken Kroatisch und sah in mir offensichtlich einen schon lange hier lebenden Kumpel in Sachen Touristinnen aufreißen.

»Ja, gestern erst ist eine Gruppe Frischfleisch angekommen, mit dem Bus, aus Dresden.«

Betont beiläufig schlenderte ich auf und ab, ohne mir anmerken zu lassen, dass mein Herz hinter meinem legeren Hemd gerade flatterte wie ein gefangener Schmetterling hinter einer Gardine. »Bitte auch einmal die Scheiben waschen, und nach dem Öl schauen.«

»Was Nettes dabei?« Ich betrachtete angelegentlich das Innere der Motorhaube, in dem sich nun mit ölverschmierten Händen der Tankwart zu schaffen machte.

»Ja, abgesehen davon, dass sie alle Bleichgesichter sind, aber ein paar von ihnen sehen ganz lecker aus.«

»Na dann.«

Der Aufpasser an der Wand indessen döste in der Sonne vor sich hin.

»Und wo findet man die Schar leckerer Appetithäppchen?«

»Sie müssten gegen Mittag vom Strand zurückkommen. Untergebracht sind sie im Hotel ›Uz Plazu‹.«

Ein mittelgroßer Westschein wechselte unauffällig die Hosentaschen.

»Hvala vam puno.« Ich klopfte dem Mann auf die Schulter. »Schönen Tag noch, bis bald.«

Ohne mein Herz aus dem Hemd springen zu lassen, stieg ich betont lässig ein und fuhr davon.

Den Wagen parkte ich natürlich außerhalb des Ortes auf einem abgelegenen Feldweg.

Gegen Mittag drückte ich mich unauffällig vor dem besagten Hotel herum, und da kamen sie schon vom Strand herauf, die deutschen Mädels von der Reisegruppe!

Meine Augen suchten und fanden Jo! Meine geliebte Verlobte, nach der ich mich seit Wochen verzehrte! Sie schlug sofort errötend die Augen nieder. Jetzt nur keinen Fehler machen, Dieto. Nicht auf sie zustürmen, sie nicht ans Herz reißen, nicht mit Küssen bedecken, auch wenn es noch so schwerfällt.

Denn die Reiseleiterin war dabei. Und sie wachte über ihre Schäfchen. Wie üblich, war den Teilnehmerinnen der Reise gleich am Anfang der Reisepass weggenommen worden, und die Reiseleiterin hielt sie unter Verschluss. Niemand sollte die Möglichkeit haben, aus der Reihe zu tanzen …

»Ach. So ein Zufall. Kennen wir uns nicht?« Ich vertrat der Gruppe den Weg. »Kann es sein, dass wir uns vor langer Zeit mal in Dresden begegnet sind?«

Jo spielte sofort mit. »Ach wirklich? Sind Sie nicht … genau, Sie sind der Jongleur! Unsere Väter kannten sich, nicht wahr?«

»Ja, richtig, wir haben uns mal in der Schauburg kennengelernt, oder war es der Faun-Palast? Nein, wie klein doch die Welt ist …«

»Darf ich vorstellen?« Jo wahrte perfekt die Form, als die Reiseleiterin auf uns zugeschossen kam und mich mit Adleraugen begutachtete. »Das ist … wie war noch gleich Ihr Name?«

»Also ich glaube, wir waren schon beim Du. Als wir uns kennenlernten, war ich zwölf und du vierzehn.«

»Ach, genau!« Jo schoss die Röte ins Gesicht. »Du bist Dieto. Was machst du hier?«

»Ich arbeite schon lange für eine Künstleragentur in Jugoslawien und tingele durch dieses wunderschöne Land, und du?«

»Ich habe das große Glück, einen Restplatz in dieser Reisegruppe bekommen zu haben!« Jo wirbelte herum, die Röte hatte ihr leicht gebräuntes Gesicht und ihren Hals überzogen. Ich sah ihre Schläfenader pochen. Eine Flucht in den nächsten Tagen war unsere einzige Chance. Und bis dahin mussten wir sie alle täuschen.

»Sagen Sie, wäre es möglich, dass mein Bekannter aus Dresden mit zum Mittagessen ins Hotel kommen kann?«

»Also eigentlich ist das nicht möglich.« Die Reiseleiterin schien mit sich zu ringen. »Aber wenn man sich nach so langer Zeit wiedersieht, hat man sich bestimmt viel zu erzählen.«

Mit einem Augenzwinkern winkte sie mich in den Speisesaal.

»Ach, wie nett. Da haben wir so einen attraktiven jungen Herrn am Tisch? Reichen Sie mir bitte mal das Salz?«

»Darf ich bekannt machen? Das ist Hedda aus Radebeul, und das ist Gisela aus Torgau. Wir teilen ein Zimmer.« Jo wollte schon nach meiner Hand greifen, als ihr einfiel, dass wir uns ja nur flüchtig kennen durften. »Und das ist ein alter Bekannter meiner Eltern aus Dresden.«

Wir kamen unverbindlich nett ins Gespräch, waren ja alle Mitte zwanzig und in Urlaubsstimmung, und nach kurzer Zeit bot ich den drei Damen an, sie auf einen Halbtagesausflug mit nach Sveti Stefan zu nehmen.

»Eine viel gepriesene Sehenswürdigkeit, das malerische Fischerdorf mit Häusern aus dem 15. Jahrhundert! Auf der Insel befinden sich mehrere alte Kirchen, so auch die des heiligen Stefan, die der Insel ihren Namen gab!«

»Das dürfen wir bestimmt nicht!« Die jungen Frauen schüttelten bedauernd den Kopf. »Wir dürfen uns nicht von der Gruppe entfernen!«

»Aber dürfen wir denn an den Strand gehen?«

»Ich glaube schon.« Jo sah sich nach der Reiseleiterin um, die uns genau im Auge hatte. »Es steht doch auf dem Programm: Nachmittag zur freien Verfügung!«

»Na, wenn das so ist …« Ich stand auf und bedankte mich bei der Reiseleiterin für das Essen.

»Haben Sie alle noch einen schönen Urlaub. Es war wirklich eine Freude, Sie und Ihre netten Damen kennenzulernen.«

Sprach's und verschwand in Richtung Strand.

Wo kurz darauf Jo mit Hedda und Gisela im Schlepp auftauchte. Nun war die Reiseleiterin außer Sicht.

»Was ist, Mädels? Habt ihr Lust?« Ich rieb mir unternehmungslustig die Hände.

»Zu was?«

»Sveti Stefan! Mein Auto parkt da oberhalb hinter dem Hügel!«

»Nein, wirklich?«

Halb zögerten sie, halb stand ihnen die Lust nach einem kleinen verbotenen Abenteuer ins Gesicht geschrieben.

Und kurz darauf rumpelte mein blau-weißer Ford Taunus 17 M mitsamt den drei hübschen Grazien darin auf der Ausfahrtstraße dahin, vorbei an den erstaunten Augen meines Freundes, des Tankwarts, den ich ja nach hübschen Mädels gefragt hatte. Der Aufpasser sprang sofort auf und notierte etwas auf seinem Block. Im Rückspiegel sah ich die beiden kopfschüttelnd miteinander diskutieren. Was ich tat, war strikt verboten!

Kein Führerschein, nach wie vor das CD-Schild, ohne irgendwas mit dem Corps Diplomatique zu tun zu haben, und drei Frauen im Auto, die keine Dokumente bei sich hatten und die ich gewissermaßen illegalerweise von einem DDR-Urlauberstützpunkt entführt hatte. Dieto, denk nicht darüber nach, beschwor ich meinen dreisten Übermut. Wenn wir jetzt einen Unfall haben auf diesen miserablen engen steilen Küstenstraßen, oder eine von den beiden fremden Mädels die Chance nutzt und irgendwie türmt … dann landest du wohl im Knast, und bleibst dort hocken, bis die Mauer fällt. Und die fällt nie.

Andererseits liegt Ulcinj an der albanischen Grenze, wohin kein DDR-Bürger fliehen will, überlegte ich weiter. Warum fahren die Reisegruppen wohl hierher.

Die italienische Adria ist von hier aus hundertzweiundachtzig Kilometer entfernt. Das schafft niemand schwimmend, mit einer Luftmatratze oder im Schlauchboot. Der Grund, warum ich mit den drei steilen Hasen vor den Augen der Aufpasser den Ort verlassen hatte, war, ihr Vertrauen zu erschleichen. Denn am selben Abend, sogar noch pünktlich vor dem Abendessen, wo alle Schäfchen von der Reiseleiterin wieder gezählt wurden, brachte ich die kostbare Fracht wohlbehalten zurück und fuhr fröhlich hupend und aus dem offenen Fenster winkend wieder an der Tankstelle vorbei. Tankwart und Aufpasser schossen von ihren Posten hoch und zählten drei blonde Schöpfe neben dem meinen im Auto. Teilsieg Nummer eins: Ich galt nicht nur als erfolgreicher Gigolo, sondern war auch ein zuverlässiger Bursche. Wie der Fuchs, der sich die drei Hennen nur mal eben ausgeliehen, sie aber zum Bauern zurückgebracht hat. Wie könnte man so einem Fuchs Böses zutrauen?

Nachdem ich eine Nacht im Auto verbracht hatte, pirschte ich mich am nächsten Tag wieder unauffällig zum Strand, wo ich meine drei Grazien von gestern auf einer Decke sitzend vorfand. Von der Reiseleiterin war keine Spur zu sehen.

»Na, so was? Du immer noch hier?«

Jo rückte bereitwillig auf der Decke ein Stück zur Seite. »Danke noch mal für gestern, das war wirklich ein wunderschöner Ausflug!«

»Wer sind diese Leute da, mit dem eleganten Sportboot?« Ich hielt mir die Hand über die Augen, weil die Sonne so blendete. »Die, mit denen Hedda gerade spricht?«

»Oh, das sind Urlauber aus Westdeutschland.« Gisela nahm ihre Sonnenbrille ab und ließ sich in den heißen Sand fallen. »Die haben wir hier vorgestern schon kennengelernt. Ganz nette Leute, und der Kleine ist so süß.«

Jo und ich wechselten einen winzigen Blick. Wie elektrisiert. Hedda und ein westdeutsches Pärchen mit Kind? Hatte sie etwa auch einen Plan? Oder war das Treffen reiner Zufall, wie unseres ja auch? Hahaha.

Schon sprang ich auf die Beine und schlenderte hinüber. »Das ist aber ein tolles Sportboot! So etwas sieht man selten hier!«

Wir Männer schüttelten uns die Hand. »Ich bin Dieto aus Dresden, habe zufällig hier eine Bekannte getroffen.«

»Ich bin Helmut aus Hanau, das ist meine Frau Gudrun, und der kleine Sohnemann hier heißt Uwe. Wir schippern die gesamte jugoslawische Küste ab, einfach so, der Nase nach.«

»Das klingt ja herrlich entspannt! Darf ich mal …?« Interessiert näherte ich mich dem chromblinkenden Motorboot. »Wie habt ihr das Teil denn hier runtergekriegt?«

»Mit dem Auto-Anhänger. Wir haben ein Zelt dabei. – Willst du mal ’ne Runde mitfahren?«

»Auf dem Boot? Ja, gern!«

Schon war ich genau da, wo ich sein wollte: nämlich allein und außer Hörweite mit einem westdeutschen jungen Mann. Natürlich hätte er ein Spitzel sein können, deswegen hielt ich mich nach wie vor bedeckt. Begeistert bewunderte ich das tolle Boot und ließ mir den Wind ins Gesicht und um den nackten Oberkörper wehen. Als Helmut das Boot weit genug vom Strand weggelotst hatte, stellte er den Motor ab. Er griff zum Fernglas und blickte suchend den Horizont entlang.

»Hier fahren die Küstenwachboote im Rhythmus von fünfzig Minuten.«

»Habe ich auch schon festgestellt.« Eifrig, vielleicht ein wenig zu eifrig, fügte ich noch hinzu: »Das eine Boot kommt alle fünfzig Minuten, das andere dreht größere Runden und kommt erst nach zwei Stunden zurück.« Helmut nahm das Fernglas herunter und legte den Kopf schief. »Da hat aber jemand gut aufgepasst.«

Mein Herz machte einen schiefen Sprung. Verdammt. Hatte ich dem Fremden zu viel verraten?

Helmut nahm das Fernglas wieder auf und blickte zum Strand hinüber, wo die Damen saßen.

»Soll ich dir was erzählen, Mann?«

»Ja, klar. Bleibt unter uns Männern.«

Ich setzte mich auf den Bootsrand und planschte mit den Füßen im blauen tiefen Wasser.

»Meine Frau und ich, wir wollten die Hedda rausholen.«

»Donnerwetter.« Ich schluckte. War das jetzt eine Falle oder …

»Hedda ist die Cousine meiner Frau Gudrun. Vor zwei Jahren

hat sie sich am Balaton in einen Wessi verliebt. Detlef aus Düren. Die ganze Familie stand seitdem kopf, alle haben überlegt, wie wir Hedda rauskriegen aus der DDR, damit sie zu ihrem Detlef kann. Ausreiseantrag hat sie extra keinen gestellt, um sich nicht verdächtig zu machen. Sie ist Ärztin, man hätte sie nie gehen lassen. Du weißt schon: in der DDR auf Staatskosten studiert, das gilt als besonders strafbarer Landesverrat.«

Auf welche Spur wollte er mich führen?

Ich nickte nur und plätscherte weiter halb desinteressiert im Wasser. Dabei spitzte ich meine Ohren wie ein Luchs.

»Letztes Jahr ging ein Plan schief, sodass wir es dieses Jahr wieder versuchen wollten. Alles war vorbereitet, wir sind mit dem kleinen Uwe mitsamt Auto und Bootsanhänger die über tausend Kilometer hier runtergefahren und haben alles arrangiert für Heddas Flucht.«

»Nämlich?«

»Ich wollte mit ihr im Boot abhauen.«

»Und Gudrun?«

»Wollte mit dem Auto samt leerem Hänger plus Kind über Land nach Grado in Italien fahren und uns dann samt Boot wieder einsammeln. Alles war genau geplant und getimt. Der Kleine fungiert auch ein bisschen als Alibi. Kein Mensch nimmt einen Dreijährigen mit, wenn er was Verbotenes im Schilde führt.«

Ich nickte anerkennend, wobei meine Kiefermuskeln spannten, als hätte ich auf eine Kastanie gebissen. Das konnte doch alles nicht wahr sein, oder? Wo war der Haken?

Helmut druckste ein wenig herum. Schließlich ließ er die Bombe platzen: »Jedenfalls hat Hedda mich gerade wissen lassen, dass sie nicht mehr will.«

Ich schluckte trocken. Betont gelassen zwang ich mich, so zu tun, als hätte ich einen interessanten Fisch im Wasser entdeckt. Dabei sprang mir mein Herz fast aus dem Mund. »Frauen … sind wie launische Forellen … nicht wahr? Warum will sie nicht mehr?«

»Erstens hat Detlef inzwischen eine andere geheiratet, und zweitens hat ihre Mutter Krebs, und sie kann es als Ärztin nicht übers Herz bringen, sie allein zu lassen.«

»Ist aber verständlich, oder?« Ich fühlte meine Halsschlagader pulsieren. Wenn meine Mutter Krebs hätte, oder mein Vater, würde ich gehen? Niemals.

»Ja, aber weißt du, was wir für Mühe und Kosten hatten?« Helmut fuhr zu mir herum. »Seit zwei Jahren denken wir an nichts anderes, als die arme Hedda da rauszuholen, und jetzt sagt sie eben ganz locker vom Hocker, das können wir uns abschminken.« Wütend schlug Helmut auf das Lenkrad seines Wassersportflitzers. »Wir sind Lehrer, weißt du, wir können uns das hier auch nicht mal eben aus der Portokasse leisten! Und wir müssen Montag um acht Uhr wieder in der Schule sein! Also wieder über tausend Kilometer zurück! Für nichts und wieder nichts! Mit dem Kleinen! Es ist zum Heulen!«

»Tja …« Ich musste augenblicklich ins Wasser springen, um meinen Kopf abzukühlen, in dem gerade ein irrsinniger Plan flackerte wie ein angezündeter Strohhaufen. Das konnte doch gar nicht wahr sein, dass das Schicksal uns hier an der albanischen Grenze zwei Westdeutsche mitsamt Motorboot vor die Füße spülte! Das musste doch eine Falle sein! Bestimmt hatte der Posten an der Tankstelle mich längst gemeldet und der Künstleragent mein Verschwinden bemerkt! Die Reiseleiterin hatte mich längst verraten! Alles war aufgeflogen! Ich tauchte unter Wasser und durchteilte die warmen Wogen mit meinen starken Armen, bis meine Lungen zu platzen drohten.

Ruhig, ruhig Blut, Dieto. Lass dir nichts anmerken. Geh nicht darauf ein. Wechsle das Thema. Wenn an der Sache was Wahres dran ist, wird Helmut dir ein Angebot machen.

Geschmeidig glitt ich schließlich wieder in das Boot. Keuchend lag ich auf dem Rücken und sah tausend weiße Sterne vor dem tiefblauen Himmel tanzen. Freiheit, Freiheit, Freiheit, wirbelten sie vor meinen Augen. Wage es, frage ihn, riskiere es! Wer nicht wagt, der nicht gewinnt.

»Was hast du gesagt?« Helmut hatte wohl schon länger auf mich eingesprochen, und ich schüttelte mir erst mal Wasser aus dem Ohr.

»Ich habe gefragt, ob ihr nicht zufällig flüchten wollt? Du und deine Jo?«

Vorsicht, Falle, hämmerte es zwischen meinen Schläfen. Woher weiß er von Jo? Woher weiß er von unseren Plänen?

»Dann hätte sich der verdammte Aufwand wenigstens doch noch gelohnt. Wir wollen doch nur helfen, Mann!«

Ich starrte ihn an. »Wie kommst du darauf, dass ich fliehen will?«

Helmut zuckte mit den Schultern. »Na, weil du die Route der Küstenwachboote auswendig kennst. Und weil du Jo nicht nur flüchtig kennst. Ihr seid ein Paar, das hat Gudrun mir gesteckt. Da habe ich mir eins und eins zusammengezählt.« Er warf den Motor wieder an und drehte mir den Rücken zu. »War nur so ein Angebot.« Das Boot flog in eine lange Kurve und legte sich zur Seite. Eine weiße Welle schäumte hinter dem Heck einen Halbkreis. Ich starrte wie betäubt in die Gischt. »Wir wollen doch nur helfen, Mann«, tönte es mir in den Ohren.

Er reichte mir gerade einen Strohhalm! Bis jetzt hatte ich immer unverschämtes Glück gehabt. Alles hatte sich stets zu meinen Gunsten gewendet. Ich hatte meine geliebte Jo bei mir. Es war die Chance unseres Lebens. Schneller als gedacht.

Wenn ich nicht nach ihr greifen würde, würde ich es mir mein ganzes Leben lang nicht verzeihen. Außerdem gab es definitiv kein Zurück mehr! Ich war von meinem Job abgehauen, mein Gipsarm hing in einer Werkstatt. Also stand auch ich auf der Fahndungsliste. Wir MUSSTEN rübermachen, es ging gar nicht mehr anders! Und wir wollten es ja auch!

Schaumige weiße Wassertropfen spritzten mir ins Gesicht. Im Gegenlicht zur flirrenden Sonne bildeten sich auf jeder Woge kleine Regenbogen. In mir zog sich alles zusammen. Wenn das nicht die Vorboten der köstlichen Freiheit waren? Zeichen des Himmels!

Warum sollte Helmut Böses im Schilde führen? Und einen Dreijährigen auf so eine lange Reise schicken? So schnell konnte er doch gar nicht hergekommen sein, wenn man ihn gezielt auf uns angesetzt hätte! War er wirklich Lehrer?

»Was unterrichtest du eigentlich so?«, schrie ich ihn von hinten an.

»Geschichte und Latein!«, rief er mir über seine nackte Schulter zu.

»Sag mal auf Lateinisch: Es lebe die Freiheit!«

»*Vivat libertas!*«

Wow. Das konnte ein Zufallstreffer sein. So einfach kam er mir nicht davon. »Sag mal was Kompliziertes!«

»Was denn? *Alea iacta sunt?* – Das heißt: Die Würfel sind gefallen!« Er legte das Boot in eine schnittige Kurve, und seine Haare flatterten ihm ins Gesicht.

Helmut drehte sich zu mir um und lachte. »Du hältst mich für einen Spitzel, was?« Er schüttelte den Kopf, dass seine langen Haare im Wind wehten.

»Weißt du, Helmut, ich würde dir gerne vertrauen …«

»Fide, sed cui, vide!« Helmut sah mich von der Seite an. »Trau, schau wem!«

Ich starrte eine Weile vor mich hin. Das blaue Wasser teilte sich wie in der Bibel, als Gott die Israeliten trockenen Fußes aus Ägypten befreit hatte. Schon düste das Boot in weitem Bogen wieder zum Strand, wo die vier Frauen mit dem kleinen Uwe einträchtig auf der Decke saßen und winkend zu uns herüberschauten. Helmut stellte den Motor ab.

»Und wie wolltet ihr es machen?«, fragte ich in die Stille hinein.

Helmut ließ das Boot langsam gegen den Strand treiben.

»Von Istrien aus. Dort ist die Direttissima über das Meer nur knapp zwanzig Kilometer.« Er senkte die Stimme. »Auf dem nördlichsten Campingplatz San Podoroczo wollten wir sie einsammeln. Sie hätte zwei Tage Zeit gehabt, dorthin zu gelangen. Aber jetzt ist es zu spät. Wir müssen morgen früh nach Deutschland zurück. Montag ist Schule.«

Er sprang ins Wasser und zog das Boot hinter sich her. Ich sprang hinterher. Wir wateten durch das kniehohe lauwarme Wasser, Schulter an Schulter. Dies war meine letzte Chance, ich spürte es! Aus dem Augenwinkel sah ich, wie Hedda und Gudrun sich innig unter Tränen umarmten.

»Und wenn ihr es für uns tun würdet?«

Beide zogen wir nun das Boot hinter uns her an den Strand, steckten die Köpfe zusammen und wickelten das Seil um die Bohle. In drei Sekunden wäre die Chance vertan. Unsere Blicke trafen sich, und ich sah die Ehrlichkeit und Zuverlässigkeit in seinem Blick.

»Es ginge höchstens wieder nächstes Wochenende.«

»Ihr würdet noch mal herkommen?«

»Heute in einer Woche. Campingplatz Podoroczo. Dann besprechen wir alles Weitere.«

Damit sprang Helmut auf und schlenderte wieder auf die Frauen zu.

»So, Mädels. Genug geplaudert. Der Kleine friert, die Sonne geht unter, und ich habe Hunger.«

Er zog seine Frau von der Decke. »Und wir müssen dieses Wochenende leider nach Hause.«

»Ja, ich muss leider auch wieder arbeiten.« Allgemeines Verabschieden und Händeschütteln begann. »Darf ich dich zum Abschied umarmen, Jo? Es war so nett, dich wiederzutreffen!«

Ich drückte meine geliebte Freundin ganz fest an mich und sog ihren Duft ein.

»Mittwoch um Mitternacht, dort, wo mein Auto parkt«, flüsterte ich ihr ins Ohr. »Wir haben einen Plan!«

»Und nun macht, dass ihr alle zum Abendessen kommt, die Reiseleiterin wird euch zählen!«

Allgemeines Gelächter und Augenverdrehen, Sandabklopfen und Taschenpacken.

Der Kleine heulte und klapperte mit den Zähnen. Eine ganz normale Urlaubsszene, wie überall auf der Welt, wenn Sommer ist.

Fünf Tage später, Mittwoch, 11. August 1965, Mitternacht

»Los, schnell, steig ein und leg dich auf dem Rücksitz flach!« Jo, die nichts weiter bei sich hatte als ihre Jeans, einen Pulli und flache Schuhe, hatte sich wie eine Katze aus der Dunkelheit angeschlichen und war mir in die Arme gesunken. Ich war inzwischen noch mal nach Dubrovnik zurückgekehrt und hatte fünf Shows gespielt. Nach jeder Show hatte ich wieder über Schmerzen im Arm geklagt, sodass der Direktor irgendwann genervt gesagt hatte: »Jetzt schon dich aber mal zwei Wochen, und nimm den verdammten Gips nicht zu früh wieder ab!«

So hatte ich meine Requisiten, Kostüme und mein Show-Equipment aus der Garderobe geholt und ins Auto gepackt, ohne dass jemand Verdacht geschöpft hatte.

»Wie geht es jetzt weiter, Dieto?«

»Wir müssen innerhalb von zwei Tagen nach Istrien gelangen.« Mein Arm schnellte nach hinten und warf ihr eine Decke über, als wir die Tankstelle passierten. »Achtung, Kontrollstelle.«

Tatsächlich schossen zwei Köpfe aus der schwach beleuchteten Kaschemme: der Tankwart und der Aufpasser. Ich hupte dreimal kurz und betätigte die Lichthupe.

In Männersprache hieß das: »Ich hatte eine Menge Spaß und komme bestimmt wieder, wenn neues Frischfleisch eingetroffen ist!«

»Dieto, wieso hupst du auch noch?«

»Genau das ist mein Schachzug, Jo. Sie glauben, ich sei ein protziger Angeber, der nur zum Mädels-Aufreißen hier ist.«

Unter der Decke war es still.

»Wir müssen es schaffen, Jo, das ist unsere einzige Chance!« Erst nach einigen Kilometern hielt ich kurz an und ließ sie nach vorne umsteigen. Endlich sanken wir uns in die Arme und überdeckten einander mit Küssen. Im Stockdunkeln standen wir da am Feldrand und liebkosten uns, bis unsere Herzen nicht mehr zu explodieren drohten.

»Wir müssen zweimal eine Fähre benutzen, es wird nicht ganz einfach sein, aber es gibt auch kein Zurück mehr.«

Endlich löste ich mich von ihr und ließ den Motor wieder an. »Dein Verschwinden wird frühestens morgen früh bemerkt werden. Bis dahin sollten wir die erste Fähre bei Sibenik erwischt haben.«

Endlich hatte ich die Gelegenheit, Jo alles über Helmut und Gudrun zu erzählen. Sie ahnte nicht, dass Hedda hatte fliehen wollen. Trotz der vertrauten Mädels-Schlafzimmer-Runde war kein Wort darüber gefallen. Keine ahnte vom Fluchtplan der anderen. Denn selbst wenn sie einander vertrauten und Freundinnen geworden waren, so machte sich doch schließlich die Daheimgebliebene als Mitwisserin schuldig und musste ebenfalls mit mehreren Jahren Gefängnis rechnen. Auch die Familien würden mit heftigen Konsequenzen zu rechnen haben!

»Und du vertraust Helmut?« Mit brennenden Augen sah mich Jo von der Seite an. Inzwischen tuckerten wir seit Stunden mit fünfzig über die holprigen, unbeleuchteten Straßen.

»Kein DDR-Spitzel kann so gut Latein.«

In dem Moment näherte sich von hinten ein Fahrzeug mit Blaulicht. Uns beiden stockte der Atem. Jetzt hörten wir auch noch das widerliche Heulen der Sirene. Verdammt! Hatte die Reiseleiterin bereits Jos Verschwinden entdeckt! War sie doch von ihren Zimmergenossinnen verraten worden? Oder war Helmut doch ein Spitzel?

»Duck dich!« Die dunkelblaue Lichtwolke durchbrach die völlige Finsternis. Mein Herz knatterte wie ein Presslufthammer. In rasender Fahrt näherte sich das Fahrzeug und hüllte mich in dieses unheimliche Blaulicht, als es uns überholte. Jaulend schoss es weiter in die Dunkelheit hinein. Mein Fuß fühlte sich wie Blei an, als ich versuchte, ihn vom Gas zu nehmen. Zitternd vor Schreck drosselte ich die Geschwindigkeit und ließ das heulende Raubtier von dannen ziehen. Jo war weinend im Fußraum in sich zusammengesunken. Ich zog meine arme tapfere Verlobte wieder hoch und nahm sie in den Arm: »Es war nur ein Rettungsfahrzeug. Vielleicht kriegt hier in dieser verrückten verlogenen Hölle irgendwo eine Frau ein Kind.«

Am frühen Morgen erwischten wir gerade noch die Fähre. Meiner war der letzte Wagen, der noch heraufgewinkt wurde, bevor die Schranke sich hinter uns schloss. Jo legte sich blitzschnell auf die Rückbank, und ich warf hastig einigen Krimskrams über sie.

Sie hatte ja weder einen Reisepass noch irgendein Dokument, welches eine legale Einreise nach Jugoslawien hätte ausweisen können. Ausweiskontrollen waren im schönen Jugoslawien aber an der Tagesordnung wie Verkehrskontrollen. Beides mussten wir vermeiden. Ich hatte keinen Führerschein, wohl aber ein verbotenes CD-Zeichen am Nummernschild, und Jo nur eine DDR-Geburtsurkunde.

Auf der zweiten Fähre bei Split, die wir nachmittags erreichten, mischte sich Jo einfach unter die Fußgänger, die die Fähre benutzten, und stieg auch erst wieder in mein Auto ein, als ich schon ein ganzes Stück von der Fähre weggefahren war.

Zwei Tage und zwei Nächte waren wir unterwegs, immer mit schrecklichem Fracksausen, sobald sich ein Militärfahrzeug, Polizeiauto oder auch nur ein Mensch in Uniform näherte. Wir schliefen in abgelegenen Waldstücken im Auto und fühlten uns wie gehetzte Tiere.

»Jo, wir müssen das schaffen. Das kommende Wochenende ist unsere einzige Chance.«

»Dass du dich so schnell auf diesen Fremden eingelassen hast … du kennst ihn doch kaum!«

»Wir dürfen jetzt nicht zweifeln, Jo!«

»Und du glaubst, die Leute aus Hanau kommen echt noch mal wieder?«

Ich konnte es fast selber nicht glauben. »Warum sollte eine unbescholtene West-Familie mit einem dreijährigen Knirps sich diese Strapazen für zwei völlig fremde Ossis erneut antun?«

»Jo, ich weiß es nicht. Doch bis jetzt habe ich in meinem Leben immer den Richtigen vertraut, und es ist wie durch ein Wunder alles gut gegangen!«

Längst kannte Jo meine Geschichte von der Flucht aus dem brennenden Dresden, wie wir in letzter Sekunde aus dem schon rauchenden Bunker gekrochen waren, wie kurz darauf unsere Matratze brennend auf das Nachbarhaus geschleudert war und dieses in Brand gesetzt hatte, wie wir mit letzter Kraft zu Fuß die Flucht nach Clausnitz geschafft hatten und von dem überzeugten Nazi Herrn Hunger aufgenommen worden waren. Wie wir Freundschaft mit den Amerikanern geschlossen, ihr freundliches Angebot, uns mit in den Westen zu nehmen, aber ausgeschlagen hatten.

»Hätten Mutter und Inge den netten Amis vertraut, wäre uns die ganze DDR erspart geblieben!« Ich lenkte den Wagen über die Küstenstraße nach Istrien. Inzwischen war es Freitag, der 13. August, und wir waren bereits auf der Suche nach dem besagten Campingplatz.

»Dann hättest du mich doch gar nicht kennengelernt!« Jos Blick aus blanken blauen Augen ruhte auf mir.

»Siehst du! Und auch das war also wieder die richtige Entscheidung!« Ich legte meine Hand auf ihr Knie. »Was hätte ich im Westen ohne mein Mädchen gesollt.«

»Ehrlich?«

»Ehrlich.«

»Bin ich dir das alles wert?«

»Das und noch viel mehr.«

Jo war das Vertrauen in menschlicher Gestalt! Nach ihrem schrecklichen Unfall war sie buchstäblich auf allen vieren in unsere Wohnung gekrochen: »Ich wollte bei dir sein!«

Plötzlich schnellte ihr Finger vor meine Augen: »Hier! Schau mal, hier ist es: Campingplatz Podoroczo.«

Aufgeregt wies Jo auf ein verblichenes Holzschild, das mit einem abblätternden roten Pfeil nach links, zur Küste zeigte.

»Wir haben es geschafft, Süße.« Schon setzte ich den Blinker. »Wenn sie jetzt auch wirklich kommen, wird alles gut.« Dabei biss ich mir auf die Lippen vor Spannung.

»Vielleicht fährst du nicht mit deiner auffallenden Angeber-Karre mitten in den Campingplatz hinein?« Nervös suchte meine bessere Hälfte nach einer besseren Parkgelegenheit. »Schau, da vorne ist ein internationales Hotel. Da stellst du den Wagen ab. Da fällt er nicht auf.«

»Wie schlau du doch immer bist, und wie besonnen!« Mit mahlenden Kieferknochen legte ich den Rückwärtsgang ein. Diesmal sprang der Kofferraum nicht auf, sodass ich mich versiert und gekonnt rückwärts einparken konnte.

»Einer von uns muss es ja sein.« Jo lächelte mich besorgt an. Wir stiegen aus und vertraten uns die steifen Glieder.

Um uns herum standen jede Menge West-Autos mit italienischen, österreichischen und westdeutschen Kennzeichen blinkend in der flirrend heißen Mittagssonne. »Meine Karre fällt selbst hier noch auf.« Ich strich liebevoll über das heiße Blechdach.

Etwas unschlüssig betrachteten wir unseren Wagen. Im Kofferraum hatte ich nicht nur das Schlauchboot, sondern auch all meine kostbaren Requisiten verstaut. Er war bis zum Bersten voll. »Lassen wir nichts im Fahrerraum.« Wir räumten alles nach hinten, um bloß keinen Verdacht zu erregen. Aber auch vor Langfingern musste man sich hier schützen.

Zu Fuß machten wir uns davon. Wehmütig schaute ich mich noch mehrmals nach meinem wundervollen himmelblauen Ford Taunus mit dem weißen Dach um. Wie ein Hund, der von seinem allerliebsten Herrchen weggezerrt wird. Was hatte er mir für Dienste geleistet! Und wie weh tat es mir, mein handgefertigtes Bühnenequipment darin zurückzulassen! Ich sah noch meinen lieben Bruder Manfred und mich abendelang daran basteln und bauen und drechseln, damals, als ich die Steinmetzlehre machte und bei ihm und seiner Frau wohnen durfte. Sämtliche Freunde und Gesellen aus meiner Werkstatt hatten am Feierabend dabei geholfen.

Was hatten mir meine Keulen und Bälle, meine Hüte und Reifen für Glück gebracht!

Es war alles für mich und meine Körpergröße zugeschnitten, samt der Kostüme, die Mutter in nächtelanger Arbeit für mich genäht hatte! Es war ein Jammer!

»Da sind sie!«

Jo zog mich aufgeregt am Arm. »Schau, der Opel Rekord mit dem Dieburger Kennzeichen!«

»Wieso eigentlich Dieburg, ich denke, die sind von Hanau?«

»Babenhausen heißt das Kaff.«

Tatsächlich. Wie angewurzelt blieb ich in der Sommerhitze stehen. Mitten in dem Trubel spielender Kinder, sich sonnender Urlauber, die vor ihren Wohnwagen auf Klappstühlen hockten, zwischen Federbällen, die sirrend über den tiefblauen Himmel schwebten, bunten Bademützen, roten Schwimmflügelchen an speckigen Kinderärmchen und flirtender braun gebrannter junger Leute, die rauchend auf Decken lagen, saß bereits die Familie Mahr vor ihrem Zelt. Der Kleine rollte auf einem Dreirad herum,

Gudrun schnippelte etwas in einer Plastikschüssel, und Helmut machte sich am Grill zu schaffen. So unfassbar NORMAL!

»Da seid ihr ja schon!« Helmut klopfte mir auf die Schulter, die Frauen umarmten einander.

»Wir haben Hitzefrei bekommen und sind schon gestern angekommen.«

»Kommt, setzt euch, habt ihr Hunger?«

»Und wie! Wir sterben fast …« Tatsächlich hatten wir uns kaum getraut, das Auto zu verlassen und irgendwo etwas zu essen oder zu trinken zu kaufen. Wie paralysiert hatten wir schon unser Fahndungsfoto an jeder Tankstelle hängen sehen. Seit zwei Tagen war Jo abgängig, und man würde eins und eins zusammenzählen!

»Ihr könnt heute Nacht in unserem Zelt schlafen. Ihr seid sicher todmüde!«

»Wie können wir das je wiedergutmachen?« Völlig ausgelaugt, verschwitzt und übermüdet hockten wir vor ihrem Aufbau. Innerlich aufgewühlt, verängstigt, und keines klaren Gedankens mehr fähig. Jos Hände zitterten unaufhörlich, und auch ich war am Ende meiner Kräfte.

»Die Frage stellt sich weder uns noch euch. Habt ihr verstanden?« Helmut wendete mit seiner Zange geschickt ein Würstchen und ließ es auf meinen Teller gleiten. »Ihr könnt doch nichts dafür, dass euer Land von irgendeinem Geisteskranken plötzlich eingemauert wurde!«

»Psst, bitte, Helmut.«

»Und wir können nichts dafür, dass wir im freien Westen geboren sind. Senf?«

»Ja, bitte. Der Westsenf schmeckt einfach so himmlisch, dass man die Würstchen allein schon deswegen isst.«

»Und eure Cola …« Jo nahm dankbar die zweite Dose entgegen, die Hedda aus einer Kühltasche angelte. »Darf ich wirklich noch eine zweite haben?«

Im Flüsterton berieten wir noch, wie es morgen früh weitergehen sollte. Wie schon mit Hedda geplant, wollte Helmut uns mit dem Motorboot bis nach Italien bringen, während Gudrun mit dem kleinen Uwe im Auto nach Grado fahren wollte, den leeren Anhänger im Schlepp. Ich fand sie großartig, die tapfere junge Frau. Der Kleine schlief bereits auf der Luftmatratze, und wir saßen in sternklarer Sommernacht vor dem Zelt, umschwirrt von Glühwürmchen und untermalt von schnarrenden Zikaden. Wie harmlos doch alles schien.

»PASSPORT-KONTROLLA!«

Wir hatten kaum ein Auge zugetan, zu fünft auf zwei Luftmatratzen im stickigen Zelt, als am nächsten Morgen in aller Frühe die schnarrende Stimme von Militärkontrollen vom übernächsten Zelt herüberschallte. Der Einzige, der selig schlief, war der kleine Uwe. Der hatte auch als Einziger keine West-Cola getrunken. Uns hielt sie in einem Zustand von Dauer-Euphorie.

»Scheiße! Jo! Aufwachen!«

»Bin wach!«

»Jo, du musst verschwinden!«

»Aber wohin, ich hab nichts an …«

»Jo, hau ab, los, kriech hier durch …« Helmut und ich rissen die hintere Plane ein Stück hoch, und Jo krabbelte in Todesangst auf dem Bauch hindurch. Sie hatte nur einen Bikini an, da es im Zelt so heiß gewesen war. Wie ein Karnickel schlug sie ein paar Haken und verschwand im Dickicht der Zelte und Wohnwagen. Immer wenn sie Stress hatte oder das Wetter umschlug, machte ihr Bein Probleme. Schon daran würden sie sie erkennen. Mein Herz hämmerte wie ein Schmiedehammer auf dem Amboss. Sie suchten uns. Völlig klar. Sie hatten den Wagen gesehen und eins und eins zusammengezählt.

»PASSPORT!« Schon ratschte der Reißverschluss am Zelteinngang mit einem reißenden hässlichen Geräusch, und ich blickte auf eine grünbraune Uniform und in eine Gewehrmündung.

Helmut und Gudrun zeigten ihre westdeutschen Pässe, von Uwe den Kinderausweis. Unschuldig und nichts ahnend schlummerte der Kleine einfach weiter.

»Und Sie?«

»Ich bin DDR-Bürger und habe eine Arbeitserlaubnis für Jugoslawien.« Meine Papiere wurden eingehend geprüft. Halb nackt, nur in Unterhose, hockte ich vor meinen Peinigern und zitterte am ganzen Leibe.

»Sind noch mehr Personen im Zelt?« Eine Taschenlampe durchleuchtete das Innere, bis hin zu den leeren Dosen in der Ecke.

»Nein.« Mein Herz pumpte das Blut in meine Ohren und ließ es wieder in die Knie rauschen, sodass ich mich kaum auf den Beinen halten konnte.

»Was sind Sie so nervös?«

»Es ist noch früh am Morgen! Zu viel von dieser Koffein-Brause!« Schwach deutete ich auf die leeren Dosen.

Mit aller Kraft hielt ich seinen prüfenden Blicken stand. Endlich, ENDLICH, es erschien mir wie eine Ewigkeit, klatschte er uns die Papiere zurück auf den wackeligen Campingtisch.

»PASSPORT-KONTROLLA!« Sie zogen mit ihren schweren Stiefeln weiter zum nächsten Zelt.

Mir fiel eine Zentnerlast vom Herzen, als ich ihre bulligen Gestalten mit den Schlagstöcken im Gürtel von hinten sah.

Aber würden sie Jo finden? Wo hatte sie sich versteckt? Ich konnte sie unmöglich jetzt suchen gehen! Mein Herz krampfte sich zusammen vor Mitleid und Wut. Meine arme Jo schleppte sich jetzt wie eine getretene Katze irgendwo herum, ohne Kleidung, ohne etwas zu essen oder zu trinken, ohne Schutz. Ohne MICH! »Ich wollte bei dir sein!« Dieser Satz hallte mir so kläglich in den Ohren, dass mir die Tränen kamen. Was machte dieses Land aus uns?

Geschundene, gehetzte, verängstigte Kreaturen, die um ihr Leben rannten und noch nicht mal mehr ihren eigenen Freunden trauten!

»Komm, beruhige dich, Dieto. Wir finden sie später.« Helmut reichte mir einen Becher Kaffee aus der Thermoskanne. »Lass uns inzwischen das Boot klarmachen. Wir wollen ja die kommende Nacht nutzen, um … eine Spritztour zu machen. Die kommen so schnell nicht wieder.«

»Ich werde sie suchen, sobald der kleine Uwe wach ist.« Gudrun kam gerade mit ihren Flipflops aus dem Waschraum zurück und lächelte mir aufmunternd zu. »Sie macht es richtig, nicht vor Mittag zum Zelt zurückzukommen. Deine Jo ist sehr bedacht und klug.« Sie tätschelte mir die Schulter. »Ihr passt richtig gut zusammen, weißt du das?«

Den restlichen Vormittag nutzten Helmut und ich, um das Boot abzuslippen, die Tanks inklusive Zwanzig-Liter-Reservetank zu füllen, um in der kommenden Nacht nach Italien zu brausen. Ein jähes Gefühl der Vorfreude überfiel mich, als ich das schicke Boot am Ufer liegen sah. Morgen um diese Zeit würden wir in Freiheit sein! Nur noch vierundzwanzig Stunden! Wir würden sie austricksen! Wir würden es schaffen, mithilfe dieser beiden wunderbaren Freunde, die ja selbst Kopf und Kragen riskierten mit ihrer Aktion.

Nach einiger Suche fanden wir einen geeigneten kleinen Slip ein paar Kilometer vom Campingplatz entfernt. Wir ließen das Boot dort ins Wasser, zogen es dann wieder nahe ans Ufer, wo wir es an einem verwahrlosten ehemaligen Anleger am Heck mit zwei losen Leinen festmachten. Vorn legte Helmut mit etwa fünfzehn Metern Leine einen Anker aus, der nochmals drei Meter Kette vor der Leine hatte.

»Wir sollten auf Nummer sicher gehen.« Er kletterte zurück ans Ufer und kratzte sich am Kopf. »Die Kontrolle kommt bestimmt wieder, und es ist besser, wenn wir doch noch etwas warten.«

»Also nicht heute Nacht?«

»Besser morgen früh. Wir haben alle nicht richtig geschlafen, und wir haben ja auch noch einen Tag Zeit, um das verlängerte Wochenende zu genießen.«

Mein Herz setzte aus. Was sollte das denn jetzt? Konnte ich ihm doch nicht trauen? Zog er mit Absicht das Ganze in die Länge? Würde er sein wahres Gesicht zeigen, wenn erst Jo wieder aufgetaucht war? Hatten sie sie längst geschnappt, und er wollte mich hinhalten, damit ich nicht abhauen würde?

Mit zusammengekniffenen Augen starrte ich ihn an.

»Was ist? Traust du mir etwa nicht?«

»Ich weiß nicht …« Ratlos wirbelte ich herum und raufte mir die Haare. »Die Spannung ist fast nicht mehr zu ertragen.«

»Hör mal, es ist besser, wenn ihr zwei heute Nacht in meinem Auto schlaft.« Helmut sah mich von der Seite an. »Ich werde meinen Opel auf denselben Parkplatz stellen, wo schon eure Karosse steht.«

»Warum denn das?«

»Erstens hat keiner ein Auge zugetan heute Nacht in dem heißen und engen Zelt. Und zweitens ist es besser, ihr seid weg vom Campingplatz, falls noch mal eine Passkontrolle kommt.«

Das alles hörte sich ganz richtig an. Richtig und vernünftig. Und doch polterten hässliche Klumpen von Misstrauen durch meine ohnehin schon so strapazierten Nervenstränge. Warum zogen wir es nicht durch? Warum noch eine weitere Nacht? Wo war Jo?

»Dieto, du musst mir vertrauen! Komm schon, wir laufen zurück!«

Schweigend trabte ich neben ihm her, dem Freund, der hoffentlich wirklich mein Freund war! Ich kannte ihn doch erst seit letztem Wochenende, also eigentlich nur wenige Stunden.

Wo war Jo, was hatte Gudrun mit ihr gemacht? Meine Gedanken fuhren Kettenkarussell.

Wie echt war die Hedda-Geschichte gewesen? Wie echt war

Hedda überhaupt? Langsam glaubte ich, den Verstand zu verlieren. Der Einzige, der echt zu sein schien, war der kleine Uwe. Konnte ein junges Elternpaar wirklich einen unschuldigen Dreijährigen in so eine Intrige mit hineinziehen?

»Alles klar bei dir, Mann?« Helmut stapfte barfuß neben mir her durch den nassen Sand.

»Ja, ich denke schon.«

»Guck mal, da ist sie ja wieder, deine bessere Hälfte.«

Tatsächlich. Vor dem Zelt saßen einträchtig Gudrun und Jo und spielten mit dem Kleinen mit Förmchen im Sand. Es sah so harmlos aus wie ein ganz normaler Wochenendausflug.

»Jo!« Ich stürzte auf sie zu und ließ mich auf die Knie fallen. »Ist alles okay bei dir?«

»Ja. Ich habe mich über sechs Stunden lang zwischen den Strandbesuchern herumgetrieben, nur im Bikini, schau, ich bin schon ganz verbrannt.« Sie zog ihr T-Shirt ein Stück herunter, und ich betrachtete mitleidig ihre knallroten Schultern, von denen sich die Haut schon zu pellen begann.

»Ich habe ihr Sonnenmilch aufgetragen.« Gudrun schaute mich ganz freundlich an.

»Also. Ich gebe euch für alle Fälle meinen Autoschlüssel, damit ihr im Notfall mit meinem Wagen abhauen könnt.« Helmut knipste von seinem Schlüsselbund den Autoschlüssel ab.

»Pennt mal in Ruhe auf dem Parkplatz vor dem Internationalen Hotel, da werden sie nicht nach euch suchen.«

»Und wann packen wir es dann …?«

»Was meinst du?«

»Ich meine, wann sollen wir am Boot sein?«

»Oh. Das Boot. Natürlich.« Helmut sah auf seine Armbanduhr und schien zu überlegen. »Seid einfach um 6 Uhr morgen früh an unserem Zelt, dann fahren wir gemeinsam zum Boot. Wird schon schiefgehen.«

War seine Ruhe echt, oder war er selber total nervös? Wir mussten ihm vertrauen!

So verbrachten Jo und ich eine weitere Nacht im Auto, das zufällig ganz in der Nähe von unserem parkte. Während Jo seufzend auf der Rückbank Schlaf zu finden versuchte, steckte ich immer wieder meine Nase durch das Heckfenster und betrachtete meinen geliebten Ford Taunus 17 M, der seit sechsunddreißig Stunden in flirrender Hitze auf diesem Parkplatz stand. Mit all meinen Requisiten und dem Schlauchboot darin. Wenn nicht alles da drinnen schon zu einem kochenden Klumpen zusammengeschmolzen war.

»Dieto?«

»Ja?«

»Kannst du auch nicht schlafen?«

»Nein. Ich werde noch wahnsinnig.«

»Vertraust du ihnen?«

»Bis jetzt habe ich immer allen Menschen vertraut. Denk mal an Ivo und Hella! Bei denen habe ich nicht nur unser Paddelboot, sondern auch viel Geld gelassen. Und sie haben mir zum Kauf dieses Autos verholfen. Man muss an das Gute im Menschen glauben, Jo, sonst wird man verrückt.«

Eine Weile kam nichts. Dann, kläglich: »Was ist, wenn es Lockvögel sind?«

»Dann sitzen wir jetzt in ihrem Wagen und sind ihnen völlig ausgeliefert.« Mit Schaudern dachte ich daran, dass dieses Auto verwanzt sein könnte! Ja, wie blöd waren wir denn, dass wir uns darauf eingelassen hatten? Besser konnten sie uns gar nicht aushorchen! Und bei einem Verhör hätten sie jeden Beweis für unsere Flucht-Vorsätze!

Doch Jo schien meine Gedankengänge nicht nachzuvollziehen. Sie, die Vernünftige, ließ sich schließlich wieder von der Rückbank vernehmen, als ich schon dachte, sie schliefe längst: »Es gibt so oder so kein Zurück mehr. Sie suchen mich längst! Wir müssen ihnen vertrauen!«

»Wie war Gudrun zu dir?«

»Nett. Wirklich. Sie hat mir Unterwäsche von sich geliehen und Waschzeug und ein Tampon.«

»Du bist also nicht …?« Ich beugte mich über sie und sah ihr prüfend in die Augen. »Ich hatte schon gehofft, du wärest vielleicht …«

»Nein. Leider nicht. Aber es ist bestimmt auch besser so.«

Ich legte den Arm um sie und zog ihren Kopf auf meine Brust. »Ja. Nicht auszudenken, wir würden geschnappt und du wärest auch noch schwanger.«

»Ich möchte es so gern, Dieto.« Jo kuschelte sich ganz dicht an mich. »Stell dir vor, wir sind im Westen und gründen eine Familie …«

»Liebes. Wenn wir es je schaffen, dann stehen wir da mit leeren Händen. Zuerst muss ich Arbeit finden, und das geht nicht ohne meine Requisiten …«

»Vielleicht nehmen uns Helmut und Gudrun fürs Erste bei sich auf, was meinst du?«

»Vielleicht.« Ich drückte ihr einen Kuss auf den Mund. »Aber lass uns jetzt nicht darüber nachdenken, verschieben wir es doch auf morgen …«

Ich hielt meine Jo in den Armen und verharrte so für den Rest der Nacht.

»Hey!«

»Guten Morgen!«

»Wollt ihr Kaffee?«

»Ja, danke!«

»Die Toilettenanlagen sind schon offen. Falls ihr euch noch etwas frisch machen wollt.«

Gudrun steckte Jo noch unauffällig ein paar diskret verpackte Röllchen zu.

»Wie habt ihr geschlafen?«

»Gar nicht. War die Pass-Kontrolle schon hier?«

»Nein, aber wir wollen es vorher packen. Helft ihr uns, das Zelt abzubauen?«

Es war morgens um sechs. Helmut, Gudrun und Uwe standen fertig angezogen vor ihrem Zelt, als wir im Leerlauf mit dem Auto von Helmut über den Campingzufahrtsweg angerollt kamen.

Schweigend und routiniert packten wir allen Kram zusammen. Der Kleine saß erstaunlich still und vernünftig auf seinem Kindersitz auf der Rückbank und mümmelte an einem Butterbrot.

Lautlos zog ich die Heringe aus dem Sandboden und rollte das Zelt ein, während Helmut das Gepäck in den Kofferraum stopfte.

»Pack mal beim Anhänger mit an!« Helmut zog den leeren Bootsanhänger durch den Sand, und gemeinsam kuppelten wir das sperrige Ding fest.

»Alles klar. Dann mal los.«

Leise schlüpften wir in Helmuts Wagen, die Mädels hinten beim Kleinen, ich auf den Beifahrersitz, und Helmut fuhr so geräuschlos wie möglich mit dem holpernden Anhänger über Astlöcher und Wurzeln vom Gelände. Niemand schien uns bemerkt zu haben, alle schliefen noch. Weit und breit keine Uniformierten.

»Uff. Das wäre geschafft.« Wir glitten die etwa drei Kilometer über die noch menschenleere Küstenstraße. Die aufgehende Sonne tauchte das gekräuselte, noch graue Meer in blendendes Licht. Es war, als hätte jemand ein blutrotes Tuch über das Wasser geworfen.

»Wir wollten euch noch von Herzen danken …« Jos Hände legten sich von hinten auf Helmuts Schultern. »Ihr habt so viel für uns getan.«

»Jo. Jetzt nicht.« Unmerklich schüttelte ich den Kopf. »Helmut wird ja mit uns fahren, und bedanken können wir uns, wenn alles vorüber ist.«

»Ja, ich drücke euch jedenfalls ganz doll die Daumen.« Gudrun hielt ihrem Uwe eine Kakaotüte mit Strohhalm vor das Gesicht, und das schlürfende Geräusch machte mich ganz kirre. Am liebsten hätte ich dem Jungen die Tüte weggerissen und aus dem Fenster geschmissen, so angespannt waren meine Nerven. Aber der Kleine konnte am allerwenigsten dafür.

»Da liegt das Boot. Es war kein Mensch hier inzwischen. Also, Leute. Es wird ernst. Nehmt nur das Nötigste mit …«

Wir stiegen aus und wateten durch den feuchten Morast auf die verwahrloste Anlegestelle zu.

Mein Herz schlug gegen meine Rippen, dass es schmerzte. Unser Fluchtboot! Zum Greifen nahe! Mitsamt Fluchthelfer und meiner geliebten Jo! Konnte das denn alles wahr sein? War es nicht viel zu leicht gegangen?

»Jo? Alles gut?«

Jo umarmte gerade Gudrun und den Kleinen, der noch im Auto saß. »Danke, dass ihr das alles für uns tut!«

»Komm, Jo, wir sehen sie ja heute Abend schon wieder.« Sanft wollte ich sie von ihrer neuen Freundin wegziehen. »Lass uns abhauen.«

»SCHEISSE«, tönte es plötzlich durch das Schilf. »Scheiße, wie konnte denn DAS passieren?«

»Was ist los?« Mit drei Sätzen waren wir bei Helmut. Und trauten unseren Augen nicht.

Das Boot stand bis zu den Sitzen im Wasser. Eine trübe braune Brühe schwappte mit jeder Welle, die von außen dagegenklatschte, auf und ab.

»Wie ist denn DAS passiert, zum Henker noch mal?«

»Das kann doch gar nicht sein, gestern war es noch komplett in Ordnung!«

Fluchend betrachtete Helmut das Boot, das voll war wie eine Badewanne, aus der gerade jemand ausgestiegen war.

»Das muss jemand mit Absicht gemacht haben!«

»Aber wer?« Ich fasste mir an den Kopf und wirbelte herum. Weit und breit war im Gestrüpp niemand zu sehen. Nur der alte Holzsteg knarrte im Wind. Das Boot gluckerte, als wollte es uns auslachen.

»Kommt, wir schöpfen es leer.«

Gudrun rannte schon zum Auto zurück und kam mit einem Kochtopf, der Spülschüssel und zwei Spieleimerchen vom kleinen Uwe zurück. »Das haben wir ruckzuck geschafft.«

Wieder überkam mich ein Stich des Misstrauens und schnitt mir mitten ins Gehirn. Waren wir eigentlich blöd? Nun mussten wir es doch endlich kapiert haben, dass die uns hinhalten wollten! Möglichst so lange, bis wir in eindeutiger Absicht und Position gefunden wurden!

Beim Ausschöpfen eines Fluchtbootes! Wahrscheinlich hielt jemand eine Kamera auf uns!

Sie selbst hatten ihr Auto mit Schlüssel im Zündschloss in der Nähe stehen, sie würden abhauen können mitsamt dem Kind. Sie waren ganz sicher Lockvögel! Von wegen Lehrer! Deswegen konnten sie sich auch ein solches Boot leisten und machten jedes Wochenende Urlaub an der Adria!

Mein Magen drehte sich dreimal rückwärts. Jo stand leichenblass da und hatte ganz blaue Lippen. Und dennoch schöpften Jo und ich eisern weiter, wobei wir beide barfuß im Boot standen, während Helmut und Gudrun von außen schöpften. Wie blöd, wie blöd, wie blöd, hämmerte es im Takt zum herausklatschenden Wasser in meinem Kopf.

»Es wird nicht weniger«, keuchte Jo schließlich.

»Das deutet auf ein Leck im Boden hin.« Gudrun spähte prüfend auf den Schlamm.

»Ich glaube, ich sehe es sogar!«

»Auch die Adria hat Ebbe und Flut.« Helmut hielt mit dem Schöpfen inne und wischte sich den Schweiß von der Stirn. »Bestimmt ist das Boot bei Ebbe auf dem felsigen Grund aufgeschlagen. So ein Mist. Das hätten wir bedenken müssen, Dieto.«

Ich schöpfte verbissen weiter, während meine Gehirnzellen auf Hochtouren arbeiteten.

»Durch die Last der vollen Tanks inklusive der Reservekanister und der Wellenbewegung hat eine kurze spitze Steinkante einen feinen, etwa zwölf Zentimeter langen Riss verursacht.«

Da kam der Lehrer in ihm durch: Helmut analysierte die Situation ganz genau.

Vielleicht war es ja genauso passiert? Ich konnte nicht umhin, ihn prüfend anzustarren.

»Da habt ihr an diesem Wochenende keine Chance mehr.« Gudrun befreite den kleinen Uwe aus dem Kindersitz, der nun endlich mit dem Schlürfen fertig war und mithelfen wollte. Das hier schien ihm ein anregendes Spiel zu sein.

»Wie meinst du das?«

»Wir finden keine Werkstatt, die den Schaden auf die Schnelle beheben kann.«

»Wieso nicht?«

»Na, hier an dieser Küste fahren höchstens Fischerboote, die aus Holz sind. Motorboote gibt es hier keine, außer natürlich die Küstenwache. Und das heißt, ihr werdet auch keine Werkstatt finden, die euch das richtet. Schon gar nicht heute, es ist ja Wochenende.«

Schon wieder stießen tausend spitze Nadeln des Misstrauens in meine Gehirnwindungen und traktierten meine Nervenstränge. Abgekartetes Spiel oder logische Aufeinanderfolge von dummen Zufällen? Mein Blick suchte den von Jo, und ich hätte mich so gerne kurz alleine mit ihr beraten. Traust du denen? Können wir denen trauen? Sind wir wahnsinnig, denen immer noch beim Ausschöpfen zu helfen, statt die Beine in die Hand zu nehmen und um unser Leben zu rennen?

Jo standen die Tränen in den Augen. Keuchend ließ sie sich auf den Boden fallen.

»Ihr könntet natürlich versuchen, doch loszufahren.« Gudrun nahm dem Kleinen den Eimer ab, mit dem er ununterbrochen eifrig Wasser schöpfte. »Liebchen, nicht auf meine schönen Schuhe!«

»Ja, das geht vielleicht!« Helmut sprang schon in das Boot. »Einer setzt sich mit dem Hintern auf den Riss, und ich gebe Vollgas …« Ihre Hilfsbereitschaft war grenzenlos.

»Oder den Fuß daraufstellen würde vielleicht schon reichen …« Gudrun zog an dem Eimer, den der Kleine nicht loslassen wollte. »Einer von euch steht mit seinem ganzen Gewicht auf dem Loch!«

Ich spürte einen Kloß im Hals, der immer dicker wurde. Auf dieser Aktion liegt kein Segen, diese Gewissheit breitete sich wie flüssiges Blei in meinem Magen aus. Es soll nicht sein.

»Mama, fahren wir jetzt endlich los?«, quengelte der Kleine dazwischen.

»Leute, der Riss wird durch die Vibration und die Geschwindigkeit noch größer werden«, gab meine vernünftige Jo plötzlich zu bedenken. Mit zitternden Fingern befühlte sie die beschädigte Stelle. »Ich denke, wir können es nicht riskieren!« Verzweifelt fing sie an zu weinen.

»Ach was, Leute, so machen wir es! Wir haben keine Zeit mehr zu verlieren! Los, kommt rein!«

Helmut sprang plötzlich auf den rückwärtigen Rand und zerrte am Außenbordmotor.

Doch dieser wollte partout nicht anspringen!

»Los, worauf wartet ihr! Verdammte Scheiße, warum willst du nicht …?« Er zog und zerrte an der Schnur, und plötzlich gab es einen lauten Knall und eine Stichflamme, und dann hing nur noch stinkender Rauch in der Luft.

Das Boot hatte sich endgültig verabschiedet.

»Es steht noch da.« Jo und ich hatten uns zu Fuß zurück in den Ort gepirscht und erkannten mein auffälliges Auto schon aus der Ferne auf dem Parkplatz vor dem Luxushotel.

»Meinst du, es wurde aufgebrochen?«

Mit vor Aufregung feuchten Händen fischte ich den Autoschlüssel aus der Hosentasche und schloss den Kofferraum auf. Jo drückte sich derweil hinter einer Böschung herum. Sollte man nach uns suchen, wollten wir nicht gemeinsam beim Auto gefunden werden.

Helmut, Gudrun und der Kleine waren mit großem Bedauern abgefahren. Sie hatten uns Hals- und Beinbruch gewünscht und uns sogar noch ganz fest umarmt.

Noch immer wussten wir beide nicht, was wir von ihnen halten sollten.

»Noch ist alles drin!« Erleichtert inspizierte ich den Kofferraum und streichelte mit der Hand über meine wertvollen Requisiten. Meine Hüte, meine Bälle, meine Keulen, meine Kostüme, die Noten, die Musikarrangements, alles war sorgfältig in Koffern verpackt. Vorsichtig sah ich mich über die Schulter um. Stand da jemand hinter einem der in der Sonne blitzenden parkenden Wagen? War das das Blitzen eines Fernglases dort am Fenster? Kamen diese Leute da auf der Straße zufällig des Weges? Warum machten sie ausgerechnet hier ein Gruppenfoto, mit meinem Wagen im Hintergrund? Wo war Jo jetzt abgetaucht? Eines war mir klar. Mit dem Auto konnten wir beide keinen Meter mehr weiterfahren. Und von hier aus zu flüchten, wäre glatter Selbstmord gewesen. Unschlüssig stand ich da, mein Gepäck um mich herum verteilt auf dem Parkplatz, und raufte mir die Haare. Es war zum Wahnsinnigwerden! Was machten wir denn immer noch hier, auf dem Silbertablett?

Einer plötzlichen Eingebung folgend, wuchtete ich den Koffer mit dem Schlauchboot heraus, der zuunterst im Kofferraum gelegen hatte.

Alles andere, meine geliebten Requisiten und Kostüme, den Koffer mit meiner Musik vom Band, alles, was meine Show seit Jahren perfekt gemacht hatte, verstaute ich wieder im Kofferraum. Mein Mädchen war jetzt das einzig Wichtige.

»Jo?«

»Ja, hier!«

»Hör zu, wir müssen hier weg!«

»Mir geht es so schlecht, Dieto! Ich glaube, ich muss mich übergeben!«

Meine arme Jo lag im Gebüsch auf Knien und erbrach sich. Erschrocken eilte ich zu ihr und hielt ihr die Haare im Nacken fest. Die Angst fraß sie förmlich von innen auf.

»Alles wird gut, meine Süße. Alles wird gut. Wir finden einen Ausweg.«

»Ich glaube, ich muss sterben …«

»Wir schaffen das, Liebes. Es soll alles raus, was rausmuss. Und dann gehen wir zum Bahnhof.«

»Was hast du vor?« Mit wackeligen Knien stand sie auf, wie ein angeschossenes Reh, und humpelte an meinem Arm über die flirrend heiße Küstenstraße in Richtung Zentrum von Rijeka. Wurden wir verfolgt? Beobachtet? Fotografiert? Mein Hemd klebte vor Angstschweiß auf meinem Rücken, während ich mich immer wieder unauffällig umsah.

»Wir haben nur noch einen Platz, an dem wir im Moment Schutz finden.« Ich schleppte mit einer Hand den Koffer mit dem Boot, mit der anderen stützte ich mein Mädchen.

»Was meinst du?«

»Dieses Wochenende können wir nicht mehr flüchten. Wir müssen unsere Verfolger abschütteln.«

»Verfolger? Dieto, du machst mich fertig!«

»Liebes, vielleicht leiden wir inzwischen an Verfolgungswahn. Vielleicht sind Helmut und Gudrun ganz harmlose Menschen, die uns wirklich helfen wollten. Bis jetzt habe ich mich immer auf meine Menschenkenntnis verlassen.«

»Dieto, ich schaffe es nicht mehr.« Meine arme Jo knickte in den Knien ein und sank einfach auf den staubigen Fahrbahnrand. Sie weinte bitterlich.

In meinem Kopf drehte sich alles. Was tun? Ich konnte sie doch nicht auch noch tragen!

Plötzlich hielt ein klappriges Auto neben uns, in dem zwei rauchende Männer saßen. Ganz offensichtlich in offizieller Mission: einheitliches schmuddelig weißes Hemd und hellgraue Hose. Die heimlichen Bewacher? Aufpasser? Melder?!

»Können wir helfen?«

Ich schluckte. »Meiner Freundin ist nicht gut …«

»Steigen Sie ein.« Der Beifahrer drückte die hintere Tür auf, die Zigarette im Mundwinkel.

Was blieb uns anderes übrig? Ich half meiner leise vor sich hin wimmernden Jo auf den Rücksitz, wo sie unter Schüttelfrost vor sich hin klapperte.

»Wo wollen Sie hin?« Der Beifahrer schnippte mit gelblichen Fingern die Asche aus seinem vorderen kleinen Dreiecksfenster, das nach innen gedrückt halb offen stand. Die Hälfte der Asche flog wieder herein und landete in grauen Fitzelchen auf unseren Gesichtern.

»Zum Bahnhof Rijeka.«

Jo sah mich fragend an. Ihr Gesicht hatte eine graugrüne Tönung unter all der Bräune.

Ohne ein Wort fuhren die beiden weiter. Mein Herz knatterte und rumpelte im Takt zu diesem Skoda, dessen überfüllter Aschenbecher offen stand. Mir wurde schon selbst ganz schlecht vor Angst.

Was, wenn sie uns jetzt an die Behörden der DDR auslieferten? Beweise und Indizien für unser Fluchtvorhaben hatten sie nun reichlich. Ich hatte ein Schlauchboot auf dem Schoß! Ich sah uns schon mit Handschellen in einem vergitterten Auto dieser Marke über die Grenze gebracht werden.

Verzweifelt hielt ich Jo mein Taschentuch vor das Gesicht. »Einatmen und ausatmen, immer nur atmen, du schaffst das, Jo. Ich liebe dich, wir bleiben zusammen, egal was auch passiert.«

Zu unserer Verwunderung hielt das knatternde Gefährt wenig später vor dem Bahnhof.

»Bitte sehr.« Der Beifahrer drückte wieder rückwärtig die Hintertür auf, wobei ein Streifen der Asche aus seiner Kippe, die er im Mundwinkel hielt, direkt auf meinen Koffer fiel. Ich hatte den Koffer mit dem Schlauchboot auf meinen Schoß gepresst, und Jo war mit der fieberheißen Stirn darauf gesunken.

»Jo! Wir sind da! Aussteigen!« Ich schüttelte panisch ihren Arm.

»Ganz herzlichen Dank, sehr freundlich«, kramte ich mein Kroatisch hervor und rang mir ein Lächeln ab, das wohl eher wie ein Weinen aussah. Während Jo einfach an der Bahnhofswand niedersank, neben den verräterischen Koffer, kaufte ich in Windeseile zwei Tickets.

Kurz darauf saßen wir im Zug nach Zagreb.

ZAGREB,
14. August 1965

»Ach du liebe Güte, die Arme ist ja völlig fertig!« Hella schlug die Hände über dem Kopf zusammen, als wir am selben Abend völlig abgekämpft in Zagreb vor ihrer Tür standen. »Ivo ist gerade zur Arbeit gegangen, aber kommt doch rein, Dieto, wie schön, dich zu sehen!« Sie umarmte mich herzlich und drückte auch Jo an sich, die aber gar nicht mehr ansprechbar war.

»Sie gehört ins Bett, warte, ich beziehe unser Bett schnell frisch …«

»Aber Hella, wir können doch auch auf dem Sofa …«

»Keine Diskussion, Dieto, wozu sind Freunde denn da!«

Hella rief den befreundeten Hausarzt an, Dr. Ande, einen jungen Mann, schlank, dunkelhaariger Typ, der sich lange Jahre um Hella und Ivo gekümmert hatte, wie sie mir mit Bettlaken und Kopfkissenbezügen hantierend erklärte. Der erschien nach einiger Zeit und versorgte Jo mit Medikamenten und einer Beruhigungsspritze.

Wenig später schlief meine arme Jo leichenblass auf frisch bezogenem Kissen, während ich mit Hella in der Küche saß. Wie immer bereitete sie mir eine köstliche österreichische Spezialität, irgendwas mit in Butter braun gebratenen Knödeln und einem frischen grünen Salat. Heißhungrig fiel ich darüber her. So ausgehungert hatte ich mich seit der Flucht aus Dresden und der unmittelbaren Nachkriegszeit nicht mehr gefühlt.

»Ihr habt also das Schlauchboot dabei …?« Hella rührte in der Pfanne, aus der es unfassbar köstlich duftete. »Mitsamt allem Drum und Dran? Das passt alles in den Koffer?« Sie warf einen Seitenblick auf den Koffer, der in der Küchenecke unter der Bank stand.

Mitten in der Luft ließ ich die Gabel mit dem nächsten Bissen stehen. Mein Mund klappte auf und wieder zu.

»Die Paddel.«

Hella fuhr zu mir herum. »Sag bloß, die habt ihr vergessen.«

»Oh nein!« Ich schlug mit der Faust auf den Tisch, dass der Teller wackelte. »Das darf doch nicht wahr sein!«

Hella schob die Pfanne von der Flamme und ließ sich neben mich an den Tisch gleiten.

»Dieto. Egal, was es ist, wir finden eine Lösung.«

»Ich hatte die Paddel bei meinem letzten Dresden-Besuch aus Versehen bei meinen Eltern stehen lassen!« Manisch griff ich nach dem Wasserglas, das Hella mir hingestellt hatte. »Was ja schon ein unverzeihlicher Fehler von mir war. Aber der Aufbruch damals war so chaotisch und … jedenfalls bat ich Jo in einem verschlüsselten Brief, auf jeden Fall die Paddel mitzubringen, sollte sie die Genehmigung für ihre Reise nach Jugoslawien kriegen.«

»Ja? Iss doch weiter, Dieto, es wird sonst kalt.«

»Also brachte Jo die Paddel mit. Sie ist so zuverlässig und klug, weißt du.« Ich stopfte mir weitere Knödelbissen heißhungrig in den Mund, obwohl mir auf diesen Schreck schon wieder der Appetit vergangen war. »Im Flugzeug, wo sie mit der Reisegruppe ankam, hat sie die Paddel dann auf der Ablage für das Handgepäck vergessen.« Ich schluckte und spülte hastig nach. »Stell dir vor, sie standen schon draußen in der Halle, da lief meine Jo noch mal zurück in das Flugzeug, unter den Argusaugen der Reiseleiterin, und holte die Paddel!«

»Das muss ja noch nicht unbedingt verdächtig sein.« Hella strich sich die Kittelschürze glatt.

»Aber sie sind doch symbolisch für ein Paar, das so zusammengehört wie ihr.« Sie lächelte, und in ihren weichen runden Wangen erschien dieses Grübchen.

»Jedenfalls liegen diese Scheißpaddel jetzt im Hotel, von wo Jo vor einer Woche nachts heimlich abgehauen ist!« Ich raufte mir die Haare.

Hella schob mir den unwiderstehlich duftenden Nachtisch hin. »Kaiserschmarrn mit Staubzucker, bitte probiere ihn, bevor er kalt wird.«

»Hella, was machen wir jetzt?«

»Wir besorgen dir Paddel.«

»Aber es müssen genau die sein, die in die Vernietung des Bootes passen! Die kriegt man doch in ganz Zagreb nicht auf die Schnelle!«

»Hör mal zu, Dieto. Mein Ivo hat morgen frei. Der fährt zum Sportgeschäft in Zagreb und besorgt dir neue. Vorher sagst du ihm genau die Bestellnummer, das kriegen wir alles hin.«

»Das kann ich unmöglich von ihm verlangen.«

»Du verlangst es ja auch nicht. Aber wozu sind Freunde denn da! Und jetzt iss endlich den Kaiserschmarrn, sonst hab ich mir die ganze Mühe umsonst gemacht.«

PIRAN, ISTRIEN,

Freitag, 20. August 1965

Das war ein guter Tipp von Ivo. Die Lage scheint mir perfekt. Hier ist die engste Stelle zwischen Jugoslawien und Italien.«

»Achtzehn Kilometer über das Meer, sagst du? Wie sollen wir das schaffen?«

»Wir sind jung und stark und durchtrainiert.«

Wir schlenderten barfuß, nur in Bikini und Badehose, am Strand von Piran entlang, Hand in Hand, und taten so, als wären wir ein frisch verliebtes Pärchen, das gerade im Paradies der Sommerfrische angekommen ist.

»Schau dich nicht immer um, Süße. Das macht uns nur verdächtig.«

Jeder von uns hatte lässig ein Paddel über der Schulter. Ivo hatte sie tatsächlich besorgt!

»Ich sterbe vor Angst, Dieto! Wenn wir es nicht heute machen, bin ich morgen im Knast oder tot.«

»Nur noch einen Tag durchhalten, Jo. Panik bringt uns nicht weiter.« Ich drückte ihre Hand so fest, dass sie leise aufschrie.

Jo hatte sich unter der Fürsorge von Hella und dank des Arztes, den sie geholt hatte, so weit erholt, dass sie für den nächsten – und letzten! – Fluchtversuch wieder fit war.

»Wir schaffen das, Jo. Du musst nur ganz fest daran glauben.«

»Ich bin Hella und Ivo so dankbar. Was musst du für ein wunderbarer Mensch sein, dass du so wunderbare Freunde hast.« Jo sah mich von der Seite an. »Freunde sind die besten Visitenkarten.«

»Und die beste Freundin der Welt!« Ich umarmte meine geliebte Jo und drückte sie ganz fest. »Du bist auch meine Visitenkarte, ich bin so unendlich stolz auf dich!«

Unser Schlauchboot hatten wir im Geräteschuppen eines Strandbades versteckt. Hoffentlich würde es in der Zwischenzeit keiner klauen. Zur Vorsicht hatten wir die Paddel gleich mitgenommen. Da drüben, hinterm Horizont, liegt die Freiheit, ging es mir immer wieder durch den Kopf. Man konnte das italienische Festland zwar nicht sehen. Aber es war da. Ich spürte es. Jetzt mussten wir nur noch Mut beweisen und an das Quäntchen Glück glauben, das wir brauchen würden.

Nach unserem Erkundungsspaziergang gelangten wir zum überfüllten Strandbad zurück. Ein buntes Gewirr von Handtüchern, auf denen sich Menschenleiber aalten, kreischenden Kindern, jungen Leuten, die ihre Radios auf volle Lautstärke gedreht hatten, Mütter, die ihre Kinder mit Sonnenöl einschmierten, Paare, die lachend Ball spielten, und Kleinkindern, die selig im Sand vor sich hin matschten. Ein ganz normales Sommerbild.

»Bist du so weit?«

»Ja. Begeben wir uns auf eine Testfahrt.«

Wir zogen das noch schlaffe Boot an den Strand, knieten uns hin und begannen beide, aus vollen Lungen mit gepressten Lippen Luft hineinzublasen. Die fünf voneinander getrennten Luftkammern schienen mir vertrauenerweckend zu sein. Nachdem das Boot jetzt monatelang zusammengefaltet in einem Koffer gelegen hatte, würde die Haut hoffentlich nicht porös sein. Lieber Gott, bitte mach, dass das Ding aufgeht. Lass uns doch einmal ein bisschen Glück haben. Bitte, pustete ich mit jedem Atemstoß ein Stoßgebet gen Himmel. Ich will meiner geliebten Jo ein würdiges Leben in Freiheit bieten. Das habe ich ihr versprochen!

»Mir wird schwindelig.« Jo ließ sich in den Sand plumpsen. »Das Ding will und will nicht prall werden!« Besorgt sah ich ihre Rippen auf und nieder gehen. Sie würde mir doch jetzt nicht wieder schlappmachen?

»Ruh dich aus, Liebste, ich schaffe das.« Mit aller Kraft pustete ich, bis mir der Schweiß auf der Stirn stand und mir schwindelig wurde.

»Wollt ihr nicht lieber das hier benutzen?« Ich sah nur rötliche behaarte Beine, die in gestreiften Badehosen mündeten. Und ebenso rötlich behaarte Männerarme, in denen ein Blasebalg am Gummischlauch baumelte.

Ein fremder rothaariger Mann stand über mir. Ich musste die Hand über die Augen legen, weil er genau vor der Sonne stand.

»Wenn Sie es uns kurz ausleihen würden?«

»Na klar. Auch Deutscher, was?« Schnarrender, sächsischer Akzent.

»Ja. Vielen Dank.« Ich stand nun neben ihm und pumpte mit dem Fuß.

»Schickes Teil. Zum ersten Mal hier?« Sein Blick fiel auf Jo, die im knappen Bikini vor ihm im Grase hockte.

»Ja, wir wollten mal ein bisschen rausfahren, haben wir aber noch nie gemacht.«

»Sieht man. Die Dinger hier, das sind Sitzkissen, die muss man auch noch aufblasen.«

»Ah. Danke. Hätte ich gar nicht gewusst.«

»Ihr wisst so einiges nicht, was?«

Mein Herz schoss mir fast durch die Lungen zu den Rippen hinaus. Was meinte er?

»Na, heute Abend ist hier ein großes Feuerwerk. Meine Clique und ich, wir wollen dazu Party machen. Habt ihr nicht Lust zu kommen?«

»Ja, gerne, das ist echt nett von euch.«

Heute Abend würden wir längst über alle Wellen sein. Wenn das Glück auf unserer Seite war!

»In welchem Hotel seid ihr denn?« Der Rothaarige stellte seinen Fuß auf mein Boot und prüfte damit den Luftdruck. »So, das dürfte prall genug sein.« Dabei ließ er seinen Blick wohlwollend über meine Freundin gleiten. Jo starrte ihn so panisch an, dass ich fürchtete, sie würde jeden Moment in Ohnmacht fallen.

»Oh, wir überlegen noch … nicht wahr, Schatz? Vielleicht zelten wir auch. Mal sehen.«

»Wo habt ihr denn euer Zelt?« Der Kerl ließ immer noch nicht seinen nackten Fuß von unserem Schlauchboot!

»Das haben wir noch im Auto, weiter da unten, auf einem Parkplatz.«

»Was fahrt ihr denn für ein Auto …?«

Mein Herz setzte aus. Der war uns auf den Fersen! Der war auf uns angesetzt!

In dem Moment zog Jo ihr Bikinioberteil aus und warf es neben sich in den Sand.

»Oh Gott, was kneift das. Ich hätte es eine Nummer größer kaufen sollen.«

Dem rötlich behaarten Kerl fielen fast die Augen aus dem Kopf. »Holla, die Waldfee.«

»Ja, dann wollen wir mal.« Ich reichte Jo den Arm, sie sprang mit wippenden Brüsten auf die Füße, und gemeinsam rannten wir, das Boot in unserer Mitte, zum Wasser hinunter.

»War nett, dich kennenzulernen, Mann! Und danke für den Blasebalg!«

»Immer wieder gern«, brüllte der Kerl hinter uns her. »Man sieht sich zum Feuerwerk!«

»Sitzt du gut, Liebste?«

»Ja. Wenn ich aufhöre zu hyperventilieren.«

»Ganz ruhig. Das war nur ein harmloser Spanner, der dich angraben wollte.«

Wir hatten endlich die Paddel in die Ösen eingehängt, was bei unseren zitternden Fingern eine gefühlte Ewigkeit dauerte. Aber sie passten. Ivo war der Beste! Wir paddelten bewusst erst mal am

Strand hin und her, um uns an das Boot und die Sitzhaltung zu gewöhnen.

»Ich finde, man sitzt recht komfortabel und relativ trocken hier zwischen Vordeck und Achterdeck«, versuchte ich meine Freundin abzulenken. »Schau, das Mitteldeck ist gleichzeitig das Rückenteil der Sitzluftmatratze. Ohne den Spanner wäre uns das gar nicht aufgefallen.«

»Dann lass uns mal ein Stückchen weiter rauspaddeln, um zu schauen, was die Küstenwache hier so macht.«

Beherzt tauchte ich die Paddel tiefer ins Wasser.

»Da kommt auch schon eines!«

»Na los, Jo. Versuch den *topless*-Trick noch mal!«

Wieder gab Jo ihr letztes Pfand: Die Ferngläser des Küstenbootes blinkten erfreut.

»Da sind doch auch nur junge Kerle drauf, die ihren Dienst schieben.« Ich paddelte auf das Boot zu und winkte freundlich. Wenn ich meine Keulen dabeigehabt hätte, hätte ich denen was vorjongliert! So musste Jo den Showpart übernehmen.

»Sie winken zurück! Ich höre sie bis hierher johlen und pfeifen!«

»Das Ding ist mit Radar ausgestattet. Okay. Lass uns umkehren, damit sie wissen, dass wir nichts Verbotenes im Schilde führen.«

So wendeten wir noch in ihrer Sichtweite, um demonstrativ wieder an den Strand zurückzupaddeln.

»Hoffentlich ist dieser Blasebalg-Mensch nicht hier.«

Nein, der Kerl war nirgends zu sehen.

»Also wieder zurück!« Dieses Spielchen spielten wir den ganzen Tag, und somit war sowohl der Blasebalg-Mann als auch die Küstenwache irgendwann an unser vermeintlich harmloses Hin und Her gewöhnt.

»Dieto, ich verbrenne. Wie lange sollen wir das noch durchziehen?«

»Machen wir eine Pause, Süße.«

Gegen 14 Uhr, die Sonne brannte vom wolkenlosen tiefblauen Himmel, zogen wir unser kleines Gummiboot den Strand hinauf, nahmen wieder die Paddel mit und gönnten uns im nahe gelegenen Strandhotel unsere Henkersmahlzeit: Makkaroni mit herzhaftem Paprika-Gulasch. »Bitte iss, mein Herz, du musst die ganze Nacht bei Kräften sein!«

Ich schob Jo den halb leer gegessenen Teller wieder hin, den sie appetitlos von sich geschoben hatte. »Ich kann nicht, Dieto. Mir schnürt es die Kehle zu. Ich kotze sonst ins Meer vor Angst.«

»Na, wisst ihr jetzt, wo ihr schlaft?« Plötzlich stand dieser rothaarige Blasebalg-Mensch wie aus dem Boden gewachsen neben unserem Tisch.

»Na, in diesem Hotel natürlich. Nicht wahr, Schatz, das leisten wir uns zu unserem Hochzeitstag.« Ich stand auf und baute mich vor dieser Nervensäge auf, dem ich allerdings nur bis zu den Schultern ging. »Ich gehe jetzt gleich zur Reservierung und schaue, was sich machen lässt. Und Sie leisten meiner Frau ein wenig Gesellschaft, ja?«

Jos Hilfe suchende Blicke ignorierend, nutzte ich die Gunst der Stunde, rannte in die Hoteltoilette und füllte vier Wasserflaschen auf. In der abgeschlossenen Kabine der Herrentoilette legte ich meinen Reisepass und Jos Geburtsurkunde in einen Plastikbeutel, den ich mit zitternden Fingern mehrfach umfaltete und jede Faltung mit Kontaktkleber wasserdicht verschloss. In der obersten Ecke der Verklebung machte ich ein kleines Loch und zog eine etwa fünfzehn Meter lange, feine, aber stabile Angelschnur durch. Wenn sie uns erwischen würden, könnten wir die Schnur lösen, sodass unsere Papiere nicht uns zugeordnet werden würden. Mit diesen vorbereiteten Utensilien rannte ich durch den Hinterausgang zurück zum Boot, das Gott sei Dank noch genau dort lag, wo wir es hingezogen hatten. Ich stieß es zurück ins Wasser und ließ die kostbaren Dokumente unterhalb des Bootes absinken. Mit etwas Angelblei beschwerte ich den Beutel und befestigte alles mit festen Knoten an der Paddelöse. Für den Fall, dass wir erwischt werden würden, konnte ich so unauffällig die dünne Angelschnur durchschneiden und es auf die Strömung schieben, die uns aufs offene Meer getrieben hätte. Wenn keine Dokumente bei uns gefunden würden, könnte man uns keinen Fluchtversuch nachweisen. Die vier Wasserflaschen konnten wir ebenfalls im Notfall über Bord werfen.

»DIETO!« Jos Stimme schallte Hilfe suchend vom Strand her durch die warme Brise.

Der Blasebalg-Mensch belästigte sie immer noch! Aber er hatte meine ganzen Vorbereitungen nicht mitbekommen, und das war der Sinn der Übung gewesen.

Hastig eilte ich meiner Jo zu Hilfe, mit beiden Armen durch das Wasser pflügend.

»Wir gehen doch heute zum Feuerwerk, ja? Bitte versprich es!« Sie klatschte ganz kindlich aufgesetzt in die Hände und hüpfte, dass ihre Brüste wackelten. »Der Ulf hier sagt, es wird supertoll, und es spielt eine angesagte Band!«

»Aber vorher paddeln wir noch ein wenig, ja? Schließlich möchte ich an meinem Hochzeitstag mit meiner Maus ein wenig allein sein. Wir haben ein Zimmer mit Meerblick …« Ich sandte Blasebalg-Ulf einen zweideutigen Blick, und dieser grinste obszön.

»Aber wir sind rechtzeitig zurück«, maulte Jo wie ein verwöhntes Kind und zog einen Flunsch. »Ich muss mir ja noch die Haare waschen und mich schminken und alles. Und ich will unbedingt das Feuerwerk sehen! Passend genau zu unserem heutigen Tag!«

Diesen Köder schluckte Blasebalg-Ulf. Er half Jo sogar noch in das Boot und wünschte uns einen schönen Nachmittag, mit deutlich sichtbarer Beule in der Badehose.

»Ulf«, stöhnte ich, als er außer Hörweite war. »Der hat uns gerade noch gefehlt.«

»Wie kann man nur sein Baby Ulf nennen?« Jo kicherte hilflos vor sich hin. Sie hatte definitiv ihr Letztes gegeben, um diesen aufdringlichen Kerl abzulenken.

»Stell dir vor, eine Mutter liegt im Kreißsaal und presst und stöhnt, und endlich hat sie es geschafft, und vor lauter Erleichterung stößt sie einen Laut aus: Ulf.«

»Ach Dieto, ich würde so gern lachen, aber ich mache mir vor Angst in die Hose.«

»Jetzt gibt es kein Zurück mehr, Jo. Wir sind praktisch und moralisch nach eigenem Ermessen gut für unsere Flucht vorbereitet! Also? Vertraust du mir?« Ich wendete mich nach hinten zu ihr um und sah, wie ihre Zähne vor Stress aufeinanderschlugen. Trotz der Hitze fror sie.

»Jajajajaja, Dieto. Ich vertraue dir.«

»Wir schaffen das. Jetzt oder nie.«

Stunden vergingen, an denen wir hin und zurück paddelten, weil immer wieder Küstenboote am Horizont auftauchten und sich zwischen uns und die Freiheit schoben. Manche hupten auch und machten uns Zeichen, wir sollten zurück zum Strand rudern. So legten wir uns einfach eng aneinandergeschmiegt ins Boot und versuchten, etwas zu schlafen. Die Ferngläser blinkten im Sonnenlicht, und vor meinem inneren Auge konnte ich die Küstenwachmannschaft erahnen, wie sie sich an Jos Anblick erfreute.

Nachdem uns die Küstenwache nach Sonnenuntergang in Richtung Pula, also nach Süden passiert hatte und wir, wie bei jedem anderen Manöver, freundlich winkend sofort den Weg zurück ans Ufer eingeschlagen hatten, wendeten wir, sobald das Boot außer Sicht war.

»Jetzt, Jo, jetzt! Rudere, was das Zeug hält!«

Im traumhaft dunkelroten Schein der untergegangenen Sonne, die sich wie ein blutrotes Laken auf den sich kräuselnden Wellen des grauschwarzen Meeres vor uns ausbreitete, ruderten wir um unser Leben. Wie im Film, der auf Schnelldurchlauf geschaltet war.

Jo war nur mit ihrem türkisfarbenen Bikini bekleidet, ich mit meiner grünen Badehose. Tarnfarben.

Um keinen Verdacht zu erwecken, hatten wir nichts anderes mitgenommen.

Obwohl es langsam kühl wurde, stand uns beiden der Schweiß auf der Stirn.

Achtzehn Kilometer Luftlinie waren es bis an die rettende italienische Küste! Aber das wäre der kürzeste Weg, den wir sicherlich nicht auf Anhieb finden würden. Wenn der Wind uns nur ein wenig abtrieb, würden wir deutlich mehr Seemeilen bewältigen müssen. Falls wir überhaupt der Richtung vertrauen konnten, in die wir uns mit quälender Langsamkeit bewegten! Wir paddelten wie wild mit Leibeskräften etwa eine Stunde, den Leuchtturm von Savudrija hinter uns lassend, als ich von hinten etwas Brummendes herankommen hörte.

»Ein Küstenwachboot! Diesmal in Richtung Koper!«

Instinktiv legten wir uns so flach wie möglich ins Boot, welches mit den Wellen aufgrund des äußerst geringen Freibordes fast auf gleicher Höhe war.

»Dieto, jetzt ist alles aus! Wir sind erledigt!«

»Bitte sei still, Liebste. Wir rühren uns nicht, und sie können uns nicht sehen.«

»Sie haben doch Radar an Bord!«

»Außer dem kleinen Edelstahlring zum Festmachen des Bootes am Bug gibt es bei uns keinerlei Metallteile an Bord, auf die der Radar der Küstenwache reflektieren könnte!«

»Dieto, ich sterbe vor Angst!« Die arme Jo bibberte und schlotterte am ganzen Körper.

Wenn sie sich jetzt nur nicht wieder übergeben musste!

Ich legte meinen Arm auf sie und bedeckte ihren Mund mit meiner Hand. »Still, Liebste!«

Das Angstgefühl kroch zusehends in uns hoch, je näher das Geräusch der Motoren kam.

Wir wagten kaum zu atmen. Mir schossen verschiedene Gedanken durch den Kopf, wie Festnahme, Abschiebung in die DDR, Verhöre durch die Stasi, Folterungen und jahrelanges DDR-Zuchthaus. Staatsverrat! Wo ich mich doch für drei Jahre freiwillig zum Militär gemeldet hatte!

Wie lange ich den Atem anhielt, wusste ich nicht mehr. Mir schossen Bilder aus der Kindheit wieder ein: wie ich in den Armen meiner lieben Mutter im Luftschutzkeller auf unserer Matratze saß, wenn das Heulen der Flugzeugmotoren im Tiefflug näher kam, das markerschütternde Geheule einer Sirene, die uns aus den Betten getrieben hatte, das sirrende Fallen einer Bombe bis zu deren Aufschlag, das Krachen und Beben, wenn eine gigantische Detonation folgte. Das panische Schreien und Kreischen der Menschen, das Weinen und Jammern der Kinder. Der grauenvolle schwarze Rauch, der einem die Luft zum Atmen nahm. Da wie jetzt war diese Ungewissheit: Trifft es mich diesmal? Erwischt es uns? Wenn ich den Atem lange genug anhalte, bin ich dann schon tot?

Mein Herz hämmerte genau diese törichten Worte: Bitte nicht, bitte nicht, bitte nicht!

Wir wollen doch nur frei sein! Nur frei! Sonst nichts! Wir tun doch nichts Böses!

»Dieto. Sie entfernen sich!«

»Psst!«

»Sie drehen ab!«

Ich krallte meine Hände in Jos Schultern und kniff immer noch die Augen zu. Wie lange hatte ich jetzt schon den Atem angehalten? Instinktiv hatte ich mir, wie damals als Kind, eingebildet, dass ich bei angehaltenem Atem und zusammengekniffenen Augen unsichtbar sein könnte.

Welche Erleichterung, als ich es mit eigenen Ohren wahrnahm: Sie entfernten sich.

Das Brummen des Motors wurde immer leiser, das Tuckern immer schwächer, bis es sich ganz am dunklen Horizont verlor.

Erst als wir die Motoren überhaupt nicht mehr hörten, hatten wir den Mut, uns wieder langsam aufzurichten. Wir begannen erst zaghaft und möglichst lautlos, dann immer kräftiger und bald wie wild zu paddeln, ungeachtet der brennenden Schmerzen, die die Blasen an den Händen verursachten, wenn Salzwasser an eine der aufgerissenen Stellen gelangte. Die Schmerzen waren höllisch.

Aber der Gedanke, so viel Abstand wie möglich zwischen uns und die Küste Jugoslawiens zu bringen, ließ die Qualen gar nicht erst ins Bewusstsein gelangen. Wo war der Leuchtturm? Schon nicht mehr zu sehen! Wir mussten es drauf ankommen lassen und darauf vertrauen, dass wir in die richtige Richtung unterwegs waren! Überall um uns herum nur Grauschwarz, Wellen, Himmel, unter uns das tiefe schwarze Meer. Was für ein Wahnsinn! Kein Kompass, natürlich. Der hätte uns ja erst recht verdächtig gemacht! Wir bissen die Zähne zusammen und paddelten, was unsere trainierten Arme und Schultern hergaben. Meine Brustmuskeln spannten, als trampelte jemand darauf herum, und meine Lungen schienen zu platzen. Wie es Jo gehen musste, wollte ich mir gar nicht ausmalen! Aber für meine geliebte tapfere Freundin musste ich stark sein, musste ich über meine Grenzen gehen, musste ich alles geben und noch mehr.

Ich hatte nur ein Ziel vor Augen: den Horizont in der Schwärze der Nacht. Wenn wir nur nicht wieder zurückruderten!

Und immer, wenn wir dort angekommen waren, wo der Horizont endete, tat sich der nächste Horizont auf. Hauptsache, der Leuchtturm kam nicht wieder ins Blickfeld!

So wiederholte sich die Tortur von Horizont zu Horizont, und ich fühlte mich wie Odysseus.

Irgendwo am letzten dieser Horizonte musste doch in großer Leuchtschrift geschrieben stehen: Freiheit! Selbstbestimmung! Selbstverwirklichung! Und ich sah die großen Lettern schon ganz deutlich in brennenden Flammen vor uns flackern!

Der Morgen dämmerte, es war dunstig, fast wie ein Nebelschleier lag die kühle Morgenluft über dem Meer und kühlte unsere Wunden. Trotzdem lief uns beiden unablässig der Schweiß über das Gesicht und perlte an unseren nackten Körpern ab.

»Jo, gönnen wir uns eine kleine Pause!« Das Blut tuckerte mir in den Ohren, und mein Puls raste, dass ich fürchtete, mir könne die Halsschlagader platzen. »Wie geht es dir?«

»Ich weiß nicht … mir tut alles weh …«

»Liebste, seit Stunden ist keine Küstenwache mehr zu hören. Meinst du, wir sind aus jugoslawischem Hoheitsgewässer raus?«

»Keine Ahnung, Dieto, ich sehe nur, dass hinter uns gleich die Sonne aufgehen wird … schau nur, dieser magische hellrosa Schein!«

Ich drehte mich um und bestaunte fassungslos das unschuldige Fleckchen Zartrosa am Firmament, das sich aus dem Bläulichen des Meeres emporschälte.

Die See war ruhig, es herrschte absolute Windstille, und langsam stieg die Sonne hinter uns aus dem Wasser wie die magische flammende Erscheinung eines Erzengels.

»Im OSTEN geht die Sonne auf, und der OSTEN ist hinter uns!«

»Wir haben es richtig gemacht!«

»Schau nur, was für himmlische Kräfte mit uns sind!«

»Glaubst du, dass wir die DDR, den Eisernen Vorhang und die Mauer, Bespitzelung, Terror, Verrat und Zwang zu Verherrlichung des Sozialismus jetzt hinter uns gelassen haben?«

»Ich weiß nicht, Dieto. Noch sind wir nicht auf dem Boden eines freien Landes.«

»Aber ich fühle mich angesichts der Weite des Meeres, der aufgehenden Sonne und deiner Anwesenheit in dieser Nussschale so frei, als wäre ich im Himmel.«

»Du bist und bleibst mein geliebter Spinner, und ohne deinen Mut und deine Verrücktheit wären wir nie so weit gekommen. Wenn wir jetzt zusammen ertrinken, dann …«

Trotz des gnadenlosen Muskelkaters drehte ich mich zu meiner geliebten Jo um und versiegelte ihren Mund mit einem innigen, nicht enden wollenden Kuss.

Doch wir hatten es noch lange nicht geschafft. Als es taghell war, erblickten wir weit und breit kein Land in Sicht, nur die Weite des Meeres, und so hieß es weiter paddeln, paddeln, paddeln, trotz der brennenden Schmerzen in den Händen, den Armen und Schultern.

Längst hatten wir beide mehrfach in die Hose gemacht. Wir saßen in unserer eigenen Brühe. Aber es gab keine andere Möglichkeit, uns zu erleichtern! Wir konnten das Boot nicht verlassen, zu sehr fürchteten wir, nicht wieder hineinzukommen oder es zum Kentern zu bringen.

»Irgendwo dahinten muss die italienische Küste sein, wenn die Sonne hinter uns aufgegangen ist!«

»Hast du denn eine eventuelle Ahnung, wo wir landen könnten?« Hinter mir ächzte und stöhnte Jo tapfer gegen ihre Schmerzen an.

»Vielleicht sind wir durch die Strömung ganz weit weg von Grado!«

»Helmut hat mir seinen geplanten Fluchtweg auf der Karte gezeigt. Er wollte mit seinem Motorboot bei Grado rauskommen.« Ich keuchte bei jedem Wort. »Aber natürlich habe ich die Karte nicht mitgenommen, denn sie hätte uns der geplanten Flucht verdächtig gemacht und wäre ein Beweis gewesen.«

Wir paddelten weiter, jeder in seine Gedanken versunken. Was wir zu diesem Zeitpunkt noch nicht wussten: Tatsächlich waren wir durch die Strömung von Grado weit abgetrieben, und fanden uns später in der Höhe von Caorle wieder. Plötzlich fühlte ich so viel Freiheit in mir wie nie zuvor, und ich empfand völlig überraschend so etwas wie Liebe zum Meer, welches uns letztlich doch den Weg in die Freiheit ermöglicht hatte, indem es ruhig und zahm blieb. Nicht auszudenken, was gewesen wäre, wenn ein Unwetter losgebrochen wäre, oder eine starke Strömung uns abgetrieben hätte. Wenn ein Loch in unserem Boot gewesen wäre oder uns ein Hai angegriffen hätte!

»Du, Dieto?«

»Ja, was?«

»Dahinten flimmert es am Horizont!«

»Wo?«

»Da!«

»Es flimmert vor deinen Augen, mein Herz. Machen wir noch eine Pause.«

»Nein, schau doch! Da spiegelt sich die Sonne in Glas oder so was!«

Es war schon gegen Mittag, die Sonne brannte uns schon erbarmungslos auf der Haut, und die Blasen in den Handflächen bereiteten schier unerträgliche Schmerzen, sodass ich annahm, meine arme Jo hätte Halluzinationen. Doch dann sah ich es auch!

Im Dunst der Mittagshitze flimmerte die Küste Italiens! Es musste Italien sein, es musste einfach! Wir jubelten vor Freude, als hätten wir bei den Olympischen Spielen eine Medaille gewonnen.

»Endlich, endlich! Jo, mein Schatz, wir haben es geschafft!«

Jo stieß jubelnde spitze Schreie aus, die ich ihr nicht zugetraut hätte.

Wir bespritzten uns gegenseitig mit den Paddeln und brachen schließlich in Freudentränen aus. Die Tränen vermischten sich mit dem ohnehin schon salzigen Wasser der Adria auf unserer Haut. Wir ließen uns beide nach hinten sinken und starrten nur in den dunkelblauen Himmel.

Es war einer der schönsten Momente in unserem Leben. Mein Herz wollte mir schier aus der Brust fallen vor Erschöpfung und Glück. Meine Jo lag weinend auf ihrem Sitz und strahlte mich unter Tränen an. »Wir haben es geschafft, Dieto, wir haben es GESCHAFFT!«

Wir paddelten mit letzter Kraft weiter, das Salzwasser schnitt wie mit Messern in die aufgeplatzten blutigen Blasen unserer Hände, als sich plötzlich das Brummen eines schweren Motorbootes näherte.

»Die Küstenwache.«

»Ist das wirklich Italien, Dieto? Oder sind wir irgendwo vor Jugoslawien?«

»Nein, das kann nicht sein! Sieh doch, wo die Sonne steht!« Ich zweifelte schon an meinem Verstand! Aber ich hatte doch die Karte gesehen, und Italien war westlich von Jugoslawien, wir paddelten auf den WESTEN zu!

Das tiefe satte Brummen des schnellen schweren Bootes kam immer näher.

»Da! Da ist es! Ein Riesending!«

»Sieht es militärisch aus?«

»Nein, eher … nach hochglanzlackiertem Mahagoniholz!«

»Es kommt direkt auf uns zu!«

Mit zu beiden Seiten des Buges aufspritzender Gischt raste der Gigant knatternd auf uns zu und legte sich direkt neben uns in die Kurve, sodass unsere Nussschale arg zu schaukeln begann. Ein einzelner schwarzhaariger Mann im offenen weißen Hemd, das ihm um die braun gebrannten Lenden flatterte, stand darin und brüllte uns etwas zu.

»Caorle, *friend!*«

»Was sagt er?«

»Keine Ahnung, ich verstehe kein Wort!«

»Ist das Italienisch?«

»Ich glaube schon.«

Der Mann, der zwischen weißen Ledersitzen stand, deutete immer wieder in die Richtung, aus der er gekommen war. *»Friend, friend«*, brüllte er zu uns herüber. *»Your friend!«*

Ratlos gestikulierte ich zurück, dass ich nicht wüsste, was er meinte.

Der Mann schaute suchend durch sein Fernglas in Richtung italienischer Küste und begann plötzlich, ein weißes Handtuch in Richtung Land zu schwenken. *»Your friend!«*

»Da kommt noch ein zweites Boot!«

Tatsächlich. Da tuckerte ein etwas langsameres Boot heran, das mir mehr und mehr bekannt vorkam … »Das ist doch nicht … das kann doch gar nicht … es sieht aus wie Helmuts Boot!«

»DAS IST HELMUT!«

Tatsächlich. Wir konnten es weder fassen noch glauben, aber es war Helmut, Helmut Mahr, mitsamt seiner Gudrun und dem kleinen Uwe an Bord.

»Das gibt's doch nicht! Ich werde noch verrückt!«

Unsere Herzen hämmerten, wir starrten auf das Wunder, das sich da auf tiefblauem Wasser näherte, und ich hörte mich selbst mit heller Kinderstimme sagen: »Ein blaues Wunder!«

Und dann waren sie da. Helmut, dem ich vertrauen durfte! Gudrun, die Liebe, und der Kleine!

»Hallo erst mal! Und herzlichen Glückwunsch! Ihr habt es geschafft! Ihr seid allerdings sechsunddreißig Kilometer gerudert, weil die Strömung euch so weit abgetrieben hat! Unser Italiener hier hat euch deshalb hier gesucht, während wir etliche Stunden vor Grado hin und her gedüst sind!«

Mehrere starke Arme zogen uns hinüber in das Boot des Italieners, der selber nun Tränen in den Augen hatte und immer wieder glücklich ausrief: *»Friend! Your Friend!«*

Endlich verstand ich es: Helmut war unser Freund! Er war es wirklich! Er und Gudrun waren die besten Freunde, die man sich neben Hella und Ivo wünschen konnte! Was hatte ich nur für ein unglaubliches Glück mit den Menschen, die mir begegneten!

Unter Tränen ließen wir uns hinüberziehen und sanken völlig ausgedörrt und verbrannt auf die weißen Ledersitze des Italieners. Der öffnete seinen Mahagonischrank und fischte mit haarigen Armen ein paar Flaschen eisgekühltes Bier aus dem bordeigenen Kühlschrank!

Unter Tränen und Gelächter und gegenseitigen Umarmungen stießen wir völlig fassungslos mit dem schäumenden Getränk an. Ich kippte mein Bier herunter wie ein Verdurstender.

Sogar Jo kippte das Bier, als hätte sie nie etwas anderes getrunken!

»Wie um alles in der Welt ...?«

»Was hat das hier zu bedeuten?«

»Wer ist dieser Mann?«

»Dieser Mann« zauberte inzwischen auch noch köstliche Früchte aus seiner Holzvertäfelung:

Eine große Kiste herrlichster Pfirsiche, Bananen, Melonenstücke, Weintrauben und Ananas! Lauter Früchte, die wir noch nie zu Gesicht bekommen hatten.

Ausgehungert stürzten wir uns darauf. Die Geschmacksexplosion in unseren ausgedörrten Mündern glich einem Vulkanausbruch.

»Wir haben ihn engagiert, damit er uns suchen hilft.« Helmut vertäute schon unser Schlauchboot an seinem. »Die ganze Woche haben wir hin und her überlegt, wie wir euch doch noch helfen können. Und da unser Boot ja in die Werkstatt musste, haben wir es direkt hierher nach Italien gebracht und hatten so einen doppelten Grund, an diesem Wochenende noch einmal wiederzukommen.«

»Wir können gar nicht fassen, dass ihr das alles für uns tut ...«

»Freunde tun doch so etwas, oder nicht?« Helmut ließ sich mit einem zufriedenen Seufzen – für mich klang es wie ein sattes »Ulf« – neben mich auf die weiß gepolsterte Lederbank fallen und sah mich von der Seite an. »Du kannst stolz auf dich sein, Mann. Du und Jo, ihr seid ein supercooles Paar.«

Damit stieg er um in sein eigenes Boot, in dem Gudrun und der Kleine warteten.

Mein Blick zuckte kurz zu Jos braunen Augen hinüber, und sie nickte unmerklich. Und diesen wunderbaren Menschen haben wir misstraut ...

Das hat die DDR mit uns gemacht, morsten meine Blicke zurück.

»Lasst doch das Scheißboot einfach abtreiben! Vielleicht findet es die Küstenwache und denkt, ihr seid ertrunken!« Helmut hatte wenig Lust, unsere Nussschale hinter sich herzuziehen.

»Das kommt nicht infrage«, begehrte ich auf. »Das Scheißboot hat unser Leben gerettet! Das behalten wir, und die Paddel auch! Eines Tages wird es mir als Beweisstück für meine unglaubliche Geschichte dienen.« Schon hatte ich wieder die Kraft, mich aufzurichten und beide Arme in die Luft zu werfen.

In flotter Fahrt ging es inzwischen ans italienische Ufer. Mit geschlossenen Augen und einem unbeschreiblichen Glücksgefühl genossen wir die letzten Kilometer, ohne paddeln zu müssen. Wir flogen nur so dahin. Freiheit, Freiheit, Freiheit, jubelte ich innerlich unablässig vor mich hin. Wir konnten beide nicht sprechen. Immer wenn wir uns ansahen, brachen wir erneut in Freudentränen aus.

Nach etwa einer halben Stunde sprangen wir an einem dicht bevölkerten Strand irgendwo in der Nähe von Grado vom Boot des

Italieners, der nur lässig winkte, um Helmuts Boot entgegenzufahren. Der hatte ja unser »Scheiß«-Schlauchboot im Schlepp und tuckerte deshalb langsam durch die Wellen.

Jubelnd schwammen wir an den Strand, und als wir festen Boden unter den Füßen spürten, nahm ich meine Jo an die Hand, und wir pflügten die restlichen Meter bis zum Ufer.

Wir konnten beide nicht sprechen vor Glück und vor Erschöpfung. Wir fielen einfach in den heißen Sand und blieben dort weinend und lachend liegen. Wir lagen uns in den Armen und schluchzten einfach nur. Meine Hände gruben sich in den Sand. Dies hier war FREIE ERDE!

Gemeinsam malten wir ein riesiges Herz und schrieben unsere Anfangsbuchstaben hinein.

Kein Mensch konnte ahnen, was dieser Moment für uns bedeutete!

Die Touristen, die über uns hinwegstiegen oder an uns vorbeischlenderten, nahmen keine Notiz von uns. Ein Sprachgewirr aus Italienisch, Deutsch, österreichischem Dialekt, Englisch und Französisch war unsere Willkommens-Hymne.

»Euer Schlauchboot war wohl die bessere Wahl als unser Boot!« Helmut stapfte uns durch das warme Wasser entgegen, das Boot hinter sich herziehend. »Die Luftkammern sind etwas weich, aber es macht mir einen absolut stabilen Eindruck.«

»Da ist ja auch unser Odem drin!«

»Na, nicht ganz. Ein bisschen auch Ulfs Blasebalg.«

»Wer ist Ulf?«

»Ein Freund und Helfer.«

Wir ließen die Luft raus und falteten es ganz klein zusammen.

»Was ist das hier?«

»Oh, Vorsicht. Das ist mein Pass und Jos Geburtsurkunde. Unser einziger kostbarer Besitz!«

Inzwischen war Gudrun bereits mit dem Auto und dem Bootsanhänger rückwärts an den Anlegesteg hinuntergefahren, den schlafenden Kleinen auf dem Rücksitz. Was für eine tolle Familie!

»Hier, wir haben euch Klamotten mitgebracht.« Gudrun hievte einen Koffer heraus und hielt Jo eine Jeans und eine Bluse hin. Da sie kleiner und etwas rundlicher war als Jo, schlackerten ihr die Sachen um den Körper. »Hoffentlich passen euch die Schuhe.«

Ich bekam ein Nylonhemd, ein Paar Sportshorts und sehr gebrauchte Tennisschuhe, die mir zu groß waren. Aber es waren Klamotten!

Dankbar zogen wir sie an, über unsere nassen, schmutzigen Badesachen.

»Helft mir, das Boot aufzuslippen! Wir müssen dann auch los!«

Nach kurzer Zeit fanden wir uns in Helmuts Auto wieder, die zwei Frauen mit dem schlafenden Kind auf der Rückbank, ich wie gehabt neben Helmut auf dem Beifahrersitz.

»Wir haben Montag früh wieder Schule.«

»Und da habt ihr euch das zum dritten Mal in Folge angetan?« Ich konnte es einfach nicht fassen.

»Es hat uns großen Spaß gemacht.« Helmut tippte sich mit dem Finger an die Mütze. »Wo darf ich die Herrschaften denn abliefern?«

Tja, darüber hatten wir noch gar nicht nachgedacht!

Plötzlich fiel mir Tante Regina ein. Meine Patentante Regina in Salzburg! Und ihr Sohn Werner!

Damals hatte ich ebenfalls mehr Glück als Verstand gehabt, als ich mich regelwidrig von der westdeutschen Reiseroute mit dem Fahrrad entfernt und einfach einen Ausflug nach Salzburg unternommen hatte! Damals! Als ich vor Liebeskummer um Jo schlicht den Verstand verloren hatte. Und jetzt …? Verlor ich gerade wieder den Verstand?

»Das liegt ja praktischerweise auf dem Weg.«

Helmut reihte sich nun in die endlose Blechschlange ein, die auf dem Rückweg aus den Sommerferien war. Ich klappte die Sonnenblende herunter und zuckte vor meinem Spiegelbild zurück: ein völlig verbrannter, verklebter Streuner mit ungekämmtem Haar und einem Dreitagebart. Mein Blick fiel auf meine erschöpfte kleine Frau: Mit starrem Blick ins Leere hielt Jo unsere Dokumente an der fein säuberlich aufgerollten Angelschnur und in Plastikfolie eingeschweißt fest umklammert in der Hand und klapperte vor Erschöpfung mit den Zähnen. Gudrun breitete fürsorglich eine Decke über sie.

Es wurde still im Auto, jeder ging seinen eigenen Gedanken nach. Die Frauen hinten waren eingeschlafen, genau wie der kleine Uwe. Bei dem eintönigen Rattern und dem gleichmäßigen Tempo auf den sich schlängelnden Straßen in Richtung Alpen starrte ich völlig überwältigt auf die wunderschöne Landschaft, die inzwischen in goldene Abendsonne getaucht war.

Wir hatten es geschafft. Wir waren frei. Aber wir hatten NICHTS; außer den etwas zu großen Sachen am Leib. Und die gehörten uns noch nicht mal.

Klar würden wir bei Tante Regina und Onkel Otto fürs Erste unterkommen, falls sie überhaupt noch lebten. Ich dachte an ihren Sohn Werner, der war ja damals mit mir auf die Radtour nach Wien gegangen. Kurz zuckte ein Lächeln über meine Lippen, als ich uns bei dem damaligen großen Abenteuer im Gefängnis in Wien übernachten sah. Aber dann schob sich auch die Sorge um meine lieben Eltern wie ein dunkles Brett vor die leuchtenden Erinnerungen. Sie hatten nun nicht nur eins, sondern im Grunde zwei geliebte Kinder verloren, denn zwischen uns stand der Eiserne Vorhang. Längst war ihnen Jo eine geliebte Tochter geworden. Sie hatte schließlich jahrelang bei uns in der kleinen Mansarde gewohnt, und so manche Freude und Leid hatten sie miteinander geteilt. Immer wenn ich unterwegs gewesen war, hatte meine Jo auch Freude und Sonne in ihr bescheidenes und oft mühseliges Leben gebracht.

Wie hatten sie gesagt: »Wenn ihr die Chance bekommen solltet, so nehmt sie wahr! Denkt nicht an uns, eines Tages dürfen wir ausreisen, und dann sehen wir uns wieder!« Aber wer weiß, wie lange das dauern würde! Wie selbstlos sie doch waren, meine wunderbaren Eltern! Wie könnte ich ihnen je ihre große Liebe zurückgeben, die sie mir und Jo zu jeder Zeit hatten zuteilwerden lassen!

Meine Gedanken verloren sich, je dunkler es wurde. Nun hatten wir schon zahlreiche Tunnel passiert, und Helmut konzentrierte sich mit mahlenden Kieferknochen auf den Verkehr.

Plötzlich sah ich vor meinem inneren Auge meinen Freund Ivo, wie er uns in Zagreb zum Bahnhof gebracht hatte, nachdem er die neuen Paddel für uns gekauft hatte: »Wenn ihr die Flucht schafft, wendet euch gleich an meinen Cousin Vlado, der in Frankfurt lebt. Er wird dir direkt die ersten Engagements im Westen vermitteln!«

So befanden sich meine Seele, mein Verstand und mein Wunschdenken in permanentem Schlagabtausch auf dieser Fahrt in Richtung Salzburg. Wie sollte ich ohne meine Requisiten, Kostüme und meine Musikarrangements und ordentliche Privatkleidung ein mögliches Engagement überhaupt realisieren können? Ich sah aus wie ein abgebrannter Landstreicher! Unmöglich konnte ich von Helmut und Gudrun erwarten, dass sie mir größere Summen Geld liehen. Und wenn, dann könnte ich mein Equipment nicht für alles Geld dieser Welt kaufen! Es war doch handgefertigt für meine Körpermaße! Alles, was ich brauchte, ruhte fest verpackt im Kofferraum meines Wagens auf einem Hotelparkplatz in Istrien. Ein schier irrsinniger Plan bemächtigte sich meiner Gedanken, während wir uns mitten in der Blechlawine durch Berge und Täler schlängelten. Darüber zu sprechen, wagte ich in diesem Moment noch nicht. Es schien wirklich wahnsinnig zu sein, was ich dachte und wollte. Aber mein Gefühl sagte mir, nein, es BEFAHL mir: Das musst du wagen, und du wirst es schaffen! So wie du bisher alles im

Leben gewagt und geschafft hast! Du fährst noch mal zurück und holst dein Zeug!

»He Leute, aufwachen, wir sind an der italienisch-österreichischen Grenze! Haltet die Pässe bereit!«

»Oje, jetzt mache ich euch noch mehr Ärger …« Jo wachte auf und fing schon wieder an zu weinen. »Die werden uns nicht durchlassen …«

»Jetzt warte erst mal ab, Süße.« Ich drehte mich nach ihr um und hielt ihre eiskalte zitternde Hand, die von blutigen Salzkrusten übersät war. »Hier kann uns nichts mehr passieren!« Und tatsächlich! Wir wurden einfach zügig durchgewinkt. Trotz Bootsanhänger und vollgestopftem Pkw.

»Ja, so ist das hier bei uns, ihr Lieben. Gewöhnt euch schon mal dran!«

Jetzt machten Gudrun und Helmut einen Fahrerwechsel. Denn ich hatte ja immer noch keinen Führerschein. Und Jo hatte ihren nicht dabei. Wir waren auch beide viel zu erschöpft, um zu fahren. Und so eine Karosse mit Bootsanhänger schon gar nicht.

So schlüpfte ich zu Jo auf die Rückbank und nahm sie ganz fest in den Arm.

Gudrun fuhr nun zügig weiter. Die Stadt Lienz lag bereits hinter uns, als ich tief Luft holte und Mut fasste.

»Jo, ich muss dir was sagen …«

Was ich ihr dann ins Ohr flüsterte, löste bei ihr einen Weinkrampf aus. Verständlicherweise. Der Kleine wachte auf und schaute ganz verstört zu ihr herüber.

»Was ist denn los?« Gudrun fuhr fast gegen die Leitplanke. »Hast du Schmerzen, Jo?«

»Der Idiot will wieder zurück!«

»BITTE?« Jetzt schlingerte der Wagen mitsamt Bootsanhänger tatsächlich über die weißen Mittelstreifen, und mehrere Autos auf der linken Spur hupten.

»Bist du wahnsinnig, Mann?«

Helmut griff der armen Gudrun ins Lenkrad. »Sie hätte fast einen Unfall gebaut! – Fahr mal auf den nächsten Parkplatz. Ich glaub, mein Schwein pfeift.«

»Nein, bitte, fahrt weiter. Ich erkläre euch jetzt in aller Ruhe, was ich vorhabe.«

Und dann sprach ich laut und zu Helmut gewandt, was mir vorschwebte, um zu meinem einzigen Besitz, meinen Requisiten, meinen Kostümen, meinem Auto und somit zu meiner Existenzgrundlage zu kommen.

»Ohne diese wichtigen Dinge habe ich mindestens ein Jahr keinen Job, denn das muss ja alles wieder für meine Körpermaße angefertigt werden, versteht ihr?«

»Nicht ganz. Man kann doch sicher irgendwo ein paar Keulen und Bälle kaufen, und es gibt so Läden mit Zaubererausstattung, die so was haben …«

»Aber nicht für Weltklasse-Profis, wie ich einer bin. Meine Requisiten sind alle in Handarbeit gefertigt worden, von meinem Vater und meinem Bruder, und von befreundeten Handwerkern und Drechslern, das hat fast ein Jahr gedauert!«

Jo heulte laut. »Aber er ist völlig durchgedreht! Er fordert das Schicksal heraus!«

»Allein meine Musikarrangements, die müssen ja auf die Zehntelsekunde genau auf meine Bewegungen passen, die müsste ein Komponist neu schreiben und für ein Orchester passend orchestrieren, das geht in die Hunderte und Tausende und dauert immens viel Zeit, und die habe ich nicht.«

»Darum geht es doch jetzt gar nicht, Dieto! Wir haben gerade unser nacktes Leben gerettet!«

»Wir könnten dir für den Anfang etwas leihen …«

»Nein. Ihr habt genug für uns getan. Es würde Jahre dauern, bis ich wieder auf der Bühne stehen könnte. Ich brauche Schneider,

Schuhmacher, Fotografen, Drucker und Arrangeure, bis zur kompletten Kulisse! Mir dreht sich der Magen um bei dem Gedanken, dass das alles bereits fix und fertig in Istrien auf einem Hotelparkplatz steht! Ich hole mir mein Zeug.«

»Du bist verrückt.« Helmut schüttelte immer wieder den Kopf.

»Ja, das ist er! Und ein ganz gemeiner Egoist dazu«, heulte Jo. Sie war am Ende ihrer Nerven, und das verstand ich auch. Wir hatten schließlich seit mehreren Nächten nicht mehr geschlafen, und sie war physisch und psychisch am Ende.

»Liebes, meine Patentante Regina wird dich bestimmt aufnehmen …«

»Du weißt gar nicht, ob sie noch lebt! Du bist überhaupt nicht mit ihr verwandt! Ich kenne sie nicht!«

Ich verstand sie absolut. Fremd in einer fremden Welt, buchstäblich nackt bis auf die Haut, ohne Dokumente, ohne Geld und seelisch ausgebrannt. Wie konnte ich sie da allein lassen!

»Liebes, bitte sei doch tapfer. Du warst es doch bis jetzt auch!« Immer wieder wiegte ich sie in den Armen. »Das BRAUCHE ich, ich MUSS mir das holen, und zwar SOFORT!«

»Kannst du nicht erst eine Weile mit nach Salzburg kommen? Bitte, Dieto! Ich will bei dir sein!« Mein armes Mädchen weinte bitterlich. »Du kannst mich doch jetzt nicht so allein lassen!«

»Nein.« Mein Entschluss stand fest. Ich musste das JETZT durchziehen, bevor sie meinen Wagen entdeckten und abschleppten. »Ich fahre jetzt sofort zurück. Ich werde kurz vor der deutschen Grenze aussteigen, und ich bitte euch, Helmut und Gudrun, Jo vorher in Salzburg abzuliefern. Wenn meine Tante Regina nicht mehr dort lebt oder sie nicht aufnehmen will, nehmt ihr sie dann für eine Weile bei euch in Babenhausen auf?«

»Dieto!« Jo krallte ihre Fingernägel in meinen Arm, ihre blauen Augen starr auf mich gerichtet. Wenn Blicke töten könnten.

»Du bist bekloppt, Mann.« Helmut hing inzwischen mit dem

Gesicht auf seinen Händen nach hinten blickend auf dem Beifahrersitz. »Aber weißt du was? Deswegen mögen wir dich auch.«

Er klaubte einen Fünfzigmarkschein aus der Brieftasche, in der hinteren Jeanstasche.

»Hier, den wirst du brauchen können. Und auf deine Jo passen wir auf, das versprechen wir dir.«

Als ich den Wagen mitten auf der Autobahn verließ, über die Leitplanke hechtete und den Daumen in Richtung Wien heraushielt, würdigte mich Jo keines Blickes mehr.

WIEN,
Ende August 1965

Ah geh, schau, da liegt a Sandler!« Ein junges, gut gekleidetes Paar eilte auf dem Weg zur Arbeit im Wiener Stadtpark an mir vorbei.

Wie romantisch, wieder den Wiener Dialekt zu hören! Sandler klingt so viel netter als Penner! Diese herrliche Sprachmelodie erinnerte mich an Filme und Operetten, die Glanz, Wiener Charme und eine gewisse Leichtlebigkeit widerspiegelten, deren sich Wien ja zu Recht rühmen darf.

Nur leider verschandelte ich dieses Bild. In meinem schmutzigen Nylonhemd, den kurzen Shorts und den alten Tennisschuhen, bewaffnet mit einem kleinen Plastiksack, in dem mein DDR-Pass steckte, hatte ich die Nacht auf einer Parkbank verbracht. Direkt unter der eleganten goldenen Statue des geigenden Johann Strauss.

»Ach bitte, darf ich Sie was fragen?«

Ich rappelte mich von meiner harten Bank auf und eilte mit nackten Beinen und Dreitagebart hinter ihnen her. Sie beschleunigten ihren Schritt.

»Entschuldigen Sie … ich hätte nur eine kurze Frage!«

»Ah, geh weider, Drecksbua. Mer geben nix.«

»Nur eine Auskunft, bitte. Wo ich die deutsche Botschaft finden kann!«

Die beiden starrten mich mit einer Mischung aus Ekel und Mitleid an.

»Es ist nicht so, wie Sie denken … ich bin aus der DDR geflohen!«

»Ja eh«, spotteten sie. »Der merkt ma. A Sandler bist, a ganz a schiacha!« Sie hatten sicherlich keine Ahnung von den Zuständen hinter dem Eisernen Vorhang, dennoch waren sie nach einigem Zögern so nett, mir den Weg zur deutschen Vertretung zu beschreiben.

Auf dem Weg dorthin wechselte ich von meinem Fünfzigmarkschein zehn Mark in Schillinge ein.

Als ich in das hochherrschaftlich feine Gebäude eintrat, kam ich mir wie nackt vor unter den gut gekleideten Damen und Herren.

Alle Blicke richteten sich missbilligend auf mich.

»Grüß Gott, Sie wünschen?«

»Grüß Gott.« Allein dieser liebliche Gruß ließ mich weiter Mut fassen. Mit gesenktem Kopf trug ich meine Fluchtgeschichte vor, die mir erst mal niemand glauben wollte. Von Zimmer zu Zimmer wurde ich weitergeleitet. Meinen DDR-Reisepass aus dem Plastikbeutel fasste man nur mit spitzen Fingern an.

»Warum um Gottes willen wollen Sie noch einmal zurück hinter den Eisernen Vorhang?«

Auch das erzählte ich zum wiederholten Male. Artist. Requisiten. Existenzgrundlage.

Fast schienen die Herrschaften hier in dem mit rotem Samt ausgepolsterten Raum wohl schon damit zu liebäugeln, mich erst mal in den Knast abzuschieben. Und genau da war ich ja vor acht Jahren mit meinem Freund Werner aus Salzburg bereits gewesen, für eine Nacht!

Meine Gedanken zuckten voller Unruhe und Sorge zu meiner geliebten Jo. War sie immer noch enttäuscht von mir? Hatte sie Tante Regina aufgesucht? Vielleicht spazierte sie jetzt mit Werner ganz gemütlich durch die Getreidegasse? Bestimmt fand er Gefallen an ihr, so hübsch und liebreizend, wie sie war. Hoffentlich hatte sie nicht bereits innerlich mit mir Schluss gemacht!

»Bittschön, hier hätt' ma a Rasierzeug, a Zahnbürschtl und a Sääfn für Sie, der Herr, wenn's recht ist.«

»Bitte? Oh, danke, das ist überaus freundlich.« Peinlich berührt hielt ich das Päckchen in den Händen. Sie waren trotz allem noch so nett zu mir! Ich war eine Zumutung für die Menschheit.

»Der Waschraum wär den Flur hinunter auf da linkn Sääätn.«

Plötzlich wurde mir klar, dass ich nicht nur furchterregend aussehen musste, sondern auch stank wie ein Biber! Nach unserer Flucht im Schlauchboot hatten Jo und ich nur schnell das Salzwasser und den Sand unter einer Stranddusche abgespült. Ich hatte immer noch die Badehose unter den Shorts an. Und so roch ich dann wohl auch.

Peinlich berührt verzog ich mich in die Herrentoilette, machte eine Katzenwäsche und rasierte mir die Bartstoppeln. Es stärkte mein Selbstbewusstsein, als ich meine glatt rasierte und saubere Visage im Spiegel sah.

»So. Dieto.« Ich zog mein schmuddeliges, viel zu großes Nylonhemd in den Turnhosenbund. »Du hast es bisher geschafft, und du wirst den Rest auch noch schaffen. Ab jetzt hast du Rückenwind.«

Nach einer ganzen Weile, in der ich von Zimmer zu Zimmer gebeten wurde – immerhin höflich gebeten! –, teilte man mir mit, dass ich einen auf dreißig Tage begrenzten westdeutschen Pass erhalten würde. Mit der Auflage, mich danach in meinem neuen Wohnort, wo auch immer der sein würde, bei der Polizei zu melden. Und dort einen endgültigen Pass zu beantragen. Falls ich es je zurück nach Westdeutschland schaffen würde!

Meinen geliebten DDR-Pass mit den vielen Einreisestempeln und Visa – von China bis Nordvietnam – zogen sie ein. So ein Mist! Ich hing an dem Ding. Das war mein Leben!

»Da werde ich aber an der jugoslawischen Grenze Schwierigkeiten bekommen«, versuchte ich es mit letzter Verzweiflung. »Schauen Sie, meine Fahrzeugpapiere sind ja auf den DDR-Pass zugelassen!«

»Wie määäänen?«

»Mein jugoslawisches temporäres Nummernschild ist nur übereinstimmend mit meinem DDR-Reisepass und dem darin eingetragenen jugoslawischen Arbeitsvisum!« Ich deklamierte wie ein Schauspielschüler beim Vorsprechen am Max-Reinhardt-Seminar.

»Tut uns leid, der Herr, aber da is' nix zu machen!«

Das sah ich ja ein. Nun musste ich meine zehn Schillinge für neue Passbilder ausgeben, und für einen Kamm. »Da unten am Eck is' a Trafik, da könnens änen kaufn, und da herüben hat's an Automat, wo's die Fotos machen können.«

Sosehr diese herrliche Sprache Musik in meinen Ohren war, so sehr wusste ich auch, dass ich noch einmal zurück in die Höhle des Löwen musste! Nämlich nach Istrien, wo mein Auto auf einem Hotelparkplatz stand. Falls es da noch stand.

Bewaffnet mit meinem jungfräulichen grünen westdeutschen Pass im Plastiksackerl, wie man hier sagte, stiefelte ich aus der schönen Stadt Wien hinaus in Richtung Osten. Die Nachmittagssonne wärmend im Rücken. Den Rest meines getauschten Zehnmarkscheines investierte ich in ein Frankfurter Würschtl, das hier in Wien ausgerechnet nicht Wiener Würschtl hieß. Vor Hunger halluzinierte ich schon beinahe.

Über Graz und Klagenfurt trampte ich nach Ferlach, was ein sehr mühsames Unterfangen war. Die Autofahrer waren an Anhalter gewöhnt; viele junge Leute nutzten diese kostenlose Mitfahrgelegenheit, um an ihre ersehnten Fernziele zu kommen, und so standen an den Ausfallstraßen oft Dutzende von jungen Rucksacktouristen mit Pappschildern. Bei meinem verlotterten Aussehen, nur mit einem Plastiksackerl, hatte ich die geringsten Chancen, mitgenommen zu werden. Bestimmt zehnmal schickte sich ein Auto zum Anhalten an, doch als ich von hinten herangelaufen kam, gab der Fahrer Gas und ließ mich in einer Staubwolke stehen.

Es war zum Heulen!

Aber jetzt durfte ich nicht aufgeben. Jetzt musste der Rest auch noch geschafft werden!

Ich biss die Zähne zusammen und stand die ganze Nacht tapfer an der Straße. Einer wird anhalten. Einer wird ein Herz haben. Einer wird für dich bestimmt sein, Dieto. Vertrau auf das Gute im Menschen. Bisher hat es immer geklappt!

Und schließlich, im Berufsverkehr des nächsten Morgens, hielt ein kleiner Fiat-Nachbau Zastava 600 mit Ljubljaner Kennzeichen. Der Fahrer, ein junger Mann, sprach ein paar Brocken Deutsch und Englisch.

»Was ist mit dir passiert, Mann?«

»Ich war mit ein paar Kumpels auf einer Motorradtour nach Jugoslawien unterwegs, und wusste nicht, dass man da mit einem normalen Personalausweis nicht rüberkommt.« Aufatmend ließ ich mich auf den Beifahrersitz gleiten und versuchte, das leichte Naserümpfen des Fahrers zu ignorieren. Er ignorierte meinen Körpergeruch ja auch.

Während der vielen Stunden am Straßenrand, die ich halb laufend, halb stehend mit dem Daumen raus verbracht hatte, hatte ich mir eine Version für eine Erklärung überlegt, die ich sowohl meinen Mitnehmern wie auch an der Grenze erzählen wollte. Denn eine FLUCHT konnte ich natürlich nicht zugeben! Noch immer drohten mir in der DDR viele Jahre Zuchthaus!

»Also bin ich zurück und habe mir in der deutschen Botschaft in Wien einen Not-Pass ausstellen lassen, damit ich die Kumpels noch erreiche. Mann, war das ein Umstand.«

Ich sprach natürlich kein Wort Kroatisch mit ihm, um mich nicht zu verraten. Für ihn war ich ein dummer westdeutscher Tourist, der nichts weiter wollte, als mit seinen Kumpels an der Adria abzufeiern.

Diese Erklärung schluckte der junge Typ, auch wenn er mehrmals fragend zu mir herübersah. An der jugoslawischen Grenze angekommen, schlug mir das Herz bis zum Halse.

Der Grenzer ließ sich den Pass des Fahrers zeigen, steckte seinen Kopf durch das offene Fenster und schnüffelte. »Wo hast du denn den *stari lupez* aufgelesen?«

Ich verstand nicht genau, aber ich ahnte, was er meinte. Alter Verbrecher.

Auf Kroatisch erklärte nun mein Fahrer dem Grenzer die Motorrad-Geschichte, und ich nickte und gestikulierte und tat so, als wäre ich so unbescholten und blöd, wie ein Biker nun mal sein kann. »Ich dachte, ich komm da locker mit meinem Perso rüber! Hatte echt keine Ahnung, Mann!«

»Wo willst du denn hin?« Kopfschüttelnd betrachtete der Grenzer den nagelneuen Pass, der genau GESTERN ausgestellt worden war.

»Na, meine Kumpels warten in Portoroz auf mich! Wahrscheinlich habe ich schon das Beste verpasst! Dabei ist das der Junggesellenabschied meines besten Kindergartenfreundes Walter!«

Meine Show funktionierte. Der Grenzer war ja auch nur ein junger Mann. Und Spaß haben wollten sie doch alle!

»Dobrije!« Er knallte den Stempel auf eine der leeren Seiten und öffnete den Schlagbaum.

Geschafft! Aufseufzend ließ ich mich in den Plastiksitz zurückgleiten. Wie schade um meine zahlreichen beeindruckenden Stempel, ratterte es mir schon wieder in altem Übermut durch den Kopf. Zusammen mit diesen vielen bunten Visa und dem CD-Schild auf meiner türkisblauen Riesenkarre wurde ich doch immer auf das Höflichste durchgewinkt! Ja, sogar auf der Gegenspur hatte man mir eine Gasse gebildet, und der Jeep mit den vier Mann, der aus dem Feldweg kam, war mir als Geleitfahrzeug vorausgefahren, in dienstfertiger Untertänigkeit!

Am liebsten hätte ich dem schweigsamen Fahrer diese köstliche

Story erzählt: »An der tschechisch-ungarischen Grenze kam ein Jeep mit ČSSR-Soldaten hinter meinem Auto aus einem Feldweg gerumpelt. Wahrscheinlich Wachablösung. Die mussten mein CD-Schild am Heck meines Autos entdeckt haben und signalisierten mir, ihnen auf der entgegenkommenden Fahrbahn zu folgen. Sie lotsten mich somit wieder mal schnell an allen wartenden Trabis, Wartburgs und Ladas vorbei, die an den Plattensee in Ungarn wollten … und ich wusste gar nicht, wie mir geschah, aber in so einem Moment muss man reagieren und mitspielen, sonst kommt man nicht weit …« Natürlich sagte ich das alles nicht, sondern grinste nur heimlich in mich hinein.

»Hier, Mann. Wir sind in Ljubljana. Weiter fahre ich nicht.«

»Oh danke, *dobri dzenja,* vielen, vielen Dank!«

»Hab Spaß mit deinen Kumpels!«

Kopfschüttelnd und lachend gab der Fahrer Gas und ließ mich in Ljubljana stehen. Ich schlenderte am Hotel Slon vorbei, wo ich meine ersten Engagements gehabt hatte. Sosehr es mich auch reizte, hineinzugehen und die mir vertrauten Kellner zu begrüßen, vielleicht sogar eine Mütze zu schlafen und etwas zu essen, so wenig traute ich mich in meinem Aufzug da hinein. Man wusste nie, wer von den Angestellten doch heimlich für die Staatssicherheit arbeitete. Also schlenderte ich betont gelassen weiter. An der Busstation von Ljubljana hatte ich Glück und erreichte noch den letzten Bus nach Koper an der Adria. Vorher hatte ich unauffällig den inzwischen dritten Zehnmarkschein in Dinar getauscht. Hier angekommen, leistete ich mir erst mal ein Cevapcici, gebratene kleine Fleischröllchen aus Gehacktem mit viel rohen Zwiebeln und Knoblauch, dazu eine Scheibe frisches Weißbrot. Ich saß am Straßenrand und stopfte mir genussvoll seufzend die Backen voll. Wie herrlich, wieder hier zu sein! Ich liebte dieses Land, seine Menschen, sein Essen, die Sonne und das Meer! Wenn es doch nur ein FREIES Land gewesen wäre!

Und wieder raffte ich mich auf, streckte den Daumen raus und trampte noch die letzte Strecke bis nach Piran, wo mein Auto stand. Nach Stunden in der flirrenden Hitze, es war schon Abend geworden, hielt schließlich ein kleiner Transporter, auf dessen Ladefläche schon zwei andere Tramper saßen. So rumpelten wir in die warme Nacht hinein.

Es war schon nach Mitternacht, als ich von der Ladefläche sprang und mich beim Fahrer herzlich bedankte. Jetzt lagen nur noch fünf Kilometer vor mir, die mich vom Parkplatz meines Wagens trennten. Die Nacht war mild und klar, es duftete nach Pinien, und ein traumhaftes Sternenzelt umgab mich müden Wanderer. Die Sterne blinkten und zwinkerten mir zu, als wollten sie mir sagen: Junge, du bist schon ein ganz verrückter, wagemutiger Kerl. Aber du schaffst es. Wir wachen über dich. Wer so viel Mut hat, wird belohnt werden.

Als ich mich dem Luxushotel und dem Parkplatz näherte, schob sich wie aufs Stichwort der milchige Vollmond hinter der Hausfassade hervor, als wolle mir ein himmlischer Nachtwächter den Weg leuchten. Und dann zog sich mir das Herz auch schon vor Dankbarkeit zusammen: Da stand er, mein Ford Taunus 17 M, unversehrt, genau da, wo ich ihn zuletzt abgestellt hatte. Mein Herz schlug heimlich Purzelbäume vor Glück. Ich liebte mein Auto mitsamt seinem Inhalt wie meinen besten Freund! Ach, wenn ich doch nur meine Jo nicht verloren hätte mit dieser Aktion! Die Sehnsucht nach ihr schnürte mir die Kehle zusammen. Würde sie mein abstruses Handeln je verstehen?

Ich schlich mich an, schaute mich verstohlen um, ob auch niemand in der Nähe war und mein absonderliches Tun beobachtete, suchte mit den Fingern im Hohlraum der hinteren Stoßstange nach dem kleinen Plastiksack, den ich dort mitsamt dem Autoschlüssel und den Autopapieren eingeklebt hatte. *Ulf!* Er war noch da! Ein ganzer Sack Steine fiel mir vom Herzen! Mit zitternden Fingern schloss ich die Fahrertür auf. Es roch vertraut, nach Jo und nach Geborgenheit. Gerührt und überwältigt strich ich über die Armaturen und das Lenkrad.

»Alles noch da …« Ich öffnete die Klappe am Armaturenbrett und fand die Umschläge mit meinen letzten Gagen. Halleluja. Umgerechnet mehr als dreihundert Mark! Die hatte ich ja auch nicht mitnehmen können im Schlauchboot. Das Geld wäre ein weiterer Beweis für meine Fluchtabsicht gewesen!

Auch ein verstohlener Blick in den Kofferraum bestätigte mir, dass sich niemand an meinem Wagen zu schaffen gemacht hatte. Meine Requisiten, meine Kostüme, die Musikarrangements, alles noch drin! Nur eine fingerdicke Schicht Blütenstaub hatte mein Auto in einen ebenso verwahrlosten Gesellen verwandelt wie mich selbst.

»Oh Gott, danke!« Für den Rest der Nacht legte ich mich auf die Rückbank, kuschelte mich in die Decke, die noch immer nach Jo roch, und fiel in einen kurzen, erlösenden Schlaf.

Bis hierhin habe ich es geschafft, und ich werde es auch bis zum Ende schaffen, beschwor ich mich leise murmelnd im Traum. Ich werde meine Jo in Kürze wieder in den Armen halten!

Als die ersten Sonnenstrahlen mich an der Nase kitzelten, leistete ich mir in der Hotelumkleide am angrenzenden Strandbad eine Dusche. Ah, wie war das wohltuend, endlich diese Badehose ausziehen zu dürfen! Ich entledigte mich meiner stinkenden Klamotten und schlüpfte erleichtert in ein frisches Hemd und eine saubere Hose. Endlich konnte ich auch diese zu großen Tennisschuhe, in denen jeder Schritt eine Qual gewesen war, von mir streifen.

Jetzt war ich wieder ein Mann von Welt!

»Na, dann wollen wir mal.« Voller Übermut nahm ich Anlauf, rannte drei Schritte auf dem kochend heißen Parkplatz und schlug einen Vorwärtssalto.

Geschafft, Dieto.

Bevor ich mich zurück über die Grenze wagte, wollte ich unbedingt noch einmal zu meinen Freunden Ivo und Hella nach Zagreb. Sie hatten dermaßen viel für Jo und mich getan, dass es mir diesen Umweg wert war. Ich wollte mich nicht nur bedanken und Ivo auch das Geld zurückerstatten, das er uns für den Arzt und die Zugfahrt geliehen hatte, sondern mir auch moralisch und seelisch den Rücken stärken für meine letzte, nicht ganz ungefährliche Etappe.

Einerseits war ich glücklich, wieder in meinem mondänen Wagen fahren zu können, andererseits fuhr immer eine schleichende Unruhe und Nervosität mit. Ständig zuckte mein Blick in den Rückspiegel, ständig zuckte ich zusammen, wenn ich ein Militärfahrzeug, eine Verkehrskontrolle oder überhaupt nur einen Schutzmann mit Trillerpfeife am Straßenrand stehen sah. Verkehrskontrollen waren in sozialistischen Ländern an der Tagesordnung. Willkürlich wurden Personen rausgefischt und nach ihren Papieren gefragt, und zwar nicht immer höflich. Immer noch fuhr ich ohne Führerschein, und meine Fahrzeugpapiere hatten nichts mehr mit dem neuen Pass zu tun. In meinem DDR-Reisepass war mein jugoslawisches Arbeitsvisum eingetragen und meine Autonummer mit Ausländerzulassung registriert. In diesem westdeutschen Pass stand nichts dergleichen. Nur blanke, neue, noch nach Leim riechende leere Seiten. Das hätte auch der letzte Kontrollbeamte kapiert, dass da was faul war.

»Komm, Dieto, fahr ganz ruhig weiter.« Ich zwang mich, ganz lässig weiterzuatmen. »Ohne ein Quäntchen Glück läuft gar nichts im Leben. Konzentriere dich, mach keine Fahrfehler und fall nicht auf. Aber wer nichts wagt, der nichts gewinnt.«

So tankte ich noch einmal voll, wobei ich selbstbewusste Körperhaltung ausstrahlte, wusch wie selbstverständlich mit Schlauch und Eimer meinen Wagen, kaufte Geschenke für meine wunderbaren Freunde und stand am selben Abend glückstrahlend bei ihnen in Zagreb auf der Matte.

»Dieto! Was in aller Welt … du hast es also nicht geschafft in den Westen? Wo ist Jo?« Hella schlug die Hände vor den Mund. »Hat man sie verhaftet? Wurde sie an die DDR ausgeliefert? Sitzt sie bereits in Untersuchungshaft?«

»Hella, lass ihn doch erst mal reinkommen!« Ivo zog mich an seine Brust und klopfte mir auf die Schulter. »Wenn das alles passiert wäre, würde er doch nicht von einem Ohr zum anderen grinsen! Und wäre auch nicht beladen mit Geschenken!«

Bei einer von Hellas unfassbar köstlichen Mehlspeisen berichtete ich meinen beiden Freunden von unserer abenteuerlichen Flucht. Und von Helmut und Gudrun aus Babenhausen bei Hanau, die ein drittes Mal zurückgekommen waren, um uns zu helfen.

Das war das Allerunglaublichste. Dass fremde Menschen sich so etwas aus reiner Nächstenliebe antaten.

»Da warst du schon drüben und bist noch mal zurückgekommen?« Beide schlugen die Hände über dem Kopf zusammen. »Du bist ja wahnsinnig, Mann!«

»Die arme Jo. Also wenn ich Jo wäre, dann …« Hella machte eine Handbewegung mit dem Kochlöffel, die ziemlich eindeutig war.

»Ja, sie hat bitterlich geweint und mich keines Blickes mehr gewürdigt.« Ich kaute mit vollen Backen. »Aber ihr als meine besten Freunde wisst auch, dass ich ohne meine Requisiten und Kostüme ein Niemand bin.«

Das verstanden sie, auch wenn sie mich nach wie vor anstarrten wie eine außerirdische Erscheinung.

»Und wie willst du es anstellen?« Ivo zündete sich eine Zigarette an. »Noch mal über die Grenze zu kommen, ohne Ein- oder Ausreisepapiere, ohne Führerschein, ohne Fahrzeugpapiere, ohne Arbeitsvisum? Was erklärst du denen, wo du herkommst und was das für ein Auto ist?«

»Ich weiß es nicht. Ich habe noch keinen Plan.«

»Wenn sie dein Kennzeichen sehen und den jungfräulichen westdeutschen Pass … das geht nicht zusammen.« Hella stemmte die Hände in die Hüften und schüttelte immer nur den Kopf. »Du wagst dich in die Höhle des Löwen, Dieto. Mach nichts Unüberlegtes.«

»Du meinst, wie sonst immer?« Ich zog eine fragende Grimasse.

»Das hast jetzt DU gesagt.« Hella wendete sich wieder ihrer Pfanne zu.

»Ich werde eine nicht so befahrene Grenze nehmen, was meinst du, Ivo?«

»Da geht eigentlich nur der Alpenpass bei Jezersko.« Ivo blies den Rauch durch das offene Küchenfenster hinaus, was Hella trotzdem mit einem unwilligen Wedeln mit dem Küchenhandtuch quittierte. »Da öffnen sie den Schlagbaum noch manuell.«

»Die sitzen meistens in ihrem Kontrollhäuschen auf dreitausendfünfhundert Metern Höhe und spielen Karten.«

»Das kann gut, aber auch schlecht sein.«

»Ich muss es einfach versuchen. Vielleicht kann ich mich an ein großes Fahrzeug anhängen, so dicht, dass sie mein Kennzeichen nicht sehen?«

»Träum weiter, Dieto.« Hella entfuhr ein raues Lachen, während sie mit einer rauen Bürste die Pfanne bearbeitete. »Mit der auffälligen Kiste funktionieren solche Tricks nicht. Du bist nicht auf der Bühne!«

»Aber Hella, Dieto ist ein Weltklasse-Bühnenartist!« Ivo zwinkerte mir zu. »Der hat alle Täuschungsmanöver und Tricks drauf, die man sich nicht vorstellen kann! Dieto, Vlado hat schon Arbeit für dich, in Dortmund im Wintergarten! Wenn du es noch einmal rüberschaffst, ruf ihn sofort an!« Ivo steckte mir einen Zettel zu, den ich verlegen in meine Hemdtasche steckte.

»Bis dahin ist es noch ein weiter Weg.«

»Trotzdem kann er so ein dickes Auto nicht unsichtbar machen«, beharrte unsere Meisterköchin. »Was ist? Dieto, du musst dich doch stärken für deinen Höllentrip! Ein Marillenknödel zum Nachtisch geht noch rein!«

»Oh Hella, ich bin pappsatt. Wenn ich jetzt noch ein Stündchen auf eurer Couch schlafen darf …«

»Und duschen darfst du«, schmunzelte Hella. »Weil wir dich sehr lieb haben.«

ALPENPASSSTRASSE RICHTUNG JEZERSKO,

einen Tag später

Je höher ich mich auf der Alpenpassstraße hinaufschlängelte, desto größer wurden meine Bedenken. Vielleicht war die Einsamkeit hier in dieser steinernen felsigen Mondlandschaft genau die falsche Wahl? Die Grenzer hatten jedes einzelne Fahrzeug, das sich alle Viertelstunde mal den Berg hinaufschraubte, doch genau im Visier! Wäre ich möglicherweise am Loibl-Pass im Strom des fließenden Urlaubsrückreiseverkehrs viel weniger wahrgenommen worden? Oder in Jessenice, an der Grenze nach Villach, wo es von Ferienpendlern mit Wohnwagen nur so wimmelte? Wie konnte ich denn nur auf die Idee kommen, mich mit dieser auffälligen Karosse den gelangweilten Grenzern hier oben an ihrem Schlagbaum auf dem Silbertablett zu präsentieren?

Mehrmals kam mir der Gedanke, auf den engen Serpentinen einfach umzukehren, denn es gab immer wieder Ausweichbuchten, aber den unterdrückte ich sofort.

Nach vorne schauen, Dieto. Niemals nach hinten. Das bringt nichts. Zweifeln und hadern tun nur Feiglinge. Unsere Mutter hatte auf der Flucht mit uns zwei Kindern aus dem brennenden Dresden auch nicht gehadert oder zurückgeblickt. Nur nach vorn. Mit starrem Blick auf das Ziel. Genau so musste ich jetzt handeln. Wieder schaltete ich vor einer Haarnadelkurve in den zweiten Gang hinunter. Bloß nicht runterschauen, ins Tal.

Nun hatte ich schon so viel geschafft, jetzt musste dieser letzte Streich auch noch gelingen.

Also tuckerte ich kurz vor der jugoslawischen Ausreisekontrolle an der Grenze zu Österreich im zweiten Gang auf einen einsamen Parkplatz, der eine grandiose Aussicht über die karnischen Alpen bot. Meine fahrende Badewanne hatte ihr Äußerstes gegeben: Siebenundzwanzig Serpentinen und über zweitausenddreihundert Höhenmeter. Doch für die steinerne Bergkulisse, die den stahlblauen Himmel mit kantigen Felswänden durchschnitt, hatte ich jetzt überhaupt keinen Blick. Fröstelnd stieg ich aus dem Auto und blies mir den angstgeschwängerten Atem in die Fäuste. Krähen umkreisten mich. Tuckernd ließ ich mein Fahrzeug auf den letzten, kleinen und völlig leeren Parkplatz gleiten. Jetzt täuschst du vor, der Motor sei überhitzt durch die steile Anfahrt am Berg, schnappst dir einen Wasserkanister und schlenderst mal ganz unauffällig zum Grenzbaum hin. Schaust dir die Burschen mal aus der Nähe an. Beim Wasserholen kannst du die Grenzabfertigung und alle Abläufe in Ruhe beobachten, und dabei wird dir schon einfallen, wie du es anstellen kannst.

Erst mal die Lage sondieren, Dieto. Erst mal ganz unauffällig zu Fuß rantasten. Da meine Motorhaube sowieso heiß war, öffnete ich demonstrativ die Kühlerhaube, nestelte den leeren Wasserkanister aus dem Kofferraum und schlenderte betont gelassen direkt an die Grenze. So konnte ich beobachten, wie genau die Grenzer ihre Pflicht nahmen. Doch wie schon befürchtet, kam weit und breit kein Auto. Gelangweilt hockten die Burschen in ihrem zugigen luftigen Bretterverschlag und spielten Karten. Genau, wie Hella es vorhergesagt hatte.

Na super, Dieto. Wenn sie deine chromblinkende Karre sehen, nehmen sie die schon aus lauter Langeweile auseinander. Und dich gleich dazu. Papiere! Einreiseerlaubnis! Ausreisevisum! Arbeitsvertrag! Fahrzeugpapiere! Führerschein!

Ich dehnte und reckte mich und machte ein paar Kniebeugen, was die beiden mit erstauntem Lachen quittierten. Liegestütze, fiel mir ein. Liegestütze sind immer gut. Vielleicht noch ein kleiner

Rückwärtssalto? Ja? Gibt's heute ganz gratis für euch. Und noch einer. Weil's so schön war. Jetzt noch ein Vorwärtssalto und ein paar Schritte auf den Händen.

Die beiden amüsierten sich königlich. Wenn ihr wüsstet, dachte ich, während ich meine muskelkatergepeinigten Arme mit Adrenalin vollpumpte. Ihr kriegt hier eine Gratisvorstellung, während meine grauen Zellen vor Angst und Stress durcheinanderpurzeln wie Lottokugeln, bevor sie gurgelnd in den Trichter fallen. Was soll ich machen? Warum kommt denn keiner? Ich will wissen, wie ihr das handhabt hier! Ich blies mir in die Hände und winkte lachend zu ihnen rüber. Kleine Lockerungsübungen, versteht ihr, Jungs?

Endlich knatterte ein anderes Fahrzeug die steilen engen Kurven hinauf, und die beiden Kerle nahmen die Beine vom Schreibtisch, standen auf und klaubten ihre Mützen vom Haken.

Während ich den Wasserkanister füllte, beobachtete ich ganz genau ihr Vorgehen. Der eine Bursche trat an das Seitenfenster heran und kontrollierte den Pass, der andere ging um das Auto herum und notierte sich das Kennzeichen. Mist, Mist, Mist. Am Ende kurbelte der eine mit der Hand die Schranke hoch und tippte sich grüßend an die Mütze. Rein in die Bude, Mützen ab, Beine hoch. Blick zu mir: Ich turnte nicht mehr. Also Karten raus. Das war's.

Verdammt. Der Kanister war voll. Bleischwer, wie ich mich sowieso schon fühlte, schleppte ich das Ding zurück. Der kleine Parkplatz lag etwas unterhalb, und wenn die beiden in ihrer Bude hockten, konnten sie mich nicht sehen.

Komm, Dieto, das hier geht nicht. Das war eine Scheißidee. Die schlechteste aller Möglichkeiten. Fahr wieder die zig Serpentinen runter und versuche es mit der Autobahn.

Mein Herz tuckerte träge und entscheidungsunwillig wie der graue Kleinwagen, der sich nun nach einer weiteren Viertelstunde die Straße heraufbemühte.

Was, wenn … nein. Ich wanderte über den Parkplatz und rieb mir den Nacken. Schwarze Dohlen stoben kreischend über meinem Kopf hinweg, in Erwartung von Essensabfällen, die andere hier wohl liegen ließen. Neben dem leeren Mistkübel hüpften sie missmutig durch das Geröll. »Haut ab, ich habe nichts. Noch nicht mal die Freiheit, so wie ihr.« Krah, krah, krah, lachten mich die schwarzen Bergvögel aus und stoben mit ausgebreiteten Flügeln davon. Wieder tat sich gefühlte Stunden lang nichts. Ich machte mich ja schon verdächtig, wenn ich weiter hier herumstand und Maulaffen feilhielt!

Als Nächstes rumpelte ein breites Fahrzeug die steile Piste herauf, wie ich erkennen konnte, ein zum Campingbus umfunktionierter alter Ambulanzwagen. Er war wirklich raumeinnehmend und verdeckte nicht nur mir die Sicht auf die Grenzer, sondern auch den Grenzern auf mich.

»Krah, krah, krah«, kreischten die Dohlen knapp über meinem Kopf, in dem die kleinen grauen Zellen verzweifelt im Kreis herumtaumelten. »Fahr, fahr, fahr!«

Und plötzlich fiel bei mir der Groschen!

»Das ist es! Ich hänge mich ganz dicht an den nächsten Wagen mit Übergröße.«

Und der kam nach etwa einer weiteren Stunde. Ich hatte mich – den Grenzern als stumme Erklärung – auf die Rückbank meines Wagens gelegt und ein Nickerchen vorgetäuscht. In Wirklichkeit war mein ganzer Körper angespannt wie eine Feder. Und meine Ohren gespitzt! Im Geiste spielte ich das Ganze hundertmal durch. Es musste mir gelingen, mich so dicht an einen dicken breiten Wagen zu schieben, dass mein Nummernschild nicht zu sehen wäre! Und wir BEIDE gleichzeitig durch den Schlagbaum kämen! Und während der Schlagbaumunterquerung musste ich den anderen überholen, Gas geben und davonpreschen! So schnell hätten die beiden gar nicht ihre Maschinenpistolen aus der Hütte geholt, da wäre ich schon weg. Es musste gelingen! Es musste! Ich schnellte von der Rückbank hoch und spähte durch das Seitenfenster.

»Das ist er! Mein Rettungsanker!«

Ein riesiger amerikanischer Schlitten quälte sich die Serpentinen hinauf, mit langen, hochgezogenen Heckflossen und belgischem Kennzeichen. Die beiden Grenzer schossen auch schon aus ihrem Häuschen, um dieses modische schicke Gefährt in Augenschein und in Empfang zu nehmen. Das war meine Chance! Jetzt oder nie, Dieto!

Also startete ich den Wagen und fuhr mit Vollgas direkt ans Heck dieser Elvis-Sänfte.

Meine vordere Stoßstange küsste quasi die hintere Stoßstange des Ami-Schlittens!

Die Aufmerksamkeit der beiden Grenzer richtete sich voll und ganz auf diese Augenweide.

Der eine Grenzer kontrollierte die Pässe der drei Insassen, der andere wollte um das Gefährt herumgehen und das Nummernschild prüfen. Widerwillig winkte er mir zu und ermahnte mich erbost, ich solle ein paar Meter zurückfahren! Ich tippte auf meine Armbanduhr und hielt mit ungeduldigem Wedeln meinen grünen – westdeutschen – Pass geschlossen zum offenen Fenster hinaus.

Der Grenzer schüttelte den Kopf und winkte mich mit entschiedener Geste zurück.

Was musste der sich denken? Erst turnt der, dann pennt der stundenlang auf dem Parkplatz, und jetzt hat er es plötzlich so eilig? Nein. Nicht mit mir. Hier muss alles seine Ordnung …

Ich rollte zum Schein ein paar Meter zurück, hatte aber den ersten Gang drin gelassen und nur ausgekuppelt. Krah, krah, krah, machten die Dohlen, fahr, fahr, fahr, und wummm, wummm, wummm, machte das Gaspedal. Peng, peng, peng, donnerte mein Herz. Jetzt, Dieto. Nerven behalten. Du schaffst es. Der Kofferraum des Vordermannes wurde ausführlich kontrolliert und endlich wieder zugeschlagen. Sehr weiches sattes Geräusch. *Ulf.* Der Grenzer trat beiseite. Die Pässe zurückgereicht. Wumm. Die Scheibe hochgedreht. Mein Herz knallte mir in satten Stößen gegen die Schädeldecke. Ich hielt die Luft an. Wie damals im Krieg. Wie im Schlauchboot. Vor meinen Augen flimmerte es. Das Adrenalin pumpte mir durch die Adern. Das Blut rauschte mir in den Ohren. Meine Finger verspannten sich um das Lenkrad, bis die Knöchel weiß hervortraten. Mein linker Fuß ließ die Kupplung langsam los. Hoffentlich bekam ich jetzt keinen Krampf! Es musste gelingen, es MUSSTE!

Mein rechter Fuß ging aufs Gas. Denn meine genaue Sekunde kam … JETZT!

Der vordere Grenzer kurbelte den Schlagbaum hoch, ich preschte auf den Millimeter zum Belgier vor und hängte mich an seine Stoßstange. Mit Vollgas raste ich unter dem Schlagbaum hindurch, überholte von rechts den Amischlitten und schlingerte mit dem rechten Hinterrad krachend über die kleine Verkehrsinsel, auf welcher die Auffanggabel des Schlagbaumes stand. Schotter spritzte, Steine prasselten die senkrechte Böschung hinab, Staub wirbelte auf, Bremsen quietschten. Mein Motor heulte auf. Ich zog den ersten Gang hoch, bis er kreischte, schaltete eilig in den zweiten.

Völlig überrumpelt sprang der eine Grenzer zur Seite, der andere rannte in sein Holzhäuschen und riss den Telefonhörer von der Gabel. Der Belgier indessen hupte empört und schlingerte wie ein schweres Schlachtschiff von der Bahn. Zum Glück kam niemand auf der Gegenverkehrsspur. Ich hatte extra rechts überholt, um den Unbeteiligten nicht an den Rand der Schlucht zu drängen.

Aber ich hatte Jugoslawien verlassen! Wie vom Teufel gepeitscht raste ich auf den österreichischen Grenzposten zu, wo ich mit quietschenden Bremsen am ganzen Leibe zitternd anhielt, aus dem Wagen stürzte und in das Grenzhäuschen-Büro rannte.

»Tut mir wahnsinnig leid, aber …« Ich keuchte und presste mir die Fäuste an die Schläfen. »Es musste sein. Es ging nicht anders. Ich musste meine Existenz retten.«

»Nun beruhigen Sie sich doch erst mal!«

»Ich wollte niemanden gefährden, aber ich musste diese Grenzverletzung vornehmen …«

»Jetzt nehmens omoi Platz und setzens Eana erst mal nieder!« Das war Österreich.

Man bekam als Erstes einen Stuhl in die Kniekehlen geschoben, und jemand stellte mir eine Cola hin. Willkommen in der Freiheit.

»Wir haben Sie schon beobachtet, das war ja ein halsbrecherisches Manöver!«

»Ich musste einfach …« Als ich wieder zu Atem gekommen war, erzählte ich den österreichischen Grenzern meine Geschichte, die sie schließlich mit schallendem Lachen quittierten.

»Na geh …« Zuerst wollten sie mir nicht glauben, aber spätestens als ich ihnen meine Requisiten und Zeitungsartikel zeigte und vor lauter Adrenalin und Freude die Keulen durch die Luft schleuderte, johlten sie vor Begeisterung.

Schließlich kramten sie ihre Schreibmaschine hervor, und einer schrieb im Zweifinger-Such-System ein Protokoll, das ich ihnen immer wieder atemlos in die Maschine diktierte.

»Da mein Auto eine Art jugoslawisches Zollkennzeichen führt, was nicht mit meinem deutschen Reisepass zusammenpasst …«

»… stellen wir Ihnen einen Transitschein für das Auto aus, welches Sie bitte schön an der österreichisch-deutschen Grenze beim Walserberg den österreichischen Zöllnern abgeben werden!«

»Ja! Danke! Mach ich!« Ich sprang auf und fiel beiden in einer Art erleichtertem Schluchzen um den Hals. »Aber bitte kommt jetzt mal zu Potte, meine Verlobte wartet!«

»Du gfallst mir, du Hund, du.« Einer haute mir auf die Schulter, dass mein Muskelkater schrie vor Schmerzen.

»Dann nichts wie heim zur Verlobten, gell! Sagst ihr schöne Griaß und gute Fahrt!«

SALZBURG,
noch am selben Abend

Außer Atem vor Glück und Vorfreude auf die Augen, die Jo machen würde, klopfte ich an Tante Reginas und Onkel Ottos Tür. Ihr Häuschen duckte sich in der Abenddämmerung unter Efeuranken hinter der majestätischen Festung, die bis zuletzt in sattes Abendrot getaucht gewesen war. Meine Fahrt war ein Kinderspiel aus Glückseligkeit, Erleichterung, Übermut und dem Gefühl, endlich frei zu sein! Ich hatte nicht nur Jo und mich, sondern auch unsere Existenz gerettet, indem ich zweimal innerhalb von drei Tagen aus der Welt hinter dem Eisernen Vorhang geflüchtet war. Hans im Glück war nichts dagegen! Nur dass der ja schließlich seinen Goldklumpen gegen einen Stein getauscht, aber ich meinen Goldklumpen wiedergeholt hatte! Mein geliebtes Auto hatte ich unterhalb der engen Auffahrt auf den Mönchsberg im Nonnthal stehen lassen und war das letzte steile Stück am Kloster vorbei durch den duftenden Spätsommerwald zu Fuß gelaufen. Die Bäume rauschten, die Amseln sangen, und das umwerfende Panorama der Stadt Salzburg lag mir in der sternklaren Nacht zu Füßen. Über die schwarz glänzende Salzach zogen sich in rundlichem Halbbogen die beleuchteten Brücken, und von der anderen Uferseite her grüßte majestätisch die Kulisse der festlich beleuchteten Festung, der grünlichen Domkuppel und der barocken Kirchen. Ein einmaliger Anblick! Ich fühlte mich wie der junge Mozart.

»Jo«, hämmerte mein Herz voller Glück. »Ich komme! Nun fängt unser gemeinsames Leben an!«

Im Haus von Tante Regina war alles dunkel und still. Onkel Otto war ein Maler und Tapezierer und hatte seine Werkstatt in den

Kellerräumen. Tante Regina schneiderte die passenden Vorhänge und Gardinen, sodass beide in der Stadt bekannt und beliebt waren.

Waren sie vielleicht ausgegangen? Saßen sie angeregt plaudernd in einem der herrlichen lauschigen Gastgärten, die sich um den Mönchsberg herumschmiegten? Waren sie womöglich sogar im Festspielhaus? Oder saßen sie auf dem Domplatz und lauschten dem »Jedermann«? Bestimmt hatte Tante Regina es sich nicht nehmen lassen, meiner bezaubernden Jo die Reize der Festspielstadt zu zeigen. Ein kleiner Stachel der Eifersucht bohrte sich in mein Inneres, das gerade so aufgeweicht war wie Sahnepudding. Sie hatte sich doch nicht bereits mit Werner getröstet?

Plötzlich hörte ich die schauerlichen Rufe von verschiedenen Türmen und Mauern, dort, wo die Steinmauern senkrecht über fünfzig Meter hinunterfielen: »JEEEE-DEEEEER-MAAAAAANNN!«

Tante Regina hatte mir damals begeistert von dieser alten Tradition erzählt! Bei dieser Stelle bekam sie jedes Mal eine Gänsehaut, wie alle achthundert Zuhörer und Zuseherinnen auf dem Domplatz auch. Der Tod ruft, er kommt den Jedermann holen!

»JEEEE-DEERRRR-MANNNNN!«

Es war also tatsächlich eine Vorstellung im Gange!

Mich fröstelte. Jedermann wird vom Tod gerufen. Von den Kirchtürmen der Altstadt, von Mauervorsprüngen des Mönchsbergs. Jedermann will es nicht wahrhaben, der steht doch noch mitten im prallen Leben, er denkt nicht dran, mit dem Tod gehen zu müssen.

»JEEEE-DEEEEER-MAAAAAAN!«

Und als er dann begreift, dass er nur noch eine Stunde zu leben hat, will er seine schöne junge Buhlschaft mitnehmen in den Tod! Eine Gänsehaut breitete sich auf meinem ganzen Körper aus.

Was, wenn Jo immer noch sauer auf mich war und mich in den Wind geschossen hatte? Was, wenn die ganze Familie mein eigenmächtiges Handeln egoistisch und unverantwortlich fand?

Was, wenn sie mich gar nicht mehr reinlassen würden?

Gerade als ich das letzte Mal vergeblich an die Butzenscheibe des kleinen Häuschens gegenüber dem Kloster klopfte und mich zum Gehen anschickte, kam eine Gruppe schwarz gekleideter Menschen den steilen Berg hinaufgestapft. Keiner sprach, keiner lachte. Gehörte das zum Stück? Waren das die Statisten, die mit ihrem Auftritt gerade fertig waren? Erstaunt wich ich zurück, als sie zum Gartentor hereinkamen.

Ich erkannte Tante Regina und Onkel Otto, ganz in Schwarz gekleidet, mit verweinten Augen, in ein Taschentuch schniefend, und mein Herz setzte aus. Das war kein Spiel von Hugo von Hoffmannsthal. Das war …

»Es war ein würdiges Begräbnis …«

»Ja. So ein schönes Requiem.«

»Sie waren doch noch so jung, die beiden …«

»Nein, so ein schrecklicher Unfall, mitten im Salzkammergut!«

»Warum mussten sie auch mit dem Auto viel zu schnell …«

»Er hätte sie nicht ans Steuer lassen sollen.«

»Sie war doch so einen schnellen Wagen gar nicht gewohnt!«

Mein Hals war wie ausgedörrt. Ich wollte mich zu erkennen geben, aber meine Stimme war wie eingerostet. Sprachen sie von …? Nein. Das durfte jetzt nicht wahr sein.

Schluchzend und schniefend schlossen sie die Haustür auf. Ich war so erstarrt, dass meine Füße mir nicht gehorchen wollten. Ich glaubte, in einem schrecklichen Albtraum gefangen zu sein. Meine Nerven spielten verrückt!

Jo, donnerte es zwischen meinen Lungenflügeln. Jo, ich kann dich nicht sehen!

Und wo ist Werner …?

»Tante Regina?« War das meine Stimme, die da so jämmerlich krächzte? Unten läuteten ganz schauerlich die Glocken des Domes, dessen mild beleuchtete grünliche Kuppel zwischen den Bäumen zu sehen war. Jedermann wurde zu Grabe getragen. Aber doch nur im Theaterstück! Nicht in Wirklichkeit!

Mit einem schalen Geschmack im Mund löste ich mich aus dem Schatten des Gesträuchs.

»Bitte nicht erschrecken! Ich bin's, dein Patensohn Dieto aus Dresden.«

Natürlich erschraken sie doch. Was drückte ich mich auch im Schatten der efeubewachsenen Mauern in der Dunkelheit herum.

»Ach, Junge, du kommst zu spät ...« Meine Tante Regina ließ sich an meine Schulter gleiten und weinte bitterlich.

Oh Gott. Das war doch nicht ... sie sprachen doch nicht von Werner und Jo? Meine Muskeln spannten sich, mein Kiefer schien mit einem Eisendraht verschweißt zu sein.

»Onkel Otto!« Ich schnellte herum. Der angeheiratete Onkel hatte inzwischen im Hausflur Licht gemacht, und auch die Lampe zum Vorgarten hin leuchtete. Auch der alte Mann war in Tränen aufgelöst. Das konnte doch nicht an dem Theaterstück liegen, das gerade unterhalb der Felswände aufgeführt wurde?

»Onkel Otto, so sag doch, was ist passiert?«

»Der Werner!« Beide konnten vor Schluchzen nicht weitersprechen. »Unser Werner, unser einziger Sohn ...«

Mir blieb die nächste Frage im Halse stecken. Hatten sie nicht gesagt: »Die beiden ... Er hätte SIE nicht ans Steuer lassen dürfen?«

»Wir haben ihn heute zu Grabe getragen. Ihn und seine Freundin Uschi.«

Diese Worte hallen noch heute in meinen Ohren nach. Werner und Uschi. Nicht Jo.

Der Stein, der mir in dem Moment vom Herzen fiel, war riesig wie einer dieser Felsbrocken.

Völlig benebelt und kaum in der Lage, etwas von dem zu begreifen, was sie mir zu erzählen versuchten, folgte ich den beiden armen, frisch verwaisten Eltern ins Haus.

Werner, mit dem ich damals die Radtour nach Wien gemacht hatte, war seit einem Jahr mit Uschi verlobt, und die beiden jungen Salzburger hatten sich nach bestandenen Prüfungen und Ausbildungs-Diplom ihren ersten lang ersehnten Urlaub nach Italien gegönnt. Sie waren mit dem Auto hinuntergefahren Richtung Adria, wo sie mit Freunden Campingurlaub machen wollten, ganz in der Nähe von Grado! Die Gänsehaut, die mich überzog, fühlte sich wie Stacheldraht auf meiner Haut an.

Unter Schluchzen und Schniefen erzählten Onkel und Tante, was sie ja selber nur von der Polizei erfahren hatten. In einer lang gezogenen Kurve hatte Uschi die Kontrolle über das Fahrzeug verloren, und sie waren über die Leitplanke der Autobahn geschleudert worden, hatten sich mehrmals überschlagen und waren in einen tiefen Abgrund gestürzt. Beide waren sofort tot. Das war vor drei Tagen passiert. Vor drei Tagen …

Vor DREI Tagen, als Jo und ich im Schlauchboot um unser Leben paddelten!

WIR waren in Grado angekommen, SIE nicht!

Konnte denn das Leben noch grausamer sein?

Lange saßen wir schweigend da, in der schwach beleuchteten Stube ihres efeubewachsenen Hauses dort oben auf dem Mönchsberg. Die Festung lag nun in tiefem Schwarz und wirkte bedrohlich, während die spärlichen Lichter der Stadt von unten heraufblinkten wie sehr weit entfernte Sterne.

Die große Wanduhr tickte. Als wenn nichts geschehen wäre, roch es nach Farbe und Tapetenkleister, wie damals, als ich hier auf Besuch war. Damals, als ich vor Liebeskummer zu Jo kaum etwas anderes wahrnehmen konnte als diesen Geruch.

Es war weder Raum noch Zeit, von meinen Abenteuern zu berichten. Viel zu demütig war ich, dieselbe Fahrt, nur in umgekehrter Richtung, unter tausendmal höheren Risiken und Gefahren, gleich zweimal unversehrt überstanden zu haben.

Irgendwann wagte ich es, die Stille zu durchschneiden. »War Jo hier?«

Zuerst zögerten sie, als hätten sie meine Frage nicht verstanden.

»Jo. Groß, schlank, blond, zieht das eine Bein ein wenig nach.«

Da fiel bei ihnen der Groschen, und sie nickten unter Tränen. »Genau in dem Moment, als die Polizei vor der Tür stand und uns vom Tod unseres Sohnes berichtete. Da stand hier eine junge hübsche Frau, die wir nicht kannten. Sie sagte, sie heißt Jo. Weiter kam sie nicht …« Schon wieder weinte Tante Regina ganz bitterlich. »Wir hielten sie erst für eine Polizistin oder Seelsorgerin, aber sie gehörte gar nicht dazu! Sie ist dann ganz erschrocken wieder weggegangen. Wir wussten ja nicht, dass sie zu dir gehört!«

Ich nahm meine arme liebe Patentante in den Arm.

»Und ihr wisst auch nicht, wo sie sein könnte?«

Die beiden schüttelten stumm den Kopf.

»Dann lasse ich euch jetzt …« Zögerlich stand ich auf und drehte meinen Autoschlüssel in den Händen. »Ich kann auch im Auto schlafen …«

»Aber nein, Junge, komm rauf. Das Bett von Werner ist schließlich frisch bezogen …«

»Das kann ich unmöglich annehmen. Ihr wollt sicher alleine sein.«

»Du gehst jetzt da rauf und schläfst dich aus. Das ist mein letztes Wort.«

Und so schlief ich in meiner ersten Nacht in Freiheit im Bett eines Toten.

Und in meinem Inneren schallten noch immer die unheimlichen Rufe, die von der Stadt heraufgeweht waren: »Jeeeedeeeeermaaaannnn!«

Es konnte jeden treffen. Jederzeit. Unvermutet und unverhofft. Der Tod holt sie alle.

AN BORD DER SS FRANCE,
Sommer 1966, ein Jahr später

»Meine Nummer muss sehr elegant sein, es muss einfach federleicht aussehen, sodass die Zuschauer lachen und staunen können!«

»Ich weiß doch, Dieto, schließlich habe ich auch ein paar Jahre auf der Bühne gestanden, hast du das schon vergessen?«

»Oh nein, liebste Jo. Du hast nicht gestanden, du bist geschwebt!«

Wir schwebten auch! Vor Glück!! Arm in Arm standen wir an der Reling des Luxusliners SS France, der majestätisch aus der schwarzen Hafenbucht glitt, und ließen die Lichter Southamptons hinter dem schwarzen Atlantik immer kleiner werden.

»Das sieht unheimlich aus, wie der schwarze tiefe Streifen zwischen uns und dem Land immer kleiner wird.«

»Erinnert mich irgendwie an unsere Flucht mit dem Schlauchboot!«

»Nur, dass wir hier in feinstem Linnen übernachten werden!«

»In einer Luxuskabine der ersten Klasse!«

Wie hatte unser eigener Butler vorhin gesagt? »Mein Assistent und ich werden rund um die Uhr für Sie da sein. Sie dürfen sich selbstverständlich an den kostenlosen Anwendungen im privaten Wellnessbereich für Passagiere erster Klasse erfreuen. Wir stehen Ihnen vierundzwanzig Stunden am Tag zur Verfügung, kein Wunsch ist uns fremd.« Dabei hatte er so rätselhaft gezwinkert.

»Und dass wir nichts Verbotenes tun!«

»Na, da würde ich erst mal abwarten, Süße.« Unwillkürlich lächelte ich genauso rätselhaft wie vorhin der französische Butler, und Jo fing an zu kichern.

Glucksend drückte ich Jo einen Kuss auf den Mund.

»Dieto, bitte, wir sind nicht allein …«

Das stimmte. Überall an der Reling standen verliebte Paare, jedenfalls erschien es mir so, dass alle Passagiere vor lauter Glück verliebt sein mussten, und wenn es nur in das Leben war! – Denn: Vor uns lag eine Transatlantikpassage nach New York. Und wir waren Passagiere der ersten Klasse. Jo sah hinreißend aus in ihrem langen schwarzen Abendkleid. Ein Steward in weißer Uniform näherte sich und überreichte jedem von uns einen schmalen Kelch mit eiskaltem Champagner, sodass die Gläser beschlugen.

»Have a good and safe Trip!«

»Thank you, you too!« Für sehr viel mehr reichte unser Englisch noch nicht.

Das Schiffshorn tutete markerschütternd. Die Lichter dort drüben auf englischem Boden flimmerten immer märchenhafter und wurden immer kleiner. Es roch nach Salz und frischer kalter Luft und nach Freiheit und Glück. Ich sah Jo von der Seite an, und sah ihr an, was sie dachte. Dasselbe wie ich.

Wir hatten es geschafft! Wir HATTEN! ES! GESCHAFFT!!!

»Kneif mich mal, Jo!«

Wir prosteten uns zu und küssten uns, und uns beiden standen die Tränen in den Augen.

»Weißt du, wie ich das Meer liebe? Es hat uns die Freiheit gebracht.«

»Weißt du, wie ich DICH liebe? DU hast mir den Sinn des Lebens gebracht!«

»Weißt du, wie glücklich ich bin, dass ich dich damals bei Helmut und Gudrun gefunden habe?«

»Weißt du, wie glücklich ich bin, dass wir nun schon fast ein Jahr bei Tante Regina und Onkel Otto in Salzburg so ein wunderschönes Zuhause gefunden haben?«

»Das ist schon verrückt, Jo, wie alle dich lieben. Du hast schon zum zweiten Mal die Tochterstelle bei fremden Leuten angenommen, und sie wollen dich genauso wenig wieder hergeben wie meine Eltern!« Liebevoll streichelte ich Jos Arm. In ihren Augen leuchtete die Dankbarkeit und Wärme. Ich war total überdreht und spürte einen wohligen Schauer.

»Es geschehen doch immer wieder Wunder …« Ich drückte meine Jo fest an mich und blinzelte ein paar Tränen weg. Ihr Atem war warm an meinem Hals. Ich lief über vor Liebe zu ihr! Ich beugte mich vor und grub mein Gesicht in ihr duftendes Haar.

»Wir sind zusammen auf abenteuerlicher Entdeckungsreise. Unser Leben lang werden wir uns gegenseitig erkunden.«

»Ja, Liebster. Wir werden nie so ein Paar sein, das schweigend beieinandersitzt, so wie so viele Paare hier an Bord, die sich nichts mehr zu sagen haben.« Jo strich sich eine Haarsträhne aus den Augen, die der Wind ihr hartnäckig wieder ins Gesicht blies, und legte damit den Schalk in ihrem Blick frei. Sie war zu allem bereit, das konnte ich fühlen.

Wohlige Wärme breitete sich in mir aus, trotz des kalten Windes. Ich erstickte ein Seufzen.

»Aber ich bin ja nicht zum Vergnügen hier. Schließlich stehe ich unter Vertrag und muss mich heute beweisen.« Ich straffte mich und schüttelte die Gefühle, die mich zu überwältigen drohten, ab.

Was war alles in dem einen Jahr passiert! Zuerst hatten tatsächlich Gudrun und Helmut uns bei sich aufgenommen, bis wir alles Nötige mit den Papieren geregelt hatten. Im Gegensatz zu mir, der ich ja einen westdeutschen Pass besaß, musste meine Jo noch für einige Tage in das Auffanglager in Gießen, wo ich sie aber keine Sekunde alleine ließ. Mithilfe von Helmut und Gudrun war der Behördenkram schnell erledigt gewesen.

Dann hatten wir versucht, uns bei unseren beiden Rettern nützlich zu machen, Jo hatte Hausarbeits- und Babysitter-Aufgaben übernommen, und ich war tatsächlich in Dortmund im Wintergarten aufgetreten, dank meines Bühnen-Equipments, das ich bei mir hatte.

Und dann hatten uns die verwaisten Eltern Tante Regina und Onkel Otto zu sich nach Salzburg eingeladen, wo Jo nun wie eine Tochter mit im Hause lebte, während ich meine Auftritte im freien Westen genoss.

Und dann war das Wahnsinns-Angebot von der Reederei gekommen, mitzufahren nach New York! Als Star-Artist! Wie also konnte ich hier an der Reling nicht in Rührungstränen ausbrechen? Schließlich sollte ich nach dem Galadinner zum ersten Mal auf einem Schiff auf der Bühne stehen! Also einem großen internationalen Kreuzfahrtschiff, das wirklich fuhr!

»Also werde ich, sobald das Schiff losgefahren ist, meine Show üben, denn ich muss ja auch noch die Bewegungen des Schiffes mit einkalkulieren! Wenn es rollt, muss ich die Balance anders erarbeiten, als wenn es schaukelt oder schwankt! Und du musst mir die Bälle und Keulen und Hüte zuwerfen, als meine zauberhafte Assistentin!«

»Das habe ich vor! Wir müssen glänzen, Dieto. Es sind wirklich nur Weltstars hier an Bord, hast du schon das Künstlerprogramm gelesen?«

Jo kramte den Künstlerkatalog dieser Reise aus ihrer eleganten Abendhandtasche und las vor: »Tom Jones, Mireille Mathieu, Charles Dumont, Linda Gloria, das Weltmeister-Tanzpaar in lateinamerikanischen und klassischen Disziplinen und … Trommelwirbel … das fantastische international erfolgreiche Jonglier-Duo: Dieto und Jo!«

»Ich bin so froh, dass du mich als Assistentin in deine Nummer eingebaut hast, Dieto!« Jo zog sich fröstelnd ihr Abendtuch über die Schultern, nachdem der Fahrtwind sich verstärkte. »Sonst hätte ich nicht mitfahren können!« Traurig sah sie kurz zu Boden. »Etwas anderes als deine Assistenz habe ich leider nicht mehr zu bieten.« Sie blickte auf ihren Fuß.

»Aber Liebste, du bist sowieso das Herzstück meiner Show! Die Leute werden nur dich anschauen, glaube mir! Ich, der kleine Clown in seinem bunten Kostüm, bin gegen dich doch nur der Hampelmann!«

Ich umarmte sie innig und drückte sie ganz fest an mich. »Nur mit dir bin ich der, der ich bin!«

»Und mir geht es genauso …«

»Kannst du es glauben, Jo, vor etwas mehr als einem Jahr saßen wir zwei in einem winzigen Schlauchboot und paddelten um unser Leben, und jetzt stehen wir hier als Erste-Klasse-Passagiere auf dem schnellsten und modernsten Luxusdampfer der Welt.«

Wir umrundeten plaudernd die anderen Paare auf dem Oberdeck, die jetzt, kurz vor dem Dinner, noch in feinster Garderobe ihren Abendspaziergang machten. »Wie elegant die alle aussehen!«

»Tust du doch auch, Jo. Du musst dich wirklich nicht verstecken.«

»Meinst du, sie merken, dass ich mir meine Garderobe selbst genäht habe?«

»Absolut nicht. Du bist eine Meisterin deines Fachs.«

Wir ergingen uns in Erinnerungen: Vor einem Jahr, als ich bei Tante Regina und Onkel Otto vor der Tür gestanden hatte, begann Tag eins unserer Freiheit. Damals hatten die beiden kein Ohr für mich, so sehr waren sie in ihrem Schmerz gefangen. Gleich am nächsten Morgen hatte ich mich auf nach Hanau gemacht, wo ich meine Jo tatsächlich bei Helmut und Gudrun fand! Die beiden waren als Lehrer und Lehrerin schon in der Schule, und als Jo mir eher misstrauisch und zutiefst schüchtern die Tür öffnete, lagen wir uns minutenlang weinend in den Armen.

Sie hatte mich schon in einem Stasigefängnis verrotten sehen, und war innerlich immer noch böse, enttäuscht und wütend auf mich, dass ich ihr all das nach der lebensgefährlichen Flucht noch angetan hatte. Die ersten paar Tage durften wir bei Helmut und

Gudrun wohnen bleiben, wobei meine Jo die Kleider und Schuhe von Gudrun, die kleiner und molliger war, mit Würde, Eleganz und Humor trug. Dann berieten wir bereits, wie es weitergehen sollte.

Vom Wintergarten in Dortmund kam über Ivos Cousin Vlado, der dort als Choreograf arbeitete, tatsächlich ein erstes Engagement. Dort verdiente ich in zwei Shows pro Abend je sechzig Deutsche Mark auf die Hand, was für uns ein kleines Vermögen war. Pro! Tag! Hundertzwanzig Westmark! Wir wollten uns fortan an den Kosten im Haushalt von Helmut und Gudrun beteiligten, was diese aber mit beiden Händen abwehrten.

»Behaltet eure Gage, die könnt ihr noch brauchen!«

Es war ein großartiges Geschenk, und ich gab mir alle Mühe, eine fantastische Show abzuliefern. Meine Jo baute ich als Assistentin ein, was sie erst vehement ablehnte.

»Dieto, die Leute sehen, dass ich humpele!«

»Nein, das tun sie nicht! Du siehst hinreißend aus!«

»Aber ich habe nichts anzuziehen!«

»Dann kaufen wir dir was!«

Schließlich schneiderte Jo sich ein paar ausnehmend schöne Abendkleider mit freiem Rückenausschnitt, der ihre schlanken Schultern wundervoll zur Geltung brachte. Sie arbeitete ja meistens mit dem Rücken zum Publikum, wenn sie mir meine Utensilien zuwarf, während ich die Keulen und Bälle mit beiden Händen jonglierte und schließlich meinen Hut auf die Spitze meiner Zigarre warf und beides dann gleichzeitig auf den Kopf beziehungsweise in den Mund katapultierte. Es bedurfte eines absolut perfekten Timings, mir im richtigen Moment die Dinge zuzuwerfen, in dieser Hinsicht war ich von Jo komplett abhängig. Wir hatten unser Training von damals wieder aufgenommen.

Einfühlsam und professionell, wie Jo war, hatte sie sehr schnell das alte Artistenfeeling wieder voll entwickelt, und unsere Nummer ging in Dortmund durch die Decke.

Wir wohnten gemeinsam in einem kleinen Pensionszimmer direkt neben dem Wintergarten und freuten uns unserer Freiheit, unserer Liebe und unseres hart erarbeiteten Glücks.

Kurz vor Weihnachten erreichte uns ein Brief von Tante Regina und Onkel Otto, in dem sie uns ganz herzlich zum Fest einluden. Nachdem unser Engagement erledigt war und uns die Stadt Salzburg deutlich mehr reizte als Dortmund, fuhren wir, beladen mit Geschenken, am Heiligen Abend 1965 zu ihnen. Diesmal kroch unser überladener Wagen den schmalen steilen Weg zum Mönchsberg hinauf, und wir parkten im Schatten des stillen Klosters.

Wir verlebten zwar traurige, aber auch tief emotionale und erfüllende Weihnachten im dicht verschneiten Wald bei ihnen dort oben in der Stille, stapften um Mitternacht in die Christmette und lauschten dem wunderbaren Chor. Tief berührt und bewegt verschmolzen wir Jungen mit Tante und Onkel, die ja im Alter unserer Eltern waren. Beide vermissten wir schmerzhaft den anderen Teil: ich meine Eltern, Jo die ihren, und Regina und Otto ihren Werner und ihre Fast-Schwiegertochter. Werner und Uschi hätten die Werkstatt und den Betrieb übernehmen sollen, wenn sie von ihrer Reise zurückgekommen wären!

Unter dem Weihnachtsbaum flossen viele Tränen; der Trauer, der Sehnsucht, der tiefen Emotionen, aber auch der Freude, als wir spürten, dass Jo und ich im Hause der Scharschuhs von Herzen willkommen waren.

Wir hatten keine Bleibe und kein Engagement mehr über den Winter, und sie brauchten junges Leben und Hilfe im Betrieb.

Jo, die ja das Pelz- und Kürschnerhandwerk erlernt hatte, tat sich leicht mit der Schneiderei und brachte viele neue Ideen ein, und ich, ja, ich armer Tropf, wurde als Tapezierer und Handwerkergehilfe bei Onkel Otto eingeteilt. Aber vor Arbeit hatte ich mich noch nie gescheut.

Froh, eine so bezaubernde Bleibe in der wunderschönen Barockstadt auf so günstige Weise gefunden zu haben, machte ich eine Blitz-Ausbildung in Sachen Tapezieren und Anstreichen in Onkel Ottos Werkstatt. Dann nahm er mich mit zu den Arbeitseinsätzen.

So stand ich oft bis zu den Knien in Tapetenkleister und schabte alte Tapeten von den Wänden. Es war mühsam und auch nicht das, was ich mir für mein Leben vorstellen konnte, denn ich war mit Leib und Seele Artist! Aber ich spürte, dass ich bereits so unfassbares Glück gehabt hatte, dass das Schicksal mit mir wohl mal eine Pause brauchte.

In aller Stille heirateten wir im Frühling 1966 im Schloss Mirabell, nur standesamtlich, und Tante Regina und Onkel Otto waren unsere Trauzeugen. Unsere Eltern durften ja leider nicht kommen. Die Magnolien am Makartplatz standen in voller Blüte und wirkten wie extra bestellte Brautjungfern für meine strahlend schöne Jo. Unser privates Glück war nun perfekt, wenn man davon absah, dass wir beide unsere Familien hinter der Mauer hatten zurücklassen müssen. Aber den Segen unserer Eltern hatten wir, das schrieben sie uns.

So fuhren wir, als es Sommer wurde, mit Tante Regina und Onkel Otto, sooft es ging, ins traumhafte Salzkammergut, besuchten die Seen und wanderten auf die Berge, je nach Jos Verfassung. Beim Bergabgehen hatte sie immer große Schmerzen, deshalb bevorzugten wir jene Hügel, von denen man mit der Seilbahn oder Gondel wieder herunterkam.

In Werners ehemaligem Zimmer hatten Jo und ich uns ein kleines Liebesnest eingerichtet, und Jo hoffte, bald schwanger zu werden. Wir würden eine richtige kleine Familie sein, und ich sah schon unser Kind im Dirndl oder in Lederhosen zur Schule gehen!

Und dann, Anfang Mai, flatterte mir plötzlich dieses Engagement ins Haus: Star-Gast mit Erster-Klasse-Passagier-Status auf der SS France von Southampton nach New York und weiter in die

Karibik. Puerto Rico, Saint Thomas, Jamaika, Barbados, Dominikanische Republik, Mexiko, von dort einmal rund um Südamerika und auf der anderen Seite des Kontinents zurück, vorbei an der afrikanischen Westküste, bis runter nach Australien und Neuseeland, von dort über die Südseeinseln und Asien zurück durch den Suezkanal …

Die Gage war hervorragend, und die Künstlerriege Weltklasse. Man hatte mich in Dortmund im Wintergarten gesehen und wollte mich für diese viermonatige Weltreise.

»Jo, wir gehen auf Hochzeitsreise!«, hatte ich beim Aufreißen der Post nach oben in das Zimmerchen hinaufgebrüllt. »Darf ich dich auf eine Kreuzfahrt um die Welt einladen?«

Der Jubel meiner geliebten Frau war unbeschreiblich. Uns liefen die Tränen, und wir lagen uns in den Armen! Auch Regina und Otto freuten sich mit uns. »Wir werden euch vermissen, aber ihr kommt ja wieder!«

»Hoffentlich mit einem lebendigen Mitbringsel im Bauch …«

»Genießt es, Kinder, ihr habt es so verdient!«

Ich übte wie besessen jeden Abend in der Werkstatt, und Jo arbeitete sich als meine Assistentin ein. Sie war nach wie vor ein Bühnentalent, auch wenn sie selbst keine artistischen Leistungen mehr erbringen konnte, so warf sie mir mit traumwandlerischer Sicherheit die Bälle, Keulen und Ringe zu. Mein neuester, schwierigster Balanceakt war ein Kopfstand, aus dem heraus ich mit beiden Beinen und Armen jonglierte, und dann reichte mir Jo auch noch meine Trompete an die Lippen, und ich blies, extra für diese Reise einstudiert, »Allons enfants de la Patrie!« hinein.

Regina und Otto waren unser begeistertes Publikum und vergaßen über der Mitfreude und der Aufregung manchmal ein bisschen ihre Trauer.

Es war ein überwältigendes Gefühl, nach dem Durchlaufen der Kontrollen, nur mit leichtem Handgepäck, meine geliebte strahlende Jo im Arm, über die Gangway in diesen riesigen Schiffskörper zu schreiten. Als wir von der Gangway einen Blick nach oben riskierten, glaubten wir, an einem Wolkenkratzer hinaufzuschauen! Immer wieder kniffen wir uns gegenseitig in den Arm. Ein beeindruckendes und unvergessliches Erlebnis, und einfach viel großartiger, als wir es uns in unseren Vorstellungen und Träumen je vorgestellt hatten. Als uns der Ozeanriese verschlungen hatte, wartete am Eingang ein Page, der uns unser leichtes Gepäck abnahm und uns per Fahrstuhl über einige Gänge und Ecken zu unserer Suite brachte. Wir trauten unseren Augen nicht! Immer wieder zupfte Jo mich am Ärmel: »Hier sind wir bestimmt falsch! Die haben sich vertan!« Die Kabine war ein Traum im Vergleich zu allem, was wir je an Hotelzimmern gesehen hatten. Sanfte Stereomusik empfing uns dezent, ein berauschender Duft berieselte uns von irgendwo hinter den schweren Brokatvorhängen, auf dem ausladenden Glastisch in unserer großzügigen Suite befanden sich ein großer Blumenstrauß sowie eine Schale mit verschiedenen frischen Früchten, eine Flasche eisgekühlter Champagner und das Künstlerprogramm neben einem Willkommensbrief vom Kreuzfahrtdirektor, einem Vier-Streifen-Offizier, persönlich handgeschrieben.

»Es ist uns eine Ehre, Sie und Ihre bezaubernde Assistentin als internationalen Stargast an Bord begrüßen zu dürfen!«

Völlig überwältigt von all den ersten Eindrücken, spazierten Jo und ich nun über das Oberdeck. Schon neckte mich meine Frau wieder und zog mich auf.

»Wie süß du warst, als du dem Carporter deinen Wagen nicht überlassen wolltest!« Jo kicherte immer noch. »Dein ach so luxuriöser Ford Taunus 17 M mit dem Diplomatenschild, der sollte einfach im Hafen von Southampton in einer Tiefgarage verschwinden!«

»Ich konnte doch nicht ahnen, dass dieser Mensch meinen Wagen in die Garage fährt!« Ein bisschen peinlich war es mir schon, dass ich mich angestellt hatte wie ein kleiner Junge, dem man sein Spielzeug wegnehmen will. »Du wolltest ihm einfach den Schlüssel nicht geben! Und er immer so was wie: ›*Pardon, Monsieur, la clé s'il vous plaît!*‹«

»Hab ich ja nicht verstanden!«

»Dabei sahen die anderen schicken Fahrzeuge ungleich luxuriöser aus!« Jo stieß mich glucksend in die Rippen. »Es ist wohl alles eine Frage der Relationen!«

»Unser Gepäck ja auch.« Ich nahm einen letzten Schluck Champagner und stellte mein Glas auf einem Silbertablett ab, das ein Steward uns dienernd entgegenstreckte. »Als ich mit meinem abgewetzten Ostblock-Koffer ankam, stand der da zwischen den todschicken Lederkoffern und Hutschachteln wie ein Mischlingsköter zwischen lauter Rassehunden …«

Jo lachte schallend. »Ich habe mich auch geschämt, obwohl der straßenköterbraune Koffer von Tante Regina für DDR-Verhältnisse schon ein Luxusmodell ist!«

»Lass uns zum Galadinner gehen, Liebste.« Formvollendet küsste ich meiner wunderschönen Jo die Hand und führte sie die geschwungene Freitreppe hinunter an den holzgetäfelten Bars vorbei, wo emsige Stewards in weißen Uniformen flink die tollsten Drinks mixten, in den Erste-Klasse-Speisesaal. Um uns herum stolzierten todschicke Damen mit auftoupierten Frisuren, in den teuersten und kühnsten Roben und die Herren alle im Smoking. Große Kristalllüster tauchten die unwirkliche Szene in gleißendes Licht und ließen den üppigen Schmuck der Damen auf üppigen Busen glitzern. Ich zwinkerte irritiert mit den Augen. War das ein Traum? Ein Film? War ich wieder ein kleiner Junge und saß im Faun-Palast in Dresden?

»Willkommen im Tempel der französisch-lukullischen Genüsse!« Der Restaurantchef dienerte vor uns und wies mit der Hand in das prächtige Restaurant.

Auf einmal wurde mir bewusst, dass ich meinen dunkelgrünen Polyesteranzug – ein echtes DDR-Produkt – trug, der das schickste und beste Stück meiner gesamten Garderobe war.

Den hatte ich im Auto gehabt, als ich zum zweiten Mal aus Jugoslawien getürmt war, und der war auch für das Standesamt in Salzburg gut genug gewesen.

»Kneif mich, Dieto, kneif mich!« Jo hängte sich bei mir ein und schritt so elegant und grazil neben mir die Stufen hinab, dass nur ich bemerken konnte, wie sehr sie sich bemühte, ihr rechtes Bein nicht nachzuziehen. Sie strahlte über das ganze Gesicht, als sie die Riege der uniformierten Stewards bemerkte, die am Eingang Spalier standen.

»Dürfen wir Sie zu Ihrem Tisch führen, gnädige Frau?«

Mich ignorierten sie einfach. Vielleicht hielten sie mich für ihren Butler?

Mein Blick glitt in den traumhaften Speisesaal: Auf jedem der weiß eingedeckten Tische bogen sich ganze Kaskaden von frischen Blumen. Um jedes Gedeck herum reihten sich funkelnde Silberbestecke auf, die von mindestens sieben Gängen zeugten! Ich kniff die Augen zusammen: War das eine Hummerschere? Oder Schneckenzange? Kunstvoll zu Schwänen gefaltete Damast-Servietten leuchteten von jedem Gedeck. Leises Stimmengemurmel vermischte sich mit dezenten Klängen des Bordpianisten namens Liberace, der mitten im Raum auf einem Podest an einem Konzertflügel saß. Die Frackschöße glitten ihm vom samtbezogenen Klavierhocker. War das Chopin, was ihm da von den Fingern perlte? Oder Liszt? Ein wahres Zeremoniell. Und wo hatte ich die Dame schon gesehen, die gerade so perlend lachte? War das … Liza Minnelli?

»Monsieur?«

»Ähm … sprechen Sie mit mir?«

»Sie dürfen die Dame jetzt loslassen. Wir begleiten sie zu ihrem Tisch.«

»Aber ich … ich bin ihr Mann!«

Der Maître d' hauchte sehr dezent in mein Ohr: »Dann sind Sie vielleicht Gast des Speisesaales der zweiten Klasse?«

»Nein!« Ich zog den Schlüssel unserer Suite aus der Hosentasche und spürte zu meiner Verwirrung, wie ich errötete. »Wir sind Gäste der ersten Klasse! Ich bin einer der Star-Gäste an Bord!«

»Den Speisesaal der ersten Klasse dürfen Sie nur im Smoking betreten, Monsieur!«

Jo, die neben mir stand, schien von diesem Gespräch kaum etwas mitbekommen zu haben. Ihre tellergroßen Augen glitten über die prächtige Kulisse, ihre Halsschlagader pochte, eine zarte Röte hatte ihr Gesicht überzogen, und ihre Finger gruben sich in meinen Arm. »Kneif mich, Dieto, kneif mich noch mal … das ist Liberace, der weltberühmte amerikanische Pianist!«

»Kenn ich nicht, nie gehört …« Und wenn es Mozart persönlich wäre, der da am Konzertflügel saß und die Perlenkette von Tönen gegen die Kronleuchter zauberte, ich war überfordert.

»Dieto! Der reißt Shows in Las Vegas, der größte Entertainer mit klassischer Klaviermusik! Es gibt keine ominösere, keine fulminantere Show! Seine Fans stehen nächtelang Schlange, um einmal in seine Nähe zu kommen!«

»Die wollen mich nicht reinlassen …«

»Der hat eine Sammlung von Rolls-Royce, und sein Schmuck passt kaum in eine Kabine dieses Schiffes! Er hat schon vor der Queen Elizabeth gespielt und vor der Mutter der Queen! Mary!«

»Wie schön für ihn …« Gedankenverloren sah ich den nächsten Kellner nahen.

»Bedauere, der Herr, aber ich kann Sie nicht *laisser passer*.«

»Was sagt er?«

»Ich darf nicht rein ohne Smoking.«

»Aber Monsieur, er besitzt keinen!« Jo lächelte den Maître d' strahlend an.

»Bedauere über alle Maßen, *ma chère* Madame. Sie dürfen selbstverständlich gern den Speisesaal Chamborard betreten, ich führe Sie gern an einen größeren Tisch, wo die Gastkünstler sitzen.« Plötzlich verstummte der Flügel, dieser Barpianist namens Liberace sprang auf und reichte meiner Jo den Arm.

»Dieto?« Meine Frau schwebte bereits mit ihm in Richtung Liza Minnelli, die plaudernd an dem großen runden Tisch in der Nähe des Klavierspielers Platz genommen hatte und gurrend lachte. War der Mann neben ihr … Kirk Douglas?! Ich zwinkerte nervös. Im Schwarz-Weiß-Kino Faun-Palast hatten die alle irgendwie blasser ausgesehen!

»Jo?!«

Jo drehte sich noch einmal nach mir um und warf mir achselzuckend eine Kusshand zu.

Ja, meine Liebste, dachte ich, während ich mich am Fuße der geschwungenen Treppe herumdrückte und die Herrschaften mich lachend und plaudernd links liegen ließen. Genieße es, mein Schatz. Du hast es verdient. Genieße die Delikatessen, die wir beide noch nie probiert haben, und amüsiere dich mit den anderen Künstlern. Ich bin eben nur ein Clown.

Ich durfte nicht neidisch sein: Jo hatte mich schon oft allein verreisen und die Welt genießen lassen, ohne je einen Funken Eifersucht zu zeigen.

Ein wenig niedergeschlagen trottete ich die Freitreppe wieder hinauf. »Ist wahrscheinlich besser so«, murmelte ich vor mich hin. »Vor meinem Auftritt sollte ich sowieso nichts essen. Besonders nicht vor dem Kopfstand.« Ich trollte mich hinter die Bühne, entledigte mich meines dunkelgrünen Polyesteranzuges und begann im grauen DDR-Trainingsanzug mit meinen üblichen Aufwärmübungen.

Der Appetit war mir nun gründlich vergangen, ich hatte mich wie ein Schneekönig auf unser erstes Galadinner als frisch verheiratetes Paar gefreut. Unsere Hochzeit hatte ja in sehr bescheidenem Rahmen in Salzburg stattgefunden. In Anbetracht des Trauerjahres, in dem sich unsere lieben Trauzeugen Regina und Otto befanden, hatten wir auf ein Fest verzichtet, zumal ja niemand von unseren Familien hatte kommen können, und selbst Helmut und Gudrun waren aus beruflichen Gründen verhindert gewesen. Insgeheim hatten wir beide gehofft, unseren Glücksrausch nachzuholen, wenn wir erst mal an Bord waren. Und jetzt hatte dieser Bordpianist mit Namen Liberace meine Liebste zum Essen entführt! Wie kam der Kerl dazu! Und schön war er auch noch!

Etwas zerknirscht schleppte ich meine Requisiten aus der Garderobe und legte meine Keulen und Bälle an den Bühnenrand. Noch war der Zuschauerraum dunkel und leer.

Die Vibrationen des Schiffes waren nun deutlich zu spüren. Ich griff nach den Keulen und begann mit meiner Routine. Die Bälle machten sich aber schon selbstständig und rollten wegen des Wellenganges hin und her über die Bühne. Mit dem Fuß versuchte ich, sie aufzuhalten, aber da prallten schon die Keulen auf den Bühnenboden. Mist! Das Lampenfieber überrollte mich wie eine kalte Welle. Wie sollte ich das denn bis Mitternacht schaffen? Wo war Jo?

Mein erster Kopfstand wollte mir nicht gelingen. Meine Beine schlingerten und strampelten, und die Ringe rutschten mir am Hosenbein herunter, ich kullerte auf den Rücken. Verdammter Mist. Wie sollte ich das bis Mitternacht bewältigen, wenn die Show begann? Endlich stand ich auf dem Kopf, balancierte mich mit ausgestreckten Armen und Beinen aus, und schließlich gelang es mir, die Wellenbewegungen des Schiffes zu berechnen und gegenzusteuern. Jetzt musste mir nur noch jemand die Bälle für die Hände und die Ringe für die Beine zuwerfen … dann könnte ich meine Jonglage einmal durchprobieren … vielleicht hätte ein Mädel von den Ballettratten Zeit für mich …? Da rollten schon wieder die verdammten Bälle aus ihrer Startposition davon über die Bühne in alle

Richtungen davon! Verdammt, so ging das nicht! Fluchend richtete ich mich auf. Das erinnerte mich auf schreckliche Weise an meine Prüfung im Friedrichstadtpalast, als ich von der Bühne in den Orchestergraben gerutscht war. Nicht wegen des Wellenganges, sondern wegen der Putzfrauen. Auf allen vieren krabbelte ich hinter den Bällen her. Das war schon unfreiwillig komisch! Ob Jo mich im Stich lassen würde heute Abend? So wie ich sie damals im Stich gelassen hatte, als ich sie mit Helmut und Gudrun in die Fremde geschickt hatte und sie nicht wusste, ob ich jemals wiederkommen würde? Gerecht wäre es. Sie hätte heute Abend die perfekte Gelegenheit für eine kleine »Jetzt-weißt-du-wie-das-ist«-Revanche.

Ein matter Schein fiel vom seitlichen Bühneneingang auf das staubige Holzpodest. Lange Beine in hochhackigen Schuhen eilten mir entgegen. Ich lag auf dem Rücken und streckte die Beine in die Luft. Der erste Ring flog exakt auf meinen rechten Knöchel, der zweite auf den linken. Dann flogen auch schon die Bälle, millimetergenau auf meine ausgestreckten Hände.

TOKIO,
knapp zwei Jahre später, April 1968

Liebste Jo,

dies ist seit langer Zeit wieder die erste Reise ohne dich, und ich kann dir gar nicht sagen, wie sehr ich dich vermisse. Aber deinen Wunsch, in Ruhe deine Schwangerschaft zu erleben, auf die wir so lange hingearbeitet haben, verstehe ich ebenso gut wie deine vernünftige Überlegung, dass wenigstens einer von uns in die Sozial- und Rentenversicherung einzahlen sollte! Dir ist es wichtig für uns beide, zu sozialer Sicherheit beizutragen, selbst Verantwortung in deinem Job zu übernehmen und unsere gemeinsame Zukunft aktiv mitzugestalten. Außerdem möchtest du Regina und Otto nicht so lange allein lassen, nach allem, was sie durchgemacht haben. Du bist der liebevollste und gütigste Mensch, den ich auf der Welt nur finden konnte! Ich danke dir so sehr dafür, meine geliebte Frau und werdende Mutter unseres Kindes! Pass ganz gut auf dich auf uns lass dich weiterhin von Regina und Otto verwöhnen. Bitte keine schweren Vorhänge mehr aufhängen, und nicht mehr Ski fahren, auch wenn es noch so verlockend für dich ist!
Nun bin ich schon über drei Monate in Japan unterwegs, erst als Gast-Attraktion in vielen verschiedenen Shows in Tokio, dann aber auch in Osaka und anderen Großstädten, wo ich mit dem Superschnellzug Shinkansen Hikari Bullet Train hingefahren bin! Schildere ich dir noch! Meine Finger können gar nicht so schnell schreiben, wie meine Gedanken dir alles haarklein mitteilen wollen. Hast du meine letzten Briefe bekommen?

Aber der Reihe nach, geliebte Jo. Danke, dass du mich mit all meinem Bühnenbrimborium noch zum Frankfurter Flughafen gefahren hast, in deinem Zustand!
Der Flug führte über den Nordpol mit Zwischenstopp in Anchorage, Alaska, direkt nach Tokio zum Haneda Airport. Es war schon berauschend und faszinierend, stundenlang über die Eiswüste unter uns zu fliegen, bis die schneebedeckten Berge von Alaska in Sicht kamen! Ich klebte am Fenster wie ein kleiner Junge, und immer, wenn ich links neben mich greifen und »Kneif mich, kneif mich« sagen wollte, wurde mir bewusst, dass du diesmal gar nicht dabei bist! Dass IHR diesmal nicht dabei seid! Das werdet ihr nun auch nicht mehr, und ich muss mir eine neue Assistentin suchen. Danke für unsere wunderschönen zwei Jahre mit mehreren Kreuzfahrten, Europatourneen und Gastauftritten, bei denen du mir so zuverlässig und großartig zur Seite gestanden hast. Du warst sowieso immer der Mittelpunkt der Show!
Nach einer großen Schleife über Hafen und Meer, wo unzählige Frachter auf Reede oder vor Anker lagen, und welche uns einen traumhaften Blick auf das sonnige, hochmoderne riesige Tokio gewährte, landeten wir sicher und sanft auf einer der Rollbahnen der Haneda Airports. Am Ausgang, nach allen erforderlichen Check-ups, die im Vergleich zu den Grenzkontrollen jenseits des Eisernen Vorhanges ein freundlicher Spaziergang waren, stand ein junger Japaner mit einer Pappe, auf der in großen Buchstaben »DIETO SAN« stand.
San heißt Herr oder Mister. Der Junge stellte sich als Joshi San vor, er sei hier in Japan für die nächsten drei Monate mein persönlicher Assistent. Der ist hier auch nötig, liebste Jo, erstens, weil du nun nicht mehr in dieser Position mit mir reist, und zweitens, weil ich hier ja keinen einzigen Buchstaben lesen kann! Wir quälten uns im Wagen durch den enormen

Verkehr auf mehrstöckigen Spuren und Highways zu der Agentur Kyodo Kikaku, der ich ja meinen fantastischen Vertrag verdanke.

Erinnerst du dich noch, wie wir am Ende unserer Kreuzfahrten auf der SS France unsere Gage in einem Koffer abholen mussten? Aber dieser Vertrag schlägt wirklich alles, sogar unsere Spitzenauftritte im Hansa-Theater Hamburg, im Ronacher Wien, Wintergarten und Scala Berlin, im Tivoli Kopenhagen oder Paris, Oslo und London.

Wenn ich meinen Vertrag hier erfüllt habe, können wir uns beide ganz dem Baby widmen.

Aller Voraussicht nach komme ich genau rechtzeitig zurück! Und dann bist nur noch du wichtig, nein, IHR!

Gegenüber vom Kaiser-Palast liegt mein Hotel und gleich daneben die Agentur. Der Präsident der Agentur, Uchino San, begrüßte mich in seinem Büro im fünfundsiebzigsten Stock eines chrom- und glasblitzenden Wolkenkratzers über einem Aquarium, in dem Piranhas schwammen. Daraus zog ich mal den Schluss, dass der Präsident seine Geschäftspartner bis auf das Skelett abknabbert … Die ersten zehn Tage arbeite ich in der Revue »Tokio by Night«, im New Latin Quartier in Tokio Akasaka, so teilte er mir mit. Mein junger Assistent fuhr mich dann zur ersten Probe. Die Musiker, eine erstklassige Band, spielten alles souverän vom Blatt, sodass ich nur die Tempi zu erläutern brauchte. Der Bandleader notierte sich in japanischen Zeichen in Windeseile die Metronom-Zahlen, und auf die Millisekunde genau klappte die musikalische Untermalung, inklusive der Spannungs-Geräusche wie Trommelwirbel! Was haben wir mit anderen Orchestern mühsam geprobt, Jo! Wie oft hast du denen meine Songs vorgesungen und mitdirigiert, bis sie es halbwegs kapiert hatten! Auch die Beleuchter-Mannschaft bestand aus Vollprofis mit jahrelanger

Erfahrung! Du hättest deine helle Freude daran! Alle Wechsel von Farben oder von Spotlicht zu größerem Licht waren sofort in klitzekleinen japanischen Schriftzeichen vermerkt, und es klappte beim ersten Durchlauf auf die Millisekunde genau! Und mein Assistent Joshi San hat auch blitzschnell die nötigen Handgriffe erlernt. Bist du erleichtert, dass es ein Mann ist, Süße? Ich höre dich laut lachen.

Wie oft hast du gesagt, dass du mir vertraust, und dass das, was wir erlebt haben, uns für immer verbindet. Das kann uns niemand nehmen, sagst du immer, und das stimmt.

Die Shows sind hier ungleich viel größer und pompöser als alles, was wir bisher erlebt haben. Stell dir vor, es sitzen zwei komplette Bigbands auf der Bühne! Die eine spielt nur zum Tanz, die andere nur für die Show! Während die eine noch spielend auf der Bühne runterfährt, kommt die andere Band wie aus dem Nichts heraufgefahren, spielt dasselbe Stück und geht dann in die Erkennungsmelodie der Show über. Unfassbar perfektionistisch!

Es gibt Fahrstühle innerhalb der Bühne, sodass auch ich plötzlich mitten im Ballett auftauche, wenn es gerade seine letzten Schritte macht, und bereits mitten im Jonglieren bin, wenn die letzte Tänzerin sich quasi in Luft aufgelöst hat.

Gewöhnungsbedürftig dagegen ist das Publikum! Die applaudieren einfach nicht, die Leute! Das liegt, wie Joshi San mir erklärte, daran, dass man öffentlich einfach keine Gefühle oder Enthusiasmus zeigt, sondern sich immer »cool« gibt und »glatt«. Das gilt als fein und weltmännisch. Wenn ich daran denke, wie die Leute in Italien getobt haben, in Spanien oder in Monte Carlo! Außerdem wechseln die Hostessen, die an jedem Tisch sitzen, alle Viertelstunde den Platz. Sie sind mit Leucht-Empfängern ausgestattet und werden von der Zentrale, die den ganzen Abend alles im Blick hat, immer zu den

einsamen Herren geschickt, die neu angekommen sind. Es ist die ganze Nacht ein Kommen und Gehen. Die großen japanischen Firmen bieten ihren engagiertesten Mitarbeitern als Anreiz oder Belohnung für ihre Sechzehn-Stunden-Arbeitstage so einen Abend inklusive Show, Galadinner, Spielcasino und natürlich den Tischdamen, sodass die derart Beglückten auch alles mitnehmen wollen, was ihnen diese Nacht zu bieten hat. Manchmal rackere ich mich auf der Bühne ab, stell mich buchstäblich auf den Kopf, und keiner guckt:-) Zumal du mit deiner traumhaften Ausstrahlung, deinem gigantischen Rückenausschnitt und deiner tänzerischen Eleganz nicht dabei bist! In solchen Momenten fehlst du mir am meisten, Jo. Was hätten wir nachher im Hotel zusammen gelacht!
Der Conferencier kündigt in fünf Sprachen mit so theatralischer Stimme den nächsten Show-Akt an, wie wir das bisher nur in Amerika erlebt haben. *And now … Wellcoooooooooome … With a furiouussss Applause … MISTER … Dietoooooooo!* Nur eben auf Japanisch. Aber meinen Namen verstehe ich. Der ganze Saal erzittert, doch im Gegensatz zu den Amis, die gejubelt, gepfiffen und getrampelt haben, reagiert kaum einer. Letztens war sogar ein Erdbeben der Stärke drei. Während der Show! Auch an so etwas sind die Japaner gewöhnt und behalten die Fassung. Ich stand gerade zum Auftritt bereit unter der Bühne, als alles zu wackeln und zu scheppern anfing. Der Conferencier machte eine Durchsage: Bitte Ruhe bewahren, jetzt kommt Dieto San, und nach fünf Minuten ging die Show weiter.
Trotz meiner alltäglichen Proben und Shows blieb mir bis jetzt auch noch genug Zeit, etwas von Tokio anzusehen. Allerdings, derartige Menschenmassen, die sich auf der Ginza oder in Shibuya vorwärtsschieben, habe ich noch nie gesehen. Du würdest leichte Panik bekommen, liebste Jo, wenn eine

Fußgängerampel auf Grün umschaltet und gefühlt Tausende Ameisen wie ferngesteuert losrennen. Ich bat meinen Assistenten, Joshi San, mich zum Tokio Tower zu bringen, mit U-Bahn und S-Bahn, denn mit dem Auto hätte das viel zu lange gedauert.

Der Verkehr findet hier in drei bis fünf Schichten übereinander statt: unten zu fahren bedeutet zwar gratis, aber auch mehr stehen als fahren. In der mittleren Etage geht es zu Stoßzeiten schon mit dreißig bis vierzig Stundenkilometern weiter, und ganz oben rasen sie wie auf der Autobahn. Da kostet der Kilometer auch etwa zehn Mark, wie mir mein Assistent erklärte. Also ist die U-Bahn der schnellste, aber auch stressigste Weg. Die Leute stehen dicht gedrängt auf ihren markierten Stellen auf dem Bahnsteig, die mit Zahlen versehen sind.

Nachdem der zwölfte Mensch sich angestellt hat, geht ein Gitter zu, und er oder sie wird in die nächste U-Bahn nicht mehr hineingelassen. Dann wartet der Mensch oder die Person völlig gelassen und ist mit Notizen oder Kopfhörern beschäftigt – dazu komme ich gleich noch. Die haben hier ja alle solche Dinger auf den Ohren! Die U- Bahn ist so vollgestopft, dass an jeder Tür ein Mensch steht, der die Massen mit körperlicher Kraft hineindrängt! Nachdem ich ja die Namen der Stationen nicht lesen kann, war ich erst mal froh, dass Joshi San sich meiner annahm. Vom Tower aus konnten wir die gigantische Stadt mit ihren an die zehn Millionen Einwohnern, die wie Ameisen anmuten, in Augenschein nehmen. Die enorme Weite dieser Stadt, die immense Vielfalt von Wolkenkratzern bis zu den Behausungen am Stadtrand bis zum Hafen, ist gigantisch. Baukräne, soweit das Auge reicht … In Anbetracht deines Zustandes frage ich mich, wie man hier ein Kind aufziehen kann. Aber das müssen wir ja zum Glück nicht.

Apropos, hast du schon einen Kreißsaal in Augenschein genommen?
Nun aber zu meiner Fahrt im Shinkansen Hikari Train nach Osaka. Der Zug schaffte sogar dreihundertsechzig Kilometer pro Stunde! Das war für mich fast unglaublich. Er bewegte sich dabei so sanft, dass man glaubte zu schweben. Außer einem geringfügigen Summen hörte man im Inneren der Waggons kaum irgendwelche störenden Fahrgeräusche. Einen großen Eindruck hinterließ bei mir der Moment, als wir am Mount Fuji, dem Wahrzeichen Japans, vorbeirasten. Ach, Jo, diesen Moment hätte ich so gern mit dir geteilt! Dieser schneebedeckte Berg mit dem majestätischen einmaligen Profil, stolz und erhaben, umgeben von einem rauschenden Meer von rosa und weißen Kirschblüten im Vordergrund!
Da sah ich im Geiste deine strahlenden Augen und wie du begeistert in die Hände klatschst, wenn du so etwas Schönes sehen darfst. Und wie du immer sagst: Danke, dass wir die Flucht gewagt haben.
Und dann denke ich wieder, wie sehr sich unsere kleine Schlauchbootfahrt vor drei Jahren doch gelohnt hat! Wo wären wir, wenn wir den Mut und das Glück damals nicht gehabt hätten? Wo wären wir ohne unsere Freunde Gudrun und Helmut? Bitte kopiere meinen Brief, jedenfalls die Reiseberichte, und schicke ihn nach Babenhausen.
In Osaka stand mein Abholer schon mit der Nasenspitze vor meiner Zugtür. Das Schild »DIETO SAN« hätte er sich glatt sparen können. Zwischen Millionen von herumhastenden Menschen findet man sich auf den Meter genau. Auch hier waren die Nummern der Abteiltüren im Bahnhof auf den Bahnsteig gemalt, sodass es trotz der Menschenmassen kein Gedränge, kein Suchen und kein Warten gibt.
Ich hatte dann höchst erfolgreiche Auftritte im Club Vallon,

ebenfalls ein sehr eleganter und großer Showroom mit allen erdenklichen technischen Raffinessen. Auch hier wieder das Gleiche: Die Orchester schweben aus dem Nichts bereits spielend auf die Bühne, das Ballett und die Solo-Künstler schweben von der Decke oder springen aus einer Wolke. Alles klappt nach wenigen Proben auf die Millisekunde und den Millimeter genau. Die Japaner sind unfassbar diszipliniert. Sie trainieren und arbeiten bis in die Nacht hinein, und jeder gibt sein Letztes.

Sie führen hier unter anderem mehrere Tiernummern auf: Eine halb nackte Dame tritt mit mehreren Schlangen um den Hals auf und windet sich tanzend mit ihnen im Takt, und ein eher lustiger Vogel lässt einen als Kindermädchen verkleideten Affen mit Rüschenschürze und Häubchen auftreten, der einen kleinen weißen Pudel im Kinderwagen herumschiebt, ihn später wickelt und anzieht wie ein Baby, sogar das Radio anstellt mit einem Wiegenlied, und das »Baby« schließlich zur Brust nimmt. Am Ende lässt die Affen-Nanny das Pudelbaby plötzlich fallen und greift selbst zur Whiskeyflasche. In Amerika und Europa hätten die Massen gebrüllt vor Lachen. Hier nimmt man das eher gewöhnungsbedürftige Spektakel mit undurchschaubarer Miene zur Kenntnis.

Nach Osaka tingelte ich kreuz und quer durch Japan, von Fukuoka auf Kyushu bis Sapporo auf der nördlichen Insel Hokkaido. Ich habe mit meinem DDR-Fotoapparat viele Bilder gemacht, ihr könnt euch schon mal auf ellenlange spannende Dia-Abende einstellen! Ich könnte dir stundenlang weiterschreiben, liebste Jo, versuche aber jetzt, ein Postamt zu finden. Nun bin ich wieder zurück in Tokio, wo die Show wegen des riesigen Erfolges noch für sechs weitere Wochen verlängert werden soll. Die Agentur bietet mir für diesen Long-Run-Contract noch einmal das Doppelte! Da muss eine alte Frau lange für stricken, wie du immer sagst! Die Agentur fragte mich auch, ob ich danach noch frei wäre für eine Verlängerung auf der Insel Taiwan, wo ich in der Hauptstadt Taipeh im First Theater Restaurant noch für weitere vierzehn Tage arbeiten soll.

Wird sich das alles für dich noch ausgehen? Unser Kind hat sich ja erst im September angesagt, aber wenn du dich nicht gut fühlst, breche ich hier nach meinem ursprünglichen Vertrag ab und komme nach Hause. Du entscheidest, Jo. Du bist das Wichtigste in meinem Leben. Es wäre wundervoll, wenn du mir ein Telegramm schicken könntest, ob es für dich okay ist, dass ich verlängere. Ich vermisse dich jede Sekunde und sehe immer dein liebes Gesicht vor mir: Dein Foto steht natürlich gerahmt auf meinem Nachttisch, egal, wo ich bin.

Dies alles schrieb ich dir in meinem Hotelzimmer im vierunddreißigsten Stock mit Blick auf die pulsierende Stadt mit ihrer flackernden Lichtreklame und ihrem Wahnsinns-Verkehr, der unter mir wuselt wie ein wohlorganisierter Ameisenhaufen. Welch ein Unterschied zum beschaulichen Salzburg und dem bewaldeten Mönchsberg, auf dem ich dich jetzt im kleinen Häuschen im Schatten des Klosters vor mir sehe. Grüße mir Otto und Regina, die ja bald »Großeltern« werden.

Ich hoffe und bete, geliebte Jo, dass es dir und unserem Kind gut geht, dass du mich noch liebst und dass auch bei dir in Salzburg endlich Frühling ist. Blühen die Magnolien schon? Du gehst sicher jeden Tag am Makartplatz vorbei und genießt den Blütentraum.

So sind wir uns doch im Frühling unseres gemeinsamen Lebens ganz nahe!

In Liebe

Dein treuer Dieto

Der freundliche Mensch an der Rezeption schilderte mir mithilfe eines U-Bahn-Fahrplanes, wie ich zum Hauptpostamt gelangen könnte. Ich wollte diesen kostbaren Brief auf jeden Fall als Eilbrief und Einschreiben aufgeben. So stieg ich, inzwischen schon routiniert und selbstbewusst, in die übliche U-Bahn, die direkt vor dem Hotel abfuhr, und zählte auch die Stationen, es sollten ja nur drei sein, also eine Sache von knapp fünf Minuten!

Auf dem Weg zum Postamt verlief ich mich dermaßen, dass ich leicht in Panik geriet! Ich musste doch in einer knappen Stunde wieder auf der Bühne stehen! Verwirrt drehte ich mich ein paarmal um meine eigene Achse und fasste mir ratlos an den Kopf. Immer wenn die Fußgängerampel wieder grün wurde, wälzte sich eine Masse von Menschen an mir vorbei, als gäbe es kein Morgen. Mir waren schon die vielen Leute aufgefallen, die alle eine Art Stirnband mit wippenden und schwingenden Katzenaugen auf einem wippenden Draht auf dem Kopf hatten! Was taten die da? Waren das Außerirdische?

Sogar die gut gekleideten Büromenschen oder Banker im Nadelstreifenanzug hatten so ein lächerliches Ding auf der Birne und wackelten rhythmisch mit verklärtem Gesichtsausdruck beim hastigen Weitergehen mit dem Kopf! Es fing leicht an zu regnen, und wie in einer perfekten Choreografie gingen tausend schwarze Schirme gleichzeitig auf. Ich hatte natürlich keinen Schirm und versuchte, meinen Mantelkragen über meinen Kopf zu ziehen.

So. Jetzt hatte ich wieder die Ampel verpasst. Musste ich überhaupt in diese Richtung? Was hatte der Hotel-Mensch in seinem japanischen Englisch zu mir gesagt? Wie viele Ampeln? Verzweifelt versuchte ich, im Rennen den kleinen Stadtplan zu entziffern, auf dem der Hotel-Rezeptionist ein Kreuzchen gemacht hatte. War ich überhaupt im richtigen Stadtteil? War ich vielleicht aus Versehen in die Gegenrichtung gefahren?

»May I help you?« Aus der Masse der Eilenden löste sich eine

attraktive junge Frau im grauen Regenmantel. Die schönste Japanerin, die ich je gesehen hatte. Sie trug ihre schwarzen Haare zu einer eleganten Hochsteckfrisur und hatte den Kragen aufgestellt.

»Ja, bitte, ich suche das Postamt …«

»Oh, da gehe ich auch hin, folgen Sie mir einfach!« Schon eilte sie mir mit federnden Schritten voraus, und ich bahnte mir einen Weg durch die nasse Menge, hinter ihr her. Es war wirklich nicht weit, ich war schon dreimal daran vorbeigelaufen!

Sie schüttelte ihren Schirm aus und ließ ihn einfach vor dem Postamt stehen. Na, der würde ihr doch sofort geklaut werden!

In der Schlange vor dem Schalter stand die nette Japanerin im glänzenden grauen Regenmantel nun vor mir. Das Wasser perlte ihr über den langen Nacken und die Schultern herab. Ich hielt den dicken Brief an Jo schützend in den Händen und suchte in meiner Hosentasche nach Kleingeld. Was mochte so ein dicker Umschlag nach Europa als Einschreiben und Eilsendung wohl kosten? Panisch glitt mein Blick zur Uhr. In einer halben Stunde musste ich auf der Showbühne stehen! Und draußen goss es inzwischen in Strömen. Unruhig trat ich von einem Bein aufs andere. Ein Taxi würde noch viel länger dauern als die U-Bahn. Mist, wie konnte ich mich in so eine Situation begeben, als Vollprofi, der ich war?

»May I help you?« Die hübsche Japanerin drehte sich zu mir um, dass die Regentropfen sprühten. Sie spürte wohl meine Panik und Hektik. *»Are you in a hurry?«*

Ich stellte meine Frage der jungen Dame noch einmal auf Englisch. »Meinen Sie, das dauert noch lange hier? Ich muss nämlich in die Show, aber der Brief hier ist dringend …«

»Oh, lassen Sie mich das machen, ich erledige das für Sie.«

»Wirklich?«

»Ja, wirklich.«

»But you don't really know me …« Mein Englisch war inzwischen

fließend, aber den sächsischen Akzent wurde ich wohl nie los. »*There could be a bomb in it.*«

»Ich habe zwei Jahre lang in Bern gelebt«, lächelte sie plötzlich in schweizerisch gefärbtem Deutsch.

»Nicht wahr.«

»Oh, in Bern lebte ich gern!« War das ein Gedicht? Gott, war die hinreißend!

»Ich war dort verlobt mit einem Berner.«

»Sennenhund?«, entfuhr es mir.

»Nein. Ein Berner Banker.«

»Und das sind Sie jetzt nicht mehr?« Mein Blick zuckte schon wieder zur Uhr, und ich überlegte fieberhaft, in welche U-Bahn ich jetzt springen musste.

»Nein, nicht mehr.«

»Hören Sie, ich hätte mit Ihnen gern noch weitergeplaudert, jedoch muss ich leider ganz dringend los …«

»Worauf warten Sie also noch?«

Eine Minute später hatte ich der fremden Dame nicht nur meinen Brief an Jo samt dem passenden Geldschein dafür übergeben, sondern mir von ihr auch noch den Rückweg in der U-Bahn zum Hotel und damit zum Showpalast erklären lassen. Und ihr Schirm stand tatsächlich noch vor dem Postamt. Ich widerstand dem Drang, ihn zu nehmen und damit einen Grund zu haben, ihn ihr irgendwann wiederzubringen. Aber ich wusste ja gar nicht, wer sie war und wie sie hieß.

Wie benommen sprintete ich durch den strömenden Regen von dannen und sah immer noch ihr charmantes Lächeln vor mir.

Was war denn das? Das Lächeln von Jo war das Einzige, was zählte! Und hoffentlich lächelte Jo noch, wenn sie von meiner Vertragsverlängerung las!

Wie im Rausch fiel ich zwanzig Minuten später in mein Bühnenoutfit und wirbelte kurz darauf kopfüber meine Hüte, Keulen und Ringe jonglierend über die Bühne. Alles ging so leicht, alles fiel mir zu, im wahrsten Sinne des Wortes! Die Bälle, die Ringe, die Keulen, die hübschen Japanerinnen, die Regentropfen, die Verträge und Reisen, die Kirschblüten … Es fühlte sich an wie ein Ritt auf rosa Watte. In meinem Kopf wirbelte es auch. Würde sie den Brief wirklich aufgeben? Was, wenn sie ihn in den nächsten Papierkorb warf? Die lachte sich bestimmt kaputt über den vertrottelten Langnasen-Mann, der nichts auf die Reihe bekam!

Und dann würde ich nie erfahren, ob Jo mit meiner Vertragsverlängerung einverstanden war!

TOKIO,
zwei Monate später, Sommer 1968

Stimmengewirr, Hupen, Lachen. »*Are you still in Tokio?*« Wortfetzen, die nicht mir galten.

Versonnen schlenderte ich über die Ginza, mitten im üblichen Verkehrsgewühl, und ließ das herrlich frühsommerliche Flair dieser jungen, pulsierenden Stadt an mir vorbeiziehen. Inzwischen hatte ich von Jo ein Telegramm erhalten: »Vertrag verlängern, liebe dich!«

Umso fröhlicher und sorgloser streifte ich zwischen all diesen drängenden und schiebenden Menschen dahin. Heute hatte ich frei, es war ein Montag! Wie herrlich, einfach so dahinzuschlendern. Mich zog es zum Sony Building, wo ich die neuesten elektronischen Geräte wenigstens im Schaufenster besichtigen wollte.

»*San! San! Are you still in Tokio?*«

Plötzlich zupfte mich jemand am Ärmel, und ich fuhr herum. »*Are you talking to me?* Meinen Sie mich?«

Vor mir stand eine junge attraktive Japanerin in einem rot gepunkteten Sommerkleid. Von woher kannte ich sie noch gleich? Sie hatte ein bezauberndes Lächeln und wackelte so reizend mit dem Kopf.

»Sind Sie eine Tänzerin aus unserem Ballettensemble im Copacabana?« Irgendwie kam sie mir bekannt vor. Wenn die Mädels allerdings nicht in Maske und Kostüm waren, erkannte man sie auf der Straße nicht.

»*No, I helped you on this rainy day in April to find the Postoffice. You gave me the letter to Austria!*«

»Oh, Sie waren das!« Ich war völlig verdutzt. Die Regenmantel-Frau! Dass sie mich erkannt hatte nach über acht Wochen! Damals hatte ich einen schwarzen Mantel mit hochgeschlagenem Kragen an, und heute schlenderte ich in Jeans und weißem Hemd mit aufgekrempelten Hemdsärmeln über den Boulevard!

»Und? Die Japaner sind ein diszipliniertes Völkchen! Wir halten, was wir versprechen!« Ihre Mandelaugen blitzten schelmisch. »Haben Sie Antwort bekommen auf Ihren wichtigen Brief?«

»Ja! Sie haben ihn wirklich für mich aufgegeben, vielen Dank!« Von allen Seiten wurden wir angerempelt, und es eilten diese Marsmenschen an uns vorbei.

»Was haben diese Leute nur auf dem Kopf? Diese wippenden Drähte sehen bei seriösen Geschäftsmännern ziemlich lächerlich aus!«

»Sie lauschen der Musik in ihrem Walkman! Die Katzenaugen sollen eine Warnung sein für die anderen Verkehrsteilnehmer!«

»Da habe ich wieder was dazugelernt.« Mein Herz hüpfte unerwartet freudig.

»Wo gehen Sie gerade hin? Ich möchte mich wirklich revanchieren, darf ich Sie auf ein Eis oder einen Drink einladen?«

»Das dürfen Sie gerne! Kommen Sie!« Sie hakte sich bei mir unter und zog mich in eine andere Richtung davon. *Ulf.* Das ging ja schnell. Nur dass ich diesmal keine Angst haben musste, dass sie ein Lockvogel oder ein Spitzel sein könnte. Sie gefiel mir außerordentlich! Außerdem sprach sie Deutsch und konnte mir so einiges über Japan und seine Sitten und Bräuche erklären.

Kurz darauf fanden wir uns auf der Dachterrasse des Hotels New Otani in der Roof-Bar im achtunddreißigsten Stock wieder. Völlig erschlagen stand ich an der Glasscheibe, die wohl Selbstmörder abhalten sollte, und genoss den grandiosen Sonnenuntergang über der gigantischen Metropole, während sie schon auf Japanisch einen raffinierten Drink bestellte, auf dem eine Gurke schwamm. Ich wusste gar nicht, in welche Richtung ich zuerst schauen sollte!

Die Skyline von Tokio verwandelte sich fließend in ein buntes flimmerndes Lichtermeer, ja, für einen DDR-Bürger in ein riesiges, leuchtendes nächtliches Wunder.

Sie saß in ihrem rot gepunkteten Sommerkleid mit übereinandergeschlagenen Beinen graziös auf dem Barhocker und spielte mit dem Schirmchen auf ihrer farblich passenden Kreation in ihrem Glas.

»Heute kein Regenschirm, heute ein Sonnenschirm.« Mit funkelnden Augen sah sie mich von der Seite an. »Prost, Knistermann.«

»Knistermann? So nennen Sie mich?«

»Ihr Mantel hat so geknistert, als Sie hinter mir standen.«

»Ach wirklich?« Mein Lieblings-Polyestermantel aus der DDR. Ich hob mein Glas und prostete ihr zu. »Ich heiße Dieto.«

»Miki.« Ihre Mandelaugen lachten. »Ihr Hemd knistert auch!«

»Nicht wahr.«

»Doch, ich habe ganz feine Ohren. Sie sind eben ein Knistermann.«

Oh Gott, wenn sie mich noch eine Sekunde länger mit ihren leicht schrägen Mandelaugen anlachte, dann war es um mich geschehen.

Schnell waren wir im eleganten Pingpong einer interessanten Unterhaltung.

»Erzählen Sie mir von dem Berner Sennenhund. Warum hat es nicht geklappt?«

»Nun, ich gebe weder meinem Verlobten noch meinen künftigen Schwiegereltern die Schuld, es waren alteingesessene Berner Apotheker.«

»Dann hatten sie sicher auch so kleine Fläschchen mit Medizin, die sie dem Verlobten um den Hals hängten, bevor der in den Bergen wandern ging?« Irgendwie konnte ich es nicht lassen.

»Nein, es war lediglich der Umstand, dass die unterschiedlichen Mentalitäten und die so ganz andere Lebensform im etwas trüben Bern mit den alten steinernen Häusern mir auf Dauer seelische

Schmerzen bereitet hat, zu dem noch das nicht zu unterschätzende Heimweh kam.«

»Nach Tokio? Ich meine, hier gibt es auch sehr viele steinerne Häuser …«

»Nach Kumamoto. Dort lebt noch meine verwitwete Mutter, seit mein Bruder mit dem Motorrad tödlich verunglückt ist.«

Meine weiteren geplanten witzigen Wortattacken blieben mir im Halse stecken. »Das tut mir sehr leid, Miki. Meine Frau und ich, wir leben bei einem Ehepaar, dessen Sohn ebenfalls tödlich verunglückt ist …«

Auf einmal nahm unsere Unterhaltung eine ernste, emotionale und vertrauensvolle Wendung. Wir erzählten einander viel aus unserem Leben, ich für meinen Teil auch meine Kriegserlebnisse aus der Kindheit und natürlich die Fluchtgeschichte.

Miki hörte mir mit blanken braunen Augen zu. Inzwischen waren wir beim dritten Drink.

Da saßen wir, zwei junge Menschen, die beide in dieser Stadt zutiefst einsam waren und sich in dieser Metropole seltsamerweise im Gewühl schon zum zweiten Mal getroffen hatten. Wir fühlten eine tiefe Verbundenheit, so als würden wir uns schon lange kennen.

»Seid ihr glücklich verheiratet, Dieto?«

»Ja, sehr glücklich! Meine Frau erwartet demnächst unser erstes Kind!«

»Oh, wie schön für euch! Und wirst du dann weiter als Artist in aller Welt unterwegs sein?«

»Zwei Herzen schlagen ach in meiner Brust! Einerseits liebe ich meinen Beruf über alles und habe ja auch mit Jo diese lebensgefährliche Flucht um den Preis der Freiheit begangen.«

Ich nahm einen Schluck von diesem herrlich erfrischenden, aber nicht gerade alkoholarmen Getränk. »Andererseits würde ich natürlich in der ersten Zeit bei Frau und Kind daheimbleiben.«

»Und warum wohnt ihr bei diesem Ehepaar in Österreich?«

Wieder erzählte ich die Geschichte, dass Regina eigentlich meine Patentante war, ich sie nur einmal als Teenager auf einer Radtour kennengelernt und dann erst nach der Flucht wiedergesehen hatte. »Wir sind eigentlich gar nicht verwandt, aber es sind so liebe gütige Menschen, dass wir uns fast wie ihre Kinder fühlen. Sie haben uns in der ersten Zeit auch sehr geholfen. Außerdem ist Salzburg eine traumhaft schöne, charmante Stadt. Im Sommer wird sie sogar zur Weltstadt, da taucht alles auf, was Rang und Namen hat, und es treten Sänger und Musiker und Schauspieler aus der ganzen Welt auf! Max Reinhardt hat die Festspiele gemeinsam mit Hugo von Hofmannsthal 1919 gegründet, und es wird jedes Jahr seit 1920, bis auf die Kriegsjahre, das berühmte Spiel ›Jedermann‹ gespielt.« Ich demonstrierte ihr die schaurigen Rufe, die von allen Kirchtürmen und Mauern herunterschallten. »JEEEE-DERRRR-MAAAAAANNNNN! – Das bedeutet, dass wir alle sterben müssen, auch wenn wir es nicht wahrhaben wollen.«

»Kniiissss-tääärrrr-mannn«, machte Miki mich nach und lächelte mich sehr zweideutig an.

Wir schlürften geräuschvoll die letzten Reste aus unseren Cocktailgläsern und sahen einander – sie mich mandeläugig rätselhaft und ich sie verlegen – an.

Miki nahm das alles mit ihrem rätselhaften Lächeln zur Kenntnis und schwärmte ihrerseits von der unvergleichlichen Schönheit Japans, besonders zur Kirschblüte.

»Ich würde dir gern einige Sehenswürdigkeiten zeigen und die japanischen Sitten und Bräuche erklären, so wie du mir das mit dem ›Jedermann‹ und den Festspielen in Salzburg erklärt hast.« Ihre Mandelaugen wurden schmal und schwarz.

Wir redeten die ganze Nacht. Zwischendurch gingen wir in den engen Nebengassen, in die ich mich nie allein getraut hätte, an einer Suppenküche etwas essen. Die Nacht war lau, es zirpten die

Zikaden. »Möchtest du das Aufblühen der Seerosen am frühen Morgen im Garten des Meiji-Schrein sehen?«

So dämmerte irgendwann der nächste Morgen, und um 6 Uhr früh fanden wir uns in einer U-Bahn wieder, wo wir dicht gedrängt mit den Menschen standen, die zur Arbeit in ihre Büros fuhren. Wir beide fuhren nicht ins Büro, und ein köstliches Gefühl von Freiheit und Leichtigkeit hatte sich meiner bemächtigt. »Die Kunstmaler von allen Teilen Japans kommen zur Zeit der Seerosenblüte hierher, du wirst staunen, was ihre Bilder an Schönheit und Farbenpracht zum Ausdruck bringen …«

Leichtfüßig lief sie vor mir her, und kurz darauf stand ich überwältigt und tief beeindruckt vor der unglaublichen Fülle von Blüten, in echt und auf der Leinwand.

Neugierig spähten wir den Malern über die Schulter und bewunderten ihre Kunstwerke auf der Leinwand. Es war magisch: Die Seerosen öffneten sich, und die Maler fingen genau diesen Moment des Wunders mit ihrem Pinsel und ihrer Farbpalette ein. Eine Gänsehaut überkam mich, weil ich so dankbar war, dass ich das so unerwartet erleben durfte.

Wenn doch Jo das jetzt sehen könnte, schoss es mir kurz durch den Kopf. Leider nur allzu kurz, denn Miki hatte sich schon wieder bei mir untergehakt: »Und jetzt gehen wir etwas frühstücken, komm mit, Knistermann.«

Ein herrlicher Morgen war aus der Nacht hervorgesprosst, genau wie die Blüten hatte sich ein warmer, nein, heißer, duftender und farbenprächtiger Tag wie ein weicher rosaroter Teppich vor unseren Füßen ausgebreitet. Wir mussten nur noch darüberschreiten. Es war ein romantisches kleines Restaurant im Schatten der Kirschbäume, in welchem wir ein typisch japanisches Frühstück einnahmen. Miki bestand darauf, diesmal zu bezahlen, nachdem ich die Zeche der vergangenen Nacht beglichen hatte. »Noch ein kleines Tellerchen Kyosa, Knistermann?«

»Was ist das?«

»Kleine hörnchenförmige Teigtaschen, gefüllt mit Kräutern und Knoblauch, die man in Sojasoße eintaucht! Köstlich!«

Normalerweise trank ich auf meinen Dienstreisen so gut wie keinen Alkohol, da er ja meine Reaktionsschnelligkeit und meine Reflexe einschränken würde. Aber diesmal waberte der ungewohnte Restalkohol noch durch sämtliche meiner Gehirnzellen und Blutbahnen.

»Oh ja, bitte!«

Um ehrlich zu sein: Nicht nur die Eindrücke des herrlichen Tages an den duftenden Ufern des Seerosenteiches beflügelten meine Gedanken in wundervoller Weise, sondern auch meine private Reiseführerin ging mir kaum noch aus dem Sinn.

»*Moshi Moshi*«, wedelte sie mit der Hand vor meinen Augen. »Das Essen ist da!«

»Bitte?« *Ulf.* Was hatte sie da gerade gesagt?

»Das heißt Hallo-Hallo. Bist du da? Erde an Dieto … iss, sonst wird es kalt.«

»Oh, ich war nur gerade in Gedanken.«

»Fühlst du dich nicht auch einsam?« Sehnsuchtsvoll sah sie mich aus ihren Mandelaugen an.

»Nun ja, um ehrlich zu sein, schon, ich bin jetzt seit Monaten von zu Hause weg.« Ich biss in eine dieser köstlichen Teigtaschen, die nach mehr schmeckten. Unbedingt nach mehr.

»Ich würde dir gerne die Tradition des Hot Bath zeigen, Knistermann.«

»Hot Bath?«

»Eine japanische Tradition der Gastfreundschaft. Der Gast lässt sich in sehr heißem Wasser von der Geisha waschen und …«

Der letzte Tropfen Blut, der noch in meinem Gehirn vor sich hingedümpelt hatte, schoss mir in die Lenden.

»Ich glaube, ich sollte mich noch vor meinem Auftritt etwas hinlegen …« Oh, das war bestimmt die falsche Antwort.

»Würdest du mich nach Hause bringen?« Mit völlig unschuldiger Miene legte Miki ein paar Geldscheine auf den Tisch. »Auf meiner Dachterrasse steht so ein Whirlpool, und bis zu deinem Auftritt heute Abend mache ich dich wieder fit!«

Ich konnte nicht widerstehen. Ich war ein junger Mann mit ganz normalen Wünschen und Sehnsüchten und Bedürfnissen.

Wir sprangen in das nächste Taxi, wo wir uns bereits stürmisch küssten.

Miki und ich trafen uns bei ihr zu Hause im heißen Bad der Gefühle und versprachen uns dabei, uns nicht ineinander zu verlieben. Sie seifte mich nach allen Regeln der Kunst ein.

Heftig und leidenschaftlich und ohne eine Sekunde über die Folgen nachzudenken, gaben wir unserem Begehren nach. Unsere Körper verschmolzen in rasender Leidenschaft im heißen Wasser.

LUGANO, SCHWEIZ,
vier Wochen später, Sommer 1968

Gleich würde Jo am Bahnhof stehen. Ich hatte mehrere Engagements in der Schweiz, worauf ich mich schon riesig freute. Die Schweiz hatte in dieser Zeit fabelhafte Kabaretts mit von unten beleuchteten Tanzflächen, die für die Shows hochgefahren wurden.

Ich blätterte in meinem Terminkalender, der bis zum Ende des Jahres prall gefüllt war: Moulin Rouge Geneva in Genf, Tabaris in Lausanne, Mocambo in Bern, Maxim in Genf. Das waren die angesagten Häuser, in denen fabelhafte Shows liefen und Artisten aus der ganzen Welt auftraten. Viele Kollegen träumten davon, hier auftreten zu dürfen! Also ideale Showbühnen, um meine Nummer mit allen Nuancen auszuprobieren. Auch das alte Clara in Basel war völlig neu erbaut worden. Das Kursaal-Casino Interlaken stand auch auf meiner Agenda. Dort würde ich mit dem großen Star Ivan Rebroff zusammen auftreten. Begleiten würde ihn das Hazy Osterwald Sextett, das sowieso den ganzen Abend umrahmte.

Doch das Allerschönste war wohl das Tessin! Kursaal Locarno am Lago Maggiore, La Romantica in Melide und als Erstes: das Cecil im Victoria Hotel Lugano. Mein Herz klopfte immer aufgeregter. Unser Wiedersehen nach der langen Japan-Tournee sollte hier am wunderschönen Luganersee stattfinden. Blaugrün zog sich der See zwischen den Bergen durch die Klüfte, und die Häuser an den hügeligen Ufern wirkten wie hingeworfene Spielzeughäuser.

Mein Herz polterte im Rhythmus der Eisenbahn. Ich war bis Mailand geflogen und dann in den Zug gestiegen. Der Luganersee zog sich in unfassbarem Grün am rechten Seitenfenster entlang. Segelboote schaukelten verträumt darauf herum wie meine Gedanken und Erinnerungen. Die Vorfreude auf Jo war so riesengroß, wenn nicht dieser Klumpen von schlechtem Gewissen mein Gemüt vernebelt hätte! Es war nur einmal passiert, und ich kämpfte mit mir, ob ich es ihr beichten sollte. Meine geliebte Jo betrogen zu haben, lag mir wie ein Stein auf der Seele. Sollte ich sie überhaupt damit belasten? In ihrem Zustand wäre jedes Geständnis eine Zumutung. Oder war es meine gerechte Strafe, dieses Schuldgefühl für immer auf meiner Seele zu tragen?

Der Zug fuhr ein. Ich hielt meinen Kopf zum offenen Fenster hinaus und ließ den warmen Fahrtwind mein Gesicht zerknittern.

Da! Da stand sie! Meine Jo! Im dunkelblauen Kostüm mit weißer Handtasche und weißen Schuhen. So elegant und wunderschön!

Mit meinen schweren Koffern mühte ich mich auf den Bahnsteig hinaus. Jo kam mir mit fliegenden Haaren entgegengelaufen.

»Jo!«

»Dieto!«

Wir fielen uns in die Arme, und ich drückte und herzte sie unter Tränen. Sie roch zu vertraut, sie fühlte sich so gut an, sie war so … dünn! Dünner als je zuvor!

Ich hielt sie auf Armeslänge von mir ab. »Jo! Was ist geschehen!«

Da fing sie auch schon bitterlich an zu weinen. »Es sollte nicht sein. Es ist schon seit Monaten vorbei.«

»Um Gottes willen.« Ich fasste mir mit beiden Händen an den Kopf und raufte mir die Haare.

Ich konnte keinen klaren Gedanken mehr fassen.

»Aber du hast mir nichts davon geschrieben! Ich wäre doch sofort nach Hause gekommen!«

»Was hätte es an der Situation geändert!«

Mein Mund war wie ausgedörrt, mein Herz polterte dumpf, und das Schuldgefühl meiner geliebten Frau gegenüber lastete wie ein ganzes Gebirge auf meiner Seele. »Jo!«

»Lass uns hier weggehen, wir stehen im Weg.«

Um uns herum herrschte hektisches Treiben, Menschen hasteten in oder aus dem Zug, andere überholten uns unwillig.

»Türen schließen, der Zug fährt weiter nach Bellinzona …«

Ein Gepäckträger nahm sich meiner vielen Koffer und Kisten an, und schweigend schritten wir Arm in Arm hinter seinem überladenen Karren her zum Ausgang. Es fühlte sich so fremd an; nicht mehr Miki, sondern Jo. Die dünne, zerbrechliche, tief verletzte Jo.

Plötzlich war der ganze wunderbare Traum mit einem Knall zerplatzt. Die ganze Japan-Reise wirkte wie ein bizarrer Witz. Meine geliebte Jo hatte das alles allein ausgestanden! Sie hatte geschrieben: Vertrag verlängern, liebe dich!

In meinem Kopf schwirrte es. Meine Jo wirkte so dünn und zerbrechlich, dass ich weinen wollte! Und sie hatte seit Monaten ihr schweres Schicksal ganz allein getragen? Während ich in Tokio auf den Weltbühnen stand und den Spaß meines Lebens hatte? Mein Kopf drohte zu zerspringen. Da hast du es, Dieto. Damit musst du jetzt fertigwerden. Das kann dir keiner mehr abnehmen. Wehe, du erleichterst dein Gewissen auf ihre Kosten.

In der Sekunde zementierte sich der Gedanke ein, ihr niemals, auch nicht in einem schwachen Moment, von der Sache mit Miki zu erzählen. Das hatte sie nicht verdient.

Sie fragte nicht, und das war beschämend genug.

Draußen stand unser vertrauter türkisfarbener Wagen mit dem CD-Schild, in den wir mithilfe des Trägers das ganze Gepäck verluden.

»Lass doch, Jo, das machen wir Männer, setz dich ins Auto und ruh dich aus.«

»Wovon soll ich mich denn ausruhen? Lass mich mit anpacken, Dieto!«

Die Sonne flirrte auf den heißen Steinen und warf die Wärme von den umliegenden Häusern zurück.

Gedankenlos reichte ich dem Mann einen viel zu großen Geldschein.

»Wo fahren wir hin?«

»Lass uns einfach irgendwo spazieren gehen.«

Jo setzte sich ans Steuer und fuhr schweigend am traumhaft schönen Ufer des Lago di Lugano entlang. Ein Springbrunnen ergoss sich meterhoch und ließ die herabfallenden Tropfen in allen Regenbogenfarben glitzern. Ich musste das alles erst mal verarbeiten. Während der farbengesättigte Sommertraum von überwältigender Schönheit hier im Schweizer Lugano an uns vorbeizog, lenkte Jo den Wagen vorbei am See durch einige Tunnel hindurch an die italienische Grenze.

»Da drüben ist nicht so ein Trubel.«

Ach, meine liebe bescheidene Jo! Immer wieder sah ich sie von der Seite an und betrachtete ihr schmales Profil.

»Seit wann bist du denn schon im schönen Tessin?«

»Seit drei Wochen. Der Arzt schickte mich auf Genesungsurlaub, und ich musste erst mal allein sein.«

»Wie haben es Regina und Otto aufgenommen?«

»Sie wussten noch nicht mal, dass ich schwanger war. Es ist ja schon im ganz frühen Stadium passiert.«

»Das heißt, direkt nachdem ich losgeflogen war?«

»Ich hatte schon so ein Ziehen im Unterleib, als ich dich nach Frankfurt zum Flughafen gefahren habe.«

Jo lenkte den Wagen nun auf schmalen italienischen Sträßchen durch malerische Dörfer mit steinernen Häusern und durch enge Schluchten, rechts lag der türkisfarbene See, und links zogen sich schroffe Felsenklüfte steil bergauf.

»Und da hast du nichts gesagt? Ich wäre doch gar nicht erst nach Japan geflogen!«

»Dieto. Natürlich wärst du geflogen.« Sie sah mich von der Seite an. »Erstens ist das Frauensache, und zweitens hast du dich wie verrückt auf Japan gefreut.«

»Aber Jo, das ist so unfair!«

»Dieto. Ich liebe dich. Was sollte ich dich damit belasten.«

Nach dem dritten Tunnel lenkte Jo den Wagen links steil bergauf über ein paar Serpentinen.

Eine steinerne Dorfkirche stand zwischen ein paar geduckten Häuschen an den Hügel geschmiegt, ein Friedhof döste in der Mittagshitze. Zwei italienische Dorfbewohnerinnen machten sich am Brunnen mit Gießkannen zu schaffen.

»Lass uns hier aussteigen und ein Stück gehen.« Jo parkte den Wagen neben der Kirche auf einem ansonsten leeren Parkplatz.

Die Glocke schlug blechern und mahnend. Ein einziges Mal. Es war Mittag, und es war heiß.

»Liebste Jo, ich kann es nicht glauben, dass du seit Monaten mit dieser schrecklichen Sache allein fertigwerden musstest!« Trotz der Hitze überzog mich eine Gänsehaut vom Scheitel bis in die Fußspitzen. Ich durfte gar nicht daran denken, was ich in der Zeit, in der meine geliebte Jo mit ihrem Verlust und ihrer Trauer allein fertigwerden musste, in Japan für tolle Erlebnisse gehabt hatte! Immer wieder presste ich die Lippen zusammen, um nicht in Tränen auszubrechen.

»Wollen wir für unser Kind hier drinnen eine Kerze anzünden?«

Behutsam schob ich sie am Arm in die kühle dunkle Kirche. Eine leicht muffige Kühle schlug uns entgegen, und Inri am Kreuz schaute mich mahnend an: Klappe halten. Für immer. Schweigend standen wir lange vor dem blumengeschmückten Altar; es hatte offenbar einen besonderen Anlass gegeben. Weiße Bänder zierten jede einzelne Sitzbank. Und morgen, am Sonntag, würde hier eine feierliche Messe stattfinden, und die stumme Orgel würde brausend erklingen.

Uns rannen beiden die Tränen, während wir eine schlanke weiße Kerze vor der hölzernen Statue der Gottesmutter mit dem Kinde anzündeten. Mir zitterten so sehr die Finger, dass es erst beim dritten Streichholz klappte.

»Lieber Gott, lass die kleine Seele im Himmel ihren Frieden finden.«

Mehr konnte ich absolut nicht sagen, um nicht laut loszuheulen.

Jos Schultern zuckten, und sie lehnte vertrauensvoll ihren Kopf an meine Schulter. »Wie gut, dass du wieder da bist!«

»Ja.« Ich schluckte trocken. »Das ist gut. Und ich werde nie wieder von deiner Seite weichen, das verspreche ich.«

Lange standen wir da und beobachteten die kleine Flamme, die hin und her züngelte, als wolle sie wieder ausgehen. Nach einer Weile gingen wir wieder hinaus in die brütende Mittagshitze.

»Da vorn ist ein Gasthaus mit einer schönen Veranda. Da Renato. Darf ich dich auf ein Mittagessen einladen?«

»Mir ist nicht nach Essen und nicht nach Menschen.« Jo schlang fröstelnd die Arme um ihren schlanken Leib, obwohl es sicher dreißig Grad waren.

»Steht auch *chiuso* dran.« Ich schluckte schon wieder. Mir wäre jetzt verdammt noch mal nach einer kalten Birra gewesen. Oder nach irgendetwas, das die Trockenheit meines Mundes bekämpfen konnte.

So trotteten wir Hand in Hand etwas ratlos an das Mäuerchen, das den Friedhof umgab, und fühlten uns schier erschlagen von der fantastischen Aussicht über den Luganersee. Vereinzelt schaukelten kleine Segelboote verträumt über die schimmernden Wellen. Auf dem gegenüberliegenden Ufer lagen wie hingekleckert ein paar Häuschen, ansonsten schmiegten sich blühende Bäume an die dahinterliegenden weißen Felsen. Unten auf der Straße tuckerte gemächlich ein Moped vorbei, dann herrschte wieder Stille.

Der Kirchturm schlug blechern. Halb zwei.

»Jo?« Schulter an Schulter standen wir da und mussten uns doch erst wieder aneinander gewöhnen. Sie war so vertraut und gleichzeitig doch … eine andere geworden! Fast schüchtern betrachtete ich sie von der Seite. Ihre Schläfenader pochte, und ihr feines Profil sah gegen den blauen Himmel so zart und zerbrechlich aus. Ihr Kinn zitterte, und die Tränen rannen ihr unaufhörlich über die blassen Wangen.

»Jo, bitte, schließ mich nicht länger aus deinem Leben aus. Weißt du noch, wie wir gemeinsam in dem kleinen Boot saßen, über sechsunddreißig Stunden lang? Wir sitzen doch immer noch im gleichen Boot!« Ich strich ihr sanft über den Oberarm.

Nach einer Weile des Schweigens begann Jo schließlich, stockend zu erzählen. Sie hatte sich einer komplizierten Unterleibs-Operation unterziehen müssen, und dabei erfahren, dass sie wohl durch ihre damalige Verletzung nie ein Kind haben könnte. Es hatte auch innere Verletzungen gegeben. Man entfernte ihr die Gebärmutter und überließ sie dann wochenlang ihrem Schicksal. Jo in ihrer bescheidenen, tapferen Art brachte es noch nicht mal fertig, unsere Freunde, die Mahrs, davon zu unterrichten, geschweige denn Tante Regina und Onkel Otto. Sie lag allein im Krankenhaus und antwortete mir auf meinen langen Brief, dass ich ruhig den Vertrag verlängern solle! Selbst mich wollte sie von ihrem Unglück verschonen. Niemand besuchte sie, und es gab auch keine psychologische Betreuung. Das hatte meine arme Jo völlig aus dem Gleichgewicht gebracht, und sie hatte sogar Angst, mich mit dieser Nachricht zu enttäuschen.

»Aber Jo, wie kannst du so etwas von mir glauben?« Ich hielt sie fest in den Armen und ließ sie weinen. »Ich liebe dich doch so oder so, du bist für mich ein vollständiger, perfekter Mensch!«

Ein Schraubstock schien sich zwischen meine Schläfen zu bohren. Ich sah mich noch in diesem Postamt in Tokio stehen, und vor mir die kesse Dame im Regenmantel …

»Aber wir haben uns doch immer ein Kind gewünscht, und jetzt wäre der richtige Zeitpunkt gewesen!«

Jo schluchzte nun hemmungslos an meinen Hemdsärmel, und ich konnte nichts tun, als ihr hilflos den Kopf zu tätscheln.

Eine so endgültige Tatsache war für meine arme liebe junge Frau ein gewaltiger Einschnitt in die seelische Gesundheit. Ich fühlte mich wie vom Schicksal geohrfeigt.

Ach, wie tat sie mir leid, und was hatte sie alles ohne mich durchstehen müssen, während ich … nein, darüber konnte und wollte ich gar nicht nachdenken. Es würde unser Kind nicht wieder lebendig machen.

Wir sanken auf eine Bank, die auf dem kleinen Friedhof stand. Unter uns schimmerte der türkisblaue See, und die Zeit schien stillzustehen. Die Frauen mit den Gießkannen waren verschwunden.

Ich musste jetzt unbedingt die richtigen Worte finden!

»Liebes, es ist doch erst mal wunderbar, dass du wieder ganz gesund werden wirst.«

Ich drückte meine liebe Frau ganz fest an mich. »Ich kann nicht ermessen, wie groß dein Schmerz ist, und wie unendlich stark und tapfer du warst, ihn alleine auszuhalten, aber wenn etwas Zeit vergangen sein wird, sehen wir vielleicht auch das Gute in der Sache.«

Bleich und fragend schaute meine Jo mich an. Ich tupfte ihr die Tränen von den Wangen.

»Sieh nur, wenn wir ein Kind hätten, wären wir nicht mehr so frei zu reisen, und so steht uns doch die Welt offen, für diese Freiheit haben wir damals unter Einsatz unseres Lebens gekämpft …«

Ich versuchte, nur das Positive aus dieser Situation für sie herauszuschälen. »Du würdest doch sonst nur noch zu Hause sein müssen, und später, wenn das Kind in die Schule käme, wärest du an einen Ort gebunden. Jetzt wirst du erst mal wieder gesund und fit, und dann kannst du jederzeit mit mir um die ganze Welt reisen und wieder Assistentin in meiner Show sein …« Immer wieder drückte ich sie an mich und küsste sie zart auf die Wange.

Endlich hörte sie auf zu weinen, und ich hatte sogar den Eindruck, dass sie mir dankbar für diese Perspektive war. Sie hatte wirklich Angst gehabt, ich könne der Enttäuschte sein! Innerlich schüttelte ich immer wieder den Kopf und schluckte mir einen Kloß von der Kehle, der immer größer wurde. Wenn sie wüsste! Sie hatte allen Grund, von mir enttäuscht zu sein! Die Glocke der steinernen Kirche schlug blechern viermal, und dann zwei Uhr, als wollte sie mich mahnen, die angegriffene Seele meiner geliebten Frau nicht noch mehr zu verletzen. Ich legte den Kopf in den Nacken, schloss die Augen und schwor mir innerlich, Jo niemals wehzutun. Ich würde sie auf Händen tragen für den Rest unseres Lebens, und den Japan-Fehltritt für mich behalten, und wenn ich daran ersticken würde.

Wie als Antwort aus dem Himmel waren plötzlich liebliche Gesänge zu hören.

»Hör nur, der Kirchenchor hat angefangen zu proben!«

Ihr stand schon wieder ein Lächeln im Gesicht, als wir an der Kirchentür lauschten.

»Die müssen aber noch ein bisschen üben, sonst fliegt der Heilige Geist gleich wieder weg«, versuchte ich einen Scherz. So lieblich war das nun auch wieder nicht.

»Gehen wir ein Stück!«

Wir schlenderten auf einem noch nicht asphaltierten Sträßchen bis zu einer Kurve und wichen überrascht zurück. »Da vorne werden Häuser gebaut, sieh nur!«

»Oh ja, alle im Stil spanischer Fincas. Wie romantisch!«

Auf einer großen gelbbraunen Tafel stand: »Hier entsteht die einmalig schöne private Ansiedlung Villagio San Carlo«.

»Komm, mein Schatz, das müssen wir uns ansehen!« Unternehmungslustig zog ich sie mit.

»Wir können doch nicht einfach auf das Baustellengelände gehen, Dieto!«

»Liebste Jo, wir haben schon ganz andere Sachen nicht gekonnt und doch gemacht, vergessen?«

Widerwillig, aber doch lächelnd ließ Jo sich mitziehen. Im Hintergrund übte der Chor, und es klang eindeutig nach Halleluja.

Ich wollte Jo einfach nur eine Freude machen und ablenken, das war mein ganzes Tun und Denken, seit ich wieder hier war. Wenn das kein Zeichen des Himmels war!

»Gott, ist das eine traumhafte Umgebung! Dort drüben der Pinienhain, unten der See und hier oben das gemütliche Dörfchen, im Hintergrund die malerischen Felsen, und riech nur, wie es duftet! Mach die Augen zu!«

Jo steckte ihre Nase in einen üppig blühenden Oleanderbusch und sog den betörenden Duft ein. Ich seufzte erleichtert auf.

»Glücklich die Leute, die sich so ein Haus in so einer Lage leisten können.« Jo öffnete die Augen wieder und sah sich um. »Bestimmt ist alles schon längst verkauft.«

Tatsächlich. An den meisten Grundstücken stand bereits ein Schild: *»Venduto.«*

Aber an einem nicht. An einem einzigen nicht.

»Schau mal, dies hier scheint mir das kleinste von allen diesen herrlichen Villen zu sein. Was das Häuschen wohl kosten mag?«

Jos Augen leuchteten wie schon lange nicht mehr. Ihre Wangen hatten wieder eine zarte Röte angenommen und leuchteten mit den blühenden Büschen, die das Häuschen komplett umrundeten, um die Wette. Neugierig stakten wir auf dem Wiesenstück herum. Hummeln und Bienen umsurrten uns.

»*Buona serrata*, interessieren Sie sich für dieses Haus?« Plötzlich stand eine junge Dame vor uns, die vom Parkplatz heraufgekommen war. Sie trug ein hellblaues Kostüm und Stöckelschuhe und hatte einige Akten unter dem Arm. »Ich bin die Sekretärin des Bauherrn Giuseppe Benicchio, mein Name ist Signorita Angelica Stache.«

»Ach, nein, wir schauen bloß so herum …« Jo wollte mich schon etwas verlegen von dem Grundstück ziehen, doch plötzlich wusste ich genau, was zu tun war. Der Chor sang nicht umsonst Halleluja!

»Wir sind Dieto und Johanna Kretzschmar, und wir interessieren uns allerdings für dieses Haus!«

Jo hielt den Atem an und schnappte nach Luft. »Dieto?« Ich zog sie an mich, tätschelte ihr beruhigend den Oberarm und lächelte das Immobilien-Fräulein gewinnend an.

»Wie wären denn die Preise und sonstigen Konditionen?«

Fräulein Stache ließ ihren Blick wohlgefällig über uns gleiten. »Sie sind sicher die Besitzer des türkisblauen Wagens, der unten auf dem Parkplatz steht? Der mit dem Diplomaten-Kennzeichen?«

»Ja, in der Tat, das sind wir.« Ich warf Jo einen entschlossenen Blick zu und hörte nicht mit dem Tätscheln auf.

Ein wissendes Lächeln glitt über das Gesicht der jungen Maklerin. Wahrscheinlich schloss sie von der beeindruckenden Karosse auf unsere Wichtigkeit und damit auf die Größe unseres Bankkontos.

Das Auto hatte schon reichlich Kilometer auf dem Buckel, aber Jo hatte es tipptopp gepflegt und in Schuss gehalten, und frisch gewaschen war es natürlich auch.

Die Signorita drehte nun voll auf und gab uns die volle Besichtigungstour. »Kommen Sie herein, ich zeige es Ihnen!«

Auf hochhackigen Schuhen klapperte sie vor uns her, einige steinerne Stufen hinunter durch dichtes Fliederbuschwerk Richtung See.

»Es schmiegt sich wie ein Schwalbennest an den Hügel!« Verzückt trippelte Jo hinter der jungen Dame her.

»Von oben ist es gar nicht zu sehen, von unten auch nicht, es ist umringt von blühenden Oleander- und Fliederbüschen, ein wahres Kleinod in Weiß, Rosa und Hellblau!«

Wenn sie wüsste, in welche Wunde sie gerade stieß! Aber Jo schluckte tapfer.

»Der Ausblick vom Balkon, der sich rund um das Häuschen zieht, ist absolut unverbaubar.« Sie trat sich auf einer Matte die Schuhe ab, und wir taten es ihr nach.

Wir folgten der Dame in das Innere des Häuschens und traten auf den Balkon hinaus. Die Sicht über den See und die Berge raubte uns schier den Atem.

»Da haben Sie einen Hundertachtzig-Grad-Rundblick! Raffiniert gestaltet, nicht wahr?«

»Ja, das ist …« Es verschlug mir geradezu die Sprache. Der Blick aus Jos glänzenden Augen ließ mich umso mehr verstummen. Wir waren augenblicklich schockverliebt!

»Sie haben wirklich Glück, das ist das letzte und auch preiswerteste Häuschen, das noch nicht verkauft ist.«

Sie wedelte mit dem Schlüsselbund. »Ich wollte nur schnell nach dem Rechten sehen, weil ja morgen Sonntag ist.«

»Und was würde dieses Kleinod kosten?« Ich räusperte mir einen hartnäckigen Kloß von der Kehle.

»Das müssten Sie bitte mit dem Bauherrn besprechen, Herrn Benicchio.« Sie reichte mir eine Visitenkarte. »Auch einige der Nachbarn haben einen günstigen Kreditvertrag mit ihm verhandelt, er ist da sehr entgegenkommend.«

Eine Gänsehaut überzog mich vom Scheitel bis zur Sohle. Aber diesmal vor Freude! Sollte das hier unser gemeinsames Domizil werden?

Jos Augen glänzten.

Und in diesem Moment wusste ich, dass uns der Himmel hierhergeschickt hatte.

Zwischen den abendlichen Shows in Melide, Lugano und Ascona am Lago Maggiore fuhren wir nun jeden Tag über die kleine italienische Grenze am Zollhäuschen vorbei, durch den Tunnel hinüber nach Valsolda, um unser kleines Schmuckstück in Villagio San Carlo zu besichtigen, in das besonders Jo so verliebt war, dass sie zeitweise ihren tiefen Schmerz vergessen konnte.

Längst hatten wir mit dem Bauherrn Kontakt aufgenommen,

einem freundlichen Schweizer, der uns ein zinsloses Darlehen über zwölf Jahre ohne Weiteres gewährte.

Herr Benicchio drängte uns in keiner Weise. Er fand es wichtig, dass zwischen den eher älteren Käufern auch noch ein jüngeres Paar einziehen würde, und fand uns wohl auch auf Anhieb sympathisch. Unsere direkten Nachbarn waren allerdings auch jung: Paola und Kurt Felix. Das erfuhren wir aber erst später, als wir schon länger dort wohnten.

Wie uns die junge Maklerin schon mitgeteilt hatte, waren auch sie ein Künstlerpaar und immer sehr viel unterwegs. Später sollte ich sie öfter im Fernsehen sehen als im Nachbargarten. Jo stürzte sich mit Feuereifer in unser kleines Paradies und unsere große Hoffnung. Während meiner folgenden Tourneen vergaß Jo mehr und mehr ihren Kummer und machte sich mit Freude daran, das putzige Haus am Hang einzurichten. Sie schloss auch gleich freundschaftlichen Kontakt mit unseren Nachbarn und sprach nach kurzer Zeit fließend Italienisch. Ich nahm nun jedes Engagement an, das mir angeboten wurde, wollte ich doch auf meine Weise dazu beitragen, dass wir dieses Schmuckstück im herrlichen Tessin erwerben konnten. Onkel Otto und Tante Regina sagten wir vorerst nichts von unserem Vorhaben. Wir wollten diese lieben Leutchen und hilfsbereiten Menschen nicht mit unseren verrückten Ideen belasten, und Geld hatten sie ohnehin nicht übrig.

Als es meinen Eltern schließlich gestattet war, uns in unserem blühenden Paradies zu besuchen, konnten sie sich nicht sattsehen vor Begeisterung.

»Dass ihr so ein wunderbares Leben führen dürft, oh Kinder, wie sehr freuen wir uns für euch!«

Meine Mutter fragte sich ihr ganzes Leben, was wohl aus den Polinnen geworden sein mochte, die sie 1945 im Gebetsraum unter unserer Wohnung versteckt hatte. An diesem Tag beschäftigte es sie besonders intensiv.

Während der nächsten Jahre verbrachten die lieben Eltern viel Zeit bei uns im Häuschen, und wir bauten ihnen unten sogar noch eine eigene kleine Wohnung aus. Während Jo und ich oft monatelang auf Tournee waren, hüteten sie unser kleines Schmuckstück und genossen ihren wohlverdienten Lebensabend im Paradies.

Jo und ich erlebten noch die tollsten Weltreisen: Sie warf mir im Takt meiner Musik die Hüte, Bälle und Keulen zu, in Nizza, Oslo, London, New York, Las Vegas und auf den luxuriösesten Kreuzfahrtschiffen dieser Welt.

Wir trafen Weltstars wie Liza Minnelli, Liberace, die damals noch sehr junge Celine Dion, Siegfried und Roy, Frank Sinatra und viele mehr, mit denen wir uns langfristig anfreundeten und die heute unsere Fotoalben füllen.

Aber wir blieben immer auf dem Boden, und hier im Tessin waren wir keine Berühmtheiten, ebenso wie unsere reizenden bescheidenen Nachbarn, die ihre Prominenz quasi mit dem Betreten unserer Bilderbuchanlage am Lago ablegten. Auch sie hatten keine gemeinsamen Kinder.

Jo liebte es mit der Zeit, immer mal wieder ausführlich zu Hause in unserem Schwalbennest zu bleiben. Sie genoss den italienischen Lebenswandel, machte ihn sich zu eigen. Längst hatten alle Dorfbewohner sie ins Herz geschlossen. Schon morgens um sechs sah ich sie mit ihrem Strohhut in ihrem weißen Leinenkleid leichtfüßig die Stufen hinunter zum See eilen, wo sie das Wasser durchpflügte und oft mit energischen Zügen bis zum gegenüberliegenden Ufer schwamm. Dieser Sport tat ihr gut, musste sie doch ihr Bein nicht belasten und hielt sie auf sanfte Weise fit.

Anfänglich rannte ich besorgt hinter ihr her und stürzte mich in unser kleines Segelboot, das wir bald schon erworben hatten, um ihr beim Schwimmen Geleitschutz zu geben.

Aber sie lachte mich aus: »Dieto, es sind doch nur zwei Kilometer! Bis zum Frühstück bin ich zurück! Fahr du nach Porlezza und besorge frisches Brot!«

Dann schwang ich mich auf unser typisch italienisches Moped, das beste Fortbewegungsmittel, ließ es den Berg hinunterrollen und knatterte damit schließlich ans südlichste Ende des schimmernden Sees, um auf dem Markt frische Früchte und Gemüse und in der Paneria dieses unvergleichlich frische duftende Weißbrot zu kaufen. Porlezza lag verträumt in der Morgensonne, der steinerne Kirchturm schlug sieben Uhr früh, die Männer mit ihren Baskenmützen saßen beim ersten *caffè* in der Morgensonne, und das erste weiße Schiff legte ab in Richtung Lugano.

Konnte denn das Leben schöner sein?

In den Sommerferien des Jahres 1977 luden wir endlich die Familie Mahr zu uns in das Traumhaus am Luganersee ein. Der kleine Uwe war inzwischen ein junger Mann geworden und besuchte die Oberstufe eines Gymnasiums.

Wir waren so glücklich, uns endlich bei diesen lieben Freunden revanchieren zu dürfen!

Auch unsere Freunde Hella und Ivo genossen unser Haus, nachdem viel später endlich die Mauer gefallen war. Vorher besuchten Jo und ich sie regelmäßig mit unserem treuen Auto in Zagreb, und Hella schlug jedes Mal die Hände über dem Kopf zusammen, wenn sie unsere alte Karosse sah: »Wenn dieses Auto sprechen könnte!«

TOKIO,
1990

Hallo, klopf, klopf, darf man hereinkommen?«

Jo und ich standen ziemlich schweißgebadet in unserer Künstlergarderobe und hatten die Vorstellung im überfüllten Casino des Luxushotels New Japan gerade hinter uns gebracht.

Jo schälte sich soeben aus ihrem hautengen hellblauen Kostüm, und ich pellte mich aus meinem Schirm-Charme-Melone-Outfit, das mein Markenzeichen geworden war.

Ein schwarzhaariger Kopf schob sich durch die Tür, rot geschminkte Lippen lachten, weiße Zähne blitzten, und mein Herz blieb stehen.

»Miki!«

»Dieto!«

Die bildschöne Japanerin schob sich nun vollends in die Garderobe, und automatisch wich ich zurück an die Wand. Bitte nicht, bitte nicht, bitte nicht …

»Dieto! Darf ich dir meinen Mann vorstellen, Akira Taro?«

Ein weiterer schwarzhaariger Kopf schob sich zögerlich durch den Türspalt, als auch schon Jo sie bereitwillig vollends öffnete.

»Guten Abend, ich bin Johanna, Dietos Frau.«

Kurz blitzten vier Augenpaare verwirrt durch das gleißend helle Licht des Schminkspiegels.

»Oh, angenehm, bitte kommen Sie doch herein!«

»Wir haben uns gefragt: Seid ihr es wirklich? Und dann habe ich zu meinem Mann gesagt, so viele Artisten, die Dieto heißen, gibt es nicht auf dieser Welt … außerdem siehst du immer noch so gut aus wie damals!« Lachend sank die feine Dame mittleren Alters mir an die Brust, und ihre Arme umfingen mich herzlich, warm und duftend.

Währenddessen schüttelte Akira Taro meiner Jo auf das Herzlichste die Hand.

»Wir haben Sie beide eben in der Show bewundert, und wir sind beeindruckt von Ihrer eingespielten Art! Auf die Millisekunde genau reagieren Sie aufeinander! Ich sagte zu meiner Frau, so etwas können nur Paare, bei denen es die große Liebe ist!«

Täuschte ich mich, oder zuckte sein Augenlid?

Nachdem mein erster Herzschlag sich beruhigt hatte, zog ich die beiden in unsere Sitzecke, die aus einem edlen schwarzen Ledersofa und einem Couchtisch bestand.

»Welche Freude, das ist ja eine Überraschung! Wie geht es euch? Lebt ihr in Tokio?«

»Oh ja, wir sind schon seit fünfzehn Jahren verheiratet!« Strahlend hob mir Miki ihren Ringfinger entgegen und ließ einen Diamanten funkeln. »Nach meinem Berner Sennenhund habe ich noch einmal Glück gehabt und ebenfalls meine große Liebe gefunden!«

»Berner Sennenhund?« Akira Taro zog fragend eine buschige schwarze Augenbraue hoch.

»Kleiner Insider zwischen Dieto und mir.« Miki lachte keck.

»Ja, seine Wortwitze gehen manchmal knapp daneben!« Jo ließ bereits den Korken knallen: In unserer Minibar befand sich eisgekühlter Champagner. Das gehörte zur Ausstattung unserer Künstlergarderobe.

»Dann stoßen wir an auf … unser Wiedersehen!«

»Auf die große Liebe!« Miki schlug elegant ihre Beine übereinander und wippte mit dem lackbeschuhten Fuß. Dabei zwinkerte sie mir zu.

»Auf die große weite Welt, die doch sehr klein ist …« Auch Jo schien die Situation voll im Griff zu haben. Sie ließ sich in ihrem hautengen Kostüm neben mich auf das Sofa gleiten und hob ihr Glas.

»Das Ganze erinnert mich an unser Kennenlernen damals in Dresden!« Auch sie wippte keck mit dem Fuß.

»Was meinst du?«

»Du warst zwölf und bist mit deinem Vater in unsere Künstlergarderobe gestürmt, nachdem er meinen Vater in der Show wiedererkannt hat! – Und ich war vierzehn und hatte ein hellblaues Kostüm an, so wie jetzt!«

»Tatsächlich. Was für eine parallele Situation! Aber gestürmt sind wir nicht. Ich bin vor Verlegenheit fast gestorben. Ich habe dich angebetet.«

»Das tut er doch jetzt noch.« Miki trank einen Schluck Champagner. »Jo, er hat dich immer angebetet. Er hat nur von dir gesprochen.«

Mir entfuhr ein nervöses Husten, und ich fasste mir an den Hals. »Noch Champagner, Mister Akira?«

Zu meiner Überraschung lachten beide Frauen aus vollem Halse. Es schien, als würden sie einander schon lange kennen.

Während wir noch über vergangene Zeiten plauderten, ergriff schließlich Miki die Initiative. »Wir haben oben auf der Dachterrasse einen Tisch bestellt, dürfen wir euch zum Essen einladen?«

Verwirrt zuckte mein Blick zu Jo hinüber. Durften sie?

»Aber gern!« Jo sprang auf und verzog sich kurz hinter ihren Paravent. »Da ziehe ich mich nur rasch um!«

Mit Herzklopfen betrachtete ich die fast durchsichtige Wand aus dünner Pappe, hinter der man deutlich ihre Konturen sehen konnte. Meine wunderschöne biegsame, schlanke und doch so weibliche Frau. Ließ sich von den Japanern betrachten. Jo fremdelte überhaupt nicht! Hatte sie nicht den leisesten Verdacht? Wie würde dieser Abend enden? Ich war nicht darauf gefasst! Natürlich hatte ich seit Beginn unserer Japan-Reise befürchtet, dass sie sich begegnen würden. In jeder Vorstellung hatte ich Angst, dass Miki irgendwo da unten sitzen könnte.

Und nun war sie sogar in unserer Künstlergarderobe! Mit einem gut aussehenden japanischen Ehemann!

Kurz darauf saßen wir achtundvierzig Stockwerke höher auf jener Dachterrasse, wo mit Miki und mir alles angefangen hatte. Immer wieder nestelte ich an meiner Krawatte und versuchte, meinen Kragen zu lockern, während ich vorgab, dem sehr sympathischen Herrn Akira Taro ein guter Gesprächspartner zu sein, der höflich auf Englisch das Wort an mich richtete.

Wusste dieser Mann von unserer damaligen Affäre? Jo nämlich nicht! Ich hatte es geschafft, über all die Jahre kein Sterbenswörtchen darüber zu verlieren, obwohl ich manchmal fast daran erstickt war. Unsere Ehe war wunderbar harmonisch, und so sollte es auch bleiben! Miki ließ mich durch ihre undurchschaubare Miene auch darüber im Unklaren, sosehr ich auch nervöse Blicke zu ihr rübersandte, die alle stumm um Diskretion flehten. Sie lachte und plauderte und strich sich dabei ein ums andere Mal ihre tiefschwarzen, glänzenden Haare aus der Stirn. Aber jetzt dachte ich nur noch an Jo. Sie durfte nicht verletzt werden, nie, um nichts in der Welt! Lache, Bajazzo! Jo schien sich über die Begegnung aufrichtig zu freuen, und während ich meine blonde, blauäugige Frau von der Seite betrachtete, merkte ich wieder einmal, wie gern ich sie hatte. Ihre Wangen wurden immer rosiger. Sie war der sanfteste, gütigste und weiseste Mensch auf der Welt: meine Jo. Verzweifelt versuchte ich, die Erinnerungen an die eine Nacht mit Miki aus meiner Erinnerung zu wischen! Jo war es, die ich liebte! Wie sehr hatte ich immer ihren Duft, ihre weichen Umarmungen, ihr leises Lachen an meinem Ohr geliebt!

»Dieto? Ist alles gut bei dir?«

»Oh, natürlich, Entschuldigung, ich war gerade in Gedanken.«

»Akira hat dich gerade gefragt, wie schwierig es war, unsere Nummer derart perfekt an die Musik anzugleichen!« Jo strahlte mich an. »Ich habe ihm erzählt, dass es schwerer ist, als es aussieht!«

»Ja, und du verzichtest ganz auf die Nummer mit den Keulen!« Miki warf Jo einen interessierten Blick zu. »Damals, als er ohne dich aufgetreten ist, waren soooo große Keulen im Spiel!« Sie spreizte ihre Arme.

Ich räusperte mich unwillig. Von Keulen sollte jetzt gar keine Rede sein. Also erzählte ich, dass ich mir inzwischen noch mal einen professionellen Choreografen engagiert hatte, der meine Nummer gründlich entrümpelte und auf die partnerschaftliche Feinheit mit Jo setzte.

Schon waren wir in ein vertrautes Gespräch verstrickt, und Miki übersetzte alles, was wir sprachen, ihrem Akira Taro. Die beiden waren voller Bewunderung, schienen aber auch selbst großartig miteinander zu harmonieren.

Wir plauderten über die Weltpolitik und die Reisen. Auch das japanische Ehepaar hatte die Welt bereist, da Akira Taro WIRKLICH ein japanischer Diplomat war! Ein Status, den ich ja immer nur vorgetäuscht hatte! Miki war eine Diplomatengattin geworden. Meine Blicke glitten immer wieder schuldbewusst zu Jo hinüber, die aber ebenso perlend parlierte wie Miki.

Als die beiden Frauen auch noch fröhlich plaudernd und kichernd gemeinsam auf die Toilette gingen, blieb mir fast mein Sushi im Halse stecken.

Würde Miki meiner Jo jetzt alles erzählen? Das konnte sie doch nicht machen! Wusste Akira Taro von unserer damaligen Affäre? Aber wie alle asiatischen Diplomaten ließ er sich nicht das Geringste anmerken.

»Soll ich mal nachsehen, wo sie bleiben?« Nervös riss ich an meinem Hemdkragen.

Doch Mister Akira Taro ließ sich nicht aus der Ruhe bringen und orderte gerade eine zweite Flasche Wein. »Lassen Sie die Damen doch plaudern! Damen müssen auch mal unter sich sein!«

Und dann kamen sie endlich, nach qualvollen langen Minuten,

Arm in Arm dahergeschlendert. Ganz selbstverständlich nahmen sie wieder am Tisch Platz, und das Gespräch plätscherte heiter weiter, halb auf Englisch, halb auf Deutsch, was Miki dann auf Japanisch übersetzte. Herr Akira Taro lachte auch immer sehr nett, ohne dass ihm je das Gesicht entgleist wäre.

Mir rann der Angstschweiß die Schläfen herunter.

»Dieto, ist dir nicht gut?« Jo tätschelte mir liebevoll den Rücken.

»Doch, mir ist wunderbar, ich bin nur den vielen Wein nicht gewohnt …«

»Dann genieße doch einfach den Abend.« Sie strich mir über die Wange und lächelte in die Runde.

Erst gegen zwei Uhr nachts orderte Akira Taro die Rechnung und winkte ab, als ich nervös nach meiner Brieftasche im Hosensack angelte. »Nichts da. Das war eine Einladung. Miki hat sich so gefreut, Sie wiederzusehen.«

»Und DICH kennenzulernen!«, gurrte Miki in Richtung Jo.

Kurzfristig dachte ich an das spitze Messer, das Jo mir immer ins Gesicht warf, wo ich es mit dem Kinn auffing und buchstäblich auf des Messers Schneide auf der Spitze eines Dolchs balancierte. Doch meine Requisiten lagen gut verstaut in der Künstlergarderobe.

Unter herzlichen Umarmungen und Küsschen rechts und links verabschiedeten sich die beiden Japaner und schwebten schließlich durch die beleuchtete Hotelhalle davon. In einem riesigen Aquarium schwammen bunte Zierfische und schnappten genauso lautlos nach Luft wie ich. Wortlos standen wir vor dem gläsernen Aufzug, der uns in unsere Suite in die sechsunddreißigste Etage bringen sollte. Ping, ging die Tür auf, und ein dienernder Page trat heraus, um uns hineinzugeleiten.

Kurz darauf waren wir endlich in unserem Hotelzimmer allein.

»Ihr beiden Frauen mögt euch, nicht wahr?« Draußen blinkte die Lichtreklame, während ich mir endgültig die Krawatte und das schweißdurchtränkte Hemd vom Leibe riss.

»Ja. Ist sie nicht zauberhaft?« Jo schlüpfte aus ihren hochhackigen Pumps und ließ sie gegen die goldbespannte Wand fallen. »Du wirktest heute Abend so nervös!« Sie bückte sich und wendete mir den Rücken zu, während sie sich in der Minibar zu schaffen machte.

»Champagner?«

»Nein, lieber ein Wasser.«

Verlegen kratzte ich mich am Hals. »Ach, das bildest du dir ein.« Hastig trank ich das Glas in einem Zuge aus. »Ich hatte nie wieder an sie gedacht ...«

Oh Gott, gleich würde der Lügenteufel aus meiner gequälten Seele springen. Natürlich hatte ich noch an sie gedacht. In größten Schuldgefühlen und mit schlechtem Gewissen.

»Das glaube ich dir nicht, mein Lieber.« Plötzlich änderte sich ihre Stimme, wurde tief und rau. »So eine schöne und charmante Frau vergisst man doch nicht.«

Oh Gott, mir wurde ganz anders. Plötzlich zitterte das Glas in meinen Händen. Ich ließ mich rückwärts auf die Bettkante sinken und gab vor, mir ganz dringend Schuhe und Strümpfe ausziehen zu müssen.

Jo ließ sich vor mir auf dem Boden nieder, wie eine richtige Geisha saß sie zu meinen Füßen.

Die Bilder von Miki damals und Jo heute verschwammen ineinander.

»Schau mich mal an, Dieto.«

Schuldbewusst hob ich den Blick. Sie nahm mir das Glas ab und stellte es auf den Teppich.

»Dieto, ich weiß von der Sache.«

»Bitte?« Mir wurde ganz anders. Mein Herzschlag setzte aus. Ich fühlte mich wie damals, als wir beim Bahnwärterhäuschen angekommen waren und die Autos der Russen mit offenen Türen davorstanden. Da schwante mir bereits als Fünfjährigem, dass da drinnen etwas nicht in Ordnung war. Und dass etwas Schlimmes passieren würde.

»Und ich bin dir dankbar, wenn du es jetzt nicht leugnest.«

»Wie … Ich meine, was … sollte ich leugnen?«

»Du hättest ja sagen können: welche Sache? Aber dein Zittern und dein Stammeln verraten mir, dass du nicht lügen kannst. Und dafür liebe ich dich.«

Sie legte ihre Hand auf mein Knie, das zitterte wie Espenlaub. Ich schlug die Hände vor das Gesicht. »Jo, ich wollte dir nicht wehtun.«

»Das weiß ich doch, Dieto. Und ich weiß auch, wie sehr du dich damit gequält hast, über all die Jahre.« Ihre Stimme wurde weich. »Wir haben uns immer alles erzählt, und wir sind seit Jahren Tag und Nacht zusammen. Es muss für dich unerträglich gewesen sein, es dir nicht von der Seele reden zu können.«

Hatte sie etwa auch noch Verständnis für mich? Sie war der warmherzigste, liebste und unegoistischste Mensch der Welt!

»Seit wann weißt du es? Hat sie dir eben auf der Toilette …? Ihr wart so lange weg!«

Dankbar nahm ich ihre Hand, die sie mir nicht entzog. Ich weigerte mich schon den ganzen Abend erfolgreich, in Panik auszubrechen. Aber ich bebte doch innerlich vor Spannung.

»Dieto, ich weiß es schon, seit es passiert ist!«

»WAS?« Mir fiel der Unterkiefer herunter. »Seit ich zum ersten Mal in Japan war? Als die Sache mit …« Ich konnte es nicht aussprechen. »… unserem Kind …?«

»Ja. Stell dir vor. Miki hat mir damals geschrieben.«

Ich starrte sie an. »Das denkst du dir jetzt aus.«

Mein Herz pochte stark und metallisch. Das konnte doch nicht wahr sein.

»Nein. Wieso sollte ich? Ich wusste von der Sache mit dir und Miki, als du damals in Lugano am Bahnhof ankamst.«

Mein Mund war wie ausgedörrt. Aber das konnte doch gar nicht sein! Automatisch schüttelte ich den Kopf.

Jo schenkte mir Wasser nach und reichte mir das Glas.

Hastig trank ich in großen Zügen. »Miki hatte doch deine Adresse gar nicht!«

»Doch, die hatte sie. Sie hatte ja schließlich einen Brief für dich aufgegeben, nicht wahr?«

Ich fasste mir an den Hals. »Aber …«

»Sie hatte den Beleg. Da stand unsere Adresse drauf. Sie schrieb mir damals, dass du ein wundervoller ehrlicher Kerl seiest, der mich über alles liebt, und falls du mir je ein Geständnis machen würdest, sollte ich von Anfang an wissen, dass du mich mehr liebst als dein Leben, und dass es nur ein einziges Mal passiert ist, und zwar auf ihre Initiative hin.

Du freutest dich so sehr auf unser Kind, hast nur von mir geschwärmt und ihr nie etwas vorgemacht. Ihr habt euch auch versprochen, euch niemals ineinander zu verlieben, und das solle ich dir und ihr bitte glauben. Sie nahm alles auf sich und entschuldigte sich sehr bei mir. Und dann hat sie mir auch sehr viel über sich selbst anvertraut.« Jo hielt inne und blickte mir tief in die Augen. Meine beste, weiseste Freundin und mein Lebensmensch betrachtete mich voller Sorge, als ich mir unbewusst ans Herz griff.

»Das alles hast du … immer gewusst? Und für dich behalten?« Mir liefen die Tränen aus den Augen. »Du hast es gewusst, als wir damals am Luganersee in der Kirche waren und eine Kerze für unser Kind angezündet haben?«

»Da hatte ich es dir schon längst verziehen.«

»Du hast es gewusst, als du im Krankenhaus lagst nach der schweren Operation?«

»Ja.«

In einer Aufwallung von Liebe und Reue zog ich sie in meine Arme. »Du armes, tapferes Mädchen, du!«

»Jetzt bin ich eine erwachsene Frau.« Sie blies sich eine Haarsträhne aus der Stirn und sah mich festen Blickes von der Seite an.

»Aber warum hast du nie mit mir darüber gesprochen?« Ich sah mein eigenes, aufgewühltes Gesicht im Spiegel schräg hinter ihr.

»Das hast du ja auch nicht.«

»Ja, aber doch nur, um dir nicht wehzutun!«

»Dito.«

»Ja?«

»Ich meine: dasselbe. Ich wollte dir auch nicht wehtun. Was hätte es uns in der Situation damals gebracht? Vielleicht hätten wir uns gestritten, vielleicht sogar getrennt. Und das alles nach dem, was wir zusammen durchgemacht haben?«

Ich schüttelte nur stumm den Kopf. Ich brauchte einen stillen, dunklen Ort, um mit dem Albtraum zurechtzukommen, der sich gerade vor mir auftat. Was hatte ich meiner geliebten Frau nur angetan?

Ein Räuspern durchbrach meine dunklen Gedanken.

»Du hast ja lange genug mit deinem schlechten Gewissen leben müssen.«

»Ach, Jo …« Ich vergrub mein Gesicht in ihrem Haar, das immer noch nach diesem japanischen Shampoo duftete, das ihr so gefiel. »Es tut mir so unendlich leid …« Als ich aufblickte, rannen mir die Tränen nur so aus den Augen, und ich wischte mir verlegen über das Gesicht.

»Aber Liebster, es ist inzwischen wirklich verjährt.« Sie zog mich an sich heran und küsste mich auf die Stirn. »Gräm dich nicht mehr. Den Rest deines Lebens warst du der anständigste und liebevollste Ehemann auf Erden. Und außerdem bist und warst du nie mein Besitz.«

Sie ließ sich nach hinten fallen und breitete die Arme aus. »Mit leichten Händen halten und nehmen, halten und lassen …«

»Ach, Jo …« Ich warf mich neben sie auf das Bett und sah sie voller Liebe an. »Du bist das Beste, was mir im Leben passiert ist.«

»Dabei ist dir eine Menge Gutes passiert.« Ihre Augen blitzten. »Nach all dem Schlechten, meine ich.«

Bei der Vorstellung, sie hätte mir damals eine Szene gemacht, wir hätten uns getrennt, ich hätte sie nie wieder halten, nie wieder berühren, nie wieder in ihr vertrautes Gesicht sehen und streicheln dürfen, krampfte sich mir der Magen zusammen.

»Du bist auch das Beste, was mir je passiert ist, Dieto.«

Jo und ich tauschten einen langen, innigen Kuss.

»Danke, dass du mir verziehen hast. Andere Frauen hätten mir vor Eifersucht eine Riesenszene gemacht.« Ich verzog das Gesicht: »Du glaubst gar nicht, wie viele Tausend Tode ich heute Abend gestorben bin, als plötzlich Miki auf der Matte stand!«

Jo lachte. »Lieben heißt loslassen und verzeihen. Sonst schafft man es nicht ein Leben lang.«

Gedankenverloren streichelte ich ihr liebes Gesicht. So langsam ging mir ein Licht auf.

»Deshalb warst du gar nicht überrascht, Miki heute in der Künstlergarderobe zu sehen?«

»Kein bisschen, ehrlich gesagt. Sie hatte ihr Kommen ja angekündigt. Also mir.«

Ich zuckte zusammen, stützte den Ellbogen auf. »Sag bloß, du warst über die ganzen Jahre mit ihr in Kontakt.«

Jo lachte leise und nickte. »Sie ist meine beste Brieffreundin.«

Ihre Worte trafen mein immer noch schlechtes Gewissen unvorbereitet. Ich zögerte.

»Seit wann, du raffiniertes Frauenzimmer?« Ich knuffte sie in die Seite.

»Seit damals.«

»Du meinst … Seit … ich mit ihr in Japan … ähm …?« Ich wollte mir alle Mühe geben, nicht gleich vom Schlimmsten auszugehen.

»Ich lag im Krankenhaus, als ihr Brief kam. Ich fühlte mich so leer. Buchstäblich. So verlassen. So allein. Ich hatte so viel Zeit zum Nachdenken. Dich auch noch zu verlieren, wäre mein Ende gewesen.«

Sie setzte sich auf und winkelte ihre Knie an. Unwillkürlich reichte ich ihr das Glas.

»Damals habe ich ihr geantwortet, dass sie sich um mich keine Sorgen machen soll. In Künstlerkreisen passiert so etwas eben. Ich wusste, dass du mich liebst. Und sie wusste es ja auch.« Sie trank einen Schluck Wasser. »Sie antwortete mir, dass ich eine sehr kluge und charakterstarke Frau sei, und das Beste, was dir je passieren konnte. Sie wusste ja von unserer abenteuerlichen Flucht, du hattest ihr ja alles von uns erzählt.« Jo verzog das Gesicht zu einem Grinsen. »Wir waren einander vertrauter, als uns anfänglich lieb war. Sie war damals tatsächlich der einzige Mensch, der mich tröstete. Ich sei von uns beiden die Glückliche, die ihr Leben mit dir verbringen dürfe. Wir fühlten einander nahe. Und dann haben wir tatsächlich eine Brieffreundschaft begonnen, die bis heute hält.«

Ich starrte sie an, und mein ganzes Gesicht kribbelte.

Wenn ich mit allem Möglichen gerechnet hatte: mit dem nicht.

»Ich lass dich mal einen Moment deine Gedanken ordnen. Hilfst du mir bitte mit dem Reißverschluss?« Jo schlüpfte aus ihrem Etuikleid und verschwand in der Dusche.

Kurz darauf saß meine Frau mit der Duschhaube auf dem Kopf neben mir im Bett, duftete nach Kokosöl und blätterte in einer Zeitschrift. »Die hat sie mir gegeben. Ich soll mir die neueste japanische Mode anschauen, denn morgen gehen wir zusammen shoppen.«

TESSIN,
Mai 2015

Verstehst du dieses Ärzte-Latein?« Ich nestelte nach meiner Lesebrille, und da ich sie nicht fand, reichte mir Jo ihre. Sie hatte kalte Hände, viel zu kalt für diese Jahreszeit.

Wir saßen vertraut nebeneinander auf unserer Terrasse über dem Luganersee und studierten den Entlassungsbrief, den man ihr im Krankenhaus mitgegeben hatte. Nach einer exzellent ausgeführten Operation an der Wirbelsäule hatte ich sie heute Nachmittag dort abgeholt. Wir waren inzwischen Mitte siebzig und hatten uns zur Ruhe gesetzt. Unser turbulentes Leben mit all den wunderbaren Reisen, die wir gemeinsam gemacht hatten, lag hinter uns. Wir waren uns selbst genug. Und unser Schwalbennest war unser Rückzugsort.

Ich half Jo, die noch etwas unbeweglich war, ihre Strickjacke über die Schultern zu ziehen, denn vom See zog eine frische Brise herauf.

»Sechs Ärzte haben diesen Entlassungsbrief unterschrieben, und hier steht, dass du Gymnastik zur Stärkung der Wirbelsäule machen sollst.«

»Siehst du, mein Lieber. Es ist nichts, worum wir uns Sorgen machen sollten.« Jo zog sich die Jacke fester vor die Brust. »Mir ist einfach nur ein bisschen kalt. Und ich habe Durst.«

Ich schenkte Jo Tee ein und schob ihr die Tasse hin. »Magst du ausnahmsweise Zucker, Liebes?«

Doch Jo war immer noch in den Arztbrief vertieft.

»Was bedeutet noch mal Aneurysma?«

»Wo steht das?«

»Na, hier.«

»Dann googeln wir das. Bleib sitzen, Liebes. Ich geh an den Computer.«

Endlich hatte ich meine Lesebrille auf dem Küchentisch gefunden. Die aufgeschlagene italienische Tageszeitung lag noch neben meiner Kaffeetasse vom Frühstück.

In meiner Freude, eine gesunde Jo aus dem Krankenhaus abzuholen, hatte ich heute Morgen alles liegen und stehen lassen. Etwas mühsam fuhr ich unseren alten Computer hoch.

»Ein Aneurysma ist eine ballonartige Aussackung der Wand von Blutgefäßen, meist Arterien. Aneurysmen entstehen an Schwachstellen in der Gefäßwand, sind entweder angeboren oder entstehen erst im Laufe des Lebens. Meist spürt man sie nicht. Gefährlich wird es, wenn das Aneurysma reißt. Dann treten mitunter lebensbedrohliche Blutungen auf. – Hörst du, Jo?«

»Ja. Du musst gar nicht so schreien. Und was kann man dagegen tun?«

»Vorbeugen kann jeder Mensch einem Aneurysma: indem er nicht raucht und durch eine gesunde Ernährung und viel Bewegung zu einem niedrigen Blutdruck beiträgt sowie das Arteriosklerose-Risiko verringert.«

»Also ich rauche und trinke nicht, und bewegen tu ich mich auch.«

»Willst du noch weiter hören?« Ich verdrehte den Kopf.

»Nein, Lieber. Sei so gut und komm wieder raus zu mir. Kannst du mir eine Wolldecke mitbringen? Ich fühle mich schon viel besser.«

Beruhigt ließ ich den Computer herunterfahren und widmete mich wieder meiner Frau, die meiner Pflege und meines Zuspruchs bedurfte.

»Mach dir keine Sorgen. Sechs Ärzte haben die Entlassung unterschrieben, also wenn du akut gefährdet wärest, hätten die dich niemals nach der OP gehen lassen.«

»Und die verschriebene Gymnastik mache ich gern.« Jo tätschelte mir die Hand. »Wir sollten den Ärzten vertrauen, schließlich haben sie hervorragende Arbeit geleistet. Alles wird gut werden, mein Lieber. Wie immer. Ich habe auch überhaupt keine Schmerzen, mir ist nur ein bisschen kalt.«

Wir ergingen uns in Erinnerungen. Ein »Weißt du noch?« folgte dem nächsten.

»Siehst du da unten das türkisfarbene Schlauchboot?«

»Ja. Und die zwei jungen Leute drin. Das könnten wir sein.«

»Na, die beiden machen keinen gehetzten Eindruck. Die paddeln nicht um ihr Leben.«

»Würdest du es wieder tun?«

»Mit dir? Immer.«

»Soll ich dir etwas zu essen machen, Liebes?«

»Nein danke, Dieto, ich habe gar keinen Appetit. Schau doch nur, wie wunderschön der rosafarbene und weiße Flieder wieder blüht. Er sieht in der Abendsonne magisch aus. Und dieser Duft ...«

»Das klingt ja geradezu kitschig.«

»Ist es doch auch. Lass es uns einfach genießen.«

»Weißt du noch, wie dein Vater uns im Wohnwagen erwischt hat?«

»Ach je. Eine der weniger schönen Erinnerungen.«

»Also, dann sage mir eine schöne.«

»Die schönste war, als wir zusammen zum ersten Mal die Freiheitsstatue gesehen haben.« Jo schloss die Augen und legte den Kopf in den Nacken. »Da habe ich zum ersten Mal begriffen, dass wir wirklich frei sind.«

»Meine schönste Erinnerung ist, wie wir beide zum ersten Mal auf der Bühne standen. Im Friedrichstadtpalast. Da war ich so wahnsinnig verliebt in dich, dass ich mich kaum konzentrieren konnte.«

»Ja, die ist auch schön. Weißt du noch, wie ich bei deinen Eltern in der Küche in der Badewanne saß?«

»Du hast immer nur gesagt: ›Ich wollte bei dir sein.‹« Liebevoll sah ich meine Frau an, die immer noch mit geschlossenen Augen unter ihrer Wolldecke saß und selig lächelte.

»Das wollte ich auch. Mein ganzes Leben lang.«

»Aber einmal warst du richtig sauer auf mich.«

»Du meinst, nur einmal?« Sie öffnete die Augen und sah mich von der Seite an. »Am sauersten war ich, als du kurz vor Salzburg bei Mahrs wieder aus dem Auto gestiegen bist.«

»Da bin ich aber beruhigt.« Ich blinzelte ihr zu. »Ich dachte schon, als du von der Sache mit Miki erfahren hast.«

»Nein. Das hatten wir doch schon geklärt.«

Sie hob mühsam die Hand und streichelte mir über den Kopf: »Liebster Dieto, du bist und warst doch niemals mein Besitz. Sondern mein Herzensmensch. Lieben heißt loslassen und nicht kontrollieren, krallen und eifern.«

»Männer müssen sein wie gutes Haarspray. Halt geben, aber nicht kleben.«

»Das hast du sehr schön gesagt, Dieto. Das werde ich mir merken.«

Und dann zitierte sie die weisen Worte der Feldmarschallin im »Rosenkavalier«, den wir kurz nach unserer Hochzeit gemeinsam auf den Salzburger Festspielen gesehen hatten: »Mit leichten Händen halten und nehmen, halten und lassen. Wer nicht so ist, den straft das Leben, und Gott erbarmt sich seiner nicht.«

Das war unsere letzte und fabelhafte Unterhaltung an Jos letztem Abend in diesem Leben.

»Ich gehe dann zu Bett, Liebster. Mir ist kalt.« Ihre Hände krallten sich an die Tischkante, sodass das Teegeschirr umfiel.

»Warte, ich helfe dir. Vorsicht, die Decke.«

»Danke, Lieber. Danke für alles.« Ihre Stimme hörte sich so merkwürdig an. So als ob es sie alle Kraft kosten würde, diese Worte noch zu sagen.

»Liebes, ist dir nicht gut?« Plötzlich riss ich vor Schreck die Augen auf, staunend, ungläubig. Einen Moment lang rührten wir uns beide nicht, starrten einander nur schweigend an, als ob alles gesagt wäre und nichts mehr hinzuzufügen sei.

Sie versuchte mit meiner Hilfe aufzustehen, brach aber bereits nach dem ersten Versuch zusammen und lag regungslos vor meinen Füßen.

»Jo!« Ich tätschelte ihr die Wange, horchte an ihrem Mund. Sie atmete schwach, aber sie atmete. »Warte, ich hole Hilfe!«

Panisch rannte ich zum Telefon, musste erst wieder meine Brille suchen, die inzwischen vor dem Computer im Arbeitszimmer lag, und wählte mit zitternden Fingern den Notruf.

Die Zentrale meldete sich auf Italienisch. In meiner Panik suchte ich verzweifelt nach den richtigen Worten und fand sie nicht.

»Do you speak English?«

»No. Italiano.«

»Deutsch?«

»Aspetta.«

Der Mensch am anderen Ende der Leitung entfernte sich, und es dauerte schreckliche Minuten, in denen ich nicht wagte, den Hörer aus der Hand zu legen, um nach Jo zu schauen, aus Angst, man könnte am anderen Ende wieder auflegen.

Endlich kam eine Frau an die Leitung, die gebrochen Deutsch sprach. »Wie kann isché Ihne helfene?«

»Schicken Sie schnell einen Rettungswagen, meine Frau ist zusammengebrochen!«

»Wie alte, wasse passierte, wasse sie habe gemachte. Gibt es Vorerkrankunge.«

Bis ich die Sache mit der OP erklärt und den Arztbrief vorgelesen hatte, bis ich die Adresse diktiert und den Weg beschrieben hatte, schien mir der Kopf zu platzen.

»Beeilen Sie sich! Nach dem Tunnel geht es scharf links den Berg hinauf! Bei der Kirche führt nur ein schmaler Weg weiter in die Siedlung hinein, dort wo die Mauern rechts und links enger werden, führt ein Steig die Treppe hinunter zu unserem Haus! Es ist von außen nicht einsehbar!«

Die Frau mühte sich redlich, alles mitzuschreiben, aber wieder vergingen qualvolle Minuten.

Als ich endlich zurück zur Terrasse eilte, lag Jo mit weit aufgerissenen Augen reglos am Boden. Wie sehr hatte ich mir gewünscht, sie wäre inzwischen aufgestanden und käme mir lächelnd entgegen!

»Jo! Bleib stark! Sie kommen gleich, es dauert nicht lange!« Eine Weile starrte ich meine leblose Frau nur an, während mir das Blut in den Adern rauschte. »Jo, bitte, verlass mich nicht!« War ich das, der so laut schluchzte? Ich warf mich auf sie, bettete ihren Kopf auf meinen Unterarm. Während ich sie sanft schüttelte, horchte ich immer wieder an ihrem Mund. Als ich keinen Atem feststellen konnte, machte sich blankes Entsetzen in mir breit. War das etwa ein böser Traum, aus dem ich nicht entkommen konnte?

Plötzlich sah ich mich als kleines Kind tapfer über Leichen steigen, von meiner Mutter stoisch weitergezerrt.

»Jo, gib nicht auf, Hilfe kommt, es wird alles gut!«

Ein stählerner Panzer rollte knirschend über mein Herz. Nichts war gut!

Weinend beugte ich mich über ihr liebes, vertrautes Gesicht, aus dem schon jede Farbe gewichen war. Eine kleine Ewigkeit kniete ich so bei ihr, und ihre unausgesprochenen »Weißt du nochs« überrannten mich wie eine Herde fliehender Tiere.

Wir mussten einander nichts erklären. Wir wussten, dass wir immer auf derselben Seite standen. Natürlich kamen wir manchmal in Schieflage, waren monatelang getrennt, und jeder hatte auch ein Eigenleben, das der andere respektierte. Wir hatten zudem Meinungsverschiedenheiten. Aber immer respektvoll. Niemals bitter oder böse.

Wir waren einander so dankbar. Dankbar für die Freiheit, für das volle, pralle Leben, das unseren Mut damals belohnt hatte. Dankbar für die wertvollen Menschen, die treuen Freunde, die unser Leben begleiteten. Und so gut wir uns in den vielen Jahrzehnten unserer Ehe kennenlernten, so blieb trotzdem immer ein Zauber. Etwas Knisterndes. Wir konnten in Hotels oder auch zu Hause im Bett liegen und einander schweigend betrachten, ohne etwas sagen zu müssen. Jos Augen waren nie langweilig. SIE war nie langweilig.

Alle unsere Wegbegleiter hatten immer gesagt, wie gut wir zusammenpassten. Nicht nur auf der Bühne, sondern auch im wahren Leben. Jos Lächeln aus ihren blassblauen Augen hatte immer schon etwas Besonderes. Es war nicht nur Warmherzigkeit, ehrliches Interesse und eine tiefgründige Weisheit, ihr Lächeln war auch oft verschmitzt. In ihren jetzt glanzlosen Augen, die grau und starr in den inzwischen nachtschwarzen Sternenhimmel blickten, hatte sich früher immer ein trotziges Vergnügen am Leben gespiegelt.

Während ich verzweifelt auf einen immer noch nicht nahen wollenden Motor draußen in der Finsternis lauschte und der Flieder weiterhin unsagbar verheißungsvoll duftete, sah ich uns beide wieder im Grase liegen, damals im Garten ihres Elternhauses, sie war siebzehn und ich fünfzehn, mit aufgeschürften Knien unter kurzen Hosen, und ich träumte davon, mein Leben an ihrer Seite zu verbringen. Damals, als ich mit dem Rad von Dresden nach Halle gefahren war, um mit ihr zu trainieren. Die Sonne wärmte unsere Gesichter, und wir glaubten, es würde für immer so bleiben.

Endlich, nach einer Ewigkeit, durchschnitt das Blaulicht die dunkle Nacht, und der Rettungswagen schlängelte sich die Serpentinen herauf. Ich bettete Jo auf meine Jacke und rannte ihm winkend und gestikulierend entgegen.

Zwei Sanitäter liefen mit einer ausfahrbaren Liege über den engen Weg, schlängelten sich über die Stufen herunter zur Haustür.

»Vorsichtig! Bitte heben Sie sie vorsichtig hoch, sie hat gerade erst eine Operation hinter sich!«

Die Männer schoben mich zur Seite, sie sprachen miteinander nur Italienisch. Sie brachten sie in den Rettungswagen, ich fragte, ob ich mitfahren durfte, sie sagten Nein. Der Wagen verweilte noch lange – für meine Begriffe viel zu lange – vor unserer Tür. Ich stand verzweifelt hinter dem Rettungswagen und redete beruhigend auf Jo ein, doch sie schoben mich immer wieder zur Seite. Inzwischen hatten sich auch einige Nachbarn aus ihren Häusern begeben und standen schweigend und betroffen an ihren Gartentüren.

Hatten SIE das stumme Kopfschütteln der Sanitäter bereits eher gedeutet als ich?

Jemand drückte mir die Hand, ich konnte die Person gar nicht zuordnen.

Der Kirchturm schlug Mitternacht, als endlich die Türen klappten, der Wagen rückwärts zum Parkplatz der Kirche rangierte und dort schließlich wendete. Das Blaulicht erhellte die Nacht wie damals im Krieg die Leuchtraketen, und als der Wagen unten auf der Seestraße angelangt war, durchschnitt das Martinshorn die gespenstige Stille.

Also lebte sie noch! Das war die Hoffnung, die sich wie ein Angelhaken in mein Herz bohrte.

Wieder sah ich mich als kleinen Jungen an der Hand meiner Mutter durch Tod und Zerstörung rennen. Wir hatten es doch auch geschafft! Es ging doch immer weiter! Es würde ein Morgen geben!

Ich packte sofort Jos Bademantel und ihre Hausschuhe ein, um es ihr morgen ins Stadtkrankenhaus hinunter nach Lugano zu bringen, als das Telefon im Flur klingelte.

All die Jahre, die unser gemeinsames Leben ausmachten, liefen in meinem Kopf ab wie ein Video. All die Stunden, die wir miteinander verbracht hatten, geredet, geplant, gekämpft, geübt, gelacht und geweint, und uns geliebt hatten, zogen wie im Schnelldurchlauf an mir vorbei. Ich starrte auf das Telefon, das trotzig weiterklingelte. Alle meine Zellen schwangen im Takt mit Jos. Alle meine Zellen sehnten sich nach ihrer Liebe. Innerlich fühlte ich mich kalt und starr.

Ich sah meiner zitternden Hand dabei zu, wie sie nach dem Hörer griff.

»Ja, bitte? *Parla?!*«

Eine fremde weibliche Stimme teilte mir bedauernd mit, dass Jo bereits verstorben sei.

Meine Jo. Mein Lebensmensch.

Ich erstarrte augenblicklich. Meine Haut begann zu glühen, während mir gleichzeitig eiskalt wurde und meine Zähne aufeinanderschlugen. Zwischen meine Schläfen bohrte sich eine Brechstange. Mir schnürte sich die Kehle zu. Verunsichert, unfähig, mich zu rühren, entrang sich meiner Brust ein schauriges Krächzen.

»*Grazie!*«

Diese Hände, die mich berührt, gestreichelt, mich geliebt haben, sie wurden nun von Fremden über ihrer Brust gefaltet. Ich fühlte immer noch, wie viel emotionale Intelligenz in diesen Händen steckte. Wie sie mit Leichtigkeit die Balance zwischen abwägender Vernunft und kühner Risikobereitschaft gehalten hatten, mir immer zugewandt, auf mich eingestellt, mein Tempo aufnehmend. Gebende Hände. Liebevolle, weiche, warme Hände.

Ich spürte eine brennende Hitze in mir aufsteigen, bis hinauf in meine Wangen, in meine Schläfen, sie stach bis in die Kopfhaut. Ich schlug mir die Hand vor den Mund, der Hörer fiel mir aus der Hand und baumelte an der gewundenen Schnur hin und her. Am anderen Ende hatte man bereits aufgelegt. Die Leitung war tot. Wie meine Jo! Unvorstellbar!

Ich sank an der Wand im Flur herab und glitt auf den Fußboden.

Wie konnte sie so plötzlich von mir gehen? Sie war doch so voller Zuversicht und Kraft gewesen? Die Türen standen offen, und ein süßlich herber Duft flutete herein.

Bougainvilleen fielen vor dem Balkon wie Kaskaden in leuchtendem Rosa links und rechts hinab in die schwarze Tiefe. Das abendliche Zirpen der Grillen täuschte Normalität vor.

Ich hatte es geahnt. Als sie so fror. Und es doch nicht wahrhaben wollen.

Meine geliebte, warmherzige, gütige und weise Jo. Meine bessere Hälfte. Die immer nur das Gute in den Menschen gesehen hatte, und auch aus mir das Beste herausgeliebt hatte. Sie war von mir gegangen. Ohne zu klagen und zu jammern, ohne sich noch in ihrer letzten Minute wichtigzumachen. So wie sie ihr ganzes Leben lang gewesen war.

Von ihrer Vorsorge und Liebe zehre ich noch heute täglich. Sie hat immer nur gewollt, dass es mir gut geht und dass wir beide in der Freiheit, für die wir so hart gekämpft haben, eine lebenswerte Zeit haben. Nun sitze ich täglich auf der Terrasse mit dem wunderschönen Rundblick über den See. Inzwischen bin ich dreiundachtzig Jahre alt. Und wenn das kleine hellblaue Schlauchboot in mein Blickfeld kommt, schließe ich die Augen und höre ihre liebe weiche Stimme: Wir schaffen das, Dieto. Ich bin bei dir.

NACHWORT DIETO,
3. August 2022

Nachdem meine liebe Jo und ich die berühmte Schriftstellerin Hera Lind in einer TV-Show sahen, in welcher sie schilderte, dass sie auch Romane schrieb, die auf tatsächlichen Erlebnissen beruhen, schlug Jo mir vor, Hera Lind wegen unserer Fluchtstory aus der damaligen DDR zu kontaktieren.

Viele gut betuchte Passagiere auf verschiedenen Kreuzfahrtschiffen, auf welchen ich gelegentlich engagiert war, hatten mir dringend empfohlen, unsere Geschichte niederzuschreiben, um einen spannenden Roman oder gar einen Film davon zu machen!

Meine Entertainer-Kollegen an Bord animierten mich des Öfteren, unsere Story auch Passagieren zu erzählen, mit denen wir manchmal nach den Shows zusammensaßen. Eine sehr wohlhabende Dame, die in den USA und in Monte Carlo lebte, sagte mir: »Wenn Sie nur täglich eine Seite schreiben, haben Sie am Ende eines Jahres rund dreihundertsechzig Seiten!« Diesen Rat befolgte ich und schrieb erst einmal nur mit der Hand und in Englisch, da ich mir für Deutschland keinerlei Chancen ausrechnete.

Umso mehr waren Jo und ich überrascht, als wir eine Antwort von Hera Lind erhielten. Sie war von meiner Lebens- und unserer Liebesgeschichte sowie unserer DDR-Fluchtstory ungeheuer gefesselt. Darüber waren natürlich Jo und ich sehr glücklich, und auf Anraten von Hera Lind lernte ich noch am Computer zu schreiben, um in dieser verbesserten Form ihr nochmals dieses Manuskript zu senden, doch die Zeit für eine Veröffentlichung war noch nicht reif.

Zwölf Jahre später war es dann so weit und es entstand eine wunderschöne, respektvolle und vertrauensvolle Zusammenarbeit, die diesem Buch zugrunde liegt.

Das Einfühlungsvermögen, Mitgefühl und Rechtsempfinden Hera Linds sind ausschlaggebend, dass fast ausnahmslos all diese Fluchtstorys Bestseller wurden! Damit gibt Hera Lind all den tapferen – damals jungen – DDR-Bürgern, die flüchteten oder flüchten wollten, Grausames und Furchtbares in DDR-Stasi-Zuchthäusern erlebten, ihrer Menschenwürde und etlicher Lebensjahre beraubt wurden, eine Plattform. Da diese Storys Millionen Leserinnen und Leser erreichen und Tatsachen schildern, die von allen Regierungen nach 1989 bewusst unter den Teppich gekehrt wurden, sind sie so wichtig! Keiner der Verantwortlichen der DDR, der sogenannten »Regierungs-Elite«, wurde je für all diese Verbrechen wirklich konsequent zur Verantwortung gezogen.

Nein, ganz im Gegenteil. Gerade diese Gruppe tatsächlicher Flüchtlinge wurde mittels RÜG (Renten-Überleitungsgesetz) rentenrechtlich bestraft!

Rentenrechtlich belohnt hingegen wurden die ehemaligen DDR-Regierungs- und Stasi-Eliten, die all die Toten zu veantworten hatten!

Den Menschen, denen die Flucht gelang, wurden die zugesicherten Ansprüche entsprechend dem FRG (Fremdrentengesetz) nach dem Mauerfall wieder aberkannt, und von der Rentenanpassung, wie diese jedem in der DDR nach dem Fall der Mauer zuteilwurde, waren diese Flüchtlinge ausgeschlossen mit der zynischen Begründung, dass sie ja nach erfolgreicher Flucht ihren Wohnsitz nicht mehr in der DDR hatten.

Endlich klappte ein Treffen zu Pfingsten 2022 und Hera Lind, ihr Mann Engelbert Lainer-Wartenberg und ich waren uns alle drei auf Anhieb sympathisch. Ich war stark beeindruckt von der Liebenswürdigkeit, Offenheit und dem Charme dieser beiden weltweit gereisten Menschen, die trotz aller großen Popularität alles andere als abgehoben waren!

Wir überarbeiteten ihre bereits fertiggestellte Geschichte. Vieles hatte sie genau richtig getroffen und geschildert, so zum Beispiel meine gesamte Kindheit und die Flucht aus Dresden.

Später musste ich jedoch auch schmunzeln, da sich Frau Lind ein völlig falsches Bild von dem gemacht hatte, was ich als Artist tatsächlich getan hatte. Hatte sie mir doch Tricks auf einem Drahtseil und außerdem auf einem Einrad angedichtet, die mit meiner Nummer, mit der ich die ganze Welt bereisen durfte, nichts gemeinsam hatten. Am nächsten Tag, als ein mächtiges Gewitter für Stunden den Tag verdunkelte, zeigte ich ihnen auf meinen alten DVDs, was ich tatsächlich gemacht habe. Ich vergesse nie, wie Engelbert, der ja, auf den größten Ozeanriesen der Welt als Hotelmanager tätig, dreißig Jahre auf See war und in Kalifornien lebte, total überrascht und überwältigt war, dass ich für ein Jahr mit US-Supershowstar Liberace auf Tournee war. Er meinte, das sei so viel Ehre, als wenn jemand einen Anruf von Elvis bekommen hätte!

Beim Ansehen meiner DVD-Shows entdeckten Hera Lind und ihr Mann natürlich sofort, dass meine Darbietungen rhythmisch getimt waren, und auf der Basis von Tanzroutinen aufgebaut waren.

Das habe ich einzig und allein meinem Freund und Choreografen BERT DUKE zu verdanken, der als Stepptänzer in den Vor- und Kriegsjahren die Welt bereiste, und welchen die Presse in England als den deutschen Fred Astaire bezeichnete. Es waren harte und anstrengende Zeiten, mit Bert die Nummer umzugestalten. Meine gesamten Routinen mit drei, vier und fünf Keulen, womit ich in der DDR Auszeichnungen erhielt, wurden »beerdigt«. Was blieb, war die Routine mit einer Keule, welche ja nun eine Whiskey-Flasche war, wobei ich einen darauf gemünzten Song sang. Auch fing ich meine Nummer meinen eigenen Song singend an!

So waren die Requisiten eher das, was einen Gentleman in den guten alten Zeiten ausmacht. Bowler Hat (auch bekannt als Melone), Zigarre, Whiskeyflasche, drei kleine Bälle (ähnlich wie Billardkugeln) und drei Zylinderhüte.

Gott sei Dank hatte ich ja eine recht gute musikalische Grundausbildung, sodass ich immer sofort verstand, was Bert von mir verlangte. Das bedeutete, jeden Wurf, jeden Dreher mit dem Hut oder der Flasche oder mit den Bällen und Hüten präzise auf der Note oder besser der Zählzeit eines Taktes – und das immer wieder auf der gleichen Note oder Zählzeit im Takt zu vollführen. Erst glaubte ich, dass das für einen Jongleur überhaupt nicht möglich sei, aber Bert überzeugte mich eines Besseren, und wir probierten tags und oft auch noch nachts nach zwei Shows. Bert ließ nichts durchgehen!

Kurz vor seiner Einberufung arbeitete Bert mit Evelyn Künneke zusammen, der Tochter des großen Komponisten Eduard Künneke, die in den USA die besten Stepptanz-Lehrer und -Schulen besucht hatte und die Bert für eine gute Duo-Partnerin befand.

Als Bert eingezogen wurde, weinte Evelyn, was sie denn nun machen sollte, und Bert sagte ihr: Mach exakt das, was du in der Künstler-Kantine nach einem Glas Wein machst, wenn du auf dem Tisch tanzt und singst! Und exakt damit wurde sie ein beliebter Star schon in der Kriegszeit.

Genau dieses rhythmische Timing machte den großen Unterschied aus, den sicher 95 Prozent der Artisten nie ergründen konnten oder begriffen, der mich aber in viele große Shows brachte und dessen Qualität Weltstars sofort erkannten!

Die großartige, weltberühmte Josephine Baker, mit der ich eine TV-Show in Leeds (GB), »The Good Old Days«, machte, sagte mir nach der Show und im Auto (da wir wegen Nebel nicht nach Manchester fliegen konnten und auch nicht zurück, sondern mit einem Chauffeur und einem AVIS-Mietwagen von London und zurück unterwegs waren), dass ich der erste Jongleur sei, der dem Kapellmeister die Noten gab, die Tempi besprach (da, wegen dem Nebel zu spät, keine Zeit für eine Probe war), und in der Live-TV-Show alles zu 100 Prozent rhythmisch synchron war und dass sie so etwas noch NIE gesehen hatte.

Nun, das war ein großes Kompliment für mich! Von einem Weltstar, dessen Leben nur Rhythmik, Tanz und Singen war.

Als ich 1977 im Loews Hotel Monte Carlo engagiert war, hatten Prinz Rainier und Grace Kelly US-Superstar Liberace für eine »Royal Performance« engagiert. Liberace hatte noch den Weltklasse-Puppenspieler Barclay Shaw mitgebracht, da er aber eine weitere Attraktion in der Show für einen seiner »spektakulären Kostümwechsel« brauchte, hatte sich der Entertainment-Manager, Monsieur Jacques Provence, mit Prinz Rainier für meine Nummer entschieden. So trat ich dann zusätzlich in dieser Show mit auf.

Am nächsten Abend sah sich Liberace noch mal die Revue im Loews Hotel MC an und buchte mich in seine Show ins Hilton Las Vegas, auf Tournee durch die gesamten USA, wo wir in den meisten Superstar-Theatern gastierten und dem legendären London Palladium. Ich startete im Februar 1978 nach zwei TV-Shows in Caracas, Venezuela, für ein Jahr mit der legendären Liberace Show. Zu dieser Zeit sicherlich eines der größten Show-Ereignisse in den USA und der Englisch sprechenden Welt.

Wir waren alle, das heißt die Mitwirkenden der Liberace Show, zu einer Garten- und Swimmingpool-Party in der Luxusvilla eines gewissen Dr. Heynes und Gemahlin in Indianapolis eingeladen – bei dem viele berühmte US-Showstars ein und aus gingen – und hatten eine Menge Spaß. Wir genossen fantastische Snacks und Drinks, als mich ein hagerer, sehr großer Amerikaner fragte, woher ich käme.

So sagte ich ihm: *From good old Germany,* Dresden, spätere DDR, wo ich geboren und aufgewachsen war und von wo ich mit meiner lieben Jo 1965 in den Westen flüchten konnte.

Als er Dresden hörte, fing das Glas in seiner Hand an zu zittern, sodass er es absetzen musste, und mit brüchiger Stimme sagte er, dass er einer der Bomberpiloten war, der Dresden in Schutt und Asche gebombt hatte. Es war ein tiefer Schock für ihn, hier am Swimmingpool von Dr. Heynes einem Überlebenden des Dresden-Infernos zu begegnen, und er hatte seit 1945 furchtbare Gewissensbisse, Albträume und Schuldgefühle, was ihn NIE losgelassen hatte, da bei diesen Angriffen ja viele Tausende Zivilisten umkamen.

Ich konnte ihm leider nur sagen, dass es ein größenwahnsinniger Hitler war, der diesen Krieg angezettelt hatte, dem blindlings ein teilweise fanatisches Volk willig in diesen Krieg folgte und ihn unterstützte. So trifft ihn als Soldaten und Piloten keine Schuld, denn sicher wäre er erschossen worden, wenn er seine Befehle verweigert hätte.

Vom verheerenden Ausmaß dieser seiner Bombardements erfuhr er natürlich erst nach Ende des Krieges.

Diese Begegnung beschäftigte mich noch nach Jahren, und ich glaube, es half diesem Mann auch ein wenig, dass er seine Schuldgefühle auch von meiner Warte aus sehen konnte und sollte und ihn aus meiner Sicht keine wirkliche und direkte Schuld traf.

Meine liebe Mutter fragte sich übrigens bis an ihr Lebensende, was wohl aus den jüdischen Frauen geworden ist, die sie bei uns im Gemeindesaal versteckt hatte.

Als ich noch in der DDR als junger Artist unterwegs war, inspirierte mich der damals in der DDR wohl bekannteste und beliebteste Jongleur Kurt Berger, der in seinem Stil als Gentleman-Jongleur mit viel Humor und einem verblüffend hohen Grad an Technik zu den besten Jongleuren in diesem Stil seiner Zeit zählte. Begrenzt durfte er reisen, da er ja Frau und Kinder in der DDR hatte, sodass man davon ausging, dass er sicher zurückkommt. Nach unserer Flucht arbeitete ich ja mit neuem Pass auch in Jugoslawien, wo wir beide gute Freunde wurden. Auch von Kurt konnte ich viel lernen und bin ihm sehr dankbar.

So tingelte ich durch die Welt und hatte das große Glück, die Bretter, die die Welt bedeuten, mit vielen Stars und Superstars teilen zu können. Ich glaube, es war im Casino von Valras-Plage und Casino Canet Plage, wo ich mit dem »Spatz von Avignon« die Bühne teilen durfte. Mireille Mathieu war gerade entdeckt worden, und ihr Entdecker und Manager Johnny Stark wich hinter der Bühne keinen Schritt von ihrer Seite.

In der weltberühmten Music-Hall Olympia in Paris arbeitete ich mit dem französischen Superstar Patrick Sébastien, Philippe Lavil, den wunderbaren Blackwits (eine Black Theatre Show) und Weltstar Celine Dion.

Es würde Bände füllen, alle im Einzelnen zu erwähnen und welche gemeinsamen Erlebnisse man mit dem einen oder anderen hatte. Eines konnte ich und auch meine liebe Jo, die ja oft dabei war, feststellen: Je großartiger die Leistung oder Stimme von dem oder jener war, desto liebenswürdiger, kollegialer und eindeutiger auf dem Teppich geblieben waren sie!

Mit Tom Jones durfte ich die Bühne im Sheraton Walkerhill Hotel in Seoul, Südkorea, teilen, mit dem Hazy Osterwald Sextett sowie Ivan Rebroff im Casino Interlaken. Im Resorts International Casino in Atlantic City waren The 5th Dimension sowie Bill Cosby mit von der Partie. In Japan durfte ich in den Shows der dortigen Superstars Bibari Maeda sowie Linda Yamamoto und anderen als Special Guest gastieren, machte dort dank der Hilfe meines Freundes und Starschlagzeugers Tabata San all meine Background-Musik-Aufnahmen mit damaligen Top-Musikern von Tokio, teilweise von der Band des in Japan populären Bandleaders Smily Oha und den Blue Coats.

Mit Leroy Schultz von den weltberühmten Platters, der später solo sang, verband mich eine gute Freundschaft, da wir für längere Zeit gemeinsam auf einem Kreuzfahrtschiff arbeiteten. Viele TV-Shows rund um den Globus, Revuen in allen Erdteilen füllen mein kunterbuntes und abenteuerliches Vagabunden-Leben aus. Aber all das und VIELES mehr wäre NIE ohne unsere tiefe Liebe und die selbstlose permanente Hilfe und Unterstützung durch meine liebe Jo möglich gewesen!

Darum möchte ich ihr an dieser Stelle nochmals aus tiefstem Herzen danken.

Jo brachte mir Requisiten, Kostüme oder was sonst noch einer Erneuerung bedurfte, wenn es sein musste, um die halbe Welt. Sie baute mit mir nachts noch Requisiten, nähte die Rüschen und Jabots an meinen Bühnenhemden sowie alle Fliegen, die das gleiche Material und die Farbe der Weste, des Frackes oder des Smokings hatten. So war sie zum großen Teil an meinen Bühnenoutfits maßgeblich beteiligt!

Dieses Künstlerleben belohnte uns nach unserer geglückten Flucht auf das Reichlichste, sodass wir Städte und Länder sahen und erlebten – meist für längere Zeit –, von welchen wir zwar in der DDR geträumt hatten, aber NIE zu glauben gewagt hätten, dass ein Aufenthalt je möglich werden würde. Tirana, Hanoi, Belgrad, Prag, Sydney, London, Tokio, Hong Kong, Taipeh, Singapur, Kuala Lumpur, Rimini, Neapel, Viareggio, Turin, Berlin, Zürich, Bern, New York, Las Vegas, Atlantic City, Santiago de Chile, Caracas, Barcelona, Mailand, Madrid, Seoul, Beirut, Athen, Paris, Monte Carlo, Cannes, Nizza – hier lebten unsere besten Freunde Jeff und seine Jo, die zufällig so hieß wie meine liebe Frau. Er war sicher mit Abstand der beste Geräusch-Imitator der Welt; das war sein Naturtalent von Kindesbeinen. In ihrem Haus und Garten mit Blick bis runter zum Meer erlebten wir unvergesslich schöne Zeiten. Nicht vergessen möchte ich natürlich meinen Freund Francis Brunn, den ich, als ich wieder einmal im Chateau Champlain Hotel in Montreal war, kennenlernte, und der sicher seit Enrico Rastelli der berühmteste Jongleur der Welt war, unter den klassischen Jongleuren, das heißt mit Ringen, großen Bällen, Mundstab, gepaart mit Akrobatik und spanischem Tanz. Er hat weltweit ganze Generationen beeinflusst, die versuchten, so zu werden wie er, aber das schaffte wohl keiner! Sehr amüsante Umstände brachten uns in Montreal zusammen, wo wir jeder in einer anderen Show waren. Francis war ein Energiebündel, übte meistens den ganzen Tag und fand in Montreal in Nathalie Enterline eine junge, ebenso enthusiastische Partnerin, mit der ich noch heute befreundet bin.

Unsere Flucht hatte sich gelohnt, und diese Lebensform hat uns unerwartet hoch belohnt.

Ein ganz großes Dankeschön auch meinen lieben Eltern und Geschwistern, die mich immer in jeder möglichen Form unterstützt haben, damit sich alle meine Träume irgendwann erfüllen würden.

All diese Erlebnisse, Reisen und Erfolge etc. wären sicher nur halb so viel wert, wenn ich nicht die aufopfernde Liebe von Jo an meiner Seite gehabt hätte, die uns über alle Hürden wie den Eisernen Vorhang (Mauer) und alle Ups und Downs unsrer Anfänge nach der Flucht gebracht hat.

Darum war es für mich, wie geschildert, von äußerster Wichtigkeit – und das war natürlich auch immer Jos Anliegen –, dass Hera Lind unsere Liebesgeschichte mit allen Hindernissen, die zu überwinden waren, um in die Freiheit zu gelangen, geschildert hat. Wir haben uns im Laufe unserer Zusammenarbeit darauf geeinigt, dass unsere Liebesgeschichte im Vordergrund steht, und dass ich im Nachwort noch einmal ausführlich meine Bühnentätigkeit, meine weltberühmten Kollegen und meine vielen Auftrittsorte erwähne. Hera Lind meinte, das sei sonst möglicherweise ermüdend für den Laien, und auf ihre professionelle Meinung legte ich großen Wert.

Im Gegenzug habe ich ein Auge zugedrückt, als Hera Lind sich Salzburg als Zufluchtsort aussuchte, da sie ja Botschafterin dieser herrlichen Stadt ist.

In Wirklichkeit durfte ich bei meiner ersten Reise nach dem Westen 1957 natürlich nur in einen Ort Westdeutschlands reisen, und das war Mindelheim im schönen Allgäu zu meiner Patentante Regina und Onkel Walter. Nur für dort bekam ich eine DDR-Reisegenehmigung. Mit mir fuhr damals mein Steinmetz-Lehrlingskollege Werner Schrot, mit dem ich dann mit zeitlich begrenzten westdeutschen Reiseausweisen weiter nach Wien trampte oder per Rad fuhr.

Nach gelungener Flucht fanden wir erst einmal Unterkunft bei unseren Freunden und Helfern Gudrun und Helmut Mahr in Babenhausen und später bei den Freunden von Jos Eltern, die wir einfach als Tante Rosel und Onkel Otto ansprachen, im nahe gelegenen Hanau.

Dort fand Jo auch eine kleine Einzimmerwohnung, die dann unsere Basis wurde.

Nachdem meine lieben Eltern im Jahre 1973 als Rentner offiziell aus der DDR ausreisen durften, fanden auch sie ihr neues Zuhause in Hanau. Oft kamen sie jedoch nach San Carlo und hüteten unser Haus im Tessin, sodass Jo und ich unbesorgt auf Reisen gehen konnten.

Zu Jos Eltern in Halle sowie meinen Geschwistern in Dresden hatten wir natürlich, wenn teils auch nur auf Umwegen möglich, weiterhin Kontakt nach unserer Flucht, und Jos Eltern und Geschwister besuchten uns auch einmal hier in Italien, als das im Zuge eines runden Geburtstages von Jo natürlich nur für Westdeutschland von den DDR-Behörden genehmigt wurde. Mein lieber Bruder Manfred kam auf gleiche Weise mit seiner zweiten Frau auf einen Kurzbesuch zu uns nach Italien und hatte eine Riesenfreude, unser damaliges Auto, einen amerikanischen Ford Landau LTD, durch die engen und kurvenreichen Straßen hier unten und entlang des Comer Sees fahren zu dürfen. Er war Automechaniker, und Auto fahren war seine Welt und sein Heiligtum. Leider verstarb meine liebe Schwester Inge sehr jung im Jahre 1983, sodass sie leider nie hierherkommen konnte. Nach dem Fall der Mauer kamen zwei meiner Nichten einige Male mit ihren Familien, und auch mein Schwager, inzwischen mit Freundin, besuchte Jo einmal für vierzehn Tage, während ich in Puerto Rico arbeitete. Mit dem Mauerfall hatten sich ja zumindest teilweise die politischen Ansichten geändert, dennoch lassen wir das Thema Politik bei Zusammenkünften möglichst außen vor.

Zu unterschiedlich sind die Weltanschauungen und Auffassungen zwischen allen, für die die DDR die bessere Welt war, lebten sie doch dort auch auf der etwas sonnigeren Seite. Im Gegensatz zu uns, denen so viel fehlte: die Freiheit, die Selbstbestimmung, das Recht, seine Meinung uneingeschränkt zu äußern, und ohne eine Genehmigung, wann immer und wohin auch immer man wollte, einfach ausreisen zu können. Zu unseren Freunden Gudrun und Helmut Mahr hatten wir bis zu deren auch viel zu frühem Tod regelmäßig Kontakt und tauchten einfach gelegentlich bei ihnen in Babenhausen auf. Da sie selbst ein amerikanisches Mobilheim gekauft hatten und dazu ein passendes Grundstück über dem Gardasee, kamen sie leider nie hierher zu uns.

Unvergesslich bleibt mir, dass dieses Mobilheim viel zu groß war, um die kurvenreiche Straße zu ihrem Grundstück passieren zu können. Aber Helmut war ein Mann der Tat, bestellte zwei italienische Arbeiter mit Motorsägen, die das ganze Haus in zwei Hälften zersägten, sodass es dort hinauftransportiert werden konnte. Von der Hersteller-Firma ließ er es dann oben wieder zusammenflicken.

Wäre er nicht so gewesen, glaube ich nicht, dass er damals wiederholt die lange Reise mit seinem Boot im Schlepptau gemacht hätte, um uns nach der Flucht behilflich zu sein.

Ihnen waren natürlich Jo und ich unser ganzes Leben über dankbar. Bessere Freunde konnten wir uns nie wünschen.

Nun, nach abenteuerlichen Reisejahren, lebe ich hier von meiner kleinen Rente, da ja die BRD-Rentenpolitik diese Gruppe der tatsächlichen Flüchtlinge betreffender Jahrgänge bestraft, aber die Täter und Peiniger des SED- und STASI-Regimes reichhaltig belohnt hat.

Dieses Buch soll auch von mir eine Botschaft für Gerechtigkeit, Freiheit und ausdrücklich gegen Krieg, Unterdrückung und Missachtung der Menschenrechte sein!

Heute blicke ich in Dankbarkeit und Zufriedenheit auf mein Leben zurück. Ich habe immer mutig die nötigen Schritte getan, habe mich nie unterdrücken oder einschränken lassen, und das Glück war dank Gottes oft an meiner und Jos Seite. Jo ist immer bei mir, was immer ich tue; sie berät mich weiterhin, wenn auch nun aus einer anderen Welt.

Ich habe ganz wunderbare Freunde in Europa und auch auf verschiedenen Erdteilen, welche mein Leben durch die Freundschaft enorm bereichern.

Der herrliche Blick auf den See und die Berge, zudem Liebe und Vertrauen haben mich immer getragen, und wenn ich heute auf meinem kleinen Segelboot bin, denke ich an unsere waghalsige Flucht zurück, die mir ein so fantastisches Leben ermöglicht hat.

Ich finde es ausgesprochen wichtig, dass Stoffe wie unsere Fluchtstory und die vielen, oft leidensvolleren und dramatischeren wahren Geschichten aus der Zeit von Krieg und Vertreibung, von Zeitzeugen erzählt und bestätigt, von Bedeutung auch für die folgenden Generationen sind.

Es handelt sich hierbei um deutsch-deutsche Geschichten, die oft nicht bekannte Tatsachen über das wahre Gesicht des SED- und Stasi-Staates den Leserinnen und Lesern nahebringen und somit einer wahrheitsgetreuen Aufarbeitung dieser Verhältnisse im damals geteilten Deutschland dienen und den folgenden Generationen eben diese unverfälschten Wahrheiten nahebringen muss!

Danke an Sie, liebe Leserinnen und Leser, dass Sie dieses Buch lesen. Wir Zeitzeugen von Krieg, Nachkrieg und Kaltem Krieg dürfen unsere Geschichten nicht mit ins Grab nehmen!

Dieto Kretzschmar

NACHWORT HERA LIND

Als ich vor etwa zwölf Jahren die Geschichte von Dieto, wie ich ihn längst freundschaftlich nenne, bekam, war ich Feuer und Flamme. Endlich mal wieder eine tolle, emotional tiefe Geschichte von einem Mann! Jo hatte mir die Geschichte geschickt, die Dieto zuerst nur auf Englisch aufgeschrieben hatte. Spontan setzte ich mich bei meinem Verlag für diesen Stoff ein, doch so recht wollte vonseiten der damaligen Entscheider keine Begeisterung aufkommen. Vorerst wollte ich noch nicht aufgeben. Ich bedrängte meine Lektorin förmlich, dem Stoff doch eine Chance zu geben, denn bei mir war definitiv der Funke übergesprungen. Wenn einer in der Kindheit aus dem brennenden Dresden flieht und später gleich zweimal aus der Welt hinter dem Eisernen Vorhang, wenn einer vom Kriegskind zum Weltstar wird, dann gehört dazu nicht nur Mut, sondern eine riesige Portion Vertrauen in seine Berufung. Was für ein Vorbild!

Doch noch war die Zeit nicht reif dafür und so geriet die Geschichte von Dieto wie so manch andere in eine meiner Schubladen, aber niemals in Vergessenheit.

Etwa zehn Jahre später, Ella Berner und ich hatten gerade mit »Die Frau zwischen den Welten« großen Erfolg, meldete sich Dieto wieder bei mir. Er habe diesen Tatsachenroman mit großem Respekt gelesen. Eine liebe Nachbarin habe ihn ihm gebracht. Jo sei leider inzwischen verstorben, aber er gebe nicht auf: Seine Geschichten müssten doch erzählt werden, denn die mutigen Mütter von damals, die ihre Kinder auf unvorstellbare Weise mit auf die Flucht nahmen und ihnen das Leben retteten, seien doch längst gestorben, und die Kinder von damals seien heute um die achtzig. Höchste Zeit also, ihnen noch eine Stimme zu geben! »Diese tapferen Frauen geraten doch in Vergessenheit, wenn Sie, Frau Lind, nicht ihre Geschichten erzählen! Und auch die vielen Menschen, die aus der DDR geflüchtet sind, haben dies unter Lebensgefahr getan, für sich und ihre Kinder, damit sie einmal ein besseres Leben haben werden. Wer, wenn nicht Sie, kann das auf unnachahmliche Weise aufschreiben und erreicht damit einen so immens großen Leserinnen- und Leserkreis! – Es geht mir nicht um meine Karriere als Jongleur und Artist«, schrieb er mir, »aber darum, dass Träume wahr werden können, wenn man nur beharrlich für sie kämpft!«

Dieser Brief berührte mein Herz. Noch einmal las ich seine inzwischen aktualisierte und auf Deutsch übersetzte Fassung, die er mit ungeheurem Fleiß und Beharrlichkeit auf einem uralten Computer, der nur über die englische Tastatur verfügt, aufgeschrieben hatte.

Er schwärmte vom Tessin und dem Luganersee und beendete seine vielen höflichen und beharrlichen Briefe mit dem Satz: »Kommen Sie mich jederzeit besuchen!«

Und das tat ich, wenn es auch noch weitere zwei Jahre dauern sollte.

Nachdem ich mich erneut für diese abenteuerliche, mutige und lebensbejahende Geschichte entschieden hatte, gab es für mich kein Halten mehr. Mein Mann Engelbert, der seit seiner Pensionierung alle Zeit und Energie in mein Projekt »Tatsachenromane« steckt, und ich machten uns im Sommer 2021 auf ins Tessin. Und dann stellten sich uns wieder die kuriosesten Zufälle in den Weg: Am Tag unserer angekündigten Ankunft goss es in Lugano aus Eimern. Die Menschen rannten durch kniehohe Pfützen und retteten sich in Cafés oder unter Markisen, von denen bald die Wassermassen nur so auf die armen Touristen platschten. Wir kauften uns Gummistiefel und Regenhäute und wateten durch knöchelhohes Wasser zurück zum Auto. Das wäre doch gelacht, dachten wir.

Dieto und Jo haben so viel geschafft, da werden wir doch durch das bisschen Regen nach San Carlo auf die italienische Seite hinter die Tunnel am See finden!

Doch es erwies sich als aussichtslos! Die Tunnel waren überflutet, eine Mure war vom Berg heruntergekommen, die Autos standen beidseitig in langen Schlangen unter Regengüssen, Panik machte sich breit, nichts ging mehr.

»Dieto, wir schaffen es heute nicht«, rief ich enttäuscht ins Telefon, aber ein alter brummiger Italiener, offensichtlich nicht Dieto, antwortete barsch: *»Parla! Non capisco!«*

Dieto hatte mir in der Aufregung eine falsche Nummer gegeben, Zahlendreher. Jetzt konnten wir noch nicht mal absagen! Und der arme alte Herr stand, wie er uns später berichtete, vier Stunden mit zwei Schirmen an jenem Parkplatz bei der Kirche, wo es nur zu Fuß weitergeht, über den schmalen Weg, der zu seinem versteckten Haus führt, um uns zu geleiten!

Es sollte also an diesem Julitag 2021 nicht sein. Entnervt fuhren wir zurück und konnten uns nur ausmalen, wie enttäuscht Dieto war, nach all den Jahren! Wir blieben aber in ständigem schriftlichem Kontakt. All seine Briefe kamen mit der mir inzwischen bekannten säuberlichen, akkuraten Handschrift bei mir in Salzburg an, und er beschriftete die Umschläge allesamt mit »Signora Starautorin«, was mir ein geschmeicheltes Lächeln an den Lippen zupfen ließ. Schirm, Charme und Melone!

Zweiter Anlauf: Pfingsten 2022. Die Sonne strahlt vom Himmel. Wir rollen bei tiefblauem Himmel an George Clooneys Villa am Comer See vorbei. Da befällt mich plötzlich eine merkwürdige Nervosität.

Und dann stehen wir uns gegenüber, der eher mittelgroße, verschmitzt blickende, weißhaarige Mann mit den überbordenden weißen Augenbrauen und wir beide, mein Mann und ich.

Und fallen uns spontan um den Hals.

Nach einem herrlichen Abendessen am tiefgrünen See, inmitten von blühenden Jasminsträuchern und duftendem Oleander, umzwitschert von Lerchen und Schwalben, die emsig ihre Nester bauen, lädt Dieto uns am nächsten Tag in seine Villetta ein, von der er uns schon so viel vorgeschwärmt hat. Geduckt an den Hang unterhalb der steinernen Dorfkirche, wo der Kirchenchor an jenem Sommertag ganz rührend an einem Harmonium probt, lebt Dieto sein beschauliches, zufriedenes, aber keinesfalls untätiges Leben. Der Blick aus seinen Panoramafenstern über der Terrasse auf den tiefgrünen See und die gegenüberliegenden Ortschaften, die wie hingeworfene Blütenflecken an den Hügeln kleben, ist überwältigend. Genauso hatte ich es mir vorgestellt.

»Seht ihr, das hätte ich doch alles nie erlebt, wenn ich damals nicht mit der Jo im Schlauchboot abgehauen wäre!« Der rüstige Zweiundachtzigjährige mit den wachen blauen Augen gerät ins Schwärmen. An den Wänden hängen zahlreiche Fotos von ihm, damals schwarzhaarig und drahtig mit Frack und Zylinder, gemeinsam mit den Weltstars, mit denen er aufgetreten ist. Mich berührt jedoch am meisten die Kerze, die vor den Fotos von Jo brennt. Ich fühle mich wie elektrisiert, als ich ihre Bilder betrachte. Die junge Jo auf der Bühne, die mittelalte Jo, umgeben von internationalen Berühmtheiten, die ältere Jo, auf der Terrasse und im Garten mit Strohhut. Und immer dieser liebevolle, warmherzige und gütige Blick.

»Jo ist immer bei mir, ich rede mit ihr, und sie hat auch gesagt, Geduld, die Hera Lind kommt ganz sicher noch, und diesmal klappt es.« Dieto schwankt zwischen Wehmut und schelmischem Humor.

Da fällt mein Blick auf die Queen, die einen etwa vierzig Jahre jüngeren Dieto lächelnd begrüßt. Und »Den Rainer«, wie er mit seinem sächsischen Akzent sagt, »mit der Grace Kelly«. Vor allen hat er jongliert, gewirbelt, gezaubert, gesungen. Vor allen hat er seinen Trick mit der brennenden Zigarre gezeigt, die er gleichzeitig mit dem Hut vom Kinn aus in die Luft warf und beides wieder auffing: den Hut mit dem Kopf und die Zigarre mit dem Mund. Und alle hat er zum Lachen animiert mit seiner brillanten Komik und zum Staunen mit seiner auf den Punkt gebrachten musikalischen Präzision.

Wir setzen uns auf den Balkon mit dem überwältigenden Rundblick, und er legt mir eine nicht unerhebliche Liste mit Änderungswünschen vor. Die wichtigen sind mit Gelb markiert, die ganz wichtigen zusätzlich mit Rot unterstrichen. Manche Details seiner Flucht aus der DDR sind in Wirklichkeit viel komplizierter gewesen als im Roman beschrieben, und ich habe im Vorfeld vieles gekürzt, gerafft oder ganz weggelassen.

Wir einigen uns darauf, dass es dem Fluss des Romans dient, wenn wir nicht jede Schraube, jede Öse, Niete, jeden versteckten Tank und auch nicht jede komplizierte Ein- und Ausreise-Genehmigung samt der vielen zeitraubenden Anträge im Einzelnen beschreiben. Es wären viel zu viele Orte, und über hundert Nebenfiguren, die das Tempo und die Spannung blockieren würden. Auch schlage ich vor, dass Dieto seine Jonglier-Nummern und Routinen ebenso im Nachwort mit eigenen Worten beschreibt wie seine vielen berühmten Bekanntschaften und weltweiten Auftrittsorte. Ich kenne meine Leserinnen und weiß genau, dass es nicht DAS ist, was ihre Herzen berührt, sondern die menschliche Geschichte im Hintergrund, die von Liebe, Mut und Zusammenhalt handelt.

Ich boxe auch durch, dass mein geliebtes Salzburg als Anlaufstation im Westen vorkommt, statt, wie es in Wirklichkeit war, Mindelheim und Hanau. Als Botschafterin der schönen Mozartstadt mogele ich Salzburg eigentlich in fast jeden Roman ein, so wie eine Helikoptermutter ihr Kind in die Hochbegabtenklasse.

Auch habe ich verschiedene Nebenfiguren gebündelt, ein professioneller Kniff, den Dieto mir sofort erlaubt; schließlich weiß er, wie professionelle Arbeit geht. Also habe ich aus allen Tanten die eine Tante Regina gemacht, und aus allen Onkeln den einen Onkel Otto. Im Interesse seines Familienfriedens mit noch lebenden Anverwandten bittet er mich auch, Tante Trude etwas milder zu beschreiben. Der Pferdefleisch-Junge soll mit vollem Namen genannt werden, auch der Schrebergärtner, an dem Dieto noch was gutzumachen hat. Der Blinde bleibt leider namenlos, und auch der Hauenstein besteht in Wirklichkeit aus mehreren Lehrherren, es gab auch vor und neben Jo noch andere weibliche Artistinnen, die Dieto assistiert haben, aber das würde alles zu weit und ins Unendliche führen.

So ackern wir uns Seite für Seite durch. Mal diskutieren wir länger, mal gibt der Klügere nach. Und das ist meistens Dieto. Ich schließe den alten Mann immer mehr ins Herz.

Wie schon bei »Paula« im letzten Roman »Für immer deine Tochter« überwiegt die Weisheit und das Loslassenkönnen reifer und weiser Protagonisten, die auf meine Professionalität vertrauen. »Frau Lind, machen Sie mal, Sie sind der Profi!«

Als wir Hunger bekommen, macht mein derzeitiger Lieblings-Protagonist sich eifrig in der Küche zu schaffen. Es gibt Lachs auf Toast. »Wollt ihr dazu gude Buddor?«, steckt er seinen Kopf zur Tür heraus.

Das ist einer der vielen Momente mit Dieto, der mir ans Herz geht: Was wir längst für selbstverständlich halten, ist für ihn immer noch etwas Besonderes. Er selbst begnügt sich mit Margarine.

Als wir bei der Beschreibung seiner Kunststücke angekommen sind, müssen wir beide schallend lachen. Er macht mir gestikulierend klar, wie unmöglich meine erste Version seiner artistischen Künste ist. Ich hatte ihm in meiner Ahnungslosigkeit ein Einrad angedichtet, mit dem er bei schwankender See über die Bühne fährt, und Jo habe ich kopfüber an Schnüren baumeln lassen, während sie beide mit sieben bis neun Keulen jonglierten.

»Nein, das ist natürlich unmöglich, das kriegt kein menschliches Wesen hin!« Zum Glück hat er Humor. »Streiche bitte sämtliche Drahtseile, Einräder und Schnüre!« Und dann holt er seine Fotoalben und Videos hervor, die mir seine Kunststücke optisch näherbringen sollen.

Es ist spät geworden, die Sterne blinken über den schwarzen Bergen, die den See umrahmen wie wuchtige Wandschränke eine gemütliche Stube, in der das Licht verloschen ist. Währenddessen schauen wir die alten Videos aus den Neunzigerjahren, die Jo damals bei seinen Shows in Las Vegas oder Japan, in den erstklassigen Varieté dieser Welt oder auch auf schwankenden Kreuzfahrtschiffen aus dem Zuschauerraum gefilmt hat. Es ist beeindruckend genug, was Dieto da aufgeführt hat! Er jonglierte mit Hüten und Zigarren, balancierte gefüllte Gläser auf Tabletts auf einem hohen Stab, mit Keulen und Bällen und Ringen, und alles in der Millisekunde im Takt zur Musik. Sein Witz, seine Liebenswürdigkeit, die scheinbare Leichtigkeit und der Schalk im Blick ließen das Publikum von den Bänken springen. Am Ende hielt er nicht nur eine Messerspitze senkrecht auf der Spitze eines Schwertes, das er wiederum mit dem Griff auf dem Kinn balancierte, sondern spielte dabei auch noch Geige oder Trompete oder sang lautstark Songs von Freddy Quinn, Tom Jones und Julio Iglesias.

Es sind seine Erinnerungen, die ihm noch bleiben. Wäre es nicht schließlich doch noch zu unserer Begegnung gekommen, wären seine kostbaren Erinnerungen wohl immer in der kleinen Villa am Luganersee verborgen geblieben. Aber Dieto wäre nicht Dieto, wenn er es nicht beharrlich und mit seinem ihm angeborenen Charme, seiner Geduld und Bescheidenheit immer wieder versucht hätte.

Morgen wird er wieder mit dem Moped nach Porlezza zum Einkaufen fahren und später eine Runde segeln gehen. Vielleicht begegnet ihm ja wieder das kleine hellblaue Schlauchboot, das ihm immer ein wehmütiges Lächeln auf die Lippen zaubert.

Wir haben jedenfalls einen väterlichen Freund gefunden, und einen großartigen Menschen, der trotz all seiner Lebensleistungen den Roman vertrauensvoll in meine Hände legte.

»Ich weiß, wie man jongliert, und du weißt, wie man Bücher schreibt.«

Nach wie vor kommen Ansichtskarten vom schönen Luganersee, und wir planen schon unseren nächsten Besuch. Vielleicht haben Sie ja selbst Lust bekommen …?

Meine lieben Leserinnen und Leser, danke für Ihre Treue, danke, dass ich mit meinen inzwischen über zweiundzwanzig Protagonistinnen und Protagonisten über zweiundzwanzig Bestseller schreiben und verwirklichen durfte. Mit manchen von ihnen verbindet mich inzwischen eine langjährige Freundschaft, andere sind inzwischen gestorben. Ich fühle mich nicht nur beschenkt und geehrt durch das Vertrauen, ich spüre inzwischen auch eine Verantwortung als öffentliche Stimme für jene, die ihre Geschichte ohne mich vielleicht mit ins Grab genommen hätten.

Sie dürfen sich schon auf die nächsten vier Tatsachenromane freuen, die bereits fertig oder im Entstehungsprozess sind; alle Protagonistinnen und Protagonisten habe ich wieder ins Herz geschlossen und wunderbare sowie traurig-schöne Momente mit ihnen erlebt. Manche von ihnen weinen beim Lesen ihrer eigenen Geschichte dermaßen, dass sie das Manuskript weglegen müssen, andere sagen: »Ja, genau so war es, ich fühle jeden einzelnen Moment noch einmal körperlich.« Manche sagen einfach: »Machen Sie mal, Frau Lind, ich lasse mich überraschen.«

Wir, das heißt meine Cheflektorin Michaela Kenklies, das ganze Team und ich bemühen uns, Ihnen, liebe Leserinnen und Leser, eine abwechslungsreiche Palette an Stoffen anzubieten, und gleichzeitig mit großem Respekt das Alter mancher Protagonistinnen und Protagonisten zu berücksichtigen.

Wenn Sie also ebenfalls eine außergewöhnliche, spannende, tief emotionale und mitreißende Lebensgeschichte für mich haben, die eine große Öffentlichkeit interessieren könnte, so schicken Sie mir gern eine Leseprobe und/oder Inhaltsangabe an

heralind@a1.net

oder ausgedruckt per Post an

Roman- und Schreibwerkstatt
Universitätsplatz 9
A 5020 Salzburg

(Keine Originale, möglichst keine Handschrift, und bitte unbedingt Ihre Kontaktdaten auf das Manuskript und nicht nur auf die Verpackung oder das Begleitschreiben! Eine ausführliche »Spielregel« für den optimalen Austausch erhalten Sie per Mail: heralind@a1.net auf Anfrage.)

Trotz der steigenden Zahl von Einsendungen lese und beantworte ich sie alle selbst, denn so etwas Wertvolles wie Ihre wahren Geschichten kann ich nicht aus der Hand geben. Wenn bei mir der Funke überspringt, wird er auch bei meinen Leserinnen und Lesern überspringen. Deshalb bitte ich Sie um Geduld und bedanke mich gleichzeitig sehr respektvoll für Ihre Mühe und Ihr Vertrauen.

Geschichten, die das Leben schreibt, müssen unbedingt erzählt werden. Sie gehen meinen Leserinnen und Leser ans Herz, wie ich den zahlreichen Leserinnen- und Leserstimmen entnehmen darf.

Ich bedanke mich bei jedem Menschen, der mir sein Leben anvertraut.

Falls Ihre Geschichte nicht für die große Öffentlichkeit geeignet ist, Sie aber das Bedürfnis verspüren, sie für Ihre Familie, Freunde und für Ihre Nachkommen aufzuschreiben, heiße ich Sie herzlich in meinem Schreibseminar in meiner Romanschule und Schreibwerkstatt in Salzburg willkommen! Sie werden ein unvergessliches Wochenende erleben und mit professionellen Tricks und Tipps, ausgestattet mit Motivation und Schreibfreude, wieder nach Hause fahren.

www.heralind.com/schreibseminar

Ich bedanke mich bei meinem Verlag, speziell bei meiner Programmleiterin Michaela Kenklies und bei Antje Steinhäuser für das hervorragende Lektorat und die begeisterte Unterstützung durch das gesamte Marketing- und Verkaufsteam. Wir sind auf einem guten Weg!

Ein besonderer Dank geht an meinen geliebten Mann. Geliebter Engelbert, Deine Menschenkenntnis, Deine Wertschätzung und Deine Unterstützung bedeuten mir so viel! Du unterstützt mich nicht nur mental, sondern auch durch viele wundervolle diskrete Taten. Du bist mir auch bei den Schreibseminaren eine unverzichtbare Stütze: ohne Dich, Deinen Charme und Humor, ohne Deine meisterhafte gastronomische Leistung wäre das alles gar nicht möglich. Du bekochst und bewirtest meine Teilnehmer*innen so liebevoll und aufmerksam, dass sie sich wie unter Freunden willkommen und wie in einer harmonischen Familie gewertschätzt fühlen. Wir freuen uns auf weitere unvergessliche Schreibseminare!

Das allergrößte DANKE gilt jedoch wie immer meinen Leserinnen und Lesern, die mich durch ihre Treue und ihre wundervollen, ermutigenden Zuschriften immer wieder zu neuen Geschichten inspirieren.

Ganz herzlich,
Hera Lind, im September 2022

Herzlich willkommen in meiner Roman- und Schreibwerkstatt im Herzen Salzburgs!

www.heralind.com/schreibseminar

TEILNEHMERSTIMMEN:

Von Herzen sage ich Dir und Engelbert DANKE für dieses außergewöhnlich inspirierende Wochenende in der Mozartstadt. Euer gemeinsames Projekt, die »Romanwerkstatt«, ist kein Seminar im üblichen Sinne. Es ist ein einzigartiges Schatzkästchen, gefüllt mit lauter Puzzleteilen, wovon jedes einzelne Eure innige Verbindung widerspiegelt und als Ganzes das Wort LIEBE ergibt. – *Kathrin*

Die Hingabe zum Schreiben, die Empathie zu den unterschiedlichsten Menschen, der Gaumenkitzel der Gourmetküche, die Liebe zu Salzburg und Österreich und die Heimat, die ihr gefunden habt und in der ich mich von der ersten Sekunde an wohlgefühlt habe – das alles und noch viel mehr sind die einzelnen Bausteine, die insgesamt ein tolles Seminarprogramm ergeben haben. – *Bernd*

Mit Leichtigkeit, Spaß, Lebensfreude und echtem Interesse an jedem von uns führst du uns durch die Übungen, und im richtigen Moment, sobald die Köpfe rauchen und ein Funke der Anstrengung in unseren Gesichtern aufgetaucht ist, serviert uns Engelbert die nächste Köstlichkeit. – *Isolde*

Jede Anleitung und jedes immer wertschätzende Feedback war klar, präzise und sofort schnell umsetzbar. Die Lust am Schreiben ist mit jeder Übung gewachsen. Jede einzelne Träne der Erleichterung, jeden Glücksmoment und den einzigartigen Geschmack des Kalbsgulaschs habe ich in meinen Zellen gespeichert und kann alles jederzeit wieder in der Erinnerung abrufen. – *Claudia*

Zur Masterclass: Dir ist es gelungen, uns alle vier da abzuholen, wo wir mit unseren Werken zwischenzeitlich waren. Wir haben voneinander gelernt wie von Dir: Mimik, Gestik, Körpersprache! Lebendige Dialoge! Atmosphäre, Tempo, Spannung, roter Faden! Du hast uns immer wertschätzend Rückmeldung gegeben und uns ebenso humorvoll wie liebevoll motiviert! Und Engelbert hat uns jeden Wunsch von den Augen abgelesen. Einfach großartig, ich weiß jetzt, wie ich weiterschreiben kann, und es war jede einzelne Minute wert! – *Roland*

Die wahre Geschichte einer Frau, die Unaussprechliches erlebt und trotzdem nie ihr Herz verschlossen hat

HERA LIND

DAS LETZTE VERSPRECHEN

Weihnachten 1944 bricht im Banat die Hölle für die kleine Anni aus: Brutal wird die Fünfjährige in Siebenbürgen aus den Armen ihrer jungen Mutter gerissen – und in ein jugoslawisches Kinderheim verschleppt. Heimlich fährt Annis Oma mit und ermöglicht der Kleinen die Flucht. Doch als Anni später endlich wieder mit ihrer Mutter vereint ist, kann ihr die schwer traumatisierte Frau keine Liebe mehr geben. Und im Nachkriegsdeutschland hat niemand Zeit für Mitgefühl. Erst als Anni dem Bauernsohn Hans begegnet, glaubt sie, ein wenig Glück gefunden zu haben. Bis die Schrecken der Hölle sie einholen …

KNAUR